华夏上古故事

田仁 ◎ 著

北方文艺出版社
·哈尔滨·

图书在版编目（CIP）数据

华夏上古故事 / 田仁著 . —— 哈尔滨：北方文艺出版社，2023.3
ISBN 978-7-5317-5778-8

Ⅰ.①华… Ⅱ.①田… Ⅲ.①历史故事 – 作品集 – 中国 – 当代 Ⅳ.① I247.81

中国国家版本馆 CIP 数据核字 (2023) 第 023847 号

华 夏 上 古 故 事
HUAXIA SHANGGU GUSHI

作　　者 / 田仁	
责任编辑 / 富翔强　宋雪微	装帧设计 / 树上微出版
出版发行 / 北方文艺出版社	邮　　编 / 150008
发行电话 / (0451) 86825533	经　　销 / 新华书店
地　　址 / 哈尔滨市南岗区宣庆小区 1 号楼	网　　址 / www.bfwy.com
印　　刷 / 武汉市籍缘印刷厂	开　　本 / 787×1092　1/16
字　　数 / 400 千	印　　张 / 32.75
版　　次 / 2023 年 3 月第 1 版	印　　次 / 2023 年 3 月第 1 次印刷
书　　号 / ISBN 978-7-5317-5778-8	定　　价 / 118.00 元

本书部分内容为未经考古、典籍证实之事，属于传说、神话故事，如涉及女娲、伏羲等人的相关内容，均为增强故事情节而设置，请勿过度考究。

序言

品读这本书，在中国原始社会畅游一番，领略那创造了中华民族文明历史长河的源头——那是中华文明的开端时期。

孔子在《论语》中引用了十几处远古华夏的事例讲述道理，用尧、舜、禹的品格讲述执政理念。《论语》三十多次讲到"天"，发出了"巍巍乎，唯天为大，唯尧则之"的感慨。孔子注释的《周易·系辞下》讲到包牺氏（伏羲）"始作八卦，以通神明之德"。

《孟子》七篇里一百多次提到"天"，发出"顺天者存，逆天者亡"的告喻。

古人把"畏天之威，于时保之"，视为"天经地义"。

叙述从上古时代盘古开天起，经女娲创世、伏羲耕种、燧人取火、炎帝神农、黄帝治国、少昊、颛顼、帝喾、帝挚、尧帝、舜帝至禹帝止。这三神三皇七帝的神话和传说是中华民族原始氏族社会的精彩展现。先民中怎么产生天神的故事和传说；在什么情况下先民群居解体，建立家庭，组成邦国；那些用追溯的文字记述的历史进程曾怎样鲜活地存在过……本书以史料、民俗、常识、逻辑讲述了这些故事。

在远古的时候，华夏民族生活在欧亚大陆的东部，这是一个相对封闭的世界，在这样一个四面是高原、大漠、大海的广大区域里繁衍生息，创造了璀璨的古华夏文明。三皇七帝教人渔猎、种植、取火、组建家庭和组成氏族社会。先民种植五谷、饲养六畜、使用麻丝；创立中医药、发明使用了铜铁、创造舟车、制定历法；通过战争统一华夏，建立古代国家制度；治水迁徙、发展农牧业和手工业……华夏诸族人口繁衍、融合，有了中华九州。

古华夏文明以鲜明的天神崇拜、语言文化、农耕饲养、国家制度、军事谋略、百艺制作、民俗礼仪、中医药学、中华饮食和传统艺术等诸方面流传于世界。本书以敬仰的笔触描摹数千年的文明画卷。

华夏先人崇拜天神，构建了古华夏文明的精神信仰核心。几千年形成的民俗文化成为"天经地义"，这个理念的形成经历了漫长的世代更迭。"唯天为大"的理念体现在一切活动中。人们认为天神主导了一切自然现象。社会演进中把帝王尊为"真龙天子"，王权天授。帝王以拜天神的形式把自己的行为、道德打上"天"的标签。民众崇拜天神，把天神人格化为"老天爷"作为自己的保护神。灵魂归宿天堂和地狱是民众惩恶扬善精神的寄托。在四季轮回中，祭祀天神的节日和生肖习俗是华夏民族文化的特征。

传说女娲天神教给了人类语言。语言的运用自先人第一声呼儿唤母开始，从群居生活、狩猎耕种到产生语言，记录这些语言的符号变成了文字。伏羲制八卦符号从思维上通联了天神与世俗。黄帝时期，仓颉规范了文字。文字记录了前人创造的文学、史学、医学和古代哲学。

国家制度的建立，王权的传续过程如此冷酷、铁血却又异彩纷呈。本书以灵动的文字记述了三皇七帝在承续过程中演绎的故事。那些帝王如此出类拔萃，在千万人中大显身手，从举贤选贤中脱颖而出，成为伟大的历史人物。小说在人物特质、事件铺陈、过程渲染等方面讲述了许多奇妙的故事。每个帝王所处的环境不同，展示出各异的英武和悲壮。炎帝神农仁慈治国创造了牛犁和发现了中药；黄帝以高超的战争谋略统一了华夏和创立了中医；少昊为质东夷，跃马草原，驰骋沙场；颛顼维护天授王权，战胜共工；帝喾顺从天意掌王权，定二十四节气；尧帝仁政治国，联络四维，遍访天下贤士，巩固华夏统一；舜帝博采众议制定刑律；禹帝治水三过家门而不入，之后，华夏进入了奴隶制社会。

战争形成了原始的国家。战争由争夺土地、财产、人口、信仰和权利引起，古今如此。本书描述了三十多次战争。三大华族支脉即炎帝、黄帝和蚩尤经过战争，最后由黄帝统一了华夏，形成了中华的国家形态。本书用相当的篇幅记述了首领的智谋、将士的血战；并以人性的眼光审视了将军和战士在战争中的行为，回顾了那些战史。

社会生活方面，有帝王的雄才大略，导演出历史篇章；有普通民众捕猎野兽，刀耕火种的生活状态；有族群繁衍的过程中出现的分族分户；婴儿的出生，老人的逝去，亲人的情感，人间的友谊、亲情无不一一展看。

中华饮食文化起源于火的运用。烧烤、蒸煮炖、煎炸炒等无不是火起到了熟化、消毒作用。火是人类掌握的一个强大的自然力。燧人氏族经历了从惧怕天火到保留火种，再到发现钻木取火的过程。人类在生活中使用火，从而区别于其他动物。火的利用结束了古人茹毛饮血的生活状态。人们还把烟火运用在刀耕火种、战争、喜庆和祭祀中。

书中采撷了这一时期产生的人文故事。如洛神宓妃、夸父逐日、仓颉造字、后羿射日、嫦娥奔月、精卫填海等，多视角展示了华夏民族特质的方方面面。

书中还介绍了许多原始的生活、生产和治水技艺，由此产生许多美妙的民俗故事，点缀着古人的生活，如八卦、河图洛书、阴阳五行、年节生肖习俗、天堂地狱等。许多俗语在这里可以找到出处，如八卦、投股、准绳、黄历、夏历等。

古华夏文明产生的"天经地义"，千百年来引导着我们的生活。璀璨的历史文化奠定了我们现代文明生活的"天经地义"。它一直延续了数千年，并且始终滋养着中华民族，形成了现代的民族文化。

目录 CONTENTS

第一章 盘古开天地 1

第二章 女娲补天 3
  一、女娲创世纪 3
  二、女娲补天救世 4
  三、女娲启示母仪天下 5
  四、女娲启示父仪天下 6
  五、女娲与龙凤呈祥 7
  六、女娲教民奏乐 9

第三章 伏羲的故事 11
  一、伏羲和女娲在人间出世 11
  二、伏羲结绳记事 12
  三、伏羲结网渔猎 14
  四、伏羲教民刀耕火种 18
  五、伏羲和女娲制定家规 19
  六、伏羲创造河图洛书八卦思辨 21

七、伏羲和女娲是民众的保护神 24
　　八、伏羲和女娲的女儿宓妃的故事 24

第四章　燧人氏钻木取火的故事 26
　　一、燧人氏带着火种迁徙 26
　　二、燧人氏狩猎场的智慧人 38
　　三、燧人氏遭火魔灾难 43
　　四、燧人氏族分房立户 48
　　五、燧人氏钻木取火 50
　　六、燧人氏水灾迁村 51
　　七、燧明王结绳记事 53
　　八、燧明王定家养六畜 54
　　九、燧明王大山榑木太阳历 56
　　十、燧明王论天道发端开远古文明 57
　　十一、燧明王有一妻 61

第五章　炎帝的故事 62
　　一、炎帝神农出世 62
　　二、炎帝造房民有所居 63
　　三、炎帝联族为邦 65
　　四、炎帝教民使牛耕种 68
　　五、炎帝与结麻为衣 71
　　六、炎帝开互市建城市 72
　　七、炎帝与制陶饮茶 73
　　八、炎帝和黄帝联盟九战蚩尤 75
　　九、炎帝三战被黄帝降服 101
　　十、炎帝发现中药 112

II

十一、炎帝的四个女儿 116
　　十二、炎帝神农长眠药乡 119

第六章　黄帝的故事 123
　　一、黄帝命来小儿强 123
　　二、黄帝青年英雄 134
　　三、黄帝与嫘祖结婚 144
　　四、黄帝助嫘祖养蚕缫丝 147
　　五、黄帝登大王位 149
　　六、黄帝冀中战蚩尤 151
　　七、黄帝统一华族三大支脉 156
　　八、黄帝与船车制造 157
　　九、黄帝与仓颉创造文字 160
　　十、黄帝与岐伯创立中医 162
　　十一、黄帝南巡战刑天 172
　　十二、黄帝平定东夷之乱 176
　　十三、黄帝开井田利民生 184
　　十四、黄帝泰山祭天 186
　　十五、黄帝论天、巫、医 187
　　十六、黄帝定历法 188
　　十七、黄帝升天 190

第七章　仓颉造字 193
　　一、仓颉——聪明的孩子 193
　　二、仓颉学巫医长大成人 195
　　三、仓颉接任族长抽丁参军 197
　　四、仓颉辅佐黄帝统一华夏 199
　　五、仓颉创造汉字 200

六、仓颉与国法王权 210

　　七、仓颉与隶首论算术 211

　　八、仓颉永远被民众纪念 214

第八章　蚩尤的故事 215

　　一、蚩尤——淘气的孩子 215

　　二、蚩尤从士兵到将军 219

　　三、蚩尤举族南迁 223

　　四、蚩尤拓荒黎龙 223

　　五、蚩尤与冶炼铜铁制造兵器 226

　　六、蚩尤抵抗三苗横扫百越 227

　　七、蚩尤称王九黎 231

　　八、蚩尤王枭雄落幕 232

第九章　夸父逐日的故事 234

　　一、夸父奔来的生命 234

　　二、夸父走失的奇遇 235

　　三、夸父上太白山取圣水 238

　　四、夸父猎野猪 241

　　五、夸父漂向大海找龙王 243

　　六、夸父和春花的爱情 251

　　七、夸父奔上战场 252

　　八、夸父逐日 257

第十章　少昊帝的故事 259

　　一、少昊帝追风少年 259

　　二、少昊帝和凤姑回轩辕城结婚 268

　　三、少昊帝任东夷王 273

四、少昊帝回王城奔父丧 ... 279
五、少昊帝继位理政 ... 280
六、少昊帝侄颛顼智斗巫人 ... 283
七、少昊帝禅让帝位与颛顼 ... 289

第十一章 颛顼帝的故事 ... 290
一、颛顼初登王位 ... 290
二、颛顼伏黄河水怪 ... 291
三、颛顼战共工之保王城之战 ... 293
四、颛顼战共工之石原之战 ... 301
五、颛顼战共工之土门庄之战 ... 305
六、颛顼战共工之山岳城之战 ... 308
七、颛顼战共工之复仇之战 ... 311
八、颛顼战共工之冬雪之战 ... 314
九、颛顼战共工之不周山之战 ... 317
十、颛顼修年历 ... 319
十一、颛顼作《承云》开歌唱之先 ... 320
十二、颛顼禅让王位于帝喾 ... 321

第十二章 帝喾的故事 ... 323
一、帝喾——击鼓助战的年轻人 ... 323
二、帝喾经略辛地民皆称德 ... 324
三、帝喾启盐业之利 ... 327
四、帝喾解决桑与稻争地 ... 328
五、帝喾破巫术治霍乱 ... 329
六、帝喾平定百越之扰娶百越女为妻 ... 330
七、帝喾袭取石魔头 ... 334
八、帝喾继承华夏王位 ... 335

v

九、帝喾定二十四节气 336
　　十、帝喾平息西北大戎之扰 341
　　十一、帝喾迁都亳州 351
　　十二、帝喾与《九韶》《六英》《六列》 352
　　十三、帝喾晏驾于亳州 356

第十三章　帝挚的故事 357
　　一、帝挚续登大位 357
　　二、帝挚喜欢晒盐和种花 358
　　三、帝挚不喜欢战争 359
　　四、帝挚被巫人欺骗 360
　　五、帝挚禅让王位给放勋 361

第十四章　尧帝的故事 365
　　一、尧帝放勋的青少年时期 365
　　二、尧帝受禅王位颁龙凤图腾诏 368
　　三、尧帝迁都临汾 370
　　四、尧帝补历法 373
　　五、尧帝州镇村管理 373
　　六、尧帝不战和百越 375
　　七、尧帝教子丹朱与围棋 380
　　八、尧帝与造酒 382
　　九、尧帝与私塾先生 383
　　十、尧帝招贤纳士政通人和 385
　　十一、尧帝命后羿射日 392
　　十二、尧帝子丹朱化鸟 396
　　十三、尧帝考验重华 397
　　十四、尧帝禅位于舜帝 402

第十五章　舜帝的故事 404
  一、舜帝重华的童年 404
  二、舜帝学徒制陶 409
  三、舜帝娶娥皇和女英 412
  四、舜帝耕种历山 416
  五、舜帝拓荒江南 419
  六、舜帝受禅称帝 423
  七、舜帝勤政简从 425
  八、舜帝以俭避凶 426
  九、舜帝不娶三妻 427
  十、舜帝平"假共工之乱" 429
  十一、舜帝流驩兜于崇山 436
  十二、舜帝窜三苗于三危 439
  十三、舜帝殛鲧于羽山 445
  十四、舜帝制定刑律 448
  十五、舜帝农业立国 451
  十六、舜帝重视五教之治 455
  十七、舜帝禅位于禹 458
  十八、舜帝与申益论三界 460
  十九、舜帝与娥皇、女英永驻九嶷山 464

第十六章　禹帝的故事 467
  一、大禹的少年时期 467
  二、大禹娘讲故事 469
  三、大禹从兵营到州府 473
  四、大禹任治水大臣 475
  五、大禹论治水七法 480
  六、大禹与迁民 481

七、大禹"蹒跚禹步" 485
八、大禹督斩贪官 486
九、大禹与导洪入海 487
十、禹帝受禅王位 490
十一、禹帝迁都平阳 491
十二、禹帝平防风氏之乱 493
十三、禹帝铸中华九州鼎 496
十四、禹母与夏历民俗节 497
十五、禹母与十二生肖 502
十六、禹帝禅让王位于伯益 504

结语 506
参考文献 508

第一章　盘古开天地

盘古是华夏民族传说中开天辟地的天神。

在浩瀚的宇宙中，有一个叫银河系的地方。银河系里有一个称作太阳系的星团，星团中心有一颗发光、发热，有着巨大引力的星体，叫太阳。围着太阳运行着八颗星体，其中排在第三位的椭圆形的星体是地球，是我们人类的家园。最初的地球，据说是宇宙大爆炸时分离出的雾状物质团，后来经过不断地收缩聚集，又经历了数亿年才形成了如今呈现的椭圆形的地球。

好长一段时间，地球上没有光亮，没有空气，没有水，更没有花草树木、动物和人类。也不知过了多少年月，不知道什么神秘的力量作用下，忽然有一天，一个巨人在地球上出现了，他就是天神盘古。这位天神在地球里也不知睡了几万年，突然间醒了。那是一个天崩地裂的时刻，他伸展自己的腰身、肢体，大地发生了强烈的震动。

盘古天神睁开眼睛，看到的是一片黑暗。他的四周是泥土和岩石，他不断地把重浊的物质压在身下，把轻浮的物质抛向空中。他日夜不停地劳作了多少万年。天越来越高，地越来越广。终于有一天，他站了起来，看到了上方的天，看到了光明，一轮圆圆如火的太阳升起来了。他压在身下的土石凝成了平原和高山，抛向天上的物质成了空气和云朵。他不停地创造着天空和大地，天越来越高，地越来越广。

太阳照耀着大地，风儿吹起来了，云朵聚而成为雨水滋润着大地，流淌的水成为江河湖海。他把在地球上创造出的一切称为世界，分为天上、世间和阴间。

盘古天神在大地上巡视着，带动了天地的旋转，于是，月亮绕着地球、地球绕着太阳旋转了起来，产生了黑天和白天交替、四季变化、月亮圆缺和大海潮汐。

1

盘古天神望着空旷的原野,感到很孤独。日复一日,年复一年,几万年过去了。在他即将离开世间的时候,他参照自己的身体,创造了另外两个天神——女娲和伏羲。盘古叮嘱他们,要创造植物、动物和人类,然后让他们投生到人间,启示人类如何在大地上生活。遵照盘古大神的嘱托,女娲造人补天,母仪天下;伏羲渔猎耕种,父仪天下。

第二章　女娲补天

一、女娲创世纪

女娲是华夏民族传说中创世纪的天神。

人们在大地上生活，每当雨后出现彩虹的时候，那横贯在苍穹之间状如彩练的七色光环吸引着孩子们的目光。小孩儿会问大人："那美丽的彩练是谁挂在天上的呀？"大人会说："那是女娲娘娘的彩衣挂在天上了。"看到天上的彩云，小孩儿会问："谁把满天涂抹上了红彤彤的色彩。"大人会说："那是女娲娘娘炼石补天，神火的光辉。很久以前，天塌了，天降大雨不停，水泼下来淹了大地，女娲娘娘炼了五彩石把天补上了。"天对我们而言是这样神秘，女娲补天的传奇故事在人间广泛流传。

在数万年前，盘古天神开天辟地创造了世界，天上有日、月、星，地上有流水、平原、高山，但是没有植物和动物。他离开世间的时候，许下庄严的愿望，要有一个能创造万物的天神，于是一个有伟大母爱的天神女娲来到了人间。她有母亲的善良和爱心，满怀对生灵的爱意，她走遍大地、山川、河湖。有一天她漫步山水之间，觉得很开心。她想，除了她自己外还应该有更多生物在地球上生活。

于是她开始创世纪地劳作。

第一天，女神创造了低矮的草、美丽的花和高大的树木，大地变得绚丽多彩。

第二天，女神用泥土捏了一些在地上跑的动物，有吃草的、有吃肉的。她把它们放到大地上，吹了一口气，于是大地上有了鼠、牛、虎、兔、蛇、马、羊、猴、狗、猪、狼、豹、象，有吃草的有吃肉的，使它们相互依存。

第三天，女神看到天空，风儿吹着云朵，没有一点儿生气，于是她捏了一些会飞的鸟，有鸡、鸭、鹅、麻雀、喜鹊、乌鸦之类；又用泥土捏了飞鹰之类，使它们相互依存。她让鸡早晨鸣叫，催醒万物。

第四天，女神脚踏着大地，看到高大的树、低矮的草和美丽的花都需要传粉。她用泥土捏了昆虫，有蝴蝶、蜜蜂、蜻蜓、蚊虫之类；又捏了蚂蚁、蚯蚓、蜣螂之类，使大地充满生机。

第五天，女神仰望夜空，看星斗之间除了流星闪过，没有什么生机，于是她用泥土捏了夜间飞行的蛾子、蝙蝠、猫头鹰，使它们相互依存。

第六天，女神看到大河、小溪、湖海中没有生机，她就用泥土捏了一些鱼类、兽类，这些水生物有吃素的，有吃肉的，让它们相互依存。

第七天，女神看到万物都有了，充满了生机，就比照自己的样子，用泥土捏了一群人。他们有男人、有女人，天神让他们成双成对繁衍生息，人越来越多。她把善良、勤劳、孝顺的品格传授给他们。女神按照自己的声音教给人们说话、歌唱，人类从此有了语言。

第八天，女神比照鸟的样子，用泥土捏出了凤凰，比照蛇的样子捏出了龙。以它们为神物，让它们巡查天地，司职礼仪。

第九天，女神休息一天，告诉人们要孝敬自己的长辈，让人们知道，人的身体是父母给的，父母长辈衰老了，需要晚辈的孝敬。人们的品德中最重要的是孝心，孝顺是品德的基础。女神让大家教育好子女，子女是父母的传承，是转世的自我，教育子女是家庭大事。

第十天，称为"旬"日。女神让大家休息一天拜天神。善良正道得到弘扬，邪恶被驱除。龙凤成了人们的图腾，天神保佑着善良的人们。在这一天，人们的心灵得到净化。

这就是十日一旬的理由。"日"指天；"勹"包字头表示人鞠躬的样子；创造"旬"这个字，既是计时，也是敬天。天神告诉大家要遵循天道生活。

二、女娲补天救世

自从创造了各种生物后，世界充满了生机。女神经常巡视这个世界，她看到植物繁茂，动物繁多，万类葱茏。人类依靠向大自然索取来生活，以猎捕动物、采集花叶、果实为食，生活安逸。

可是，安逸的生活催生了人们的贪欲，强大的族群催生了野心。人类的头领共工和颛顼为争夺王位打了起来，他们搅得日月不升，天地无光。共工战败，他一头撞在支撑天地之间的柱子上，造成了天塌地陷。大地漂移分裂，洪水漫地。天上的水不停地倾泻下来，世上的各种生物都遭了灾：草木被淹死，各种动物也死亡了，人类没有足够的食物可采集，人大量死亡。女神看到这种悲凉的惨状，非常难过。她指示人们要相互友爱、互相帮助，女神让人们到高处避灾，让他们造了大木筏，载着人群和一些动物到没被水淹的地方去生活。这些大木筏被后世的人们称为方舟。木筏上有五谷种子、公母六畜，还有公母两只麻雀和两只燕子，女娲让它们承诺永远和人生活在一起。

过了很长时间，滔滔的洪水还是从天上不停倾泻下来，看来逃是不行了。女神组织人们挖掘河道，引大水到海里，但还是不行。女神指着天，呼唤天神补漏洞，可是没有谁响应。怎么办？女神决定带领人们行动起来，一起炼石补天。在高高的昆仑山补天台的地方，女神采来昆仑山上的七彩石，七七四十九天不停地炼石。这七彩石包括赤、橙、黄、绿、青、蓝、紫七色石头。女神对着天塌的地方，用双手高高地举起七色石头堵在天洞上，女神的彩衣化作飞天的彩虹，炼石的火焰化作满天的彩霞。一天天、一月月，终于在女神和大家的奋斗下合力补上了天洞。

补天的时候，几次补到最后都塌了。这时，一只海龟看到女神的辛苦，它献出了自己的四肢，支在地上撑住补好的天，天终于不漏了。女神给海龟装上翅膀一样的脚蹼，从此它们在大海中游得更舒服了，人们也从此不食海龟的肉了。

泛滥的洪水被引入大海，平原露出了地面，山川恢复了绿色，动物又繁盛起来。女神让喜鹊飞到人间报告大水退去的消息，人们回到家园，恢复了安逸的生活。从此，昆仑山出产的精美玉石，人们便认为是天神女娲炼石补天的遗物。人们认为玉如同女神一样纯洁、美好，是高贵典雅的精神象征。所以现在人们常说"金石有价，美玉无价"来比喻玉石的高贵。

三、女娲启示母仪天下

天神女娲补天后，人们在女娲的启示下勤奋地劳动，满足了人类繁衍的生活需要。女娲启示人们以族群里的优秀母亲为一族的首领，用母性的生育能力、善良的天性和母亲的威仪，支配着三、五十人的一支族群。母亲以血缘关系聚拢了人们，纳入其他族群的男子组成母系族群。天神女娲告诉人们，生育是母亲的天

赐特权，生育是联系家族的纽带，女性首领通过支配生育权利管理族群。母亲把和自己有血亲的女人拢在一起组成族群，这个族群的核心成员是首领的姥姥、母亲、姨、姐妹、女儿。丰年，大家一起享受美好生活；歉年，大家一起度过艰苦的日子。

那时的人们，男女的伴侣是不固定的，生养出的孩子也不能确定他的父亲是谁，所以孩子得到所有族人的爱护。小孩子长大以后，女子就留在族群生活，男子则要离家出走，加入其他族群或与其他男性结群生活。他们单独在族群外很难活命。

一年又一年，人们生活的经验逐渐增加了。他们采集的植物种子开始被种在地上，长出更多的粮食，免于采集的辛苦；人们捕到的动物幼崽被养了起来，进行驯化，它们成了家畜。最先种植的有麻、黍、稷、麦、菽，后来又有了水稻。最先驯化的动物有猪、鸡、羊、狗、牛、马。那时，一个家族有多少家畜是富足与否的标志。天神女娲告诫人们，向大自然的索取只需满足生养和繁殖的需求就行了，切勿过度索取。万物皆有灵，万物都有在地球上生长、繁育的权利。人们满足自己的同时，也要给其他生灵留下生存的空间。

人们在地广人稀的环境下生活，虽然母系族群的生产能力不高，但是这种方式保证了繁衍种族的需要。母系氏族的形式持续了漫长的岁月，母亲为主的家庭以生育为纽带，互爱是一个家族的核心观念。一个女性成员要想在家族中得到地位，就要生育，就要爱护族群成员。一个男性成员必须勇敢地去狩猎、勤劳地采集、努力去劳动，才能有繁育的机会。母系族群的首领管理着人们的生育权，食物的分配权，也束缚着人们的行为，男女之间不能建立稳固的夫妻关系。生活环境恶劣，人类的生产能力有限，人的寿命很短，男性的寿命更短。那时，族间冲突开始发生，主要是为了争夺生存空间。随着社会生产力的增加，人的繁育增多，逐渐形成了邦族，争斗渐渐产生，母系社会被具有支配能力的男性所代替，男权社会开始了。

四、女娲启示父仪天下

自从女神炼石补天以后，大地上风调雨顺、万物复苏、草长莺飞、走兽遍地。人们采集果实、狩猎动物、种植五谷、饲养家畜，生活逐渐好了起来。以母系为首领的族群不断繁荣起来。这时候，族群内、族群间开始有不孝敬老人、欺负弱小等问题出现，族群间因为猎场、水源问题也不断出现冲突。

这时候，有华胥氏族群居于洛水之畔，人丁兴旺，在她的族群周围还生活着许多族群，这些族群都与华胥氏族有血缘关系，他们有共同的语言和习俗。在华胥族南边的夏田族群势力很大。夏田族群居上水，常常在年头不好的时候侵夺华胥族人的食物。两族相争，多次械斗，互有所伤。

华胥氏首领有一个男孩子叫伏羲。伏羲诞生是天神盘古的启示。这个少年长大以后照例要到其他族去生活，华胥首领为成年后的伏羲选择了夏田氏族群。

这时候夏田族群正好处于动荡时期。由于牲畜的饲养、土地的耕种、族群间的争斗，族群里男性的地位升高了，有的男性开始自己支配族内的婚配关系了。族间的争斗更加提高了男性的支配地位。在一次族群内部的争斗中，老女族长把族长的权利交给了伏羲，伏羲成了夏田族人的首领。

有一次，夏田族人丢失了几头猪，认为是前坡族人捕走了。十多个夏田族人拿着棍棒来寻猪，前坡族人也拿着棍棒去迎击，把夏田族人打败了，夏田族人找到华胥族人，叫他们一起同前坡族打仗，把前坡族人打败了。大家看到了联合的力量。这时候，华胥族和夏田族的保护神女娲降下人间，启示华胥族和夏田族，两个族群应该联合起来。华胥氏族首领是伏羲的母亲。她征求了大家的意见，提出了两族联合成邦，这是破天荒的事情。以前都是分裂，再分裂。两族合并成邦，伏羲成了华胥邦族的首领，伏羲又与这一片大地上有血缘关系的各族群联盟在一起，并成为邦族首领，开始了父仪天下的社会。

五、女娲与龙凤呈祥

远古时候的族人尊崇母系的血脉，按照族群生长繁衍。人们向大自然采食，有丰有歉、有饥有饱，非常不稳定。虽然已经有了一点储备，但维持日常吃穿还是族群首要的事情。皮毛仍然是取暖必备的，常有衣不遮体的情况。尤其是有时吃下腐败的食物，引起吐泻，严重的会丢掉性命。

有一年夏天，有一族人狩猎打死了一头大野猪后抬回家里，第一天肉非常鲜美，第二天还可以吃，第三天肉已经腐臭了。食还是不食呢？大家看连天阴雨，洪水泛滥，没办法得到新鲜食物，还是勉强吃了一些。随后吐的吐、泻的泻，有的人病倒了。除了吃得少的没有大事外，死了好几个人，这可怎么办呢？于是大家祭起了天神，得到了天神的启示，再也不敢食腐臭的食物了。

天神女娲看到人们的生活这样艰难，她通过启示告诉人们吃的禁忌。一忌：

同种不食，人不食人。二忌：动物死尸不食，自毙的动物不能食。三忌：已经腐烂发臭的食物不能食。

族内每有小儿能抓食物，大人都会对小儿进行启蒙。指着排出的粪便告诉小儿，这是臭的不能食。所以人们从幼小起就不食粪便，比照粪便知道了"臭"的味道。

那时，人们采来动物的皮毛做避寒的衣服。女娲启示大家，人要知羞耻，小儿的时候就要告诉他排尿、排便时要避免被别人看到；身体排泄的地方、生殖的地方和哺乳的地方要遮蔽起来。人们就开始用草遮挡身体的隐私部位，用皮毛把自己这些地方遮挡起来，于是创造出衣服。

族里的女人一旦怀孕，会得到特殊的照顾，每次采食回来，最好的肉食、最好的果子会给她吃。到了生产的时候都要自己走出族群，在一个隐蔽的地方生下孩子，自断脐带、自食胎衣。顺产的自然好，难产的一走出去就再也回不来了。后来女神启示，告诉大家生殖是人类的天性，要敬重生育。凡能生育子女又会接生的女性便成为族内受敬重的人。族群内也设立了产房。有接生经验的女性被称为"接生婆"，她们专事接生，处理脐带、胎衣。妇女都把天神女娲娘娘称作产妇和新生儿的保护神，每当生小孩的时候都向天神女娲祈祷，保佑母子平安。

但凡一胎生一男一女两个新生儿的时候大家都非常高兴，称为"龙凤胎"。这龙和凤都是在女娲创世纪的时候造出来的。据传说：女娲补天炼的七彩石太热了，石浆中常有火焰飞腾，大家说这是神龙帮助炼石补天。又见有火花爆裂，如飞起的神鸟展翅，大家说这是凤凰在帮助炼石头。后来，大家"舞龙灯"就是受这神龙的启示，"放礼花"也像凤凰在展翅，现代的烟花也是"龙飞凤舞"的样子。女神启示把龙和凤当作华夏一族的传统图腾，已经有几千年的历史了。龙凤呈祥是天神给大众的祝福。

天神还启示了色彩的寓意。龙凤呈祥以黄为美，黄色的"龙"、黄色的"凤"闪着光芒，黄色成为尊贵的颜色。凡是重大隆重的场合都装点成黄色，黄色是中原大地的颜色，也是华夏族人皮肤的颜色，几千年来，皇帝的宫殿都是金碧辉煌的黄色，甚至皇帝宫殿上的瓦片也是黄色。

女神也对其他颜色做了启示。

红色是鲜血的颜色，是吉祥的颜色，显示热情和活力。红色如血液一样，是一种警示的颜色。

橙色与火焰同色，与太阳一样辉煌，代表了生命的活力，也是醒目的颜色。

绿色是大自然植物的颜色，给人以生命力，是健康活跃的启示。

黑色是暗夜的基本颜色，有庄重、压抑、沉稳、冷漠之感。

蓝色是水和天的基本色，代表宁静、平淡、安宁之意。

紫色是神秘的颜色，显示高贵、庄重、肃穆。

白色是日间的颜色，是光明的基本色，显得洁净轻松。

银白色是耀眼的颜色，是高贵的颜色。

粉色是红的降格，显得热烈而轻漫，是温馨的颜色。

棕色是黄色的加重，显得稳重不张扬，是平凡的颜色。

灰色是黑色的减量，向白色的过渡，显得陈旧、老态。

天神女娲还告诉人们，不要用玄色做服饰，玄就是黑里透红的颜色，因为血液从血管里流出并凝结后就是这个颜色，它代表着不吉利和死亡。于是，人们把这种颜色用在葬具上。

六、女娲教民奏乐

大自然有许多美妙的声音，有雷鸣隆隆，有风吹呼呼，有大河奔流的波涛声，有溪流淙淙，有大海惊涛拍岸声；有虫鸣；有鸟叫；有蛙唱；有狮虎之吼；有豺狼之啸；有鹿鸣旷野；鸡啼犬吠，牛哞马嘶，真是千奇百怪。天神女娲在创世纪的时候为人类创造了语言和歌唱，人间就有了传达情感的声音，人们的互相呼唤也不绝于耳。这些声音是大自然的交响乐。在远古时代，人类结族之初，没有专门的乐器。击打木石的声音是原始的乐器。有一天，天神女娲在人间漫游，告诉了人们制作锦瑟的方法。这是一种有十几根弦的乐器，弹动琴弦产生震动，就会发出悦耳的声音，这是最初的弦乐。由长到短，因弹奏力度不同，可产生不同的音调。后来，天神又启示人们做出了古笙，它在圆盘葫芦上插上长短不同的管子，可吹出不同的音律。在天神女娲的启示下，人们创造了乐器，听到了自己创造的音乐，丰富了人们的生活，这些乐器奏出了大中华的神曲。

神曲《天佑中华》

宇宙洪荒兮，空旷迷茫。盘古开天兮，天地列张。山原广阔兮，大河奔淌。女娲创世兮，百物生养。男欢女爱兮，声色悠扬。民族繁盛兮，天道永昌。天佑中华兮，万世辉煌。

华夏上古故事

　　天神女娲完成了创造和启示就降生到人间，在夏田氏族群和伏羲过起了家庭生活，从此有了华胥、华夏、中华的演进过程。后来，他们又回到了天上，保佑天下的民众。大家信仰天神，养成了孝顺、善良、友爱、互助、守信、勤劳的中华传统美德。这些美德被传承了下来，使中华民族人丁兴旺，经历了很多劫难却依然繁荣昌盛于东方。伏羲和女娲被尊为老天爷和王母娘娘，他们永远成为民众的保护神。

第三章 伏羲的故事

一、伏羲和女娲在人间出世

伏羲是华夏民族传说中教民渔猎农耕的天神。

初时，远古人们在华夏大地上是依母系族群生息繁衍着的。那时候，地广人稀，野生植物、动物很多，人们依靠采集、渔猎来维持生活。可是，人口不断增加，族群扩大，大的族群逐渐分裂成多个族群。各个族群占领土地，有自己的采食、渔猎范围。大地不会扩展，人类不断地繁衍，族群间开始出现冲突。由于动物的饲养、谷物的种植和族群之间的冲突，使男性的作用显得越来越重要了。男性在生产生活中的发言权慢慢大于女性，族中的男性整天为食物分配、劳动分工、婚配权利争争吵吵，族群内部出现纷争。

这时候，天神女娲开始启示人间，由母仪天下转为父仪天下。

伏羲下凡到华胥族的故事充满传奇。自盘古开天辟地后，大地上又出现了一位天神，他就是伏羲氏。他是华胥族人，生活在黄河支流的洛水边。华胥氏族的女首领华胥氏年轻的时候，有一次到雷泽的河边散步，看到一个巨人的脚印，她把脚踩在脚印里。这时候她感觉有一股灵气到了她的腹部，她怀孕了。怀胎十月，夏历三月十八，她生下一个男孩儿，起名叫伏羲。这个小男孩逐渐长大了，到了接近成年的时候，就被女族长送到了夏田族去了。

女娲下凡到人间同样奇妙。华胥氏族生活的上游有个夏田族，他们的血脉是相连的，有同样的风俗、同样的语言。在伏羲降生后，夏田族有一个神奇的女孩降生了。这个夏田氏母亲叫女姥，多年不育，她到洛水边去祈祷，让天神给她一个孩子。她的虔诚感动了上天，天降大雨、闪电雷鸣，一个双尾交叉的闪电落在了她身边，于是她感怀身孕，十月孕育，夏历三月十五，生下了投胎凡间的女娲。因为"姥"是女娲的娘，后来成了对娘的母亲的称呼。

这时候，华胥和夏田两族经常与周围的族群发生纷争。华胥族老族长也渐渐地衰老了，她想把族长权力交出去。交给谁呢？这时候正在兴起男性当族长，有天神启示她，把她送到夏田族的儿子找回来做族长。伏羲身体强壮、善良、勤劳、有智慧，在夏田族里很有威望。于是，伏羲也成了华胥氏族的族长。两族形成了联邦族群，在族间争斗上占了上风，这就是华夏族联邦的起源。伏羲和夏田族女娲结为夫妻，组成家庭，人们一家一户地生活，不再群居了。他们以良好的品德，聪颖的智慧，联合着周围的族群。这些族群都有血缘关系，结盟成了大的联邦族群，称"邦族"。伏羲实现了族群联邦，成了邦族的领袖。

父仪天下的族群生活改变了母仪天下的群居生活状态。男性支配下的氏族，开始出现男女对偶婚姻、分户居住、分户生产，男性为主的家庭出现了。家庭也称户，成了氏族下新的生活单位。

二、伏羲结绳记事

在伏羲年少的时候，那时的生产能力很低下，人们刚刚过渡到狩猎、饲养和农耕并重的生活状态下。在家庭生活、氏族生活和邦族生活方面，需要记载的信息还不多。那时，在各种活动中记录和传递信息非常困难。早前人们多是口头儿带信息传下去，这样有时候应该记录和传递的信息会被遗忘。这怎么办呢？当食物生产出来，全部消耗掉了，就不会出现记录的事了。而实际上，每个家庭都可能多生产、少生产一些。少的时候不够用，就要向多生产的家庭借用，怎样记住这个借和还的过程一直困扰着人们。

聪明的伏羲年少时就琢磨数的概念。他看自己的手指，是从一到十个，又看看脚趾也是从一到十个。那时，人们经常把吃剩的凡是有孔洞的小兽骨串起来，挂在手腕、脚踝和脖子上，他就开始数这些东西了。后来他长大了，在生产劳动中，他就用一些物件代表某物品的数量。例如杏核代表猪，几个杏核代表几头猪，就不会记乱了。有一次，在族内各家要拿出一些粮食种子，怎么记下各家拿来多少呢？大家一筹莫展的时候，伏羲想出了办法。每家拿来一条绳子，在各家的绳子上打结，结的多少代表出粮食的数量，存在族长那里。这样，在秋天就能依据

绳子上系的数量分配粮食了，这就是结绳记事。

伏羲提出了用结绳记事的方法，大家都挺赞成。

据说"斗""石"也是伏羲发明的。以前分散放的食物是依"捧"来分的，捧是多少呢？这就看这个人手的大小了。还有分肉类食物时，大家都是一"堆"一份地分，一堆是多少呢？也不好定。如果一个小家族人不多，少量分配还行，但是如果要分的数量大，再按"堆"就不成了。于是人们就想办法了，用葫芦瓢分散粒的物品。最初采用的葫芦瓢就是随便切开的葫芦，大小不一。伏羲就制作了一个木头刻的容器，因为这个容器像天上的北斗星的排列，所以伏羲给它起名叫"斗"，用来称量物品。斗的十倍称作"石"。斗、石代表的容量比较公平了。

族长保存了一个"斗"，大家都以这个斗做成相同的容量的容器就可以公平秤量了。这个方法在民间沿用了几千年。后来，用金属做出的"斗"更规范了，但起始时都是用木头刻的"斗"。

伏羲成年以后做了族长，他们华胥族的人口已经很多了，集体劳动的收获分配是一个大事情。每当分配时，常有不同的意见，闹得沸沸扬扬，特别是分肉类食物的时候。堆的大小、肉的质量不同，怎么分？这是个操心的事情。伏羲族长分配食物时想，如果"斗"装的物品重量能固定下来就好了。用相同重量的物品，量出肉的重量就好了。怎么比重量呢？这是个难事。一天，他们去田里干活，用扁担挑东西。伏羲的一双手上还拿着一葫芦水，另一只手还拿着食物，他不得不用肩头找担子的平衡。他把担子放在肩上，担子一头和另一头的东西一样重才能使担子平衡起来。伏羲从这里受到启发，如果找一段木杆，在木杆中间绑根绳子把木杆吊起来，在两边相同长的地方放上东西，重量一样的时候不就平衡了吗？于是，伏羲告诉了大家这个平衡的方法：一"斗"或一"石"的数量放在一边，另一边放上肉、果子、菜就可以称出相同的重量，这样就解决了分配不规则东西带来的难题。这个物件被称为"秤"，"秤"字的偏旁"禾"代表粮食，"平"代表相同的重量。用秤分配食物，大家感到很公平，都称赞伏羲有办法。

在称量分配食物、记录各家出工、出物的过程中，要交流各种信息，以前都是凭口对口的语言进行传递，往往出现记错、忘记的时候。有一次，大家到很远的地方去劳动，需要从家里捎来一些工具，派了一个小伙子去取，可是取回来的物品、件数都不对，只好又派人去取了，浪费了一些时间。伏羲看在眼里，记在心上，他想，怎么能让语言被记录下来呢？有一天劳动休息，伏羲把手压在潮湿的地上，以拳头压是一种形状，伸开一个手指是另一个形状，伸开五指又是一个

第三章 伏羲的故事

13

形状。过了几天再路过这里，他无意间看到了一些手印，并认出了自己的手印。于是他受到启发，如果在物品上刻下记号，画上个数不就可以传递了吗？有一天，他们在外劳动，需要再增加几个人和拿几件石头工具来，他让一个小孩子去取，又怕小孩记不住，就找来一块树皮画上人的形状，又在下面划了几个道道，再把石头工具画在上面，也划了几个道道，要小孩子拿回去给家里人看，家里人看出了其中的意思就照做了。这样，他们一族就经常以画图形、画道道来记录信息，互相传递信息了。这个方法传到其他族群里，大家都学习伏羲刻画记事的方法。

三、伏羲结网渔猎

伏羲一年年长大了，夏田族的女族长也老了，举荐伏羲当首领。她把一族人召集在一起，每户投一个石子给伏羲。他得了"满贯"（满罐），就接受了族长的位置。从此，伏羲的责任大了。为把大家组织起来，一族群一百多号人，身强力壮的青壮年在外渔猎、耕种，体力差的在家绩麻搓绳、修造工具。伏羲也一直和大家一起劳动，并在实践中不断创造着渔猎工具、符号和礼乐。

伏羲年轻时经常充当猎头的角色，当然这也是最勇敢的猎手才能担当。猎头埋伏在树丛或石头后面，当野兽奔过来时，猎头就突然迎上去击打野兽的头部，杀死它们。面对大群狂奔的野兽，猎头的位置非常危险。头领一般指定动作敏捷的年轻人充当猎头。大伙儿驱赶兽群，向埋伏的地方跑去，猎头看到面前几步远的野兽，突然冲出，把野兽打倒。如果是有角的动物就十分危险了，要击中它的要害即双眼之间的头骨。猎头要闪过野兽尖尖的角和庞大的身躯，又要击中野兽的要害，非要胆大心细、技艺高强不可，常有猎手因此受伤甚至死亡。

伏羲经过锻炼，已经成为族里有名的猎手了。担当猎头的角色是每户轮流，每次轮到伏羲这一户都是他担当。在多次埋击野兽后，他发现迎面伏击野兽十分危险，那改在侧面出击不行吗？于是他和头领说了，头领说那就试试吧。于是伏羲就拿了长柄的斧头上阵了，每次野兽冲过来时，他从侧面击打它们，成功概率并不高，但减少了人员伤亡。后来他又改成用木刺枪，用木刺枪的方法是从侧面刺向野兽，从胸腹部刺进去能立即让野兽失去跑动的能力，大家扑上去再杀死野兽。这样一来，猎到的大型野兽多了。猎头猎到野兽，大家就选最好吃的肝脏给猎头吃。做个猎头很危险，伏羲也因为伏击野兽受过伤。一次，木刺枪刺中了一头鹿，这头鹿的力量很大，伏羲自己的身子也被带起，从隐蔽的石头后面飞了出

去，被后边的鹿踏到腹部险些丧命。伏羲在捕猎中不断地思索，他看到手中的绳子，想能不能用绳子套住野兽呢？他发现，结一个可以活动的套子，如果套在野兽的角上、头上、脖子上或蹄子上就能猎到它们。他试着用套索套野兽，他把套索放在野兽经过的树丛间或者通道上，有时会套住大大小小的野兽。套索的使用很成功，大家获得肉食的机会多了，两三个人也可以打到大型野兽了。大家称这个设伏的方法为"狩猎"，把冲上去追打野兽的方法称为"捕猎"，把设陷阱下套索的方法称为"伏击"。"伏击"是伏羲的谐音，也是纪念伏羲的意思。

伏羲还制作了一种追击野兽的投掷器，一段木头前边绑上一块石头，后边系一段绳子，当追到较近的距离时，把这种叫"游把榔头"的武器投出去击杀猎物。"游把榔头"投出去，上边的绳子会缠到野兽的角或蹄子上，减缓野兽奔跑的速度，人们再冲上去杀死野兽。

还有一种直柄前边带一段弯曲粗大木头的木榔头，主要用于驱赶野兽，叫"拨拉棒子"。单靠在地上埋伏，想要打到会飞的动物不容易，伏羲和大家主要是用这种名叫"拨拉棒子"的投掷器打小动物和落在地上的飞鸟。后来，他琢磨用绳子拉"拨拉棒子"的方法把落地的鸟打死。

那时，狩猎还是获得肉食的主要手段。能够打到更多的大型猎物，是族群获得肉食的重要来源。最初，人们主要是靠人勇敢地冲上去，用木棒、石头把野兽打死，获得肉食和皮张。伏羲最开始领着大家狩猎动物，靠的也是这种方法，收获不大，有时自己的族人也被野兽伤害了，他很痛心。

有一次，他们围猎一群野牛。追着这些有庞大身躯的动物，要预先设好埋伏，一部分人躲在大石头和树木后面，另一部分人驱赶动物进入伏击地点。大伙儿一起用石头、木棒杀死这些动物，收获不能保障，迎击动物的猎头也有很大的危险，族里许多人因此而受伤或丧命。有一次追赶一群野牛，想把它们引进伏击圈，但是野牛跑向了另一个方向，那里有一条河，牛一进河道，人就追不上了。无奈伏羲招呼大家，准备重新布置埋伏。这时，他看到远处的牛群又折返了回来，头牛气势汹汹，牛蹄子踏着地，卷起好大的灰尘。牛的嘶叫声震天动地，大家吓坏了。怎么办？有的人已经开始上树逃跑，有的人向大石头上爬。伏羲也很害怕，但他想到自己手上的火种，那是藏在火盆中的炭火，他把炭火撒在地上，让大家赶紧放些干草、树枝，火一下子着了起来。牛群就要到跟前了，看到火，牛群慌了，头牛急速地停了下来，返身又向河边跑去。伏羲见状抄起一块燃烧的木棒，另一只手拿着一把石斧头高喊着，冲了上去。大家也拿着木棒、石头冲了过去。

15

这群牛向河流方向跑过去，眼看着它们都入水了，有两头体弱的落在后面，伏羲想截住它们。其中一头牛跌到一个土坑里，再爬起，速度就慢了下来，伏羲一跃而上，用手中的石斧重重地打在牛后胯上。这牛闪了一下，跌倒在地，又急忙用两条前肢扒地昂起头来。这时，伏羲冲上去，一斧头打在野牛两眼中间的地方，牛失去知觉，轰然倒下了。大家用石块、木棒一起把野牛打死了，牛被切成肉块。剩下的牛在河对岸看到同伴死亡，惊惧地看着伏羲手中的火把，又向远方跑去了。大家剥开牛皮，分食了一些牛肉，喝了一些牛血，把剩下的牛肉架在木棒上带回族群去了。

在回来的路上，伏羲看到牛跌倒的地方，那里是水冲出来的一个积水坑。平时动物会绕着走，但是在有人追赶的时候，牛群慌不择路、互相冲撞，牛掉到土坑里跌倒了，这一跌倒，让它丧了命。伏羲想，我们以前都用伏击的方法打大型猎物，十分危险，也不能每次都成功。如果我们在野兽经过的地方挖掘一些坑，把它们赶过去，让它们掉到坑里，再击杀它们不是一个好办法吗？于是他带着族人再次出击，找到野兽经常活动的地方，用石铲挖了坑。猎人们用吼声和打击声吓唬野兽，让它们向有坑的地方跑，常有野兽跌进去，大家动手杀死了这些落在坑里的野兽，使狩猎的成功回数多了。但是一段时间后，这些野兽发现了土坑的危险，就远远地避开了土坑。狩猎的动物少了，怎么办？伏羲看到野兽是顺着兽蹄印在跑动，挖坑破坏了地面的踪迹，它们就察觉了，怎么能不让它们察觉呢？伏羲想到在土坑上加了一个盖子，用树枝、草叶和土盖起来，一旦身躯庞大的野兽踏上去，就可以陷住它们，于是就这样做了，效果非常好。有时不用追赶，野兽也会掉进去。这样，以"陷"的方法打到了更多的猎物，几个人也可以捕到大的野兽了。得到的食物皮张更多了，他们一族人兴旺起来了。人们也把挖坑狩猎的方法称为设"陷阱"。其他族群也学到了设陷阱的方法，狩猎变得容易多了，大家都赞扬伏羲的智慧。伏羲在族群中树立了威信，大家都拥护他做首领，伏羲就成了这一带的王。

自从伏羲成了华胥这一带的王，他的责任就更大了。不但本族的事要管，还要管理这一邦的事情。有一年，华胥一带发了大水，从春到夏，连雨不断，种的庄稼都毁了，很多家养动物也死亡了，野兽被水逼得逃到遥远的地方去了，邦族出现了饥荒。怎么熬过这个缺少食物的日子呢？大家都向水边找，因为山上的东西已经吃光了，能吃的草、树皮也没有了。在水边，大家找了一些小的水生物充饥。这些蛤蜊、螺蛳也一天比一天少了。看到水中的鱼，大家架起木筏用木头鱼

叉叉鱼，但是收获很少，还是填不饱肚子。饥荒还在加重，能吃的皮具也开始下锅煮了。大家啼饥号寒，日子非常困难。伏羲日夜奔忙，怎么解决大家的饥荒呢？他在河边儿走着，看到有的鱼儿游进一处没有出口的河汊子后折了回来。他想，要是在河汊子上筑坝，把鱼困在里面就好捕了，于是他带领族里的人在河汊子上用土石筑起了堤坝，留下一个口子，每当有鱼群游进去，他就领大家快速地用柴草木石把口子堵上，然后用盛水的工具排出里面的水，这样，被困的鱼就成了猎物，大家得到更多的鱼了。但是，围堤坝的方法要受到地形的限制，不是总有效。饥饿的问题没有解决，这让伏羲心烦，他夜里睡不着，就到河边去走走，看水退了没有。一天早晨，水退了一些，在河边有一条大鱼被困在一丛水草中，被伏羲捕到了，他把鱼拿回家，家里人非常高兴。又过几天，再到水边就看不到被困的鱼了，他用石刀砍了一些草，用树枝把这些草捆在一起，放到水里，用木棒固定好，他想也许有鱼会游到草捆里，他就回家了。

　　第二天，他到水边去，无意间捡了一块石头扔到水里，有一群鱼被他惊着了，在水里乱窜，有几条鱼就扎到他放在水里的草捆里。伏羲得到这几条鱼后就想，如果大家都拿上草捆，一起赶鱼，也许会有收获。于是他组织大家每人用手拿一捆草，到河里从离河岸远一点儿的地方向河岸推进，大家一起向河岸跑，近岸的时候，大家放下草捆向岸边围。这样，成功的时候，一次可以围到许多鱼。鱼多的时候还可以，鱼少的时候就很难围到了。用鱼叉叉鱼得到的收获也很少，特别是很难捕到一些大鱼。有一天，伏羲路过麻姑家的院子，看到麻姑晒了很多的麻，麻在风中飘动，他想，草捆能困鱼，那么用麻绳连接在一起或许也能捕到鱼。于是，伏羲试着用麻绳连接在一起，他称之为"网"。把一片、一片的网连接在一起放在水里，大家一起拉，效果比草捆好多了。但用麻绳做的渔网，在放到水里后非常沉重，拉起来非常困难。伏羲试着用油浸润麻绳，用起来就好多了。这样，他们这一帮人在大水的年头也可以有食物了。熬过了饥荒，捕鱼的方法传了下去。这种用网捕鱼的方法被伏羲命名为"渔猎"，也传到其他族群去了。大伙儿都颂扬伏羲渔猎的创新，都崇敬他。

　　后来，伏羲也用网捕地上的野兽和天上飞的鸟。在捕野兽的时候，网上浸润上动物的鲜血，之后就凝固在网上了，网密实也不沾水了，用来捕鱼更好用了。所以在麻绳做的网上浸润上动物的鲜血就一直被沿用着。

第三章　伏羲的故事

四、伏羲教民刀耕火种

在远古时期，火对于人类和动物来说是十分神秘的东西。植物在大火中成片地燃烧死亡，还有很多动物没有逃离火场，在大火的高温炙烤下死亡了，不幸的人也会被大火烧死。大火还使繁茂的植物化为灰烬，人和动物得不到食物，出现饥荒被迫迁徙，因此人和动物都怕火。

人们那时，见到火，都和打雷闪电有关，所以认为火是天上来的，大家都说这是天神的霹雳之火。人们在很长的时间里都把霹雳闪电认为是天神的怒气，特别是树木、人和动物被雷劈着的时候，让所有的动物和人都非常惧怕。人们看着燃烧的火，最开始都是远远地跑开，后来才发现火也有能利用的一面。比如说，被火烧死的动物，人还可以吃，而且比没有烧熟的肉好吃；被火烧过的土地，树木和草化为灰烬，人可以种庄稼。所以，人们对火的态度逐渐从恐惧变成开始接近火、利用火。在伏羲他们那个时代，主要用的工具是石头，用打制的石头去打猎、耕种。他们把燃烧的木炭拿回家，把这块火炭称作"火种"。火一经用于生活，人们的饮食、居住明显地改善了。火对人们的生活太重要了，人们把外边的野火拿回来存在山洞里，装在火盆里。人们非常珍视火种，火也改变了人们的体质，改变了环境。

伏羲带领大家去打猎，最初的时候火也只能存在家里，打到猎物就拿石刀把猎物割开生吃了。后来，他们发现火也是可以转移的。有一次，伏羲想把火移到远方去，又怕火烧到自己，于是他就捡起一块干土块儿，在上面挖了一个坑，把火炭放上去了，就能拿到很远的地方。他想如果用泥土做一个装炭火的东西，不就方便了吗？他就用泥土做了一个半圆的盆形物，把火炭放进去就可以存放、搬动了，他把这叫"火盆"。把火从火堆移到火盆，大家方便多了。后来，伏羲他们就用柳树条子编织成筐，在里边涂上厚厚的泥巴，晒干后放入火种，带着火种去打猎。这样，打到猎物就可以烤着吃了，比生吃食物好多了。在一次打猎的时候，伏羲带着火种，把小捆的树枝点着了，他们就叫它"火把"。野兽都非常怕火，他们就利用火把来驱赶动物，让动物跑到人们预设的埋伏地点来进行捕猎。以前开垦土地都是用木头和石头的工具铲去杂草，种上庄稼，有了火种以后，人们可以先烧一下野草树木，这样再开荒就方便多了。火的运用使生产能力提高了，大片荒野变成了田地。火的使用改变了人们的生活。伏羲教给了大家保留火种的方法，一直被沿用了许多年。

五、伏羲和女娲制定家规

伏羲从华胥族到夏田族生活时已经是成年人了。天性让他爱上了一位美丽的女子，这个女子是下凡到夏田族的天神女娲。女娲与伏羲结为夫妻，后来，他们有了许多子女和孙子女。女娲爱护生养孩子的母亲，爱所有的孩子，人们尊她为守护神。伏羲和女娲给大家立了家规：

（一）夫妻要相亲、相爱、相扶。
（二）父母要爱护子女。
（三）教养子女长大继承家业。
（四）子女要孝敬父母长辈。
（五）家有难大家担。
（六）家有财大家用。
（七）不盗、不抢、不杀人。
（八）守信担责。

伏羲和妻子女娲一起生活了一辈子，家庭和睦，邻里称道。

伏羲在七十多岁时把邦首领的担子交给了一位叫告庆的族人。告庆自举，经过大家举荐、族里投石"满贯"（满罐）后，告庆成了首领。伏羲认为自举是勇敢、有主见、有能力的表现，从自举中选人可以找到好首领。伏羲善于听大家的意见，用投石选材的方法让大家发表意见。这个叫告庆的年轻人，品德好、有能力、孝顺长辈，大家多数都投了他，伏羲就卸下了邦族首领的担子，不再称王了。

伏羲没有停止对家庭和邦族的关心。他仰观宇宙，看着日月星辰，感知时刻的演进、四季的轮回、草树的枯荣、丰年荒年、水火灾情，这些事情在他的思维里回旋。人总有老去的时候，怎样把家族引向富裕文明的生活状态？他拿出身边的小兽骨，这些飞鸟的长短腿骨有一种灵气，反复琢磨，试着解释这种演进的过程。有人到伏羲这里来请教一些事情，伏羲都要进行一番推演，以自己的见识对人们未知的事物进行占卜并给人启示。比如有一户人家富裕了，为儿子盖窝棚，找他看看。伏羲来到窝棚前，见他家在村边盖的窝棚高出别的窝棚一大截。伏羲说这窝棚太高了，不要超过别人家才好。那一家没有接受意见，还是盖完了。可是有一年夏天，雷击中了他们家的窝棚，起了火，损失了一些财产，那家人又找到伏羲问怎么办，他们打算把窝棚重盖起来。伏羲又到窝棚前去看，窝棚框子还挺好，就告诉他们，还是把老窝棚修一修住吧。伏羲让他们在窝棚前后栽了一些高大的树木，果然太太平平。

有的人家走失了家养的马，家里非常着急，四处去找，但因为春天刮大风，并没有留下踪迹。这家人找不到走失的马，就找到伏羲，让他给想想办法。伏羲来到他们走失马的地方，问："你们走失的是什么马呀？"他们说："是一匹小公马。"伏羲看着他们的马群说："你们再放出一匹小公马，跟着它，也许就能找到那匹马。"于是这家人又放出了一匹小公马，远远地跟着它，果然这匹马东闻西闻后，就向顶风的方向跑了下去。小公马越过山、越过河，远远地见到一群马在山坡吃草，那是一群别人的马，跑丢的小公马也在那儿。他们找到了马，非常感谢伏羲。原来春天公马发情，自己跑到别家马群找母马去了。

有的人家，邻里纠纷也找伏羲来评理，伏羲主张和睦生活，不要恃强凌弱。有一次，邻里两家因为树上的果实，找到他来评理。这两家相邻，左邻墙边有一棵银杏树。这棵树栽了上百年，像大伞一样，树冠压在左右两侧的院子上。右邻因为挡住了他们的阳光，院子里菜长得不好，要求左邻放倒这棵百年大树，两家因为这事儿吵过几次。伏羲被他们请到窝棚前，他前后看了看，说了这样一席话："一棵大树两边荫，果实累累两家分，和和气气度日月，年年岁岁几度春。"于是两家就不争了，果实两家分，和和气气地过日子了。

伏羲告诉大家，家里、邻里、族里要和气、合作处事。和气了才能有共同的劳动成果，才能有饭吃。合作要公平分配，一人一份。

伏羲处理族群之间的争议，也是从和睦相处、共同生活的角度来处理。

伏羲晚年还定制了华族的姓氏，因为在那时还没有什么章法，大家都没有约定俗成，于是都来请教伏羲。有一户人家，父亲从风族来，母亲从东族来，他们生了三个男孩儿、三个女孩儿，不知道该怎么给孩子起名字。他们自己随口就把男孩儿叫大仔、二仔和三仔，女孩儿就叫大丫、二丫、三丫，孩子们都长大要结婚了，请伏羲起名。伏羲就告诉他们，孩子应从父姓也可以随母姓。那时姓氏很乱，有不随父母姓的，所以几代以后就乱了。伏羲告诉大家，子承父业随父姓百代不乱，这样他们的孩子就有了姓氏。那时姓很随意，可以是住的方位，如东、西、南、北、中、左、右；大自然的现象，如风、雷、雨、云；可以是职业，如张、皮；可以是一些动物图腾，如熊、龙、牛、马；也可以是族长首领赐予的姓。自此，伏羲

启示大家用姓，姓后来发展到数百个。

伏羲成了邦族首领后，他还教大家婚嫁的风俗，他提出了血亲不娶不嫁的规矩，免于近亲结婚。同姓三代不婚，使各族血脉相混，壮大族人。伏羲主张一夫一妻，他自己也只娶了一位妻子。

有分家产的也找到伏羲，他要大家分配的原则是夫妻共有、相互继承。一代男性血亲人人有份、不分长次，二代血亲可代位继承。这规制沿用了上千年。

有丧事找到伏羲操办，他指着天地对人们说："灵在天，体在地，肌肤来自父母，是天地造化，来于大地、归于大地。墓地应随日落方向，以看不到家住的地方为坟地。"因此，族人的墓地一般都是向西北方向，隔着山或树林。

六、伏羲创造河图洛书八卦思辨

伏羲以他的智慧和仁爱的心征服了周围的许多族群，结成了联邦族群，经过大家推选，伏羲为王，定都在陈地。他率领大家到高山上祭天封神，表示受命于天，替天行道。

人们生活在天地之间，对四季的变化如风、雨、雷、电、洪水、旱涝、虫灾、地震等天气变化，自然灾害，日月星辰变化，特别是少见的天象的变化，如月食、日食等都不清楚是什么原因，有什么规律。人类的生老病死也十分神秘。伏羲深刻地思索着这些问题。

在管理族和联邦的事务时，经常要进行无序数的排列，如抽丁的先后、分配物品的先后，伏羲和族人在"抽签"的基础上，发明了"股子"和"骰子"。股子是用死人的大腿骨中段，截一握长，磨成八楞，每一面分别磨一至八个坑表示数字。骰子取死人足骨的一块方形骨块，稍磨方，在六个面上分别磨一到六个坑，表示数字。他们经常用股子和骰子排序列，也做游戏和赌博。后来，人们用兽骨、竹木、石头、泥陶代替了人骨。而对人骨命名的股骨、骰骨被保留了下来。后来的分股、投股、八股等词汇就是由股子演化来的。

伏羲的身体逐渐衰老了，常有儿孙在他的身边玩耍嬉闹，他也非常喜欢和孩子们在一起，伏羲借助游戏把知识传给孩子们。为了让孩子们学习数字，他让木匠做了一些小木片，在上面写上数字，在数字边上刻了和数字相应的小坑。他按照孩子年龄的不同，用木片组合不同的数字游戏。他发现一到十的两组木片，拿出任意两张"相加"能组合成从二到一百的数字；用一到九的两组数字"相摞"（乘）

能得到一组有趣的一到八十一的数字。他为孩子们做加法游戏，称为"合数"；做乘法游戏，称为"摞数"。后来，人们受伏羲的启发，将一到十的一组数字游戏演义为"合数"，称"河图"；一到九的数字游戏演义为"摞数"，称"洛书"。利用河图、洛书演义出无穷的想象空间，上到星河、下到人间，无不涉及。此即为"大道至简，衍化至繁"。

伏羲进入了老年，他看着天上的星斗，夜空中不断有流星划过天际。北斗明亮，斗柄日夜旋转。回想自己少年苦难，成年奋斗，经历了大旱年、大涝年、大荒年，阅尽了人间的生死苦难。这期间似乎有天神在指引他，案子上摆放着长长短短的兽骨、木棒，用来教孩子们做数字游戏。他反复推来演去摆弄。忽然有一天，一个神秘的图形出现在他的手下，定睛一看，是一个八边形的图案。其上边有三长，下边有六短，左两长夹两短，右四短夹一长，左上两长托两短，右上两短托两长，左下一长托四短，右下四短托一长。这是什么图形呢？他百思不得其解，他向南遥拜天神，祈祷天神给他一个启示。他把图案画在圆形木片上，中间用一个轴挂在墙上，旋转木板，每次木板停在不同的位置，获得不同的启示。他把这八组图形刻在"股子"上，投出"股子"，随机得到不同的启示。

后来，人们在此基础上结合了河图洛书，演义出了阴阳"太极图"。

伏羲一朝醒悟，这是"八卦"呀！是思维方式的八个方面。他向人们讲述了八卦的因由，对八卦做了批字定名。用"骰子"分六个方面表述卦象。以九和六表示阳爻和阴爻。初始，八卦是一个方位图，提示世间的自然现象，进而演绎成各种境界，在不同的认识层面上解释不同的意念，被后人广泛引申出不同的解释。卦是古代占卜的工具，也作占卜讲，是一种借助符号、器具的启示进行逻辑思维的活动，并表示对于过去、现在和未来的预测，可以有明显的自我意念和传导意念，八卦有专门的规则术语，每一卦分为彖、象。象又分阴阳和六卦。阴阳用九和六表示。六卦象称"初二三四五上"。在对八卦的认识上，后人将对事物的解释用八卦表示出来，称卦象。因八卦使用场合不同而有不同的解释。

例如，在宇宙观上八卦可以表示：☰乾作天，☷坤作地，☳震作雷，☴巽作风，☵坎作水，☲离作火，☶艮作山，☱兑作泽；

在家庭观上，☰乾作父，☷坤作母，☳震作男，☴巽作女，☵坎作孙，☲离作外孙，☶艮作男外亲，☱兑作女外亲；

在身体观上，☰乾为首，☷坤为腹部，☳震为足部，☴巽为股部，☵坎为耳部，☲离为目部，☶艮为手部，☱兑为口部；

在方位上，☰乾为南，☷坤为北，☲离为东，☵坎为西，☱兑为东南，☳震为东北，☴巽为西南，☶艮为西北；

在运动观上，☰乾为健，☷坤为顺，☲离为丽，☵坎为陷，☱兑为说，☳震为动，☴巽为入，☶艮为止。

伏羲思索着自己的经历，在治理家、族、邦的过程中无不在八卦昭示的维度上。

南乾☰在上作天，人每天活动在世间，一切都在天之下，天主宰着一切，人人敬天、畏天、尊天。人间的活动要遵循天道，遵循人道。

北坤☷在下作地，是实际真实的意思，人们认识事物必须切实了解真实的过程，才能得出正确的判断。

左离☲为火，是修炼的过程，对事物拥有思辨的看法，才能将事物的本质提炼出来，找到正确的方法。

右坎☵为水，水代表了动态，水向低处流，代表了事物内在的规律，找到规律才能明辨事物的来龙去脉。

左上兑☱为泽，泽是大水漫地，积水成洼，草木繁茂，是思维的细处，也是水与大地的交汇。代表了融合的意境。

左下震☳为雷，雷从天来，凡事都有征兆，人不可藐视大众，人怒可转天怒。

右上巽☴为风，风可大小，无孔不入，在思维之间应当缜密，不可轻信妄言。

右下艮☶为山，山形伟岸，民众即是山一样的存在，为民众就是要通人性，保人命。一切律例都应在人性之上布施。

伏羲认识到事物有阴阳两个方面的不同属性，存在着对立、相合和互相转换。宇宙万物可归结为木、火、土、金、水五种成分的运行，称"五行"。依五行规律相生相克，产生了一切事物。伏羲的河图、洛书、八卦作为易经机理，给原始的辩证思维奠定了基础。几千年后，孔子对周易进行了阐述，称为《易经·系辞》，广泛流传。

从创八卦开始，记录事物就从单纯的象形符号向抽象的文字扩展了，用于人们情感、精神方面的表述。因此，人们认为伏羲的八卦启发了文字的产生。如八卦的坎卦☵表示水，就演变成了水字。复杂的事情从简单来，思生八卦，简生大道，俗生经典。

伏羲创立的人间思维与天神的联系，使后人能够以"天"的形式认识超自然力的存在，引导了天神崇拜的开端。人类文明发展表现为多元化。人们认为伏羲本身就是天神在凡间的化身，把盘古、女娲和伏羲并列为三个原始天神。伏羲被称为太昊帝，也是民众心中的"老天爷"。伏羲还被推崇为太阳神，统领天界的天帝，尊为"昊天玉皇大帝"。

七、伏羲和女娲是民众的保护神

伏羲在家庭生活中是个称职的父亲，他爱妻子女娲，爱自己的子女，家里的重大事情都要和妻子商量，他主张一夫一妻，家庭和睦。后来，伏羲和女娲年老了，灵魂回到天上，肉身葬在大地，人们尊他们为天神。

伏羲主持族里和部落的事情，让大家发表意见，集中大家的好主意，制定族里的规制。这使得他主张族里、部落和邦族的事情时，大家都能上下同心，治理顺畅。

伏羲和女娲制定的嫁娶、家庭、丧礼为中华民俗文化传统奠定了基础。伏羲和女娲带领民众创造文明的阶段，在中华文明史上是开创性的阶段，好像人的童年时期，许多文明为现代所沿袭。伏羲和女娲创造的中华民族初始文明，展示了人类社会从母系社会过渡到父系社会的演进过程。民众尊他们为人文始祖，后人为了纪念他们，建了许多庙宇、雕塑，并举行庙会等祭祀活动。

伏羲号称太昊、青帝。

伏羲墓曰太昊伏羲陵庙，位于河南省淮阳县。夏历二月二庙会。夏历初一、十五有祭祀活动。另有伏羲庙位于天水市，庙会夏历正月十六。伏羲雕塑位于湖北襄阳岘山。

女娲的纪念陵墓在河南周口西华县聂堆镇思都岗村。祭祀女娲老母殿在西安临潼西秀岭。

伏羲和女娲有子女十个。其中一个女儿叫宓妃，河伯之妻，溺于洛水，传为洛神。

后裔姓氏二十五个：伏、风、后、希、皥、包、庖、典、虑、宓、东、东方、乘、巴、朐、蔑、任、宿、须、句、颛、颛臾、贱、昌、郝。

八、伏羲和女娲的女儿宓妃的故事

伏羲和女娲有一个女儿叫宓女，美丽又聪慧，少年时有点任性、淘气。

宓女小的时候，伏羲常把宓女带在身边，教她识数、认识结绳和图形记号，母亲女娲也教她做手工。宓女稍大，常随父亲南北闯荡，见识逐渐增多。伏羲晚

第三章 伏羲的故事

年时宓女经常在父母身边，是一个孝顺的孩子。成年后的宓女出落得非常美丽，性情温婉，见多识广，在族群女孩里出类拔萃，年年社戏装扮神女，迷倒许多青春男儿。那时，有东泊一族，首领的儿子叫东勉，看到宓女的样貌体态，被迷倒了，如被摄了魂魄，家里有媒人来提亲，数个都不中意，非比较宓女的形象。家里托媒人到宓女家说亲，伏羲夫妇让东勉来家看看。一日，媒婆领东勉到伏羲家，过门坎时东勉以足踏坎，如童子样戏步，进屋后不施礼，自行落座。不等双方叙礼，东勉已开口表白自己，东山打虎，西山打狼。被伏羲问及稼禾饲养，混沌不知。宓女拿来"股子""骰子"游戏，东勉"合数"尚可加减，"摞数"乘除如堕云烟。送走东勉一行，问宓女中意否。宓女对母亲说："东勉愚钝也，不中意。"

后有将军家为孩子提亲，媒人到伏羲家，先说将军门第已数代为将，田产千顷，家资厚重，又说将军家男孩英姿豪迈，有将军相。伏羲让这个叫伯里的男青年和父亲来家一见。那日，见伯里年少英俊，礼道有序。问及经历，能稼禾、能射猎。待送走客人，母亲问宓女中意否。宓女说："父母中意，我就中意。"父母说："中意也。"宓女说："那我听父母的。"就定了这门亲事。男方送聘礼到家，宓女每日打理嫁衣，做许多婚棚饰物。父母为其准备了丰厚的陪嫁物品，都盼宓女嫁一个好夫婿。

不幸在婚期前月，伯里随队伍去剿匪时被流矢伤及面部，延宕七日，含恨离世。消息到了宓女家，宓女连日以泪洗面，进食水很少。她对母亲说："女儿如此命薄，无福可享也？"母亲安慰她："人命在天，你当与他不合，改日另择夫婿也。"后来，宓女始终不能释怀。一日，宓女告诉母亲说："伯里托一梦给女儿，他已做洛水河伯，管理洛水旱涝。"母亲说："梦之所托，日之所想也。伯里为战伤，非水淹亡，不配为河伯也。"宓女不信，常到洛水边散步。某日，她竟然衣饰婚嫁盛装，款款走入洛水中。家人打捞不及，随波淹溺了。面对滔滔水波，父母家人无不垂泪。

后来，有人说见到河伯夫妇双双在河滨现身。人们把宓女封为"宓妃"，传为洛水之神。传说她帮助大禹治水，打开了黄河龙口，放出洪水到大海去。

第四章 燧人氏钻木取火的故事

一、燧人氏带着火种迁徙

春天的草刚刚把大地染绿，一群人正在苍茫的原野上行走，他们是从西方华夏族分离出的一群人。这些人里有后来发明了钻木取火的燧人氏，他这时还小，叫允婼。只见十几个人中，几个八九岁、十来岁的小孩子，时而跑在队伍的前面，时而跟在队伍的后面，打打闹闹，互相追逐嬉戏，他们的娘都在这群人里。这伙被迫分离出群的女人和她们约来的几个男人，正跋涉在迁徙新猎场的路上。

这群人的女首领叫兰花，是原来大群头领红花的亲妹妹。兰花和红花以前是好姐妹，自从她们的母亲老了，把族群首领的位置给了红花后，兰花就开始受排挤了。特别是她们的母亲死了以后，红花在分配食物、抚养孩子和分配男人方面都压制着兰花。近几年，她们这个燕山南族群的边上已经有另外的族群在生活了。大家出去打猎、捕鱼和采集野果草籽的收获越来越少了。有时天气不好，赶上大旱和大涝，男人们打来的猎物不够大家吃，族群首领就开始把年轻的女人管起来，不让她们生孩子。红花作为首领，管制着族里所有的人，因为有几个男人经常给妹妹兰花献殷勤，红花也开始给兰花一些压力。兰花身材高挑、面容和善、声音洪亮。她已经生养了四个孩子，虽然已三十来岁了，但还有着诱人的体态。打猎回来的壮汉经常偷偷地给兰花带些动物的鲜肉、肝、心等。这要是被红花族长看到，是非常危险的，女的可能要被罚干重活，并且不能和男人同宿；男的可能被罚打猎，献来食物，严重的会被驱逐出族群。

这年，兰花的大儿子允婼已经十二岁了，小女儿也六岁了。这个壮硕的女人

还想生个孩子。但这两年天气不好，猎取的动物有时很少，食物常常吃不饱。首领已经开始控制女人们生孩子了。

兰花有一个相好的男人叫南风，是从很远的地方跑来的，已经到他们族群生活了十几年了，也许兰花的孩子里就有他的呢！这家伙，人很粗壮、跑得快、力量惊人，出去狩猎常常能打到大的猎物。因为他是从南边来的，大家管他叫南风。因为他常给自己心仪的女人带吃食，首领经常训斥他，有时多少天也不让他进内室去。前些日子他又触犯了族规，把一个狍子舌头送给兰花，把兰花带出去疯了一晚上，族长知道了，想整治一下他们。

有一天晚上，南风一伙打来一头野猪，首领把肉分给大家，由于人口多，一头百十斤的野猪六十多人吃，大家都吃不饱。红花分给兰花的肉是肋巴子肉，骨头多肉少。好肉都分给有孕和有吃奶孩子的女人了。兰花很不满意，她说："红花，你给我好一点的肉吧，我吃不饱啊！"

红花说："好肉给奶孩子和怀孕的了！"

"我也两个月没见红了，也许是怀上了。"兰花迟迟疑疑地说。

红花大声说："出去野，出去疯，现在打不到东西，来年不行吗？"

兰花不示弱地说："有人专找我，怎么办！"这是在说给红花听呢。红花这几年因为经常咳嗽，身体不好，怕是不来月经"腰干"了。红花没有再说什么，因为兰花是自己的亲妹妹，吵下去不太好，可是首领的地位是不能挑战的。吃过食物，大家睡觉前，该是首领安排大家怎么睡的时候了，首领有意忽视南风，让他睡在外间，那晚上就不能和心爱的女人睡了。他非常生气，夜里不知从什么地方搞来一些湿树枝放在火塘上，浓浓的烟充满了山洞，里外间的人都被呛得咳嗽着、骂着。

红花站在里外间的门边，大骂道："哪个坏种！烂裆的家伙！整什么事！又不是夏天熏蚊子！赶明天，让狼咬屁股！让猪拱肚子，不得好死！"

南风仗着自己正是壮年，是个好猎手，又有兰花勾着，粗声大气地吼道："我被狗蹦子咬着了，睡得正香，以为是蚊子张狂了，就抓了把树叶烧点烟，呛不死的！'人要人死人不死，天要人死活也难！'"这是说给红花听的。前几天，红花有一个孩子出去玩被狼叼跑了。

红花的脾气上来了，说："你个南风不服管了！大力、二力！带人整治南风一顿！"这大力和二力是新入伙的，正要树立好形象，带几个人上去抓住了南风的膀子。南风"嗷嗷"叫着，和他们打到了一块。人多势众，南风被压倒在地上，

27

这帮人拳打脚踢地把南风揍了一顿，拖出了山洞。群里的大人都吓得发抖，不敢出声。小的孩子哇哇地哭。红花吼道："都老实一点！谁敢挑事就给我滚出去！都把嘴闭上！再闹扔出去喂狼！"大人赶紧捂住小孩的嘴，哄孩子不要哭了。

南风被打后有几天没回山洞来，兰花出去把南风找了回来，还带回来一个女人和三个孩子，说是山那边捡来的。红花非常生气，但见那黑瘦的女人和她的三个孩子也挺可怜，就答应先让他们住一段时间，再迁走。这个女人叫黑女，大女儿十一岁，叫胥女。黑女他们的族群分伙了，她被族长撵了出来，正走投无路就遇到了南风。

红花他们的燕山南族群有六十多口人。周围外族的人也不断增加，猎场越来越小了，捕获的猎物越来越少，大家经常吃不饱。十年前曾经分出一伙族人，现在又要分群了。

有一天吃食物的时候，兰花的儿子允婼哭哭啼啼地躲在一边抹眼泪。兰花问："允婼怎么了？"她看到允婼身上有许多被打得青一块紫一块的伤。

"被大崽打了。"允婼低声说。原来，因为允婼在外边抓了一只青蛙，没有分给比他大的族长红花的大儿子大崽吃，就被大崽打了。

兰花对着红花吼道："大崽好蛮横！红花也要管管了！再两年撵出去，坏种没人收了！"

红花一听是说给自己的，就吼道："孩子争食也算不得稀奇事儿。明天大崽给允婼抓一只青蛙，哄哄弟弟，犯不上咒小孩坏种！"

"有啥娘教啥子。臭虫爹，蚊子娘，都是吸血的虫！"兰花吼道。

红花看兰花说得很恶毒就吼道："不看骨血，我现时就撵你这个烂嘴的滚出去！"

"滚就滚！管不了男人，就拿我们姐妹撒气！我也受够你的气了！"大家赶紧劝这姐妹俩。吃完晚饭，允婼还是一副委屈样子。兰花问允婼，允婼说："肉给得少，吃不饱。"兰花说："食物少，大家都吃不饱，忍忍吧。"临睡前兰花给允婼塞了一把麻籽吃。

有一天，出去打猎的人们很晚了也没回来，大家都饿着肚子，族长没有给大家分干肉和草籽。半夜的时候，打猎的人陆续回来了。原来，他们撵野兽时进入了邻族的猎场，双方打到一起，燕山南族死了一个猎人，许多人都受了伤，南风也受了轻伤。没有打到猎物，大家只能吃几天干肉续命。几天后，男人们养好伤又出去打猎，大家才吃到鲜肉。

苦难伴着大家的生活，分群的压力越来越大了。

又过了些日子，兰花对红花说，她要带几个姐妹分家出去过了，理由是族群太大了，猎场小，养活不起了。红花也怕兰花和南风联手和她斗，毕竟是姐妹，就同意了。兰花拉拢了黑女等四个姐妹和南风、青山等四个男人，及她们自己的孩子，二十来个人准备走了。听说向东，太阳升起的地方那里好过，就想向那边走了，具体走多远，看能否找到猎场，听老天爷的安排吧。

走之前，他们请来了巫师，向天神做了祈祷，找兽骨烧了，裂纹启示他们向东边走，那里能找到新的猎场，建立家园。早先的族人都是沿着河迁徙，这次要向东走是一片荒原，这就是天意了。兰花问巫师："大约要几天能找到猎场安家？"巫师说："看天神的意思吧！"他神秘地伸出五个手指。待兰花说："五天吗？"巫师转了一下手说："也许是十天呢！"又神秘地说："有河有山丘的地方就是你们的家，让老天保佑你们吧！"

红花为兰花他们准备了几串干肉、水果干、草籽，大约够他们吃五六天的食物，送给每个男人一把石斧、几根木刺枪、几根麻绳、十几张兽皮，还用火盆装了火种，这火种已经在这个山洞里烧了几代人那么久了。在火种上面盖上石片，郑重地放在篮子里，这些人就带着上路了。临走时红花说："你们三五年就回老家看看吧。"两姐妹都哭了。走出几百米，再回头看看家乡，大家知道这一走也许永远看不到家乡了，心情因此沉重起来。

第一天，他们向东走了约一百多里地，太阳落山的时候在一处小溪边燃了一堆火，准备吃点东西。大家围着刚坐下，有一群人围了上来，其中一个男人高叫着："侵犯了！侵犯了！"上来就要打人。南风迎上去，一把抓住了那人的手，双方用手角力中那人感到了南风的力量。南风说："我们是从西边迁过来的，在你这儿只是路过，明天就上路，给个方便吧！"对方看到这些人只是路过，就扔下一句："明天见了就砸死你们！"转身就走了。晚上在地上铺几张兽皮，大家拥在一起盖了几张兽皮，派人看好火堆就睡觉了。兰花的孩子允婼和黑女的孩子胥女都在这群孩子里，一个十二岁，一个十一岁，这帮天真的孩子白天打闹，晚上早早地睡了。兰花一时睡不着，推了推黑女，黑女已经睡熟了。兰花想说再走五天，也许就到了。她嘱咐睡在边上的南风说："看好火。"也深深地睡着了。

第二天早晨，天刚蒙蒙亮，春天的风里传来了小鸟的叫声，大家又上路了，目标还是太阳升起的地方。大伙明显走得慢了，小孩子也不再打闹了。早晨的薄雾中，可以看见四处有炊烟升起，说明这地方是有人家的，他们是要到没有人家

第四章 燧人氏钻木取火的故事

29

的地方去。走啊走，第二天晚上他们在一片树林边落了脚，吃了点肉干，又睡下了。半夜时，天上下起了雨。春雨还是很冷，冻得几个小孩在发抖。兰花也有了两个多月的身孕，经不起折腾了。

第三天早晨大家从疲倦中醒来，吃点东西又上路了。这天下午，他们被一群猎人围住了，猎人们不怀好意地推推搡搡地说："不得在我们的地盘上打猎！"他们被监押着走出了这片土地。他们带的肉干要吃完了，不打点猎物补充一下，大家就要饿肚子了。

第四天中午，兰花的儿子允婼跟娘说："我好饿啊！走不动了！"兰花看着被饥饿折磨的孩子们，向远方望去，坚定地说："走吧！孩子们，我们要到一个到处是鹿和野猪的地方去，到那里就能天天吃饱了！"这群人边走边采一些草芽、树芽吃，干肉已经不多了。晚上，大家找了一个山坡睡下了，半夜时一群人把他们围住了，根本不听他们说话，嗷嗷叫着，上来就抢，不给就打。男人们挥着石斧冲上去，为了抢回几块皮子，好几个人挨了打，仅有的一点干肉也被抢走了。最可怕的是火盆被他们踢碎了，这个小泥盆可是他们的宝啊！管火种的中年女人哭着对大家说："这可怎么办啊？没有火可没法活了！"昨天烧的火还有余炭，大家小心翼翼地把炭火收集在一起，找来一个土块，挖了个坑，把炭火放进去，用树条编一个篮子，把土块装上，用两个人抬着上路了。大家走得更慢了。

挨到第五天，大家已经走不动了，没有吃的东西了，只好就地猎捕野兽吃。几个男人出去了，跑了半天，打回几只兔子，找到几窝鸟蛋，大家用火烤了兔肉，分着吃了，几十个鸟蛋给几个小孩解解渴就没有了。兰花吃下自己分到的那一点肉，问南风他们周围的情况。南风说："人家少多了。看到一群猎人，这里是他们的地盘，不让我们打猎。告诉我们再走两天的路程，看到一条河，那里没有人家，可以住下。"带着这个希望，大家熬过一个饥饿的夜晚。

第六天，队伍走得很慢，大家边走边采草芽、树芽吃，疲惫、失望笼罩着大家。小孩子们已经不乱跑了，只要一停下，许多人马上就躺下了。几个男人出去打猎，还是没有大的猎物，分吃几只兔子、地鼠和野鸡。有的小孩饿哭了，允婼也饿得不行了，他问娘："还要走多远才能到新家呀？"兰花看着前面的山，说："你看！山的那边就是咱们的新家！"大家被兰花的话鼓舞了，又向前走了很远的一段路。晚上扎营睡觉的时候，南风说："我晚上带几个人出去，看能不能打到大的猎物。"在族里，夜晚不狩猎，夜间人看不清野兽，打猎很危险。但现在白天去狩猎，原住民就会驱赶他们，只好晚上去碰碰运气了。南风说："我闻到北边有野猪的味，

也许能打到野猪呢！"于是他就带几个男人走了。第二天，天大亮的时候，这些人回来了，他们遇到了一群野猪，打到两头半大猪，就抬回来了。允婼看到两头猪都不太大，一头的脑袋已经被石斧打碎了，一头的肚子已经开了膛，猎手们已经生吃了一些内脏。大家把猪的肚子用石片切开，肚子里有许多血水，大人们喊小孩们："喝！喝！"大家喝了些血水。允婼也学大人的样子喝了一些血水，腥腥的，但是挺解渴。大家把肉烤着分食了一部分，留下了一些，准备路上吃。

第七天，这一行人走得有些快了，吃了一顿肉，还是起了作用。走到下午，他们听到身后有人在呼叫，大人们都紧张了起来，南风和三个男人把石斧都提了起来。前面有几棵树，大家就跑过去，站到树后面。后边追过来的人群瞬间就把他们围上了。有一个壮年男人大叫着："你们抢掠了我们的陷阱，必须把猎物交出来。"允婼吓坏了，和几个弟妹往娘的身后躲，有的小孩子吓得哭了。南风迎了上去说："对不起！我们是饿坏了。昨天夜里驱赶野猪，掉到你们设的陷阱里就拉上来吃了。看我们一群迁徙的，行个好吧！"那个带头的说："野猪被你们惊了，今天我们打不到东西了，族里人要挨饿了。我们必须抓你们的猎手回去，为我们打两天猎物，再放回来！"南风说："我们急着赶路，不能补偿你们了。这样吧，还剩点肉你们拿回去吧！"说完把剩下的肉给了他们，气氛缓和了一点。南风对一个头头说："老猎头，我们向东已经走了七天了，还是没有找到猎场，你们给指指路吧！"猎头说："再往前走是一片盐碱地，非常荒凉，'兔子不拉屎'，过了这块地方可能有猎场吧！"又说了许多好话，这些人才离开。这天晚上，大家没有吃饱东西就睡下了。

第八天，翻过一座山，就到了盐碱滩。这里到处是水洼，到处是一片一片的盐碱地，草很少，没有树木，也没有人烟。大家在水边看到了几个死人的头颅，大大小小，凌乱地散在地上，狰狞而恐怖。允婼问那是什么，没有人回答，他猜出了那是什么，没有再问。有的大人说："再走要饿死人了！"兰花坚定地说："天神启示我们向东走，东边一定有好猎场，现在越走人家越少，说明快到地方了，大家再坚持一下吧！"到了中午又饿又渴，大家实在走不动了。兰花把大家叫到一起说："现在吃的也没有了，怎么办？"南风说："我们把带的皮子烤烤吃了吧！"一看只有两张羊皮、一张鹿皮了，于是把两张羊皮用水泡了泡，用火烤了烤，大家一人分一块，就算是一天的口粮了。春天，在这盐碱滩上什么也找不到，就连水也是又苦又咸的，喝到嘴里想吐。又饿又渴，大家艰难地挪动脚步。大家边走边薅一些草芽送到嘴里嚼，晚上就在盐碱滩上睡了一夜。

第四章　燧人氏钻木取火的故事

第九天，大家走得更慢了。兰花也走不动了，她怀有两个多月的身孕。大家强撑着走到中午，看到了水洼里有许多野鸭在水中游着。南风说："我们去看看有没有办法打几只鸭子吧！"几个男人就过去了，允婼和几个大孩子也随着去了。允婼看到这些野鸭子机灵得很，人到跟前，不是飞走了，就是扎到水里，根本抓不到。水边的苇草已经钻出嫩芽了。惊飞的鸭子在天上盘旋，南风说："找找吧，也许有鸭蛋呢！"果然，他们在水边干枯的芦苇丛里发现了鸭窝，有十几窝呢，每个窝里都有五六个鸭蛋。南风让大家每人喝两只蛋，其他的拿了回去。大家聚在一起，分吃了鸭蛋，又向前走了一程。晚上，大家坐在一起，看着天上的北斗星，许多人想家了。再想返回去是不可能了，只有向前走这一条路了。有人提议把仅有的一块皮子吃了，南风不同意，晚上睡觉，兰花用这块皮子也能隔着点儿寒气呀。难熬的一夜，太长了。天亮的时候，天上有大雁的叫声，兰花说："大家听听，雁群也飞来了，也许前面就是我们新的猎场了。"

第十天。大家还艰难地走在路上，突然间大家闻到一阵恶心的臭味，几只乌鸦、秃鹫正在不远处飞上飞下盘旋着。经验告诉猎人们，那里有死去的动物，大家奔过去，看到一头野牛的尸体，一半在水面下，一半已经被吃得只剩下骨头架子了。顾不上什么了，几个男人下到水里把死牛拉上来，用石刀切下一些肉，就在旁边烤了起来。那肉已经有些腐败了，大家分食了一些，又带走了一些。走了一会儿，有些人开始吐了。允婼、兰花都吐了起来，又开始腹泻了。本来就饥饿，还被吃进的腐肉折腾得又拉又吐，有的人爬不起来，怕是不行了。兰花也躺倒了，南风还有点力气。兰花说："把剩下的皮子，加点水泡泡，用火烤烤吃了，也许能救大伙儿一命。"大家喝了几口熬皮子的水，像是好了一些。可是，有两个年龄小的孩子已经喝不进去水了，到后半夜，两个小孩儿就死了，其中一个是黑女的小儿子，另一个是春草的女儿。两个女人哇哇哭了起来，大家也跟着流泪。天还没亮，小孩的尸体就被男人用草捆着抱走了。借着火光，允婼看到了一个孩子的眼睛亮亮的。允婼跟娘说："他们还睁着眼呢！"娘说："他们要看上天的路呢！"兰花对几个男人说："你们有体力的先走吧，先搞到吃的再来接我们，大家一起走就都活不成了。"南风说："也就得这么办了，你们在这里等着，我们先到前面探探路，今天看到的死牛说明这一带人很少了，也许要到我们的猎场了。"大家就在一堆草上过了一夜，第二天，天还没有亮，这几个男人就出发了。临走的时候，南风说："要烧一堆火，不要熄灭了，我们看到烟火才能回来。"自从这两个孩子死去，他们的队伍后面就经常有狼群尾随。晚上，狼的眼睛像一团团绿色的鬼

火忽远忽近，狼的啸叫声震得夜空颤抖着，恐惧笼罩着大家。

第十一天，猎人们先走了，剩下的女人和孩子围坐在一起，兰花让允婼不时地往火堆上扔草，不让火熄了。近处的草已经没有了，只好往远处去找水边的芦苇。允婼和两个十来岁的小孩到水边去捡草，看到水里有几条鱼在游动，就下了水，用苇草围着捉起鱼来，一会儿工夫就捉了十几条鱼，用草穿着拿回来了。允婼娘看到鱼非常高兴，说："这几条鱼也能度命啊！"下午，他们几个大孩子又去抓鱼，又抓了二十几条鱼，往回赶。远远看到有两个男人在他们的母亲们身边站着，允婼想一定是出去的人回来了，有好消息。大家跑了回来，可是到跟前，觉得不对劲儿了。这是两个陌生的人，他们的手里拿着木棒，大声吼着。兰花正和他们交涉，原来这是两个流浪的男人，他们正在找寻可以收留他们的族群，看到了四个女人和一群孩子，就想占有他们，说是前面不远处有他们的窝棚，那里有干肉、有猎场，让兰花他们跟他们走。兰花告诉他们："我们是有男人的，男人去探路了，很快就回来！"这两个人暴躁起来了，拉着一个女人就要走，那女人撕心裂肺地哭，大家也跟着哭着、喊着。这两个人为了把他们掠走，把火给打灭了，这可把兰花惹急了，她抄起木刺就向两个男人冲了过去，口里骂着："坏蛋！强盗！你们不得好死，天会打雷劈了你们！"这两个人一看兰花这样凶也被震住了，其他的姐妹们也抄起了家伙，这两人软了下来，说："我们看看，能不能收我们入伙？"兰花说："你们这样坏，一定不让你们入伙！我们已经有男人了，等我们男人回来再说吧！"

又耗了一天，傍晚的时候，兰花他们盼望的人出现了，南风和青山回来了，他们带回来一些鲜肉，看到眼前的景象惊呆了。南风说："谁干了坏事？"兰花去找那两个强盗时，那两个人已经跑走了。允婼说他们向那边跑了，顺着允婼手指的方向看见有两个人影在那边晃动，南风喊："杀！"就冲了过去。青山、允婼都跟着跑了过去。这南风像风一样跑，一会儿就撵上了两个强盗，落在后面的一个坏蛋被南风追上了，被南风用石斧砍翻了，另一个跪着求饶了。允婼赶到时，南风正在骂那个坏人。允婼看到被砍倒的坏人已经没气了，鲜血还在流，伤口的肉翻了出来。青山伸手要割块肉下来，被南风制止了，他们已经遵从天神的启示不食同类的肉了。

原来，这两个坏人是从其他族群里被撵出来的，想找族群加入进去。已经有十几天了，他们没有找到合适的族群，就在山边自立了一个窝棚暂住下来了。今天看到兰花他们，就想把他们抢走，没想到南风他们及时回来了，南风说："你们把我们的火搞灭了，我们就活不下去了！"这个坏人吓得直发抖，用手指着不远处，那里有他们的火种，南风让允婼返回去，让兰花他们过来，大家又聚到了一起，用窝棚里的火烤熟了肉，每个人吃了一点肉。那个坏人对兰花说，希望把他留下。南风不同意，那人就走了，临走对南风说："从这儿往南走吧，一天的路程就有猎场了。"

这时，黑女对兰花说："我小女儿这几天咳嗽发烧呢。"黑女出来时三个孩子，大的十一岁，叫胥女；第二个孩子八岁，已经因为吃腐肉死了；这个小女儿五岁了，因为吃不上东西，非常瘦弱。兰花说："我过去看看。"大家都围了上去，看着孩子烧得脸通红，兰花摸了一下孩子的头说："太热了，赶紧用水喷喷！"有人送上水，兰花吸了口水就给小女孩儿的脸上、身上喷了水。小女孩儿咳嗽不止，急促地喘着气，黑女不停地在哭。兰花带头和其他女人一起念叨着："老天保佑！老天保佑！"大家都希望小女孩能好起来，可是过了半夜，这瘦弱的孩子停止了呼吸。黑女大哭着，别的人也低声哭泣着，一捆草又把小女孩儿捆走了。胥女也哭喊着妹妹的名字，拉着允婼的手追了一段路，允婼把胥女拉了回来。狼群还在不远处盯着他们，啸叫声伴随着磨牙吮血的恐怖气氛在风中回荡。

第十二天，下一步怎么走呢？看着春天的大地，地是那么绿；看天，天是那么蓝，几片白云正在天上飘着。兰花问南风，南风说："我们刚从前边回来，再往前走是一条河，过了河就有草地和树林了。在水边碰上一伙正在迁徙的人们，他们说过了河，沿着河向南走一天的路程就可以找到猎场了。我们用一把石斧和他们换了点肉就回来了，同去的那两个人在河边接应我们呢。"

兰花说："看来是快到地方了。"兰花对大家说："再努把力吧，再走一两天的路程就到地儿了！"大家吃了点东西，怀着对新生活的渴望顽强地上路了。火种由两个女人抬着，不时地有人往火盆里添点小木棍，火是他们的希望。

半天时间，大家走到了河边和两个男人会合了。他们说河水不深，边上没膝，中间能到大人的胸口，到了河中间，小孩要大人背着走。允婼拉着胥女，由一个大人带着过河。允婼能游泳，多深的水也不怕，胥女也会，但体力不行了，到了河中间由那个大人背她。正走着，那大人一个失足摔倒了，胥女摔到了激流里去。允婼和那个大人冲过去拉住了胥女，这三个人一起过了河。

突然，意外出现在拿火盆的男人身上。在河中间，这个男人手举着火种，不想足下绊了一跤，跌倒了。大家眼看着火种沉到了水里，大喊着"火种！火种！"，火种还是沉到河里了。

过了河就是下午了，大家休息了一下，身上的皮衣还没有干透就上路了，这

第四章 燧人氏钻木取火的故事

次改变了行进的方向,沿着河向南走了,他们已经从黄河流域走到了淮河流域,这里的春天好像来得更早。草儿长高了,树木也多了起来,高高低低的山,一直指向天边。晚上,这些疲惫的人们坐在一起,没有了火种,从早晨吃了一点东西后,便再也没有进食了。兰花对南风说:"大家走不动了,你们还是先走吧,等找到了人家,弄点儿火种,弄点儿吃的,我们再走吧!"

春天的夜里起了风,荒野中传来动物求偶的叫声,飘荡着生命的气息。兰花久久不能入睡,族群的担子压在肩头。南风他们半夜时转了回来,说了一番话,一半是好消息,一半是坏消息。原来前面是一伙刚定居不久的族群,在土丘边上架着窝棚,南风告诉他们说自己的族群要到前方找猎场。他们说这前面没有人烟了,也希望能和南风一行相邻。这一带野兽很多,大家有个照应。于是南风一行用石斧换了点熟肉,拿了回来。"他们说以后可以用肉把斧子赎回来。他们同意给我们'火种',不过他们提了一个条件,要我们给他们一个女人。因为他们一族人是五个壮年男人和三个女人、两个孩子生活在一起,那三个女人,有两个不能生育了,一个因为老了,一个因为有病,他们想找个女人把族群旺一下。"大家听说有猎场了都兴奋起来,听说要用女人换火种都沉默了。

大家一人只吃了几口东西。他们找了一些野草垫上,带着饥饿感、带着希望,大家围在一起睡了。

第十三天。天亮了,弹去身上的草叶子,兰花把大家招到一起,把南风说的情况跟大家说了,大家都默不作声。这四个女人,三个是姨姐妹,一个姥姥的外孙女,大家一起长大的。黑女也和大家有了感情,谁愿意离开这个族群呢?希望就在前面了,只是因为"火种"就要分出一个姐妹,大家都心痛了。

兰花说:"今天不做决定,晚上就没路了。从这家分点火,我们就在他们前面扎营了。找到猎场,大家就活了。再往前边没有人烟,我们没有火种,就不能走了。"

兰花看着大家说:"我们抓阄吧!"大家同意了。为了全族的希望,为了孩子们,也只有这样了。大家约定,走到前边那族群后,得到了火种再抓阄。允婼看娘非常难过,他还不知道火是多么神秘,火从天上来,人们得到火后不能让火熄灭。没有火种就引不起火,没法生活。

晚上,大伙走到了那些族人的窝棚前。一个老年女人迎了上来,其他的男人、女人、孩子木讷地看着他们。

那个老女人说:"天神保佑啊!让我们有缘在这里碰上了。大伙请坐吧,吃

点东西。"

兰花说:"我们是来找猎场的,碰上你们算是天助我们吧!"

两个人互相拍了拍肩膀,互相介绍了一下情况。这一族人是三年前迁过来的。来时族长就是这个老女人,带了四个女人、三个男人、几个孩子,千辛万苦迁徙到了这里。不想,两个女人先后病死了,现在还有一个有腹胀的毛病,已经瘦得皮包骨了。她想从路过的人家招一个女人来给他们冲一冲,壮一壮族群的人丁。正好兰花他们为火种所困,她就提出了这个要求。

兰花说:"南风不是已经告诉你们了吗,等给我们分了火种,上路前,大家抓阄,留下一个女人。"

老女人叫陈秋,这一族就叫"陈氏族"的名了。兰花的一族人,还没有名字。

天已很晚,兰花和陈秋安排大家分帮睡下。兰花找来一只筐,在里面用手抹了厚厚一层泥,用草木灰把泥水吸干一些,又用火烤了烤,把筐子放在近火的地方,她心里十分痛苦,举族分家上路十几天了,死了三个孩子,大家饥寒交迫、砍砍杀杀,最后又绊在"火种"上了。为了大家活下去,也只有这样了——用一个女人换"火种"。其他的三个姐妹也没有睡好,大家翻来覆去,心里也在想这个事情。

兰花看着橘红色的火焰,火舌时不时爆出一个个小星星。从这些小星星中走来三个孩子,那是黑女和另一个姐妹的孩子啊!一个天神拉着孩子们的手,款款地向兰花招手,那是天神女娲娘娘啊!兰花赶紧对天神说:"把三个孩子留下吧!我们已经到家了,这里有猎场、有河流、有鲜肉、有火种。"天神女娲说:"天上什么都有,你们好好生活。过年你们添孩子的时候,我让他们转世给你们吧。"女娲说完带三个孩子飞走了。兰花醒来,这是一场梦,但兰花坚信,两三年后,他们一定会人丁兴旺起来。

天亮了,这是兰花他们离开老家的第十四天。早晨,大家默默地吃了点东西。南风说:"陈族男人已经说了,由这里再往南有一条小河,河岸边有一片山丘。离这里要一天的路程,那里的猎场没有人占。不过,在那边的河岸上有一伙强盗,这伙人很凶,到他们这边来抢过猎物,我们要小心。"

兰花和陈秋小心地把火种分出一半,装在兰花做的火筐里。那时明时暗的炭火被藏在草木灰里,兰花在上面轻轻盖上了一片石头。压上石片是为了防风,怕火燃烧得太快。四个女人坐在一个木墩周围准备抓阄了。允媸、胥女等一帮孩子,南风和男人都围在边上,陈族一家围在外圈。大家心里明白,抓完阄后要分出一个女人了。他们找来四根小木棍,把其中一根插在火堆里烧了一下,变黑了,让四个女人把头转过去,陈秋把四根木棍插入沙土里,上面只留了小小的一段,说谁抽到烧黑的木棍谁留下。谁愿意离开自己的族人呢?转过头来,四个女人都哭了,谁也不愿意先伸手抽木棒。

黑女说:"兰花不要抽了,你是头领,又有身孕,不能让你留下。"

兰花说:"为了大家好,我和南风带大家出来,一路磨难,今天就要到头了!"语音没落,兰花已经抽出了一根木棒,她没有看,这瞬间她闭上了眼睛,心里默念着天神保佑,她不愿离开族群啊!她把小木棒握在手心,心里突突地跳。黑女也抽了一根攥在手心里。另外两个女人,秋生和晚霞也抽了木棒。大家各自看了手里的木棒。兰花没作声,秋生和晚霞也没作声。黑女哇地一声哭了,四个女人和孩子们都哭了。这个苦命的女人啊!天神也不照顾她一下,一路上死了两个孩子,现在又要离开族群和一群陌生人生活在一起。新的家园就要建立之前,为了"火种",她又要痛苦一次了。黑女抽泣了一会儿,陈秋来安慰她。黑女提出让胥女一同留下来,胥女只有十一岁,当然要跟着娘了。兰花和陈秋都同意了。大家整理一下,陈秋给他们带了一天的肉食,还把南风他们抵押的石斧还给了南风。

准备上路了,允嵯看到胥女被留下来,不解地对黑女母女说:"我们一起走吧,把'火种'还给他们。"兰花拉着允嵯,允嵯拉着胥女,胥女拉着娘。虽说大家依依不舍,但允嵯最终还是放开胥女的手和娘走了。没走多远,他又跑了回来,把自己脖子上戴着的一块鹿尾骨送给了胥女,胥女把自己脖子上的一块猪脖骨送给了允嵯。

一行人沿着河走下去。中午,太阳烤得人暖暖的,在一处树荫下,大家用火种点起火堆。吃了食物,把火种收好,大家又要上路了。这时一声呼哨,几个拿着石斧、木棒的壮汉把他们挡住了。其中一个叫大虎头的头子叫道:"此地是我占,此路是我开!要想在此过,留下买路财!"南风冲了上前,这时的南风已经瘦弱得不成样子了,只有那双鹰一样的眼睛发出怒火。他说:"此地没有路,此地没有财!我们这些逃荒人什么也没有了,让我们一次吧!做个人情,安顿下来再给你们送东西吧!"那人不依道:"没东西就留下女人!"几个壮汉扑上来,要抢这帮被远行、饥饿折磨的人们。不能任他们抢了!大家激奋起来,都拿起了家伙。

兰花、秋生和晚霞三个人死死地把火种护在身后。南风冲上去与大虎头这个强盗头子缠斗在一起。这些人是一些离群的男人,没有族群收留他们,他们因而纠合在一起,专在人烟稀少的周边地区抢劫族群。这大虎头手拿一根木棒,腰里插了一把石刀,脖子上挂了一块狼下颚,以为他一声吼,就吓倒大家了。可是想

第四章 燧人氏钻木取火的故事

37

不到南风直接向他们冲过去了，南风的石斧夹着风声向大虎头的脑袋砸去。这家伙用木棒迎上去，木棒碰石斧，咔的一声，木棒断了，石斧砍在大虎头的右臂上，木棒脱了手。他扑上去就把南风抱住了，一轮，南风倒了。大虎头压了上去，他腾出手来去摸腰里的石刀，手刚摸到刀柄，突然一团烟火打在他的脸上。他双眼难睁，一片漆黑。南风就势举起石斧，向大虎头的面门砸下来。这家伙一扭身，石斧打在左肩头上，肩头立时碎裂了。大虎头坐在地上，用一只手揉着眼睛，两眼看不清什么，左胳膊已经废了，口里嗷嗷怪叫。南风手举石斧，大声喊："住手！住手！再抢我们就打死你们头头！"大虎头也喊："住手！住手！"强盗们一看头头已经被制服了，都被震住了。不知谁喊了一声跑，这帮坏人就跑开了，大家也赶紧往南跑去。南风拖着大虎头走出一百多步，把他重重地扔在地上，跑着跟上了大家。

南风问："是谁用棒子打了大虎头？"允婼说："是我用烧火棍打了他的眼睛。"允婼手里还拿着一把石刀，这是大虎头身上的，被允婼夺了下来。允婼问南风："大虎头能来追我们吗？"南风说："今天晚上他就会下地狱了！"允婼不解地问，地狱离这里有多远？南风说："地狱就在大虎头的脚下！"

云霞把天空装扮得绚丽多彩，把大地映照得一片金红，他们一行人走到了一处小河边儿上。他们没有过河，而是顺着小河向上游走了一段路。天灰蒙蒙的时候，他们走到了一处高地边，这里的山丘都不高。他们在一处小石山脚住了下来。

当晚，兰花让大家烧了三堆火。她告诉大家，这三堆火是给三个死去的孩子报个信儿，我们已经找到了安家的地方了。

据说，那个强盗头子当天晚上就死了。他们这些人是横的怕不要命的。南风的气势把他们镇住了，再没有敢来抢东西。兰花和南风他们在这里立住了脚。

二、燧人氏狩猎场的智慧人

刚刚住下，南风就带着青山和石峰等几个人去打猎了，当天的食物全靠他们，现打现吃。兰花带秋生和晚霞两姐妹在昨天休息的地方转转，她告诉允婼在家待着，看好"火种"，要不时地往火里添柴。这"火种"与火堆是分开放的。"火种"装在火盆里，可以移动。火堆在一处坑里，不能移动。每天早晚两次要从火堆里把炭火倒进火盆，也称"装火盆"。娘告诉允婼，人在火盆在，一刻也不要离开火盆。兰花就出去绕山转了转，半天向左，半天向右。在山南坡找到了一处小山洞，

附近没有找到大的山洞。山洞只能住下六七个人，还要在山洞口盖一个窝棚。晚上，南风他们回来了，兰花带大家看过山洞，决定把家就立在那儿。于是这一族人就移到山南面了，大家称这地方为"南丘"，这一族人叫"南丘族"。

转眼，夏天到了。雨季是个难熬的季节，猎物不多，大家还要伐木、割草，把窝棚做得大一些。这期间，族群又收留了两个男人，打猎、建窝棚的队伍壮大了。这地方有树木、有草滩、有河流，生活确实方便了。七个月后，兰花又生了一个女儿。那时候，生女儿能留在母亲身边，比生男孩还高兴。三年时间允婼长大了。族里除兰花三姐妹，又有四个女人成年了。

允婼十二岁时开始和南风他们去打猎。一晃，他十五岁了，也成了一名猎手。他们的猎场方圆有一天的路程。他们在野兽出没的地方设了捕兽陷阱、石阵、套索。一年四季，这些野兽会随季节进入他们的猎场。他们也开始饲养幼小的动物，包括小猪、小牛、小马、小鸡、小鸭、小狗。总之，凡是捉到幼小的食草动物，都用木栅栏把它们围起来，养大了就可以吃肉了。

南风他们会根据四季要捕猎的不同动物，设计不同的捕猎方法，因此捕到的动物就多了。这些动物的肉大部分都鲜食了，少数挂起来晾干，放在山洞，准备捕不到猎物时吃。

南风这时候已经有三十几岁了，还是个暴脾气，动不动就打人、骂人，但对族长兰花他还是客气的，对允婼也非常好。倒不是看在"子因母贵"上，也不是有血脉关系，也不是因为允婼救过他的命，而是允婼这小子很聪明，看到什么事看看就懂了其中的奥秘，总能搞出一些鬼点子。

每年，猎场上的动物群像天上飘的云彩和雨，四季不同，野兽也不同。有些年份，到了野牛季，野牛时多时少。不要以为野兽多就好捕啊！多不一定好捕，特别是野牛。野牛群大了，捕到的机会反而小了。没办法，就要派人把野牛冲起来，让它们时刻不安宁，吃不好草，牛群乱了，分出小群。从小群每天捕一两头，捕多了，牛被惊着了，就跑到别的地方去了，反倒捕得少了。有一年天旱，年景不好，草长得不好。到了夏天，野牛要往有水的地方聚，南丘族这边离水近，这样，南丘族的猎场里野牛多了。大家非常兴奋，准备大干一场。除了一个有伤的男人，其他人都要参加猎野牛。每天出去，但不是天天有收获，大约是两三天捕一头野牛。大家很满意了，可南风不高兴，他想多捕野牛。因为野牛就在这儿待一个月左右，等过些日子，雨水下来了，牛群就走了，要趁着这个好季节多捕几头野牛。

这一天，根据前一天牛群的位置，南风布置了赶牛的一伙人和猎牛的一伙人，

第四章 燧人氏钻木取火的故事

南风让允媭跟着他去猎牛，让青山去领赶牛那伙人。青山领着那伙人要把牛赶到伏击的地方去。猎手由南风带着，当牛群跑来时猎牛。大伙忙了一天，不是赶不到地方，就是赶过来没有捕到。南风气得大骂赶野牛的一伙人："一帮废物，就像老娘们！白跑一天，磨破了鞋，没有鲜肉，脸往哪放！"确实，一到晚上，一族人都在盼吃些鲜肉，一见回来的人没带肉也都不高兴。一不高兴，兰花就不让男人们住里间去。晚上吃着前一天的肉，也不新鲜。吃着东西，南风还在骂："有什么脸吃肉啊！眼看着牛在眼前跑，打也打不着，将就着吃烂肉吧！"

青山说："大家忙一天了，都很累，你不要骂了！"

南风说："我骂你了吗？"

"你骂谁也不行！"青山说。

"我就骂了！我就骂你！狗养的！"南风说。

青山也不示弱地骂道："没根的死木头桩子，有雨水也不长叶。满地的牛猎不到，是你安排不好，怎么赖大家！"

南风说："明天你安排好了！"第二天，青山只好告饶，因为这些人不听他指挥。允媭也觉得一天跟在牛屁股后跑来跑去，一头牛也没猎到，就提议换一换两边的头头，看谁有办法。南风不以为然，青山倒要试试自己的运气。这天，青山领几个人设伏，让南风领人把牛赶过来。一次不成，第二次牛就惊了。这边南风领的人一哄，牛群就奔着青山他们设伏的地方冲了过去，石头后埋伏有刺枪手，眼看着大群野牛像洪水一样向设伏的地方奔来，到跟前，头牛突然看到人，向侧面躲开了。青山急了，拿个木刺就往一头牛的腹部刺过去，牛被刺到了，可是牛的惨叫声把头牛引了过来，大群野牛向青山他们冲过来，大家赶紧跑。上树的，藏石头后面的。有两个人受了伤，包括青山被牛撞到了后背。牛猎到了，一个猎手冲上去往奄奄一息的牛头正中砍了一石斧，牛哼了一声，抽搐一阵就不动了。大家用石刀上去把牛分割了，牛的鲜血被大家喝了。晚上带着鲜肉回到了南丘，大家都高兴不起来，两个猎手伤了。青山被扶着慢慢地走回来。大家都不说话，给青山烤了最嫩的牛胸口肉，他忍着剧痛吃了几块，休息了有七八天才走出山洞。另一位猎手腿伤了，养了一个多月才下地。他们在家打磨石头工具，也没有闲着。

晚上吃肉的时候，南风对大伙说："过几天牛群就要走了。明天我们早点出去。"青山说："我明天也去吧。帮大家看看风。"南风说："你还没好呢，由石峰和我去就行了。"

第二天早晨，大家又按昨天牛群的位置判断一下就分成两伙人去赶牛和猎牛

了。青山非要去，就跟赶牛的一伙去了。这一天很顺利，很快猎到了一头野牛，大家高兴地往回走。青山身体不好，允婼给他割了一块儿牛肝吃，和他一起往回走，远远地落在大家的后面。天晚了，回家的小路在月光下还是挺清楚的。允婼对青山说："我们人有人路，牛也有牛路啊，你看！"他指着远处坡下那些牛踏出来、去饮水的路说："我们可以到它们的路上去设伏啊！"青山说："牛饮水多是在傍晚，猎手天黑看不清路不能出去狩猎。"

回到族里，允婼对青山和南风说："我们可以晚上去伏击牛啊！"南风说："晚上？晚上我们看不清牛，牛倒可以看清我们，不是找死吗？"允婼说："牛群的行动规律是一天到处游荡，晚上到河边饮水，我们可以在路上设伏啊！白天再去杀死它们。"南风说试试吧。第二天晚上，允婼和青山带着两个伙伴，拿着套索就出去了。他们在牛经过的地方设了几处套。

第二天早上去看，牛是套到了两个，但都跑了。要是白天套住牛脖子，猎人冲上去把它打死还行。可是晚上套到牛，人不在，牛挣扎一阵就拉坏了套子，牛跑了，套子坏了。允婼看着这些坏套子，心里不是滋味，这些套子是用牛皮编的，坏了也很可惜。他琢磨牛最好套的是脖子和蹄子，如果套牛蹄子上牛一挣扎，把腿搞坏了，牛一伤蹄子，它就跑不动了。于是他和青山带上套子，专门做了套牛蹄的套索，就是在牛经过的路上挖了仅容下牛腿的深坑，套子就在坑口，牛一失蹄，套子套在蹄腕子上，牛一跑就伤了。这办法一试还真灵，晚上设伏，第二天去看，往往能套到一两头牛，有时竟套到四头牛啊！这么多牛肉都吃不完了。牛猎得多了，大家可以休息一天再去打猎。兰花看到这么多的肉也非常高兴，大家都称赞允婼聪明能干，兰花也挺高兴。兰花带大伙晒了好多牛肉干。

这样，允婼也有时间去看望胥女了。他回来告诉娘，胥女她们过得挺好，人也胖了。黑女又添了几个孩子，族群也大了。他们给允婼吃了炒米，听说允婼他们打的牛多，想和他们换几张牛皮。允婼带回来一些种子，有麻、黍、稷、菽的种子。他对兰花说："那边开荒种这些东西吃呢。"这年春天，他们也想种一些。

那时出去打猎，一出去就一天，在猎场打到猎物，因为没有"火"，只能晚上回来用火烤了吃，带火盆走还是不方便，索性只能晚上回来吃。允婼看到火可以在蒿草的茎上慢慢阴烧，又不起火，一吹又着了，他就想拿一些蒿草接力着烧，不就可以带着走了吗？他弄了些蒿草，趁湿把蒿草编成条状。待蒿草干了，用火把草头点着，让火慢慢阴烧就能方便地带着走了，这被称为"火绒"。春天蒿草嫩的时候，做"火绒"成了女人的活了。去打猎时带上火绒，可以去很远的地方，

第四章 燧人氏钻木取火的故事

打到猎物也可以生火，吃一些再回来，节省时间，体力也得到了保持。

族里食物大头还是靠打猎，因此壮劳力都去狩猎。饲养动物，种植粮食，加工麻、皮，粮食脱壳都是由辅助劳力妇女和小孩干。由于饲养了动物就惹来了大麻烦，许多猛兽开始来寻吃这些圈养的动物了。有几年闹了狼灾、闹熊灾、闹虎灾，把大家闹得生活很艰难。特别是狼灾，这凶残的野兽，有时几十只、上百只聚在一起，吃了野猪，吃家养的猪。有的人也被它们咬吃了。

有这么一年冬天，闹起狼灾，大人小孩都不敢出门。猎人也不敢主动去打狼，只是狼来祸害家养的动物才打。也往往打走几只狼，一群狼又来了，一两个猎人也打不过它们。狼闹得凶时，很长时间不能去打猎，就靠家里的储备了。这年有一群饿狼，吃了东家吃西家，许多家族养的动物一夜间都被咬死、咬伤。狼群吃了一部分，大部分咬死了，它们并不吃，危害很大。

附近的族群传来消息，有大群恶狼从北边来了，大家听了也很紧张。有一天晚上，这群恶狼闯到了南丘族群，圈里的家畜被咬死、咬伤了一大半，大家非常痛心。由于大家奋力迎战，打死了两只狼，打伤了几只。大家心里清楚，这帮恶狼还会再回来报复的。大家准备了一些打狼的套索、木棒、石斧、石刀。夜里有人值班，听到狼啸和动物的叫声，大家赶紧冲出去，虽然打死了一只狼，可是又咬死、咬伤了许多的家畜。怎么办呢？南风和大家非常发愁。允婼想，这些狼几次都是从圈栏上面跳进去的，如果在上面支上网，这些家伙就没办法了。于是，把圈的上面支上网，还真有效果，十几只狼围着圈转，没有敢闯入牲口圈，保住了牲口。允婼观察这些恶狼，它们最怕的是火。允婼就叫娘多做了一些火盆，放在牲口圈周围，这些狼看到火盆的闪光就吓跑了。以后，火成了大家防狼的工具了。

还有一年夏天，从森林里跑来一头大黑熊。它在大家养的牲畜圈里吃到了甜头，经常到族群来捉饲养的动物。南丘族附近有的族群连人也被咬死了，大家都挺害怕，提心吊胆地过日子。有一天下午，这家伙袭击了南丘族的牲口圈，咬死了一头牛。隔了一天又来了，又咬死了一头牛。大家只能远远地喊，吓唬这头黑熊。这家伙有三头牛的重量，很大的爪子，血盆大口。怎么把这家伙制服打死呢？南风、兰花愁得很。允婼也很着急。用打狼的方法吧，这家伙白天来，火盆吓不到它，用网吧都整不住它，用陷阱它能爬出来。允婼说："我们用陷阱和火把吧！只要它掉进陷阱里，我们立即用火烧它，把它烧死。"允婼和大家一起挖了很深的陷阱，就等着这恶熊来了。一天下午，黑熊真的来了。它嗅来嗅去，围着牲口圈转。牲口吓得挤成一团。转着转着，轰的一声，黑熊跌进了陷阱。大家立刻冲过去，允

婼和几个年轻人用加了麻油的火把投到陷阱里，大火把陷阱罩住了。熊烧得直吼叫。大家不断地把火把投到陷阱里，熊不叫了，轰的一声倒在陷阱里。大家冲去，见熊已经奄奄一息了。南风冲过去，用刺枪深深地刺入熊的喉咙，结束了这头恶兽的生命。从此，南丘族人用"火陷阱"杀死恶熊的事传扬开了。

"火"使人强大起来，用"火"的技术使人类能征服所有野兽。把"火"传下去就有生活的保证。为了保存"火种"人类付出了很多艰辛和智慧。但人还没到能够从无"火"到发"火"的地步，只是"火"的搬运者，还不是火的制造者。

三、燧人氏遭火魔灾难

允婼十五岁了，作为男人，他已经成人了，就要离开这个他参与创造的家园了。兰花看着自己的长子已经成年，忧烦袭上心头，族里世世代代的规矩，女孩子可以永远在群里，男孩子成年以后就要到别的族群里生活了，男孩子怎样优秀也要被迫离开族群。这允婼长得人高马大，声音也开始哑了起来，小胡子已经有了，男性特征也明显了，他对女人的兴趣也大了。这些日子，他有时间就跑出去两三天，到陈族找胥女。

听允婼说，陈族那边开荒种地的收成挺好，还带回来种子，允婼也要试一试。兰花同意了允婼的主意。这时候已是春深了，草木都在疯长。允婼带了几个半大孩子到离河较近的地方去开荒。这几个孩子里，两个大孩子十一二岁。小男孩叫达拉，小女孩叫春芽，都是允婼的两姨弟妹。几个人拿着一把石刀、几块石片、木片和骨片，就在离家不远的河边找了块平一点的地方干了起来。他们用石刀、木片这些工具把盘根错节的野草砍下来，再用石片把它们的根掘出来。干了好一会儿，才够他们站脚的地方。几个人都累坏了。允婼砍着这些野草，好一会儿才能砍出一小片地，要开出一大片还很费劲啊！达拉和春芽都不想干了，跑到河里玩水去了。允婼把他们喊回来，又举起石刀使劲向一棵棵野草砍去，又干了一会儿，才开出一小块地。干了半天只开了够三个人躺下的那么一块地。晚上吃饭的时候，他和兰花、南风说开荒的事。兰花说："开出一块儿是一块儿，明天再多去几个人吧。"南风说："我们世代都是靠天吃饭，天神给我们养了这么多动物就是给我们吃的，不要去开地了。"允婼说："伏羲大神在鼓励种地呢，陈族那边也种出了许多粮食，人和养的动物有粮食吃，就不用天天追野兽了。"

第二天又派了一些成年人和小孩儿去开荒。又连着干了两天，一块五十步方的土地被开了出来。大家种下麻、黍、稷、菽，就盼着庄稼长出来了。等庄稼长出来时，大家都不认识哪是草、哪是苗。刚好胥女来串门，她们那边种了几年庄稼了，她对怎么莳弄庄稼已经有了一些经验，听允婼说分不清草和庄稼，胥女就被领到田里去，还召集了几个半大孩子一起去到地里，一看，一片嫩绿的草和庄稼苗很难分清。胥女告诉大家哪个是草、哪个是苗，这才看出来庄稼苗又细又小，草可是又粗又壮。大家连着除了几天草，小苗见到阳光，长得茁壮了。夏天的雨水挺好，允婼和大家又除了几次草。到秋天，庄稼黄熟了，他们把割下的粮食拿回来，有十几捆。留下一些做种子，他们就开始琢磨怎么吃这些带皮的粮食了。允婼说："要脱了壳再吃。"达拉已经嚼了一口麻籽，感觉不好咽，哇的都吐了。允婼找来一块石板和一块鹅卵石，把粮食粒放在上面用鹅卵石碾压。籽粒被压碎了，把种皮和里边的仁分开，放点水，拌一拌。把石板放在火上烤热了，把黏糊糊的种子粉糊在上面。马上一种黍、稷的香气就出来了。大家抢着尝了一口，都说好吃，可是第一年的收获太少了。到了秋冬，用皮子和陈族换了一些粮食和麻。大家吃到了粮谷的味道，都赞成开荒了。用麻绳做的套索和网也比用皮子做的好用，捕兽、网鱼方便多了。

为了开垦更多的土地，允婼又从陈族学来了火种的办法，大家要去试一试，这一试可出了大事情。那天他们带了火绒绳，到原来开过荒的地方去试火烧荒。深秋的风从北边吹来，允婼他们家就在南边下风头。去的这些大人小孩有十几口人。田地在河的边上，大家你拿一把草，我拿一把草，你在这边点火，我在那边点火。正是秋燥的时候，草木一碰上火，立刻呼的一声烧了起来。刚开始，大家都欢叫起来，谁见过这么大的火呀！接着就有人惨叫起来。火呼呼地冲天而起，有人站在下风头，被火烧到了。浓烟烈火向南滚过去，允婼慌了，大呼："跑啊！"他跳到一处没草的地方，扑灭身上的火。其他人也有跑向东的、跑向西的都还好，跑向南的就惨了。风卷着大火，火借风势，比人跑得还快。有两个大人和两个小孩被卷到火里，越是火烧，越是向南跑。跑出去有几丈远，人就跌倒了。火在身上烧，人痛得在地上翻滚，火过去了，人也不动了。这火还在向南燃烧，许多大树也着了。"跑火了！跑火了！"大家叫着。那边，家里没几个人，但牲口圈和窝棚都是木头的，大火一到都烧了起来，屋里的人赶紧跑了出来，扶病的、拉小的、哭的、叫的，乱成一团。大火把牲口棚子都烧着了，那些牛、羊、猪、鸡都在火里嘶叫着、冲撞着。有几头牛闯开圈跑出来，像火牛一样乱跑。大火真是无情啊！允婼、兰花、南风和大家一起看着自己辛苦创建的家园在大火中燃烧，眼泪都流了下来。

大火烧了三个时辰，到下午了，明火没有了，化成了灰的窝棚还在冒烟。

兰花叫大家把受伤的几个人抬到临时搭的棚子里。有五个人烧得太重了，四个在田里烧的，一个是在家里烧的。三个大人，两个孩子，都焦煳焦煳的，头发、眉毛全没了，都呻吟着喊口渴。给水也喝不进去，两个小孩没挺几个时辰就死了，当娘的掏心掏肺地哭啊！

允婼蹲在一边流泪。火真是恶魔一样啊！平时像珍贵的阳光，给人温暖、生机。可用不好，就是伤亡啊！被烧的三个大人，第二天也相继死了。死的时候一个个身躯肿胀很大，流着绿色的脓水。"渴！渴！渴！痛！痛！痛！"地呻吟，一直到他们死去。

灰烬焦黑地涂在南丘族的家园上。窝棚没有了，牲口没有了，死了三个大人、两个小孩，十几头牛和猪也死了。沉重的打击让人悲痛和恐惧。南丘族失火的消息传到附近的族群，大家过来看他们，送来了一些皮子、干肉、工具、粮食。大家帮着埋葬了尸体，修理了窝棚、牲口圈。陈族族长黑女和胥女都来了，大家都十分悲伤。她们在兰花和允婼这儿住了几天，帮着干些杂活。到了来年春天，万物复苏的时候，南丘族的生活平静了。兰花她们还有五个成年女人，二十多个孩子。南风他们有八个成年男人，包括要离家的允婼和另一个叫丘山的小伙子。不是这场大火，春天就该让允婼和丘山离开家族了。兰花和姐妹们商量再留他们一年吧！允婼的精神被火灾的痛苦压垮了，整天无精打采，几次出去狩猎都不敢往前冲。这可不是允婼的性格，以前凡是危险的事儿，他都冲在前面。他已经十六岁了，他要像一个成年男人一样生活了。这附近还有几个族群已经打过招呼了，希望允婼过去。他的智慧和能力在这一带都是出名的，特别是陈族，几年来和他们联系不断。胥女已经催他几次了，让他搬过去住，允婼渴望新生活，但放荒失火造成的灾难沉重地压着他。火呀火，你改变着人们的生活，是幸福的天使也是灾难的恶魔。允婼经常在雷雨天看着天上的闪电，呆呆地想着什么，任凭被雨水淋湿。兰花对允婼说："你不要去打猎了，领几个人专门饲养牲口和种地吧！"

允婼领着几个伤的、小的、女的，都是上不了猎场的人，整天修畜圈、莳弄庄稼。他看着圈栏里的小牲口，希望它们快长大，有新生的小动物时饲养才算成功。地里的活，他非常用心，这是血和火炼出来的田地呀！他在这块约十几亩的土地上种了五谷。从春到秋，陈族人都来帮忙。今年是二荒，很多草根还没有烂，庄稼长势还挺好。允婼把泪水和汗水都洒在这块土地上了。他要告诉人们，开垦

第四章　燧人氏钻木取火的故事

45

田地是新生活的开始，他要创造新的生活。

这一年，从春到夏，胥女来了好几次，允嫮一次也没去，因为他太忙了。他的心都用在这片田地上。他爱"火"又恨"火"。他跟胥女说："我非要捉住火魔不可，打它一顿，它把我们的家烧了。"胥女说："听姥姥说火神祝融住在天上，它有两个仆人，一个叫风婆，一个叫雷公，它们传天王的命令给人间下雨，风婆雷公一出动，唤来东海龙王下雨。凡是风、雷打到的地方，龙王懒了，雨没下，就会发大火。你一个凡人还能管到天上？"

允嫮不这么想，每次有雷雨的天气，他都呆呆地看着闪电，有时淋得身上全湿了。

熬过了夏天，允嫮在田里劳作，身上被晒得脱了一层皮。胥女送他的麻绳衣比皮衣透气，允嫮穿了一个夏天。胥女给他编了一个草帽，他戴了一个夏天。大家在新开垦的田地里洒了许多汗水，终于把荒草压住了。绿油油的庄稼在这片新开垦的土地上长得非常好。

秋天转眼就到了。北斗星指到正西的时候，仲秋到了。那一夜，允嫮没有回家，胥女和他在田地边上过了一夜。

他们仰望天空，看着流星一闪一闪地划过天际，圆圆的月亮上面虚幻的宫殿和天神影影绰绰。他们躺在身下的青草发出甜丝丝的味道，庄稼叶子被风吹动，沙沙的声音里，两个年轻人相拥在一起，苦难的生活就要到头了。他们纵情地挥洒青春的甜蜜，天地之间一片空无，他们享受着美好的生活。

秋熟的时候，庄稼被运回场院。大家把种子脱下来，装了十几皮口袋。这下女人有活干了，她们学会了谷物的脱壳和煮饭。那时还没有铁锅，陶器还没有传到他们这里。他们用的是热转移法。因为她们盛水的容器是皮子或动物的尿泡、植物的外壳或木头做的，这些皮子和尿泡在树枝编的筐里衬着，装水还可以，放在火上就不行了。因此，她们找来一些卵石，把卵石在火里烧，烧到发红了，用树枝夹到盛水的容器里，反复几次水就开了。她们把米放在水里，也用烧卵石的方法把米煮熟。当大家吃到香喷喷的米饭时，再想起开荒引起的灾难，心情平复了许多。兰花让人用草叶包了五份饭，放到门外，说给烧死的亡灵尝尝。

这年入冬，允嫮就搬到陈族去了。胥女的娘黑女是陈族的族长，老族长已经升天了。

允嫮到了陈族，族长是和自己在一个族群生活过的黑女，又有胥女在这儿。传统的安排，他也很快地适应了。有时他也会回南丘去看看。陈族建的房舍在

第四章 燧人氏钻木取火的故事

向东南迁徙的路边上，常有迁徙的人群路过。他们经常听到中原传过来的消息，也经常见到新奇的东西。这几年，他们种的田地越来越多，饲养的牲畜也多了。渔猎已经不是主要的生活物资来源了，特别是他们族人的麻编织技术受中原匠人的影响，可以纺绳、结网、做衣服、鞋子。她们土地出产和手工做的东西用不完，多余的还能换些肉食、皮张。最近，又有人带来了新奇的东西——陶器。用泥陶做的水罐子，拿到什么地方都行，还可以在火上烧。陈族用米换了一个陶罐，这可是宝贝啊！有一个路过的匠人和大家说了制陶器的方法，大家琢磨自己做了几个，但都不耐烧、不耐水。后来琢磨出经验了，除了要用好的黄泥做陶土，坯子要阴干透，烧陶的火候是关键。大家用麦草、树枝烧火总是差一些。后来发现用堆烧温度不好控制，就改成窑烧了。允婼看从窑里出来的器物，真是好火出好陶啊！允婼把烧好的陶器给南丘族送了几个，也教了他们烧陶的方法。两边的交流更多了，两族互通有无，以物换物，大家都方便了。有时候大事两家一起办，能扛过许多一族人家解决不了的困难，就像那次大火灾，大家的帮助使南丘族挺了过来。

平静的日子起了波澜。深秋，有一次烧窑，允婼看着火，他心里知道火烧到亮白色就到火候了。这窑里是他们几个月没日没夜制作的东西；也有给别族定做的东西。已经开火三天了，先是小火慢烤，驱走湿气，温度慢慢上来了。这天突然下起了大雨，备的柴火打湿了，这最关键的时候，如果用湿柴，湿气一重，温度就下来了。温度一降，一窑的东西就毁了。大家急坏了，上哪去找干柴呢？有人想到了屋里有干柴，可那是烧火盆用的，谁敢去动啊！大家看着允婼，允婼这时已经是窑头了，他看窑火，大家都信任他。他带了几个人回去，找到黑女族长，说要用一下屋里的柴火，窑上没有干柴了。黑女不同意，还斥责了允婼说："装窑时不安排好，柴火也不备在避雨的地方，一帮废物！"

允婼再三地说："窑上已经烧了三天，再两三天就到火候了。窑上备柴草的棚子让风掀了，所以没办法，只好到屋里搬柴草了。"黑女还是不同意。

有人说："再不加柴，窑温就降下来了。"允婼看黑女还是坚持不同意，他也急了。告诉一起来的人："搬！"可是谁敢搬哪？谁有那样大的胆量不听族长的，被撵走怎么办？没有人敢动，允婼只好自己搬了两捆柴。黑女也没有上手拦。两捆柴怎么够呢？再去搬时，黑女已经让人把柴搬到里间了。这里间是黑女的最高权力所在地，她要是看到男人敢不经过她许可进去了，立即就撵走，这是老辈的规矩，甚至多看一眼也要被骂。

允婼说:"黑姨,我就要三捆柴火。外边天一晴,柴火干了,就送回来。"

黑女说:"刚晒的柴湿气重,房子里烟太大,不行!"允婼还是闯进了里面,夹着柴火就走了。

黑女喊道:"你胆儿忒大了!你胆儿忒大了!就是拿柴火也要送出来呀!里面还有坐月子的,冲了月子气,伤了风,大人小孩出事怎么办?"听黑女喊着,大家都来劝。胥女看娘生这么大气,还是头一回。黑女族长哭了,胥女也哭了。胥女怕娘说出最可怕的话。在族里,女族长当家,是不容挑战的。男女有不听族长的,轻者打骂,重者不让合房,这才是最煎熬的,再重的就要赶走了。一个被赶走的男人,生活非常困难,找个人家去帮工,开始都是"拉帮套":干最累的,吃最差的,没两三年不能进里屋。还有的,几个男人聚集在一起,在族间的空地上支个窝棚,大家聚团取暖,饥一顿饱一顿,死了都没人理。

黑女哭了两天,总没有说出最可怕的话,日子过下去了。

那一窑的陶器,出了几个好火头的。允婼给黑女族长选了个漂亮的罐子,让胥女送过去就算赔礼了。

四、燧人氏族分房立户

自那次烧窑搬柴火的事情过后,族里许多事都听允婼的主意。倒不是大家不尊重族长,而是很多生产上的事族长不参加,因此没法出主意。大家也知道黑女、胥女和允婼三个人的关系。这两年开垦的土地越来越多,地里的物产已经远多于渔猎了。再加上迁徙过来的人把周围的猎场占了,猎物也少了。除了从远方季节性迁徙来的野兽外,大型食草动物也少了,而这时家养的畜类已经在圈里养了几代了,有的已经驯化了,就是放出去也不跑走了。放牧牲口到草场上去采食,可以饲养大群的牲口了。男人渐渐成了生产的主力,也有了话语权。各族间互换物品的情况也开始出现了,由两两对换向多方调剂互换了。劳动创造的物品除了供人们的基本生活外,已经有了可供交换的物品了。有的已经出现能工巧匠,专门生产供交换的器物。这个过程大多是男人在经营。

陈族最拿手的是麻产品和陶器。他们有计划地种植麻类,然后生产麻绳、渔网和衣服。陶器也是这样,他们生产的陶罐最好,大家都来定制,陈族的陶器在市上可以交换更多的粮食。

由于土地被开垦,人口增加了,族间的矛盾、邦国间的矛盾不能调和,战争出现了，邦国的战争助长了男人的权势。

这几十年，陈族的人口增加得太多了，土地大部分已经被开垦，一百多号人，族长已经管不过来了，分族是大势所趋，可谁愿意离开这故土呢？族里这些日子常为吃饭的问题闹意见，经常有人闹事，嫌族长分的食物不均，黑女也老了。她想把族里的事推给别人，谁愿意接这个烂摊子呢？黑女问过胥女，胥女坚决不同意，说："非要让我接，我就拉人走。"黑女不想把大家分开，她问允婼，允婼说："分族吧，不分族也要分户了。"听说河那边，老家那里已经分户了。黑女问怎么分？允婼也不知道怎么分。

不巧的是天灾来了，先是发大水，接着又出了蝗灾。大家说天神怎么了？要惩罚我们吗？大家忧心忡忡。今年收成不行了，黑女整天发愁就病倒了，请了巫医来看过，说是得了痰喘病。请巫医做了祈祷，给他一斗黍，病还是不见好。突然有一天，她反倒精神起来了，走到外面说："天神保佑，痛苦到头啦！"回到屋里就不省人事了，延宕了几天，灵就归天了。胥女哭得很厉害。大家说族长在时没有选出主事的，这可怎么办？大家推选胥女接族长的事，胥女坚持不干。大伙说："有允婼帮衬着，你就干吧。"胥女没办法就应下了，族里的事其实就允婼说了算，成了男主内、外了。

现在干活不像以前打猎时，男的去打猎，女人在家待着，现在是男的几乎都在家干活，只是在农闲时打猎、捕鱼。女人也参加田间劳作、做麻活、做陶器，大家在一起的机会也多了，几乎每个男人和女人都有相好的，就像允婼和胥女一样。大家知道他们俩经常在一起，也睁一只眼闭一只眼。黑女在时就这样，黑女不在了，胥女接了族长位，谁也不敢管了。

一年早春，有个叫东阳的男人，身体健壮，干活麻利，人也豪气。有一天，允婼叫他去外场干活，这人因为有女人挂着他，他不同意去，也没什么理，就是不听话了。允婼气不过说："再这样，大家不听话，那就分着过。"

东阳说："早该分着过了，族长天天过好日子，我们天天熬日子，就太不公平了！"

有几个男女青年也跟着起哄。

允婼和胥女说："我们分户吧！"胥女说："听你的吧！"

于是大家坐在一起商量了办法：在族里，以男人约女人带孩子分户，田地和牲畜按户的人数分。按分的田地、牲畜向族里交贡品，除留族里用度外岁贡不多担。荒地随便种，开垦两年开始向族里交地贡。这样，族里占有土地权，户是生产单位，有土地使用权。这一下，大家的积极性起来了。当时成户的近三十户。有个别身体不好的，没有成户还在族里供养着。允姞和胥女提出选新的族长，大家都同意让允姞接着管族里的事，就让允姞担任族长了。春天，大家分了牲畜、农具和土地，都积极地开新荒。这样，田地更多了，出产也多了，养的牲畜多了。荒地离得远了，狩猎只是农闲时进行，成了副业。

五、燧人氏钻木取火

允姞担了族长职务，和胥女带四个孩子生活，这一年，大孩子已经十四岁了，第二个孩子已经十二岁了，第三个孩子十岁，老四也五岁了。大孩子也能帮允姞干活了。种了五十几亩地，又开了十亩荒。圈里养着牛、羊、猪、鸡。分户后的第一年收成挺好。冬天农闲，允姞招几个好友烧了两窑陶器。胥女也招了几个人搞了麻编，他们的小日子过得兴旺起来了。

过了些日子，他们知道了南丘族也分户了。兰花和南风立了户。青山和晚霞立了户。兰花的儿子丘将做了族长。

分户后族里的事不多，允姞整天有时间想他的"火"了，生活一天也离不开"火"，"火"的秘密还在天神手里。有一次，他用一块鹅卵石打制工具，石头捶打石头，有火星飞出，这里面怎么能有"火"？他一摸打磨处还挺热，他就把火花和热联想在一起了。他还观察了天打雷，被烧着的大树，往往是空心的干木头。活的树并不起火，这些现象使允姞若有所思。

允姞转移火种时用一只手使两根木棒夹火炭，动作要准、快，不然木棒就着火了。大家称这两根短木棒为"箸"，称为"筷子"。筷子也用来夹肉烤、夹热的食物吃，就流传下来了。筷子经常被烧黑，允姞看到筷子的黑头也若有所思。

为了生产，他们经常要伐木，要用木头做房舍、圈舍。把木头截断有很多方法，湿木头直接就用石斧、石刀砍。枯死的木头用炭火烧，还有用绳子锯的。绳锯就是用动物的皮胶或血液把绳子湿透，粘上沙子，晒干了用。用绳锯锯小的木头，一人两手分别拉两头，把木头截断，大的木头可以两人拉。在断口上能见到绳锯把木头烫的发黑了。允姞想这木头受摩擦发黑和用火烧黑，这都是发热呀，热能生"火"，"火"能生热。这里加个磨，磨能生热，热再生"火"，也许是个门道。于是，有时候他就磨各种木头，用各种形状的木头磨，平磨、双向磨、旋转磨。

一天，他看到胥女她们做麻活，绳子缠在木棒上，一拉绳子木棒转了，转速还挺快。他就试着做了一个绳钻，这下木头转速高了，顶着木头的木块很快发热、炭化、冒烟了。他又反反复复把这冒烟的过程不知重复了多少次，得到一点火星星，他随手抓把乱麻放在上面，用嘴吹了吹，起"火"了！起"火"了！他终于抓到了"火神"了！

允婼把钻木取火的方法传给大家，各族都传说他就是"火神"。后来，允婼找到一种坚硬的黄色略显透明的石头，他把这叫燧石的东西夹在麻绒里，用另一块燧石去迅速地刮擦，也得到了"火"。燧石能打出火，用硬木头也能磨出火，人们把能磨出火的木头叫"燧木"，把能打出火的石头叫"燧石"。因此，允婼他们一族被称作"燧人氏族"了。允婼成了远远最有名的族长了。

六、燧人氏水灾迁村

自从在族里分户以后，成立了三十几户人家。各家都建立房舍，有了牲畜圈舍。有了自己管理的田地，劳动积极性高涨了。经过两三年以后，大家的日子过得越来越好了。许多人家添了孩子。允婼族长管着充满生机的族群，他掌握了许多技能，比如记事和计算，有些是被逼出来的，族里的事务要做记录，要计算大家的贡物。大家生产能力的提高使管理技能相应地提高了。又过了些年，燧人氏族更壮大了，但是因为一场水灾，他们损失惨重，不得不迁移了村庄。

那年秋天，他们种下的庄稼长势非常好，牲畜栏里的家畜也多了，大家都盼着一个丰收年。允婼已经快四十岁了，他和胥女有了六个孩子，两个男孩和一个女孩都结婚了，在附近成家，和允婼结伙种地。儿女们已经有了自己的孩子了。家里还有三个孩子，大的也快十五岁了，能顶成人干活了。这年，春夏雨水好，庄稼长得挺好。允婼种的麻、黍、稷还有菽都长得非常好。他们家有一小群家畜，有猪、牛、羊、鸡、鸭等牲畜，还养了一条大黄狗。他们经常向老天爷祈祷，盼望老天保佑他们有一个好年景。

可是就在这一年秋天，天有不测风云。黄河、淮河流域先后发了大水。那是一个恐怖的夜晚，大雨瓢泼一样已经下了有半个月不停。村边的小河已经涨起水来了。大家头一次看到这样的大水，家家都不安起来。允婼已经在族里说了，让大家准备浮木、葫芦防备洪水漫到村子里来。今年的庄稼已经被淹了，保住牲畜就成了大事。半夜的时候，风雨更大了，天边有轰隆轰隆的声音不远不近地传来。

人们听到有倒塌房子的轰隆声了。允婼带着大家，像他的母亲那样虔诚地向天祈祷。

在发大水以前，允婼已经把几个大孩子和一部分牲畜转到南丘族的亲戚家了，南丘那边地势高，有山坡，能避水灾。

半夜的时候，风雨更大了，水也涨起来了。人们听到黄狗不停地低沉而恐怖的喉鸣。大牲畜不安地嘶吼，用蹄子踢着畜栏。允婼出去，看到水已经漫到村口了。他解开了牲畜栏门，放开了鸡鸭笼门，把狗的脖绳也取了下来。附近的两个孩子也带着家人跑来了。大家商量天亮要搬到远处山上去避避。他们不停地向老天爷祈祷，不要再涨水了。

过半夜的时候，水涨到房前了。附近房子倒塌的声音不时传来。胥女不让孩子们睡觉，她跟允婼说："我们跑吧！"允婼说："跑出去，村外水更深！"允婼在腰间绑上了打猎时带的皮口袋，那里有绳索、石刀和燧石。他们给孩子们都绑上了葫芦或浮木，拉大家到屋外去，因为房子已经要倒了。大家去到外边，在齐腰深的水里，允婼引大家到牲畜栏边攀到木头桩子上。忽然，轰隆一声，房子在雨中倒了。他们攀的木桩也倒了。黑暗中，浪头拍击着大家，允婼已经来不及抓住那些孩子了。他一手抱着块木头，一手拉着胥女，胥女手里拉着四岁的小女儿。允婼、胥女和孩子身上都绑着浮木。大家的哭喊声被大水的波涛声淹没了。他们顺水漂走了，天渐渐亮了。他们也不知道漂到那里了，远处有一片树林。允婼拼命拉着胥女向树林方向漂去。天大亮的时候，他们被冲到一片树林里。他们攀住树木，树下也有没膝的水。树林里已经有许多难民了。胥女抱着女儿，呼喊其他孩子和亲人，可是没有回音。到了晚上，雨水小了，树底下已经露出了土地。饥饿开始折磨大家了。允婼不时地到水边去，他看到了一头死猪，拉回来和大家分食了生猪肉。因为没有干柴，允婼没有办法生火。

熬过一天，水又撤了一些，允婼知道了这里的位置。他们已经漂到南丘族的北面了，离南丘有半天的路程，离家乡有一天的路程。水撤得很慢，允婼他们能捡到一些死动物的尸体，可是没有火，只能冒险生吃了。他们又熬过了第二天。

到了第三天，洪水开始明显下降了。允婼找到了干柴，他用石刀和燧石刮擦，一串火星喷出来，连续刮擦，茅草上冒烟了。他赶紧用嘴吹，火苗起来了。赶紧放上木头，火熊熊地燃烧起来了。他们吃到烤熟的食物了，体力恢复了。许多人来到他们这里分出火种，有的给他们一点肉干、黍米。高兴的是冲散的亲人看到火也找了过来。大儿子三口人回来了。他们二儿子一家三口人还没有消息。

到了第四天，洪水又落了一些，允婼和胥女准备走了。二儿子回来了，二媳妇和小孙子再也没有回来。到了第五天，终于开始露出了田地。第六天，他们离开避难的树林，向南丘族的地方走去了。这条路如果没有洪水，只要半天就可以到。现在洪水没有退尽，到处都是泥泞，不时看到人和动物的尸体。走了一天，他们到了南丘族的地方。那里的田地也淹了一些，牲畜没有损失。他们找到了那里的家人，在亲戚家住了几天。南丘族的族长丘将是允婼的同母兄弟，族群分户后还在族里主事。

失散的亲人没有消息。允婼和胥女商量回家去。允婼他们几个大人带了亲人给的一些食物、工具就先回去了。胥女带几个孩子在南丘住了一段时间。

回到燧人氏族的地方，家业全毁了。大片的淤泥覆盖了曾经生机勃勃的村子，村里没有一点生气。有十几户族人回来了，有一些人再也没有回来。这次的水灾太大了，族里的每一家都受了灾，人口减少了一半。大牲畜没有几头了。大家聚在一起，有的提出举族迁徙。允婼说："我们在这地方已经三四代人了，开垦了许多土地。水灾过后土地还可以种。如果外迁，不知道要再吃多大苦。这次我们找高的地方建房就不怕洪水了。"

允婼召集了回来的人商量建房子的事情。接受这次水灾的教训，大家一致决定选一处高地建房子。允婼他们周围，向南接近南丘的地方有一块高地，这次发洪水没有被淹没，但有小半天的路程，离南丘有大半天的路程。虽然离田地远了，但不会有被水淹的危险。于是燧人氏族就在那里建起了村庄。他们想尽了办法恢复生产，恢复家园。他们也得到了邻族的帮助，把原来的土地再耕种起来，把牲口圈也建立起来了。

时间已经是秋末了，大家分别搭了简易的窝棚，烧起了炊烟。允婼把胥女和孩子们接了回来。牲畜成了救命度荒的食物。允婼给族里一些没食物的人家分了一些食物。大家赶紧种了一些生长快的蔬菜，补充食物。允婼家晒了许多干菜，准备熬过难熬的冬天。允婼他们找了许多原石，打磨了一些石头工具。

春天来了，被洪水毁灭过的大地返了绿，大家又种上了庄稼。这年年头好，收成挺好。第二年，村里又添了许多小孩，大牲畜也养了起来。大家管这个新村叫燧明村了，他们努力恢复了燧人氏族的家园。

七、燧明王结绳记事

人们开垦的土地多了，种植技术也提高了。饲养技术也提高了，饲养的家畜也多了。生产的东西也多了，生产有了剩余。人们有了房屋，有了个人财产。这时候，社会上出现了一些强盗，这些强盗纠结在一起，打家劫舍、图财害命。各族不得不组织起来和他们斗争。依土地、河流、亲缘关系，许多族结成了族群，称为"部"。各部族也开始组织起来，保卫自己的疆土。部族又联合起来，称为联邦族群，也称"邦族"。联邦的管理机构称"中枢"。允婼被大家推选成为联邦的首领后，被人们称作"燧明王"。

燧明王管辖的族群越来越多了。他把各部族族长召集到南丘，商量建立了"中枢"，王城设在南丘。为了管理邦族的事务和军队，燧明王任命了有虎氏族长善臣管理族务；任命南丘族的族长丘将管理军队。以后，在大王手下管事务的都被称为"臣"，管军事的都被称为"将"了。这个邦族被称为"燧明邦族"。

燧明王规定了按照耕种田地，饲养大牲畜数量纳贡，按照成人抽丁的办法。

这时的燧明邦族有数百个族群，在黄河和淮河之间的广大区域间生活。在邦族管理上形成了户、氏族、部族、邦族的层次。相应的设立了军事组织，保卫联邦各部族同强盗团伙作战，也承担保卫边境的任务，除王城有少量的军队外，不设常备军。

从各个氏族抽人组成邦族军队。抽的人一般要服役四年，那时的四称为"丁"。一次抽调四年就习惯称"抽丁"了。

燧明王的邦族越来越大了，需要管理的事务也越来越多。许多事情需要记录下来，需要传递出去。为了这些信息的管理，燧明王和善臣一起搞了"结绳记事"。每个主绳代表一个族群，拴在主绳下的各种事情有固定颜色的绳子。不同的结代表不同的数量、时间。结绳记事方便了保留信息、传递信息，但还不方便表达复杂的信息。他们发现有的族有自己的族徽图腾，后来把这些族徽简化成了符号，用来代表某一族群。用一块牛皮刻上族徽，周围穿上表示人口的绳子、贡献粮食数的绳子、代表出丁的绳子、代表田地数的绳子。各种事物通过符号来记录和传递信息。但是复杂的信息还是要靠人的语言来传递。

八、燧明王定家养六畜

允婼做燧明王的时候，大部分族人获取生活物资的方式已经由狩猎为主转到饲养牲畜和种植为主、捕猎为次了。饲养牲畜，人没有什么危险，饲养的产出效率也高。这时候，很多早年被人们饲养的野兽逐渐地变成了家畜。通过驯服、优选、

淘汰，被驯养的动物五花八门，小的如老鼠，大的如野牛。那时候被饲养比较多的是猪、羊、牛、马、兔、鸡、鸭、鹅等，作为首领的燧明王也是一个养牲畜的行家里手。

有一天，大臣善臣问："大王，大家养了这么多牲畜。咱们要贡品管理选用什么品种好呢？"

燧明王说："可依民之所需，排列一下，号召大家多饲养。"

善臣说："我想推荐六畜为饲养之纲，可以公布一下吗？"

燧明王说："六畜都是什么品种啊？"

善臣接着说："猪、羊、牛、马、鸡、鸭可否？"

燧明王说："这六畜，其中猪、羊可肉、可皮；牛、马可肉、可皮、可驮；鸡、鸭可肉、可蛋。未把狗列入，狗可护院、可猎捕，也是不可缺少啊！"

驯化的动物表现为在人的管理下温顺服从、能繁殖、提供肉蛋皮、看家捕猎、能够使役。按这个标准，燧明王公布了圈养六畜，它们是：猪、羊、牛、马、鸡、狗。其他如鹿、驴、驼、鸭、鹅、猫各随其便。六畜中牛、羊皮可为基准贡品。一牛皮抵五羊皮。那时的牛皮主要供做器物和鞋；羊皮供做衣服。

因为要给邦族交贡品。这些贡品怎么来确定生产的品种数量和存栏的关系呢？

善臣问燧明王："大王，一年之间有四季，牲畜要何时计头数呢？"

燧明王说："大牲畜计头数以夏之末为好。冬春家畜产崽，活过夏末方可越冬也。"

为了方便计数，善臣就把六畜确定为六种颜色的绳子。每一种绳子上边儿打着结数，就是牲畜的头数。"结"分成大结、中结和小结。大结是中结的十倍，中结是小结的十倍，这样来区分数量。比如猪，猪是红色绳。红色的大结两个，那么就是二百头猪；小结三个，那就是三头猪，加在一起就是二百零三头猪，这样就传递了信息。

自从确定六畜以后，人们就开始重点对这六畜进行饲养品种的改良，饲养的效益更高了。

燧明王为了管理邦族的牲畜饲养和臣将们一起给动物做了命名。他们把动物分为三类，一类是有羽毛的称禽，一类是地上跑的称兽，一类是水里游的称鱼。每类另设种，每种命一个声音的名。例如：虎、狼、兔、猫、鸡、蛇、鱼等。动物各有图形符号，各有其音。

第四章 燧人氏钻木取火的故事

九、燧明王大山樗木太阳历

  燧明王手下有大将丘将，要经常训练军队，需要一个比较准确的时间。有一天他问燧明王："大王，我们现在邦族管理的地盘大了。虽然一年有四季，一天有黑白。怎么能把一天的黑天和白天再细分一下子呢？我们现在有了军队，要调动军队，时间太模糊，就不太方便了。尤其是行军打仗，某一时刻发起冲锋，某一时刻要到达哪一个地方，都需要一个比较精确一点的时间。"燧明王也觉得这是一件重要的事，他在召集各部族首领聚会的时候也缺少一个比较精确的时间。自己在家乡从事生产劳动的时候，在时间上都是一种模糊的时间。往往是以太阳升起为早晨，太阳在中间的时候为中午，太阳落山的时候为晚上，以此来安排劳作和吃饭的时间。现在管理这么大的邦族了，就要有比较精确一点的时间了。

  他冥思苦想，有一天，他看见王舍南边的大山上有一棵高高的大桑树，这棵桑树有三丈多高，有蓬勃生长的枝叶。在早晨的时候，这棵树的影子向西；在中午的时候树的影子向北；在晚上的时候影子向东。他想到利用树影，能不能得到每日的分度呢？是不是可以利用像这棵树一样的木杆来观测影子，确定时间呢？于是，他找人在一个山包上平了一块场地，立了一根三丈高的笔直树干。用这个树干的影子在地上刻出记号。用绳子把树影记号连起来进行分段，这根绳子称"准绳"。从早晨日影投到地上开始，用绳子沿着树干的影划出等长的弧线做上记号。树干的影子每天有长短的变化，用"准绳"不受影子长短变化的影响。每天划下记号，每天都有变化，积年累月在地上就画出了规律的刻度。这样一天一天、一月一月、一年一年地刻呀刻，最后找出了一些规律，知道了一年有三百六十五天，这个树干的影子一年四季在不停地变化。在夏天的某一天，杆子的影最短，白天的时间最长。在冬天的某一天影最长，白天的时间最短。影最短的一天称夏至，影最长的一天称冬至。最初，他们把一天用绳子分为十段，称"天干"，命名为：甲、乙、丙、丁、戊、己、庚、辛、壬、癸。后来发现一年四季，每季约九十一天余一天。每季分三月，每月三十天余五天，比较方便。把月命名为子、丑、寅、卯、辰、巳、午、未、申、酉、戌、亥，被称为十二"地支"。每天也分度为十二时辰，用十二地支表示。每一时辰又分八刻，每一刻为十五分。

  白天有太阳的时候可以用日影，阴天怎么办？夜晚怎么办？燧明王想了很多

办法都不行。后来，燧明王想到在家乡打猎时带的火绒。火绒就是把揉过的蒿草编成长长的辫子，把一头点成炭火，慢慢烧。需要时加上易燃的草叶一吹就起火了。一样粗的火绒放在盘曲的格子里慢慢燃烧，可以大略知道时间。白天再用太阳影修正一下，效果很好。王城专门有军士在高处敲木邦子报时辰。燧明王创立了"大山樽木计时""准绳划天干地支""八索准绳圭表纪历"，分出年、月、日、辰、刻、分。

中枢设了管时间的历臣，管授时台。各部族驻地也立起圭木，给周围授时。人们的生活方便了。后来，人们又用石头做了小型的计时器，称"日晷"，放在帝王的院子里。

再后来，有了用鼓和铜钟报时的办法。夜间用鼓，白天用钟。就有了"暮鼓晨钟"的做法。

十、燧明王论天道发端开远古文明

有一天，燧明王回到南丘参加母亲的葬礼。兰花老族长卸任族长已经三十几年了。她经历了分族拓荒的艰苦，经历了水火的灾难，经历了分族设户的变故。晚年，南风一直陪伴着她，他们和小女儿一家在一起生活。前些年，南风和小女儿也先她而死了。衰老、悲伤和疾病折磨着她。她顽强地活到了九十多岁。近几年，燧明王派巫医申午子常给她治病驱鬼。老人离开人间的时候很安详。

出殡那天，燧明王又成了允婼小子，母亲的葬礼在巫医申午子的主持下进行。在离家不远的西山坡上，掘了一个墓穴。老族长的遗体躺在一棵枯死的老柳树干造的棺材里，身上穿着素白的麻衣，身边放着几只陶罐，里面装着粮食。允婼沉痛地念叨着："老天保佑慈母升天！母亲生养十个子女，仁慈惠及族人。年轻时率族人东奔千里，开村南丘，立族生根。顺应天意，分族立户，子女各得其家。天赐我们钻木取火，儿子成燧明邦族首领。南丘为立邦圣地，足彰显母亲功勋至伟。晚年幸福，有子女孝道左右。母亲无疾而终，尽享天年。祈求上天，接受祭祀，慈母之灵升到天堂。肉身来于泥土归于泥土。母亲安息！"合上棺材盖。允婼悲痛地捧起一把土，撒在棺材上。大家下手修起了坟堆。

回到王舍，燧明王的心情依然沉痛。他想自己经历的人间悲苦；想到新生活的喜悦；想到发明钻木取火，改善了生活。凡此种种迹象是什么主宰着呢？是"天"这个有无穷法力的神吗？他招来巫医申午子和善臣、丘将一起探讨了天、人、巫的关系。

有一天，巫医申午子被召到王舍，有善臣等在座。

燧明王问："大神近来很忙吧？"

申午子说："大王，你客气了。不要称我为大神。我只是一个巫医也。"

燧明王说："你远近很有名也。"

申午子说："我只是从业专也，时间长也，经历悲痛多也。"

"巫医从业许多年，经历足可为悲吗？"燧明王问。

"我今年近六十岁，从业有三十多年也，年轻时经过一次大疫，偌大家族独我从军躲过。离家时欣欣一家，回来时仅有荒坟白骨。至壮年居河之畔，发洪水，族人百口被卷走，余等三人攀老柳树上躲过。如此多难命运，幸得大神指点，悟出朦胧道理。开心之窍，取草疗疾，以巫驱鬼，不觉已三十多年也。"申午子说。

"巫医业现时盛况空前。人有生老病死也，民有所需，驱病与驱鬼。百日前我老母亲过世，得巫医祈祷，灵升天堂。老人生前见我悲痛，反告我此天命也。"燧明王说。

"大王母亲九十高龄，真天命长寿也。"申午子说。

"巫医知天象与人间沟通，真智慧之师也。"燧明王夸奖了巫医。

申午子说："天人之间都是依'象'观之。天有'象'称'天象'，天象分常象和异象。常象就是我们看到的日出日落，白天黑天，春夏秋冬，风雨雷电，冰霜雪冻，这是天的常象。天的异象有旱涝，地震，日食，月食等，这都是天的异象。天神通过天象向人们表示天的意愿。人们知道了天象，就知道了天的规律。人们就依着这个规律来春种、夏锄、秋收、冬藏。人们就依照这个天象四季轮回地生活。"

燧明王问："天在上，常人感知与巫医感知似有异同？"

申午子说："天有两重意念。一是常人每天感觉到的在上的天。有一句话叫'天无处不在'。俗话说，'头上三尺有青天'。又有人说，'人在做，天在看'。就是指实实在在的天。另一个天是人心里的天，天又是神圣的意思。一切世间事物都是由天主宰的。天在人们的心中是神的化身，人们称之为老天爷或天神。天是主宰人间事物的神。天赋予了人的命运，称天命。巫医是居间者，巫医试能解读人们心中迷惑，将常人的诉求表达出来也。"

善臣问："人有肉体和灵魂，何以见得？"

申午子说："人生活在两个空间中，一个是现实空间，通过人的感官确立人在时间、空间的本体感觉，人在这个空间里进行生产，生活，并集合成族群和邦族。

另一个是人的心思空间，它依人的存在状态而存在。人的身体不存在了，心思也停止了，他的心思可以记录和传承下来，如我们看到的各种符号。心思有创造能力，才区别于其他动物。如大王发明的钻木取火，统领邦族。心思就是灵魂，归天神主宰。天上诸神是指老天爷统领之一众天神。"

燧明王说："我知道天命不可违。探索天命我也冥思苦想。医巫知天命否？"

"天命可知趋势也。看天上太阳东升，霞光万道，世间一切万物都随着天在运行。在夜晚看到万点星空，悠悠运行，天又十分深奥。人在天地间生存，生老病死周而复始。新的生命产生，老的生命死去，这都是在依天命在运行着也。"申午子说。

燧明王说："每天观察，日出日落。有的时候看到一些特殊的气候，比如大风雷火、地震等天灾。日食、月食等天象。民众如此在大旱大涝中煎熬，有什么道法可避免呢？"

申午子说："天有道称天道。天启示着人们，人必须依天道来生活，天道就是天的道理。人不能违背天道，违背天道，就会受到天的惩罚。天是有惩的。天的惩罚就包括了那些自然灾害。"

燧明王说："天道可循行，如何辨识天道。"

申午子说："道辅之以理，是道理的意思。天定的理就是天道。天道以天象向人们显示道的存在。如水向下流，植物向上长。人白天要清醒劳作，晚上要睡觉。大自然的风雨雷电，冰霜雨雪，凡此一切都昭示着天道的存在，天的意愿，天的威力。在家庭、族群和联邦运作中，人们形成了共同遵守的民俗、法规等，这就成为天道也。天意就是大众的意向，了解大众的意向，也就是了解了天意。天道主张正义，凡合于天道，将得到天神助力，就可以成功，所以有'天道酬勤'一说也。"

燧明王："我为王者，民意、天意每在心中。办事务求顺乎天意。然而民意与天意相悖时难也。"

申午子说："民意与天意相悖时，应循天意。天意是指天的意旨，天之王称老天爷，天有情感，天要表达的意旨是通过天象表示给人。如日月的轮回，春夏秋冬的轮回，或在特定的时间内发生的一些异象，人们理解为天意。如人们的某些生产生活，与天的气候一致时就会取得成功，如果与天的自然气候不一致时，就有许多灾难。特别在农耕的时候，人们认为风调雨顺和风狂雨骤都是天意。在完成一次活动时，天气助力我们就称为天助；在天气危害的时候，我们就称为天灾。天意是有赏的，也是有罚的，例如生产活动中应了天时，天助了生产活动，得到

天的赏赐；如果逆着天意，就是有罚的。天助、天赐、天罚、天惩都是不可抗拒的。"

善臣问："大王，民众、诸族、中枢运行，要遵循什么条纲也？"

燧明王："我以为，天之规，谓天条包括天纲、天纪。邦族之运作，靠律例来规制民众、诸族、中枢的行为。天条是人们认为天对人行动的规范，也是天授的制度。天条是不变的，谓天条不移。天条规范人们的日常生活，也规范天上地下诸神和为官者的道德行为。犯天条不可饶之。天条具体在民间体现为民俗、伦理和律例。天神通过人们之民俗、乡约、伦理和律例，体现在天之意愿。天神是仁慈的。天条、天意、天道体现大众的意愿。人们在邦族发展中逐步形成之，民俗、乡约、伦理、律例是天条的展示。天条对人们的生活有具体的规范。天神启示族人不能逾越这些准则。其条例有十则：

一曰：不食臭。臭，腐败、排便之味。食则伤胃肠及人命。

二曰：不穿绀。绀，玄色，鲜血凝固之色，黑里透红。棺椁之色。

三曰：不晒尸。尸不见光，掩埋尸体。人来于土，归于土。

四曰：不害命。不杀食同类。

五曰：不侵财。不取不义之财也。

六曰：孝至亲。孝老养幼天伦也。

七曰：爱劳动。劳者有福，福从善来。

八曰：顺天意。顺应时势，造化邦族。

九曰：族和睦。族为团体，扶携抗灾。

十曰：人平等。族里、诸族和邦国反映民众意愿，协力邦国事。"

善臣问："大王，所说天条备细。人言犯天条其惩罚重也。我邦族类比之也？"

燧明王说："天条不可违，天有报应也。我中枢应立惩罚之则，以顺天道。前有乡约族规，以为借鉴。现应与天条相应立天罚。"其例为：

一、犯财赔财。

二、犯命夺命。

三、犯伦罚财。一石至百石黍。

四、犯罪劳役，一至十年。

至此，燧明邦族管理有序，邦规明晰，惩罚有度。

十一、燧明王有一妻

燧明王对华夏和人类做出了巨大贡献，后世尊他为燧皇，为三皇之首。

据说燧明王有许多发明，包括钻木取火、大山榑木太阳历、创造十天干和十二地支、创立八索准绳圭表纪历、火绒计时、命名了北极星、发明星象历、创立"氏族图腾徽铭制"、创造人类早期的记事符号、总结天道发端、建立远古文明、建立了邦族管理规制。

在位一百一十年。（约公元前4464年—前4354年）

燧皇陵在商丘古城西南三里。每年夏历二月初二为燧皇诞生纪念日，有拜祖大典。

燧皇有一妻，华胥族人，名曰胥女，有四子、两女。

燧人氏后裔姓氏：风、衣、允、依、殷、嬴、子、姞。

第五章　炎帝的故事

一、炎帝神农出世

炎帝启示民众用牛耕田地、结麻为衣、建房立户、民得富足；联族为邦，与黄帝共伐蚩尤，知天命而服于黄帝；发现中药，造福万民，其仁爱德泽于华夏，被民众尊为炎黄。

炎帝先祖华胥族烈山氏生活在黄河中游的洛水之畔。有一户人家，男主姜姓，名典，妻曰女登。炎帝刚出生的时候，啼叫不止，面色火红，其父见此，给孩子起名为"炎"，是火上有火的意思。沿用习惯，姜姓人家得子，取名姜炎，人们都称他为"炎"。

少年的炎就开始与大家一起耕种打猎了。那时，氏族刚开始以户为单位进行生产，父亲是一家之长，大型的狩猎活动由族群去召集。他们已经有了一些用石头、木头和麻绳制作的简单工具。石器以打制为主，也有了一些磨制的石器了。人们已经能够用火进行生活、生产了。由于耕种、饲养还处在很原始的阶段，所以吃和穿是人们最先要解决的问题。时饥时饱、衣不遮体的生活锻炼了少年的炎。炎长得很高大，比其他同龄的孩子强壮、聪明，并有坚强的意志和善良的品格。在很小的时候，他就开始跟随大人狩猎、劳动。随着年龄增长，他学会了许多技能，特别是他记下了许多先人创立的记事符号。他还学会了一般的加减计算。能够对几十、几百的数量进行加减计算，这也是非常重要的能力。他跟着父亲用打磨的石头工具种田。当时，土地刚刚开垦，收成较少，他知道努力劳作才能有好的收获。

有一天，炎和大家一起劳动，用石铲翻土地。这农活太累了，要用手和脚把铲插入土里用力把土翻过来。那些古老的土地沉睡了几万年，地里长了许多野草，虽然草已经被烧掉了，但是土里的草根还是盘根错节，很难挖进去，也很难翻过来。人们挖得手也痛，脚也痛，浑身痛。炎挖着挖着就累了，这时候，他看到身边有一根绳子，他就把那根绳子绑在了铲子上，把绳子让别人帮他拉。他把铲子插到土里，另一个人一拉土就翻起了。后来他想到，如果让多个人一起拉这根绳子，这样翻土就快了，提高了劳动效率。于是，他们就采取这样的办法来翻土，大家都认为是一个好的办法，把这个东西称作"耒耜"。炎发现用弯曲的木柄绑上石片插入土里，人拉着可以加快翻地的速度，田地也出现了"垄"，改变了平地穴播的种田模式，对田地抗旱涝、除草、疏松都起到了一定作用。"耒耜"的使用使开垦耕种的土地更多了，粮食产得多了，人也吃得饱了，年景好还能有些余粮。大家都学着这样做，都称赞炎是个有出息的小伙子。

在大家狩猎的时候，炎的年纪小，猎头不让他冲在前面。他看到族里的一些勇士，因为猎大型动物而伤残甚至死亡。炎所在的时期，动物已经不像燧人氏时候那样多了。炎长大后能巧妙地使用陷阱、网套进行狩猎。他放置的网、设的陷阱捕的猎物比较多，大家都愿意听他的意见。等到他们那一族的头领年岁大了，大家就推荐炎做了首领，大家十分拥护他。炎带着他们这一族耕种、狩猎获得的粮食和猎物多，大家的生活好了一些。炎也非常孝敬父母和老人，团结族里的人。他还学会了用草药给族人治病，这样大家更拥护他了。他也把自己的技能传给周围的族群，因此，许多族群对炎很信服，大家就推举炎做这片地区的部落头领了。部落结盟为邦族的时候，炎被推选为王，大家称他为炎帝、青帝。炎帝常给大家解决困难，调解族群间的纷争，得到大家的敬仰。

二、炎帝造房民有所居

从远古的时候开始华夏大地上人口兴旺，许多土地被开垦，生产的粮食多了，养的人口也多了，出现了以父系血亲为户的家庭，以多个旁系血亲户组成一个族的形式。户的增加需要解决住的问题。以前，人们群居住在有山的地方，会利用山洞来解决住的问题。有沟壑的地方还可以找到山洞，但是到了平原就很难找到山洞了，这时候就要挖土窑来居住。在广大的平原挖土窑居住，非常困难。这时候，

第五章 炎帝的故事

有的人用动物的皮张围在木架子上当作住处。这种住处面积小，保温效果也不好，特别是由于生产能力提高，各户开始有了余粮、财产后就有了偷盗的事情。由于居住的条件不好，严重地限制了人们去开拓新的土地。家庭居住环境狭窄肮脏，生活很不方便。

炎帝做了邦族首领以后，看到大家的居住条件这样差，就想改变这种情况。于是他走南闯北去考察各地建房的方法。他提出了一个土木结合的方法。就是用土石做墙的形状，用来挡住风寒，用木头做房盖、门和窗，这样，房子的样子就形成了。他向南方和北方的人们推广房屋的建筑方法，大家也有许多创新加进来。比如寒冷的北方可以用土炕取暖，暖和的地方可以用竹木做墙壁，建造更方便了。由于房子的建造，使人们有办法居住到没有山洞的地方去，方便了迁徙。人们可以到更偏远的地方开垦更多的土地进行生产。炎帝带领的民众生活得到了改善，人口生育得更多，大家都十分拥护他。

那时候建房子的方法很多，炎帝把这些方法归纳为：

（一）板筑法：也叫"打墙"。把半湿的黏土用木杆夹着，一层一层地往上加土夯实。夯的工具叫"榔头"，用木头或石头做成。夯实后用铲削平整，用稀泥抹到墙面上。这种墙保温性能好，北方少雨的地方很适合使用这种板筑法。

（二）泥坯垒法：也叫"垒墙"。先用木框做一个长方形的模子，把泥土装进去用力压实。脱出模子，待干了垒在一起。也有用稀泥脱模的，直接晾干就行了，叫"脱坯"。然后用这种土坯加稀泥一块一块地砌上去，这种用坯垒的方法可以非常灵活，几个人就可以施工，还可以在室内砌间壁墙、垒灶台、土炕。

（三）垛墙法：也叫"垛墙"。是用泥土和草混在一起，经拌合制成半干的湿泥，能踩住脚的湿度，用黏土和沙土都行。用叉子一叉一叉地往上垛，用垛叉把表面削平。干后表面抹泥。一次施工不能太高，待下面逐渐干了以后，再上一层，这种墙密实，保暖性好，但是建造时间较长。

（四）是草辫子法。拿约二尺长、有胳膊粗的草把裹上泥就是一个"泥辫子"。一个一个"泥辫子"地垒起来，样子像一个一个 "C"形的草把，环环相扣。这个方法可以用在高处，尤其是垒圆型的谷仓，用人比较少，但是建造时间比较长。

（五）草筏法：直接找到草根密实的草皮土，切成像土坯一样的块来垒墙。

盖房子墙壁采用的都是生土和原木，可以方便地取得。

房顶用梁、檩、椽搭建，用秸秆或苇子编成房笆，上面用湿泥土铺上，踩实，抹上泥。这个比较适合于北方，不适合于多雨的南方。再一个就是用草苫的方法，

把草规律的由下向上一层一层地苫到房顶上，用麻绳勒住，防水保温效果都很好。还可以直接用石片或木片压上去，一层一层的，防水效果比较好，但是保温效果不好。

炎帝把这些建房的方法介绍给大家，大家的居住环境明显改善了。四方的人们都敬仰他，认为炎帝是天神下凡，都尊他为王。

他又在邦族里制定了规矩，不经房主允许，别人不许进入房屋。人们居住在屋子里，可以不受风寒雨淋的侵袭，也可以抵御野兽的伤害，还解决了自己的房屋不被别人随便侵入的问题。建造的房子分户私有，人们实现个人财富的积累。房子成了个人财富的重要部分，有的几乎是全部的家产。由于炎帝教给了大家"架木为巢，泥土围墙"的建房方法，民有所居，大家的生活条件有了很大的改善。人们的体质强壮了，人口增加了。人们可以向遥远的地方去开拓生活的空间了，华夏族的势力得以扩大。

三、炎帝联族为邦

炎在领着大家努力生产粮食、饲养牲畜的时候，也经常调解族人之间的冲突。经常碰到的事情是如何界定双方的田地边界。那时，人口越来越多，土地开始连片被开垦了。一户和另一户的土地开始相连，就有冲突发生了。

那时有周姓和白姓两户人家，近几年常因为耕种田地发生矛盾。原来他们的土地相连，有一年雨大把两块土地之间的边界冲了，田地的边界难以分清了。周家人众多，每年都向白家的地侵入一些，白家自然不甘心，种地的时候，双方打斗时常发生。他们找到炎，炎和大家一起看了土地后，坐在一起让他们分别说出地界怎么界定。周、白两家原来的地边儿有两块石头，大水把石头也冲走了，谁也找不到边界了。这可怎么办呢？看他们水冲的地方也没有什么记号。炎找到他们相邻的田地的农民，问周和白各家上年的收获。其中，周家去年收了十五垛谷，白家收了十三垛谷。以此推测出他们的土地是十五比十三的关系，借这个比照找到了他们的地边界，周白两家也都认可了，化解了冲突。

为此，炎让大家划定地界时要四方立标。每家的土地都要和相邻的土地进行界定，这样就不容易起争端了。炎在为各户量地界时还使用了尺、丈、亩。尺就是人前臂的长度。炎把手臂屈起来，从肘头到腕骨凸起的地方，就称为一尺。大家依炎的尺骨长度制定了长度的基本单位。尺的十分之一为寸，尺的十倍是丈。

丈的六十倍长宽称作一亩田。在炎之前，用"扎"为尺的长度。"扎"就是手指展开，由拇指尖到中指尖的距离。"扎"一般在二十到二十三厘米之间，显得有点小，后来炎采用了"尺"为长度的基本单位，相当于米的三分之一多。

　　邻里还经常因为借和还的问题发生争执。有一次，春天时离姓人家向木姓人家借出了几斗米。等木家还的时候，离家认为还得少了。都是用的一个斗怎么少呢？原来木家借米的时候是春天，谷已经干透了，而还的时候是秋天，谷是湿的，那当然是不同的重量了。问到炎，炎让他们把谷拿来，一看是新谷。离家认为，新谷应多给一些，那多给多少呢？大家难住了。炎看了看满斗的粮食，问能等到春天再还米吗？双方都说不能等了。炎抓起一把米放到斗里，米就多出来了"一把"。炎说就每斗多给这么多吧，称"让一把"。在难定的时候只能这样"权（拳）当"地办了。但凡是粮食干湿不同，用斗量粮食的时候，都使用加减一把的方法，大家都挺服气。都是邻里乡亲，多少占点便宜，吃点亏也要互相担待一下。离和木家也是有血亲的，以后就和睦了。

　　有的人家借自己人多势力大，发生欺负邻里的事，也找到炎。有一户丁姓人家，田地位于上坡，和下坡的余姓人家相邻。丁家常在排水的时候欺负下坡的余姓人家。春夏用水多，秋天用水少。丁家在上坡用水很随意，而余家用水就要等丁家用完再用，特别是雨水大的时候，丁家地里的排水口有时就冲了余家的庄稼。丁家冲了余家的地，也不向人家赔偿，也不说好话，余家就不让丁家排水。丁家就和余家打了起来，互有所伤。找到炎，听了他们双方的争执原因，炎就劝丁家向余家赔不是，还要赔偿余家的损失。但是丁家不服气，余家也不高兴。这样，他们年年都有争执发生，怎么办呢？炎到他们的地块上走了走，看到上坡的田地也没有别的出水口，只能走下坡的田地。他在两家的地边儿上走走，又到两家地中间走走。他想了一个办法，他把两家找到地边上问上坡的丁家："你们耕种的时候要带着农具肥料向上运也挺困难，排水也要经过余家的田"。又问余家："你们盼望上坡的水引到下边来也有难处。"炎就和他们讲："你们把田互换一部分吧。"将双方田地的上下坡关系改成左右关系。这样，新的田地关系，每家有上坡、有下坡，自己田里的水在自己的地里调度，就不会冲突了。这以后成了大家分田的一个好方法，就是要顺着坡分田，一家一方地，有高有低就好处理灌溉和排水的事情了。

　　许多族群解决不了的问题，找到炎，他都有办法帮他们理顺。四面八方，远远近近的族群都去找炎解决纠纷，炎的名气也大了。

　　有些年头，年景不好，有一些坏人纠结在一起抢别人的东西，主要是抢粮食和牲畜,也有抢走幼儿妇女的,大家都很害怕,生活很不安定。大家找到炎,看他有什么办法。炎对大家说:"我们行动起来保卫家园吧。"他把大家召集到一起和大家说:"在我们居住的地方筑一圈墙吧,挖一条沟,让大家搬到一起来住,留一个大门,大家轮流守着。"于是,每户出人,用土石修了寨墙,有一人半高,上边插上木刺,人就过不来了。外边还挖了沟叫壕沟,这样就形成了"土围子"。有强盗到来时,大家就一呼百应,把他们打回去,进不了围子。有时候碰到大帮的强盗,就形成了对垒的局面。与强盗打仗,炎总是冲在前面,非常勇敢。

有一伙强盗,头子叫白毛狼,心狠手辣,武艺高强,他听说炎这一族有土围子,有高墙深沟,非要把炎一族打败不可。他提出索要五条牛十石谷,大家都十分发愁,不给就要围攻寨子。炎把族里的人找到一起,商量怎么办,有的说:"我们给他说说,送去一半东西就算了!"有的说:"我们不能怕他,这次给了他一半,再几日再要一半,那什么时候是头啊?"还有的说:"我们养的牲畜,种出的粮食都是靠血汗挣的,不能给他!"炎对大家说:"我们防强盗也有几年了,效果还是挺好的,只是现在强盗结伙越来越大了,我们一族一个寨子,怎么能抵挡住呢?如果和强盗拼,双方都可能死伤了。我看这样,我带人去强盗白毛狼那儿和他谈谈,看他们态度,能少给一些也可以。"他只带了一个人去,大家担心白毛狼使坏,不让炎去。炎说:"我不怕!为了大家平安,我豁出去了!"他让大家做了打仗的准备。于是他带着一个人,拿几只鸡,到白毛狼的营地去了。一见面白毛狼就吓唬炎,要把他们扣下来,拿来要的东西才放他们回去。炎说:"那就坏了,我来时已经约定,如果我回不去的话,大家就逃了,就撤了寨子,那你就什么也得不到了。"白毛狼一听,也怕大家跑了得不到什么。就同意了炎一族给他送去一头牛和五石粮,也就消灾了。

但是过了一年,白毛狼又纠集一些强盗来抢粮食和家畜。但这一年是荒年,大家收成不好,都不愿意出粮食、出牲畜。怎么办呢?炎说:"那么咱们就和他斗一斗。"一天晚上,白毛狼领着一帮人来抢粮。放哨的呼喊:"强盗来了……"大家集合起来,在寨门外和他们打了起来。打了一个时辰,强盗被打跑了,大家松了一口气。可是炎的族人死了两个,还有一个重伤的,大家非常气愤,要报这个仇。又过了几天,强盗又捎话来,还要打他们。炎和大家说:"我们要好好准备准备。"他们把狩猎野兽的方法都用上了。有一天下午,强盗又来了,白毛狼带十几个强盗,他冲在前面,手里挥舞着石斧子。炎也举着连枷,迎着白毛狼冲了上去,双方你来我往,斗了十来回合,渐渐的,炎的一族抵不住了。炎让大家退到寨子里去,他边战边退,

第五章 炎帝的故事

退到大门口,他一跃跑到围子里面,要关上寨门已经来不及了,眼看坏人就冲进来了。大家向寨子里面跑,白毛狼一伙呼呼地冲过来,烟尘飞进寨门,他们径直向里冲,跑进几十丈远,突然轰隆一声,白毛狼和几个冲在前面的强盗都掉到陷阱里面去了。陷阱本来是围捕野兽的,这次却用在了捕获强盗上。大家翻身冲回来,向陷阱扔了火把,这几个坏人烧死在里面了。其他强盗一看,头头没了,就惊慌地跑了。

过了一段时间,这些强盗又纠集一些人,准备再次打炎的寨子。炎看他们的势头,就想:我们各族都受他们的迫害,大家联合起来和他们斗,一定会打败他们。于是炎找到相邻的族群,都是有血缘关系的,和大家讲团结起来力量就大了。如果一族被围,大家都来帮忙和强盗斗,就不怕他们了。于是大家约定了,各族设立一帮打仗的队伍,平时生产,有强盗时大家就一呼百应,一起联手就把强盗打败了。后来,这些强盗就打不过联合起来的邦族民众了。人们称这种联合作战的形式为"邦"。邦族选炎做"邦"的首领。后来"邦"越来越大,有了常备的战斗队,就是军队了。首领炎规定,平年十丁抽一,战时三丁抽一,由大家轮流派人。抽丁,指的是男性成年人,自备武器。对打仗有经验的,勇敢的人被炎提拔为队长,十人称十夫长;百人称百夫长;十个百就称队长。由于炎的能力超群,许多邦都服从炎的领导,这样,多个邦联合起来形成了邦国,这也是国家的早期形式了。炎制定了邦国的行事规则,使大家有章可循,理顺了户、族、邦的关系。这样,有土地、有民众、有军队、有章法,就是邦国形式了。当时建造的邦族议事的房子又高又大,有许多柱子,称"帝屋",首领为"帝王"。于是,大家都称炎为"炎帝"了。

四、炎帝教民使牛耕种

炎帝为首领的族群生活在黄河中游一带,相当于现在的华中地区。这时,人们已经从主要靠渔猎获取生活资料,开始向耕种、饲养获取生活资料转移了。自伏羲、燧人氏以来,沿用古老的耕种土地方法,多是在近水的山坡处采用火烧轮作的方式。开垦一块地,一般种植五六年就要撂荒了,让土地生长野草养肥地力,再过五六年用火烧一下继续耕种。这样的土地第一年叫"头荒",第二年叫"二荒",第三年叫"三荒",地力比较好,到四五年后地力又耗尽了,又要撂荒。有能力的人家会不断开垦新的土地,满足增加的人口需要。人们迁徙开垦新土地的时候都是沿着河流两岸,因为离开水,农业、牧业、人的生活都不能进行。炎帝看到人们只能在水源附近生活,族人被困在近河岸耕田,他就启发人们,怎

能把水引到远一点儿的田里去，大家想到了挖沟筑堤的办法。炎帝和大家一起挖沟，把水引到远处的田地里。有了水渠的调度，农田的产量就多了。

有的地方水还是引不到，怎么办呢？炎帝看到远离河流的地方有水坑，只是下雨了有些水，天旱就干了。有一年大旱，从春到夏没有下大雨。河流断了，低洼的水坑也干了，庄稼也无水旱死了，野兽也跑走了，人畜的饮水都困难了，只好到遥远的河流去取水。干旱使人们的生活非常痛苦。有些动物比如野猪就拱那些低洼地里的土，拱的坑很深，下面也能渗出一些水来，虽然不多，也可解一时口渴。受动物找水的启发，炎帝招呼人们在靠近低洼的地方挖坑，就有水渗出来了。大家喝到了水都赞扬炎帝的智慧。天越来越旱，坑也越挖越深。坑深了，周围的土会塌下来，人们无法取水，也十分危险。炎帝就和大家一起，找来木头、石头加固水坑周围，这样也可以挖得深了，出的水也多了，水也清澈了。这样的做法，大家称为"塘"。有了"塘"，人们就可以住到远离河道的地方生活了，也可以养更多的牲畜和种植更多的庄稼，人们的生活有了进一步的改善。塘里的水也是地表积水，大旱天也会干涸。

春天每当耕地下种的时候，都是一年中最劳累的时候。那时候还没有铁器，人们用木铲、石铲掘地，生产能力很低。炎帝和人们年复一年在劳碌着。以前，炎帝在松土干活儿时发明了"耒耜"。把直柄的铲插到土里非常吃力，干的过程中，大家的工具坏了不少。那时，木器和石器的工具很容易坏。他就提出两个人拿一个铲掘土，好把种子播下去。但是一个直柄两个人用不上力，后来他找了一个"Y"形曲柄装上石头的"耒"，两个人就可以一齐用力了。其中一个直立向下用力，另一个拉曲柄向前，这个动作的农具，大家叫它"耒耜"。也可以加上绳索，几个人拉。可以把掘土和翻土连续地进行，翻地变得容易了一些。炎帝把这种工具介绍给大家，采用"耒耜"耕种，变得容易了一些。大家都感谢炎帝的发明。但是"耒耜"还是要用人力拉。

以前大家种地都是平地点籽，有了"耒耜"，改变了几百年的耕种方法，土地被耕成"垄"。土地松软了，保水保肥，便于除草、通风、施肥，提高了粮食产量。

后来炎帝看到家里养的牛，除了用来吃肉、挤奶、供给皮张以外，整天就呆站着。炎帝看到人拉"耒耜"的动作牛也可以做。炎帝驯牛是个好手，选两岁左右的小牛开始，把牛拴在房前屋后的木桩上，人常去喂食抚摸，使牛不怕人，然后给牛上牛角绳，牛不听话还要给它穿"鼻绞"。炎帝先是把绳子绑在牛脖子上拉耒耜，

第五章 炎帝的故事

可是牛使不上劲儿，还不听使唤。炎帝用手拉绳子，久了手很痛，他就想用一个木棒夹在绳套上拉就好多了。人用的木棒是直的，怎么能装在牛脖子上呢。有一天，炎帝看到伐树的时候有一个曲成"∧"角形的木头，他想这要架在牛脖子上面叫"牛领"的地方，不就可以让牛使上劲了吗？于是他在这个弯曲的木头两边拴上绳子，架在牛领上，不容易掉下来，牛拉着也使上劲儿了。一头牛的力气赶得上七八个人。一亩地，人力翻土要四五个人用一天时间。一头牛，一部"耒耜"，一天可以翻四五亩地。一头牛拉犁抵得上二十人翻地的能力。

翻耕土地时，把地面的杂草、庄稼茬子、秸秆埋到土里，腐烂的植物使土地松软了，增加了地力。人们有意识地把腐烂的植物和动物的粪便翻到土里，庄稼长得更好了。炎帝称这些为"肥"。"施肥"是增加土地产出的重要方法。农业技术前进了一大步。

牛拉动农具，实现了农业生产的一个新突破。一人一牛一年能耕种三十亩田。人力只能耕种五亩田，而且人力达不到牛耕的深度。最初用牛拉耒耜，人们称这个农具为"犁"。利字下添个牛字就是"犁"字。装在犁头上的石器，人们叫它"铧"。架在牛领上的装置叫"轭"。人们驯化了牛，成了人们犁田的好帮手。后来，人们在用两头以上的牛犁地时还使用了一种叫"抬杠"的装置，也是牛轭的变种。也有在犁前加横担和牛套的方法，使用起来更方便了。

犁和牛的使用也传到了黄河两岸，各族群都学会了炎帝发明的用牛拉犁的方法。炎帝的功绩被大家广为传颂，大家都相信炎帝是有智慧的首领。

炎帝知道种子非常重要。种瓜得瓜，种豆得豆。许多种子又有不一样的品质，又有不少的变种。古时候，谷子是主粮，有普通的谷子，有大白谷、大黄谷、小春谷，还有黏性的小黄米谷。最初的时候谷子植株不高，分蘖多，穗松散，易倒伏，口感差。为了改变这种状态，经过了许多年代的选育，才成了现在耐旱的品种。炎帝为了改变粮食的品质，对发现好种子非常重视。

有一个叫芒耶的青年，经过多年选育，发现了具有耐旱品质好的谷种，炎帝就进行了推广。据说芒耶为了到遥远的地方去取谷种，他一路奔走，战胜了许多困难，杀死了许多拦路的妖魔鬼怪，累死了两匹马，最后快到家乡的时候，他累倒了。在死前，他把谷种系在他从家乡带来的一只小黄狗的脖子上，让小狗跑回了家，而这个青年永远倒下了，为纪念这个青年，芒耶被称为谷神。

这个传说足以说明，先民们在世世代代耕种中不断地选择优良种子，使农作物的品质得以提高、品种得到改良。中国地域广大，气候差异非常大，炎帝确定

国家重点五谷为"麻、黍、稷、麦、菽"。在华夏大地上，人们世世代代耕耘，播种这些农作物。祖先炎帝发现、创造的农耕方法使人们丰衣足食。人们尊炎帝为农业的神，称"神农"。神农是当之无愧的中华始祖之一。

五、炎帝与结麻为衣

人们的生活需要什么，田里就种什么庄稼。人们发现一种神奇的植物，它的皮里有很长的纤维，它的叶子有毒，动物不吃，人的皮肤碰到叶子会麻麻的刺痛，因此称这种植物为"麻"。麻的纤维可以做麻绳，用于生产、生活。那时民众穿的衣服、用的材料主要是动物的皮子。到了炎帝的时候，野兽已经越来越少了，狩猎和采集已经不是主要的生活来源了。人们陆续发现了许多植物可以食用，代替了肉食。后来发现麻可以生产纤维，大家开始种植麻了。炎帝看到人们越来越注重穿戴了，以前穿的衣服、鞋子主要来源于动物。那时候养的牲畜主要是解决食用的肉和穿戴用的皮子，皮子成了最紧要的物品。开始用生皮，也称原皮，皮子上有动物的脂肪、血迹等。后来有了熟皮技术，大家开始用熟好的皮子了。皮子冬天还好，到了夏天就不适合穿了。尤其熟皮子要专门的皮匠加工，用生皮换熟皮也要消耗更多的皮张。一时间，人们为穿衣的事情发愁。华中的民众多以种田为主，哪有那么多皮子呢？大家吃的有了，但还是缺少衣服。加上夏天皮衣也厚重不透气，大家只好穿草衣，形成了冬穿皮、夏穿草的状态。

炎帝很喜欢做农事，经常参加田里的劳动。有一次，炎帝看到有一个人家的渔网结得很密实，他问这是谁做的网，有人说这是族里的麻姑做的。炎帝看到人们肩上背着渔网去捕鱼，若有所思。如果再密实一些，是不是可以当衣服穿呢？他找到麻姑，说明来意，要拜麻姑为师学结网。麻姑说："大王日理万机，怎么能有时间做这个活儿呢？"炎帝说："天下吃、穿、住三件事是最大的，现在粮食不少了，可穿的还是用皮子和草，很不方便。而且皮子太贵，草又经不起多次穿戴，大家出门都很难遮体。"他看麻姑做渔网的过程，先将麻搓成绳，再以绳结网。他提出要把网结的细密一些。麻姑手巧，把麻绳搓得很细。炎帝见这样细的绳子就管这叫"线"了。麻姑把麻绳搓得很细，做的网很密。后来要做得更细密，就需要借助"针"，或者"梭"了。这种又细又密实的织物，大家叫它"布"。试着做了一件衣服，炎帝穿在身上感觉又轻又透气，穿在身上活动活动，感觉比皮子好多了。于是，炎帝让麻姑做了衣服给大家看。让大家都来跟麻姑学做麻布。

后来大家又试着用麻做鞋，也可以代替皮子了。炎帝在一些重大的场合，带头穿麻衣、穿麻鞋。大家都习惯了穿麻制品，"麻"的用量就大了。炎帝开始和大家一起改良麻的种植和加工。他让人们收集各地的麻种，选择适合种植、产麻好的品种。后来，在华中主要选择了"线麻"，在南方主要选择了"苎麻"。炎帝和大家一起改进了麻的种植、收割、沤麻、纺线、织布的方法。

种麻要选土地肥沃、排水好的地块。北方种的是线麻，也称汉麻、寒麻、火麻。南方种的是苎麻也称青麻、白麻、家麻。麻成了最重要的农作物。线麻籽可以食用、榨油。北方人喜欢的一种"小豆腐"，就是线麻籽压碎后，把种皮去掉，加热后混合一些蔬菜，比如白菜、芥菜熬熟了吃，是一道美味的佳肴。

沤麻要适时收割青麻秆，扎成小捆浸到流动缓慢的水里，让麻从麻秆上脱离，并腐烂掉非纤维的部分，再把麻纤维从麻秆上剥下来。再好好地清洗，晾干就可以结绳织造了。

纺线和织造麻布成了妇女的主要劳动。像牛郎和织女的故事就形象地反映了农村男耕女织的劳动情况。当时出现了许多织造高手，人们称她们为麻姑、织女。

麻的使用先是生产工具，后来做成了衣服，是天神启示了炎帝。炎帝传授给民众，解决了人们的穿衣问题。由于麻布的生产用于人们生活、生产、战争、祭祀、礼仪各方面，如帘、旗、帐、幔等。麻的广泛使用促进了人类的文明进步。

六、炎帝开互市建城市

炎帝鼓励人们开垦荒地，广种五谷，主张饲养六畜，鼓励手艺人制作物品。特别是犁的使用，使一个人生产的粮食超过了以往需要许多人才能生产的粮食。由于麻的广泛种植和麻布的制造，人们能够生产出更多的物品了。生产能力的提高使人们有了剩余的物品。而且每个人的条件不同，生产的物品也不同，需要进行交换。比如一些能工巧匠有些会织网的，有些会编筐的，有些会木工做家具的，有些善捕鱼的，等等。剩余物品需要交换其他生活、生产物品的时候，先是一对一地进行交换，每年一次就行了。后来，人们需要经常性地、固定地点地交换物品了。

炎帝看到人们的需求就和大臣商量，选交通方便、人口密集的地方布置交换物品的场所，称为"市场"。又选了时间为每月逢五和逢十做集市时间。所以，现在许多地方仍有逢五逢旬日集市。

有了物品需要进行交换的时候，人们要公平地进行。炎帝看到大家在交换物品的时候要进行调剂，为此炎帝任命了"管理"互市的官员称为"官吏"。后来，官吏就俗称"官员"了。人们进行物品交换，先是一对一地进行。后来经常碰到需要交叉进行的交换。例如有一个风姓人家，要兑出黍，换菽；有白姓人家有菽但他要换麦子；有黄姓人家有麦子但要换黍。他们先不知道各自的要求，刚好他们都找到了中间人，中间人就把他们互相的要求从中互换了一下，每家都满意地换到了自己需要的物品。这个促成三家互换的人，人们称之为"捐客"。因为捐客需要不停地在人们中间商量，所以也称其为"商人"。商人需要两边儿甚至三方验看，听取要求，还要对物品进行估值，商人从中得到佣金。参加互换的物品常用的是可移动的劳动产物，包括：有用猪、牛、鸡换粮食的，也有用编织的物品像麻、筐换猪、牛、鸡的。如何比价，成了麻烦事。后来，人们就找到炎帝，问怎么办。炎帝想，田地能出产的黍普遍需要，如果以黍做比价物，又便于分割、贮存。这样，物品进行互换都以黍作价就方便了。当时的官吏也用黍做俸禄，沿用了几千年。炎帝提出所有进入集市交易的物品都可以定价为多少石黍，就可以方便交换了。比如一头百斤的猪价为四石黍；一只鸡为一斗黍；一头牛为二十石黍。这样一来，所有参加交换的物品都以黍作比价，不管什么物品都可以提出多少石黍进行交易。因为黍是大家都常用的，既实用又好分割，这样约定俗成，黍成了计价的标准了。只要某人说出自己是几石黍的价，就可以比对了。据说传到南方，那里稻子多就改成用稻了。一旦得到比价物，就有了最原始的互市计量办法了。以后由仓颉造字时，黍就用"赎"代替了。"黍"和"赎"两字读音相近，赎适用某物兑某物的意思。现代解释为赎买。

由于互市的开展，逐渐就有商人和匠人到设市的地方来居住，以后就形成了集市。为了防御强盗，把这个地方用城墙圈起来，就形成了城市。先有"市"后有"城"。有了城市就要有管理的官吏。于是，互市促进了产品的互相交换，促进了生产，出现了非农牧业人口。城市的出现使人类文明又前进了一大步。

七、炎帝与制陶饮茶

炎帝相传是火德一族，善于将火用于生活、生产和战争。火对民众的生活非常重要，特别是在饮食方面。自伏羲先祖时代取自然火种；再到燧人氏发明钻木取火，把火引入大众生活，饮食必须用火了。对以谷物为主的华夏族更是如此。

华夏上古故事

在早前，人们熟化谷物的方法限于烤、烧、煎。烤是将食物放在火的旁边，借火散发的热使食物熟化，热的利用率很低，也不适用于大多数食物。对较大、带皮的食物也可直接投入火中，稍待一会儿从火中取出，表面已经焦化，剥去外焦的部分吃里边儿熟的部分，比如大的薯块就烧一下吃，这也浪费了一些食物。煎、炒食物，就是将一块石板架在火上烧热，间接地把热传导给放在上面的食物，适用于肉类和糊状食物。烧水也是用热转移法，把小石头块烧热，投到盛水的容器里，很不方便。后来有了陶器，就开始有了"煮"的烹饪方法了。以水作为介质煮食物，使饮食方法丰富起来。煮熟的食物杀死了微生物又易于消化，防止了疾病传播。

炎帝后来生活在长江边上一个叫神农架的地方。在香溪河边，人们发现一种树的叶子嚼起来能提神，使人兴奋。炎帝也品尝了这种树叶子的味道，并把树叶放在陶器里用水煮了一下，喝着就更浓烈了。炎帝称之为"茶"。一种饮品、食物能刺激人的味觉、嗅觉都会使人产生一种嗜好。茶也是这样，它特有的茶味儿，饮后的兴奋使人着迷，许多人产生了饮茶的习惯，后世一直延续下去了。

炎帝对制陶非常喜欢，他有一个陶匠朋友叫陶胡，经常到他那里去做陶器。陶胡把陶土精心地做成泥料，根据不同的用途有不同的搭配和干湿度。制作陶坯有堆垒法、脱胎法、旋轮法、刻蚀法、泥板法、挤压拉坯法、注浆法等。一般，小物件用手捏法比较多。做大件儿，把泥坯做成条状，然后在底上一圈一圈地往上堆垒，通过拍打、挤压让泥坯融为一体。往往一件器物要用很多种手法才能完成。陶器的烧制技术要求很高，有堆烧法和窑烧法。要求高的陶器，大件儿陶器要用窑烧法。烧制中最重要的是看火候，这是最考验陶匠的时候。陶胡还探索出加泥釉的方法，增加了陶的硬度和不透水性，使陶的用途更大了。后来造字的时候，陶字是双耳刀"阝"加包字头"勹"，代表阳光和人，中间的"缶"字代表一种口小肚大的陶器。陶匠这个职业也成了他们的姓。

陶胡靠制作大陶器参加互市换其他生活物资，他做的陶器有缸和罐。炎帝饮茶需要更小巧的盛水陶器。以前盛水都是用葫芦、木头、竹筒，饮茶、烧水都不方便。炎帝就向陶胡提出了制作专门烧水容器的要求。陶胡按照炎帝的想法在罐的基础上制作了专门烧水的容器，能放在火上烧、有提把、有握把、有小嘴、有盖，烧水很方便，炎帝给它起名时用陶胡的谐音叫"陶壶"。陶壶拿到市面上去很受欢迎，能换更多的粮食。于是，陶胡专门做起了茶炊用陶器。陶胡开店售卖陶器，炎帝协助他给陶器规范了命名。"陶鬲"指带三空足的容器。"陶豆"指有高圈足的容器。"陶罐"指小口大腹的大容器。"陶缶"类似罐，高大于宽。"陶盎"

也类似罐，口小腹大，腹大于高。"陶缸"指大口大腹小底的大容器。"陶锅"指广口放在火上烧的大容器。"陶盆"指高小于底的敞口容器。"陶碗"指敞口能拿在手上的容器。"陶盘"指高小于底的浅容器。"陶碟"类似于小盘，小于手掌。"陶杯"指口腹相一致的容器，一般高大于口。"陶盏"指浅而小的杯子。"陶盅"指没有把的小杯子。凡此种种，方便了民众的生活。茶炊用具使人们的生活更加丰富多彩了。

后来，炎帝用煮的方法煎中药，特意制作了陶药壶。药壶有大口和大肚子，很小的出汤嘴，碟形的盖子，弓形的提把，这个形状一直保持下来了。

八、炎帝和黄帝联盟九战蚩尤

大约公元前两千五百年前，在中原大地上发生了一场以炎帝和黄帝邦族联合与蚩尤邦族的战争，史称涿鹿之战。战前，这三邦族各有领地，已经发展到了新石器时代。由于人口增加，需要更多的土地养育人口，为争夺土地引发了战争。炎帝和黄帝两族原是黄河中游的华夏族分化出来的族群。黄帝邦族发祥于汇入渭河的姬水河畔，繁盛起来后称姬氏族。炎帝族群发祥于姜水，在渭水上游一带，沿姜水生息，称姜氏族。经过几千年漫长的发展，他们都实现了由母系氏族社会、母仪天下，向父系氏族社会、父仪天下的过渡。由于人口增加，生产力提高，农耕、饲养、早期的手工业都比较发达，是那个时代比较先进的族群了。这两个族群同时向东发展，因为他们的西边是高原和荒漠，不适合人类生活。东边是黄河和长江中下游，有广阔的平原，有丰富的水系，适合农耕。

期间，他们也各自形成了族群联盟，称联邦族群，简称"邦族"。炎帝的邦族，沿黄河南岸向东南的淮河和长江中游发展。经过垦荒、通婚、战争的方式，渐渐地将自己邦族的势力不断地向东南发展。至公元前两千七百年左右，主体居长江中游的今河南、湖北、湖南一带。黄帝的邦族主体向东北方向发展，在今河北、山东一带。另有蚩尤一族自长江中游向南发展。蚩尤部族原是炎帝部族的一部分，融合南方各族群发展成有九个核心族群的大联盟，号称九黎部族。这个蚩尤，身材高大，聪明过人，喜争斗，争强好胜，能组团，好结盟。蚩尤在年轻时是炎帝邦族里一个族群的成员，抽丁参加了炎帝的军队。在军队中作战勇敢，从士兵升至将军职务。他做将军时有雄心大志，因为族人迁徙与大王炎帝发生分歧。蚩尤在一次族群冲突中擅自动用武装伤害数人，炎帝严厉地责备了他，从轻处罚流刑两年。他一气之下带族人数百，出走南方九黎，多年奋斗逐渐形成了势力。

蚩尤反叛时，炎帝周围的人提议，应该出兵追杀严惩他。炎帝仁慈，认为蚩尤既然已经走了，就派人给他送去了一些粮食和物品，蚩尤见了炎帝送的物品非常感激。这一支人，溯湘江向湖南、江西一带发展，渐渐壮大，势力远播到今福建、岭北、岭南。

炎帝和黄帝两邦关系较好。本是有血脉相亲的民族，在中原一带，两邦族呈交错的状态。通过互市有频繁的商业往来，人际交往、民俗也基本相同，语言相通。在这一地区，早期他们相安无事，各自农耕、渔猎、饲养，都发展得比较富足；他们都是仁慈的帝王，关心民众、发展生产、鼓励拓荒，建立了邦族的族规民约。向南发展的蚩尤也结合当地的自然特点、风土民俗发展了人口、经济和军队。蚩尤与炎帝和黄帝的关系都不好。这三个邦族既互市相通，发展生产，又互相觊觎，侵夺土地、人口、财产。

三个邦族各有特点。黄帝邦族的北方有山戎、北漠等诸多族群，得到黄帝的联络，是黄帝的外援。黄帝在管理方面有勇有谋，对族人恩威并施，邦族虽然不如炎帝的土地、人口多，但是有效的管理使邦族强大起来。炎帝的邦族，相比北方的黄帝和南方的蚩尤邦族，土地广大，人口众多，生产发展得比南北都好，但处在中间位置，发展空间小，外援少。而且炎帝注重族人的生活，以仁义主政，不喜欢战争杀戮，对邦族的管理比较松散，战争动员能力不如另外两邦。

炎、黄两个邦族都崇拜天神，蚩尤邦族崇拜巫术，因此民俗和邦族规制不同。

蚩尤邦族曾经发动过针对黄帝邦族的"冀中之战"，被打败退回了南方，两邦结下仇恨。

同时期，在长江以南的湘江、赣江流域，以蚩尤带领的华夏族为骨干，以诸多南方黎、苗、百越等民族为主体，仍以采集、渔猎为主生活。这一邦族人口少，不善农耕，生活艰苦，但性好战。蚩尤邦族原本是华族的一支，自从到湘赣发展，带去了北方的种植、麻纺、制陶技术，在当地开发了制铁铜技术、水稻种植技术和皮革加工技术。

蚩尤邦族与炎帝邦族边界相接，在秋冬季节，蚩尤族的强盗经常到炎帝邦族的地界抢掠，发生小的族群间冲突。有一次，蚩尤邦称作木叉氏族的一群族人抢掠了炎帝这边北明族群的粮食，被北明氏族人打了一顿，有人回到家后死了。木叉族头领想报仇，拿了一些皮张给蚩尤作为见面礼，告到蚩尤王处，说炎帝邦族的北明族侵犯到他们的居住地，打家劫舍，打死了人，要蚩尤去帮他们主持公道，为死者申冤。蚩尤王一听就火了，带着一些随从就到炎帝的王城宝随城去了。一见面，双方施礼，蚩尤送给炎帝几石稻米。双方分坐两侧，蚩尤开口就把炎帝邦这边北明族打死蚩尤邦族人的事说了。炎帝大惊，忙让手下去查一查。蚩尤气呼呼地告辞了炎帝，炎帝送给蚩尤几件陶器。出去查的人回来说："实际情况是蚩尤邦族的木叉族人抢了炎帝邦族北明族人的粮食，北明族反击把木叉人打死了，一些北明族人也有受伤的。"炎帝派使臣敏侯去向蚩尤说明情况，并要北明族人给木叉族人赔五石米以示赔偿。敏侯到蚩尤驻地黎龙城向蚩尤说明情况，并就失手打死人一事表示歉意，送上五石米。并说："木叉族与北明族土地相邻，风雨同天，旱涝相怜，应该互相礼让为好。"

蚩尤说："你们把打死人的事儿说得太轻松了，按规矩，应以命抵命。"

敏侯讲："木叉族人抢粮食在先，所以引起争斗。现在已经发生了死伤，以命抵命是以害加害，两家结仇会更深。以罚抵命更服民心。炎帝邦族已经采用致人一死以十年劳役相抵的方法了，也可以粮食、兽皮抵劳役。但这次是木叉族人先抢掠了北明族人的粮食在先，才发生械斗，双方都有责任。"

蚩尤无语，勉强同意了炎帝的意见，但心中不服，又斥责了敏侯几句，把他们送走了。

这种因土地、水流、粮食、牲畜而起的冲突，每年都发生几次。有一次，蚩尤邦族一个打死人的逃犯跑到了炎帝邦族这边。蚩尤邦族那边的元月族内部纷争，一个壮年男子杀了人，听说跑到炎帝邦族的同罗族村子的亲戚家里了。元月族长带人到炎帝邦族的同罗族人村子去找逃犯。同罗族人说："未见到逃犯。"

元月族人说："逃犯已经潜入了同罗族的地方，必须交人。"

同罗族人说："没见到，怎么交？"

元月族长要逐屋搜查，同罗族人不准，互相打斗起来，各有轻伤。元月族人退去，返回告到蚩尤大王处。

蚩尤王对大臣说："炎帝连年欺负我们，今天不能不战了！"

大臣木达说："听大王的，我们发兵打过去吧！"

大臣平才说："不可，因一逃犯侵犯炎帝邦族是小题大做。臣愿意去说与炎帝，求其捉逃犯回来，可否？"

蚩尤王同意让平才去找炎帝。平才数日返回，说已见炎帝，炎帝已经命人让同罗族人把犯人送回。又过了三天，蚩尤王见没有动静，元月族人又催得急了。蚩尤王命令大将发三族约千人的军队要去犯炎帝领地。刚到边界，见前面有数十人押犯人急来。见到蚩尤急忙施礼，说："押送犯人到元月族的地方。"

蚩尤王问："怎么这样迟才送来。"

押解人说："那日元月族人去要人，逃犯没有入室，在野外潜伏，自讨生活。今接到炎帝命，特去搜山，捉来送与元月族。"

蚩尤王不信，命军士以木棒击打炎帝族人臀部，欲问实话，辱骂了炎帝族人后放回。炎帝族人回去，告诉炎帝族人被辱情况，并说蚩尤发兵，已经到了边界一事，炎帝很生气。

敏侯劝炎帝说："两邦地界相连，有小的冲突不算什么。此事化解，也就烟消云散了，毕竟我们是血脉相连的华族人。今有蚩尤发兵一事，险未造成两家兵将相战，甚是危险！"

大将直怀奋起，因他在同罗族一带驻军，对蚩尤邦族的情况了解得较清楚，就对炎帝说："大王，蚩尤以木棒击我们族人臀部如同击脸，是对我们的大辱也！应当发兵去惩治他们！"

炎帝不想发兵动武，说："战争一旦打起来，兵士要伤亡，民众要费财产。何必非战不可？"炎帝否决了他出兵的意见。

而蚩尤一族加紧备战一事已经传来了。炎帝召集大臣和临近诸族商量怎么办，大家都受炎帝仁政所影响，也不喜欢征战。炎帝最终决定不战。

臣敏侯讲："不战可，但不能不备。现在可命近边界诸族备战。平时百丁抽一，战时三丁抽一，现在可近边界每族三丁抽一人，远地诸族十丁抽一。集中训练后两月回去，在族里练兵，青壮年都要参加。这样养兵于民，平时不误生产，战时一呼百应。有备而无患也。"

炎帝听敏侯一讲觉得有道理，又加上了凡是与蚩尤接壤的地区各族，每族三人以上参加训练，这样就形成了常备军。

炎帝族大将直怀，每日练军阵。各士卒演练伤法、擒法、追法、杀法。重在防，以防为主。这些人以手中木器、石器为主，长曰刺枪，短为刀斧。士卒一手持盾，防刺、防砍，一手持刀斧，演练时拍击盾牌乒乓作响，就称他们为"兵"。炎帝军设立了军队建制，五个兵为一伍，设伍长一人；十个伍为一队，设一队长；十个队为一校，设一校官；十个校以上设将军；将军以上为大将军，各有其职责。

炎帝用令箭、旗帜调动军队，远处用令，近处用旗，令由传令兵持符传达。兵符为劈开的木片或竹片，上面刻有帝王的徽号。两片符可对在一起成为信物用来调兵，称为令箭。旗是用木杆挑着的牛尾，牛尾毛编织成不同的形状，表示不

同的军令。制作方法是把牛尾从骨头上剥下，套在旗杆上，称为旌。后来也有用羽毛、麻布做旗帜的，召集大军的旗帜平时不立。一旦有战事，旌旗立起来，各族都要响应。

又过了些年，边界上土地开垦，互相离得更近了，荒地少了，周旋的余地也少了，冲突就多了。虽然边民有互市和通婚，但冲突还是常有。但凡发生冲突，炎帝这边儿多以和为手段处理，也就没有什么大的震动了。

有一次为争水利，炎帝邦的桑氏族与蚩尤邦的禾氏族发生了冲突。他们两族田地相接，桑氏族的地势高，不怕水；禾氏族的地势低，怕水淹。这一年，夏天雨水非常大，连着十日不休，大水泛滥了。禾族的田地被淹了就放开口子，让水流过桑族田边的水渠，冲了一些桑氏族的桑田。一个桑氏族的村民去堵水口，禾氏族人又挖开。双方先是吵，后就打了起来，互有死伤。事情闹大了，各告到炎帝和蚩尤处，他们各派大臣去问询各自的人。炎帝听说是蚩尤那边先挖水口，冲毁了桑族的田。蚩尤的人说是天降大雨，雨水泛滥所致。各有理由。炎帝让敏侯去蚩尤处通报一下。

敏侯到蚩尤王城，见到蚩尤说："蚩尤大王，那日天降大雨，贵方禾氏族开挖水口，流经我方桑氏族人田地，冲毁我桑氏族田地。引起互斗，互伤。是天作之灾，各安抚其民吧。"

蚩尤王不服，说："天有雨，人有怨。桑氏族人先出手打人至互殴，我禾氏族人有死有伤，要赔礼、赔财、赔命！"

敏侯说："既然桑氏族人先出手击伤禾氏族人，桑氏族失礼可赔庄稼，到秋时可以稻谷或蚕丝奉送可否？"

蚩尤王不准，扣下敏侯，并棒打了从人放回，捎话说："必须以凶手的命相抵，再放敏侯！"

炎帝听到传话，就要立即发兵。大臣昌义说："这时发兵，敏侯必死也。我们暂缓一缓，令桑氏族人备一女求禾氏族人和亲，相安可否？"炎帝同意了。

昌义去与桑族头领说："两族为邻，互斗互伤。永远为仇都不得安宁。如两者互相结亲，桑氏族嫁一女给禾氏族一方，禾氏族嫁一女给桑氏族一方，双方有血脉相通，邻上加亲就好了。桑氏族可为禾氏族在桑族地边开一个渠道，引走水患。"桑氏族头领找禾族头领，赔了礼，说清利害。禾氏族头领觉得有理，对以后种植有利，又可互相结亲，就同意了。禾氏族头领找到蚩尤王，蚩尤看到下面同意和解，就把敏侯放回去了。炎帝给蚩尤王捎话说："相援可得年丰，相争仇苦黎民，

第五章 炎帝的故事

但愿两邦相安。"但蚩尤王从心里记恨不已，加强了军备。

第一年第一战，石台之战

蚩尤在长江以南得到大王位后，积极引进华夏族人口，建立了许多华夏族部落。他大力倡导农业，特别是水稻种植。以水稻为主要的粮食作物，可以一年两熟，收获是旱作的两倍。粮食渐渐多了起来，促进了人口发展。他还大力提倡冶炼技术，发展了铜铁武器，制作了头盔和战甲，使军力明显提高了。引进了麻纺、制陶、木工、皮革加工技术，生产发展了，民众富裕了，蚩尤的野心也膨胀起来了。蚩尤还相信巫师的蛊惑，妄自尊大。他一直对华中炎帝的领土有占领的欲望，时刻都没有忘了整军备战。

有一年，蚩尤邦里一族不向蚩尤进贡了，而将贡品送到了炎帝处，只因炎帝心慈，民得以生息；蚩尤心狠，民众生计艰难。还有其他族也有效仿，归炎帝联邦的意思。这时蚩尤邦族内部的互相侵夺也多了起来。蚩尤为了惩罚反叛的族人，掠夺炎帝的领土，缓解邦族内部的纷争，决心发动一场与炎帝的战争，击垮对方，扩大自己的势力范围。

有一年冬天，炎帝邦族的饲牛族人与蚩尤邦的柴氏族人互市。柴氏人以五头猪换饲牛族一头牛，回去后牛不慎跑了。柴族人执牛绳找到饲牛家，见牛就要下手去捉，捉了一头黑牛就要绑牛绳牵走，饲牛家说捉错了，不让上牛绳。饲牛族人说："那头牛并未跑回，你们捉错了，是另一头牛。"柴族人不信，认为是饲牛家有意隐瞒，吵了起来。

饲牛族长到牛圈边看了看，又拿过牛绳看了一下，举牛绳问柴族人："牛是什么颜色。"柴族人说："是黑色。"

族长拿着牛绳说："这上面明明是黄色，应该是抓错了。"柴族人不认同，双方僵持了起来。

后来，饲牛族长说："你们先回去，如果牛跑回，一定送给你们。"柴族人也就只好这样了，要求族长做了保人就回去了。又过了十九日，夜晚突然有人来饲牛家偷牛，大家一起乱棒把偷牛贼打跑了。原来是柴族人来抢牛，不想牛没有抢走反而被打了。告到邦族首领蚩尤王处说："互换牛只，被炎帝族人拐跑了，去找牛反被殴打一事，请大王评理。"蚩尤王正为族人叛逃生气，加上夺牛一事，大叫："欺负我民者，如欺负我也。辱我民者，如辱我也！"

于是兴兵五万，目标要讨回已经归顺了炎帝的族人和土地。蚩尤突然发动了战争，炎帝邦族并无防备。炎帝忙竖起招兵旌旗，仓促应战。一天时间，蚩尤军已深入炎帝地界五十里，掠去三族之地和人口、牲畜。

炎帝军队与蚩尤军在石台堡地方对阵。炎帝军大将直怀率三万军奉命出战，问炎帝："伤之、杀之？"

炎帝说："伤之可。"

战斗的时候，伤人和杀人打击部位不同。两军相接，摇旗呐喊，声震山岳。炎帝兵少，蚩尤兵多。木棒、石斧、木刺互相击打，盾牌迎击，砰砰作响。蚩尤军凶狠异常，专门击炎帝军士致命部位，炎帝军专门击伤为主。炎帝军死伤很多，炎帝军不敌蚩尤军，又后退两族之地。炎帝见出战三万军队死人近千之多，失去战斗能力伤者更多，炎帝悲伤不已，向天发誓要报侵害之仇。大将直怀告诉炎帝，要取胜可迅速扩军。于是炎帝扩军到五万余人，并以牛为冲阵利器，选一吉日向天祈祷，要天神助力，战胜蚩尤复仇。

蚩尤这边也扩军备战，动员南方各族人，军士达到七万之多。两军在石台地方再摆战阵，大将直怀问炎帝："伤之、杀之？"

炎帝愤而大呼："杀之以报前仇！"

临阵时，炎帝兵士驱牛大进，牛角刺人、牛蹄踏人，兵士击杀，刀斧齐上，蚩尤军败退几十里。蚩尤慌忙召集臣将研究对策，有百越族人将领陈赛说："大王勿慌，我们有战象还没有过来，一旦战象出战，对方牛阵即可瓦解。"

蚩尤问："几时可到？"陈赛说三日就可以到了。蚩尤让军士紧闭寨门，不与炎帝军队交锋。三日后，两军列成阵势。百越人驱动战象近百头，踏得大地雷震一般。炎帝军以牛阵迎击，牛一见战象吓得不轻，反身回奔。炎帝军自相踩踏，死伤很多，炎帝军又退了几十里。蚩尤军共夺了炎帝五族之地，掠走民众财产不计其数。

第一年第二战，广元之战

炎帝看到族人死伤这么多，悲伤不已，呼天抢地，大呼："要惩罚就惩罚我一个人吧！何苦要惩罚民众啊！"大臣们主战的和主和的吵得沸沸扬扬。

炎帝问敏侯，敏侯说："一战不胜，可求和，暂养生息，待势力壮大再报此仇不迟。"武将直怀大呼："仇当速报。可求黄帝兵马，同战蚩尤。"炎帝采纳了直怀意见，亲自去黄帝王城轩辕城求黄帝出兵。

黄帝在帝舍接见了炎帝。双方互行揖礼，相对而坐。有双方大臣武将分列在两侧，黄帝说："炎帝大王，匆匆北来，必有大事也！"

炎帝说："我此来特为蚩尤邦犯我边境，掠夺土地民众而来也。"

黄帝略吃惊，说："我已知蚩尤背信弃义率兵北侵。我以为蚩尤邦乌合之众，地域荒蛮，物产稀少，人口不足贵邦之半，必然是败退而回也。"

炎帝说："蚩尤原为我族人，心狠手毒，有机谋，曾屡建战功，在我舍下做将军职。因妄自杀人，为我惩罚，流刑两年。不服处罚，以探亲为名，带一族人越长江向湘赣发展。我曾饶其分裂族群之罪，未予追剿，并给少许资助。然数十年后，羽翼丰满，常在边界寻衅。近月突然联合南部诸族，侵我七族之地。我发兵五万，与蚩尤军战于石台堡，夺回两族之地。蚩尤军尚占我五族之地也，此仇不能不报也！"

黄帝说："蚩尤军几何？"

炎帝说："蚩尤军以华族人为各级将领，以九黎部为骨干，又约来百越诸族，合计十余万人。"

黄帝说："其兵士战力若何？"

炎帝说："其兵来于南方，体格略小，筋骨强健，善使巧力，善涉水攀山，有耐力也。"

黄帝又说："其将善用何谋略？"

炎帝说："两战皆为迎锋对垒，未见其谋。有战象冲阵，兵锋锐利。"

黄帝再问："其粮草供给何途径？"

炎帝说："未知。"

黄帝沉吟片刻说："蚩尤侵袭贵邦，夺田害民，我实同情贵邦也。然而你们双方都为华族血脉，我妄自帮助一方，必使另一方记恨结仇，此一也；我邦实力在贵邦之下，贵邦尚不能取胜蚩尤邦，我引火烧身，恐怕不自量力也，此二也；我与蚩尤邦并不接壤，出兵伐远族出师不明也，此三也；我欲相助，必劳民、伤命、破财，此等损失极巨大也，此四也。有此四个缘由，我邦不宜出兵也。"

见黄帝不肯出兵，舍内鸦雀无声。忽然，炎帝队列里大臣敏侯说："黄帝大王，如贵邦不施援手，也安宁日子无多矣！蚩尤部凶恶成性，曾在贵邦冀中骚乱一时，杀戮惨烈，大王可忘乎？大王平冀中之乱，曾约我邦截杀蚩尤江南援军，大王可忘乎？我为其母族，其为我分离子族，尚能刀兵相向，侵略土地，伤害民众。如其侵占了炎帝江山，合九黎之众，岂能把贵邦族放在眼里？蚩尤乘势攻黄帝邦族，大王可后悔乎！今我大王来请贵邦出兵，是救我中原华族，亦是给贵族保护华北一个机会也！"

黄帝一时无语，其下大臣仓颉说："我闻蚩尤军有铜头铁额，以铜铁为兵器。

不知贵方经一阵有何见教？"

炎帝邦族大将直怀说："前日我败于蚩尤军，非败于铜头铁额和铜铁兵器也。实是我抽丁不多，未做好战争准备，被蚩尤军突袭，此一也；蚩尤早有战争谋划，招来南部诸族参战，引战象冲阵，此二也；我大王念手足关系不忍击杀蚩尤军，兵士都以击伤对方为操练，此三也。有此三不利，所以兵败。至于蚩尤军的铜铁兵器，确实厉害，但实际铜铁兵器很少，持铜铁兵器的不足兵将十之一成。"

黄帝见炎帝手下臣将如此说辞，对炎帝说："我邦臣将已知悉蚩尤军和贵邦情况了，请暂且休息，我与臣将商量后再做答复也。"送炎帝一行去休息。

于是，黄帝召集大臣和军将来舍下议事。这些人都已经了解了当前的形势。黄帝说："现在蚩尤和炎帝两邦相战已经成水火，不能两立，我邦在两者互拼之际，已经不能隔岸观火了。各位臣将有何主意？"。

大臣仓颉说："大王，我观天象，演绎八卦，都显示北方吉星高照，其旺在我邦也。今蚩尤与炎帝两邦相战，如我邦不出战，必有一方做大，做大者就可号令华夏也。那时置我邦于何地位？今炎帝来约我邦出兵，乃天赐良机也。此如两人对架拼力，势均力敌时一方有援者必胜也。我出兵与不出兵，已显而易见。出兵则利我邦也。"

大臣风后说："现华夏有南蚩尤、中炎帝、北我邦，三足之势已立。各率民于长江以南、黄河中下、燕岭一川。实炎帝地广人多，我不如之。蚩尤立邦不足二十年，就能驱兵夺炎帝五族之地，迫炎帝向我求兵，实不可小觑也。炎帝管理邦族事务以仁慈宽大、体恤民众疾苦为要，而不知对民众'既可与之利，亦可取之役'之理也。而'宽仁启民德，必有严法束民规'，当此危机之时，炎帝邦族内部失和，征调失灵，足为教训也。"

大将大鸿说："我欲出师，必有其名也。可以中间人身份调停双方，如罢兵，我依旧目前三强之一。如蚩尤不罢兵，我再出师不迟。而且此间可准备队伍，习练军阵也。"

黄帝采纳了大家的意见，与炎帝说愿意从中调停，让炎帝去等消息。炎帝只好回去了。

黄帝一面备战，召集族群首领议事；一面派使者去蚩尤王城黎龙城，劝其息兵。

各族头领被黄帝召集到王城轩辕城，黄帝将蚩尤邦凶蛮，侵夺炎帝领土，大有称霸华夏天下的事说与大家。各族有顾虑征战的，有主张出兵的。主张出兵的都是近年归顺的北方族人，希望战时有所收获，呈其英豪。而顾虑出战的都是华族近支，多考虑三支华族战乱必然流血破财，能议和最好。

黄帝说："蚩尤驱九黎之兵，并挟持三苗、百越诸族，已打败炎帝，割去土地，我不出兵，势必坐看蚩尤邦坐大。现在我邦不如炎帝邦财力、军力，如果炎帝兵败，土地、民众归于蚩尤邦。蚩尤邦坐大，必报数年前其曾乱我冀中地方、被我剿灭之仇。蚩尤坐大，必然转头攻我，很快我将分崩瓦解也。此邦族危亡之际，敢有不出丁者我必惩之！"黄帝此前在降服北方各族时使用了打击和安抚并用的手法，诸族首领知黄帝英明威严、行事果敢，因此大王令少有敢怠慢者。各邦族都表态愿听黄帝调度，协力攻击蚩尤。

黄帝近年与蚩尤曾在冀州征战，又与北漠族有多次征战，将军有征战计谋，兵士有格杀技能。手下有仓颉、风后、大鸿、力牧、常先等谋臣战将。黄帝整军，纪律严明，阵法娴熟。人口虽然不如炎帝多，但能战者众多，军力与另两支华族比略胜一筹。

黄帝问："谁愿意去南方劝蚩尤息兵。"仓颉、风后、大鸿等愿意前往。黄帝说："只可去两人，一文一武，文主谈息兵，武主观察了解蚩尤军阵、地形，为以后进军做准备。"黄帝决定派风后和大鸿带礼物，牛、羊皮百张去往蚩尤驻地黎龙城。

同时黄帝诏告，准备十丁抽一，准备小战，集结约五万军。加上炎帝十几万军，组成二十万大军，足以敌蚩尤的十五万军。

风后和大鸿带十几个随员日行夜宿，披星戴月。一路深秋景色，田野由灰黄到深绿。由旱作农田到水作农田区。坐爬犁、乘木筏越过黄河、长江和许多山岭，逾十日，到了黎龙城。

风后和大鸿带随员在蚩尤的王舍内与蚩尤互相作礼，献上礼物。蚩尤说："黄帝派二位大臣越数千里来我黎龙地方，其意是善呢，还是恶呀？"

风后说："为恶而来、为善而归是我大王派我等出使的目的。近闻贵大王战炎帝，双方恶战，血流漂杵，此恶也。双方皆为华族血脉，死伤皆为民子。我王黄帝甚为所悲，特遣专使说以利害。以薄礼表黄帝之意，其意为善。劝双方罢兵，返还疆土，此后互不侵害，平安无事，各疗伤痛，实为天下华族大幸也。"

蚩尤说："炎帝不仁，民劣不羁，每每犯境侵财，杀伤族人。近有炎帝族人不服炎帝，愿依附我邦，我已经取得土地和族人。如息兵可也，所管控土地以现状维持。边界土地为我将士血沃，民已顺我，不能改动！"

大鸿厉声说："我黄帝有言在先，如不服从，必兵戎相见，刀斧之下，生灵洒血！"

第五章 炎帝的故事

蚩尤拍案说："兵戎既见，死伤在你，我有巫助，南蛮兵强，一旦战起，横扫中原，华北亦在我掌握之中也！黄帝不念早年有西陵王女和亲之情，在冀州围剿我，巫助我涉险退回南方，此仇我还耿耿于怀。今非昔比，我也劝你们不要惹火烧身！"

风后说："黄帝秉持贤德，不嗜征战，但贵邦已将战火烧到中原，黄帝不能不管了。黄帝既战，必发北疆雄师，北人高大勇猛，南人低瘦，两兵相接，恐荡平南地，岂不悔恨！"

蚩尤高叫："我有巫助之威，何惧人高！我有铜铁兵器，何惧石木杵仗！"蚩尤愤怒异常。临别，送黄帝铁刀一口，意味深长，没有以礼送别黄帝使臣。

风后和大鸿返回王城，向黄帝述说了见蚩尤经过。将铁刀交黄帝，此刀似告诉黄帝石木武器不是铁刀的对手。黄帝以手托刀说："我父常说'手巧不如家什妙'，战场武器很重要也。"命人立即着手引进铁铜冶炼技术，制造兵器。

风后说："蚩尤秉性凶顽，其有踏平中原野心，所过村舍都可见兵营，有兵士习练。今可与炎帝合力战之，如若不然，蚩尤坐大，以后侵夺炎帝疆土，势力更大。其觊觎我邦领地，包藏祸心，早已显露也！"

黄帝说："今与炎帝联合战蚩尤可能有三个后果。一是打败蚩尤使其退回原地，为最好；二是双方势均力敌，形成对峙局面，连年征战；三是灭蚩尤邦国，壮大我与炎帝华族。审时度势，力争以战止战。蚩尤凶顽，不会屈服，灭蚩尤恐是最终目标。"

众人商议战争消耗很大，兵将死伤、粮食、军器、什物都要财力支持。黄帝说："炎帝应当补助我方损失。"

风后说："以割地为好。蚩尤占炎帝五族之地，驱除蚩尤后，给我方两族之地为赔偿也。"黄帝不从说："炎、黄、蚩尤三邦都是华族血脉，互相侵夺实不是我意。战事无常，顺应天意也。"

仓颉说："蚩尤如此凶顽，势必离心离德，杀戮众族人，必为天灭之。我邦与炎帝联合必顺应天命，终会克敌制胜，蚩尤邦土地必为我与炎帝分之。大王不必顾虑，此正是华族从华胥氏祖地不断润泽扩大，天佑中华之机也。天降良机，舍此，唯大王谁能当之！"

仓颉此语有深谋远略。黄帝心已领会。

于是由风后去炎帝处告知，黄帝同意出兵相助，并说了炎帝应补偿黄帝参战损失之条件。炎帝同意拨给黄帝牛、粮草等军需，并委屈同意划夺回土地的一半给黄帝驻军，待灭了蚩尤邦后再归还炎帝。约定黄帝出兵十万。

经数月准备，已到秋天，雨季已过，正是征战时机。待炎、黄联军大兵压境的时候，蚩尤邦已有准备了。炎、黄联军达二十五万，其中黄帝军十万。蚩尤军有二十万之众，两军在炎帝疆土涿鹿一带对垒。

炎帝和黄帝坐在一处，商量击败蚩尤之策。炎帝报仇心切，要急战。黄帝要准备好再战。炎帝说："蚩尤邦本系我族支脉，今在南蛮之地，已演成害人之精。前次杀我民众，侵我土地，有五族之地被占。我军已枕戈以待，要报前次之仇。我为先锋，贵军为后援。前冲后攘，必克敌制胜也。"

黄帝军不知蚩尤军情况，也不知炎帝军用何阵法，只能同意炎帝的安排。

几天后，两方在广元地方开战。以炎帝五万军为先锋，后黄帝军五万跟进。那日太阳未升，卯时初，炎、黄军已经吃饱喝足，突然向蚩尤军杀去。蚩尤军正要吃饭，听到战鼓催阵，杀声震天动地，急忙执武器迎敌。蚩尤军寨栅被推倒，就在满山遍野的营帐之间，两军混战，斧棒齐下，刺盾相接。蚩尤军死伤很多。蚩尤乱军向后败去。突然，蚩尤大将力子手持梨木铜头大棒引一股军士挺身而出，冲向炎帝军，大呼："败走有死地！杀敌有赢天！"蚩尤军乘势杀回。及至寨边，忽然，炎帝军弓箭手赶到，箭如雨下，一批批蚩尤军倒下。炎帝军复杀出，追杀落后者无数。到中午时，蚩尤军有铁甲军迎战，此军有铁叶头盔，着皮革战甲，一手执盾牌可避箭，一手执铁刀迎刃杀人，将炎帝军杀退。两边稍喘息，黄帝军杀到，军士多高大强壮，使用榆木大棒，打头头碎，打腿腿折，一路杀得蚩尤军丢盔弃甲。至晚，蚩尤军已经败退二十余里。入夜，双方休战。

第二天，黄帝后军到，军力大增，再次向蚩尤军进攻。炎黄军冲到阵前，这时蚩尤军已有防备，军士突然散开，驱战象为前锋，人喊、兽吼，如山崩地裂般轰鸣，冲踏炎黄军。战象使炎黄军阵大乱，败退十余里。炎帝命军士设陷阱，立木刺排栅迎敌，战象奔来，一落陷阱就烧杀之。炎黄军以火止住败势，两军相持，日日相搏杀，逾十余日，双方渐渐兵疲将衰。

炎帝找到黄帝说："既已夺回几处族地，暂时休战可否？"

黄帝见炎帝不想打了，就和炎帝说派人去蚩尤处告休战事项。于是炎黄派臣风后和将直怀带十名军士去蚩尤军营，见到蚩尤，说炎帝已夺得失地，如蚩尤退军，炎黄联军也退军。

蚩尤愤恨地说："我已告天，将与你军决一死战！今日之天下有我则无炎黄也！"又说："你们两人，其一必死，带一人头颅回去复命。"风后、直怀都争

死。蚩尤找来一石子，握一手中让二人猜，二人不猜；又以两碗，一装酒，一装水，饮到酒者斩。二人饮下都说是酒；蚩尤又扯下头上发带，命二人间隔数步，发带抛去落到谁脚下谁死，待发带抛出，竟被一阵风吹远，不落二人之间。风后、直怀二人面对死亡之威胁从容面对，真大丈夫也。蚩尤还不饶人，以死亡游戏决定两位将军的生死，蚩尤把生命竟当儿戏。舍下大臣顺兑说："大王，看来天意放二人生还也，来使何苦加罪也？"蚩尤大怒斥责，要取大臣顺兑头，让来使带走复命，众人劝止。蚩尤决意再战，放风后、直怀回炎黄帝处，准备再战。

第一年第三战，汝河之战

又过了数日，双方都准备妥当。在深秋的一个上午，汝河之畔，炎黄军队列阵后，祭天发誓。蚩尤军列阵后巫师呼号。蚩尤军列南向北，炎黄军列北向南。兵士拍打盾牌，砰砰作响。将士怒目相视，呼号怒吼，只待令旗。忽然，军旗被西北风吹起，炎帝军闪开，自阵前有火球腾起，借风势直向蚩尤军扑来，蚩尤军从南方来，多数披兽皮战甲，执木藤盾牌，见火即燃。风火相助，烧得蚩尤军阵大乱。炎、黄联军又石斧、木棒打来，蚩尤军败走。炎、黄军追杀二十余里，已经进入蚩尤地界。蚩尤的地方多水，炎、黄军不善水战，火也在水边止了。蚩尤军从水泽之地乘筏杀出。速进的炎帝军反为蚩尤军打败。后退数里，黄帝军杀出接战，蚩尤军不敌，又退十里。双方在距边界十里炎帝侧停止进兵，以寨栅驻扎军队。

两军对垒，将士疲惫。黄帝巡营回来，叹气不止。随军的妃子嫘母见黄帝不悦说："大王如此心焦，虑在军心吗？"黄帝说："正是，将士死伤太多，日日在敌前煎熬，我心不忍也。"嫘母这些天常到军营帮助做饭，她说："明日我去军营，大王调些牛肉，做包子给军士吃，俗语说'吃饱不想家'，以安军心。"黄帝同意，让庖工杀了自己拉爬犁的牛，给先锋军做包子。军士知道了嫘母提议做包子犒劳大家，军心大振。

先锋大将常先吃到包子，心生一计，速告黄帝，准备"包抄"蚩尤军。

又数日，黄帝军为前部，目标是打到边界止。黄帝军预先由常先带一军潜行到蚩尤军侧后方埋伏。是日，黄帝军与蚩尤军摆开阵势，蚩尤军以铁刺和盾牌迎击黄帝军。黄帝军以盾和石斧、石锤迎战。蚩尤军前有盾，后有长刺，专刺前胸，刺到人亡，黄帝军渐渐不支。炎帝使火军迎上，怎奈蚩尤军已有防火准备，其盾牌上已涂了泥浆，反推火球向炎黄军滚去。蚩尤军大进，杀数十里方止。稍微休息一下，两军再战。黄帝军中闪出抛石力士，石大如鹅卵，从天而下，击头头碎，

第五章 炎帝的故事

击面面裂。蚩尤军一批冲上去死伤一片，又一批冲上去又死伤一片。阵前人死伤很多，形成肉丘。蚩尤军大败退回约五里之地，忽然，侧后有一黄帝伏兵杀来，炎、黄大军乘势一直打到边界才停止追击。双方隔边界虎对，冬天也到了，军士饥寒，已无斗志。双方退军。

这是第一年，三战炎、黄联军，把蚩尤军赶出了炎帝疆土。炎帝不食言，划出两族之地给黄帝驻军。这样，原来黄帝和蚩尤并不接壤，现炎帝退后，蚩尤和黄帝两个好战的邦族就直接对峙了。

第二年的战争

第二年，蚩尤的地方是个丰收年，各族都有好的收成。秋天，蚩尤又要打仗，手下大臣都不同意。蚩尤跟大家说："去年我族被炎黄联军打败，家族悲伤，此仇必报，此一也。炎黄联军皆为华族，日后坐大必然南进，此二也。炎黄兵多，然而招兵费时，我军先行召集，急速进兵。虽然不如炎、黄联军兵多，然而主动出击对我有利，必有大胜，此三也。有此三利当速战！"

蚩尤的将军牛力说："不然，我大王原是炎帝支脉，黄帝、炎帝和我九黎都是华族支脉，不宜相杀。战争劳民伤财，大不利也。"

蚩尤斥之说："先前为手足，现在是仇人。即使手足也在所不惜。亲情已经破裂，再无修复的道理。我现在被炎、黄称蛮族也。再言我是华族者杀之！"再没有人敢言语了。

蚩尤手下一将叫从祖说："大王虎威，战必胜。然而，黄帝有族二百部之多，炎帝有族三百部之多，合计人口近千万众，集两地之兵可有三十万兵卒。我们近族八十一部，远族二十多部，集二十万兵卒。与炎、黄战，以速决为要，这是一利也。炎、黄联手，运筹周详，我几无胜算，可用离间之计分别破之，即战一方和一方。既然我已与黄帝接壤，何不专攻黄帝军，暗合炎帝军，使炎黄失和，我以二十万对黄帝十五万，可胜之，此二利也。黄帝北方有盟友，北蛮诸族，我可以和其通好，告知他们若我战胜黄帝可以分原北蛮属地给他们。这样，北蛮不动，黄帝军必孤立无援，可胜之，此三利也。如此三利齐备，胜券在握也。"

蚩尤赞许从祖计谋，派从祖和从勇各带南珠、珊瑚、铁刀一口分别去游说北蛮和炎帝。

从祖去北蛮，见到蛮王，送上礼物，诉说蚩尤通好之意。从祖说："华族以炎、黄联军势力最大，有我方牵制，使他们无心扩张。早些年黄帝北侵，蛮族多有掠夺，

第五章 炎帝的故事

君子报仇十年非晚也，这次机会来了。蚩尤我王有铜铁利器，铜头铁额战甲之兵二十几万众，百越战象之师，必有奇迹。天助九黎，克黄帝指日可待。你等按兵不动，就是大功，如不听劝止，再赴战场，杀戮必重。民族以血脉为贵，户以人丁为要，死伤都是最悲伤的事。"北蛮族首领心想，上次征战，北族出兵也没什么好处可得，不过按兵不动不是上策，可以老弱之兵敷衍，也就应了下来。这样，从祖献上珠宝、铁刀就返回复命了。

从勇去炎帝处游说，险丧性命。

从勇面见炎帝，炎帝不命坐，不回礼，喝令武士推出去斩首。从勇不惧死，回看炎帝大呼："杀使者天谴之！"大臣们劝留下性命。

炎帝命棒打来人臀部，以解先前被打之辱，后弃之路边。从勇随从扶着他说："我们回去跟蚩尤大王说通消息也。"从勇不同意，找了一处房子住下来，用随身带的珠宝贿赂炎帝身边的人。有一炎帝帐下从臣名叫中平的与炎帝有近亲，受了贿赂，见炎帝说："从勇还在城里住着，这个人也真固执，他把南珠和珊瑚给了我们一些，让大王听听他的意见。我想大王处在高位为全邦族计议，应该给他一个机会，听听他的话再说不迟。"于是炎帝同意召见，找来从勇，再见仍不给座。

从勇说："大王在上，蚩尤大王现在后悔了，以前我们地边相接，互相不能礼让，所以有战事。上次战争我们两部人员大伤，百姓都很痛苦。战后，黄帝从贵大王手上掠走两族之地与我们接壤了。现黄帝掌控北蛮，掠地致大。黄帝之野心已经昭然于市也。今从炎帝处再得两族之地，坐大华北，必然称王于华中。此狼子野心华夏尽知，独蒙蔽贵大王也。炎帝不闻歌谣'燕山王华夏，轩辕遍地骋'。此次蚩尤欲伐之，既为复仇也为惩治其野心。削弱黄帝，对你邦也是有利之举。如果贵我两邦战争，你再找黄帝出兵，必再次割族地，你等就更不好过了。"

炎帝命给从勇座，心里有所动。

炎帝说："我炎黄和蚩尤本出自华胥一族，渐次发展，黄帝向北侵夺土地已经超过我族也，只是人口不及华中；蚩尤一族向南，势力扩张很大也，亦是人口稀少；唯我邦仁义施政，反被两方侵夺，看老天也是不公平的。今你使来，告知蚩尤，再不许夺我族地。你等战事，不得扰我民众也。但你告诉蚩尤，如黄帝约我出战，我不会推脱，因为他曾帮过我。我意告蚩尤，炎帝华族不要战争。蚩尤、黄帝也不要再战，战必天人共愤也！"

从勇说："大王大智，盛德仁爱。我必说与蚩尤，不要再战。"给炎帝珠宝，炎帝不收。给铁刀一口，炎帝接过刀，见刀锋白亮耀眼，说："此刀他日不知砍

谁脖颈！或以铁铸犁可饱几多饥肠也？"

从勇回到蚩尤处，说炎帝不收珠宝，收铁刀一事。讲炎帝羞辱了使臣，蚩尤愤恨不已。从勇说炎帝大德，劝双方休战，并说炎帝接刀所说之"此刀他日不知砍谁脖颈"，蚩尤默然。又说了炎帝表示，蚩尤和黄帝开战，如黄帝要炎帝出兵，炎帝还要出兵，报上次黄帝援助炎帝之情。蚩尤已知炎、黄之盟不可破，炎帝有不忍杀生之仁心保境安民，黄帝有英略盖世称霸华夏的雄心。蚩尤一听，心里也有了主意。

第二年第一战，百古之战

秋凉的时候，蚩尤军不举兵旗，暗地里整顿兵马，召集了二十万大军。先锋五万，由虎三为将，嘱咐他行军不犯炎帝邦地面，凡过村舍有举炎帝旗号的都不要杀伐。虎三得计谋，先潜密探到炎帝地面，讲凡举炎帝旗号的都可免侵害。随后大军不举旗帜，隐蔽潜行，仅一日已侵入黄帝界八十余里有三族之地，待黄帝动员军士时，蚩尤军已占先机。

黄帝急召集大臣、将军议事。决定立即召集军队抵抗蚩尤，要派人找炎帝助战。大臣风后说："大王，不可。前年助炎帝复仇，兵民大伤。战胜蚩尤，我从炎帝处分得两族土地。这次我找炎帝来助战，炎帝必提出土地要求。我一邦之力可以战胜蚩尤也。"

黄帝问："有何击败蚩尤计谋？"

大将力牧献策说："大王，我王施政于仁德，克税抽丁于公平，役使于良时，法度于严整。民众得以休养生息一年，再用兵，兵力大增，此胜一也。有前次胜败教训，我已经为军士配备部分铜铁兵器、战甲，短兵相接我将占上风，此胜二也。蚩尤军远来，必有援军协同，兵锋正盛，必求速战。我稍向侧、后移军，蚩尤军多日行军，必然疲惫。我以逸待劳，必胜之，此胜三也。我北方广大，令北方诸族多备战马，千里驰援，不惧南蛮兵卒，此胜四也。我军近年习练阵法，攻守已经熟络，兵将战力已大为强悍，此胜五也。有此五胜，必克蚩尤于战场。"

黄帝称是，依计谋行事。要一人去北族调兵火速前来。要一人去炎帝处通报消息，暂不调兵。此正合了蚩尤计策。

蚩尤军向北大进，又到了熟悉的战场涿鹿之地。白骨尚在，荒草萋萋。向北继续进军，大将从勇接前锋虎三报告，未见黄帝军。蚩尤说："他们是害怕了。"他手下的将军从勇说："大王，前面不见黄帝军，我军应该步步为营，不然中了埋伏。"蚩尤不听，他说："我军在黄帝地界供应不易，应速战。直捣冀中燕山，踏平轩辕城。"于是举起大旗，军兵急进，又夺了三族之地。深入黄帝领地有百余里，到了百古地面，此地大路两边有低山和丛林。一日，正在晨间造饭时突然杀声震天，黄帝军从三面杀出，蚩尤军急忙应战。黄帝军大将大鸿率军前冲，以爬犁为先，冲撞蚩尤军，死伤成片。蚩尤军退后十余里。蚩尤告诉军士用铲把地挖出深坑，爬犁战就失去效力了。又叫军士一部埋伏在山上准备礌石。爬犁兵被阻时，飞石从山上抛下必有斩获。果然大鸿军的爬犁急急驶来，走到路窄处，忽然爬犁难行了。路上坑坑洼洼，爬犁不能急行，山上突然有滚木礌石飞下。冲在前面的黄帝军士死伤大半。大鸿见此，挥斧大呼上山夺阵，不料一块飞石击中面门，一命呜呼了。黄帝军大乱，好多爬犁也丢了，退后十余里。黄帝让北方来的强兵在前，准备迎敌。蚩尤军来时，北族兵不堪一击，很快退走。黄帝军且战且退，已退后近百里了，接近北方渤海一带。黄帝因损失大将大鸿，心情很不好，急于打败蚩尤给大将报仇。

黄帝手下大臣风后说："大王让北方出兵，结果他们敷衍，用老弱兵来应付我们。当再派使者言明厉害，再有搪塞必惩罚之。还可以委屈大王公子少昊送北族为质，督促发兵。再者要找炎帝出战也，毕竟兄弟邦族。此一时彼一时也，我兵雄壮时无求于炎帝，兵败时则委屈也。"黄帝无奈的情况下，同意了以长子少昊去北族为质求援，又派使去请炎帝出兵。

黄帝长子少昊为嫘祖所生，在都城父母身边十二年了，正是懵懂少年。听父亲说要自己到边远的北方，在夷族人的监护下生活非常不解。黄帝对少昊和嫘祖说："蚩尤大军威逼正甚，邦国有覆巢之危，要北夷出强兵，以孩儿少昊为质是表示决心，又表示亲善。我儿当做年少英雄也，为家国出力。"

嫘祖非常不舍儿子为质，说："少昊年方十二，不明世故，到北夷生活怕有性命危险！"

黄帝说："荣耀都在险中求。少昊要锻炼成有胆识之后辈，此是天机也。得来强兵帮我破敌，必记大功也！"

嫘祖强忍眼泪，为少昊收拾行装，送孩儿去了东夷为质。

第二年第二战，迁阳之战

蚩尤见黄帝军不堪一击，追到了迁阳地方，很高兴，就让军士休息一下。大将从勇说："不可停顿。要以抓到黄帝为目标，不要停止进军！"蚩尤不听，休息十几日后，再要进兵时已来不及了。炎帝之兵已经向蚩尤军中部开始进攻了，黄帝也率军杀来。蚩尤两面受敌，坚持不住，向后退去。大将从勇说："我军两面作战，兵力不足，可以先打炎帝一方，击败了炎帝，再回头打黄帝容易也。"

蚩尤同意了，于是大军主要打炎帝，炎帝军本来就不愿意杀戮，军兵战力也不及蚩尤军，几次冲杀败下阵，向自己的地界跑了。

蚩尤军用一部迎击炎帝军，集中大部又去打击黄帝。黄帝军在本族地界作战，兵多将广，把蚩尤军阻击在边界内百十里地方。迁阳是一片山川之地，蚩尤军需要更远的后方补给。黄帝补充了兵将。天气转凉了，蚩尤的南方军士不适应北方天气，多有染疾者，战力下降了。黄帝大将常先献《严令进兵奖励之法》曰："命令不从、临战退怯者杀之。有功则奖，杀死敌兵将各有奖；夺得兵器归兵士处置；夺得资财，军士可获一半奖励。"士气大振。

蚩尤军从南边来的战象也开始不听驱使，不服水土，死了许多。

黄帝送少昊为人质表示了决心，又严令北方各族必须三丁抽一，自带马匹兵器来战，如再怠慢必然惩治。有一个部族首领不听号令，被黄帝击碎头骨而死，其他族首领就不敢敷衍了，黄帝于是得了生力军。

炎帝那边战败之后也整顿了军纪，规定再有临阵退怯的杀之，人人惊惧。黄帝军在一个月黑夜，子时（半夜）造饭，丑时（后夜两点）进兵。黄帝有命令，每人带三日干粮，各军有目标，不达目标，将军以死来见。军队潜行到蚩尤军附近才举旗大进，鼓号齐鸣，军士奋勇杀敌。蚩尤军本来就不习惯北方天气，体力已经很差了。黄帝军冲营夺寨，把蚩尤军打得丢盔弃甲。炎帝军也打过来，在蚩尤军侧后截击蚩尤军。蚩尤军大败，死伤数万，退回本邦地界。

第二年第三战，腰斩之战

黄帝大喜，见蚩尤已败，犒劳军士，回师本邦。他手下大将力牧提出蚩尤虽败，但未能擒获贼首。蚩尤还会来战。现在打到蚩尤邦界内去把他抓起来，灭了他的邦族就无忧了。黄帝不准，说将士征战死伤这么多人，需要修养一下才好。力牧说："可在边界一带屯兵筑围，防止蚩尤来犯。其他族群在族长驻地也要建围，可防止蚩尤侵扰。"黄帝同意了力牧的"筑围御敌"策略。

黄帝回自己的驻地，没有给炎帝什么补充，也没有还给炎帝土地。

炎帝手下大臣成平说："大王，我邦请黄帝助战，他要了我邦两族土地。今次我邦支援黄帝打败了蚩尤，他应该把土地还给我邦。"

炎帝想了一下说："族人跟从我和跟从黄帝都一样，暂不要求黄帝返土地，

是想让黄帝与蚩尤土地相接。三个邦成三足鼎立之势，岂不妙哉？"

臣成平说："蚩尤和黄帝都不是善人，早晚都是我邦祸害。"

炎帝不以为然。

没有想到，蚩尤刚回驻地，许多军士要求回家息兵。蚩尤不同意裁撤军队。蚩尤把群臣、将军找来说："我邦召集兵士不易，大家今年回家就召集不起来了。我方疲劳，黄帝、炎帝军也疲劳，我方死伤，他们也死伤。我不放兵士返回原籍，大家养好伤，练习兵阵再杀回去，必有大胜。"于是不撤兵回籍，而是每日练兵。

这边，黄帝和炎帝并不知道蚩尤有"死灰复燃"的计谋。过了一个月，蚩尤大军杀来，黄帝部族兵士已经遣散，被蚩尤打了个措手不及。蚩尤的目标是抓住黄帝，灭他邦族。因为有"筑围御敌"的办法，迟滞了蚩尤进军。

黄帝亲自到了炎帝驻地宝随城向炎帝求兵。炎帝接黄帝于舍下，双方作礼，谈退兵之计。黄帝已觉得上次没有返还炎帝土地，不好开口了，就和炎帝说："这次蚩尤以'死灰复燃'之策打了我措手不及，如果炎帝出兵援助我邦打败蚩尤，我将还土地给贵邦。"

炎帝回答说："可以，我相信黄帝出言必信。"

于是二帝联手，炎帝率军以"腰斩之策"冲击蚩尤军。黄帝军也收拾残兵，要夺回族地。

蚩尤正高兴地犒劳军士，忽然有报，炎帝军队在蚩尤军蜂腰部杀来。前军、后军之间被断开。蚩尤即将前军返回，向炎帝军进攻。这次，炎帝军采用立寨战法。蚩尤兵来时出击，休息时在寨内不受突袭。用大木围数个大寨，把要路堵死。用寨子阻碍蚩尤兵锋，然后击之。蚩尤见状，虽然有强兵，一时不能克服。黄帝军也从北杀来，只好丢弃许多军仗、粮草，绕路败走回自己的地界。

黄帝军要攻入蚩尤地界，炎帝不同意，认为既然蚩尤已经退去了，就不要再杀过去了。

黄帝大臣风后说："这次把蚩尤军打过边界，主要功劳在炎帝军队，如乘势进军，炎帝必以为是他们的功劳，夺取财产、土地必多分给炎帝。我军就此休兵，待日后再计议也。"于是黄帝顺水推舟和炎帝说："今年就罢兵也，地已冰封。你以前给我之土地，我想再用一年，待我把蚩尤战败了，再把土地给你可否。"

炎帝同意了，他手下大臣成平不同意，对炎帝说："大王，不可。黄帝败，求我们出兵。我出兵帮他打赢了还赖着不还，哪有这样的道理呢？"

炎帝说："既已答应了黄帝，待来年再战要回土地不迟。"

第五章 炎帝的故事

于是三方各回本邦，都准备来年再战。至此他们都增加了常备军。结合黄帝立土围，炎帝立木寨的经验，他们把族人集中在一起生活，构筑了城墙，于是城市加固了。以前各族不在一起住，由于战争，各族被迫住在一起，民族融合加速了。住在一个城市中，促进了人们劳动分工，社会向文明发展了一步。

第三年第一战，秋凉之战

转年又到了秋天，庄稼收获了，又是一个用兵的好季节。但是黄帝迟迟不肯出兵，炎帝倒是着急，因为大家对失去的土地、族人都要求讨回。如果不战，炎帝失去的地盘就回不来了。炎帝着急，对大臣说："怎么把族地要回来也？"

大臣成平说："大王，我可以去说于黄帝，让他出兵。"

炎帝说："你去走一趟，让他们开战，我们把土地要回来。"

成平说："大王亲自去找黄帝，只谈天说地就行。我一开口，他们就会开战了。"

于是炎帝坐上爬犁，带几个大臣就到轩辕城去见了黄帝。黄帝很热情地接待了炎帝一行，双方都不谈打仗和返还土地的事。

只有大臣成平突然向黄帝说："贵大王，可知近日蚩尤运作吗？"黄帝惊了一下，没有回答。成平接着说："蚩尤邦有人来说要联合炎帝打击黄帝，并说胜了就把黄帝占领之土地归还给炎帝。还许诺将黄帝的土地分一半给炎帝，这可怎么办也？"

黄帝大惊。席散了，黄帝挽留炎帝住一夜。

黄帝急召臣将计议，大家有两种意见，一个是把炎帝族地还给他们，让他们不与蚩尤联合。另一种意见是出兵伐蚩尤，把他们打败，再还地给炎帝。大臣常先说："去年我们先败后胜，炎帝军出力不小。今蚩尤要联合炎帝打我，都因为我占了炎帝土地，那我方就还了土地，让他们不结盟战我。"

大将力牧说："去年虽先败后胜，除了炎帝军之功劳，也是我军先前中了他'死灰复燃'之计谋。两年六战，我最后虽然胜，但顽敌蚩尤还在，养痈为患，蚩尤本性贪婪、残暴，如果我不进兵伐他，早晚还要犯我，因此先下手为强。我王与蚩尤比兵力所差无几，谁联合炎帝军，谁就能赢，事不宜迟，我联合炎帝打蚩尤一定能战而胜之。"

黄帝心有不忍，连年征战，兵民生活都很困难。"怎么兴兵也？"他问大臣们。

大臣仓颉说："蚩尤和我战了两年，六战死伤许多兵士。只有炎帝损失较少，如约了炎帝一起出击蚩尤，一定可旗开得胜。"

第五章 炎帝的故事

于是黄帝复请炎帝，黄帝说："愿约炎帝一起打击蚩尤，战胜后，两家分蚩尤土地。"黄帝还表示，战后返还炎帝原来的领土。双方约定九月九日发兵，这次两路出击，目标是打下蚩尤王城黎龙城，降服蚩尤，于是各自准备。

再说蚩尤，自上次逃回，民心波动。民众对大王穷兵黩武、野蛮残暴、雄心称霸极不满意。大臣力子对蚩尤说："两年六战，我死伤兵士极多，不要再犯北征战了。"

蚩尤斥之曰："大丈夫岂能鼠目寸光？华夏大地岂容炎、黄独占。我得天启巫助，有九黎、三苗、百越，必克炎黄，只在数月之间！"

忽然有报：黄帝军由东北犯境，口号是降服蚩尤，惩治南蛮，要大王受降。蚩尤大怒，急点兵准备迎敌。又有报：炎帝军由西北犯境，已深入蚩尤邦领土几十里了。蚩尤心急如焚，乱了方寸，决定分兵一半去迎敌。大将从勇说："大王，不可平分用兵，我兵有二十万，各分十万对东西都不好胜，我意可以大兵战黄帝军，少数防炎帝军。战炎帝军不求胜，在于阻击。战黄帝一路要兵多将广，在于胜。先胜一路，另一路就会败走了。"

蚩尤认为可以这样做，就点了十五万军向东北迎击黄帝一路，以五万军阻击炎帝一路。这次，炎帝兵已休养一年，兵士气势高涨，将领用命。炎帝在军中督阵，突入蚩尤地界，迎战蚩尤大将力子带领的守军。没想到敌将军力子在毕谷城采用"深沟高垒"固守战法。炎帝军一日三攻到一日六攻，以十五万兵对五万，迟迟没有攻下，兵士死于城下许多。炎帝军用箭，他们用盾。炎帝用火箭，他们用泥涂盾牌；炎帝军抛石兵，反被城上敌人反抛打击。日日苦战，已经五日了，一筹莫展。有大将祝融和炎帝说："我军目标是打下王城、擒拿蚩尤，在这里恋战，延宕时间对我军不利。可以一部分军围打敌城，消耗敌人，大部分军向敌王城黎龙城进发。"

炎帝同意了祝融的意见，留五万军攻城，大军向王城黎龙进发。

迎黄帝那一路蚩尤军由蚩尤亲自督军，不日两军在怒水之滨接战。战前，蚩尤使巫人计谋，让士兵每人带石灰和草木灰包，待将军令下则发。又让士兵备长刺和短刀，长刺专刺爬犁上之兵，短刀用于近斗击杀。

黄帝军以爬犁兵冲敌，两兵相接，喊声雷动。蚩尤兵以长刺对爬犁兵。爬犁兵不胜多被挑下爬犁，蚩尤兵又以刀击杀。第一阵黄帝兵小败，各扎住阵脚。黄帝兵新军再来，蚩尤兵换兵再打。这次黄帝用火兵，人人手举火把，见人烧人，见畜烧畜，蚩尤军败。再战蚩尤大将从勇，命兵士将盾牌涂泥，浸水再与火兵战，火不能近人，蚩尤兵又以灰包投之，黄帝军士睁不开眼睛，黄帝军死伤许多，败退数里。大将常先叫军士再有灰包飞来，以衣敷面以解之。兵士依此方法行事，前冲蚩尤军，战到蚩尤军兵败时又遇投灰包，这次兵士急用衣服敷面，不退，把蚩尤军打败了，退后五里。

至晚，黄帝军安营，近水边造饭。午夜，寨中突然起火。火从水边烧来，秋天气燥，茅草见火即燃，一时间火声呼呼作响，人喊马嘶乱作一团。兵士急于扑火，又有一支蚩尤军杀来。火熄兵至，黄帝军被打了措手不及。蚩尤军穷追不舍，一气打到了边界，双方才停下。蚩尤军又回军去攻打炎帝军。

黄帝问将领火是从哪里来的，大家说从外围烧起。将军常先说，我们住的地方近水。陆路已派了哨探，是不是他们从水面袭来的？有兵士来报，起火前确实见水面有浮筏。原来蚩尤军有一将从勇善计谋，他给蚩尤一计，以木、竹、苇用大绳结为排，名筏。在水网地带，筏用来军运。这次他们见黄帝军在河边下寨，就派人使筏载引火之物，夜间，筏到水边，点火烧营。陆上大军一齐攻来，使黄帝队伍人马、营帐、粮食损失很重。

这边，黄帝军被击败；那边，炎帝军见蚩尤军有生力军杀来，急令军士压住阵脚。大将祝融急告炎帝，黄帝军已败，炎帝已深入蚩尤地界有百余里，如果再冒进恐有失。炎帝令大家掘土为壕沟，准备一场阵地战。可是壕还未修成，蚩尤大军已经冲了过来，两军对击，杀声震天动地。蚩尤被困的一支军也从侧面杀来，炎帝军不能坚持，大败而回。死伤士兵极多，炎帝见了悲伤不已。炎帝一伙逃回自己的地盘。三方收住兵将，作战物资消耗殆尽，有半月相安无事。

第三年第二战，田庄之战

黄帝回到自己的领地，回想军士死伤很多，非常伤心。想到炎、黄联盟，虽然用分兵夹击的办法仍然没有战胜蚩尤军，但黄帝这次被蚩尤军打得死伤惨重，也产生了复仇的决心，他整天闷闷不乐，低头徘徊。

有臣风后进言说："大王，不必悲伤，兵胜败乃常事也。前日之战深入蚩尤领地，了解了南军特点，北地多平原山地，南方多水网、大河大湖，不利我北方行军。再有，我军不善水战，也无造筏经验。可差人到南方学造筏经验这是一也。再者，我有北方诸族，我没有征召北方各族参加就仓促开战，这是我们的失误之二也。蚩尤在南方施以暴政，民心沸腾，但蚩尤命令严格，调动服从，征召兵士众多。我可使人到岭南一带离间蚩尤和南方族群，这是三也。炎帝也复仇心切，必能再战，这一路人马非常重要。我军为主，炎帝军为辅。但蚩尤主力没有被灭之前，不宜深入南方太远，仍在边界近处打击，引蚩尤军北进，在中原一带消耗大半，再深入南方不迟，此四也。再有，三年七战经验，多是一战全部投入，结果战至后段全无生力军，疲惫休战，今可先投入七成军，放三成军在后方，待敌疲惫后再出击，此五也。"

黄帝同意风后主意，依计而行，派风后去和炎帝说。炎帝爱民心切，不同意再出兵了，风后对炎帝说："前日炎帝进军神速，但没有扫清道路，致蚩尤军能中间开花，打败炎帝军。而且黄帝军不适水网地区，宿营时被火烧大营致败。这次我联合采用'引敌入围之策'并不远战。困其主力在中原，围而战之，一定会取胜。胜利则还炎帝领土。"

炎帝犹豫，手下大将祝融说："大王，我领土被分裂已有两年多，族民盼望回到我邦族之下。而且蚩尤已伤害我多年，早晚会再来害我，不能待狼入室再打狼，应该直捣狼窝，绝其根苗。"军士也有请战之心，于是炎帝同意再战，但以支援为主，不愿深入南方。

黄帝这边见到了从南方搞到的筏子，原来是以木头或竹或苇等不沉水的东西，用长绳横顺扎在一起，视材料可大可小，驱动用篙和桨，浅用篙，深用桨。使筏者都习水性，一旦翻覆，可游水求生，水军也多腰系木块儿和葫芦等漂浮物，可远距离在水上游动。

一天，黄帝看到匠人坐在一段空心枯木上在水上漂移，几只鸭子在旁边凫水。黄帝叫近前一看，独木也可成浮水工具，黄帝为其取名"舟"。又命人把多个独木舟用横木连在一起，形成大舟，黄帝又命名为"船"，船的浮力大于筏，也能载许多兵士、营帐和马匹，调动灵活。

同时，黄帝派人以互市行商为由潜入南方散布："蚩尤是华族后裔，华族早晚和炎、黄同心。大家参加战争得不偿失，死伤几十万人，系蚩尤残暴本性，蚩尤统治民不聊生，而黄帝仁慈、关爱人民。"由此，南方民众有归顺黄帝的心思了。

又过了月余，黄帝军已整顿完毕。木筏、小舟、大船也造了一批，就约炎帝出战。炎帝上次攻城失利，这次，手下人献计，多造云梯、冲车做攻城之用，也依约向蚩尤边界进发。

这时，蚩尤军也有了准备，城墙更高了，寨子更牢了。

开战这几年也促使族人向城市集中，一起抵御兵灾。在蚩尤界内十几里有一城，叫田庄城，这里近水依山，有大的集市，驻有常备军。四周有高墙深沟，城门牢固，有防火石闸，有防冲木栅。炎、黄两军进兵至城下，城中早有准备。城北、东由黄帝军攻打，西、南由炎帝军围打，一日三战不得克敌，兵士死伤很多。至晚，兵士

第五章 炎帝的故事

97

疲惫，蚩尤军突然杀来。这边炎、黄军早有准备，但初迎强敌，也难免措手不及，城南一带被蚩尤军抢回，一支生力军和粮食等进入城中。蚩尤军一方认为胜了一阵，城内欢庆，蚩尤在黎龙城听到战报也很高兴。炎、黄军围打从容，并不强攻，城内消耗很重，几日后又有蚩尤援军到，也是抢入城内，补充了城里的兵士和粮草。有蚩尤大将从勇也进到城里指挥。他把兵士分成两伙，一伙儿打仗，一伙儿休息，不致过劳。然而，粮食、兵器消耗很大，需要外边输送，前几次还能送入一些，后来炎、黄军开始截杀运粮爬犁和水军，专门烧粮食，城内供应越加困难了。月余，守军无粮，炎、黄军攻城，从每日三次加到六次，夜间也时时有火箭射入城中，城内军民不得安生。黄帝军大将常先，炎帝大将祝融见城内消耗很大，军士已死伤大半，就向炎帝和黄帝要求出战。那日，炎帝、黄帝亲自督战。东北有黄帝军，西南有炎帝军。一阵火箭、飞石后，城上兵士死伤很重，炎帝兵士架起梯子，迅速翻上城墙，打开城门。军士从东南先杀入，东北城上军士见南面已失也弃城败走。这一仗，击杀蚩尤兵士数万。蚩尤军败将从勇回到蚩尤帐下，蚩尤暴怒，认为守军将领不努力，城破将应亡，不能弃城逃回，令军士将从勇击杀了，文臣武将个个战栗。

第三年第三战，涿鹿之战

数日后蚩尤亲自出马，驱动九黎全军向炎、黄大军杀来。炎、黄军接战后，弃田庄城向中原败走。往往蚩尤大军未到，而炎、黄军已先一日败走，并无大的抵抗。蚩尤以为连日征战，炎、黄军已经没有什么战力了。蚩尤军打到边界也不收军，继续大进，誓要夺下黄帝王城，五天且战且进，已到了涿鹿地方。蚩尤大军如恶狼一般杀到涿鹿之原，准备与炎黄军决战。但其不知，这正是炎黄军预设的大网，将蚩尤主力引到中原来，南方军的水战能力得不到发挥。这一带多次发生双方交战，民众为避祸都跑了，百里之内村庄很少。这次蚩尤军杀来，民众早跑光了。蚩尤十几万生力军几经鏖战，已经没有生气了，攻涿鹿城已经是疲兵弱旅了。蚩尤军没有带攻城器物，只是向城墙放放箭，城上也向下放箭。蚩尤催逼将士攻城，在城下死亡许多士兵。这时，蚩尤军反被四方炎黄大军围住，不能解脱了。有将臣提出暂退主张，被蚩尤责备，再没有敢向蚩尤进言者。蚩尤军被困在方圆十里田野之中，庄稼已经收获，只有荒垄、杂草、寒鸦、残墙断壁。蚩尤军得不到给养，军心动摇。四面，炎、黄军围定，只五天时间，炎帝、黄帝军已将包围圈压缩到很小了。田野上到处是蚩尤军露营，因快速进军，安营的物资也找不到，风餐露宿，许多军士病倒了。至第十日，炎、黄大军铺天盖地而来，杀伤、俘获蚩尤军士有十几万人。双方军士血流染红河水，水面漂浮着杵杖等武器。最后，蚩尤军逃回南方的只有几万人。

这一战，炎、黄军虽然没有占到土地，但严重地消耗了蚩尤军，为最后决战打下基础。

黄帝军调来备用的生力军，计议再次打入蚩尤地界。黄帝军大将常先力主正面冲击，用车轮战法，一将领一军一万人为先，战一日后撤走；再一将领一军接战，打一日再换。如此称车轮战法，前军始终保持战力。常先又献计，可以大船载军士从开阔水面绕到蚩尤军后方，前后夹击可胜，黄帝采纳了他的意见。此时，炎帝已经没有征战的锐气了，提出要修整旬日，黄帝说："此战已近尾声，如修整将给蚩尤喘息机会。我已备五万生力军未上战场，以此军为先锋，你我大军在其后方拱卫，周转粮草，保护粮道即可。"炎帝勉强同意进军，只在黄帝军队后方跟进。

时已至深秋。炎、黄大军计二十多万人浩浩荡荡杀向蚩尤的老巢黎龙城。蚩尤以为炎、黄军已经休整，今年不会再战了，许多将士已经回籍了；军器物质也没有继续筹集；破损城墙、城门也没有修砌。因此，炎、黄大军势如破竹，不足十日已经打到距黎龙城十里地方。蚩尤为困兽犹斗状仓促应战。在旷野中，双方列成阵势开始大战。这时，黄帝已经命常先率水军绕行，以五日为期登岸劫杀。

开战之前，黄帝欲派人去说降蚩尤。大臣风后慷慨领命，带两军士驱爬犁到敌营见到蚩尤。蚩尤不给座，喝令军士将风后捆绑了起来，说："两军阵前刀斧相向，死活立见，说客休多言！"

风后厉声说："我死不足惜，可怜九黎华族又要血流成河了！"

蚩尤又说："上次你来，赶你走了，未杀你，今又送头颅于斧下，击杀你以祭我军旗！"

风后说："大祸将至，杀来使，是胆怯小人也！"蚩尤迟疑了。

大臣锺尔说："暂将风后看押，待来日大胜再杀不迟。"蚩尤准，放从者回黄帝处。

开战之日，两军对阵，黄帝有应龙助阵，蚩尤也有雨师风伯相助，真是地上人相攻，天上神相搏。两军大战于九黎之原。黄帝军采用车轮之战，前军战罢退去，后军接续再战。蚩尤军以死战不退为要求，一军灭再上一军。双方如此战了一日，死伤数万。晚间，双方息战。

次日，蚩尤叫人去黄帝阵前传话，要与黄帝决战，黄帝同意出战。于是，蚩尤和黄帝在两军阵前见了面。

第五章 炎帝的故事

蚩尤说:"前次战事各有毁伤,已经息兵。这次你又联合炎帝犯境。我有大军三十几万,又有巫神助阵,又有百越雄兵,快退军下去,我不杀你!"

黄帝说:"我使风后何辜,被你扣押。未曾交锋,已失大义。华夏大地,不可两相隔绝。你离心离德在南方称王,对华夏兵戈相见。生灵被你杀死累万,天将灭你。你同意放弃兵权还有生路,不然穷兵黩武,残害百姓,死路一条!"

蚩尤举铜头黑檀大木棒,劈头砸向黄帝。黄帝以开山铜斧迎击。铜木相击,隆隆作响,足下尘土飞扬。蚩尤铜棒力压山岳,黄帝铜斧有开山伟力。两人战了一个时辰,被大将替下。又战了一个时辰,两军掩杀过来,互有死伤。至晚收军。

第三天,阵前黄帝军有应龙助阵,飞沙走石扑向蚩尤军。蚩尤军前锋死伤一片,黄帝军杀入阵中,正砍杀时,蚩尤军突然驱动风雨助威,向黄帝军扑来,蚩尤军也趁势杀回。两军混战,从上午到晚上收军,各有死伤。

第四天,蚩尤军南部族人使用战象为先锋,卷地而来。黄帝军这边急用火攻,野兽怕火,四处乱窜,双方人仰兽翻。又有北族人参战,高举大棒杀来,南北相搏,由晨至暮。至晚收军,双方各有死伤。

第五日,黄帝军主动出击。黄帝冲在先锋军中,奋勇杀敌,士气大涨,喊声雷动,尘土接天。蚩尤军见天地同战,军心已寒。蚩尤鼓动前军后军一齐迎战,暂时止住了黄帝军的攻势。至下午,蚩尤军突然后方大乱。有烟火两柱升腾,是黄帝军大将常先杀到。黄帝军见有抄后路军已到,也燃起烟火信号,奋勇向前,击杀蚩尤军无数。蚩尤见大势已去,急令撤退,但军中已无可退之兵。蚩尤和几个大臣抄小路跑回黎龙城老巢。

炎、黄二帝见已大胜蚩尤,召集两邦臣将议事。炎帝主张就此息战,蚩尤已无战力了。黄帝主张打到黎龙城再说,不然蚩尤还在,死灰复燃,还会战争不断。大家多数同意黄帝意见,要发得胜之师,要踏平黎龙城。

大军以黄帝军为先锋,炎帝军为殿后,十几万大军杀向蚩尤王城。真是兵败如山倒,国破如覆卵,大军到处,城寨皆降。炎、黄大军不杀平民、降卒,一传开来,人人归顺。蚩尤与民众离心离德,对南方诸族压迫很重,这时都纷纷向炎、黄军投降了。不多日攻到黎龙城下,炎、黄军将城团团围住,每日攻城,由三战到六战。一日后,城破已在眼前了,蚩尤把风后押出,亲解绑绳,对风后说:"前日你来说降,我不从,今天我愿意投降,放你回去。给二帝捎话,我同意投降了,让炎、黄军不要攻城了。"风后从城上下来,见到炎、黄二帝,说了蚩尤愿意投降的意思。

炎、黄两帝意见不同。炎帝心慈，同意蚩尤投降，免他死，以免他在城内死战，里外兵士和民众又要死伤许多。黄帝问风后如何处置蚩尤，风后说："作恶满盈，天不可恕也！"黄帝于是不准蚩尤投降，必要蚩尤死，以死正法，让后人再不敢和华夏对抗，也让蚩尤等类不会再兴风作浪。虽然同为华族血脉，但蚩尤已狼心不改，他害了那么多人，必以蚩尤之死祭祀冤魂。

正商议间，突然传来消息，蚩尤带少数人从城上越下，跑入山中，追已来不及了。黄帝大怒，斥责跑了蚩尤有责的将军，责其轻装速进，务必捉到蚩尤，派风后督军。

蚩尤那日放了风后，声言说要投降，实是缓兵之计，待炎、黄军稍有松懈就找机会跑了。

城破之日，黎龙城凡投降的士兵都解甲归田了。

蚩尤已知自己穷途末路了，想只能到南方诸族去暂避一时了。他越山走岭到了百越之地。这些族群早年受蚩尤压迫，今见其落败而来乞食，就暂养他一伙，喘息几日。

追兵正行间，突然有滚滚云雾四围压来，细雨不停，将士在泥泞的路上没了方向，三日未转出一川，不识东西南北。风后急向天祈祷，得天神启示，天有一线晴空，北斗显露。初冬之时北斗柄指北，找到路径，急速追赶。

不几日，追兵到来，把百越寨子围住，寨主将蚩尤交出了。蚩尤被绑着拉到炎、黄二帝面前。炎帝有不忍之心，转另营帐候消息，差人将蚩尤送的铁刀给黄帝。黄帝见刀，明白了炎帝心思。蚩尤被拥入大帐，黄帝霍地站起，厉声对蚩尤说："你本为华族血脉，不走正路，邪恶攻心，残暴统治，坑害民众于南北！又数举烽火，祸乱冀中，涂炭中华，杀伤华族数十万，今你被擒在此，还有什么话可说！"

蚩尤虎眼圆睁，大声向黄帝说："中华者，族人之中华，你我争雄乃天意所使，今日战败，死亦无憾！"

黄帝令斩蚩尤！用蚩尤之刀，杀蚩尤于冀中之野，分尸葬之。黄帝履行了誓言，报了冀中之战的仇。

九、炎帝三战被黄帝降服

炎帝和黄帝联合，三年九战，在涿鹿打败了蚩尤。中华大地上出现了两大邦国，一个是以炎帝为王的族群联合体，另一个以黄帝为王的族群联合体。他们的核心族群都在冀中平原，炎帝偏西南，王城在太行之东的宝随城。黄帝的势力偏东北，王城在燕山之南的轩辕城。两邦由于生产、互市、战争的作用促成了城市发展，设立了常备军。武器也开始从石木向金属冷兵器转变。车的创造使路上的运输作用明显加快了，船加快了在水上运输的能力。车、船、马匹的使用都使人口、物资、信息流动的速度更为快捷了。

炎帝心怀仁慈，以仁政统治各族群。当城市出现的时候，炎帝仍主要以族的形式管理国家，各地生产力发展得不平衡，各族都有自己的民风习俗。炎帝对庞大的邦国没有强有力的法规来统一大家的行为，军队管理也缺少章法。常常有族群在互市、土地、财产方面发生纷争，炎帝仁慈，不强令指挥，号令迟滞。

黄帝心胸开阔，善于借鉴、接受新事物，对邦族的管理进行了改革，采用了邦国管理的形式，弱化了族群管理。主要依托城市，建立国的架构，施行了州、镇、村相应的管理法规。创造了车、船运输工具；积极引进新技术，如五谷的生产技术，桑蚕养殖缫丝技术，铁铜冶炼制造技术，医药技术等；还加强了军队训练，采用了车马兵、金属武器、弓箭等。邦国的实力明显增加了。黄帝智慧，恩威并施，指挥若定，号令通畅。

炎、黄两邦族由于发展的不平衡，法规的差异，开始出现冲突。

有一次，炎帝族群管理下的族人和黄帝的族人因为山林的权属起了争执。炎帝族人为华姓，在山上伐了一些树，准备盖房子。有黄帝的族人夏氏家族发现这些树是他们家族的财产，于是就找到华家要求取回木材或是给予相应赔偿。华家认为这处山林是无主的，世世代代都是这样在伐树。夏家族人的山林是在黄帝的行政区域内，他拿出了黄帝颁布的土地管理办法。该法规定，土地为全邦国所有，黄帝统管，民众有使用权，以耕种、房屋、坟茔地为占有使用标志，要以使用面积向黄帝的邦国交税。华姓这边依老令，土地是耕者有其田，房屋、田地都是私有的，在荒地上的坟茔不能视为占有，而没有标识的土地产品可以随便采收使用，各族以贡的形式向炎帝的中枢交贡品。夏家树木被伐的地上正有其先祖的坟茔，应该是看作他们在使用。夏家找到本族长，与对方族长讨要。对方以坟茔地超出田地范围为由，不同意给予补偿。夏家又上告到炎帝处。炎帝正在山上采药，他听了夏家的说法，对他们说："荒地之中，坟茔常有，死不占地，开田占地才对。"

夏家不服，又找到黄帝。黄帝说："土地为邦国所有，我为大王，授命于天，代为管理也。你们埋了坟茔，已交了税，说明使用了，算是使用者了。"于是派了大臣仓颉去交涉。

仓颉找到炎帝说："大王见礼，炎帝明察。华家与夏家冲突由来，可归结为两项。炎、黄两邦各领族群，率土之王为大王也。土地之法，是邦国大法。黄帝认为土地为国所有，使用者为租用之意，所以要交税。贵大王还依旧例，土地归各族人所有。两邦大法不同，这是一也。今华家伐夏家树木应该认定为非礼，华家赔偿相当物品给夏家以保双方利益，这是二也。现在两国边界相邻，但法不同，希望双方经常协商一下，统一法度就好了。"

　　炎帝听后，非常不高兴，说："我采用规制，依天降世俗来进行，不宜改弦更张。黄帝不依天理行事，黄帝占国，窃国为私，行为要招天责。"炎帝不同意调解此事。

　　仓颉回到黄帝处，黄帝也很生气，对臣下说："我为王，受命于天，代天行事，这样大之国，政令不出于我，怎么能管理好国家？"事情没有解决，两个帝王都不满对方。

　　夏家见林木被伐没解决，就鼓动族人去抢。这一抢，双方就发生了械斗，各有死伤，都找到各自的帝王，黄帝有派军队抓人的想法，大臣仓颉认为不妥。黄帝又让他找炎帝，炎帝也知道了这件事，就想息事宁人，他和仓颉说："互有伤亡，就算了，各责子民也。让华家给夏家一石米，就算是夏家养树的钱也。"这样，夏家稍有补偿，也就平息了。

　　又一年，炎帝这边人家的牛糟蹋了黄帝那边人家的庄稼，毁了许多谷物。养牛家姓风，被损坏庄稼的那一家姓叶。叶家把风家的牛牵走了，言说不赔谷子不放牛。风家发现牛被人牵走了，就找到了叶家要牛，而叶家要求风家赔偿粮食。找两族长出面调停这件事的过程中，那牛又不知什么原因死了。这边要赔谷，那边要赔牛。两族长又互不相让，任两家斗殴。事情大了，又都找到帝王处。这边，炎帝认为风家损失大，从公平角度要叶家赔一部分牛钱。那边找到黄帝，不同意赔牛钱。

　　黄帝问："牛是怎么死的？"

　　叶家说："那牛闹圈往外跑，牛头卡在木桩上吊死了。"

　　黄帝问："死牛怎么处理的？"

　　叶家说："已经给了风家。"

　　黄帝说："牛死是个意外，牛死，皮肉也值几个钱。返了死牛，亦同返了活牛，你也不要再要谷物了。"

　　炎帝认为不公平，差大臣华庚去交涉。

　　华庚见到黄帝，拜过礼，坐下喝上茶，华庚对黄帝说："我邦这边，风家一头牛误入贵邦叶家之地，损坏了一些庄稼。叶家将牛牵去，不幸死掉了，损失很大。大损失和小损失比，叶家应该赔一部分损失给风家也。"

黄帝说:"牛值以皮肉定。死牛已经返回风家,风家就不要再闹了。"

华庚说:"那个牵牛者看管不好,只怕是拴牛不饮,牛饥渴而死,视同叶家害死风家牛。"

黄帝说:"已查是牛自撞木栏,颈部索系而死。叶家已还牛尸,皮肉可抵也。"

华庚说:"那牛正是壮硕年龄,耕地日五亩,无牛耕地,风家过活困难。"

黄帝说:"就牛事论事也,不应追缴牛劳动所得也。此如破一鸡卵,不应说卵能生鸡,鸡又生卵,那怎么行呢?既然风家家境不好,可用其他方面接济一下,告大臣从国库给三石米补一下风家损失可也。"此三石米较一头活牛值约少一半。

华庚说:"大王处事公平,有理法。"就带着粮食回去了,以黄帝邦国接济的名义给了风家三石米,风家稍满意。

炎帝听了不悦,认为应赔一头活牛。

又一日,在黄帝国内,有人入舍偷窃,被发现,竟杀死舍人,跑到了炎帝界内,找一家人家打起工来。黄帝让大臣仓颉去交涉,仓颉见炎帝,炎帝说:"近闻贵邦颁布新法,对杀人害命者何法惩办?"

仓颉参加了对国法的变革,对炎帝说:"我邦那里杀人要偿命,法严则民顺,无法则无天。"

炎帝同意抓人送给黄帝处,说:"我邦依旧例杀一人抵十年劳役,杀两个以上者处死。"所以这个逃犯从黄帝邦国逃到炎帝邦族处就可免死,可劳役抵罪,再回到原籍是要被杀头的。炎帝有意放生,拖延时间。那逃犯听到风声,又逃到更远处去了。炎帝过些日子差人去抓逃犯,已经见不到影儿了。黄帝知道这件事后很生气,说:"炎帝老迈,心过仁慈,不能以法治国。以情感治国,是家族治理,以情感不能理邦国大事也!"

由于两邦国法度不同,有人见炎帝这边族权很大,就有一家或一族迁到炎帝的辖区去。更为严重的,竟然把年贡交到炎帝的官府去了,等于是带着土地迁族了,这样就把事情搞大了。黄帝知道后命令大将说:"民可移,土地不可移。"就把这些向炎帝纳贡的族人赶走了。炎帝一听大怒,命令大将说:"民移则土地移,率土之民,必须保护。"于是炎帝差大将山投去把土地保护起来,这样双方动用了军队,冲突就大了。

炎帝与黄帝为土地初战

炎帝派大臣华庚去说与黄帝,大臣华庚见黄帝说:"大王,自古地随民移。

大王今改为民可移，地不可移，有违古理。既然有族要迁炎帝管，那黄帝应该放了这一族，连同土地划给炎帝也。"

黄帝讲："天地玄黄，日月更新，现今已不是高古之时，人少地多，荒原随占随弃，刀耕火种。现在人多地少，已没有荒田，可以随耕随弃了。天理更张，启示我邦，普天之下，莫非国土，率土之民，尽为国民。土地归属国所统，民可移，土地不可移也。"

大臣华庚无语，回报炎帝。炎帝叹曰："自古以来，土地为民所有，我王于民，不王于土，看来黄帝要改天道为王道了。"

炎帝差大将祝融点军十万去征讨黄帝，目标是夺回已划为炎帝一族的土地，不要侵入黄帝其他领土。黄帝差大将应龙领兵十二万迎战，两军在炎、黄边界列阵。

炎帝军准备充分，仍以火攻。黄帝将军应龙以抛石兵对垒。一时间火石连天，战鼓对擂，兵呼将喊。片刻，双方死伤很多，战一时辰，双方各退五里停下，报给双方大王。

炎帝亲自出征，全国动员。黄帝觉得炎帝不堪一击，又拨了五万人马去，没想到炎帝一出征，又有多个黄帝邦族群来见炎帝，要求归顺炎帝。炎帝就此以为天助自己，率军杀了过去。有炎帝督军，人人争先，还依旧制，兵士战场上可以得到俘获的财物，所以争先加入队伍的人很多。黄帝军十七万，也经不住这样狂热的军队。黄帝军节节败退，几阵过后退后五十余里，有六族之地被炎帝军抢了去。炎帝以族人要求归顺、地随人移的旧例，认为占地有理。

黄帝在轩辕城内听到六族之地被夺，大惊，召大臣议事，有大臣风后说："炎帝老迈，食古不化，应该征讨，夺回失地。"

仓颉说："领土必须夺回，然而民不同意怎么办？"

大将常先说："地必夺回，民同意则留居，不同意驱走可也。"

黄帝说："我们没准备，再加上我不了解民心，所以败了。今次，我邦动员全国三丁抽一。使臣去北地东夷，让各族多带马匹、车仗，集五万军支援。"

风后说："大王有长子少昊在东夷，促东夷助战。此邦国战争之际，质长子为国立功，上下必效力，东夷必发来雄兵，不会搪塞了。"

黄帝差风后出使东夷，要东夷发兵，又差大臣仓颉去炎帝处说清利害，让他把土地让出来，免得杀戮。

仓颉去见炎帝，互礼。炎帝给仓颉座。

炎帝问："黄帝近日在干什么？"

第五章　炎帝的故事

仓颉说："黄帝正在率人写内经、做文字，无奈为领地之争，正组织大军来讨回土地。"

炎帝又问："黄帝能发多少军？"

仓颉随口说："有五十万之众。"

炎帝大惊说："三年前联军攻打蚩尤也就三十万，看来黄帝要取我全境了。"

仓颉说："两位大王都是华之血脉，相争皆流华族之血。贵大王，如能将侵占的六个族地返还即可，这是黄帝的意思。"

炎帝说："民移地移，这是古例，我把地给你们，那些民众怎么生活？"

仓颉说："我王之意是依族人意愿，愿走者迁走，愿留者可以留下。留下之民可以是炎帝之民，耕黄帝之土，纳税于黄帝就行了。"

炎帝固执己见，坚持地随民移，不退回占领土地。

仓颉回报黄帝，黄帝对臣将说："率土之王，一人之误，误邦国也。邦国误必以战止误也。我听天命吧。"

黄帝随后拜天神，发誓说："天意昭示邦国危机，我受天命，率土为王，告邦国民众，都要以天命行事。炎帝侵夺我领土，屠戮民众，已成祸害。我令国民三丁抽一，立克炎帝。发兵以降服炎帝为目标，不达目的誓不回师！"此时，有东夷五万军来助战。

第一战，牛山之战

夏日炎炎，大军布列在冀中之原。黄帝开战之前，率众臣将拜了天神，然后率五十五万大军分三路向炎帝军阵进发。中路由黄帝亲自督战，应龙为主将，设两副将，大军三十五万，其中有东夷五万军随行。南路由常先为主将，副将两员，臣风后任督军，领兵十万。北一路力牧为主将，副将两员，由臣达丰督军，领兵十万。黄帝命令，各路均以十天为期，在炎帝王城宝随城下汇合。大臣仓颉留在王城掌管国事，运筹粮草。

炎帝已接到报告，早做准备。招兵三丁抽一，计划征兵六十万，实际只组成三十几万大军。他想黄帝说有五十万大军，定是虚张声势，以三十万军也足以和黄帝军对战了，其实黄帝已经动员了五十五万大军。炎帝高估了邦族对自己仁政的忠诚。在战争时领导力更为重要，炎帝以仁慈的手段管理邦族，战时调动就不灵了。炎帝认为黄帝军远来，多设阻击，难打到王城。实则黄帝军战争一动，令行禁止，军民齐心，将卒奋勇。

第五章 炎帝的故事

炎帝战前找大臣议事。祝融说:"消息说黄帝有大军五十多万,分兵三路来犯,但他们远来,我宜坚守消耗之,待其深入到宝随城附近再聚而歼之。我如分兵三路阻击并不能胜,可差人去沿路城池,令之坚守,消耗黄帝军,待到王城,黄帝军也不会超过三十万了。我军以逸待劳,足可击败黄帝军。"

炎帝说:"祝融计谋正合我意,计谋所列务必达到。我防城以驱走消耗敌人为主,少杀生为要。"

祝融说:"大王每战都不忍杀生,此不利战事也。兵士激战,双方剑拔弩张,刀斧之下,怎么可选伤而不杀之法也。兵阵之上,得什么就用什么,杀伤不分。"

这是战争的常识,战时双方必然尽其所有能力,生命杀戮无尺度,资产破坏无止境。炎帝默然,有爱民惜命之意。

黄帝大军启动,三路齐发,浩浩荡荡,所向披靡。炎帝军各处告急,处处顾此失彼。中路大军大将应龙每到一城一寨,张起黄帝大旗,对守军晓以利害,顺者生,不顺则攻之,城破人亡。多数城池、族群投降,很少有抵抗。黄帝大军前进到离王城五十余里,进入牛山地界。前军突然停了下来,报告说有营寨堵住道路了。黄帝登高阜处望见前方道路,已为石木所阻塞,但并无高墙深沟。有炎帝军队旗帜猎猎,并无军阵,有大将祝融旗帜在军中,知道炎帝并不在营寨中。黄帝差一将方直过去传话。

方直见到炎帝大将祝融说:"黄帝大军专找炎帝问罪,其他人都可以免死。"

祝融厉声说道:"炎、黄两大王本为一族血脉,同战蚩尤获胜,今各率领土广大,不想黄帝施政苛刻,民声鼎沸,有族人归顺炎帝,本无厚非。前日托天神之威,已胜黄帝军一战。你等不识天意,再犯我炎帝疆土,在此已候你等多时,来日决一死战!"

祝融驱逐方直回营,向黄帝回话。第二天,黄帝派大将应龙以"大鹏扑食"阵法,冲向炎帝军阵。这一阵中,有冲阵之车从天而降,势不可挡,两翼有扑地爪牙相辅。炎帝军见对方车兵冲来,军士举起木棒、石斧、连枷迎敌。黄帝军以铁刀、铁刺、铁斧、铜锤接战,两军杀声震天,死伤无数。只一次冲锋,炎帝军已经乱了阵脚,武器明显落后于黄帝军。黄帝军以大鹏扑食之势不断推进有五里左右,突然炎帝军中大将祝融大旗一展,一个火字举起,只见阵前火起,黄帝军车仗皆起火,兵士被烧死、烧伤许多,只得退回。炎帝军并不追杀,这是依炎帝既定的坚壁高垒、消耗黄帝军的战法。

黄帝军整队再战,换了一批兵士。黄帝命车上多涂泥水,准备抛石,并让天师东平作法，祷告上天降雨灭火。以擒魔战法开路，至炎帝军前抛石投灰，烟尘后面将士刀斧齐上。炎帝军以火箭射来，如飞蝗带火，点到即燃。但黄帝军已有准备，车上已有防火涂抹，只稍一受挫。见天上乌云滚动，大雨骤下，助黄帝军发威，力克炎帝军，使其且战且退，两军死伤许多兵士。炎帝军再退十里，再次整顿，大将祝融举一乌木大连枷，横冲直撞，势不可挡。这边应龙勇猛，手举一个花梨木柄铁铲，迎头就打，两人阵中你来我往杀了两个时辰。黄帝令收军，晚间造饭息战。

黄帝回营途中告诉应龙，我们远来，将士疲劳，敌方料我防备不严，恐怕来劫营。命兵士在要路隐蔽处挖数个陷阱，以提防炎帝军来劫营。入夜，星光不明，夏风闷热，突然一阵呼啸，炎帝军杀来，并举火烧营。黄帝军大惊，急忙拿起武器迎战。此时祝融冲在前面，见营中有一处木架高大帷幔，皮张华丽，知是主帅住处。祝融足下虎步，跳跃向前，及至大帐前，突然天塌地陷，祝融被陷入阱中，有天大本事也不能施展，被黄帝兵士用绳子捆了，其他兵士见主将被抓住，慌忙退去。黄帝在大帐中坐定，押祝融来见。黄帝说："我军施展天威，陷你于今夜。你不早降，降可保命也！"

祝融并无惧色，回答说："我炎帝领土不容逆天之军侵犯。今陷我在此，杀不杀由你。我决不降也！"

黄帝说："将士为炎帝所驱使，有罪不在将士。今放你，告诉炎帝，赶快息兵投降。以保民众。"令兵士解其缚，送到营外。

祝融回营，很是沮丧，令军士准备再战，又嘱咐后营，整束营帐，如黄帝军杀来，自烧营帐，轻装远退，由前军断后。

第二天，黄帝军以多个先锋军，以"狼群扑食"战法冲向炎帝军。黄帝军士呼号前冲，炎帝军顽强阻击，但狼群之师，击东西来，击西东来，黄帝军队如狼群扑食，蜂拥齐至。炎帝前军已损失许多，向后退去。黄帝军正冲入炎帝军营，忽然间营中火起，炎帝军自焚营帐。大火烧阻道路，黄帝军停止了进攻。

第三天，祝融领军收拢败兵，派人回告炎帝定夺。炎帝令祝融步步为垒，缓慢撤兵。祝融将军队分为三队，各间五里扎寨，多设路障、礌石木栅，挖掘道路，阻黄帝军车仗行走。黄帝军且战且进，耗费时间很多。

黄帝很着急，有军将方直出谋，分一军绕道炎帝军后方，破他们步步为垒阵法。黄帝采纳了方直计谋，派方直率两万军绕行，侧后突然杀出。后有黄帝军紧追，侧有黄帝军截杀，一时炎帝军大乱。方直见军中有舞连枷者，兵士指这是祝融大将，方直手持双斧冲上去和祝融战成一团，祝融大枷为农人秋收打粮食之物，最适合拍打和横扫。方直双斧是狩猎之物，适于近击和远投。几个回合下来，方直假意后撤，祝融紧追，突然方直战斧向后飞出，呈风火轮样劈来，祝融躲闪不及，正中面门，可怜大将军一命呜呼了。军士见主将阵亡，便不恋战了，方直大呼降者留命！于是降者无数。

黄帝对降兵说："炎帝不听天命，与我交战呈凶，民众丧命何辜！"放走降兵。降兵或回家或回炎帝军概由自己决定。传到炎帝军中，震动不小。早前说黄帝凶残，杀人不眨眼，看来是误传了，再有接战，降兵多了起来。

自这一战，路途上克服几座寨子，都没有大阻碍。滚滚大军杀向王城宝随。第十日早晨，中路大军已到宝随王城，离城五里立下寨栅，扎下营盘，等待三军汇齐。

北路大军急行五日，大将力牧行到炎帝地界，每到一地让军士宣讲，黄帝天助之师，顺之昌，逆则亡，多数城寨开门纳降，顺利到了距宝随城约五十里。突然前军来报，路全被石块、树枝封死了，并有炎帝大军截杀，此是炎帝大军在平陆城固守。黄帝军送去昭告仍不降，只好围住城池奋力攻打。以十万大军分两组，每一组五万，车轮般进攻。但城上滚木、礌石、箭支极多，每次攻城都不得破。一日六攻，延宕两日。督军大风说："大王命我十日赶到王城，这是大王擒贼擒王之策，我们可以留下三万人于城下佯攻，其他军士绕路去王城。"力牧同意风后意见，留三万人围城，其他即向王城进发。

南路常先为主将，行军前锋副将，大举黄帝军旗号，对民众不予侵犯。炎帝军士顺者生，逆者亡。顺利进入炎帝境内百里。前进到汉平城，遇到了炎帝军以火防城。每攻城池边，城上柴草加火从城上落下，烧死烧伤兵士很多。常先急与达丰商量怎么办。达丰说："火以水淹之，但城上之火，非天水不能及也。我听大王说，这次行军是天意所为，我们摆一坛祭天，让天降大雨，把柴草打湿，我们就好攻城了。"于是临时做一坛向天祷告："天神保佑。现我军西征，遇火不进，大王有命在前，要求十日到王城会合，老天有意助我功成，降洪雨灭火。"连祷告三遍，果然天公灵验，乌云闭合，黑云压城，雷鸣闪电，倾盆大雨下了三个时辰，城上柴草都已湿透，天晴，大军立即攻城，一举克服，杀进城内。守军不降者死，降者放走还家。部分守城军将弃城逃跑了。大军穿城而过，再无什么大阻力。这支大军十一日晚到了王城下。

第二战，宝随城之战

北路军也在晚上到了。各将见黄帝，黄帝非常满意说："谋划在人，成事在天。

不限时日，何以督师？各路努力向前。今虽然晚到一天，已聚城下，是天助功成也。"并不责备臣将。黄帝命令围城各路军任务如下：北路军围宝随城北侧，兵十万；南路军围西侧，兵十万；中路军分兵十万围东侧；余十万做四围游击、提防援兵。一将军问南侧为何不围。

黄帝说："我大军来，只求降服炎帝，这是一也。南门不攻，城内民众尽可进出，出则生，不出则有危险，此是二也。三者，我大军一日后封城，也算给炎帝一个出路，他若出走，王城得破，必擒炎帝于城外，胜利已握。"于是，大军速围城，独南门不围，城里民众争相外逃。双方军士看到黄帝仁义，也大为感动。

炎帝见黄帝不困穷城，让民众得脱，也很佩服黄帝有归顺之念。但尚存侥幸，指望有勤王之师来救宝随城。身边大将山投请求必要一战，对炎帝说："大王，我军决战胜算有三。一者，黄帝军远来，我们以逸待劳，城内有军士二十余万，足可以抗之。再者，宝随城城墙高峻，城门坚固，易守难攻。三者，已经向三个城发出勤王号令，指望有军队从外围包抄黄帝军。有此三利，足可以抵抗黄帝军，消耗其军资，杀死其军士。待天时有变，可反败为胜也。"炎帝方寸已乱，听凭大将安排。

第二天，东、北、西三面攻城很急。城上兵士奋力拼杀，双方死伤许多兵士。晚间大臣议事，黄帝说："我军训练有素，然宝随城墙高大，攻城困难，我军将以阵法惊骇炎帝军，明天我们在城外列阵，约炎帝出城一战。"

第三天，黄帝军把四门围定，不漏一兵卒，围而不攻。黄帝在东门外立于战车上，手举令旗。队伍列"鸿雁阵"排开，一挥令旗变一字"长蛇阵"，如长蛇委地，左右盘旋吞咬；再一挥令旗，化"大鹏扑食阵"，两爪扑地，尖喙啄食；三挥令旗，变"恶虎捕食阵"，血盆大口，虎齿外露，四肢抓地，扑扑有声；四挥令旗，变"迷魂阵"，无门无路，鬼哭狼啸，恶鬼吹风阵阵，阴阴惨惨；五挥令旗，变"火龙阵"，火龙奔突，烟火滚滚；六挥令旗，变"擒魔阵"，阵里雷电火石，隆隆有声，阵压魔王。此时，炎帝一直在城楼上观看，惊诧不已。突然，黄帝令旗又举，变"北斗七星阵"，看那阵以北斗排列，帅在天权之位；斗柄摆动，天机暗合，左玉衡、开阳、摇光，右天玑、天璇、天枢，各依阵法，进退有度，这种阵势，炎帝军将头一次看到，认为是天助黄帝军。

炎帝并不怯战，舞动枣木连枷出到阵前，列两队军士助阵。将士手中多拿石木兵器，少有几件铜铁武器，兵将少有穿战甲兵士。

黄帝这边，前锋军士头盔战甲齐整，站立在四马兵车上，手中铁铜武器，白得耀眼，黄得灿烂，有北族马军踢踏，也尽显峥嵘。

两军一对阵，已经可见高下了。

黄帝看到炎帝形体老迈，不忍械斗，舞动开山铜斧，以"群狼争食"之阵迎敌。两军站定，互相怜悯。

黄帝先开口说："炎帝在前！想六年前，你受蚩尤所害，约我会盟。连征三年，九场恶战，擒杀蚩尤于冀中之野。近三年你年老，不悟新政，天地已新，你还依旧制。前日你先犯我境，以民移地移之旧例抢我土地，残害军士民众，罪已滔天。我受天命，依民移地不移之国策，驱大军困你穷城，要你归降。如不降，我发天威，你生灵死伤。你怨天可，不可怨我也！"

炎帝说："你我同为华族分脉，因蚩尤凶残无道，一起替天行战。破蚩尤后，各率其邦。不想你政令苛刻，民不聊生，归我者众。民既归我，土地亦应归我，不然民何以为生活。今你远道而来，已犯我王城，我祷告天神灭你全师。看枊！"

炎帝老而弥坚，自信天能助自己，于是以天授连枊打了过来。黄帝只能迎战，他以开山铜斧迎上，咔嚓一声，黄帝斧头从柄上折断，炎帝连枊破碎。斧无头，梿无枊。只有柄在两人手上，两人大惊，众军皆嘘声四起。两人各回本阵，虽然心里都向天祈祷，希望胜利，但天意在哪方都心里没底。

换了兵器，双方仍以斧对枊。只几个回合，黄帝已知炎帝力气不济了，但不忍心击杀炎帝。他假借脚底一滑，炎帝举枊过来，枊至半空，突然变了形状，没有拍下来。而是扫向地面扬起一片尘土，原来是炎帝不忍下狠手。斗来斗去，炎帝气喘，黄帝以斧背砸向炎帝面门，稍向外偏，擦在手臂上，炎帝已无法举枊，败回本阵。黄帝也未驱兵攻打。回到大寨，双方暂息兵。

再一日，炎帝援军迟迟未到。有消息传来，黄帝军已攻占平陆城。当日，黄帝军攻城急迫。城内箭、石已不多了，粮食也越来越少了。炎帝不愿意让兵士战死，就和近臣问计，有说降的，有说抵抗的。炎帝说："我看四维已无援军，天意助黄帝，我已年高，不想连累大家，我准备出走山林，采药问医。只希望黄帝不屠杀城内兵将。"臣将劝止不住，当夜晚上，炎帝轻装，只带数人，开南门杀出，向山林远去，黄帝军士未追击。原来黄帝已传令，凡有老者出城，不杀之，故意漏炎帝出走。

次日，城内大开四门，兵器从城上扔下，黄帝大军旋即入城。黄帝有言，兵不入户。只收了炎帝王舍，以示胜利之意，没有辱没炎帝亲族。随后，四围城市皆降。

大臣风后进言："炎帝出走并未受降，出师目标尚未达到。应出一师，沿途追袭，必捉拿到炎帝，方可班师。"

第五章 炎帝的故事

111

黄帝说:"可也,不得急迫!"

阪泉之战炎帝降服

黄帝派一军南进尾随,并不急追。炎帝一路上过族群之地,多有相随者,不多日,又有万余众跟从。一日报追兵至,炎帝在阪泉之野依山立寨。追兵受阻,回报黄帝,已经困住炎帝。黄帝乘车来到寨前,近前看炎帝军,营寨立在崖顶,高不可攀。于是让军士围住,不得走脱,阪泉有水无粮,不过数日,人人饥色,炎帝向天祈祷,无奈天不应、地不应。他知道再战无意义,于是让兵士不再战,自己走出营寨,束手就擒了。兵士将炎帝解到黄帝处,黄帝急命坐,问饥渴否,先供饭食。

餐后,黄帝问:"降不降?"

炎帝说:"为天下民众计,降!为我颜面计,不降!今我为民计,降!"于是昭告四方,炎帝已降,四海平服。

有臣向黄帝进言:"天有一日,地有一王。天不两日,地不两王。应赐炎帝死才符合天道。"

黄帝不准说:"天意即民意,炎帝爱民,不穷兵斗狠,今已归降,就不要为难了。炎帝仁德笃厚,不会聚众造反。况且,如我秉政从恶,民众不服。非炎帝反我,全华族都会反我,岂是灭炎帝一人而固江山也?给炎帝一衣一锄,让他采药济民吧。"

于是炎帝以布衣示人,到神农架一带采药生活,曾日尝百草,中九毒。著书立说《神农本草经》。又活了几十年,寿年一百四十岁。期间,黄帝多次关照炎帝生活,不辱家眷,大赞炎帝为民尝百草之功,每于公众场合,称炎帝为神农也。

十、炎帝发现中药

炎帝在族群里经常看到生老病死的事情,解决疾病的痛苦是他非常关心的事。他观察到吃进某些食物可以在人体产生某些特定的反应,他把这种反应称为"药"物反应。能引起人身体发生反应的物质称为"药"。有些食物确实有治疗人体疾病的作用,能减轻病人的痛苦。食物和药物都同样来自自然产物,他称这为"药食同源"。他十分认真地观察了某些食物的特殊作用,例如"姜"这种食物,人吃了口感辛辣。吃了姜以后,人会感觉辛辣的气上冲到口、鼻,进入到胃肠,对风寒感冒、恶寒、发烧、头痛、鼻塞、呕吐、腹胀、腹泻都有作用,可用于风寒感冒、胃胀呕吐、寒痰咳嗽。把姜煮在粥里给风寒感冒的人喝,有很好的效果。

第五章 炎帝的故事

　　炎帝后来不做大王了，有时看到病人那样痛苦，他就四处寻找可药用的东西，特别是当人们逐渐向长江中游迁徙的时候，他见到山林中千奇百怪的植物就萌生了寻找药物的念头。他经常拿上铁铲到山里去找寻可用的药材，还经常请教当地的巫医、民众有关医药知识，这样他积累了许多的用药知识。有一次，他在找药用植物的时候，一天尝了上百种植物，中了七十几次毒。这样积年累月，炎帝对许多植物的性味、作用有了认识，并运用到治疗疾病上。比如后来被称为"神仙粥"的糯米姜片粥。歌诀："一把糯米煮成汤，七个葱头，七片姜。熬熟兑上半杯醋，伤风感冒很平常。"

　　炎帝还发现了茶的提神、醒脑作用；蒲公英的消疔肿作用；白头翁的治疗泻痢作用；大黄的泻火作用；等等。凡是族人找炎帝看病，他不收费用，只告诉他们采用什么药治疗。炎帝治疗病人往往有奇效，这样传扬开来，大家都认为炎帝有神力，称炎帝为神农。炎帝神农尝百草中九毒而不死，那不是神是什么呢？是炎帝神农开创了华夏以中药治疗的先河，为后来中医药的发展起了奠基作用。炎帝神农大胆地尝百草，把一些可用于饮食的植物介绍给民众。中药材主要来源于食物，他对食物深入认识，开拓了食物的品类、用途，比如荠菜就是南北通吃的一种野菜。为什么叫荠菜呢？炎帝发现这种野菜早春就出土，到处可见，那正是青黄不接的时候，吃这种菜也是接济了大家，所以沿用了荠菜的称呼。

　　据传说，炎帝积累了大量的中药使用经验，人们口口相传了炎帝对药物的知识。

　　中医药是中华文明进步的标志之一，也是中华文化传统的重要部分。曾经打败过炎帝的黄帝也是一个医药高手，黄帝非常赞赏炎帝对中药的贡献，在关键时刻保留了炎帝的性命，鼓励炎帝继续药物的探索。后人制定的中医理论也包含着炎帝的贡献。著名的《黄帝内经》这一中医理论奠基之作，也包含了炎帝的智慧。

　　中医以阴阳和五行为理论基础，把人体看成是形体、精气、血脉、经络的统一体。认为人体由五脏六腑组成，经气血、经络联系在一起，可以因外邪、内淫引起疾病。医生可通过望、闻、问、切了解病源。通过四诊八纲、脉象、舌象，辨证论治，找到病机，用中医技法理、法、方、药进行治疗。除了药物外还包括各种独特的手法，例如针灸、推拿、按摩、拔罐、食疗等进行治疗。

　　炎帝时收入的药材资料，经后人整理为《神农本草经》，收入药材三百六十五种。炎帝非常慎重地选择药材，不搞泛而无用。炎帝当时是以天数有三百六十五日之数来约束药材数量，同类同功能的只能选几种而不能是全部，因为名额有限，不能无限地收入。

113

这些药材包括了矿物类、动物类、昆虫类、植物类。这些药物最初的发现，正是因为有许多像炎帝这样具有创新精神的人敢于大胆地尝试，才为中华民族积累了宝贵的中医药经验。每一种药材都有勇敢的先行者进行过品尝，然后才知道其是否有毒，是否能用于人体，会有什么作用，这是非常伟大的实践活动。

后来，中药被归为四气五味、升降、沉浮、有无毒、归经、禁忌、相克、配伍。在炎帝的时代，主要是依照药材的自然状态和生活用途分类。依据炎帝神农的经验，东汉编撰的《神农本草》一共收录了药材三百六十五种。收植物药二百五十二种，动物药六十七种，矿物类药四十六种。《神农本草》收录的三百六十五种药材目录如下：

（注：今有清朝孙星衍等辑本。本书收药物三百六十五种，分为上、中、下三品，是后汉以前药物学的总结。抄录于下。使用时以原本为准）

上经（上品 一百四十九）

玉石：丹沙、云母、玉泉、石钟乳、涅石、消石、朴消、滑石、石胆、空青、曾青、禹余粮、太乙余粮、白石英、紫石英、青石、赤石、黄石、白石、黑石脂、白青、扁青。

草：菖蒲、鞠华、人参、天门冬、甘草、干地黄、术、菟丝子、牛膝、充蔚子、女萎、防葵、柴胡、麦门冬、独活、车前子、木香、署豫、薏苡仁、泽泻、远志、龙胆、细辛、石斛、巴戟天、白英、白蒿、赤箭、奄闾子、析蓂子、蓍实、赤芝、黑芝、青芝、白芝、黄芝、紫芝、卷柏、蓝实、芎䓖、蘼芜、黄连、络石、蒺藜子、黄耆、肉苁蓉、防风、蒲黄、香蒲、续断、漏芦、营实、天名精、决明子、丹参、茜根、飞廉、五味子、旋华、兰草、蛇床子、地肤子、景天、茵陈、杜若、沙参、白兔藿、徐长卿、石龙刍、薇衔、云实、王不留行、升麻、青蘘、姑活、别羁、屈草、淮木。

木：牡桂、菌桂、松脂、槐实、枸杞、柏实、伏苓、榆皮、酸枣、蘗木、干漆、五加皮、蔓荆实、辛夷、桑上寄生、杜仲、女贞实、木兰、蕤核、橘柚。

人：发髲。

兽：龙骨、麝香、牛黄、熊脂、白胶、阿胶。

禽：丹雄鸡、雁肪。

虫鱼：石蜜、蜂子、蜜蜡、牡蛎、龟甲、桑螵蛸、海蛤、文蛤、蠡鱼、鲤鱼胆。

果：藕实茎、大枣、葡萄、蓬蘽、鸡头实。

米谷：胡麻、麻贲。

菜：冬葵子、苋实、瓜蒂、瓜子、苦菜。

中经（中品 一百一十三）

玉石：雄黄、石流黄、雌黄、水银、石膏、慈石、凝水石、阳起石、孔公蘖、殷蘖、铁精、理石、长石、肤青。

草：干姜、枲耳实、葛根、括楼根、苦参、当归、麻黄、通草、芍药、蠡实、瞿麦、元参、秦艽、百合、知母、贝母、白芷、淫羊藿、黄芩、狗脊、石龙芮、茅根、紫菀、紫草、败酱、白鲜、酸酱、紫参、藁本、石韦、草薢、白薇、水萍、王瓜、地榆、海藻、泽兰、防己、款冬花、牡丹、马先蒿、积雪草、女菀、王孙、蜀羊泉、爵床、假苏、翘根。

木：桑根白皮、竹叶、吴茱萸、卮子、芜荑、枳实、厚朴、秦皮、秦菽、山茱萸、紫葳、猪苓、白棘、龙眼、松萝、卫矛、合欢。

兽：白马茎、鹿茸、牛角（角思）、羖羊角、牡狗阴茎、羚羊角、犀角。

禽：燕屎、天鼠屎。

虫鱼：猬皮、露蜂房、鳖甲、蟹、柞蝉、蛴螬、乌贼鱼骨、白僵蚕、鮀鱼甲、樗鸡、蛞蝓、石龙子、木虻、蜚虻、蜚蠊、䗪虫、伏翼。

果：梅实。

米谷：大豆黄卷、赤小豆、粟米、黍米。

菜：蓼实、葱实、水苏。

下经（下品 一百零三）

玉石：石灰、礜石、铅丹、粉锡、代赭、戎盐、白垩、冬灰、青琅玕。

草：附子、乌头、天雄、半夏、虎掌、鸢尾、大黄、亭历、桔梗、莨荡子、草蒿、旋复花、藜芦、钩吻、射干、蛇合、恒山、蜀漆、甘遂、白敛、青葙子、蘿菌、白芨、大戟、泽漆、茵芋、贯众、荛花、牙子、羊踯躅、商陆、羊蹄、萹蓄、狼毒、白头翁、鬼臼、羊桃、女青、连翘、兰茹、乌韭、鹿藿、蚤休、石长生、陆英、荩草、牛扁、夏枯草、芫华。

木：巴豆、蜀菽、皂荚、柳华、楝实、郁李仁、莽草、雷丸、桐叶、梓白皮、石南、黄环、溲疏、鼠李、药实根、栾华、蔓椒。

兽：豚卵、麋脂、鼺鼠、六畜毛蹄甲（马、牛、羊、猪、狗、鸡）。

虫鱼：虾蟆、马刀、蛇蜕、蚯蚓、蠮螉、蜈蚣、水蛭、班苗、贝子、石蚕、雀瓮、蛪螂、蝼蛄、马陆、地胆、鼠妇、荧火、衣鱼。

果：桃核仁、杏核仁。

米谷：腐婢。

菜：苦瓠、水靳。

未详：彼子。

炎帝对中华医药学有奠基的功绩，为中华民族的医药事业做出了伟大的贡献。他以身试药，为中华医药学谱写了永世的光辉，他的探索精神永远鼓舞着人们开创新科学技术的脚步永不停息。称炎帝神农为药神当之无愧，人们永世纪念他。

十一、炎帝的四个女儿

他的四个女儿都非常美丽，留下了许多奇妙的故事。长女名少女，次女名赤帝女，三女名瑶姬，四女名女娃。

少女与豆蔻

炎帝的大女儿叫少女。因为豆蔻的发现和十三四岁的少女有关，所以现在就把年龄在十三四岁的女孩子形容为豆蔻年华。好多文人墨客也都用豆蔻来形容少女的美丽贤淑和单纯朴实。关于豆蔻，有一个美丽的传说。豆蔻是一味中药，也称为草豆蔻，有清香味、通鼻窍，有助消化的作用。民间多拿它来做调料，所以豆蔻大家非常熟悉。豆蔻的发现有一个和炎帝大女儿少女有关的传说。据说炎帝的大女儿少女经常上腹痛，吃不下饭，消化不良，特别不喜欢吃肉。炎帝听岭南那里的人说，有一味药，能助消化，开脾胃。有一年春天，炎帝到岭南去，找当地老乡带路去找，翻山越岭没有找到，只从别人手里得到了几颗果实。等到少女腹痛的时候，他就泡水给少女喝了，腹痛很快好了。炎帝和家里人说这味药叫什么不清楚，春天没有找到，还要再去找找。夏天，炎帝再次到岭南采药的时候，妻子和女儿也陪他一起去了。在山里，他们问老乡这果实是什么样的植物结的籽，一位老翁看到炎帝手里的干果说："这很像我们这里的'草豆蔻'，开花叫'含苞花'。"他领炎帝在山沟里找到了一种能多年生长的大叶植物，有一人高，叶披针状生长，有一串一串的花。老翁采了一个未完全开放的花说："这就叫'含苞花'，好像人怀六甲一样，到秋天才能结籽成熟呢！"原来，炎帝第一次来岭南是春天，又是到山岭上去找，当然找不到了。炎帝说："看来采药要分春、夏、秋、

冬四季啊!"他们就在那里待到豆蔻结籽成熟的时候。到了秋天,他们采草豆蔻的时候,碰到一位猎人说草豆蔻有一股香味儿,把它和肉一起煮提味。他们试了试,果然味道很鲜美。采的豆蔻晒干了,他们就返回了神农架的家里。炎帝把豆蔻介绍给大家,煮肉的时候把它放在汤里一起煮,味道很好。炎帝的女儿少女一腹痛就泡几颗豆蔻喝,效果挺好。炎帝把豆蔻熬成一锅汤,炎帝自己先尝了尝,感觉有些香味,就喝了许多,待了一天没有什么反应,没有什么毒性,炎帝就把豆蔻归为药了。炎帝把草豆蔻叫豆蔻。豆蔻的"豆"是当时带盖的陶锅,"蔻"是草花的意思,寓意"豆蔻"是藏在锅里、有香气的花。人们在编药书《神农本草经》的时候,因为在中原找不到豆蔻,所以没有编入,后来,唐朝陈藏器编《本草拾遗》(公元739年)和李时珍编《本草纲目》(公元1578年)时把豆蔻编入了。由于豆蔻这个药物的传奇故事,大家就把草豆蔻叫豆蔻了。人们约定俗成,在田野称"含苞花";在厨房称"草豆蔻";在药房称"豆蔻"。少见的称呼有"白豆蔻、豆蔻仁、豆蔻花、肉果、肉豆蔻、多骨、壳蔻、漏蔻、假麻树、良姜子"等。在文学上,豆蔻代表了一个纯情少女的意思。一般女孩子十三四岁时都被称为豆蔻年华。

据说炎帝的女儿少女和赤松子相爱了。赤松子是天上的神仙,下到人间在炎帝的手下做官。少女和赤松子互相爱慕。炎帝夫妻不同意他们的婚姻,就想拆散他们,少女就和赤松子私奔到了天上生活。因为赤松子把地上的女子带到天上,所以天庭也不满意。但是年轻人的自由浪漫,天地是无法阻隔的。传说每年的夏历五月节,他们会回到人间看父母。

桑女化鹊报喜

炎帝的二女儿叫赤帝女,也被人们称作桑女。听说炎帝的二女儿从小就非常淘气,经常像一个男孩子一样爬山上树。他们住在宣山,房前有一棵高大的桑树。这是一棵有三丈多高的桑树,枝杈纵横,树叶有一尺大,树叶有红的纹理,果实可白可黑色。上面有一个喜鹊窝,每年春天喜鹊来了,孵一窝小喜鹊,把它们养大,到秋天就一起飞走了,年复一年。有一年,喜鹊没有回来,赤帝女就爬到树上去看。她找来许多小树枝,在树上开始做巢,半个月以后巢就做成了,她就在树上不下来,炎帝在树下怎么喊她也不下来。炎帝让人在树下烧起了一堆火,在熊熊大火和腾腾浓烟中,少女变成了喜鹊,向天上飞去了,赤帝女成了天上的报喜鸟。

几年后，喜鹊经常会带着一家子，在人们的房前屋后的树上鸣叫。"嘎啊……嘎啊……嘎啊……"来报喜。

炎帝原来喜欢植桑。炎帝发现桑树的叶、果可食，枝干可以做农具，桑叉是常用的工具。

桑果在不同的成熟阶段可以呈现出不同的颜色。桑果也称桑葚。桑树的叶、皮、果实都是中药。桑叶可疏散风热、治风痛、出汗、口渴、外伤淤血；桑皮称桑白皮，治虚劳内伤、妇科崩漏、补虚益气；桑葚治疗水肿、胀满、瘰疬结核、脱发、白发。

因为女儿桑女的缘故，炎帝从此不再在房前植桑树了。

巫山神女

炎帝的三女儿名叫瑶姬，是一个非常漂亮的女孩子。据说，瑶姬很孝顺。她看到自己的大姐和二姐都飞上了天，在天上生活，都不在父母的身边。她就依从了父母的安排，准备和一位善良的巫医结婚了。但是在结婚之前，瑶姬突然病倒了。她太年轻了，还没有享受全部的人间生活就永远地闭上了眼睛。父母舍不得她，恋人舍不得她，她也舍不得亲人。瑶姬感动了天神，灵魂飞到了巫山，化作了巫山神女。后来，天神女娲认她做了女儿。

瑶姬常在天上人间巡游。瑶姬非常美丽，她走到哪里都引起轰动。因为瑶姬的美丽赛过天上的仙女，所以人们也把瑶姬看作神的女儿。瑶姬曾经被许多人看中。有财的倾尽家财要娶瑶姬；有权力的动用权利要得到瑶姬。瑶姬到海边去玩，被龙王的儿子看中，瑶姬不从，龙王就发怒了，下雨、打雷、干旱。瑶姬被激怒了，她拿出自己头上的玉簪斗败了恶龙。她把智慧传给治水的大禹，帮大禹打开巫峡，把水引到了东海去。

瑶姬到了巫山以后，人们在山上见到了一种蘑菇，叫灵芝草，人们说瑶姬变成了灵芝草。灵芝草也被称为神芝、仙草、瑶草、还阳草、林中灵、菌灵芝、万年蕈、灵草、赤芝、丹芝等。灵芝也是一味中药，人们称灵芝是百草之王。中医认为灵芝味甘苦、性平、归心肺、肝脾经，可养心安神、养肺益气、理气化湿、滋肝健脾，主治虚劳体弱、神疲乏力、心悸失眠、头目眩晕、久咳气喘、食欲不振、反应迟钝、呼吸短促等症。

汉族人经常给女孩子起芝的名字，就是希望女孩像灵芝，寓意孩子美丽乖巧。

人们在房间里、书房里插上一棵灵芝，高雅清丽、吉祥幸福、智慧美德伴随着生活。

精卫填海

炎帝的四女儿叫女娃。炎帝的四个女儿都美丽动人，小女儿更是漂亮。四个姐妹的性格不同。女娃像一个男孩子，喜欢玩一些男孩子的东西。她经常随父亲出去采药，不愿意在家里待着，经常出去跑，女娃去过很多地方。她很崇拜女娲天神。女娲能炼石补天，创造生命。女娃也想做出一番好事来，她经常去采药。

有一次，到海边去采药。她乘船在海上飘荡，本来风平浪静的海面忽然起了狂风。恶龙掀起狂暴的海浪，一次一次要把这个美丽的小女孩给吞没了。女娃拼命地划桨，想要摆脱海浪的束缚，但是还是没有斗过魔龙，不幸淹死了。以后在海边经常有一只小鸟，破浪而飞，这就是海鸥鸟，人们也管她叫精卫鸟。精卫鸟从发鸠山飞向东海，衔着小石头、小树枝抛到东海里。日复一日，年复一年，精卫鸟不知疲倦地往返于山岭和大海之间，她投下的树枝和石子经常敲击海面，东海的龙王知道了，就指责精卫鸟："你为什么要用石子和小树枝来投我们大海呢？我们大海这么大，你要填平大海是徒劳呀！"精卫鸟回答："你这个无情的恶龙！你吞噬了我年轻的生命！我要用石子和树枝，经常敲打你，让你不得安宁！"多少年，多少代过去了，精卫鸟还努力地在海浪上飞舞。

十二、炎帝神农长眠药乡

炎帝老年，足迹遍及两湖一带，游历生活。他采集植物、矿物、动物，发现它们的药理作用。他亲尝药草，相传有时候一日中七十毒，有时尝百草中九毒，在不断的尝试中发现了中药的作用。民间流传许多炎帝与中药有关的故事。

药食同源的启示

炎帝发现的中药都是很平常的东西，几乎多数都是食物和经常吃的野菜，后来才开始专门去遍访民间寻找药物。其中最典型的莫过于"土"的运用。土怎么能成为药呢？人们生活在土地上这么多年，怎么知道它是药呢？土到处都是，没有土就没有草，没有树木，不会有野兽，也不会有人类。土是世界上最重要的资源，也是最普通的东西。

土的使用还要追寻炎帝的奶奶。奶奶非常有生活经验，她从自己的长辈那里学会了一些小偏方，经常给家里的孩子们用，炎帝就被奶奶的偏方治疗过，因此

第五章 炎帝的故事

对药产生了兴趣。

炎帝幼小的时候，有一年夏秋之交，疾病大流行，许多族人得了病，又吐又泄、发高烧。有的小孩儿高烧、抽风后死了，有的老年人和青壮年也病死了。这时候，炎帝的奶奶见炎帝也发烧、呕吐，把一块灶心土用水冲后给炎帝服了。灶心土怎么能治病呢？炎帝吃了以后，烧不那么高了，吐泻也轻了，慢慢也就好了。后来大家问奶奶："您怎么知道土能治病呢？"奶奶说："听老人说，灶下的土几十年承接灶火的烧烤，能抗热，能吸水，所以能镇热邪、止腹痛和赤白痢。"人们记录过炎帝用白垩土给人治疗风寒腹痛、腹泻便痢，可能是受到奶奶的启发，后来人们把灶心土叫作"伏龙肝"。

有的人被火烧了，炎帝会给他用地榆炭粉混合猪油抹在创面上。在《黄帝内经》上称为"豕膏"，可以用来治疗痈毒。"豕膏"也是奶奶做饭时发现的。奶奶偶然在手上涂了猪油就能到沸水里拿东西，给烫伤的人立即抹上猪油可以止痛，防溃烂效果也很好。

小时候有一次，炎帝不小心把腿烫伤了，疼得钻心，起了泡。奶奶就用猪油给他抹在腿上，很快就好了。后来，炎帝发现把地榆炭压成粉末和猪油膏混在一起给人抹上也能治溃烂，生肌收敛。后来，人们用芝麻油代替猪油混上地榆炭粉，效果也很好。至于后来人们用狼油、獾子油、鸡蛋黄油、香油等动植物油脂治疗烫伤，也许都是受"豕膏"的启发。

在炎帝那个时代，猪是最先被驯服的动物之一。有一段时间，猪是人类蛋白质饮食的主要来源，就是现在，猪肉也是消耗量最大的肉。最初的时候猪油用来治疗疾病，是因为猪油是每天生活中都碰到的东西，启示了"药食同源"，成为大家发现药物的方法。

炎帝命名藤的传说

据说在湖南炎陵县东南方有一片高高的大山，叫鄱峰山，最高峰叫神农峰，是这一带海拔最高的山峰。在这座山上有许多药用植物，其中最多的是藤类的药物。百姓们流传着一些炎帝封藤的故事，就是给各种藤科药命名。

青风藤的传说

有一年，炎帝神农寻找药物，来到鄱峰下边一个叫龙潭的地方。传说，东海龙王的一个儿子住在这里，经常欺负老百姓。这一天，炎帝看到一对母女在潭边

哭泣。他问："为什么哭呢？"女孩的母亲说："我心爱的女儿，在水边洗头、洗脸的时候被恶龙看上了，要娶我的孩子！"大家都迫于它的淫威，谁敢违抗龙的命令呢？定了后天要娶这个女孩子，这个日期就要到了。因为女儿要被投入这个水潭，人就没命了，所以她们非常悲伤。这件事引起了炎帝的同情心，炎帝要替母女说话，退掉这门亲事。炎帝来到潭边和恶龙说话，恶龙坚决不同意退婚。于是炎帝就和恶龙打在了一起。炎帝用火，恶龙用水，打了几天不分胜负。炎帝发现龙离开水就没有战斗力了。他在潭边看到有一些青藤从山上垂到潭边，于是他就把恶龙引到青藤附近，用青藤把龙捆了起来。这样，恶龙借不上水的力量就渴死了。炎帝解救了这个女孩。炎帝封青藤叫"青风藤"。青风藤味苦、辛、平，归肝脾经。具有祛风通络、除湿止痛、祛湿疏瘀的作用。炎帝为风湿疼痛找到了一味良药。

钩藤的传说

又有一天，炎帝听猎人说山上有一条恶毒的长蛇，占据着山道，谁要在这儿过就会被毒蛇咬伤甚至丧命。最近，村里今天丢了一头猪，明天丢了一只羊，据说都是这个恶魔给吃掉了。炎帝到山上去看了看，果然这个恶魔长得像一条龙，巨大的身躯有五六丈长，有水牛肚子粗，张开大口能吞下一头牛。但是它没有爪子，也不会飞，只是像一条带子一样盘在那里。炎帝就拿着铁刀去和它斗。斗来斗去，炎帝发现，这条毒蛇它必须攀在石头或者树干上才能发挥力量。炎帝在山边发现了一种带钩的藤子，这种藤有很长的勾。于是，炎帝就趁着这条毒蛇不注意的时候用钩藤把它给缠住了。钩藤把毒蛇吊了起来，它就没有力气了，炎帝制服了毒蛇。炎帝发现，钩藤有息风定惊、清热平肝、抗惊厥的作用，就封它为"钩藤"。当地也叫它钩丁、吊藤、鹰爪风、倒挂刺。钩藤味甘、性凉，归肝脾心包经。主治肝风内动、惊痫抽搐、高热惊厥、感冒夹惊、小儿惊风、头痛眩晕等。

鸡血藤的传说

有一天，炎帝和一位猎人到山上采药。他太口渴了，就砍开了一种藤子的皮，藤子就冒出了鸡血一样的汁液，炎帝喝了一些汁液后就睡着了。炎帝做了一个梦，他梦见小时候奶奶病了，请巫医来给奶奶治病，要杀一只公鸡。巫医让炎帝去杀这只许愿的红公鸡，他太害怕了，用石刀杀呀杀，怎么也杀不死公鸡，他一松手，公鸡飞了，奶奶的病好了，他也吓醒了。炎帝封这种藤子叫"鸡血藤"，它枝干

里的汁液能够解渴入药。现在也是一种常用的药。鸡血藤味苦、甘，性温，归肝经，具有行血补血、舒筋活络的作用，可用于气血虚兼有的月经不调；它有补血行淤的作用，可用于治疗手足麻木、肢体瘫痪、风湿癣症；鸡血藤能补血活血，对于气血虚损，患有慢性风湿的老人及妇女更为适宜。

葛根的传说

又有一年，炎帝在鄘峰山上采药，看到大伙儿正在向老天爷祈雨。天已经很长时间不下雨了，地里的庄稼都干枯了。大家真是发愁啊！怎么办呢？炎帝看见大家愁的这个样子，就问："什么事儿这么发愁啊？"大家说去年的粮食都吃得差不多了。今年的粮食还没有打下来，天又旱了，我们都在愁粮食。炎帝说："你们这里有一种植物，有肥大的根，能够磨成面粉一样，可以代替面粉来吃，很容易消化。"他把一种藤子介绍给大家，藤子的根能代替一部分粮食。炎帝把这种藤叫"葛藤"，根叫"葛根"。葛根具有退热透疹、生津止渴、升阳止泻等功效，被记录在《神农本草经》里了。葛根归脾、胃、肺经。葛根解疾退热，用于退烧透疹。炎帝在鄘峰山上发现了许多药用的藤科植物，封了这些藤类的名字，传给了后世。

炎帝一百四十岁了，他经常在湖南罗霄山采药，有一天晚上，炎帝感到非常疲劳，在药乡睡着了，他再也没有醒来。人们在这里为他修建了陵墓，炎帝长眠在药乡。

葬：湖南株洲，炎陵县，炎帝陵。纪念地：炎帝庙在山西长治县北呈乡北和村。

炎帝有一个贤惠的妻子名听訞。他们有一个儿子和四个女儿。炎帝的儿子名叫炎居，一直追随父亲采药。

炎帝后裔姓氏104个：

姜、吕、许、谢、纪、丘、齐、强、尚、封、左、薄、赖、逄、申、向、文、骆、充、连、国、饶、盖、丁、阚、易、崔、高、章、贺、柯、卢、井、富、栾、厉、桓、景、柴、聂、查、庆、焦、梁丘、望、戎、郦、畅、谷、浦、移、麻、孝、懿、灵晏、平、檀、闾、即、棠、竹、淳于、东郭、太公、将具、丁若、乐利、申屠、高堂、东宫、士强、仲孙、齐季、子襄、子雅公旗、子尾、子乾、子工、子夏、雍门、闾邱、卢蒲、卢门、翰公、公牛、公牵、臼季、左丘、闾公、公纪、余丘、车门、虞丘、南郭、北郭、於陵、章仇、三苗、汲、年、邱、甫、芮、楂。

第六章　黄帝的故事

一、黄帝命来小儿强

黄帝出身于村野小儿，施展雄才大略，降服几多枭雄，把华夏统一成国家；创蚕桑、车船、文字、中医为民所用；祭天佑民，开帝王祭天之始。回望远古历史，黄帝是奠定华夏几千年文明基业的始祖之一。

在邦族社会向邦国社会演进的过程中，中华大地上出现了炎帝、黄帝和蚩尤三支华族支脉大融合的过程。三支由华族发展起来的势力，经过战争完成了三邦归一的巨大社会变迁，形成了比较完整的国家形态。

讲述黄帝，还要从他的家族说起。公元前两千七百多年，在向华北方向迁徙的一支氏族部落中有一对夫妇，男的叫少典，女的叫附宝。他们是有熊氏族人，是族长的支脉。他们这个民族崇拜天神，相信天神主宰着一切天地和人间事物。他们经常向天祷告，觉得天会感受到人们的意愿，会保佑家族平安。少典和附宝从前辈那里学会了掌握了随季节变化进行生产的技能。他们具有打磨石器、种植谷物、饲养家畜、狩猎和使用火等本领。少典还继承了神秘的家族符号、记事和计算。

那个时候族群周围的土地已经被开垦了，要获得新的土地，就要迁徙到更远的地方去。族里的土地已经无法再增加，长大的儿女只能到更远的地方去谋生。那时，一个成年人大约需要五亩地的粮食才能吃饱饭。当土地不再增加，人口不断膨胀的时候，他们不得不到远离家乡的地方去开新荒。族群由黄河中游向东北方向迁徙，这是祖辈传下来的天神指引的方向。也许是因为某一年的年景不好，发生了天灾人祸，天意使这些人鼓起了外出谋生的勇气。迁徙式的逃荒是一件很艰苦和凶险的过程，其他族群的驱逐、狼群野兽的侵害、恶劣的天气、疾病都可能造成死伤。

少典他们的家乡去年是大荒年，春天大旱，地里抓不住苗；夏天发大水，许多低洼的地方都淹了；秋天又没有雨水，叫秋吊，庄稼籽粒干瘪。因春旱、夏涝、秋吊的三重灾，粮食收得很少。没有办法，他们去狩猎、打鱼，可是因为天旱，河水干了，没有鱼可打；山上草少，野兽也跑远了。这一年，族里想办法，曾经请了几次巫师来向天祈雨。忙活了几次，花了一些谷米，都没有得到天的回应。为了吃食物度命，大家开始绝望的杀饲养的牲畜了。开始时杀成年牛，后来也杀小牛了。族里没办法，让各户自己抽出逃荒的人。少典家是一个有三十几口人的大户，他们在这里生活十几代了。抽逃荒户的时候有规矩，怀孕、哺乳的夫妇不抽，腿脚不好的不抽。因为去往逃荒的地方，不知路上有多少凶险呢！少典参加了抽签，要出去闯一闯，不然在家也会被抽丁，还要交人头税。逃荒走了，族里负担的邦族徭役就少了。再说，家里粮食已经不够吃了，走几户，余下的粮食可以给不走的人吃。抽签那天，请了族长在场，族里十几个符合条件的男人都站到木墩子前，木墩上放着一只碗，碗里盛着谷子，十几支木签子，是族长带来的。其中有几支签上涂着红颜色，插在谷子里。族长郑重地说："谁要是抽到红色，就算中签了。谁抽到了都不能反悔，都要上路去逃荒。"很巧少典抽到了签。父母和家族为他们准备了一些食物、工具、牛，分给每个逃荒户一份。

冬天过去了，春天来了，天一转暖，河边有了沿凌水。准备逃荒的人们就要离开家乡了。他们的目标是向东北方走，能在邦族的边上找到合适的地方最好。往往要走几天，选几次地方。临走的时候家族设了祭坛，请来巫师祈祷了一番。巫师拍打着牛扇骨，跳来跳去。手里拿着三根麦秆，在火盆上点着，插在米碗里面向南方。一会儿高声，一会儿低吟，不停地念叨着："天灵灵，地灵灵，南天大神伏羲听，今日保民去征东。一帆风顺到新荒，那里有山有水有田土，日子过得甜如蜜，三年回家福满门。"巫师念叨一番，收了一点谷子。逃荒的人算是知会了老天爷，得到天神的保佑了。

家族在一起吃了一顿饭，逃荒的人就上路了。这些人和少典夫妻一样，怀着对新生活的渴望，向未知的地方跋涉。翻过一座山就再也看不到家乡的炊烟了，家人也看不到他们的身影了。他们知道逃荒走的人是怀着奔向好生活的渴望，也能使留下的人活下来，度过青黄不接的日子。逃荒的人们盼望能找到一个好地方，谁知道天神是怎么安排的呢？

早春，少典夫妇牵着一头母牛，驮着简单的石头工具、火种、谷种以及一些口粮，走上了迁徙的道路。同行的还有一些有血脉关系的族人，这些人都是要外出求生的人。

经过五天的奔走，他们在邦族边缘的地方落了脚。这地方北靠一座土山，前面有一条小河；山坡上有茂密的树木和密密匝匝的枯草。树木和野草刚发芽的时候，他们就开始了劳作。他们先用石斧和火开出一块能存身的房基，再用树干呈人字形立起来，上面披上树枝和兽皮，造了一个可以两个人存身的窝棚，一个简单的家就算成型了。他们给这地方起名叫"达土山"。他们用火捍卫着这一块土地，多次驱赶走各种野兽。就近的几户人家也相互支援，他们用烧荒的办法围垦了一片土地。烧荒的时候要看风向，每次烧掉一小片树木和荒草。东边来风烧东边，西边来风烧西边。这些树木草叶烧成灰成了很好的肥料，但是树根和草根还在，还要一寸一寸地翻土。第一年他们播下五谷种子，希望有个好收成。有时，少典还要去参加族里人的狩猎活动，分一些肉食、皮张来维持生活。他自己也在一处山脚设了一个陷阱，有时会捕获到猎物。这一年冬天来临的时候，他们已经有了一年的粮食、干肉和皮张，支起的窝棚上也涂了泥巴，火盆里也常年有炭火烘烤着窝棚。

第二年春天，布谷鸟鸣叫起来的时候，他们的第一个孩子出生了！这是一个黄瘦的男孩儿，他的哭声洪亮地从窝棚传出，汇入了百兽的叫声，在旷野间回荡，宣示新生命的降生。

对于少典和附宝他们这个新婚的家庭，女人生孩子本来是高兴的事，但由于生孩子时候死亡的女人和小孩很多，对孕产的妇女来说，生孩子也是过一次鬼门关。在他们家乡已经有"老娘婆"了，就是接生婆，都是生过孩子的中老年妇女，她们会告诉生孩子的女人怎么做。她们最主要的是能给刚出生的孩子断脐带。一般先准备好麻丝和一节秸秆或竹片，用来割断和结扎脐带。

附宝住的地方都是新来的逃荒人，没有会接生的。附宝那天中午觉得身子特别沉，肚子里的小生命每隔一会儿就在里边儿踢她几下，小肚子一阵一阵地疼痛，老有下坠感。待到晚上少典回来的时候，附宝痛得在炕上翻来覆去。附宝说："怕是要生了。听说要用麻丝和秸秆断脐带，赶紧准备吧。"找人已经来不及了，过了一会儿，附宝下边儿流出了不少黏黏的黄水。又过了一会儿，一个小生命就生

第六章 黄帝的故事

下来了。本来生孩子男人是要躲开的,但这里就他们两个人,没办法,这些事儿就得由少典办了。这第一次做接生的事情两人都慌了,用秸秆劈的锋刃,老是割不断脐带。附宝急了,用牙齿把脐带断开了,用一段麻绳把脐带扎上。一拉扯小孩儿的胎衣,胎盘也掉了下来,同时流了一些紫黑的血,他们吓了一跳,赶紧用皮子把小孩儿包了起来。

这是一个黄皮肤的小男孩儿。附宝初为人母,新生下来的小儿用小嘴儿找着奶头。附宝也顾不上疼痛,给孩子喂了第一口奶水。奶水被小儿吸出的瞬间,母亲的心被儿子融化了一样,生产的疼痛也感觉不到了。母性使附宝坚强起来了。

少典把胎衣用火烤熟了,让附宝吃了下去。

在家族里,生孩子要受到特殊照顾,但在这新开荒的地方没有人帮忙。好在少典和附宝已经在这儿有了一季收成,也有些干肉吃,没几天,附宝就下地做饭了。少典出去打了几只新鲜的野味给附宝补一补。附近的亲家、邻里知道他们家添了小孩儿,也有送皮子的、送米的、送肉的,满满的亲情令附宝和少典很感激。

这个头胎的孩子身体很虚弱。附宝奶水不足,除了让孩子吃自己的奶外,还要给他喂一些汤水。这些粗糙的食物要在娘的嘴里不停地嚼,用唾液把食物中的养分吸出来,娘再把口水吐出来喂给孩子,补一补奶水的不足。娘咽下食物渣滓,这叫"嚼补子"。这种喂婴儿的方法传承了几千年。

孩子足月的时候,有族里人来看这个孩子,问少典:"孩子叫什么名字呀?"少典说:"还不知道能不能养活大呢,第一个孩子怕是长不大,不好养呢!"他看了一眼狼皮包着的儿子,随口说叫"土儿"吧。于是,这个瘦弱的小孩子就有了"土"的名字。为了生活,生了孩子的附宝身子没利索就下地了。她把孩子绑在背上,跟着少典做农活。这时,他们的土地已经多了一些,三四年间由一亩到五亩到十亩到三十多亩。家里的母牛也产下了牛犊,"母牛见母牛五年三个头",他们有了一大两小三头牛了。

少典农闲的时候还给人家做些木工活,还为别人打磨石头工具,也有一些收入。少典是从父亲那里学会了一些木匠、石匠的手艺。

第一年的荒地出产不多,到第三年土地正有劲儿的时候,风调雨顺,他们生产的粮食已经足够吃了。第三年,他们又添了一个孩子,以后每两年就添一个孩子。土儿四岁的时候他已经有了两个弟弟。附宝看孩子、做饭,已经很少能下地帮少典了。好在他们的土地已经成熟地了。到了土儿六岁时,土儿已经有了风儿、木儿和叶子两个弟弟和一个妹妹了。

第六章 黄帝的故事

附宝生了几个孩子以后，就有了生孩子的经验。附近住的人家也有请她去给接生的。时间长了，附宝就成了这一带的"接生婆"了。有的时候碰到难产，死了大人或小孩，她也非常悲伤，就不想给人接生了。可是经不住人家请，还是干了许多年。她接生了许多孩子，所以附近的人都非常尊敬附宝。附宝待人热心，孩子们都看在眼里、记在心上。

六岁的土儿已经开始在家看孩子，到地里劳动了，干一些点籽儿、除草的活。有一年，少典出去打猎，带回了一只小狗崽，少典就让土儿把它养了起来。小狗一点一点长大了，就成了这个家的看家狗。土儿小时候也非常顽皮，和附近的孩子一起玩耍，是一帮小孩子们的头儿。这个黄瘦的孩子，爬树采野果、掏鸟窝很有本领，孩子们都很佩服他。不管是捉迷藏还是打土仗，他都非常勇敢。因为长得瘦，大家给他起了个外号叫"干巴狼"。土儿有一股子狠劲儿，两伙孩子打土战，就是用田里的土坷垃对打，一方冲上去占领了对方的阵地就取胜了。他领着小伙伴准备了许多土坷垃，先埋伏在田埂下，然后向对方进攻。先是远距离互相投土坷垃，在对方冲过来时，别的小伙伴害怕，都往后跑，这土儿却迎着对方不停投土坷垃，躲躲闪闪，就是不逃跑。他把大的土块拿在手里，当对方的领头孩子冲上来时，他突然把土块投出去，打在对方的头上，打痛了对方孩子，那孩子哇的一声哭了，游戏就散了。土儿的一方得胜了，往往回家让少典一顿骂。

在土儿八岁的时候，家里有了五个孩子。这年收成好，少典和附宝带着一家人回了一趟故乡，这是他们离开故乡八年多后第一次回去。秋天，他们把庄稼赶紧收了，请邻居看家，他们牵了两头牛，驮着三个分别装在筐里的孩子和干粮就上路了。土儿一路拉着牛和父母徒步走，沿着他们离开家乡的路，日行夜宿五天到了故乡。他们得到了故乡亲人们的欢迎。在那里土儿看到了爷爷、奶奶，他们都五十多岁了，看到了叔叔们和他们的孩子。爷爷除了种田以外，还是那一带有名的木匠、石匠，能伐树、搭桥、建房、做牲口棚圈。土儿和故乡的小孩儿很快就混熟了，小朋友带他到黄河边玩，他第一次看到了浩浩荡荡的黄河。待了十多天，惦记家里的活计，他们就往回返了。爷爷为他们打了一架爬犁。孩子们临走的时候，爷爷给每一个孩子送了件玩具，他给土儿做了一把木头刀。土儿从老家回来以后，他拿着这把木头刀在小伙伴面前好一顿炫耀，他还向小伙伴讲了黄河的样子。

土儿十岁的时候，冬日里的一天，随爹去狩猎。他们在离家不远的一处田地边狩猎野猪。夏天，野猪都钻到树林里吃野草。到了冬天，它们会到农田里找掉落的粮食吃，这正好是狩猎野猪的好机会。少典约了几个族人一起去到田边寻找野猪的脚印，然后沿着踪迹找野猪。他们在一个山沟里看到了野猪，少典把火种交给土儿，让他爬到一棵树上。大人冲上去打到一头大野猪。其他的野猪就在土儿藏身的树下跑了。少典呼土儿过去，大家围在一起，把野猪肉切成小块，升起火烤着吃了一些。少典问土儿，从土儿藏身的树下跑过多少野猪。土儿只说出有大猪、有小猪，没有说出具体的数。少典说土儿该学一学计算了。回到家中，少典给土儿看一块木板，上面有许多用尖锐石头划出的图案，这就是有熊氏家族的记事符号。少典指着一排小划线让土儿伸出手指说："这是表示一二三四五六七八九十的符号。"少典指着那些表示数的符号告诉土儿。少典让土儿记住上面的符号都对应什么东西。几天后，土儿在一块木片上刻下了"大猪五小猪十"。父亲赞扬了他，从此，土儿开始和父亲学习符号和计算。有一天，父亲给他看了一个长条木板，上面横竖刻着线条，横有九条，竖有二十条。每一个交叉点上是一个小眼。少典说这个木板可以表示任何数，进行计算加减。父亲给他演示了几个计算，土儿感到很好奇。"这叫什么呢？"少典说叫"算板"。这块木板是娘给大家盛饭的盘子的反面，反过来就是算板。后来大家管这个叫"算盘"了。有时候，父子俩也划下只有他们自己懂的符号。

又有两年过去了，土儿能给族里刻记事符号了。这年，土儿十岁了。他也给族里的孩子讲刻符和计数，他们把这当成游戏。

少典和附宝家在这儿过了十几年风调雨顺的日子。后来，老天爷不知怎么了，土儿十一岁的时候，天气突然不好了。开始有一年是大旱，春夏连旱，土地都旱得冒烟了，人们设坛向老天爷祈祷，也没有下雨。夏末有点雨也误了农时，种了一点晚庄稼，荞麦什么的，这一年算白忙了。大家都靠存粮和渔猎度日。天旱，野草少，野兽也少；河水浅，鱼也少。少典家不得不在青黄不接的时候先后杀了两头牛，顶替粮食度过荒年。

可是接下的一年又是荒年，春天旱，夏天涝，土地的收成很少。连着两年的灾害，许多家庭已经没米下锅了，大家开始张罗逃荒了，有的人家已经走了。少典和附宝这时已经是八口之家了，已经开始吃野菜和树叶了。要保住家业，不杀掉余下的牛，为了大家都能生存下去，少典和附宝坚持不去逃荒。这里有他们开垦的土地呀！也许下一年会好起来，他们用期望鼓舞家人。他们把粮食算计了又算计，每天都吃不饱。入秋，少典就开始带两个大一点的孩子去打鱼、打猎，可是很少能打到猎物了。大人愁啊！孩子们饿得一个个皮包骨头了，整天躺在炕上，无精打采。这个冬天怎么过呀！

第六章 黄帝的故事

有一部分族人出去了，到外边打食了。有的人家往更远的北方去了。有的人家开始回老家了，或者是到无灾的地方去讨饭了。

少典一家坚持着，一个意外打乱了他们的生活。有一天，土儿的大弟弟风儿不见了！风儿十岁了，一人出去，十多日也不见这孩子的踪影。风儿也是个淘小子，哪儿去了呢？临离开家他带走了一点干粮，一块干肉。他们只好请了巫师来给算卦。巫师来了，问了风儿的生辰年月和家里亲戚的一些情况。巫师就开始敲着牛扇骨，念念叨叨："风儿风儿听端详，你是娘的好儿郎。你到哪儿去猫藏，爹娘想你想断肠。快快告诉向何方，什么地方吃米粮。"一会儿又说："老天爷在天上，保佑外出小儿郎，外边苦痛娘知道，孩子一定没饿荒。"娘就问巫师："风儿向哪个方向去了呢？"巫师说："你这个孩子，得到贵人的帮助，步步奔西南了。"西南是个什么地方呢？附宝想，是不是跑回老家去了？因为前年他们去回老家的时候，看到爷爷奶奶他们的日子都挺好。这里吃不饱饭，是不是孩子想到那儿去能吃饱饭呢？这时候土儿说："弟弟跟我打听过老家的地址，我没在意，我去找找他吧？也回老家讨口饭吃。"附宝和少典商量了一下。就由附宝带一帮孩子回趟老家，一是找一找风儿，再一个也出去打食。商量如果顺利的话就在那儿待到来年开春再回来，熬过这个冬天。到了春天，地里长出野菜，就好过一些了。附宝带五个孩子回老家一趟，他们驾一头牛拉爬犁，土儿赶着牛，载着小孩子走了五天，回到了故乡。风儿果然是回到老家，这孩子一路吃了很多的苦头，讨饭走到了老家。

回到老家，爷爷在房里修了一个北炕，附宝领一帮孩子住下了。爷爷家的粮食也不太富余，几个叔叔也给了一些粮食，让孩子们吃饱了饭，度过这个冰凌垂檐的冬天。春风吹来，门前的柳树发芽的时候，附宝带孩子们要回去了。附宝和老人商量一下，把土儿留下来跟爷爷学木匠，附宝带其他的孩子回了家。这年，土儿已经十二岁了。土儿是爷爷的大孙子。土儿跟着爷爷干地里的活儿、渔猎的活儿、木匠的活儿、石匠的活儿，总之为了生计，他什么都跟着爷爷干。

爷爷的木匠、石匠手艺好，在家乡一带搭桥、建房，是远近闻名的人。爷爷会筹划计算，他会依据人们的要求平整好土地、用料。爷爷要进行一些计算，画图，土儿也跟着爷爷学习筹划。爷爷从基本的算术教土儿。建房主要是定朝向，找水平。盖房子的时候要整理地基，筹划土、木、石料；伐来木头，开来石头，每一块料都要按尺寸修整。在平整地基的时候，爷爷会拿出一个"尺杆子"，在准备盖房子的地方，立两个木杆观察太阳的投影。从哪个方向照过来房子冬天会有阳光，确定房子的朝向，还要考虑和左邻右舍、前后邻居的关系，选择好了地基。要根据这个家庭的要求，确定要盖房子的大小。然后在筹划的地上，用草木灰划出房子地基的轮廓。在四角钉上木桩，在房基的轮廓线上挖出浅沟，灌上水，等水平静了，在四个木桩上刻上水位线，就找平了，称为"水平"。利用水平线在确定的房基轮廓线上放上平整的柱脚石。

　　土儿的爷爷会选通直粗大的木头做房梁，选直而粗的做柱子，选合适的木头做檩子和椽子。一栋房子的木料，土儿的爷爷会筹划好，用麻绳粘上锅底灰给木头划上记号。按照筹划备好料，选好吉日，房主请村里各家的壮劳力来，一天之内立起房架子，打好土墙。土儿看到爷爷像指挥官，呼喊着口号，让大家用叉杆、绳子把房架子立起来。然后他指挥大家上檩子、上椽子、上房笆，一栋房子就成型了。人们接着垒土砌墙。土儿的爷爷就领人做门窗，墙修好了，门窗框立上，木匠赶紧做门扇、窗扇。几天时间房子就盖好了。土儿的爷爷手艺好，附近村庄的很多人家都来找爷爷做门扇、窗扇。这是个细活儿，要选松木、杉木来做，经得住风雨，不走样。细活儿尺寸要求得严，土儿的爷爷也有一些计算的办法。他有一个古老的算板，爷爷也把计算的方法教给了土儿。土儿也跟着算，他记下一些计算口诀，也学会了一些筹划的方法。

　　土儿的爷爷会画许多符号，有些是家族几代传下来的，大家都懂得。有些是爷爷自创的，只有土儿能看懂这些符号。

　　土儿的爷爷有时带一帮人到树林里去选材伐树。一般都选在冬天，农闲的时候。要走很远的路，到山里放树的时候，有很多技巧。要认识树，能做什么材料，要做房架子就选松树、杉树。还要依用途选不同的粗细。选好了树，用石斧砍、用绳锯来割。绳锯是用粗麻绳浸上牛皮胶，粘上沙子，来锯木头。两人各拉一头，锯一会儿就再粘一下沙子。锯下来的木头放在爬犁上用牛拉着，把木头运回来。备好料放一年，让木材干一干，然后才开始做房架子。

　　土儿在爷爷家生活了三年，白天和爷爷干活儿，晚上听奶奶讲一些神话、鬼怪故事。奶奶给土儿讲了盘古开天、女娲造人、伏羲耕种、燧人氏取天火的事，他都记在了心上。

　　三年后，黄土十五岁了。有一天，传来了爷爷的一个儿子阵亡的消息。爷爷很悲伤，病倒了，再也没有起来。家里请了巫医，又是喝药、又是跳神、还愿，还是没有好。爷爷躺了三个月，安静地咽气了。土儿和请来的木匠一起为爷爷做了一副棺材，埋葬了爷爷。爷爷给土儿留下了一套木匠家什。

第六章 黄帝的故事

土儿赶爬犁拉奶奶回了家，附宝对婆婆非常孝心，奶奶就不想回老家了，就在大儿子少典这儿住下了。少典在房子东侧接了三间房给奶奶和孩子们住。后来，叔叔把奶奶的房产换了六头牛，给少典家赶来了。

土儿十五岁了，能帮着爸爸干地里的许多活儿。家里的一些木工活儿，邻里的一些木工活儿，他都能做一些，即使他还不是一个成手木匠。这几年，年头又好了。地还是那些地，修了水渠，装了水车，种的庄稼样数多了，养的牲畜多了，抗灾能力也大了。

过了几年，土儿抽丁在外的时候奶奶死了。少典把母亲的灵柩运回了老家，和父亲并骨了。

土儿成年的时候，少典家已经是一大家子人了，土儿以下有五个孩子。房子也大了，牛也发展到十几条了，还养了猪、鸡、狗等家畜。生活也改善了，一年劳作下来也有了余粮。

在土儿十六岁时家里出了件事。原来他们刚来开垦土地时，荒地很多，没有人计较土地的边界。而十几年后，土儿家周围的土地都已经开垦了。在他家后山坡上，又有一家人开垦了一片荒，地边儿就和土儿家的接上了，经常有纷争。这一家叫靠山氏，是族长的亲戚，投奔族长来到这里的。这一家虽然是后来的，但是家里成年的兄弟多，在这一带非常豪横，欺负乡邻。秋天的时候，有时偷别人的庄稼，有时拿别人家陷阱里面的猎物。有一次，少典带着土儿、凤儿、木儿和狗去巡查陷阱，看到陷阱里一头鹿已经被人肢解，拿走皮子和肉了，只剩下一个头和一副骨架子，陷阱明显有野兽陷落的痕迹。拿别人逮到的猎物，这是族规里不允许的。他们就顺着血迹和脚印找到了偷拿猎物的人家，正是靠山氏家。他们上门去讨要，结果看到吃剩的肉、皮子还挂在屋里。但是他们不承认是拿了少典家的猎物。少典找到族长。族长问明情况就找靠山氏家说："拿了少典家的猎物应当归还，把剩下的肉皮给少典家吧。"

靠山氏家不同意。他们说："族长你去实地看看吧，不是我们偷拿的。"

族长带着双方到陷阱那边去看。先到少典家的陷阱边看，先前的骨头已经被野兽拖走了，但还有些痕迹。

靠山氏家说："我们也设了陷阱，是我们逮到的猎物。"带大家来到靠山氏家的陷阱那儿，一看也有捕到过猎物的痕迹，但是没有血迹。是呀，这就犯难了，族长也断不了谁家的陷阱捕到猎物了。

这时土儿冲到前面说："一头鹿只有一副角，你们捕的鹿角在吗？"因为野兽吃骨头但是不吃鹿角。

族长说:"那你们少典家的鹿角在吗?"土儿从自家陷阱边上,挖出了一副鹿角。原来上次查陷阱时,他们看到鹿头和骨头还在,就砍下鹿角埋在那儿了,把鹿头带回家了。这样族长一看,认定是少典家捕获的猎物,让靠山氏家赔土儿家的猎物,靠山氏家自然是不愿意的,土儿家就拿回来一部分肉和皮子。从此族里有了新规,猎到野兽要把动物的头割走,才能证明是谁家捕到的猎物,所以就有了把猎物的头挂在屋里的习惯。大家对土儿小小年纪就能这样智慧都挺佩服。

迁徙到达土山来,土儿的娘生了九个孩子,其中两个死在月子里了,都是"产后风"。一个女孩儿七八岁时死于"热病"。那时生了小孩儿,十个能存活七八个就不少了。"产后风、血崩、难产"这些被认为是没办法的事儿。俗语说"七天风八天扔",就是产后第七天开始抽风、发烧、不吃奶、呕吐,不出一天新生儿就会死了。

有一个刚生的孩子死了,那时候土儿已经记事了。娘无助地看着丈夫把死去的孩子放到铺在地下的草上,然后用草裹上小孩儿的尸体,用草捆上三道绕儿。父亲少典抱着草捆里的孩子,慢慢地走出家门,到离家不远的地方,扔在那里。几天后土儿去看过,那里只剩下几缕枯草。

那个得热病的孩子死的时候,土儿已经十几岁了。土儿一个名叫叶子的妹妹已经六岁了,咳嗽发烧。她一会儿喊冷,一会儿喊热。喊冷的时候打哆嗦,喊热的时候把衣服都脱了。娘让她多喝水,一会儿给热水,一会儿给凉水。叶子夜里开始说胡话、抽风了。叶子含含糊糊地喊:"娘、爹、哥哥,我怕,有狼撵我!"又一会儿娘,一会儿爹,一会儿哥地叫。少典请来了巫医,这巫医会治病也会跳大神。看了看小女孩儿,跟少典和附宝说:"这是虚实兼有的病。实证是外感时疫,风邪犯肺,营气失衡,寒热往来需要发汗治疗。这虚证是邪气乘实疫而入,怕是冲到后山的黄狐大仙了,可以祈祷去送一送,让黄狐大仙放过孩子。"巫医让他们到山坡上去采地丁、麻黄草、桔梗和蒲公英根,用水熬了给叶子喝。叶子喝了半木碗,又吐了出来。又折腾了两个时辰,叶子已经不动了,在那儿时大时小地喘着气。过了一会儿,叶子昏迷了,烧还是没退。巫医提出拿一只公鸡到后山坡放一下血,让黄狐大仙把鸡的灵魂带走,也许叶子会有救了。于是拿上石刀抓了一只红公鸡,巫医在叶子的头上叨咕了一通,口中念念有词说:"天灵灵地灵灵,天神助我驱邪妖,一只公鸡一个灵,去到西天送神灵,可怜女儿小叶子,娲娘是你守护神。渡过劫难重设坛,感谢天神保平安。"巫医就抓着公鸡到后山坡，把公鸡断了头，扔了出去。鸡在挣扎，血在四处飞溅。巫医高叫："天灵灵地灵灵，北山黄狐大仙听端详，这只公鸡是活灵，带走不要再回来！"

等到巫医返回的时候，叶子已经咽气了。娘把平时叶子的小玩具，几块穿在一起的小骨头挂在叶子的脖子上；几个桃核、杏核放在叶子的手里。少典用一块鹿皮把孩子的尸体包上，放在一个柳条编的长条形筐里，就送到后山去了。在那儿用一些野草、树枝把尸体烧了。土儿看到妹妹在火烧着的时候坐了起来，挥舞着手臂，把桃核、杏核扔了很远。火大了，叶子再也没有动。这是当地的习俗，凡是未婚嫁的大一点的孩子，人死了都用火烧一烧，就算是葬了，并不埋坟头。这送别亲人的活动，在土儿的记忆里永远也抹不去。

后来，达土山的山坡上长了桃树和杏树，土儿一直跟别人说是叶子撒的桃核、杏核。以后，大家把桃木当成驱鬼、辟邪的东西，把杏树和医药联系起来了。据说桃仁、杏仁都有止咳平喘的作用呢！

这送别妹妹的过程在土儿的记忆里永远也忘不掉，娘和爹悲伤的样子，家人无助的哭泣声，土儿曾在梦里惊醒过。

待土儿十六岁的时候，到了抽丁的年龄。凡是家有两个以上十六到四十岁的男子，都要参加抽丁，在族群有战争的时候参加征战，称为"出丁"。抽签时拿来一个盆子放上谷子，把一根根有记号的木棒插在里面，从上面看不到记号。每个人去抽签，抽出符号"丁"的就算出丁了。如果一家人抽出一个，则第二个家人不再抽，一家人可以互替。余下的人继续抽，满足了整个族群的出丁数为止。

出过丁的人不再出丁，每次出丁为四年。抽丁每年冬天一次，排出顺位出丁。少典在抽丁的时候抽中了，土儿没有抽中。土儿看到爹已经是近四十岁的人了，腿脚又不灵活，要出去打仗也有死伤的危险，土儿就要替爹去出丁。考虑到家中农活和养活一家子人，只好让土儿出丁了。

这一年，有北族犯边，邦族大王召集军队去征讨。土儿自己准备了石斧、木刺和盾牌，母亲又给他做了保温的皮衣、皮鞋，土儿参加了北华族军队。大王风英见他瘦弱但机灵，就把他留在身边，让他传令和呼号令。大王听说他叫土儿，就说："土儿不响亮，本王赐给你一个新名字。"就在土儿的前面给加了个"黄"字。土儿的名字成了"黄土"了。这个小兵以他高亢洪亮的声音和机敏的身手成了大王身边的传令兵。

第六章 黄帝的故事

133

二、黄帝青年英雄

北边的渤海邦族称东夷，也是华族的支脉。百多年久与北漠人互市、通婚，已经染上了北方人的性格，豪强凶悍。生产以耕种、狩猎和游牧间杂。每年到冬天的时候，他们都会结队到中原来，用皮张、干肉换粮食、麻布、木器、陶器等。年景好时互市都平安过日子。一旦北方出灾年，饥民就会聚集在一起到南边来抢牛羊、粮食，免不了伤人、毁物。他们会驾一种鹿拉的爬犁，装上抢来的东西迅速地跑了。这一年夏天，他们又来犯境，杀死几个族人，闹得族人恐慌不已。

北华邦族大王风英决定要惩治东夷来的强盗，就竖起旌旗招兵，要去讨伐渤海邦族。王城聚集了三万大军，目标是攻下渤海族的王城，捉拿他们的大王，让他们赔偿损失，不再来犯。大王风英招臣将商议出兵之策。有老臣原鸿说："这些东夷强盗能纠集在一起，一定是他们的大王默许才能这样猖狂。我发大兵征讨，一定会大胜而归。但是只讨伐边民，不是长远之事，来年他们又会聚集在一起犯我边境。此次可以采取边进军、边谈判的方法，一边把侵犯我们的边民抓起来，一边派人去和他们的大王讲理。不然他们知道消息，有了准备，跑远了，他们的大王又要赖账。"

大王风英认为可以这样办，说："进军由本王压阵。那去渤海谈判一事，派谁去呢？"大家面面相觑。大王风英说："那就请老大臣原鸿走一趟吧。"近日原鸿的老娘卧病在床了，正在病重之际，原鸿怕母亲担心，不太愿意去。原鸿有两个儿子都在大王手下为将，一个叫大鸿、一个叫飞鸿。而且北族人不讲人性，往往有扣押、残害来使的恶习。原鸿眉头一皱，又展开了说："大王命我去，我一定把事情办好，让他们用牲畜赔偿我方损失，解救回被他们抓走的族人。但兵锋未举，我不好出使。对不讲道理的东夷，要先兵后礼，对讲道理的可先礼后兵也。"大王同意先进军渤海邦族地界。原鸿的儿子要代替父亲出使，大王和原鸿没有同意，因为他们是武官，官职也低，不适合做使臣。

于是选一吉日，向天祈祷后，大王风英率领三万大军，向北进军。只用了一天的工夫就攻克了一处边城，抓住一百多参与进犯华族的人，并且解救了被俘掠的族人。并未杀伤多少军士，为谈判做准备，在渤海境内二十里安营扎寨等待消息。这边原鸿准备动身，大王风英派了几个随从。原鸿见黄土机灵就提出让黄土

第六章 黄帝的故事

跟班，大王风英同意了。一行人日行夜宿，五天到了兴水城。东夷邦族大王古山氏，坐在虎皮墩子上。早有族人来报，北华军队犯境，杀伤不少军士，夺回了被扣押的人犯，扣押了渤海族军士一百多人，提出赔偿、讨要以前抢掠的财物。见到原鸿一行到来，大王古山氏大呼："绑了！"把所有来人五花大绑了。原鸿一点儿也不惧怕，黄土倒是吓得不轻，他哪里见过这阵势，竟嘤嘤地哭了。原鸿见状上去踢了他一脚喊道："小儿无惧！大丈夫要敢受屈辱！"这古山氏以为黄土是原鸿的儿子。押出来人，渤海邦大臣仲甲对古山氏说："大王，南族犯境，只为前日我族人有不听大王管束的，私下抢掠，结下怨恨。我方也有军士被杀，被抓了。还是赶快竖起征召大旗，让各族抽丁来勤王，我大军南征把他们打败救出军士最为紧要也。"

大王古山氏听言后说："召集军队需要时日，先拖延一下他们也好。"

仲甲说："扣下这些人不放，那边一定会大举来犯。不若这样，把原鸿扣下，让其他人回去传话，说我正商量赔偿一事。"

大王古山氏说可以。于是就把除了原鸿外的其他人都放了。这原鸿无一点儿惧色，大义凛然地说："大王，我们边界相接，唇齿相依，边民互市，两方受益。不想你方常有不听王命之人，抢掠我方族人，稍有反抗就烧杀抢掠，谋财害命。我族人痛苦不已，我大王出兵是迫于无奈。本次北征，我王意在惩罚罪犯，要求贵大王治理犯我边境之恶人，并就损失给予赔偿，并无侵夺渤海疆土之意。特派我出使谈判。至于先兵后礼，是早前我方一有行动，恶人就闻风而逃，无法缉拿，因此先行进军了。"

原鸿又说："近来闻渤海邦之北有不通汉语之异族北漠，虎视贵邦疆土。今我北华族土地广大，人口繁多。渤海与北华有血脉关系，足可以成互帮关系。如敌侵略渤海或北华族时必定相助。"

大王古山氏不语。臣仲甲说："我边民犯境并未查实，待十几日，我方查清了再与北华方商量可也。待我方搞清，再行处理。大臣先留下，其他人回去传消息可也。"

大王古山氏厉声说："这次你大军已入我境。实在是强盗行为，我不杀你等，以示宽大了！"

原鸿说："我大王先进军、越边境是怕有罪之人闻风而逃了，所以先行攻打了有罪之族，并未杀伤多人。我这次来兴水城见大王，实在是传我大王风英好意。我认为贵大王不会为难我方。况且，我大王有言在先，如果扣来使，兵锋将直达

135

你们王城，只三五日便到。你到兵临城下时就后悔不及了。再有，我高堂老母有病在身，盼儿早归，如扣下我，如害我母也。我不惧死，唯恐不孝也。"

大王沉吟。大臣仲甲附古山氏耳畔说："原鸿其人仗义，有孝心。为履王命而来，不避凶险。其母有疾，不应扣下他。来时他呼手下小儿，可能是他儿子，我们扣下他儿子也可以震慑他们。"

于是提出扣下黄土代替原鸿。原鸿一听要扣手下从人，坚持不肯，力争放人。而此时黄土大呼："愿为质也！当替老父和大王尽使者之职也！"黄土冒充原鸿的儿子应了下来。

原鸿抚黄土头，一时泪下，嘱咐说："好生休息，待来日复见。"就带一行人回去了。

回见大王风英，说黄土被押为人质，风英非常惦记。说渤海邦有商量余地，也信以为真。大王风英也不想大动干戈，杀戮太重，结仇也不是上策。

那边渤海族立起招军大旗，要集三万军兵各带刺棒、石斧、石刀准备杀向南方。

北华这边正焦急着，三日后，黄土忽然跑了回来。大王在舍下听他一席话，撤回了几万兵，平息了一场战争。

黄土说："我知大王急等消息，日夜急行少睡，五日行程三日就到了。"他接着回忆，在渤海族的地方押在大王府中，并不为难，没有收监，在府中可进出。有一天在院中无聊，以石子打鸟，击中几只鸟。被古山氏长子古冲看到了说："好身手"。那古冲也是十五六岁的孩子，非常天真。他们一起在府中玩，又引黄土到外边玩。野地里两个人抓驯鹿骑；一会儿上树掏鸟窝；一会儿抓鸣虫编虫笼。一日下来竟成了朋友。晚间，古冲约他一起吃饭，席间古山氏也在，见两个青年如此亲密，想儿离父母一定心情不好。这黄土吃了很少的肉，就停手住口了。古冲说："明天赶爬犁送黄土回去。"古山氏不语。

第二天，古冲并没有驾爬犁送他。只是给了他一包肉食说："两族正在冲突，大军已开始集中，如送黄土恐怕动摇军心"。让黄土自行方便，实有暗送的意思。黄土不肯暗回，恐误王命。古冲低声说："我王正调集军队，怕要打起来了！你留在这儿有危险也。"黄土坚持要见古山氏，古冲就领着他去见了大王。古山氏坐在虎皮墩看两个青年在一起，有怜爱之心。

黄土说："大王，今我为质，实为质你一百人相当。放我回去，我劝放一百人回。一抵百，你看有何不可？但条件是你要赔偿我邦损失，才算诚意也！"

大臣仲甲听了说："黄土的话有大道理。如兵锋对决，死伤必多。会结下世

第六章 黄帝的故事

代仇恨，息兵还是对也。只是不知华族要多少赔偿。"仲甲说愿前去商量，就放了黄土回去，仲甲随后就到。

古山派人送黄土乘爬犁回到风英大王的营帐。这里话音刚落，传仲甲已到。双方商量，以物抵命、抵伤。南北随后加强边界管理，释放了扣押的军士，各自弹压不让族人互扰。北华大军退出渤海族领地，于是避免了一场战争。

华族大王风英很满意，大臣原鸿也说黄土青年英雄。真是命来小儿强啊！命也就是机会。机会来了，驾驭了机会就成了英雄。机会来了，错失了机会那就还是平民俗子。黄土少小离家，在大王风英舍下，以自己的聪明机智尽显了英雄气概。

后一年秋冬时节，渤海邦族受北漠族南侵，找北华族援助，大将大鸿受王命率一万军前去支援，黄土以监军的身份被大王风英授予重要使命。因为在北华族人的南边，近些年兴起两个华族血脉的邦族。他们是炎帝统领下的西华族和蚩尤统领的南华族。这两邦族人经常有摩擦，双方都来拉拢北华族。大王风英告诉黄土，此去援助北方要广结友好，安定北疆，如我邦有什么战事，也许需要借助他们的力量。受此大任，黄土和大鸿前去渤海邦。行军五天就到了渤海邦王城，大王古山氏驻地兴水城。古山氏在王舍招待黄土和大鸿，大臣、将领都参加了。在大王古山氏的舍下，黄土见到了古冲，两个人会意地拉拉手。古山氏的儿子古冲这时已是一员战将了，再次见面，两个人都很开心。大王古山见大鸿、黄土到来，立即从虎皮墩儿上起来，双方行揖礼，让两位援军头领坐下，又让侍者摆上肉食款待他们。吃着肉食，大王古山氏说："我渤海邦是华族支脉，虽然已经分支百十年但话语相通，我们两邦互市多年，民间许多风俗都相近。从北华那儿也传来一些先进的耕作方法。这几年风调雨顺，田产、畜产都很好。怎奈我邦北边近年有夷族和我语言不通，只食肉类，民风凶悍。每有荒年就来我处抢掠。给粮食、肉食则无害，稍有不满就打杀我族人，抢掠妇女。被迫之下我举兵清剿，先胜了他们，后又败了。他们占了我五族之地，已近渤海。早年贵邦大臣原鸿曾有言，同为华族，如有外族犯我领地，我两邦相互支援。今天大王风英派二位来助战，我们非常感激。"

将大鸿说："我们受大王风英派遣来贵族助战，一定全力出击，帮贵族打败北漠族，共保渤海平安。"

臣黄土说："我军远来，还不知敌方情况。愿大王细说一下敌我两方情况。"

大王古山氏让大将古冲把两方的情况说一说。古冲说："感谢两位率大军来支援。一路行军很是劳苦，是否先让来使休息一下，我到军营去再谈也？"大王古山氏同意了，说："请来使臣先休息。"大鸿、黄土率军刚住下，有通报古冲大将来访，忙接入帐里，命摆好皮垫子，坐下后，又拿出肉干、炒米来款待。古冲并没有吃一口，急切地说："在这里可以说了。现在我们和北漠之间战了几个回合，军士死伤很多，已经有了惧怕情绪，所以不便在王舍公开一些事情。前几个月，已向对方求和，划出五族土地给夷族。原以为人随地移，不想，北漠族把我族人全数驱赶，侵夺了田土。这些人离乡背井生活十分艰苦。所以我父，大王古山氏决定组织大军把失地夺回来。无奈对方人多势众，我邦兵力不足，特请贵邦发兵来帮助。实情告诉你们，对方有近十万军士。我方全部发动起来也就六万之众。今二位率一万兵来。我大王古山氏有些担心，怕是敌不过北漠军。我特意单独来讲实情，请二位出出主意也。"

将大鸿说："我军虽然一万军，但训练有术，足可当十万军也。怕他北漠什么？明日出战一定胜之！"

黄土忙接过大鸿的话说："我和大鸿将军率大军前来，是选了精兵强将，足以敌十万之众也。敌方不知我来多少人，对外可以说来军十万，此为先锋也。我可以多设旌旗摆出队形，敌方远看，也一定吓他们不轻。况且，战场上用谋略也可以胜他们。常言道'兵在精不在众，将在谋不在勇'也。请问敌、我方各有何特点也？"

古冲说："我现在已经打了几仗，北漠军常用方法就是一开战便漫山遍野的杀来，并没有什么队形。我方队伍杀去也是大家一起出击，和他们差不多，混战一场，双方死亡很多。其中一方坚持不住败下来，就算一战的输赢了。"并说："北漠和我邦语言不通，通话全靠中间人翻译，才能明白意思。他们的大将叫猛达汗，凶恶得很。驱兵杀戮我族人，没有一点儿人性，大家都惧怕他。"

黄土说："我们要了解他们的情况，经一战阵再说吧。"

古冲告辞回去。过了一天，渤海王在舍内商议夺回失地一事，黄土和大鸿也在座。古冲说："大王，可先差一个善言的大臣去和夷族交涉，有北华族援军已到，如他能识天威，交还五族土地，我可不发兵了，如不然就要杀到北漠王城让他割地赔偿。"

大王古山氏说："可也，派谁去也？"

下方群臣中有午炳愿往。古山氏说："午炳是我谋略之臣，可以胜任，另派译员军士前往。"

黄土说："如果方便，我也可以充当随员前往，看他风土人情及山川水系，为日后进军做准备。"

大王古山氏说："华族果然英雄多也，黄土大臣可伴随前去。但猛达汗人特别凶恶，你一行一定不要过于刺激他，如谈好了则罢，如谈不好赶紧脱身回来。"

第二天，大臣午炳、黄土及译员、军士十人，赶两个三鹿爬犁一路向北急行。这爬犁是用两根长杆上架木框，由三头驯鹿拉着，在草地、沼泽、沙漠日行二百里。

天时已深秋，冬天就要到了，这是北方邦国最喜争斗的季节。爬犁在茂盛的荒草上飞奔。离开渤海部疆域进入了北漠土地，双方互市踏出的路弯弯曲曲。日行夜宿三日，到了北漠王城崇京。期间，在路上虽然与北漠人语言不通，但北漠民众还是很热情。他们逐水草而居，夏天高地放牧，冬季转到平原驻扎。住的都是易于搬迁的牛皮毛毡围起的毡房，围成圆柱状，上面有一个半圆的顶。译员说这种毡房叫"奶包"，也叫"包"。黄土一路上问到许多人情世故，山野、道路、河流情况，他都一一记在心上，在一个小木片上刻下符号。

第三天下午，这一行人到了夷族王城崇京。王城就是许多大包散布在草原上。比较集中一些，没有在寨栅围壕。每家都养了许多条狗，据说这些狗也能上战场。这中间有一个最大的包，就是北漠王孟达汗的王舍了。译员向北漠王部下通报了这些渤海邦来使，被兵士引进了包内。

北漠王猛达汗从垫子上起来，和午炳、黄土一行人打招呼。然后，让来人都坐在铺着兽皮的地上。给每人敬上奶茶和烤羊肉。待互相客气一番后，午炳就把渤海大王古山氏送给北漠王猛达汗的礼品——麦子和鱼干奉上。午炳开口说："我受大王古山氏派遣，三日行程来到贵舍下，特为前年被贵大王侵占的五族之地而来。前年战事，我大王让出五族之地，不想贵大王属下把五族地面上我邦族人尽数赶走。其中有十数人不愿意离开自己开垦的土地，被贵方兵士打死、打伤。这些离乡背井之族人回到内地无依无靠，生活非常困难，沦落为灾民。我大王对你方不守信誉之行为非常恼火，特邀北华大王风英派十万军来助我，夺回失地。希望大王看在五族流离失所之民众身上，看在我两华族大王之要求上，退还五族之地，我与贵方还是友邦互睦，大家共享天下。如果不然……"

北漠大王猛达汗厉声问："不然又怎么样？"

午炳也厉声回答道："如果不然，我将发两邦大军踏平北漠。大军所到，烽火狼烟，血流成河。岂不后悔不及也！"

北漠大王反击道："我本不想起兵，你族人不喜欢北方生活，愿意南去。顺他们吧，又反诬我加害。今日起，我将发兵南进，将士奋勇，将你联军打败，狼哭鬼嚎，尸横遍野。我将要向大海方向再割你五个族地！我要到渤海边去放牧牛羊！"

第六章 黄帝的故事

双方不欢而散。渤海使者再次求见不得。北漠王送渤海王羊肉干一袋为回礼，并说十日后与渤海、北华队伍交战。

回程上，黄土让译员问夷族牧人，谎说要到渤海边巡视，回渤海国是否有近海的路线？牧人指了一条经海边的路。路程较来时向东偏出，二日到了海边，又四日回到王城兴水城，向大王说明情况。说对方野心实在很大，要侵夺海边五族之地。大王古山氏说："看来大战难免了！我即刻发兵也！"

双方都行动起来了。北漠王五日后听哨兵报告，华族兵已侵入五族之地，正向王城进发。北漠王问哨探，敌方有多少兵士。哨兵说："两族旗号各有五万众。"北漠王猛达汗让大将额先召集十二万大军，阻击华族军队。北漠族召集的十二万人，已是三丁抽一了，好在兵器都是平时狩猎的家什，一呼就可以起兵了。

北漠王猛达汗召大将额先来大包面授机宜。

华族大军已深入北漠族地界两日路程。前方报告有北漠大军截住前进道路，两军在一处叫那木司的地方列成阵势。

早晨，太阳升起，有一竿子高，正是辰时。联军主将渤海大将古冲和北华大将大鸿站在阵前，联军以二龙戏珠阵迎北漠额先的群狼阵。此二龙戏珠阵，采龙腾云汉之态，分列两翼呈翻云吐雾状，旌旗猎猎，战鼓雷鸣。观北漠大军漫山遍野似狼群丛集，一族一小群，呈现狼牙交错状，人呼犬吠，声浪阵阵。

额先高声呼叫："华族人听着，我奉大王猛达汗派遣，领十二万大军，战之必胜！赶紧弃兵器，倒旗帜，饶你众军士一命！"

古冲大将也高呼："老天助威，保佑我夺回族人领地，攻之必克！"

北漠军放出恶犬扑来。华族军在龙珠里突然冲出许多火牛。狗见烟火前牛角突出，吓得夹尾逃回。火牛大进，后随大军，似龙爪扑食，冲乱了北漠狼群阵。双方主将令旗一举，战鼓急敲。将士个个争先，互相击打。石斧对石锤，长刺对木棒。一时只杀得天昏地暗。从辰时到申时，从太阳初起到日落，一波一波冲锋，一波一波退去，至晚，双方都没有取胜。晚间，各回营造饭息战。

次日，两军重新布阵。又是辰时，北漠军先向华族军阵杀来。北漠仍是漫山遍野，以大水漫堤一样冲来。华族军按兵不动，以"石破天惊"阵迎敌。待北漠军进到投石军射程，突然飞石从阵中打来，前面一排北漠军非死即伤。北军暂退，华族军并不追赶。待北军再来，华族军仍以石破天惊阵抗击。三冲不进，已到下午时分。北漠大将额先举开山石斧率先冲击，不避石雨。待冲上前来，华族军已先退去，北漠大军似狂风卷地一样紧追不舍，一气追了十余里，人已疲乏了，正

第六章　黄帝的故事

要休息。华族军一生力军从阵后杀出。北漠军不能抵挡，一气败走二十余里。华族军不追，这是联军使用的诱敌深入战法。第二天，北漠队伍已不成阵势了，而华族军不断有生力军向前。两军僵持在那木司有五天了。忽然，北漠大军自乱起来，华族大军齐呼冲杀，将北漠军杀败，一直追杀两日到王城所在的崇京。这时，除了死伤逃走的，北漠军已不足三万人。只见崇京大包前降旗竖起，原来，黄土带领五千军绕行海边，从侧面攻入王城。王城守军不多，被华族军一战攻克，大王猛达汗被擒。差人告诉前方大将额先，大王已降了。额先已无斗志，率军溃败下来，一路退回王城。在王城驻地见大王已被抓了，降旗已竖，就纷纷放下武器。黄土、大鸿、古冲令联军不要侵犯民众，不得侮辱降兵，不得抢掠杀戮，对投降的大王猛达汗也给予优待。

黄土和二将商议后向北漠方提出退兵条件：一要拨回五族之地；二要赔偿战争损失牛五百头、羊一千只；三要猛达汗大王和从臣五人为质，暂随军去渤海王城兴水城，由渤海族大王古山定夺。如果不从，先要北漠王性命，继续攻占北漠全境百族之地。

在斧棒之下的北漠大王只得同意。猛达汗要留额先在王包主事，黄土没有同意，另选一大臣主事。北漠大王带五大臣，被押解着跟随华族联军去渤海王城。大军得胜而归，早有传令兵把胜利消息告诉了渤海王古山。古山在王城外迎接了三员大将，并犒劳兵士，对黄土和大鸿两位将军更是大加赞扬。

大王古山和众大臣商议，北漠大王已投降，已经答应了条件，待赔偿、割地履行完，就放他回北漠。从此，北漠称臣，每年向渤海邦和北华邦进贡各百张牛皮，以示臣服。北漠王等得到相应的礼遇，并无侮辱，以示和好。

约十日，被侵五个族地已交割完毕，半数赔偿也已到了华族手中。大王古山坐在王舍，把北漠大王一行召了进来，古山给北漠王一个皮墩和自己同在台上坐，其他人坐在台下。大王古山说："我华族支脉，已经在渤海之滨生活了数百年，垦荒拓田，现在这里已经是良田万亩，人丁兴旺了。我与北南各族同在一天之下，大家疆土相连，民间互市，平平安安岂不很好也，前年北漠大军犯境，割去我五族土地。今幸得北华族大王风英派黄土和大鸿将军参战，降服北漠大王在此。这期间，双方死伤惨重，实在是天怒、人怨也。今天我取回土地，得到一半赔偿，后续赔偿来年再送来也。大王猛达汗可以回本族也。从此称臣，不得再犯！"

北漠大王猛达汗有感谢之心，声言道："我战败，也是天意。贵方将士谋略高强，

141

敢问我方用群狼战法，贵方用什么战法也？"

大鸿答道："我先用二龙戏珠阵法看你虚实；用诱敌深入法疲惫对方；再以擒王败军法，抓大王于崇京王城。"如此连连布阵施计，果然战胜，北漠王猛达汗与黄土、大鸿等见面，双方施礼。猛达汗说："北华族人英雄出众，佩服二位计谋高人一筹。希望永结友好。"

猛达汗见黄土眼熟，对黄土说："你就是送战书之随员乎？"

黄土说："正是。"黄土先以随员查看了去崇京王城的路途。又率一师，数百里奔袭。大智大勇让人敬重。北漠王又问了黄土年龄，知道黄土才十九岁，更加赞之说："真是青年英雄啊！"

黄土说："我三邦同天戴月，各邦安好，利民利邦。此次因战事结识，来日可互市相邀，其不乐哉。我看渤海和北漠人物魁伟，战将勇猛。我如有求，望以兄弟相帮。"

渤海、北漠大王称可也。此为黄土远见，也是风英大王所托。

送走北漠王一行，渤海王古山又对黄土、大鸿众将士一番款待，并送给牛、羊各五百头，皮子二百张。来时秋深，又三十几日，已是冬天，送北华族大军凯旋回邦。

待黄土、大鸿军回到本族地界，一路有族人相迎相送。数日行军到北华族王城，有风英大王在舍下迎接。大王和众臣听了取胜经过，对黄土、大鸿二将多加赞赏。舍下内外到处传颂黄土智勇过人，深入虎狼之地，擒北漠大王的英雄事迹。

将士无战事，除少数军士保卫王城，其他人都拿着奖赏回家了。一日，黄土做一梦，有一恶犬咬自己的脚，急切不能脱身，有一妇人用木棒将狗赶走。他一时惊醒，感觉那妇人好像自己的母亲，由此想家，连日睡不好、吃不好。黄土这时已经列为朝臣了，几经战场，他谋略过人，文臣武将都很佩服他。他向大王说明已离家三年，要回家省亲一事。大王说："你初来时十六岁，现在已经十九岁也。父母惦记你也该成家立业了。我看你这样有才能。就在我舍下执大臣职，可佩武器列班。今有南华邦族蚩尤遣大臣，送侄女要与我邦和亲。此女是西陵王之女。西陵邦已为蚩尤降服了。今女子已在途中，我有意赐予你为妻。你想省双亲是儿子应该也。今我赐你大臣礼仪回家，把你父母等家人接来王城。你也好为邦族尽力。待你父母到时，那蚩尤和亲之女子也到了，让你父母来定夺也。"

黄土谢过大王说："我愿为大王、为邦族效力，然而父母命要听从。我抽丁来王城，承大王委以信任之恩，让我在王舍下听命，今已入大臣列。至于娶妻一

事则听父母定夺。我速去见父母，听他们意见，如双亲愿意就来王城，如不愿意来，那就依他们的意见也。大王好意我一定转告父母。我明天上路，只求爬犁一具，以加快脚步而已。"

大王说："你父母如来最好，如不来，我备了一爬犁皮张等物，把家里好好修建一下。"

次日，黄土带几个兵士赶着两辆爬犁回家了。

五日路途，夜宿晓行，第五天晚上到了家中。冬天的山林一片萧飒，静静地迎接远来的游子。黄土跳下爬犁，冬草枯黄伏地，好像迎接游子来踩踏。远远地看到自己熟悉的房舍，踏上耕种过的土地，黄土的心里酸酸的。家里的狗叫着跑了过来，在黄土身上蹭来蹭去。弟妹也远远地跑来了！父母在房前，深情地望着远处的孩子，近了，更近了。黄土使劲跑向亲人们。三年了，土儿第一次回到家里，立即就被亲情融化了。母亲拍打着他身上的尘土说："土儿长高大啦！"父亲看着他抿嘴而笑。黄土没有看到奶奶，奶奶已经故去了，灵回了故土，黄土好悲伤。

大弟、二弟也到了抽丁的年龄，看到爬犁带来这么多皮张，还有许多打磨的石器，都十分高兴。他们从哥哥腰间解下铁刀。刀从鞘里拔出的时候，大家都惊呆了，白亮的刀锋，耀眼夺目，这是从南方得到的宝贝。试试砍断树枝，锋利无比。这铁器向人们展示了一个新的时代。几个小一点儿的弟妹也围着哥哥，从他那里分到肉干等小吃食。族长、邻里也来了，那个曾经为争夺陷阱猎物的人家也来了，黄土原谅了他们，还送了把石斧给他们。人们早已知道了黄土的传奇英雄经历，但大家还不知道三年前抽丁走的瘦弱的小青年，现在已经是个威武的大臣了。黄土还是让大家管他叫土儿。他给族长送了一张牛皮，他还给邻居分了一些工具，也是一些战利品。他给大家带来了新奇的庄稼种子——稻种，可以种植在水里，产量高，大米也非常好吃。

大家散去，随员被族长带去款待了。黄土和家里人在一起吃了顿家乡的饭。又待了两天，就准备走了。父母准备在家乡这儿给黄土提亲。黄土把大王风英说的，要黄土娶西陵王女儿的事告诉了父母。大王的命令是不能违抗的，同时大王提出让黄土把全家迁到王城的意思，让父母来决定。黄土希望父母兄弟和他一起去王城。可父亲说："我和你娘二十年前拉一头牛到这块地方，开荒造田，垦出这一片熟地，生活已经足够用了。只是我和你娘已经老了，你娘这两年身体越来越弱了，饭食也不能做了。我们的命已经和这块土地连在一起了！

第六章 黄帝的故事

这辈子不能离开这片土地了！你的弟妹也长大了，风儿和木儿也到了抽丁的年龄，如果能出去随你到王城也不用抽丁了，因为有家人在王手下当差，都算是抽丁了。你另外的两个妹妹、一个弟弟年幼，也能干地里的活儿了。家里已经有大小二十头牛了。你这次带回的皮子、石器大概也值五十头牛价了。我们春天把用的留下，其他的都到市上换三十头牛回来。这样，我们有五十几亩地、四五十头牛，也是富裕人家了！你回去和大王说娶妻的事，就由大王做主吧。"

娘低声说："要把两个弟弟带好了。最好不要从军，打打杀杀，老天是不赞成的。每年争取回来看看。前些日子，门前树上有喜鹊在鸣叫，牛群夜半闹圈，狗常跑到你回来的路上去咬，我们找了巫师抽了卦，说孩子要回家了，果然灵验。"

看着衰老的父母，特别是母亲气喘吁吁，黄土知道娘是病了。但那时候，人们生病只能求巫医来祷告，盼天神保佑，也吃点草药治病。他让二老多保重，待明年无战事再回来。临走的时候，随行的兵士、仆人提议把爬犁和马留下一套，也是挺实用的东西。这边族人还没有马这种东西。黄土不同意，他说："大王的东西是公家的，不是私人能随便处理的。"

三天后，黄土就要离开家了，他的两个弟弟和他一起走了，父母弟妹送出很远，族长和族人也来送行。族里出了这样的大人物，也算光耀族群了。

三、黄帝与嫘祖结婚

漫长的返程途中，黄土、风儿、木儿坐在一个爬犁上。他给两个弟弟讲述外出征战的故事。也从风儿、木儿那儿得到更多的家乡信息。日行夜宿，五天回到了王城梁城。见到大王风英，把两个弟弟引荐给大王。风儿十八岁，安排在舍下听差。木儿十六岁，到大臣舍下干活儿。

冬季一日，大臣仓颉对大王风英说："大王，南华邦族蚩尤的使者力子到了。除了给大王送来珍珠、珊瑚等礼品外，还把西陵王的女儿带来了，想和大王的孩子和亲。"

大王风英说："我已将和亲女子许配给黄土了，黄土已从他家乡回来了，听听他父母亲意见吧。"

仓颉认为不妥，说："把和亲女下嫁给大臣不合规制，可能引起蚩尤不满。一般应嫁给大王的儿子才妥当。"

大王风英说："那怎么办呐？"

大臣仓颉说:"大王可以把黄土收为义子也,这样和亲就圆满了。"

大王风英对黄土很爱惜,但黄土的父母不在王城,不征求黄土父母的意见收黄土为义子,也不礼貌。

大王风英说:"听听黄土父母的意见再说吧。"

黄土被大王召到舍下。大王风英问:"你父母是否同意你和西陵王女子嫘祖结婚?"

黄土说:"我父母让我听大王的安排。"

大王风英又说:"西陵王女系南华族大王蚩尤的义侄女,送到咱们这儿和亲。和亲一般是和大王的儿子结婚。我想……"

没等大王风英再说下去。黄土说:"那我不够资格就作罢也!"

大王风英接下来说:"我意思是想收你为我义子,再娶嫘祖就行了。我也十分喜爱你,你多次为本邦立大功,我愿意成全你的婚事,可否?"

黄土胆怯地说:"我父母不在王城,只有两个年轻的弟弟在这儿。我与他们商量一下,明天再回大王话也。"大王风英不高兴,让黄土回去了。

黄土回到家和两个弟弟说了和亲一事,他问:"大王要认我为义子怎么办?"

大弟风儿说:"父母不在,我们问问天吧,如果上天同意也行。"

黄土说:"那怎么问天呢?"风儿说:"可以投'股子'看看。"

于是他们找来一个股子,股子是伏羲大神制作的占卜工具,有八个面。表示乾卦☰天、坤卦☷地、坎卦☵水、离卦☲火、兑卦☱泽、艮卦☶山、巽卦☴风、震卦☳雷。风儿对八卦有了解。他让哥哥黄土许个愿,黄土说:"父母不在,就由天神做主吧。"

风儿说:"我们三兄弟骨血相连,各投一次看天神怎么说吧"

于是黄土先投了一个艮卦,风儿投了一个乾卦,木儿投了一个坤卦。风儿看着三卦象对黄土说:"大哥,从卦象上看,乾对坤合天对地,结亲算天地之合,娶嫘祖当是天意。做大王义子必有山盟海誓,艮属山也暗合了大王的意思。此艮、天、坤三卦包容天地,大吉利也!"

黄土说:"八卦是伏羲天神的思辨导图,包孕天地机缘。先议做大王义子,只是大王爱护我的体现,并无夺亲父母关爱的意思,许之无不宜。再议娶亲有'男大当婚,女大当嫁'之初衷。但这里加了邦族利益在里面,将承当'和亲固邦'的意义。我已列位王臣,担当邦族大任,和亲对家、对邦也无不利。虽然娶南华族九黎邦女子,以后家庭和邦国利益必须权衡定夺,不能让夫妻感情左右邦族大事也。"黄土嘱咐弟弟："卦象巧合天机，天机不可泄露也。"

于是他们受到上天的启示，黄土同意做王的义子，同意和亲了。

大王风英在王舍接待了从南华邦族来的大臣力子。一班文武大臣都在座，黄土也在仓颉的边上坐着。双方互相作礼，侍者给来使让座，端上水和肉食。

大王风英问来使："来使从南华邦族王城黎龙城来，走了几十天。也非常辛苦。不知贵大王遣使来有什么意图也？"

南华族使者力子说："我大王一族本是华族血脉，是从炎帝华族分出的支脉，现称九黎族，在东南发祥已经历了近百年。近十几年我方有蚩尤做大王，现我王有族人近百群，人口三百余万。南方九黎也听我王调遣，能集合几十万大军。近年，炎帝一方多次因互市、牲畜等与我邦冲突，使许多边民受到伤害。我大王想统帅虎狼之师，教训炎帝邦族。望大王与我看在同根、同血脉的情义上，不要支持炎帝。为表诚意，我大王给贵大王送来珍珠、珊瑚和铜铁器，还有大王的义侄女西陵王女儿嫘祖，要与大王家联姻。"

大王风英说："就你们和炎帝一邦之冲突，还是以和为好，战争打起来，黎民百姓都要遭殃，你回去劝劝蚩尤大王还是免动干戈为好。至于战时我方态度，要看是否伤害了我邦利益，再做决定了。有关和亲一事我已做了安排，现我已许义子黄土娶西陵王之女嫘祖为妻，不日就可庆典了。"

来臣力子稍有不悦。大王风英招呼黄土出班说："这就是我的义子黄土。"并介绍了黄土英略过人，多次征战立功的事情。

力子大臣也只好迎合大王风英说："义子人物英武，谋略过人。蚩尤王一定满意，西陵王一定高兴。"随后引了嫘祖出见。这女子高挑身材，披一头黑发，上胸盈，腰曲细，臀宽腿壮，眉眼不敢轻眺，含情脉脉看了黄土一眼，并不作声。随嫘祖来的有侍女嫫儿，其相貌不算好看，但人勤快、热情、有智慧，后随王征蚩尤、炎帝，被纳为妃子，称为嫫母。

大王派人领黄土和嫘祖到后宫，找来大巫师玄厄问结婚吉日。玄厄问过两人生辰，说三日后就是良辰吉日。大王大喜，对力子说："黄土与嫘祖，就三日后举办大典，一切庆典用度都由我主办。"

三日一晃就到。那日，新郎黄土在大王舍下迎亲。嫘祖由人搀着款款走来，二人就大王舍下，由大巫师主持，由仓颉和力子做证婚。拜天地神灵，拜高堂大王风英和大王妻子，就算典礼了。又摆了几桌宴席，受了亲朋一些贺礼，就领回婚房了。这年黄土十九岁，嫘祖十六岁。次日，南华大臣力子告辞，大王风英送

南华族大王牛皮五十张、麦子十袋，用爬犁送其回黎龙城。

四、黄帝助嫘祖养蚕缫丝

　　嫘祖小的时候，家在淮河上游西陵。那里土地肥沃，各种植物繁茂。早年华族一支跨过黄河，开拓荒野来到这里。嫘祖出生时，人们已经在这里生活百多年了。那时，人们的生活物资主要是靠渔猎、采集和土地种植获取，每年的劳作都围绕着吃、穿、住的需要。首先是吃，为了解决吃的问题，人们向大自然索取任何可吃的东西，这包括了大型动物，也包括各种昆虫。嫘祖小的时候，吃昆虫是经常的事。地上树上采到的昆虫包括蝗虫、蚕、蛆虫都是可吃的美味，特别是桑树上一种胖胖的昆虫——蚕，更是夏秋冬都可以采到的。夏天，在树叶上可采到灰白色的活虫。秋冬可以采到贴在树枝上的蚕茧。把蚕茧破开，里面是一个黄色的蛹，用水煮、用火烧烤都是小孩子们争抢的小点心。嫘祖和小孩子们经常去采蚕和蚕茧。有时，他们会把蚕茧上包着的丝抽下来，绕在小木棒上。十几条就能做成一条小细绳。几条小细绳就能做成粗一点儿的绳子，用来栓点小挂件，包括动物的牙齿、小木片、果核，挂在脖子上。这些蚕丝的绳子被用花瓣或蓝靛草染一下，用来编各种装饰物。嫘祖少时就是家里的一个小劳动力，除帮家里做饭、看小孩儿外还要到田里帮大人耕种收获，等到长大，她已经出落成族里非常优秀的女孩子了。

　　族里每年都有一些大型聚会，包括祈年、祈福、祭祀活动，少不了少男少女参加。嫘祖是一个很美丽的女孩子，她参加的大型巡游活动很受族人的欢迎。这种巡游是少男少女装扮成各种传说中的人物，如天神、龙凤、牛鬼蛇神、妖魔鬼怪。人们吹吹打打，人潮涌动，大人小孩儿都会到路边去观看。在王城黎龙，大王蚩尤也要到巡游的路边为龙点眼睛，叫"点睛"，这是巡游的高潮。嫘祖常装扮女娲天神的模样，在行进的队伍里非常耀眼。在嫘祖十四五岁的时候，蚩尤看过巡游，对女娲的扮演者嫘祖印象非常好。让大臣召到王舍来问话，一问一答，蚩尤见嫘祖小小年纪很聪明伶俐。蚩尤正盘算和北华族和亲，要找一个贤淑女子，就让嫘祖改日随父亲再来一次。

　　蚩尤在王舍坐在台上，王妻也坐在旁边。大臣力子站在边上。嫘祖父女被引进来，女孩子袅袅娜娜，端庄清丽。父亲是部族首领，称西陵王，现已归顺。蚩尤说："我南华族是华夏一个支脉，为了永续亲情，我选一良家女子送到北华族大王风英处，去与他儿子和亲。我看嫘祖是个优秀的孩子，可担此大任。不知西陵王你意下如何？"

大臣力子也说："和亲后成为王子媳妇，生活一定非常美好。"并自告奋勇，要去送亲。

嫘祖父亲西陵王说："小女自幼聪明，屋里屋外活计是一把好手。男大当娶，女大当嫁，小女已十六岁了，乡邻族里有人提亲，但都没有应承下来。今大王有意送小女高攀和亲，恐怕小女没有出过远门，不能担这样大的责任。"

大臣力子说："西陵王女乖巧，一定会是一个好媳妇，将来也许是好王妻也。"

嫘祖父亲说："那可不敢妄想了。"

蚩尤大王转问嫘祖："嫘祖姑娘你自己的意见呢？"嫘祖满面绯红说："听父亲安排。"就不作声了，她手里拿着一个贝壳挂件，不停地摆弄，娇羞温情。

大王蚩尤说："你族人与我族都是华族近枝，也许多少年前是一个先人的血脉也，你就认我做伯父，我以侄女出嫁。所有嫁妆东西都由我出，你们回去听消息也。"

蚩尤安排人通知北华族大王风英，所以就有了黄土成风英大王义子，娶嫘祖为妻的一段美妙姻缘。

嫘祖自从嫁到黄土家，日子完全变了模样，黄土身为王臣，俸禄很高，已经不再种地、狩猎了。闲暇的时候，嫘祖就把出嫁带过来的各种丝带、绳子之类的拿出来玩。她看到北华族这边麻编很实用，做的麻布衣服比皮革透气、随身。她就想这些蚕丝是不是也可以像麻一样做成布呢？也可以做成衣服呢？她把自己的想法和黄土说了，黄土认为可以试一试。闲时，他们就到荒山有桑树的地方找了许多蚕茧。嫘祖把蚕丝从茧子上抽下来，绕在木棒上。但这种生丝互相很难融合，以前为做丝带子，生丝是几十根丝为一股，不很精确，这回量大了，黄土就帮嫘祖做了一个可旋转的架子，后来人们管这叫"缫丝车"。嫘祖发现，把蚕茧用水煮一下缫出丝更好。初起，缫出的丝主要是编成带子，后来缫出的丝多了，嫘祖就试着像麻编一样，用蚕丝做成布、缝制衣裳了。黄土后来成了大王，称帝以后就组织大家多种桑、多养蚕，制成丝绸衣服，改善了民众的生活。

早先，蚕都是野生的，大家只在秋天到山坡桑林里去采蚕茧。用量大了，蚕茧就不够用了。

嫘祖想在家里试一试自己养养蚕，看怎么样。那是一次偶然的机会，嫘祖把从山上采来的野蚕茧进行缫丝时，有几个蚕茧被忘在房子里了。冬天过了，天气转暖，几只蛾子飞了出来，有的蛾子把蚕子产在窗框上，嫘祖看到这些小麻点，

三四天后有小东西爬出来，就像一个个小蚂蚁一样。她让人采来一些桑叶，让这些"蚁蚕"爬上去，放在一个木盒子里。她每天观察这些小蚕宝宝，给它们不断地放些新鲜的桑树叶。约二十几天，经过几次蜕皮，这些蚕越长越大了，最后结成了茧子。这些茧子又放了十四五天，竟飞出了蛾子。如此，嫘祖想，要到山坡的桑树上采茧挺辛苦，如果把桑枝采回来给蚕吃，待到蚕做茧了就不用到林子里辛苦采茧了。

她把这个想法告诉了黄土，让黄土找人采桑枝，她自己在家扩大了放养蚕的数量。这样，一年下来得到许多茧子。她把这些养蚕的方法告诉大家，养蚕的多了，要采的桑枝也多了，就改成采桑叶了。从此，农民开始像种田一样种植桑树，就成了桑田。

早期，蚕丝多用来编带子，后来，嫘祖又引进了织的方法，在这之前是用"结"的方法。用"结"的方法造的布不平整不美观。用编织的方法，布平整、美观、柔滑，很受欢迎。

由于民众的参与，许多人为蚕丝业做出了贡献。蚕丝是继麻之后的一个重大发现。古今丝绸之路就起于嫘祖们的辛勤劳动。蚕丝业的发展包括了桑的种植、蚕的饲养、缫丝、染整、织造和织物的流通。这种动物制造的天然长丝被人类利用的过程，在人类文明史上意义非凡。丝绸是中华民族服装工业、文化、外交史中的重要一页。

五、黄帝登大王位

黄土结婚这年秋天，北华邦王城梁城突然遭到狂风扫荡，包括王舍在内的许多房子被掀翻了，死伤了一些人。到了冬天，大地发生了多次震动，伴有晴天雷鸣，城墙、城门被毁了。有巫医昭丑到王舍，对大王风英说："我夜观天象，见北斗星光不明。暗夜有流星坠入梁城之野，大不利也！"大王风英找人推演八卦，三投股子。"卦象三轮如迷。☰乾旺于南，衰于冬。☶艮旺于土山，西北有德。☴巽风来则凶，风去则平。天兆不可言说，应对自有天道。"大王心疑不定。臣将中唯黄土，籍为西北"土山"，有德有智。

大王风英近来听说南华、西华两邦都有称王华夏的企图。北华邦居地偏东北，不占优势，故此心情烦躁。

大臣仓颉看大王心绪不宁，说："大王，我闻近来风言风语较多，系凭空捏

造之妄言也。此狂风、地动皆自然造化，非人能避之。王舍房屋倒塌、城墙崩损皆已修好，不必虑也。"

大王风英说："我不虑天象，而虑人事也。我已老迈，早晚会赴黄泉。近日常有头晕、耳鸣，我恐怕在阳间时日不多也。我目测你可担大任也。"

仓颉说："我议事尚可，无谋邦国气魄，万不可行王事。大王长子风后可也？"

大王风英说："子憨厚有谋，英略胆识不足。举贤不必亲也。"

仓颉说："我举一人，可担大任。"

大王问："谁？"

仓颉说："黄土小子。"

大王点头，未发议论。风英胸怀博大，黄土也是他看好之人。

一天下午，大王风英突然头痛欲裂、半身失灵、吐逆不止、语言含糊。舍内上下急找巫医昭丑查看。巫医看后眉头紧锁，转出舍外对大家低声说："大王风英淫邪犯心、痰逆上攻、心阻血脉、气血不能生阳。症见口眼歪斜、语言不畅、麻痹偏瘫、命危在旦夕也！"

大王风英示意，召众大臣并子女到床边，语言艰涩。突然手指黄土召其近前，黄土赶紧上前握住大王手。大王风英断断续续地说："族事以邦国为要，近年蚩尤虎视，炎帝觊觎，西、南早晚举事。黄土小子，奉亲至孝、英略非常、心地慈善。我去也在旦夕，当授王位于黄土也！"黄土坚持不受。大王突然吐血不止，旋即人事不省。又一个时辰，灵气归天了。

北华王舍内外、上下人心大悲。大臣仓颉召集原鸿、风后、大鸿、力牧、常先、黄土、昭丑等议事。

仓颉说："先王风英，苦心王政十余年。现北华人旺年丰，不想大王仓促间升天。想必天意所指，今已灵验。邦不可一日无主。大王有灵气时推黄土继大王位，看看诸位有什么意见？"

黄土极慌恐地说："大王在位升天，可由王子风后即位。况我年轻，邦中大事不能善断。我实不敢当之！"

风后说："先父王在床前已指黄土为继位人，不可违也。历数北华十几代王位传递，皆是传贤不传子。我依先父王意思，绝不染指王位。推黄土为王也依了天意，风摧地动必有异人出也。我先父王已告子女'孝善持家，恭勤邦国'。"

原鸿等大臣也附和仓颉的意见，随后发起各族长召集令，要求接报，十日内必到王城参加推举大王和庆典的事情。仓颉临时主持王事。十日发令又十日人齐，大家在王舍进行了推选活动。大臣仓颉说："上天有意召先大王升天，先王有灵气时推举黄土为王。我舍下群臣议事，举黄土为今日备选之人。各族可以通过投牌发表本族意见。"

每族牌上有族的符号。设两个陶罐。其一刻黄土记号，另一个没有记号。举黄土的投刻黄土记号的罐内，全邦各族，二百三十几族依次投牌。

黄土有大王之象，当合天意，在先王手下四年，功勋在各大臣之上，众望所归，推举也十分顺利。计数后，黄土被推举出来，仓颉大声宣布："天人共举，黄土为王。请新王继位，安排邦国诸事！"

黄土胆怯地移动脚步，就在王座前说："我承先王提擢，几经征战委我大任。凭借天助，得凯旋之勋。今大王所托，众族人所举继大王位。我实力不胜任。然先王已升天，邦不可一日无主，我暂接王权。如我不齐，大家可再举贤人。今最大事不是大典，先王尚未入土，明日吉时殡大王后，大家就可以回去了。万望大家把各族事办好，我们合族共力，图北华族兴旺之大业！"

大臣仓颉说："大王'黄土'之名乃是先王赐之名。今日为王，应予帝王称号。更王号'黄帝'称谓，不知王上称心否？"

黄土语塞，不知说什么好："这个……依仓颉大臣也。"

大家齐呼："黄帝我王！黄帝我王！"就这样，一个华族的弱小男孩成了北华族的大王。

第二天，风英先王大殡，在黄帝的主持下，洗去人间尘埃，更换丝麻盛装，卧一空心大树制成的棺内。以爬犁拉着，选西方大山之阳坡，阻断王城视野的地方。在一山坡上造墓穴，由长子风后破土入葬。下午时刻，圆丘已成，先大王安卧旷野之间。焚火一堆，大家纷纷把手中所折柳枝投入火中，以寄哀思。

黄帝继位，没有什么铺张之举。俗话说："天威不在四季有雷，人威不在日日号令。"黄帝自此领导北华族人，灭蚩尤、降炎帝和三族，奠定了中华永世基业。

六、黄帝冀中战蚩尤

黄帝继位不久，在冀中和蚩尤进行了一次大战，战胜了蚩尤，为邦国的发展打下了基础。

蚩尤在发动与炎帝、黄帝的"涿鹿之战"前曾进行了一次冒险的"冀中之战"。此战，蚩尤在长江以南突然越过长江、黄河数千里，跃进到冀中一带，联合夸父

族和北戎族，企图建立根据地，以南北两个方向夺取中原，被称为"冀中之战"。

那时，蚩尤在黎龙城称王，手下有大将丛勇、丛二，谋士南平、夸仁、力子等人，都是跟随蚩尤从华西一路走来的。九黎已经安定了，谋士夸仁向蚩尤提出要回渭水河畔夸父族的地方去省亲。蚩尤知道夸仁的父母都没有消息，就同意了。当夸仁回来的时候对蚩尤说夸族人没有见识过铜铁器物，他演示了自己带过去的铁锤开石、铁刀断树和铁镰取火，把当地人吓了一跳，信以为神。并听说北华大王风英升天，由黄土称黄帝。黄帝是个年轻人，必然势力微弱，正可乘势夺之。蚩尤知道此黄帝是风英义子，前几年由蚩尤指派力子陪嫘祖去和亲的就是这位。果然，当年的大臣现在成了大王。此时，由蚩尤新聘，来自冀中地方的巫师匡才听入了心，立即进行谋划。他对蚩尤说："大王，可借冀城巫术成风，加夸父族高大人才，再取得北戎族支持，乘北华势微，在冀中一带建立华族天国。"

这巫师匡才自称有经天纬地之雄才大略，有呼风唤雨之巫术。匡才对蚩尤说："大王，我素知你为龙腾天地之大才。你能引数百人自华夏而来九黎之地，开拓如此江山，人人称你为神龙得水，而我称之为龙困南溪也，难有腾云驾雾之大气象也。当年你与炎帝争锋，暂来南方，今正可龙腾五华之地也。"

蚩尤问："何为五华之地？"

匡才说："华山之南，黄河之曲是华夏发祥之地。千年演进，现已有华中、华南、华北、华东、华西诸族繁衍生息。我九黎被称华南，地域偏僻，物产贫瘠。现在华夏三股势力已经聚成，把握华中地域就可做大。目前，华中为炎帝和黄帝瓜分，我方远眺江山不能分庭。不想天赐良机，风英新丧国衰，黄帝小儿羽翼未丰，正可轻易夺之。"

蚩尤犹豫说："我已定'远交近攻'之策，和亲北华，攻击炎帝西华，不宜擅变也。"

匡才说："英雄出于乱世，乱世必为人造。大王出类华夏，将拔萃于天下！时机不可失也！"

蚩尤默许点头。巫师匡才又接着说："我从冀中来，那里巫术风行，能祭鬼行妖者众多。今九黎制铁铜技术恰如天机降临。只要以铁铜开路，可蛊惑民众跟从。如以冀城为起事地点，以夸父族、九黎族、北戎族支援，必然能横扫华夏，五华归一。"

蚩尤说："匡才善谋。只是北戎无法联络也。"

匡才说："此事不难，我有族弟午才能巫术，与北戎大王有交情。大王可交给他铁刀一口，由午才为进见礼，自然就可以拉拢北戎。起事许以铁刀十口，胜时给铁刀百口，铜箭头万支，北戎必能倾族兵而攻北华也。"

蚩尤深信匡才的谋略，召集臣将在舍下议事。只有大臣南平不看好，说："大王！九黎新立十数年，民稍有喘息，田土刚熟耕，仓廪刚富足，人口刚复增，既要几千里外大动干戈，恐以卵击石之策也。我以为，欲图五华之地非要以下三条：一曰九黎强于炎帝或黄帝之一。二曰炎、黄自乱而求我。三曰北蛮大进，炎、黄危机之时。此三条无一存在，岂敢设北上之谋？"

蚩尤说："大丈夫岂能坐等天时？今匡才之谋正可触动天机。我卜卦三次，以易卦、以巫助、以裂龟板均启示北方有旺地，战之必成也。"

大将丛勇说："我方有三不利也。一曰，我方手下军士九黎人占九成。此长江南之人，不善寒冷地方作战，恐难驱使也；二曰，现我方人口三百几十万，可动员兵丁二十万众以下，与黄帝军比之差一倍以上，比炎帝差两倍以上；三曰，我方进军跨两大河流，跃三千余里，粮草、军资、营帐极难接济。"

蚩尤说："匡才之谋，只需数百人轻装潜行。粮草、爬犁、牛马、浮筏等就地取之，随用随弃。只带铁铜兵器，到了冀中有北戎、夸父族驰援再图起事。好似以火种烧干柴，必燃火熊熊也。"

此时为春季，蚩尤说："我与匡才经略冀中，以'天降神石，冀中王兴'为借口起事。夸仁经略渭水之畔，引夸父族人以'冀中有铁，取之不竭'为口号聚之。午才游说北戎，许以铜铁为酬起事。自中秋三路大军在冀中汇合，南平、丛二于中秋日引十万军兵，跨长江，向黄河跃进燕岭，为冀中造势。"

蚩尤这一计策将牵动中华全境，数百万民受战乱之苦。

蚩尤一路数百人潜行到了冀中，沉入村舍。以铜为金，以铁为术，到处吹嘘神铁奇能，在一村庄以铁犁地，日犁十亩，而石犁三亩，见者如见神。铁入土中如水翻波浪一样，铁犁出土月白闪闪，一村演示、十村震动。暗传"天降神石，冀中王兴"之谣言，许多村里族长、村长都为之所动，专等中秋日到。

夸仁一行到了渭河畔，这里的人口逐年增加，土地出产不增加，人人有移民冲动。见到夸仁以铜铁演出奇术，对"冀中有铁，取之不竭"信以为真，跃跃欲往。

午才这一路又向西北跨去千里，见到北戎大王白虎，以铁刀示之，断羊颈如过枯木，刺羊胸如入无骨之肉。北戎大王听说中原有此宝贝神铁，也要去抢掠一番。今有蚩尤相约，正好起事，答应了参加冀中大战。从中秋算起，军队用足一月就要返回。以一百口刀、一万支箭为酬金，并许战利品一并归军士，同意发兵两万。如此鼓起了北戎人的贪欲，只待中秋发兵。

冀中地方入秋时，冀城镇府间，各村都在抵制税粮和抽丁。到处传说，天神要换大王了。镇臣吾北、镇将罕来急告黄帝处。黄帝召臣将大鸿、仓颉、昭丑等商量此事。黄帝问："冀中抗税，拒绝抽丁是什么原因？"

吾北说："近传言说，'天要换大王了'，所以不要交税抽丁。"

罕来说："小儿歌诀唱道，'天降神石，冀中王兴'，不知何意。"

黄帝于众臣将说："此广大地区出现反邦国行为，必是有大恶人制成计谋要侵占我邦也，速去查明其主使人物。"黄帝命吾北、罕来速去查明情况，并召附近的雍州臣将，命招兵两万备战。派大鸿带五千常备军去冀中弹压。大臣东土随军监军，转运粮草。冀州三丁抽一，扩军三万，准备迎敌。

王师八月初到了冀城，一时，冀城民声沸腾。近中秋时才探到，有游村巫师说，蚩尤要起势了。至中秋的时候，一时平地起风雷，蚩尤真的登上了冀城。那天秋高气爽，正是村人出游的季节。冀城四门，突然有数千人持农具、石刀、石斧涌入，口里呼喊："天降神石，冀中王兴！"或呼喊："蚩尤出世，一呼百应！"在城四门各有陶缸一口，内有神石一块，水中有铁锈色。言之："喝神水，刀刺不入！"蚩尤派人举起铁锈色大旗，分四路冲向兵营，抢了军人刀斧。大鸿和东土大惊，引军人向城外冲出，只有少数人带了兵器，大多兵器被抢了。点兵士只有三千多人带出城。两人一商量，只好向雍州方向去了，报告黄帝。此时，雍州已集了两万人马，正在操练中。冀州抽丁已经不灵了。

蚩尤于城中夺了州府兵营，押来镇臣吾北和镇将罕来。问二人降不降，二人都说不降。蚩尤让军士用铁刀将二人斩首。谓之"祭旗开刀"。蚩尤召集军将，开山、蚩铁、午丙、谷光、谋士巫师匡才等议事说："今已起事。民众入军有五万人，分五队，各将领一万军守城，练兵，我领一万军接应。我大军正从渭水、北戎、九黎杀来，守十日，大军必到。此十日内必有大战。"

此时，渭河之畔，夸父族已经起事。夸仁引一万军自西向冀城杀来。北戎族也在午才游说下，发两万兵自北杀来。

这时，黄帝已知冀中危机了，对冀城两臣被杀非常痛惜，命凉州、豫州、雍州和梁城的十万大军镇压骚乱。大臣仓颉献计说："大王，此次蚩尤突然在冀中地方动乱，实在是谋略已久了。已经有消息，冀中之乱来自蚩尤从九黎策动。由夸父族、北戎族、九黎族共同参与。因此，镇压冀城之乱，应行'挖树连根之策'。其树在冀城，其根在夸父、北戎、九黎。因此十万军去'伐树'，另要各两万军去挖三个'根'。其中，九黎方向最为重要。"黄帝很重视仓颉的计谋，就近安

排三个州各发兵两万阻击三个方向援敌,并求援炎帝阻击通过炎帝疆域的蚩尤军。主力军由大鸿任主将,东土为谋士,由雍州城出发,在冀城外十里设寨。黄帝率大军五日后即到。

　　蚩尤起事后,急催外边三路援军,只有夸父一族已到了冀城,其余两支援军被阻在路上。大鸿军发到冀城外十里安营扎寨,虚做攻击之势,吸引蚩尤军。第五日,黄帝大军将城围住。冀城并不高大,蚩尤自知乌合之众攻可战,守则不可行。因此在城内组织了冲阵队伍,意图杀出城去击溃黄帝军。

　　第六日晨,黄帝军正在造饭,准备攻城。突然,冀城四门大开,有蚩尤军潮水一样杀出城来。黄帝军无防备,有三面被冲杀溃退。只有大鸿一军以营寨作为屏障,抵住了蚩尤军冲击,这一路反身杀进城去夺了冀城。待蚩尤军回头时,城上已升了黄帝军旗帜。

　　蚩尤收集军士仅有三万人。在城外十里一山上立寨栅。

　　黄帝军经一阵冲杀也减为七万左右。蚩尤料想起事后的外援,特别是从九黎杀来的军队必然分散黄帝的兵力。可巧长江、黄河秋天起汛,河水阻住了南来大军,蚩尤只能做孤军一搏了。两日后,两军在冀中平原上摆开阵势。蚩尤军中有匡才作法,军士以火前冲。黄帝军由应龙祷告天神以雷雨灭之。蚩尤冲到阵前,舞动铜头黑檀木棒。黄帝军中大鸿杀出,举一降龙木石锤迎敌,两人刚斗了四五回合,双方军已潮水一样斗在一起。黄帝军训练有术,且军士众多,一波波压来。蚩尤军是四乡百姓,并未经过战阵,后面的巫师大呼刀刺不入,实际,刀刺所伤全都见皮裂皮、击骨碎骨。双方斗了两个时辰,蚩尤军如退潮之水,向其各自的家乡败去,巫师也阻止不了。

　　战乱之中,蚩尤向南逃走,披星戴月回了九黎,所带的人马未剩几个。匡才巫师死于乱军之中。午才巫师被北戎绑了,献给黄帝军,被黄帝命军士击碎头颅死了。只有夸父一族人,来也汹汹、逃也匆匆,族人死了三成,夸仁已死于乱军之中。黄帝见没有捉到蚩尤,发誓说:"冀中民众死伤数万,必要蚩尤以命相抵!"

　　此后,夸父族转向炎帝臣服,出丁出税。此战,黄帝军得到了数千件铁铜武器,从此加强了军备,为联合炎帝打败蚩尤做了准备。黄帝加强了冀中的统治管理,严格禁止巫术干预军政管理,禁止族群建立军队。明确了帝王之权,族选天授。天下之土皆为国土,用土之民皆有缴税、出丁义务,增加了黄帝的王者地位。蚩尤这一战失去了冀中、渭水、北戎被蛊惑的民众势力,但蚩尤觊觎中原的野心还是不减。正因为冀中之战,黄帝最终选在了这里处决蚩尤,成为镇压蚩尤之地。

七、黄帝统一华族三大支脉

黄帝继位后，加强邦国内部管理，制定中枢和州府官员管理规制，制定律例有法可循；主张各族团结和睦，发展农耕、创造井田制，粮食生产有了很大进步；发展集市，方便物品流通；创造车船，方便了军民运输；引进养蚕缫丝技术，使民有衣裳；与岐伯创中医，治疗民众的疾病；与仓颉创造文字；修音乐、开创文明。

黄帝内部治理得法，过两年民众仓有余粮，民有所养。对外和东夷各族加强交流，互市公平，互利互惠。与渤海邦族相拱卫，每当遇有战争便互相援助。在西南方，与西华族炎帝虽然有边界摩擦但并无大战。只有南华蚩尤，长期图谋西、北两华族土地。曾经发生的冀中之战，迫使他暂时收敛了野心。蚩尤这两年向南压迫百越、三苗，使其称臣，近来常有勾连北华族，助其与炎帝争锋。

一日在王舍内议事，黄帝问老臣仓颉："今日可有蚩尤、炎帝消息？"仓颉说："正有两邦石台之战的消息。炎帝军不敌蚩尤，蚩尤已夺了炎帝五族之地。蚩尤大军已近我边界了。"

黄帝问大将："怎么办？"将军常先说："我邦国连年丰收，仓廪充实，正好用兵。"

大将大鸿说："军兵一动，必有人伤亡，伤亡之人皆有父母。能不战还是不战也。"

黄帝说："我族人都是我所亲之人，战事尽可避免。但近察蚩尤邦凶恶残忍，常怀灭我西、北华族之野心，我不得不防。以前蚩尤离我还远一些，就曾蛊惑民众在冀中起事，被我剿灭。其屠杀冀城民众的惨状还历历在目。最近蚩尤和炎帝一战，割炎帝西华族五族之地。已经和我邦接壤，我边界时时被威胁也。我愿三邦互不相害，今南华族北侵打破了和平，威胁不得不防，侵扰不得不战。我问天神也，看我宜出兵还是不宜出兵也。"

黄帝命大臣昭丑行卦问天。一日后，昭丑回大王："出兵大吉。卦象艮主西南，烧牛骨裂指向南，丑如大王军出兵，兵锋所到之处必攻无不克。"

黄帝告诉大臣仓颉发令给各族备战，五丁抽一。先在邦族内分区集中练兵。集中地多为物产丰富、人口众多、交通方便的地方，形成了人口集中的城市。以此城市为区域管理，中枢派出管理州镇的臣将，调度方便，邦族实力大增，超过了族群管理的效能。

不多日子，忽然有华西大王炎帝来了。原来是炎帝和蚩尤在石台大战中，蚩尤乘炎帝军准备不足将其打败，炎帝被夺了五族之地。炎帝亲自来黄帝舍下，求黄帝出兵共伐蚩尤。炎帝向黄帝晓以利害，黄帝随后同意出兵。黄帝率军与炎帝联合作战，经过三年九战，最后战胜了蚩尤。

黄帝率军参加了第一年的广元之战、汝河之战。第二年进行了百古之战、迁阳之战、腰斩之战。第三年进行了秋凉之战、田庄之战、涿鹿之战。最后，炎、黄联合，战蚩尤于涿鹿之野，擒获了蚩尤。在冀中之野杀之，分而葬之，兑现了冀中之战的誓言。黄帝分得了大半蚩尤邦土地、人口和武器，获得了冶铁技术，生产了铁铜兵器，并且武装了军队。黄帝军是战胜蚩尤的主力军，因此威名远播。

又过了三年。炎帝依然以氏族管理为主，重视农业生产，改善民众生活，没有重视引进新技术。由于管理落后，各族间混战不断。又有边民经常与黄帝邦国互有侵害。炎帝发兵侵犯黄帝邦族。黄帝反击，一年三战，经过牛山之战、宝随城之战、阪泉之战，黄帝军攻克炎帝王城宝随城。炎帝走脱后，黄帝派一路军追杀过去，困炎帝在阪泉的荒山上，粮食尽，炎帝束手就擒。黄帝念炎帝同宗血脉，心慈为民，能亲尝草药、制末耜、立互市、于民有恩，放炎帝于长江之畔，后称神农架的地方，采药种地为生。

至此，三个华族支脉尽归黄帝统治。黄帝设管理制度，分中枢和九州。中枢设专职官员管理邦国。设官司职，置左右大监，监于邦国，设三公、三少、四辅、四史、六相、九德（官名）共一百二十个官位统治国家。地方依托城市设立州镇村，打破氏族为主的管理关系，加强了城市管理。城市人口已不分族群，通过劳动分工使一些人离开了土地，专门从事各种制造业、商业。城市内制造、经商的人口依盈利征税。农牧业者仍以土地、牲畜课税。黄帝又加强了常备军，军队驻城市附近保卫城市。

自此，由黄帝一统天下，基本实现了称为华夏的国家形式。在黄帝治理下，中华民族进入了一个新的文明阶段。

八、黄帝与船车制造

黄帝军在与蚩尤军第三年第二战的时候，被蚩尤军用木筏运兵打得大败。黄帝有一天看到匠人坐在空心枯木里漂移，还看鸭子在凫水。黄帝受到启发，叫匠人制造类似空心木和鸭子一样的凫水工具，黄帝取名为"舟"。大舟，黄帝命名

华夏上古故事

为"船",船的浮力大,能载许多兵士、营帐和马匹,调动灵活。黄帝军用船运兵打了胜仗。这就是有关船的发明。

黄帝出征蚩尤得胜后返程途中,突然数日天降大雨,又接小雨,大雨小雨接连不断。阴雨霏霏,不利行军。军士乘船一程,徒步一程,行军很慢。黄帝的马爬犁行动非常困难。黄帝问乡导安车:"这时候为什么阴雨不断呢?"

安车专管乡导一事,对此时节的阴雨天也感觉意外,说:"大王,天有不测风云。本来梅雨季节已过了。战时那几天,天气晴朗。这几十日连雨不断,是很少见的。是不是前日征战,双方死伤将士太多,天有同情之心。'天悲有雨,人悲则哭'。"

黄帝说:"是啊!这个地方发生了几次大战,人神共悲呀!有什么办法祈祷一下吗?"

于是设坛,以樟树枝发烟,黄帝命大臣风后作祷文。祷文刻在一片木板上。黄帝肃穆对南天,读祷文:

"南天神主,我华族大难,历涿鹿之战,将士洒血,黎民涂炭。现山河平荡,万民安居乐业,天助神威,中华永续太平。将士回程,有雨阻隔,盼天神助我,让风婆、雨伯回天,让沧龙入海、水波不惊。天恩浩荡,祈祷必应。"

祈祷之后杀了一口猪,用猪头献祭。焚烧了祈祷木板告天。黄帝率众人向天九拜。

第二天,风停雨歇。黄帝一行启程。然而爬犁在湿地行走,拖起泥水,爬犁脚陷入泥水中,拉动困难。有拉爬犁健牛,牛领出血,跪步拖拽。黄帝下爬犁跟大家一起先走。兵士们用木头垫起爬犁脚。走走停停,两日行程不及平日一天。军士把树枝柴草铺到爬犁脚下,通过泥泞的地方。安车见滚圆的木头在爬犁脚下被压住后可以向前滚动爬犁,阻力减少,走得快了,他让人不断地在爬犁脚下垫上圆木头,又不断从后边把木头扛到前面来,垫到爬犁脚下。这样,一个爬犁派十个兵士运木头,大王的爬犁就走得快了。一会儿就撵上了黄帝一行。黄帝一看,称赞了这种"滚木"之法。到了长江边,黄帝要换船过江,南方官员告辞。黄帝叫安车随大军回王城做随员。

回到王城,黄帝回想雨中行军不易,把安车叫到舍下说:"上次爬犁过泥泞的路途,你用滚木的方法使行军加快了。可是,再有行军之事怎么办呢?我们想想办法也。"

安车说:"大王说的滚木之法,现已在民间运用,搬动巨石、木头都可以用滚木移动。如果让滚木的长度大于爬犁脚的宽度,仿佛铺在爬犁脚上就方便了。"

于是黄帝让人找来工匠，做了一些圆木头，专用来滚爬犁。在软地上滚木可以用，在崎岖的地方用不上，就只能备用了。

一天，黄帝看安车在训练士兵，搬动滚木。他发现垫爬犁脚的木头用一段时间就会因木头的硬度不同出现环形凹槽。爬犁脚也会出现磨损，如果爬犁脚上的磨损大了，滚木就不能流畅地滚动了，只得换新爬犁脚。有时爬犁脚拖着滚木一起向前，爬犁行走得快了。于是他们让工匠加高了爬犁脚，压在滚木的凹槽上，在滚木和爬犁脚之间加上油脂，滚动更容易了，这样就实现了最原始的带滚木的爬犁。

黄帝看这个装置，说："这是安车想到的在爬犁下垫滚木，发明了滚木爬犁，就叫'车'吧。"在这个基础上，车不断被改进，终于出现了马拉的有轮的车了。马被用来拉车，一日可以相当于牛三天的路程。因为牛和鹿的蹄子不适合长途拉车，被马代替了，只用来在松软的地上拉爬犁了。

黄帝和安车又对车做了一些改进，开始，车是轮轴一体，叫"通天轴"，轴和车厢的托木之间摩擦。后来改成轮和轴之间旋转，就是现在普遍采用的轮子。有两轮车和四轮车。车上的一些部位由黄帝给起了名，仓颉把它写成字。这些名称传给了后人。例如："轩"指带棚子的车；牲畜拉的麻绳叫"套"；套上有"夹板"用来锁住马；车前突出，夹在牲畜两侧的长木杆称"辕"；转动车方向的马叫"辕马"；车架两侧护在车轮上的叫"车压厢"；压在车轴上的木头叫"伏兔"；压在地上转动的叫"轮"；穿在轮上的横木叫"轴"。初时的轮是连在轴上，一体的，称"连轴轮"。后来又发明了把轴固定在车厢上通过"轮毂"，组成轴与轮间转动的叫"通轴轮"。车轮、轴也由硬木改成了铁轮轴。

有一天，安车赶车载黄帝外出。安车想到了匠人提出的问题，就是两个车轮的轮距，他问黄帝怎样确定车轮的轮距。

黄帝问安车："现在都是什么尺寸？"安车说："北方使马多，窄一些，南方使牛多，宽一些军队乘车人多，更宽一些，大约是四尺到六尺宽。"

黄帝看拉车的四匹马，问驭手，驭手指着前面并排拉车的三匹马说："大王，这三匹马中间的称"传套"，左边的叫"里套"，右边的叫"外套"。你看这些马喜欢各走各的路，辕马、传套马在中间走，里套、外套各走一个车辙，这样刚好。"

黄帝对安车说："驭手的意思是，一车两轮的距离正是两侧马的踩踏宽度，刚好合适。"

安车说："大王的意思是两个轮距离为边儿上两匹马足的蹄印了。那车厢做

第六章 黄帝的故事

成三匹马外边的宽度吗？"

安车做了测量，三匹马并行，外侧两匹马的足印相距是四尺五寸，这就是轮距了。三匹马并列，外边的距离是六尺五寸，这就是车厢外沿的大小了。报到黄帝处，黄帝同意了这个标准。公布下去，这样大家都一致了，方便工匠做车辆时定轮距和车厢大小。

黄帝会木匠手艺，结合人们的实践发明了车，便利了陆上运输。车的发明使行军打仗、人员迁徙、运输物品就方便多了，人们感谢黄帝在任上完成了车的发明，把黄帝叫"轩辕黄帝"，王城也称"轩辕城"。

九、黄帝与仓颉创造文字

远古先民最初没有文字，发展到邦国的时候，需要记录、传递的信息量很大。在伏羲那个时候，已经有了结绳记事和刻符记事。伏羲创立的八卦被认为是文字的雏形，例如坎卦☵表示水，竖起来变成了水字。到了黄帝的时候，战争、互市等大规模人群活动产生的信息量更多了，结绳和刻符已不能满足生活、生产和军队的需要了。由此，在黄帝的安排下由仓颉主持文字规范整理，产生了一种记录形状的"象形造字"和记录行为、思维、感官的"会意造字法"。

黄帝召见仓颉，让仓颉对坐。黄帝说："老大臣，今有一事相议。我邦管理的事务日日增加。但是事情记录非常困难，你看看有什么办法把记录方式从人之心上转移出来，转记出来之东西不再叫符也？"

仓颉说："是，大王。人在传递信息上要感谢女娲大神，她让人们有了语言，这语言是传递信息之基本方法。如女神不造语言之声，则我们恐怕类如鸡鸣犬吠也。"

仓颉指着窗外叽叽喳喳叫的麻雀说："幸亏女娲大神在发大水的时候在方舟上搭救了麻雀，让它们学会了鸟鸣。我聆听麻雀之叫声久矣，可以分辨其群鸟状态。现在这一群，是两个鸟父母在引导几只小麻雀啄食也。亲鸟随时和子鸟交流，其鸟语如人言也。麻雀系鸟之语音大师也。人之视听感官、行为、语言、情感极其丰富，把此表述成语音，记录下来，就是'字'。"他边说边在泥土上画出"字"来。又接着说："字之'宝字盖儿'，象征一家人。这个家里，有一个孩子哭喊着，这哭叫的孩子，就是'子'也。这个'宀'加'子'就是'字'也。'字'和形声相伴，'字'记录了形声。形是事物之外形。如我听到说'牛'，刻成'牛'

160

这就是字了。'牛'字指具体之牛也。因此造字先要对象形刻画。象形是最基本之造字起源也。"

仓颉接着要黄帝派几个人，专门创制文字。

黄帝说："好！我同意你之看法。你招数个辅臣就在我舍下做这件事也。先去民间收集刻符。然后一一归类整理，做基本之字表也。然后公布下去。"

于是，仓颉就找了几个机灵的年轻人到民间去，把能看到的记号、符号都记录下来。十几天以后，大家回来把记录的字整理一下，有数百个。几乎都是记录有形的东西，如：牛、羊、猪、太阳、月亮等。接下来，他们又记录了会意字一百多个，如：说、走、来、去等。还有数目字。如：一、二、三、四、五、六、七、八、九、零、十、百、千、万，有几套记录数的字。

他们采用的方法，被后人归类为形象、会意、指事、形声、转注和假借法。

有一天，仓颉带几个年轻人到黄帝舍下来，在黄帝面前演示已造字的作用。他们分成两组，假借有事情通报，黄帝居中，看他们的演示。一方在羊皮上用木炭划上字，送到另一侧。另一方看了说："请大王站起来到门口去。"黄帝听了照着做了，站起身来到门口。这样，三方都认为这些字表达了意思。于是这最初的，把意思写成字，传递这些字，把意思送达到远方的方法就实现了。最开始的时候，三百多个字，黄帝每一个字都看了，在泥板上划了几遍，他提出字的刻画能减则减，刻画的道道越少越好。并确定了以天数三百六十五个字作为第一批，传给天下执行。

仓颉和大家反复琢磨，能减的都简化了，就请示黄帝把这些字传到天下去。黄帝发令，让每族来两人，军队每队来两人，每个城来两人。大家带动物皮、木片、竹片、刀片、石片、炭块来学习这三百六十五个字。这个举动也算是一次最初的文字普及的教育形式了。

这一下，王城来了几千人，可谓盛况空前，有人撒谷子庆祝。近一月光景，字就在华夏传下去了。从此中枢和下边，下边对上面，族对族，户对户，人对人都可以用字交流心意了。多个字组织在一起就形成了"文"。从这三百六十多个字后，黄帝和仓颉一起又创造了一些文字，他们制定了造字的原则，并限定了字的数量，规定了字必须由帝王颁布的原则。

虽然在生产力低下的时候没有文字，人类顽强地活下来了。但自从有了文字，人类社会真正从低级文明迈进到高等文明了。文字的运用驱动了与文字有关载体的创造和生产，也为人类更丰富的精神生活奠定了物质条件。

第六章 黄帝的故事

以后，文字记录了医药的《黄帝内经》、诗歌、历史和卦辞等复杂的思想。人们早期使用了泥土、皮革、骨头、龟甲、木片、石片刻文字，逐渐被绑着的竹片所代替，这就是竹简。在两千多年后，公元一百零五年左右，由蔡伦发明了造纸术，写字更方便了。

十、黄帝与岐伯创立中医

黄帝时常想念母亲，母亲患病，作为儿子十分惦记。国事缠身，不能每日尽孝，他嘱咐弟弟风儿和木儿常回家探视。弟弟们回来说："娘身体越来越不好了。请了王城巫医昭丑一起回家，巫医说娘年近六十岁，已经疾病缠身了。娘每日勉强起卧，看来是天寿近了。"

黄帝找来巫医昭丑，问娘生病一事。巫医说："大王，自古以来巫医不分，医无专职，巫无专术。我亦行医亦行巫也。人的寿命全在于天，天机不可测。现王城有岐伯者，通医术，更兼医理也。医道满城最高明者属岐伯也，可召至舍下问之。"

黄帝把岐伯找来。岐伯已经近六十岁了，面色红润，眼睛有神，说话声音悦耳，牙齿整齐，走路有点儿跛行。黄帝赐座。黄帝对岐伯说："巫医昭丑说你精通医术。那你自己怎么是个跛行的人呢？"

岐伯说："前些年参加'阪泉之战'，为流石所伤。幸免丧命，得一老夫用草疗伤。命得到保全，落下瘸腿的毛病，被称为'岐伯'，从此就迷上了药草的事。巫能测人事，猜天意；医能治人病，展天寿。我志向医者。"

黄帝说："我老娘，年近六十，已卧病三四年了。现经常气喘、咳嗽，想请你给看看。"

岐伯说："大王母亲，系国母也。当速行。"

于是第二天早晨坐了几辆车，黄帝、嫘祖、兄弟等一行赶往黄帝家乡，车行两天就到了。黄帝也不理会什么族长、地方官的参拜，径直到了家里。一见老娘，他吓坏了。老娘已经上气不接下气地喘着。口中若若有声，黄帝伏下身，抓着娘的手，喊："娘！娘！"可母亲似听似未听地把头扭动了一下，突然眼放光亮，口中呼："土儿！土儿！"黄帝连忙说："我在这儿！我在这儿！"母亲并无回声。

黄帝赶紧让岐伯上前。岐伯问："几日未进食？几日未饮水？二便情况？"手触着老人的手腕，以右手二、三、四指分别摁在老人左右腕寸、关、尺部，轻

重按压了半刻，又看了眼睛。其瞳仁凝滞、牙关紧闭、喉中痰鸣、舌苔焦黑、舌体绀色有齿痕、皮肤干燥、下肢浮肿。片刻，拉着黄帝的衣角转到外面，对黄帝说："大王，老母亲已经十日未进食，五日未进水，气血停滞、气如游丝、脉象纤弱、结代不均。恐怕天寿将止也！"

黄帝问："有什么办法？有什么办法！"

岐伯说："病人阴邪侵五脏六腑，已深入膏肓，实在药力难去也。"

黄帝说："可告天祷！再续天寿一二十年！"岐伯不语。

巫医昭丑趋前说："大王，人寿天命已定。今老母亲年近花甲，病已缠身久矣。再延宕时日更加痛苦，可设坛祈祷，免余生痛苦吧！"

黄帝不语，默许之。老人咳嗽，喉中痰鸣，嫘祖急为老人叩背排痰。

就临时设坛，由昭丑主祭。巫医穿八卦法衣，手握一个羊皮鼓，以一柄桃木剑击之。口中念念有词："九天圣母听端详，我架云梯去南方。娲皇心慈造世界，人间苦痛尽收藏。孩儿男女有孝心，要为母亲表衷肠。母亲一生育儿女，含辛茹苦立家业。母亲放心享天寿，保佑儿女都平安。"如此反复数次，室内传出人们悲痛的声音。哭声骤起，黄帝的母亲已呼出人生最后一口气，灵魂归天了。嫘祖等为老人洗浴，穿素白装老衣服。

停灵三日送母亲入葬，黄帝三日少食水，七日返回王城。又过了五七的忌日，黄帝已心情有点儿平静了，让人把岐伯找来。

岐伯进来还没有坐定，看黄帝一副悲痛的样子，就跟黄帝说："大王，人生死有命，富贵在天，大王母亲过世了，你不要过于悲伤。儿身体好就是母亲之愿望，也是民众之愿望。"

黄帝说："人有多大职务就担多大责任也！我娘病故，我心里十分悲痛。我现为一国之王，如果民众也都有这样的事情，多难过呀！我昨天夜里梦见母亲在我幼年时候带我去采野菜，不小心碰到了一株有蜂巢的小树，一只蜂子就在我的脖子上叮了一下，钻心疼痛，嗷嗷哭也。母亲忙用口吸我伤口，又嚼烂一些树叶给我敷上就不痛了。我惊醒后母亲已虚幻远去，唯脖子这儿有一草刺扎我而已。"

岐伯说："'日有所想，夜有所梦'，大王孝心可鉴也。"

黄帝说："炎帝时教人种庄稼，谓之神农。他又尝百草，日中七十毒，为民众疾苦找药，我很佩服他。据说有《本草经》传习，你见过否？"

岐伯说："未见。炎帝时，记事只有结绳和符号。要用符号记录这样一部草药集，很难记下来。口口相传，倒是有许多药用草类、土石类、动物类等传下来了。"

黄帝说:"岐伯你这个巫医很有知识也。以后我等把医理、药性好好记一记也,传给四方民众。"

岐伯说:"谢谢大王!我有一些巫医知识,但也有限,可否多招几个巫医,大家一起琢磨,将大有益处也。"

黄帝说:"速办。由巫师昭丑和你办这事。有时间我会时时与你讨论医理之事。"

岐伯告辞。回去后,他照黄帝要求,找了王城一些有名的巫医,在一起研究学问。凡是黄帝问过的都记录下来。久而久之,记下了《素问》八十一篇,《灵枢》八十一篇。后来传为《黄帝内经》。

《上古天真论》记载,黄帝问巫医曰:"余闻上古之人,春秋皆渡百岁,而动作不衰。今时之人。年半百而动作皆衰者,时世异耶?人将失之耶?"

岐伯对曰:"上古之人,其知道者,法于阴阳,和于术数,食饮有节,起居有常,不妄作劳。故能形与神俱,而尽终其天年,渡百岁乃去。今时之人不然也,以酒为浆,以妄为常,醉以入房,以欲竭其精,以耗散其真,不知持满,不时御神,务快其心,逆于生乐,起居无节,故半百而衰也。夫上古圣人之教下也,皆谓之虚邪贼风,避之有时,恬淡虚无,真气从之,精神内守,病安从来。是以志闲而少欲,心安而不惧,形劳而不倦,气从以顺,各从其欲,皆得所愿。故美其食,任其服,乐其俗,高下不相慕,其民故曰朴。是以嗜欲不能劳其目,淫邪不能惑其心。愚智贤不肖,不惧于物,故合于道。所以能年皆渡百岁而动作不衰者,以其德全不危也。"

黄帝又问了关于人生长、老迈、生育的一些事,总结了一下。黄帝曰:"余闻上古有真人者,提挈天地,把握阴阳,呼吸精气,独立守神,肌肉若一,故能寿敝天地,无有终时,此其道生。中古之时,有至人者,淳德全道,和于阴阳,调于四时,去世离俗,积精全神,游行天地之间,视听八达之外,此盖益其寿命而强者也,亦归于真人。其次有圣人者,处天地之和,从八风之理,适嗜欲于世俗之间,无恚嗔之心,行不欲离于世,被服章,举不欲观于俗,外不劳形于事,内无思想之患,以恬愉为务,以自得为功,形体不敝,精神不散,亦可以百岁数。其次有贤人者,法则天地,象似日月,辨列星辰,逆从阴阳,分别四时,将从上古合同于道,亦可使益寿而有极时。"

这是黄帝总结、概括的真人、至人、圣人和贤人的长寿之道。然而世间人非圣贤,如何无疾无损,人人达到圣贤那样的天年呢?总之像圣贤人那样的生活才是正道。

这样的开篇,从人生的哲理谈起。内经记录了人体发育各阶段的特点,分别从阴阳、五行、藏象、病因、病机、针法、治疗原则等方面进行了比较系统地论述,为后来的中医学理论与实践奠定了基础。下面简略览之。

中医对阴阳的认识

黄帝和岐伯认为：阴阳是天地之气。人在天地间，阴阳均衡为之体健。阴阳失去平衡，人就要得病了。年老了阳气必损，因此阴气增长，日积月累就会患病了。辨病要从阴阳入手。阴损补阴，阳损助阳。调动人体的阴阳关系是治疗的关键。"生之本，本于阴阳。"（见《素问·生气通天论》）"天为阳、地为阴、日为阳、月为阴。并以此派生出，上下、左右、动与静、出和入、升和降、寒热虚实、表里等。"（见《阴阳离合论》）

中医对五行的认识

黄帝和岐伯认为："天有五行，人有五脏六腑。天地依金木水火土运行。人生活在天地运行的五行之间。天地之间，六合之内。不离于五，人亦应之。"（见《灵枢·阴阳二十五人》）"夫五运阴阳者，天地之道也。"（见《素问·天元纪大论》）"木得金而伐，火得水而灭，土得木而达，金得火而缺，水得土而绝，万物尽然，不可胜竭。"（见《素问·宝命全形论》）"所谓五脏者，藏精气而不泻也，故满而不能实，六腑者，传化物而不藏，故实而不能满也。"（见《素问·五藏别论》）

认为人体是由五脏六腑组成。五脏相互间依五行相生相克。其相生关系为："心之合脉也，其荣色也，其主肾也。肺之合皮也，其荣毛也，其主心也。肝之合筋也，其荣爪也，其主肺也。脾之合肉也，其荣唇也，其主肝也。肾之合骨也，其荣发也，其主脾也"。（见《五脏生成篇》）每一脏都有其表象，有其阴阳气显现的表征。每一脏都主理另一脏，如此相互呼应。

有关奇恒之腑。黄帝和岐伯对论曰："黄帝问曰：余闻方士，或以脑髓为脏，或以肠胃为脏，或以为腑，敢问更相反，皆自谓是，不知其道，愿闻其说。岐伯对曰：脑、髓、骨、脉、胆、女子胞，此六者，地气之所生也，皆藏于阴而象于地，故藏而不泻，名曰奇恒之腑。夫胃、大肠、小肠、三焦、膀胱，此五者，天气之所生也。"（见《素问·五藏别论》）

又论道："脾、胃、大肠、小肠、三焦、膀胱者，仓廪之本。营之居也，名曰器，能化糟粕，转味而入出者也，其华在唇四白，其充在肌，其味甘，其色黄，此至阴之类，通于土气。凡十一脏。取决于胆也。"（见《六节藏象论》）。

除了脏腑，黄帝和岐伯还阐述了气、血、精、津液、神

气："精化为气"《素问·阴阳应象大论》。"气不得无形也。如水之流……，其流溢之气，内溉脏腑，外濡腠理。"（见《灵枢·脉度》）气又分为：真气（元气），宗气（大气），中气、营气、卫气。

气是驱动之力，无气则无力，脏腑、收藏、运化都会停止。气不通，人则病。

元气（真气）。《灵枢·刺节真邪》曰："真气者，所受于天，与谷气并而充身者也。"

宗气（大气）。《灵枢·邪客》曰："宗气积于胸中，出于喉咙，以贯心脉，而行呼吸焉。"

中气：谷气，胃气。系胃的腐熟和脾的运化产生，营养脏腑。

营气：在《素问·痹论》讲道："营者，水谷之精气也，和调于五脏，洒陈于六腑，乃能入于脉也。故循脉上下，贯五脏，络六腑。"《灵枢·营卫生会》曰："谷入于胃，以传于肺，五脏六腑皆以受气。其清者为营，浊者为卫，营在脉中……营周不休。"也就是说营血不可分。

卫气：有护卫身体的意思。《灵枢·本脏》说："卫气者，所以温分肉，充皮肤，肥腠理，司开阖也。"气在体内作用很大。有驱动作用，温化作用，防御作用，固摄作用，气化作用，营养作用。

血：来源。《灵枢·邪客》说："营气者，泌其津液，注之于脉，化以为血。"

血的功能《素问·五脏生成篇》说："肝受血而能视，足受血而能步，掌受血而能握，指受血而能摄。"《素问·本脏》说："血和则经脉流行，营复阴阳，筋骨劲强，关节清利矣。"

精神：天有神，人亦有神。《灵枢·本神》说："黄帝问于岐伯曰：凡刺之法，必先于本神。血脉、营气、精神，此五脏之所藏也。至于其淫泆离脏则精失，魂魄飞扬，志气恍乱，智虑去身者，何因而然乎？天之罪、于人之过乎。何谓德气生精神、魂魄、心意、志思、智虑，请问其故。"

岐伯曰："天之在我者德也，地之在我者气也。德流气薄而生者也。故生之来谓之精；两精相搏谓之神；随神往来者谓之魂；并精而出入者谓之魄；所以任物者谓之心；心有所忆谓之意；意之所存谓之志；因志而存变谓之思；因思而远慕谓之虑；因虑而处物谓之智。"

岐伯又说："故智者之养生也，必顺四时而适寒暑，和喜怒而安居处，节阴阳而调刚柔。如是则僻邪不至，长生久视。"

又说:"是故五脏主藏精者也,不可伤,伤则失守而阴虚,阴虚则无气,无气则死矣。"

津液:人有津液,外见于口鼻。实则人体内有津液流注。在《素问·经脉别论》说:"饮入于胃,游溢精气。上输于脾,脾气散精,上归于肺,通调水道,下输膀胱,水精四布,五经并行。"这是津液产生的过程描述。在《素问·逆调论》说:"肾者水脏,主津液。"

津液的功能。见《灵枢·五癃津液别》,说:"五谷之津液和合为膏者,内渗于骨空,补益脑髓。"见《灵枢·决气篇》,说:"汗为津所化生"。《素问·宣明五气篇》说:"五脏化液,心为汗,肺为涕,肝为泪,脾为涎,肾为唾,是为五液。"

精神、血气、津液在人体内是生命活动的物质基础。是动态的交流过程,相互转化。转化运动受阴阳五行,脏腑调理,运行正常人就健康,运行失和人就病了。停止运行人就失去生命。

有关经络

又有一天,黄帝问到,经络是怎么统领全身的。见于《灵枢·经脉篇》。雷公问于黄帝:"禁脉之言,凡刺之理,经脉为始,营其所行,制其度量,内次五藏,外别六腑,愿尽闻其道。"

黄帝曰:"人始生,先成精,精成而骨髓生,骨为干,脉为营,筋为刚,肉为墙,皮肤坚而毛发长,谷入于胃,脉道以通,血气乃行。"

雷公曰:"愿卒闻经脉之始也。"

黄帝曰:"经脉者,所以能决生死、处百病、调虚实、不可不通。"

雷公又曰:"何以知经脉之与络脉异也?"

黄帝曰:"经脉者,常不可见也,其虚实也,以气口知之。脉之见者,皆络脉也。"

人体经脉、络脉共同组成了人体的气血流注的通道。经为主干,络为支脉,纵横全身。

另有奇经脉,任督二脉,阴阳跷脉等补充十二经脉的不足之处。

有关病因的论述

又有一天,黄帝与岐伯谈人体如何得病,并因此而议论起什么是病因。黄帝曰:"实者何道从来?虚者何道从去?虚实之道,愿闻其故。"(见《素问·调经论》)

岐伯曰："夫阴与阳，皆有俞会，阳注于阴，阴满之外，阴阳匀平，以充其形，九侯若一，命曰平人。夫邪之生也，或生于阴，或生于阳。其生于阳者，得之风雨寒暑；其生于阴者，得之饮食居处，阴阳喜怒。"

这是在《素问》中就病因阐述的机理。阴阳不合外感风寒，内伤饮食情感，都可以是病因。后人发扬之为六淫，既风、寒、暑、湿、燥、火。"人以天地之气生，四时之成法。"《素问·生气通天论》如是说。

又有一天，黄帝问病之由。见《素问贵篇·刺法论》。"五疫之至。皆相染疫，无问大小，病状相似。是为疫疠。"

有关心情对人的影响

有一天，黄帝问"情"。见《素问·玉机真脏论》。说："忧、恐、悲、喜、怒，令不得以其次，故令有大病矣。"《灵枢·百病始生》说："喜怒不节则伤脏。"在《素问·阴阳应象大论》中具体表达为："怒伤肝，喜伤心，思伤脾，悲伤肺，恐伤肾。"也就是说人的情感太过，都可以伤及五脏，属内伤，如：怒不可遏会伤肝。肝伤则目赤。肝主疏泄，藏血，生筋。其华在爪，肝伤则有疏泄不通，血不得藏。筋缩而爪枯。

喜伤心。心伤舌焦。心主血脉、神明，主调节脏腑，是君子之官，其华在面。心伤则血脉不畅，神明不扬，脏腑失和，面色灰暗。

思伤脾。脾开窍于口，脾伤则口唇燥，脾主运化，水谷津液。主升降水湿、主统血、主肌肉。脾伤则水谷运化、津液调节不畅。湿气不升，潴留引起浮肿，血不统制引起血行脉外。肌乏无力。

悲伤肺。肺开窍于鼻，肺主气之吐纳，朝百脉，主宣发肃降，调节汗津体液，主皮毛。悲之过伤肺，则可见鼻息不畅，气滞留，脉不张，湿气不宣，不降而浮肿。皮毛枯槁。

恐伤肾。肾开窍于耳。肾主藏精，主津液，主收纳气。其华在发。因恐惧伤肾，肾衰耳鸣。精气不足，生育不利，津液无主，引起浮肿。气不纳，气之不足，心肺都受影响。重者发焦发脱。

据此情感所伤在内，内藏五脏，伤则患病矣。

又一日黄帝问饮食、房事、劳逸，此皆内伤之病因。见《灵枢·五味》"谷不入半日则气衰，一日则气少矣。"不洁饮食不利于健康。饮酒如饮水一样多也损寿命。

房事不节。"醉以入房。以欲竭其精，以耗散其真，不知持满，不时御神，务快其心，逆于生乐。"见《素问·上古天真论》。乐而伤则悲。

人是在运动中才有活力。但过劳过逸都伤身体。《素问·宣明五气篇》说："五劳所伤，久视伤血，久卧伤气，久坐伤肉，久立伤骨，久行伤筋。"看来过于劳逸都不好。

黄帝与岐伯。虽未谈及痰饮、淤血、胎传病因。但近似的情况已经涉及。《素问·气交变大论》中说："岁土太过，雨湿流行，肾水受邪，引发中满。"有关淤血，《素问·痹病》说："病久入深，营卫之行涩，经络时疏而不通。"可视为淤血及外伤，有恶血，当泻而不泻的病机。见《素问·缪刺论》《灵枢·水胀》。

对婴儿病《灵枢·逆顺肥瘦》说："婴儿者，其肉脆，血少，气弱。"尤其要兼顾小儿脏腑娇嫩。

中医有关病机的理论

又一日，黄帝问岐伯病机一事。黄帝和岐伯，在《素问·至真要大论》里说人体生病是"谨候气宜，无失病机"，又说"谨守病机，各司其属"，认为疾病是人体虚弱，病邪侵入引起。健康的人体内阴阳相和，平衡相处。如平衡失和就会患病了。人体强壮的时候不宜得病，如人的青壮年时期。俗话说："人有十年壮，神鬼不敢旁。"待人年幼和衰老的时候，抵御外邪的能力降低就容易患病了。在人体内正邪相搏，打乱了平衡。脏腑运行紊乱，致气血运行紊乱或脉络不通，产生局部或全身的运行失衡，就产生了疾病。病因不同，引起的病机也不同。如内生五邪，外感六淫等各伤其脏腑、经络引起疾病。

黄帝和岐伯探讨病机。在《素问·通评虚实论》中说："邪气盛则实，精气夺则虚。"虚实可以相互转化。虚实可以错杂。互相转化。虚实是辨病的入手。

阴阳失调是又一个基本的病机。在《素问·评热病论》中说："邪之所凑，其气必虚。"也就是说：不管是外感六淫或内伤五气或饮食，劳逸所伤，作用于人体，都会使人的阴阳失调。《素问·生气通天论》中说："凡阴阳之要，阳密乃固。阳强不能密，阴气乃绝。"是说阴阳相互依存，相互转化。主要病机有：阴阳偏胜。见《素问·阴阳应象大论》说："阳盛则热，阴盛则寒。"在《素问·调经论》中也说："阳盛则内寒。"这里明白地讲了阴阳偏盛都可引起疾病。阳盛和阴盛都可以引起，虚实、寒热、气血的变化来。

又一天，黄帝与岐伯又论起气血失调的病机。《素问·调经论》中说："血气不和百病乃变化而生。"气和血的变化，气机失调。可见有气滞、气逆、气陷、气闭和气脱。血的失常可有，血虚、血瘀、血热和血妄行。气血病机也可以互相转化。在《素问·举痛论》中谈到了血气失调的一些病症，包括疼痛，"经脉流行不止。环周不休，寒气入经而稽迟，泣而不行，客于脉外则血少，客于脉中则气不通，故猝然而痛。"这就是不通则痛的病机。气血不调又可引起麻木、昏厥、肿胀等。在《素问·方盛衰论》中说"逆皆为厥"。

气机失调可引起咳嗽、气喘、呃逆、呕吐、重者霍乱。（霍乱指挥霍离乱，急骤发病，上吐下泻的病机。）也可有便秘，奔豚气逆，是指小腹之气上逆，人气喘如奔豚。

后人在《黄帝内经》的基础上还就津液失衡，外感六淫，经络失调，卫气营血，三焦脏腑等病机进行了编补，丰富了中医理论。

关于中药学黄帝的贡献

又一日，黄帝与岐伯论中药一事。黄帝说："岐伯，余前些日提到炎帝神农采药之事。今日，可有什么新消息也？"

岐伯说："自阪泉之战后，炎帝神农氏在长江北岸，汉水之滨的武当山一带云游。人称那个地方为神农架。据说神农氏经常在民间收集药方，并且亲口尝试药材。尝百草，一日而遇数十毒，让人敬重。其所涉之广已超过前人。也有传说他编《本草》一书，我还没有见到。"

黄帝说："余小时候，家乡的巫医就用药给人治病了。我在近几十年也品尝了一些药物。这药与我们的食物是同源之物也。"

岐伯说："大王明鉴。所谓药都是一些有功能性的食物。人有饥饿吃肉食、五谷，解决了饥饿的感觉，也是一种治疗作用也。因此一部分药物可以是食物，也可以为药物也。再有，一些食品不能做粮食用，但吃了这些东西，身体会发生反应，治疗某些症候，这些就是专门的药物了。"举凡药物可归几大种类。

其一食粮类，就是前面说的粮食也，又分谷米和菜品两种。前者，粮食中的麻、稻、黍、稷、麦、菽都可入列。后者，菜类有葱、蒜、韭、薤、芥、藤等都可入列。

其二是草类。一年生的叶花茎根都可入列。

其三是树木类。多年生的叶枝皮干花果仁等均入列。

其四是金石类。山岭地下凡坚如石者打锻之粉可入其列。

其五是土类。凡为天然粉碎的粉状物均入其列。

其六是水类。凡天降、地表、地下水均入其列。

其七是动物类。凡飞禽、走兽、水中游者均入其列。

其八是人之本体离体之物，均入其列。

其九是虫类。凡天上飞、地里钻、水中游的虫类，归为此部。

其十，不能归以上的可为其列。

黄帝和岐伯谈论药。记录在以下篇章中：《黄帝内经》上有《素问·至真大要大论》《素问·藏气法时论》《素问·宣明五气论》《素问·六微指大论》《素问·五常政大论》。

黄帝和岐伯认为，药分五味，是指辛，酸，甘，苦，咸五味。药性依五味而入五脏。五味对应五脏为：辛入肺、酸入肝、甘入脾、苦入心、咸入肾。依味不同亦有不同的功能。五味对应的功能为：辛能散、能行，酸能收、能涩，甘能补、能和、能缓，苦能泄、能燥、能坚，咸能软、能下。味厚者为阴，薄者为阳。辛甘发散为阳，酸、苦、咸涌泻为阴。

《黄帝内经》关于药分五味的学说奠定了中药学的理论基础之一，为后来对药物功能的分类，阴阳，沉浮，脏腑，归经产生了重大影响。

关于中药方剂

又一天，黄帝与岐伯坐在一起。黄帝问岐伯："近日仓颉教民识字。已经有一年多了。传檄政令很方便，对我们在研习医术方面也有很大帮助。近日就方剂方面有什么收获也？"

岐伯说："药物有许多种，主药之谓君，佐君之谓臣，应臣之谓使。（《素问·至真要大论》）凡主方用药就像大王管理国家一样。王为君，主管全面。臣为次，佐王管理一部分国家功能。再以使者具体办诸事。医者在治疗组方上也是这样。比如夜不瞑目，就是失眠症。一可因饮食不节、脾胃不和则卧不安。二可由体虚久病、阳气不举、阴气盛则目不瞑。三可由劳逸失调，劳则气耗，气耗运化、水谷失调，水谷不化则血不足，血虚不能养心，心神不安则不寐。四可由情致所伤，怒气伤肝，肝火上炎，扰动心胆气虚，心神不安则不寐。"

诸病因引起夜不能寐。因病机不同，可以见肝郁化火，痰热内扰，阴虚火旺，心脾两虚等症。其中，痰热内扰症见不寐，入睡困难，寐而不实，常有饮食不节诱因。兼有头重目眩，痰多胸闷，心烦懊恼，舌苔黄焦，脉可滑速。可用半夏秫米汤加减。咳痰加桔梗、枳实、竹茹；燥热加黄连、山栀；胃脘不适加焦三仙（焦山楂、焦神曲、

第六章 黄帝的故事

焦麦芽）；痰湿加茯苓；失眠重加酸枣仁、远志。

黄帝和岐伯谈医论药共举方十三个。在《黄帝内经》列举的方剂有：

《素问·汤液醪醴论》中，汤液醪醴。

《素问·病能论》中，生铁落饮。泽泻饮。

《素问·缪刺论》中，左角发酒。

《素问·腹中论》中，鸡矢醴。乌贼骨芦茹丸。

《素问·奇病论》中，兰草汤。

《灵枢·痈疽》中，豕膏。菱翘饮。

《灵枢·邪客》中，半夏秫米汤。

《灵枢·经筋》中，马膏膏法。

《灵枢·寿天刚柔》中，寒痹熨法。

《素问遗篇·刺法论》中，小金丹。

这十三个方剂数量不多，但对后世中药方剂的理法方药，中药的炮制、剂型等有巨大的指引作用，提到了丸、膏、丹、饮、熨、酒的剂型。

黄帝时代后整理的一部《黄帝内经》收集了自炎帝神农，黄帝和岐伯及后世对中医中药的阐述，成为中华民族科学史传奇的著作之一，也奠定了黄帝和岐伯们在中医学上的始祖地位，后世人永远纪念他们。

科学是在一定时间和空间里相对正确的事物。中医药在四千多年前产生是那个时代先人伟大的科学实践，是古华夏对世界医学科学的贡献。

十一、黄帝南巡战刑天

黄帝登王位八年后，天下太平。黄帝每年都要在邦国巡视，常常是春天去北方，秋天去南方，每次巡视都要先了解一下情况，解决一些问题。

秋天到了，黄帝又准备到南方去巡视。有一天，黄帝召文臣武将议事。仓颉向大家通报说："近日接到南方城邦、族群来报告。有一群南蛮人号称刑天贼军，经常流窜作恶，抢掠族人，破坏民众财产。凡有不服的就用刀斧、棍棒杀伤之，死伤了一些民众。虽然那些地方城市有驻军围剿他们，但都不是刑天军的对手。最近该流寇占去我们两族之地，在离范城南一百余里建了寨栅，抢掠民众。城邦守臣请大王派军剿灭贼人。"

武将常先说："这个刑天的父亲是三苗人，母亲是华族人，生在江南。族人

善冶铁铜，有些武功。原在蚩尤部下做军士，蚩尤败了，转投炎帝军队，是炎帝手下一员战将。征战多年，屡有战功。在炎帝手下追随到'阪泉之战'，炎帝放下武器，刑天并不服从，带一些随从，逃入南方山里。这两年招蚩尤和炎帝旧部起事，已经聚集约万人。这些人多从南方冶炼处得到铜铁器物，做成面具号称'铜头铁额'，他们的驻地多水网，惯用浮筏，我北军不适应水战，所以很难剿灭。"

力牧大将说："平定蚩尤时，大王已经命令我造了舟船，可进攻木筏也，我可用大船载箭手和抛石手去打击他们。"

黄帝说："我乃天授邦国，所行德政，民众轻徭役少租税。城市镇村为行政管制所设，文武官员为我授命。刑天狂徒残害黎民，私设营盘，不服行政管制，必须荡平！"

臣仓颉说："秋收已完，庄稼都上场了。民众有闲时，正是出巡剿灭贼人的好时机。且我邦国地广人众，只要百丁抽一也超过邢天军。"

黄帝说："贼有万余，我可倍之。我意此次南巡，剿灭刑天，不再行抽丁之法，不要震动民众。从各州常备军中抽调，各州发来两千军就是一万八千军也。我中枢拨五千军，足以克敌。各军筹粮一月。即刻发令各州，见令十日内到范城会齐。此行目标为剿灭反贼，擒杀敌首！"

又指定王城大军力牧为主将，常先、飞鸿为副将，东土为监军，黄帝亲自督军。仓颉暂管王城事。

东土为黄帝起草了讨贼诏令，大王阅后发了下去。诏令文：

华夏邦国三支血脉统一五载，黄帝勤政为民，轻从简出，轻徭役，少租税。民得以生养太平。近有南方范城地，贼首刑天，聚众抢掠，妄称为王，盘踞山林。今黄帝南巡，各州调常备军二千，聚范城剿贼。接报十日到范城。

华夏大王黄帝诏告

三日，黄帝大军离开王城，军资齐备，队伍旗帜招展，将士斗志昂扬，大军浩浩荡荡发向南方。十日行军，跨黄河、长江汇合于范城。有守城将军广彪和城臣谷山接入城中。广彪向黄帝一行报告备战和刑天军来犯情况，说："已按大王命令在城内集一万八千军将。将已领队，兵已入列，只待大王视察。刑天军月余三次来犯，所到族群，寨栅不能抵挡他们。只有范城和其他几个城墙高耸的地方，

第六章 黄帝的故事

他们没有攻入。其贼众抢掠飘忽不定，来几日、去几日都无定数。以抢掠粮食、牲畜、人口为主。"

黄帝问贼军有什么战法？

广彪说："他们常水陆并进，有筏数百，一呼登岸，抢掠一番；又一呼上筏，顺水离去。"

黄帝问贼军驻在什么地方，城防怎样？

臣谷山说："他们离这里有一日水陆行程。在常羊山南有寨子叫后黎，只有木栅无城壕。"

黄帝让东土拟一诏令，刻于竹片上。让东土和副将飞鸿，去后黎寨给刑天下诏令。又让臣谷山找一个知晓当地山川、水网、地理、天气情况的乡人来做乡导。谷山找来当地青年安硕到王帐下听差。谷山介绍说安硕是生在范城的华族人，家里开木匠铺子，其人有孝德，勤奋多技艺，通晓巫医，能观天象。

东土、飞鸿带四个军士由安硕赶一驾马车去常羊山后黎寨。刑天已经知道黄帝大军到了范城。黄帝派使臣到了后黎寨，刑天为之大惊。

刑天在帐内迎东土、飞鸿。安排坐定，东土厉声说："黄帝知道你等无法无天，不受州镇管辖，侵夺民众财产土地，杀伤民众。黄帝天威，发大军特来问罪。大军已到范城，今黄帝有诏令传给你等。识时务，赶紧受降，可免死罪！"

刑天接了诏令，并不认得其中的文字内容，身边人虽有战将巫人，都面面相觑，只能听东土说明。东土高声宣读：

"令刑天降服诏。刑天无德，不服天朝国政。聚众立寨，抢掠民众，残害人命，百里城乡民众惶恐。我受天命，率大军剿贼，所到之处尽弃武器受降，保全性命。如抗命不降，必有杀伐。刑天贼首，念华族血脉，当以民众生命为要。勿驱兵民。如熄降服，顺应于天，可戒恶成民，当给生息之地。黄帝诏令。"

刑天听了宣读，明了大意。但顽劣之心仍然不服气，说："什么天命？什么大王？在我地盘我是大王也！明日战场见，我必杀之。"

飞鸿说："刑天你曾在蚩尤手下为军士，在炎帝手下为将官，岂不知军令如山乎！天时已华夏大统，黄帝柄王权，天下归心，民众安居乐业。你不识天威，可知后黎寨不及范城十分之一也，范城不及邦国百分之一也，你区区万军，不及邦国百丁抽一也。今黄帝亲率大军，足可踏破你寨栅也，投降是你唯一出路也！"

刑天无语，赶飞鸿等来使出寨门。

飞鸿回城，留心路途，为进兵做准备。这后黎寨立在一小石山上，此山称常羊山，

第六章 黄帝的故事

两侧夹湍流河水，前面有壁立悬崖，中有一石梯道路，易守难攻。

回报黄帝后，次日上午大军启动，在离后黎寨五里列下阵势。不多时，刑天军也列成阵势。黄帝军先以北斗天威阵。刑天军并无阵法，军前有战象数十头。刑天手持一个长柄铜锤到阵前，高叫黄帝出战。有大将力牧挥枣木铜头大棒迎将上去，就阵前两人锤来棒去杀了二十回合，力牧渐渐不支，副将常先一挥令旗，大军冲杀过去。军士人人奋力冲杀，刑天军驱战象也不示弱，有军士驱赶战象，向黄帝军杀来。人呼兽叫杀了一个时辰，不分胜负，各有伤亡，黄帝见状命前军后退。后军以木石等阻住通路，待战象被阻军士暴露。黄帝军以箭支、飞石击打，刑天军退回。至晚，双方暂回驻地。

第二天，黄帝命人驾舟船先行伏于水岸边，列十面埋伏阵，有陷阱暗设。两军对战，刑天率军从山上下来，常先、飞鸿双双迎战，不过数回合，双双败走。刑天杀得性起，紧追不舍，将近追上，刑天后军大乱。黄帝军从侧面水路杀出，刑天挥军杀退夹击军士，稍喘息，又向黄帝军杀来。有大将广彪接战，片刻广彪退，再追有常先迎战，片刻又退。刑天追过一片树林，突然地陷天崩，刑天和军士纷纷坠入陷阱中。黄帝军回头杀出，绑降卒数百。刑天也被陷住，军士绑其到黄帝帐前，这刑天很不服气。黄帝见绑了还不投降，命军士是把这些绑着的军士放了。晓以诏令，愿回家的回家，愿留下的留下，一个不杀。刑天也被放了。

刑天愤愤地说"放我如放虎，来日必后悔。我是可杀可死，绝不投降！"

黄帝说："人都有父母妻儿，放你等回去为你父母家庭计。放下刀斧回去耕田也。"被放开的军士大呼："大王仁心，感谢大王。"

这刑天回到后黎大寨，已经招不到新的军士了。刑天失去民心、军心。两日后，黄帝大军堵住大寨，只许民众出来，不许物品流入。

这寨与城的区别是寨以大木扎成，约束军队。防守不如城，如遇火攻，如困笼中。黄帝军围住大寨，只放一侧门让百姓和降卒走脱。一日后关闭通道，寨中粮食、水都不多。黄帝为了少杀伐，命围住暂不攻打。力牧命兵士四处搬来草木，准备火烧大寨。水面也派船梭巡，防刑天逃脱。

又过了五天，寨中无粮军心浮动。刑天对天大呼："天神不明，黄帝杀蚩尤，降炎帝，此仇不报我死不瞑目！"然后打开寨门。后边只有寥寥数百军士跟随了，全无阵势。刑天冲到黄帝军前，专呼黄帝接战。

大将力牧出到阵前，持棒大呼："刑天知道天命吗？我王黄帝顺应天道，一统中华，兵熄战火，民以安生。你逆天叛道，赶紧投降，饶你性命！"

刑天大呼："天已不公，我何敬天！地已不平，我何敬地！看我锤头！"举铜锤来战。刑天的铜锤向力牧头上打来，力牧以棒迎锤。打在棒中间，棒子折成两节。力牧以棒投刑天，打在刑天的右眼上，刑天眼中流血，抢步上前来击杀力牧。大将飞鸿已经赶到，用镇妖梨木杵挡住刑天，两人又大战十几回合。传黄帝令，将士大呼："双方息战，稍休息再战不迟。"两军就阵前休息。大将飞鸿准备再战，黄帝已持开山斧来到阵前。

刑天虽然失去一目，但看到黄帝在阵前，大呼："天命若何，看我大锤。"举锤冲来。将到黄帝面前，黄帝舞动开山铜斧把刑天打倒在地。刑天再次爬起，黄帝又一斧砍下。无奈这刑天头上有铁叶头盔，数击不死。黄帝看刑天已爬不起来了，扛斧回本阵。黄帝走在半途中，刑天突然跃起，用大锤向黄帝击来。仅有数步之远了，突然，飞鸿射出一箭正中刑天左眼。刑天双目全失，仍大呼杀来，有将士以刀砍去刑天头颅。无首之身仍向前冲数十步，然后轰然倒地，众人惊骇。黄帝说："刑天真战神也。"黄帝命葬之于常羊山坡上。

黄帝命刑天手下降卒都回家去，降卒皆呼黄帝盛恩。

黄帝在范城命召来九黎诸族首领，黄帝命以肉食款待大家。席间黄帝说："我们华夏族同大家一样，都是天下子民，我们遵循天道，关心百姓生活，尤其是黎民性命。邦国各族大家相安无事，不要以干戈相向。杀伐之事，天要惩罚他们的，蚩尤、刑天就是借鉴。愿我们和平相处吧。今后我们有文字传给你们，大家好互相联系，有种庄稼和百艺的技巧传给大家，共同发展。"诸族首领都说黄帝仁政大德，以后相安，不动兵戈。

休养数日，黄帝命大臣等把南方的水稻种植技术带到北方去，也向诸族传授了语音文字、桑蚕养殖、造船车技术后，返回了王城。

十二、黄帝平定东夷之乱

黄帝平定了刑天之乱，回王城轩辕城，已经有两年多了。这期间，他还整治了中枢管理机构。依权限称呼为"云"。如管理百艺的大臣称为青云大臣；管理军事的称为缙云大臣；又设了左右大监，管理天下的民族事务。加强了军队管理，在城市附近驻扎，保证了城市的安全。黄帝借鉴了各地城市管理的经验，实施了以城市为中心，州府、族群的管理制度。族人进入城市已不再用族群进行管理了。在农村成立村为基本的管理单位，淡化了族群为主的管理。全国统一了税收。施

行井田制，地亩代替人头税，百艺增收依利纳税。黄帝加强了法治管理，制定了刑罚的原则，惩治分为罚物、流刑、死刑。社会明显地向文明阶段迈进了一大步。

秋天的一个早晨，有大臣仓颉来报，有东夷族人来王城求见。华夏邦国对东北各族统称东夷，包括渤海邦族和北漠邦族。东夷各部纷争不断，渤海邦受北漠邦入侵已经好多年了。这部分族人受北漠人压迫，生活非常困苦。

这天，黄帝的儿子少昊也从东夷回来了。少昊做人质，从东夷借兵伐蚩尤和炎帝已经七年了，因为东夷不稳，所以没有回王城。

东北方向被称为东夷的地区极为广大，包括了环渤海的许多族群。其中，有华族的支脉在滦水流域建立的渤海邦族。这些东夷邦族早年都是华夏的臣属邦。在七年前，东夷在渤海邦族的统领下，渤海邦大王古山是盟主。黄帝有求于东夷出兵支援，送长子少昊做人质，东夷首领古山把少昊托付给一个以游牧为主的族群。

东夷族群间常有战争，多由于北漠抢掠渤海部引起。北漠族群近些年驯服了马，马除了提供肉食、皮张外，可以拉爬犁、车、骑乘。特别是骑马的军队，军士乘马，战力大为提高。人步行一日仅百里，乘马一日可三百里。打仗时马军冲锋起来，步兵很难抵挡。近日，渤海部来求援，前一个月渤海部被北漠军战败，有一半的族地被夺去了。北漠军队正在驱赶华族人离开他们开垦的土地。人们流离失所，十分痛苦。

黄帝召大臣在王舍议事就是为了东夷的战乱，少昊也在其列。

大家坐定，黄帝说："为了解决东夷的战乱，召臣将来。"黄帝指少昊说："我小子也在，他在东夷生活了七年，对那里有所了解。下面让东夷渤海邦来使进来，与众臣将讲一下情况。"

黄帝让渤海邦族人进帐议事。进来的是渤海邦的首领，叫古冲，黄帝想起了这个二十几年前的老朋友。那时都是青年人，当时一个是北华族的来使，一个是渤海邦族首领的儿子。黄帝那时带北华大军去支援渤海邦抗击北漠入侵，得胜分手。现在一个是华夏大王，一个是来求援的东夷渤海部族的首领。

两人互礼，黄帝请来人坐，并给肉食和茶。

黄帝说："古冲大王，你何时来也？多年不见，看你样子很痛苦，快说也！"

古冲说："近些年我向中原学习，想搞一个互市的地方。选在幽水城外，这地方是我王城。族群联盟意见不一。北漠为夺盟主地位，提出要设在浑水那个地方，那里虽然是渤海地界内，但人烟稀少，远离王城，离北漠王城比较近。族群之间还在商议中，北漠大王突然率骑兵犯境，杀我邦一个措手不及，数日夺我半数族地。

第六章 黄帝的故事

177

我来时北漠军已经要到王城了。他们提出要取消渤海部,并入北漠。请大王出兵救援。"

黄帝又问了北漠军的一些情况。古冲说:"北漠大王叫猛彦嘎。去年,猛达汗死后,他儿子猛彦嘎继位,把王城从崇京迁到了渤海边浑水城。此人野心大,善征战。此次猛彦嘎动员军马情况不慎详细。请大王发兵夺回华族失地。如能成功,我愿意将东夷盟主归大王名下,成华夏一部分。"

黄帝听后并没有表态,说:"请古冲先去驿馆休息。有时间,熟悉一下我邦国规制。学学新创立的文字吧!"

送走来使,大家重新坐下。黄帝在座位前,欲坐欲立,思来想去。少昊非常着急。

大将飞鸿说:"我兄长大鸿,二十几年前曾经率军同大王一起北征,曾将北漠降服。这几年,北漠驯有马匹,练就了骑射本领,攻城略地,是北方之凶徒。我国应该出兵攻打他们,让他们撤回到北漠去,维持东夷的联盟,解救被奴役的东北部华族。"

黄帝说:"前两年南巡征刑天一役,兵民死伤了许多,我真不忍心再驱兵北征了。战则会互有杀伤,双方民众都不得安生啊!那时为让东夷发强兵,我以少昊为质。东夷发兵助我克蚩尤,降炎帝。此患难之交,真手足兄弟也。今渤海势危,有求于我,这次不能不出兵也。此其一也。再者,我华夏地域贯黄河中下游,但海口还在东夷地界。此次如失去渤海邦,我与大海将隔绝。我不能失去海宇。此其二也。从燕山至幽水达海边一线,系我族人繁衍播散之边地,北漠如侵夺了渤海部,我族人将暴露于北方蛮族蹄刀之下。我出手必使北漠臣服,绝后世之忧也。此三也。有此三条理由,我宜出兵也。"

大臣风后说:"这个北漠,早晚是我邦国祸害。近些年他们依仗兵马,侵夺东夷渤海族人领地,如果不教训他们,又要侵扰中原了。东夷渤海部大王,已经许给我邦国这块地方。征战夺回失地,也可向东北扩出一块,让民众向那里拓展,也是一个强国实边之善策也!"

大将常先说:"我邦国地广人众,动员国力一成也可以战胜他们。十丁抽一,集十万人出征,战可胜之。"

飞鸿将军提出:"大军发动杀到北漠去,让他们投降不是难事,只是北漠的骑兵我未对阵也。人何以驱马,马何以听驱使,前所未闻也。"

少昊说:"我实骑乘过马匹,马通人性。驯好之良马,快如风也,人在其上自如也。早晚,我军亦可为之。"

老臣仓颉说:"大军一动,劳民伤财,死伤悲痛伴之。救渤海华族有二。一

曰出使谈判，从中调和。二曰出兵征战，我意先出使，后出兵也。而且此季节向北出兵，时节不利也。"

力牧大将说："渤海邦与我邦国语言习俗几乎一致。那里有部分北蛮人与华族混血的族人则近乎北方族人，语言不通，因此有支持北漠的族人。由此，进兵粮草接济要困难许多，准备要充分也。去五万军吓阻北漠，似可退军也。"

少昊说："我早年为质，去渤海五年，后战争结束又待了两年，已不为质也。那里民众仁爱，勤劳勇敢。我留恋那里有广阔草原，有善良民众。我妻亦是东夷渤海人也。受北漠侵害如同侵害我家乡也，唇亡齿寒，我邦国不能不管。要发大军过去，北漠才能屈服也。用五万军去吓阻北漠人就会退去，实小觑强敌也。"

黄帝沉吟片刻，大家有主战、有不主战的臣将。

黄帝看看大家说："明天让大巫师昭丑问问天再说吧。"

晚上少昊设宴请古冲。古冲问少昊是否出兵，少昊未回答，只谈民风乡俗事情。

到了晚上，大巫师昭丑设了一个祭坛，向北方星空烧了一堆火。手舞羊皮鼓，以手中的青铜剑击之，振振有词："天苍苍，夜沉沉，北地边民遭苦殃。大王东征平夷人，威武之师赴战场。一战摧垮浑水城，万民解救颂英明。告天示我何时去，告天示我何时还。天神助我保平安。"随后，将一刻有记号的牛骨投入火中。噼啪作响后，牛骨已分裂数块。标明顺的一侧有一长裂纹，标逆的一侧已碎裂。大巫说："这是吉兆，出征一定顺利。五日后吉时出征，一月吉时返回，必奏凯旋。"

车兵对骑兵之战

黄帝相信了天意。命令臣下动员全国部分州十丁抽一丁，有六万之众。近东夷族群，城邦三丁抽一，有六万人。各军在城邦集结，练习阵法，多备箭支、投石。军士有铜铁兵器的尽量带上。军将学南方人戴头盔、穿戴护心甲，减少死伤。每城邦准备百乘以上车兵，总计在千辆以上。车厢易高，用木坚厚，以挡敌骑兵。此次行军以力牧为大将，飞鸿任副将，常先为先锋，又安排少昊做常先的行军主簿，协助军事。监军大臣风后，黄帝督军，大巫昭丑随行，古冲随先锋军行。另招译员两个，以便和北漠人通话。东征的目标是击败北漠，夺回渤海华族失地和民众，争取一月结束战争。有黄帝子少昊在前锋军中，军心大振。

秋初时节大军启动。黄帝在车上看到华夏一片田园风光，民众安居乐业。五日后进入渤海境内，已是满目的凄凉了。田园荒废，人烟稀少。再行一日，前军有通报过来，离幽水城有半日路程了，大军已停下。黄帝车仗刚刚扎下营盘，听到远方人喊马嘶。前军报,有北漠骑兵袭扰来了。通报刚来,铁骑已到。

原来猛彦嘎已经知道古冲去华夏搬救兵,就急速进兵把渤海王城幽水城攻了下来。随即,军队打到了华夏的边界,把一条路上的边民赶到北边去了,不让来军有供给。又设探马,见有华夏军来,立即通报北漠大王猛彦嘎。

猛彦嘎召各头领议事。大将斗亥说:"北侵华军都是步军,一步一步走来,到幽水王城要五日以上。来军号称十二万,以战我十万兵。我军大部分是骑兵,可日袭三百里。请王派我出击,几次冲杀过去,管教他们溃不成军,败退而回。"

大臣吉仁说:"不可轻敌。今华夏举一国之力,又有黄帝督军,绝不可小瞧人家。黄帝手下文臣武将众多。他们战蚩尤三年,在涿鹿大胜,又战炎帝一年,阪泉大胜。近闻在南方常羊山一战杀刑天,连连大捷说明黄帝军战力不小。又听说他们新建铁车兵,未知战力如何。大王可否考虑与他们讲和也?"

有将军太罕大声叫道:"还未接敌,先挫自己锐气这还了得!我军虽少,也可集十万大军。兵锋所见全在精锐,大将临阵全在计谋。应先出击袭扰,再驱动大军决战。袭扰使其疲惫,我军以逸待劳,必胜之。"

大王猛彦嘎摇摇头,又点点头。他左思右想,和大臣们说:"我已战胜渤海国,北漠山川与渤海相接,创下这广大土地,怎么能拱手让人呢?对来犯之华夏军我军必须出战。而这十二万军杀来,我军必须有勇有谋才能胜之。兵在勇,将在谋啊!我同意先行袭扰之战法,让他们知道我骑兵之厉害,使其闻风丧胆,再谈判不迟。我意废此幽水城,迁民到浑水城,以利长时间战争。"于是将民众驱走,烧掉房舍,幽水城废了。

他们组织了五路号称飞驰军,每队五百骑兵,专门袭击行军和驻扎的队伍。这才有了黄帝前军回报,有马军来袭。正说间,黄帝军一侧也有尘烟飞来,马嘶人吼。将士赶紧拿起武器仓促应战。来敌正是太罕带领的一队人马,只见他们战马铁蹄,踏之不死既伤。人催战马,手舞刀枪,见人就杀,跑来跑去,一时一些将士伤亡。黄帝手持战斧立于车上。左右抵挡,一将跃马冲来。正对车前,眼见黄帝大斧飞来,身子一闪,不想马撞到车厢上,马倒人倒,既被军士打死。如此四五次冲来,马军对车兵没有胜数,步军被杀伤了一些。战一个时辰,敌骑自行退去。一转眼,人马已无踪影。行军队伍有多处被冲杀,死伤一些兵士,敌骑伤亡较小。

入夜,黄帝军围营造饭,正准备吃饭,突然又有敌军袭来,敌军有执火把者专烧营帐。敌骑冲杀,十多处火起。军士个个疲惫不堪。

第二天,黄帝召臣将等议事。黄帝说:"敌人欺我们远道而来,又无马军。

受到袭击损失不小。今后行军，扎营要十分防备，一者可以兵车围在外，可抵御马军冲击。骑兵一失马就没有优势了。二者可设绊马索、绊马杆，有贼军杀来即将绊马索、绊马杆拉起，马失前蹄必然跌倒。三者见敌来多用箭支、投石，让他不得靠近。四者教军士长枪刺敌骑手、短刀砍马脚，三人一组可敌一骑。五者敌已经废了幽水城，我方进军目标改为北漠王城浑水城。"

大家回去准备了。正行间又有敌骑兵袭扰，黄帝军已有准备。远有箭石飞出，近有绊索，兵士不再逃跑。许多骑兵被杀伤。黄帝军损失减少了。如此称黄帝军为"铁车兵"。

浑水城围歼之战

北漠军在浑水城中已集中了数万军马，奔袭的军队也回到了城里。遥见远方尘土飞扬，大臣吉仁说："浑水城一面临海，三面有平川。平原御敌全靠防住西南北。"大王猛彦嘎派斗亥守城，派太罕领兵，准备在城外布阵。

黄帝军离城十里下寨，准备整顿一下军车再攻城。黄帝召臣将议事。风后说："两军交战应下书一封，讲明利害。如敌满足我军条件，就可息兵。如不同意，大军破城，迫其投降再达目的不迟。"黄帝同意了风后的建议，写了一封书信，刻在木片上。就让风后带一个译员一个随员，三个人去下书。大军设寨休息。

风后带书来到浑水城下，示意城上人，有来使放进城内。风后等被带到猛彦嘎舍下，猛彦嘎及文臣武将都在。大王猛彦嘎高声说："华夏族无端犯境，又遣使说辞是什么意思啊？"

也不让风后座。众兵将手中刀枪拍打得铿铿作响。风后凛然说道："大王在上。我黄帝大王派使来，是晓以利害，说明缘由。如两家息兵，可免杀戮之灾。现我有王书一封让译员读给你听。"

北漠王猛彦嘎启

北漠王见言：我华夏本血脉相通，有渤海邦系我支脉。年前被你侵夺了土地，又毁田撂荒，民不聊生。近月又捣毁渤海王城，已激起民怨天怒。今我国大军秉承天命，携天之威，兵临浑水城下，你若识天威，速退还侵占土地和掠走民众，免于战事。如此，双方重修旧好，互市利民。如不顺天，天兵到日，城毁人亡。望北漠大王慎思。

北漠无人认识华夏文字，听了译员宣读明白了大意。

大王猛彦嘎说："天下者，天下人之天下。你们假托天意，实是欺骗天下。渤海王荒淫无度，残害民众，民起而攻之。渤海邦已并入我北漠了，民众已经改俗更业，你强来索回没有道理。我已约渤海部族百多族长议过，他们不愿返回渤海统领。你们如顺应民意就退回去。不然我铁骑大军冲杀你步军，如石击卵，怕你全军覆灭也！"

又有大将太罕高声说："我马军以一当十，一定杀得你军肢残命损，到时候悔之晚矣！"

大王猛彦嘎叫送客，不再谈判。

风后回来和大王黄帝说了猛彦嘎不肯议和一事，又说："猛彦嘎举原渤海部百多族族长意见，不同意返回渤海邦。"

黄帝说："收回大片土地只能靠战争了，这一仗不可避免了。那些族人刀架在脖子上，不可能敢说真话。"于是黄帝布置战事。双方约定明日开战。

第二天上午，双方列阵于城外五里。华夏这边，大将常先持花梨木大杵，阵前威武。副将飞鸿提一把青铜大刀。身后战车百辆，再后步军云涌，呼号连天。旌旗招展，摆冲垒大阵。北漠那边，旗帜猎猎，千骑踢踏，马嘶人吼。大将太罕骑一匹菊花青骏马，手擎铁头长枪一支，一马当先。

来到阵前，二将语言不通，也不搭话。马向前冲，人向前奔。一交手，步战就不占优势，常先老将闪开马首，大杵直取太罕。这太罕在马上，长枪直取老将常先的咽喉。眼看铁枪就要刺到常先，常先一闪身，足下不稳，一个前冲，已到了马后。转身再战，马已跳远。如此数回合，常先老将已体力不支。常先拖着大杵向本阵跑回，那太罕已跃马赶到，举枪从背后刺来。忽然，马失前蹄，原来副将飞鸿射一箭，正中马面门。枪已刺破常先大将右臂，不能再战。太罕也退回本阵。

两军收兵。此次马上将对步将，明显马上将胜步将。

夜间子时，黄帝失眠。油灯闪闪间有人走动，定睛一看又无人形，惊惧间，忽然人喊马嘶，想是北漠人掠寨。因为黄帝军早有准备，被烧几处营帐，损失不大，但人人恐北漠夜袭，难以入眠。

昨日一战，已经看出步军对马军劣势尽显。怎么办呢？黄帝出帐外走走。夜风徐来，吹动旗帜。秋寒料峭，秋虫悲鸣，更显苍凉。他见一军士在车上站岗，人形高大。他想车上站人与他骑兵对垒，一定会有优势。第二天，天明他呼副将飞鸿来。这飞鸿有善射本领，射箭和投石是其特长。大王对飞鸿说："你可在车上和敌骑战否？"

飞鸿说："没有试过。车行人颠，站立不稳，怕是不能战也。"

黄帝说："临阵时以兵士推车，车一定稳当，你在车上足攀车木，亦好施身手也。"

于是找来车子试试。果然，车行之间也可以投射挥戈。

这日上午，两军又排列成阵势。黄帝军还是以冲垒阵法准备攻城。这边，飞鸿站在车上来到阵前。北漠这边，遣副将乎龙出战。车马将近，飞鸿远处以箭支射马，近以飞石取将，还未接近，已伤及人马。及至近前，飞鸿手中铜头大刀已劈了下去，可怜乎龙一回合就丧了性命。

黄帝军令旗一挥，杀将过去。车兵对马兵，车上人站高临下、箭石齐发。骑兵机动灵活，前突后奔。步军也一起向前，北漠军不能支持，退回城内。黄帝军以冲关车，冲撞城门。一时没有攻破。城上箭石齐下。黄帝军暂停攻城，三面围住浑水城。

下午，有北漠大臣吉仁求见黄帝。转到黄帝车前，就车前问话。吉仁称受大王猛彦嘎指派，特来谈退兵一事。黄帝说："我军数千里奔来，目的明确，如将渤海疆土划回，就可息战。"

北漠大臣吉仁说："我大王愿退还原渤海邦一半土地和人口，因为华族人已经不愿归回渤海统治了。"

黄帝说："有关土地，不能谈判，民众可以自愿。北漠必须恢复渤海邦族土地，民众愿随北漠或留下都可以。现在投降只可保全性命，否则，城破之日，城毁人亡！"

原来北漠邦用的是缓兵之计，好等北族各部救援兵马来。

黄帝军第二天开始攻城。这三面城墙都是条石和泥土砌筑，一时难以攻破。少昊、古冲转过来和黄帝说，可率一些人乘船，从海面浮过去潜入城内，在军队攻城时，里应外合，把城门打开，大军冲入。黄帝同意了，并以举火为号，入夜有船载百名军士，由少昊、古冲带领，化妆成北漠败军返回，潜入城中。

第二天辰时，黄帝军攻城很急，少昊和古冲率潜入军士在南门起事，杀退守军，在南门城头点火，打开城门。黄帝大军冲入城中，北漠军已无骑兵优势，无心恋战了，纷纷投降。黄帝车仗下午入城，在王舍接受猛彦嘎等投降。

黄帝对被俘的猛彦嘎说："华夏和北漠都在一个天下生活，北漠不应侵占渤海田土，我也不想占领北漠，和平相处不是很好吗？"

大王猛彦嘎说:"今已被俘,谢黄帝不杀之恩,我愿率土称臣,岁岁进贡。"

黄帝说:"渤海邦和北漠还是以此城管辖地为界。这座城由渤海邦管理,可以在此设互市。我邦宽以待俘,希望重修旧好,大家互不侵扰。"

敌将太罕被俘,仍然不服。黄帝厉声责之,命军士击碎头颅毙命。其他降卒都放回北漠。此战震动北漠各部,纷纷退军称臣。

于是黄帝军退出浑水城,并未抢掠烧杀,民都很感恩。大军在幽水城修整数日,大军返回轩辕城。从此,北漠又被驱离海岸,退回到崇京王城,北漠要牧羊渤海边的雄心被华夏所阻。黄帝时期,双方互市,再无战争。

黄帝乘车取道渤海沿海边向南,年轻时,黄帝曾走过这条路。走了两日光景。有古冲、少昊、风后在车上。看到海边一处族群驻地,炊烟袅袅,就住了下来。

把古冲叫到账里,黄帝问:"古冲以后有什么打算?"

古冲说:"前日去请兵,当时见到中原文化已经很发达了,愿意在中原学习有关稼穑、盐、铁的事,特别是想好好学学文字。"

黄帝对古冲说:"这地方很好啊!又在你渤海国境内。可恢复幽水城,管理渤海和东夷的事物,就命你为臣,设府,立常备军营,建制马军,管制海宇也,可否?"

古冲见黄帝要留自己治理地方,坚持不受。风后说:"少昊久居东夷,民俗地理都非常熟,让少昊在东夷主政可也。"

黄帝于是令少昊为东夷王,设王城在幽水,节制东夷各部,包括北漠。古冲暂去轩辕城学习,日后回幽水作臣。又过了一年,北漠送贡品,送大王猛彦嘎侄女芳雷氏和亲,黄帝纳其为妃子。

十三、黄帝开井田利民生

黄帝的邦族主要生活的地域在黄河中上游,降雨少。有黄河和一些支流,近水的农田得到灌溉的便利。近些年人们耕种的土地离河流越来越远了,那里的农田得不到灌溉,还是靠降雨种田。每到春天不降雨时,种地的时候,土地干旱得厉害,种子几乎见不到湿土。春天要是抓不住苗,那一年就白干了,有时颗粒无收。每一次遇到大旱,黄帝都要设坛祈雨,向老天祷告民间疾苦,求天降三尺甘霖。黄帝也到民众中去,尤其是远离河流的地方,鼓励民众抗旱保苗。

有一次,黄帝和大臣风后到一处山川丘陵的地方。这里已两个月没有下雨了。

第六章 黄帝的故事

春天的干风吹烤着大地，卷起一阵阵黄色的尘土。黄帝从车上下来到一户人家，这家人吃水也困难了。黄帝让随员把车上葫芦里的水分给他们一些。一位老翁见黄帝，直言道："天不降雨，地要交税，无收成怎么交税呢？"黄帝青年时也是种地的人，了解农民的生活和他们的甘苦。在地里劳作，面朝黄土背朝天，汗珠子掉到地上摔八瓣儿，春旱、夏涝、秋吊（旱）是常见的自然灾害。农民靠天吃饭，真的苦不堪言呐！这里离河远又是坡田，雨水少，地又不好保水，民众真是苦啊！看到这家人天旱得无水可吃，黄帝问那些牲口吃水怎么办呢？老翁说："赶十几里路到河边饮水吃，勉强度命吧。"黄帝问："那你们吃的水呢？"老翁说："这山下有泉，不旱时有水流出，等到旱天就没有水了。"黄帝又看了几家人都是缺水，地没法下种，人和牲畜饮水也困难。

回到王城，黄帝难以入睡。田里无苗，赤地数百里，让他忧心忡忡。夜里似睡非睡的时候，有一个老汉走来说："黄帝呀，我是井神柳毅。你随我来，告诉你掘井取水的方法。"黄帝跟从井神，到山坡下，突然柳毅不见了。黄帝惊醒。第二天他又到老翁家去问："你们这里坡下是否有柳树？"老人说："有一株柳树，有百年了。"黄帝说："我们去看看。"大家来到干涸的泉眼边。见这里比周围的土略湿一些，但是没有水流出来。不远处，一棵弯弯曲曲的老柳树枝叶繁茂长在那里，没有树老焦梢把头低的老态。黄帝看了后跟大家说："水从天上来，也从地下出，水有水脉。这地方可以挖一挖，看看地下深处有没有水。"

于是大家开始挖。挖下两尺深的时候，土湿得重了。挖下一丈的时候有水滴了。再挖五尺就有清泉水了！这水凉凉的，甜甜的。大家非常感谢黄帝，后来，人们就叫这口井为"黄帝井"。

可是新挖的土很容易就塌了，于是找来石头和木头，把土坑四壁砌起来，就叫它"井"了。沿着这个思路，黄帝又帮大家找到了几口井。他总结出挖井的地方是：坡下，山间有林草茂盛的地方。这个方法也被推广了，解决了远离河道的人们人畜饮水和保苗的难题。

这样，开垦土地也可以远离河流，人们生活的地域更宽广了。黄帝规定八家为一井，三井为一邻，三邻为一朋，三朋为一里，五里为一邑，十邑为都，十都为一师，多师为州，全国共分九州。

在北方，黄帝推行了井田制。在南方水网地区，黄帝推行了塘田制，即在一片水田地里留一处低洼的水塘。旱时用来浇灌，涝时用来排水。过路人饮用井和塘里的水都不用征求主人的意见。有一句俗话叫"碾子磨千家用，井里的水不用问"。

有了井，生产生活都方便了，产出的粮食也多了，许多制造业也受益了。自然，交给国家的税就不愁了。黄帝统领的华族，得益于这位君王的智慧。

华夏的土地扩大了，为了保卫土地，许多驻军在偏远的地方，需要水井做保证。黄帝督军东征的时候，也利用掘井救过军队。黄帝挥师东夷去渤海远征，走了两天竟看不到水流。军士们渴极了，拉车的牲畜也张着嘴喘。将军再三催大家行军，但风沙漫天，饥渴至极，人畜都没有力气了。饥渴太重了，怎么办呢？黄帝看大家渴成这个样子，问将军们："为什么找不到水饮了？"将军回答说："连年干旱，河水干涸了。北漠军又把途中的水洼破坏了，所以无水。"黄帝到干涸的河床上看了看。对将军说："可以找一些潮湿的地方向下挖一挖，也许能找到水。"军士们在河床上挖下去，果然有水渗出了。大家喝到了水，牲口饮到了水，人们吃了饭，体力就恢复了。黄帝掘井救军队的事流传了下来。以后行军打仗，行军之前，都要探一探沿途的水源情况，以免军队被饥渴所伤，必要时要打井屯兵。

十四、黄帝泰山祭天

黄帝东征回到轩辕城，一看时间刚好月余。招呼臣将在王舍坐下，对大家说："这次东巡，我华夏枝蔓已到了幽水，达于大海，从此盐路已开，这是天意也！我准备谢谢天神之厚恩。大家看看怎么办也？"

大臣风后说："大王之位受命于天，替天行道，所以出征顺利，大王得到万民之拥戴。闻东方有泰山，近海。每有红日跃出，是太阳最先照亮之地方。大王可以国礼到泰山去祭祀一下，让各州镇、邦族首领会于泰山，在那里封黄帝名号，宣示天下，尽为我王所辖。"

大臣仓颉也说："自盘古开天、女娲创世至伏羲演八卦通天地，此三神造就了中华气象，受万民拥戴。伏羲被称为太昊帝、太阳神、天上之帝王，民呼'老天爷'，尊为昊天玉皇大帝。将女娲天神尊为太昊帝妻，号'王母娘娘'，可同为祭拜也。去泰山祭祀，最好备祭文一篇，到那里诵读，昭告天下。"

大臣风后说："黄帝以德润物，统一中华，为民创下了丝织、舟车、文字、医药等许多发端。为表大王之德，应给大王头戴一顶'冕'，称王冕，上有顶盖为天，前后有珠串为云，于盛典时加之，显我王受命于天。再做黄色龙纹大衣一件为朝服。这样，仪表堂堂，显我华夏之正统威仪。"大家附和，黄帝同意了，命风后作祭文。

准备了数月后，春和景明之时，黄帝一行车仗两日行进到了泰山。登天柱峰太平顶，向东方大海日出处，立盘古、女娲、伏羲三位天神尊位，焚烧烟火朝拜。黄帝着盛装，戴皇冕，穿龙袍，亲颂祭天文，如下：

昊天上帝，巍巍乎南天之上。登临泰山献祭，受此官民遥拜。华夏起于西土川陕之原，开田拓土，兴旺和族。三脉逐黄水向海，天示统一，大战于涿鹿、阪泉、常羊山、浑水城。凡二十余年始得天下一国。将士捐躯，血沃神州。天助我族，田连广宇，井流清泉，五谷丰登，桑蚕绢丝，织造衣裳，民有所暖，举止鲜扬。华族造字，天助文脉，描声绘形，传递消息。舟船浮波，轩辕驰野，东西南北畅达，民军乐于道中。天昭医药，万民大康，内经百六二卷，药有规治良方。天朝中华，居在中央。南连百越，北有东夷，西有昆仑，东临海宇。物产丰饶，遍地稻粱，六畜兴旺，铁铜百艺，天工开物。我受天委，民拥王位，民众笃仁，布施天道，爱民如子，天意民心，为政之要。政行端庄，将臣矩方，族民平等，九州同规。人无贵贱，族无亲疏，规制不独，均享福祉。律法同施，不奢不狂，世代传扬。昊天上帝，永佑我华夏民族。泰山高崇，接天向海。登泰山以颂辞，表赤心于道场。

华夏九州黄帝拜祭！

黄帝率群臣九拜后，大会群臣，接受了群臣的朝拜，宣示了华夏大一统权威，举国震动。从此，各朝都承袭了登泰山拜天神的礼仪。从此，人们称太平顶为玉皇顶。

十五、黄帝论天、巫、医

登泰山祭天后，又过了些日子。黄帝召仓颉、岐伯、昭丑、风后、来友、东土等议事。

黄帝问老臣仓颉说："仓颉老臣，听说你通巫术。学习多年，为什么后来不用了也？"

仓颉说："我智慧不及昭丑大巫，所以三年专学，而未明巫术机理，遗憾未修成行使巫术能力。实告先父，先父告诉我'有术则食巫，无术则为农'，就不再学巫了。近已老迈，看破天机人事，觉得巫术不如天机，参天机、观事故也可断政、论军、佑民，所以我很少请巫事了。"

第六章 黄帝的故事

黄帝又问岐伯，岐伯说："大王，我们一起在琢磨内经时你就说过巫医应该分开。现在看，时机已经到了。药有百草，医有内经。巫事有昭丑，天事有风后，政事有仓颉，军事有力牧，他们知识广博，专攻一技足矣。混沌已开，巫医当分之。医药已成专术，已经不需借助巫术治疗疾病。市上已有挂医药牌子之医馆也。"

黄帝问昭丑，昭丑说："在帝祭天时我就想过。天在上，管天下万事。帝在下，承天意民心。我是在天地之间喧天道、布天意之使者也。实际上，巫师不应该自生歧义。近来华南有巫人为搏不义财产，出现一些离奇之事，装神弄鬼，害人不浅。所以，应将巫术与神事分开。神事专为承天意，谓之天师，巫人施巫术称为巫师。这样，为祭天有天师主持，为寻巫事由巫师主持。至于巫医分野，这是先古人留下的事情。巫承医术如岐伯，去其巫字称医圣。巫医分道已是天意也。"

岐伯说："人有天寿，约在一甲子。医者非圣人，治人病，减其归天痛苦。医圣有过誉之讲，可称'医生'也。"

黄帝说："几位大臣经略国事已经多年了，经验丰富。我和你们共事，征战南北。初创文字，编习医理，泰山祭天。现在，国有纲，军有纪，民有法，百业兴盛。近来听说，民众对祭天不理解，以为有巫人代之就行了。有巫人自创巫术，惑乱人心，应该整肃了。巫者为业的，可以谓巫师；医者为业的可谓医师；神者为业的可谓天师。民之所需可自己选也。中枢不好强其所为。"

黄帝就天、巫、医的关系已经阐明了。

十六、黄帝定历法

有一天，仓颉就元、年、月、日、时、刻、分、伍、旬请教黄帝。

仓颉说："大王，我邦国统一有多年了，在历法上还是沿用旧制。现在整理文字，正好向民众传授大王之历法。"

黄帝说："年数应以太阳转三百六十五个阳日为好。一年四季轮回，分四等份，每一份九十日。余五日，加在每年开头的那个月吧，正好春节。"于是黄历每年一月三十五日，其他三十日，依太阳记历。因四年差一天，加在春节上。

黄帝又说："城市已经日日有市也，唯有农村地广人稀的地方还要伍日、旬日互市和祭祀，可沿袭制度。"

仓颉又说："一日计时以地支计数可否？"

黄帝说："一日分十二时辰，为子、丑、寅、卯、辰、巳、午、未、申、酉、戌、亥时。夜半为子时起至亥时止，每时辰分八刻，每刻分十五分。此为天时。"

仓颉又问："敢问大王，年可有记元乎？"

黄帝说："天宇广大，星汉各依其列。北斗每年斗柄转移一圈，斗柄向东为春，卦象为☲离，时在仲春。这时太阳光渐强，生机再现，万物复苏。

"北斗柄指正南，卦象为☰乾，此时为仲夏。这时候太阳最烈，万物争荣，盛状最大。

"北斗柄指正西，卦象为☵坎，这时候就是仲秋也，太阳日渐平和，万物成熟，收纳五谷。

"北斗柄指正北，卦象为☷坤，这就是冬至了，太阳不温，万物藏形，储势待发。

"天干有十，地支有十二。天旋地转，天地承接，由甲子起到癸亥止，六十年一期会。因之甲子或称一元以六十为宜。约略也为人天寿也。"

仓颉整理了黄帝的话，向天下公布了黄帝历法，《黄帝历法诏》其文告如下：

昊天巡地，天命于王。帝率中华诸族，统一天下归中。中华地广，东起海宇，西达昆仑，北起大漠，南达越岭。天地玄机，日月更张。邦国运行，臣来将往。互市约期需日，开张布陈计时。黄帝历法会同天道，民众依此行止。各臣、将、州、镇府依此点卯。

计元：六十年为一元。自甲子起。计有：甲子、乙丑、丙寅、丁卯、戊辰、己巳、庚午、辛未、壬申、癸酉、甲戌、乙亥、丙子、丁丑、戊寅、己卯、庚辰、辛巳、壬午、癸未、甲申、乙酉、丙戌、丁亥、戊子、己丑、庚寅、辛卯、壬辰、癸巳、甲午、乙未、丙申、丁酉、戊戌、己亥、庚子、辛丑、壬寅、癸卯、甲辰、乙巳、丙午、丁未、戊申、己酉、庚戌、辛亥、壬子、癸丑、甲寅、乙卯、丙辰、丁巳、戊午、己未、庚申、辛酉、壬戌、癸亥。

计年：年三百六十五天，每年初月三十五天。每四年多加一天使天年地年平衡，加在春初月。其他月平三十天。春初月为年之始。每五日为伍日，每十日为旬日。伍、旬日互市。

计时：每日分十二时辰，为子、丑、寅、卯、辰、巳、午、未、申、酉、戌、亥时。子时起自亥时止。时分八刻，一刻十五分。

依上法计时，天下同刻。王城设授时台，以日晷分度。

黄帝诏告

第六章　黄帝的故事

这样，以黄帝立下的历法规矩，民众开始了有次序的生活。世代传下去，大家称其为"老黄历"。春初月，因有三十五天，民众渐渐以这个月初五天为"春节"，是一年结束下一年开始的"节"点。伍日和旬日成了人们集市的日子。因为旬日十天一次，也成了休息祭祀的日子。仓颉造字，旬就是"日"和"人"的结合，是向天祈祷的意思。

黄帝历是依据太阳和地球的关系定制的"阳历"。因太阳一年时间为三百六十五天五时四十八分四十六秒。当时未注意到此情况，至少昊帝时调闰纠正。

十七、黄帝升天

黄帝在位时还十分喜欢音律，招艺人为歌舞伶伦，用谷杆、竹竿做成管乐吹奏；用铁铜和石头做打击乐器；用牛皮做鼓。黄帝定了五音十二律。奏乐在庆典和战争时被经常用到。

忽然有一天，黄帝白天做梦，见有龙自海中来，传天帝有宴请，应当快些去。黄帝知道是一个梦。召大臣、天师到王帐内，说到梦中的事。

仓颉说："大王过虑了。人有天命，王者天寿。王不能像一般人一样。"其他人也赶紧安慰黄帝。

黄帝问天师昭丑。昭丑迟迟不语。黄帝又催问，昭丑说："人皆有命。大王为国之栋梁，身系华夏，为国为家应生前明示，继位者何人也？"

黄帝说："人皆有寿，我亦人也。我已过百年，民间花甲要立遗嘱。我当立嘱也。"

于是，召来嫘祖等众妃子说："我从田间一农夫，经先王风英提擢，经举贤选贤，就王位已经有几十年了，近来觉得力不从心。白日见到黄龙，从天上召唤，似有天兆。我如闭目后，依先王规制，应以贤者立。王子贤可立，不贤可立有贤德的人。华夏江山必为永续。"

忽然有一天，子时，黄帝长嘘一声，乘龙升天了。只有气息已无知觉，上下都很紧张。仓颉急与嫘祖商量，大王魂灵已没了，赶紧请天师作法，又叫岐伯以药医之。岐伯试其头身脉络说是痰阻之疾，痰已入脑、心之窍，急给祛痰之药，不见好转。

又急催快马到东夷，召少昊回王城。往返十日，少昊见父王魂灵已不在。咽中痰鸣，双目圆睁，用手抚父亲双目，眼闭合，痰声止了，已没了气息。嫘祖等众妃子、风后、昭丑、岐伯、仓颉等众人一时悲痛不已。众人议定由少昊代行大王事。

第六章 黄帝的故事

按规制行选贤，州、族首领选少昊为王。少昊为父行殡葬大礼。黄帝陵：葬于厚土之地，陕西延安市黄陵县北桥山，并建有黄帝庙一座。

黄帝生于公元前二七一七年，卒于公元前二五九九年，寿一百一十八岁。

黄帝有四妃二十五子。

元妃：嫘祖是西陵氏之女。发明养蚕缫丝。

次妃：北漠王猛彦嘎侄女芳雷氏。

三妃：彤鱼氏。又名苍林、丽娱、讳邛。发明烹饪之法，被尊为烹饪始祖。

四妃：嫫母，相传原是嫘祖侍女。面容丑陋，品行贤淑，性情温柔。曾帮助黄帝打败炎帝和蚩尤。

黄帝有子二十五个。其中十四个共得十二个姓：姬、酉、祁、己、滕、葴、任、荀、僖、姞、儇、衣。

子孙王者：少昊、颛顼、帝喾、帝挚、唐尧。

黄帝血脉繁衍，形成了华夏主要的姓氏。黄帝被称为中华始祖。黄帝后裔姓氏361个。凡以下姓氏据说皆为黄帝后裔：

2画：乜。

3画：干、弓、马、万、于、上官、卫。

4画：卞、邓、丰、戈、计、孔、毛、牛、双、王、韦、文、乌、尹、尤、元、云、从、方、仇、公、公孙、公羊、公西、公冶、太叔、长孙。

5画：白、冯、甘、古、宁、平、印、乐、冉、司、台、田、石、包、弘、召、皮、边、东门、司空、司马、司寇、司城、司徒、令狐、东乡、北宫 。

6画：安、百、毕、红、后、华、吉、江、汲、刘、牟、那、祁、乔、权、任、戎、你、汤、孙、邬、伍、向、邢、闫、阳、羊、伊、阴、仲、朱、庄、巩、成、米、百里、羊舌、仲孙。

7画：伯、苍、岑、陈、杜、何、怀、杨、冷、李、利、连、陆、闵、芮、况、邵、沈、时、寿、宋、邰、苏、汪、沃、吴、辛、严、言、张、邹、花、杞、束、来、步、狄、应、沙、轩辕 。

8画：昌、法、范、房、依、季、金、经、郎、林、罗、茅、孟、苗、明、牧、庞、屈、单、武、鱼、郑、终、周、宗、苟、欧、卓、郇、狐、京、居、弥、拓跋、欧阳、叔孙 。

9画：段、费、郗、侯、胡、荆、柯、郦、柳、娄、秋、饶、施、郜、邵、相、项、须、宣、荀、姚、禹、赵、钟、祝、祖、皇、南、咸、养、恽、浑、胥、皇甫、闾丘、南宫、钟离、独孤。

10画：党、高、顾、桂、郭、桓、姬、家、贾、晋、栾、莫、能、倪、钱、秦、桑、莘、谈、唐、陶、翁、奚、夏、徐、晏、益、殷、袁、宰、敖、班、都、耿、索、原、晁、铁、凌、展、夏侯。

11画：曹、常、鄂、符、扈、黄、康、寇、梁、逯、梅、蒙、商、盛、续、阎、堵、萧、祭、麻、屠。

12画：程、董、傅、葛、韩、滑、惠、嵇、蒋、焦、景、鲁、禄、彭、舒、童、隗、温、游、越、曾、敬、富、缑。

13画：鲍、楚、褚、窦、蓟、简、蓝、雷、廉、满、蒲、曲、解、鄢、雍、虞、詹、靳、剐、蓬、楼、慎。

14画：蔡、管、暨、廖、蔺、缪、慕、裴、谯、谭、鲜、熊、臧、翟、蔚、端、慕容、鲜于、漆雕。

15画：樊、黎、墨、潘、鞠、滕、颜、颛孙。

16画：霍、冀、穆、融、薛、燕。

17画：鞠、濮、魏、戴、繁、濮阳。

18画以上：酆、夔。

第七章　仓颉造字

一、仓颉——聪明的孩子

在黄河下游北岸陡骇河畔，四月天，东迁来的华族北吴氏族人正忙着田里的活。黄河冲积平原，土地平展，土壤肥沃，族人勤劳，开荒垦地，种庄稼、饲六畜。民众生息像黄河水一样川流不息。

有一户人家是一个大家族，他们迁徙到这里，落脚后的第四代人出生了，这个孩子就是仓颉。他的父亲姓侯冈名蒙升，母亲名侯娘，这是他们的第一个孩子。头生是个男孩，族人非常高兴，男能传宗接代，女孩要嫁他族。蒙升家已经在这里住四代了，人丁兴旺。自家的土地、家畜也有很好的出产，平年也有点余粮。蒙升本人是家族的长子，他的孩子受到家族的重视。按那时家族里的规矩，族长职务是代代相传的。做族长的爷爷见孙子满月了，就问蒙升给孩子起个什么名字。蒙升说，让爷爷取吧。爷爷想，自家现在仓满粮足，就顺口想到了仓字，他见小鸟上下飞，唧唧地叫，就叫仓颉吧。

仓颉的爷爷是一个大族的族长，族人有六十多户，每户又分三四个小户。按照族里的规矩，各户每年要按地亩将小量的收成交到族里来，由族里上缴邦国。他们是北华邦国的族人，邦国的规定是以地亩为税赋的计算方法。除了交邦国一部分，余下的由族里使用。族长还要组织抽丁，还要处理各户的问题，处理与邻族的关系。族长很喜欢孙子仓颉。等到仓颉十来岁的时候，他常把孙子带到身边。仓颉的父亲是族里一个户的头头，同时经营自家的田产。各小户有什么活计需要共同参加时，他就是负责张罗的人。仓颉跟随父亲耕种农田，学习了农业生产的技能。父亲养了猪、牛、羊、鸡、鸭等畜禽，仓颉也学到了饲养的技术。农闲的时候父亲也去渔猎，仓颉也跟着学会了一些渔猎的技能。有时他还随父亲蒙升去采石头，打磨工具，识别石头的硬度，用石头打出需要的形状。一件石斧打打磨磨要几天时间，艰苦的劳作锻炼了仓颉的身体和意志。

这时，陶器的烧制已经很普遍了，家家户户都要使用陶器。仓颉也学习了陶器制造的方法，为家里制造一些实用的器物。

这时的生产能力都不高，家里也是自产自用，依据每年生活的需要制定生产的目标。在生产、生活中需要记录的事件和记录的数量不多。有些人家用记号表示东西多少；有的人家完全不记账，也一样生活。因为父亲和爷爷都有户里和族里的事要操办，要记的事就多了。比如对各户交来的粮食要记录，只凭心里记就不行了。爷爷的办法是用六十多根麻绳记录各户的事情。仓颉观察到爷爷是这样记录族里事务的：先把每一个绳子与一户对应上，用东、西、南、北把绳子分四组。例如东方向第一户打一个单环结，第二户打两个单环结，以下类推；再下面分户，第一户里再加一结，第二户再加两节，依此下顺。具体到哪一户的什么事项，是由一根根小绳记录的。例如蓝色绳为地亩数，黄色绳为交粮食数，黑色绳为人丁数，红色绳为出丁数。族里大事情也就这些，仍弄得爷爷很头痛。父亲也管着一大户，下边也有些小户，也要用绳子记下一些事情，也感觉很烦人。小仓颉看到了这些，也跟着学结绳记事。

有一年秋天，各大户要向族里交粮了，这是每年族里最大的事情，许多人被请来协助收粮记账。族里一个巫医叫旦才，是大家公认的聪明人。粮食入仓时他负责计数，仍是结绳记事。收一户两户还好，收得多了，结绳就困难了。这时，小仓颉也在那里，他看见巫医结绳太慢了，又麻烦。他随手拿起一个石片，在一个木片上画。报一石，划一道，粮食倒入仓，送粮的问多少石粮？巫医那儿还没有出来数，小仓颉顺口报出五十五石。巫医数完也报了五十五石，大家都很惊奇。小仓颉又快又准。巫医看他拿的木片儿说："下一个用木片先记录再结绳吧。"于是人们拿了木片、木棒，每一石粮量都划一道儿。粮食倒入仓中，数一数木片上的道道就行了。速度快了，还不容易差。仓颉爷爷看了，又在木片上做上户的记号。如向上的箭头记号表示是南，向下的箭头表示北，向左的箭头表示东，向右的箭头表示西。他对着太阳站着，在方向后边加上道道，就表示具体的户了。族长又在木片儿上分区，刻田亩、粮食、人丁和抽丁数。他叫仓颉和大家一起看，大家看了都说挺明白。这样，他的一族里就开始用刻木记事了。每户也拿到自己的木片，放在家里，同族上对对记号，

也少了许多纠纷。大家都夸仓颉是聪明的孩子。

二、仓颉学巫医长大成人

仓颉十四五岁，春天耕地的时候，有一天，父亲带仓颉和几个大一点儿的孩子用耒耜耕田。家里有两条耕牛，父亲在后边扶耒耜，仓颉在前边牵牛。仓颉要按父亲的要求，把牛牵到相应的位置，然后牛拉着耒耜，父亲在后边喊着，告诉仓颉怎么走，仓颉再按照父亲的要求牵牛。仓颉看到牛是能听声音的，人发出指令时牛也可以懂得，仓颉就在牵牛的同时发声音，如让牛快走就喊："驾！驾！"并把音调加强，让牛向右就喊："斡！斡！"让牛向左就喊："逾！逾！"让牛停下就喊："徐！徐！"慢慢地牛习惯了指令，跟着口令可以耕田了。又加长了牛缰绳，从后边也能操纵牛绳，一个人也可以驾驭牛犁地了。这成了使牛的好方法，父亲称赞了仓颉。

到了夏天，苗和草一起都在长。必须把草锄去，苗才能长好。父亲带仓颉他们都是早早地起来去除草。那时候除了用手薅草，还用石片绑在木棒上向前推着砍草。仓颉找了一个弯曲的木棒，把石片绑在下面向下砍草，感觉不是很累，这就成了"锄"地。仓颉常常在劳动中思索，改变繁重的劳动，他从中也学到了很多技术，启发了智慧。

秋天，父亲带大家把庄稼收回家。用一种叫镰的农具，是在木棒上绑一个长条儿的石片，把庄稼一把一把地砍下来，再捆成捆用人背牛驮送回家。在家里，大家一起用连枷把籽粒打下来，晒干存起来。带壳儿的麻、黍、稷要用石头把皮儿脱掉才能食用。仓颉跟父亲干活，留心每一样农活，学习农业技术。随着年龄的增长，仓颉成了种田的能手。

仓颉他们这一族人从华胥那边迁来，已经是四代人了。田地周围已经没有荒地可开垦了。人口不断增加，土地的收成随天气，有丰年、有歉年，日子过得时好时坏。有一年，父亲劳作一天回来吃不下饭，说自己的肚子痛，接着发烧、呕吐，几天工夫脸就黄了。他什么也吃不下，痛得嘴唇都咬出了血。母亲侯娘让仓颉去找巫医来看一看，巫医旦才被请了来，看了看蒙升的样子，巫医说这是得了"急黄病"，有一股邪气侵犯了上焦，阻塞了谷道，吃不进东西，使津液亏损，泛起黄水。让家里准备了祭品，就在蒙升的床前做起了神事。他拿一个牛扇骨拍拍打打，口念祷语："让上天神保佑蒙升，让邪气离开这个善良之人，不要折磨他。"

然后让仓颉去找了地丁草、蒲公英草熬水给父亲灌下，抓黄色泥鳅鱼生着让蒙升吃。这一顿巫、药事后，仓颉父亲的病好了一些。又过了几天，父亲的病基本好了。仓颉感觉这巫医太神了。

父亲让仓颉学巫医的技术，父亲问过族长就是仓颉的爷爷，爷爷说巫医都是不外传的，不过可以问问。爷爷就找巫医旦才，说想让仓颉学一学巫医技巧。巫医旦才见过仓颉，就勉强同意了，说要随他三年，随他做巫医事，三年后出徒，还不能在旦才的地盘上做巫医。族长同意了，仓颉就住到了旦才家里去。仓颉是一个勤劳的孩子，在巫医家从屋里到屋外什么活儿都做。巫医每次出场，仓颉都要跟着做道场。这位巫医旦才号北山仙翁，通晓人间天上诸事。他没有给仓颉讲什么深奥的道理，仓颉一天天地耳濡目染中，知道了除了人间，天上还有一层天堂，那里有管天下事的天神，诸如管风、雨、雷、电的天神，他们的喜怒决定地上的风雨。在地上，人生活在两个层面里，一个是世俗之界，一个是灵魂之界。世俗是实实在在的生活劳动，灵魂是寄托在人体上的气。人没了灵魂也就不在地上了。灵魂到天界去受审，无罪孽的登天堂，有罪孽的下地狱去经历磨难。巫医就是介于天地之间的传话人。巫医要观察人们的生活，让人们的现实、灵魂与天进行交流，叫作祭天，就是向天祈祷、向天求福。旦才告诉仓颉天有玄机，人是不可测的，只能因势而为。用心口相传八卦，观看四时天象来推测人间吉凶。日月星辰周而复始，天有十干，地有十二支。天道有阴阳。天上的北斗七星围着北极星移行，轮回往复。人间族群、邦国运行都是天机显现。仓颉似懂非懂。旦才师父有几样法器，常年带着，有用来发声给天神听的牛扇骨，有两个标记八卦的股子、两个六面的骰子，让人投掷随机选卦象。三年间，师父旦才为民求雨、为病人祛灾，只要有求，旦才必应。旦才巫医带仓颉到田野去认识一些有功能的草药，有人病了，用药来治疾病。仓颉牢牢地记在心上。

三年将要结束的时候，师父旦才带仓颉到泰山去朝拜许愿。师徒二人背着行囊，向东走了约五百里。日行夜宿六天，到了泰山脚下。正是仲夏，烈日炎炎。在泰山经十八盘，两侧危岩壁立，有山涧流水叮咚，古木参天，忽明忽暗。上南天门，天开日耀，风吹如抚，心旷神怡。过天街上行，见太平顶已离天三尺之感。旦才师父说："泰山雄踞华北之原。远古有盘古开天、女娲造人和伏羲创卦，近有接天祈祷之灵气。山北有黄河滔滔，南有淮河滚滚，东临大海荡漾，西有华夏广袤大地。泰山高峻，藏天机地理。我师徒行于天地之间，善心仁义为本，不妄天机，不逆人伦，向天祈祷，保佑合族平安。向天祈祷风调雨顺。天不老，地不荒，我

等世代依'天经地义'行事。愿天神保佑。"仓颉也跟着念天神保佑，然后昂头天际，身心舒畅。旋即师徒又向东行数日，到东方以沧海水净化身心。海天洪波，前消后涌，不能不令人洗心革面也。前后用了半月时间，师徒回到家乡。三年过去了，仓颉也十八岁，离开了师父旦才。师父送给他一套法器，给仓颉起巫医名为"仓子"。仓颉回到了家，因有言在先，旦才在世，仓颉不能在当地行巫医事。三年间他朦胧知道了天经地义启示着人们的生活。他时常摆弄两只股子，看到演绎出的八卦，冥想世间机理。

父亲的病还是时轻时重。那一年冬天，父亲又闹起了黄病，发冷、发烧，请旦才看过，又采药草、又跳大神，折腾了五天，父亲才四十六岁，就被疾病折磨死了。旦才说："蒙升就这四十六年的天寿，天寿到了人走了。"埋葬了父亲，仓颉深刻地理解了人生和死亡。

三、仓颉接任族长抽丁参军

仓颉的爷爷慢慢地老了，儿子死后，他对族里的事也不关心了。他把各大户的户主请来，说："我身心疲惫，已不能事了。一天昏昏沉沉，天地人三神无主。族里之事，请大家另选一个人做族长！"因族长儿子新丧，大家说："按照老规矩，在族长家传位吧。"族长说："我孙子还小，不好担这样大的责任也。"族人说："仓颉年龄虽小，但有智有谋，能担族长职务。"族长说："仓颉是不是合适，大家举一举，各家一个石子，设两个葫芦，一个标仓颉，一个为空，大家投一下，看看族里人的意思。"结果一投，六十多户主全部都同意仓颉。问仓颉，仓颉说："族长爷爷已经许下愿了。选举后要问神示。我等就请巫人卜卦一下。"找来一个巫师设坛。以龟板刻记号，焚烧树叶烤了一阵，听到噼啪作响，然后拿出来解读，巫师看后说："天有天时，人有天命，以火问天，四维不张，没有向任何一方偏指。这是天意，族长家人丁兴旺，儿子过世了，还有孙子。刚好启示族长还在原户。现在仓颉年纪虽小，有谋有德，可当族长。"各户同意了。

仓颉说："我已到抽丁年龄，如果邦国有事抽丁，怎么办？"大家说："抽丁可免族长，抽其他族人也。"仓颉领了族长的差事。又三年时间，他把族里的事办得很有章法，大家都信服。

仓颉做族长第一年，经媒人说合，娶了邻族的一位女子，姑娘叫西莲，人聪明，能持家。转年她为仓颉生了一个女儿，又一年生了一个男孩儿。仓颉的弟妹五个也都成家的成家，外嫁的外嫁。他母亲侯娘也五十多岁了，身体多病。仓颉二十六岁那年春天，爷爷病故了；到了冬天，娘也入土了，仓颉非常悲伤。西莲非常勤劳，她常帮仓颉管理族里的事。转年春天，邦国来抽丁了，准备跟北漠邦打仗。这北漠是北方蛮族的统称，经常犯境，抢掠伤人。大王下令五丁抽一。仓颉他们要抽十几个人出征。抽丁的时候，年龄在十六岁到四十岁之间，没有出过丁的、没有疾病的人都要参加。仓颉作为族长本可以不参加抽丁，但仓颉坚持要参加，结果仓颉被抽中了。族长要走了，族里人着急，找各户主来商量，大家的意见是族长临时抽丁，四年转回不好换人，可以让族长指定一个人代理一下。仓颉很苦恼，有人提议让仓颉的妻子代理。西莲和仓颉都推辞，不同意。怎奈大家坚持，西莲又能办事儿，就应了下来。妇代行丈夫的事，暂代四年。这西莲也是能办事的人，把族里的事情打理得井井有条，大家也挺服气。

仓颉临走之前到旦才师父家去辞行，旦才说："你从我师徒三年，又经过族长的历练，已非平常的人也。这次抽丁是天意，让你有施展才能的机会，天神一定能保佑你平安归来。"

告辞师父，仓颉准备了武器、战甲、盾牌，就到梁城参军了。那时，北部华族由风英做大王。仓颉一入队伍就比其他人年龄大，又当过族长，学过巫医，入伍次年就被任命为队长了。队长要上听将军令，下边儿领十几个伍长，有一百多人。

每于行军安营、打仗，仓颉都依山形、地理、节气、天时、敌我情况做出判断，每有惊人妙算。如一次安营，时令为夏季。进到山谷口，天色晚了，将士疲惫。上边传令就地安营扎寨。仓颉看谷地两侧山石危危，不宜驻扎，提议过谷口再安营。结果当夜雷雨大作，山石崩裂，原欲安营处已是乱石堆积了。大家都说仓颉救了兵士的命。

有一次敌前扎营，仓颉看天，云漫星空，月影潜行，预示有雨。仓颉嘱咐队伍扎好营帐防雨。至晚，风狂雨骤。大家都信服，赞仓颉睿智通天。

又有一日秋天，连战不胜不败，两军如胶粘一般无法脱离，吃饭后，仓颉让士兵把营帐周围的野草树木砍掉，防秋燥起火。后夜有敌军漫山放火，许多营帐损失了，唯仓颉队伍无恙。

风英大王闻有此智能的人，召来舍下问话，谈及天文地理、人伦百业，无所不通，尤其精于记事，善用谋略，南北形势分析透彻。风英授仓颉从臣职务，相当将以下校官位，在王舍从命。这仓颉能力过人，四年丁未完，已成王舍内的从臣了。

四、仓颉辅佐黄帝统一华夏

黄帝即位时年方二十岁，仓颉这时三十岁。仓颉辅助黄帝进行了三次大的军事行动。黄帝即位后一年，在冀中进行了围剿蚩尤的"冀中之战"。三年后，炎黄联军三年九战，胜蚩尤于"涿鹿之战"，杀蚩尤于冀中，分得大片领土。后三年，黄帝战炎帝，一年三战征伐，降伏炎帝于"阪泉之战"。中华三邦势力皆为黄帝统领，急需统一的管理制度。这些年，仓颉在黄帝的指挥下，总管邦国内务大事。军队征战，粮米武器，兵士征招，民众生产都要运作，支持战争。因为仓颉调度有条理，黄帝非常赞赏仓颉的行事能力，每有大事必与仓颉商量。仓颉也尽自己的能力为黄帝谋划。仓颉成了王舍位首大臣。

仓颉助黄帝将全国划分为九个州，以城市为依托设州镇，管理各族事务。各种官称都在职务上加一个长字，如州长、镇长之类，使华夏从氏族管理格局，开始向州城管理模式转变了。

在城市设了州，州以下为镇，镇以下为村。城市内以道路来划分区，区以下为组，组以下为户。

仓颉助黄帝编制了中枢官职。王以下设官职有左右大监，管理内政外交。设三公、三少、四辅、四史、六相、九德的官职。文臣有相府，武将有将军府。

军队设大将军、将军、队长、伍长，便于调度。

仓颉助黄帝施政，以仁德惠民，以律法管理行政。对官员提出了勤政务实，反对奢华。提出了六禁，即"声禁重，色禁重，衣禁重，香禁重，味禁重，室禁重"的律法管束。民众凡有犯法的人，量罪流放、惩罚财产。有害命之徒，处以斩首刑。

仓颉辅佐黄帝期间，农业生产由于采用了井田制，牛马畜力开始广泛使用于运输、耕田。颁布了五谷良种，于广大农村，农产量增加明显。人们已普遍饲养六畜。许多匠人出现在城乡，在制铜铁、制陶、制皮革、制麻丝、制木器等方面，都为生活、生产、军事提供了产品。民众进行的集市交易，从一旬两市、三市，到在城市形成了每日有市。那时候很重视巫医的作用。巫医分立，产生了中医药学，有一些专门采药、制药的人。

五、仓颉创造汉字

在文化方面，黄帝注重文字的规范，让仓颉对文字进行了整理和创造。

日常，仓颉作为黄帝左大监，要处理许多朝中大事，要记录的东西很多。有一天他为此发愁，在河边散步的时候，他看到地上留下鸟、兽、人的足迹，若有所思。他问周围的人："这是些鸟足印，是什么鸟留下的呢？"东土辅臣说："鸟足有大小，从足印可辨出来；能不能凫水，从脚有蹼没蹼就可以看出来。"

仓吉又问这些动物都是什么。东土说："牛四蹄，一蹄踏地两趾。马有四蹄，每蹄踏地一趾，人有双足，小儿和成人从足印都可辨出来。"

仓颉频频点头，心想这些飞禽走兽在河边踏下足印记，不是可以学着刻记号，记下事物吗？回去以后他搞了一个沙盘，在上面把熟悉的符号画上去，让辅臣来看是什么意思。辅臣读出了"三只鸭子飞上天"的意思。鸭子就成了第一个用文字描述出鸟的飞翔状态，所以仓颉造"鸭"字是鸟类的第一个字，鸭就是"甲鸟"，天下第一了。他当时写"鸭"字的时候以"甲"字表示了有蹼足的鸟。

这期间，仓颉带领一些年轻人到各部族中间广泛地征集了各种符号，进行归类研究，每天几乎到了废寝忘食的地步。

仓颉造字，以天神女娲给人类创造的语言为根本，把语言记录下来，表达成文字。文是声的意思，字是形的意思。文字就是能发声音的符号。

仓颉在邦国安定了以后回到族里，辞了族长职务，带家人来到王城居住。西莲他们一共生养了六个儿女，家庭非常幸福，他就静下心来专门和黄帝一起琢磨文字的事了。

仓颉手下有男青年来友、东土，有女青年兰芝和夏叶四个年轻人协助他，做仓颉的辅臣。仓颉让四个年轻人先到各地各行业收集人们常用的符号，包括各族、军队、市场、井田、渔猎上使用的符号。这些符号归为五类。

仓颉第一次制定的字表。有三百六十五个汉字。

时序类古体字三十四个：

（作者注：这是现代仿古金文大篆体，非原始古文字。仅做演示。下同）

第七章 仓颉造字

注：

年、月、日、时、刻、分、伍、旬。春、夏、秋、冬。甲、乙、丙、丁、戊、己、庚、辛、壬、癸。子、丑、寅、卯、辰、巳、午、未、申、酉、戌、亥。

方位类古体字十三个：

注：

上、下、左、右、前、后、内、外、东、西、南、北、中。

数量类古体字二十三个：

注：

升、斗、石。丈、尺、寸。亩、分、斤、两。一、二、三、四、五、六、七、八、九、十、百、千、万。

华夏上古故事

名称类古体字表——一百一十个：

注：

人、男、女、爹、娘、爷、奶、姥、好、叔、婶、
舅、委、姑、姨、孙、媛、夫、妇、妻、兄、弟、
姐、妹。猪、牛、马、羊、狗、鸭、鸡、蛋、鱼。
麻、稻、黍、稷、麦、菽。蚕、丝。杏、桑、桃、
果、榆、杨、柳、松、树。毛、皮、骨、肉、脏、
血、气、风、寒、湿、燥、心、肝、脾、肺、肾、
胃、肠、胆、脑、眼、耳、鼻、舌、身、发、手、
足、臂、腿、指、口、眉、脉、经、络、喜、怒、
忧、思、悲、恐、惊、头、颈、胸、腹、宫。花、
叶、根。土、水、种。天、地、星、云、雷、电。

第七章 仓颉造字

名称类古体字表二一百零七个：

注：

虎、狼、龙、凤。邦、族、国。阴、阳。红、黄、绿、黑、白、蓝。金、木、火。冰、雪、霜、雾。海、泽、江、河、渠。耙、犁、刀、斧、棒、枷、套、轭、铲、镰、网、绳、结、衣、鞋。帝、王、臣、将、队、长、兵、农、市、陶、药、食、粮、医、巫、神。板、字、文、书。寨、村、城、舍、房、门、窗。车、辕、轮、轴。舟、船、篙、桨。田、垄、坛、台、平、坑、井、原、山。旱、涝、铜、铁。道、竹、苗、草、菜。舞、贼、你、我、他、们。声、光、味。军、阵，节。

华夏上古故事

动态类古体字七十八个：

注：
划、刻、写、全、真、思、创、在、礼、乐、造、
强、弱、仁、义、信、善、大、小、来、去、亲、
爱、恶、加、减、走、跑、跳、快、慢、这、那、
为、打、击、刺、投、烧、也、看、望、多、少、
之、杀、伤、死、活、推、拉、吃、喝、单、双、
痛、灵、智、潜、浮、漂、流、巡、史、新、旧、
急、告、问、答、说、进、退、冲、逃、不、是、
否。

有一天，在王舍，黄帝召见了仓颉和四个青年辅臣。

黄帝问："现在整理符号、文字到什么程度了？"

仓颉说："受王之所派，我等在各工坊、各族间进行了收集。得各种符号千余个，重复的比较多，比如一个人字，"在一个沙盘上，仓颉边说边划着，"刻法很多，有四种刻法 入 人 㒑 𠆢。比如一个牛字 㞢 㞢 中 牛 㞢 𡴂，刻法有六种之多，不知选哪个好？"

204

第七章 仓颉造字

黄帝看了几个字，说："刻画要少，最多不要超过十划。这个人 入 字，这个牛 ¥ 字就挺好啊。"

辅臣来友说："人没头，牛没四条腿也？"

仓颉说："人字和牛字，大家都这么刻了，大家的习惯要尊重也。入 人字出头一捺就是头了，¥ 牛字半环就是角了。"

黄帝说："减少笔画和民众的习惯都要照顾到才好。"

又有一天，仓颉到王舍问："大王，现今已有字达千余个了，还在不断有新生的字符，怎么办呢？"

黄帝说："族人以刻符号记事已经有好多年了。自伏羲至炎帝，符号、结绳，都能理顺族群邦国。但现在制造日多，城市物品交流日盛，传递命令交换意见，只靠符号是不行了。今后，符号要改成字，大家可能不太习惯。先取常用的，选三百六十五个字，是一年的天数，先让大家习惯以后再改动可也。据说炎帝神农在确定《神农本草》之时，也是以一年的天数制定神农本草收录之例数。药物一定会大于三百六十五之数，然而取三百六十五之数可以让不实用、重复的品类去掉，便于传递给民众。我意暂定三百六十五个，这个数做以后再补充。"

仓颉说："按大王要求办。"并严令天下字必须由黄帝公布的字为准。

随后，仓颉和辅臣一起，对每个字的含义做了说明。

又有一天，黄帝问仓颉："'巫医'取两个字用，还是'医'字'巫'字单独使用？"

仓颉说："近闻大王和岐伯在编写《内经》，敢问是《内经》还是《巫经》也？"

黄帝说："我正要听听你之意见也。"

仓颉说："多少年代传下来，天命玄机，凡人难知。有通天神者以巫术治人疾病。我学过三年巫医，然而一直不得其要领，愿听大王释疑。"

黄帝说："岐伯等诸医者和我琢磨的医术，虽然以阴阳、五行对应人体疾病的过程进行阐述，但绝不以巫术惑人。天地有阴阳，人病有虚实。天地有五行，人有五脏六腑。天有干为天道，地有支为地道，人有情为人道。巫者通天晓地，医者专治人病，巫医应该分开。"

仓颉说："大王所示慎明。巫术施于人病有碍医药运作，医者不应以巫术治疗疾病也"。

随着文字的公布，黄帝统治下的华夏，理顺了邦国管理制度。

有一年春天，一天，黄帝召大臣们就邦国的农作物进行规划。"仓颉老臣这次制定文字，把好多事都理顺了，现在快要春种之时了，邦国要像炎帝那样对五谷进行管理，这次有麻、稻、黍、稷、麦、菽六个字都入选了，你是怎么考虑的呢？"黄帝问仓颉。

仓颉说："大王，自伏羲、炎帝神农到现在，农家种地都受生活需要来定，这其中关于麻和稻是农事发展的需要。麻可以制作衣服和工具，是主要农作物，同时又有粮食和药物的作用；因麻籽有小毒，现在有了别的主粮，吃麻籽的越来越少了。而稻是从南方水网地方开始种的，产量高，稻米适口，味道好，大家都喜欢吃，成了和小麦相当的主粮了。炎帝神农公布五谷的时候是在北方，稻子还没有传到中原。自蚩尤南进，把这种作物引进了中原，现中原已经广泛种植也。大王，可酌情采纳吧？"

黄帝说："麻和丝都关系到民众的衣服、工具、生活，要重视，但从邦国主粮上看，是为了要解决民众吃饭的问题。我想，以稻代麻，也是农业发展的需要也。"

从此，颁布五谷为稻、黍、稷、麦、菽。五谷也是邦国互市和国税的等价物，方便了社会物质的流通。

又有一天，仓颉问黄帝有关六畜这六个字，谁排在首位？黄帝看了仓颉报上来的字，对仓颉说："六畜是天赐我们之家畜也。你想，在那个完全靠采集果实和狩猎野兽的年代里，先民生活是多么困难也。可能不同时期民众对六畜看的不是一样重。听说猪是民众最先驯化的动物。猪能提供肉食和皮子，据说，有的地方，猪可以成为陪葬之牲畜也。有些地方给神坛上供品，猪头也是重要的贡物。以前龙是猪的形象，认为龙是猪的化身，称'猪龙'。现在龙集合瑞兽和闪电的形象，已经神化了。"

仓颉说："猪可以排在首位吗？"

黄帝说："不然。吃肉是人们看重的，可发展生产更为重要。牛适合南北田地耕作。一户人家，如果有几十亩地，有头牛，就能够过温饱日子。牛也是财富的象征，特别是这些年，牛皮的用途很大。一张牛皮，有些年可以比价五到十石黍。"

仓颉说："正是这个意思，我把牛刻在六畜之首了。"

黄帝说："最近十几年，自车出现后，马的价值增大了。你看，我等出行总是马在拉车。马一日行是牛三日之路程也。那年平定刑天之乱全靠了车兵。转运速度快，战斗力强。现在，四马一乘之战车是军力之象征。马除了征战，还用于

农业、运输。马加快了人流物流之运转，应当称为六畜之首了。所以六畜的排序，以马、牛、猪、羊、狗、鸡顺序可也。"

仓颉在下发黄帝定制的饲养动物时，特别提到了这些家族的作用，定为六畜。

《黄帝发六畜饲养诏》文：

我王黄帝自平定叛逆后，已有十年，家国兴旺。今布告天下，发展六畜，丰足民众生活。马能运、能战、能犁田，最为家国重视。牛耕田、拉车、皮肉供给非常重要。猪擅长肉，是华夏民族食谱之大肉，供民众肉食，能强健体魄。羊能肉、能皮、能草食，不与人争口粮，应大力饲养也。狗为护家好手，又能帮人狩猎。鸡能司晨，肉蛋是灵活的食品补充，小户人家也可笼养。此六畜，为邦国推荐的家畜，要特别重视。其他牲畜因土地、气候不同，各行其便也。

黄帝诏告

又一日，黄帝召仓颉、风后、力牧及仓颉的辅臣到舍下。

黄帝说："近日看仓颉老臣送来有关方位之字，感觉有些问题。"黄帝说完，负责造字的几位都紧张了起来。

仓颉忙问："大王，有关方位的字有十个也。有上、下、左、右、前、后、东、南、西、北这十个字。哪一个有问题也？"

黄帝说："仓颉老臣，你站在中间，让四个辅臣在四方，你看看也。"于是按黄帝的说法，站了一下，还是不得要领。仓颉在四个方向都看了一遍，说："大王，我明白了，差一个字。"大家问："什么字？"仓颉说："中字。"

黄帝笑着说："这组字标明了各种方向，只是差一个'中'字。没有'中'，怎么能标出上下、左右、前后、东西南北也。天分十干，北斗居其中，北斗以天枢为中轴，柄斗列张。北斗七星，近紫薇宫南，在太微北，是为帝车，以主号令。运乎中央，转承天下。制四方，建天平，均五行，移节气，定诸世纪，皆依北斗。"

黄帝接着说："地有四季，分十二月，此应地支十二分野。天降福于我华夏族人，现在我华夏地分九州。西接昆仑、东达大海、北连荒漠、南衔越岭，有五湖四海之广大。列华中、华西、华东、华北、华南之民众仰视威威轩辕之城。政从王出，令由中来。规制文字，设长度重量之权，地亩之方，律法十则。此中心地位系重中之重也。"

第七章 仓颉造字

仓颉说："大王所言极是。华夏之地，皆为邦国民众之土。大王受命于天，率土为王。邦国运作权在中枢。以此昭告天下，王命不可违，政通人和，国运畅达。"

有一天，黄帝于王舍前与仓颉闲聊。几只雀儿在草地翻飞啄食，互相追逐，叽叽喳喳。黄帝问："为什么这小雀没有文字也？而凤这人所未见的鸟儿却入选之。"

仓颉说："还有龙，谁见过龙也？"

黄帝说："龙也没有，你等怎编了龙字？"

仓颉说："龙字凤字合称龙凤，已在民俗中是不可或缺之地位也，已经深入民心，这是中华文字中最有代表性的图腾符号了。"

黄帝说："我以实用为基本选字，龙凤未见实用暂不用可也？"

仓颉说："不然。这次征千家符号，得龙与凤的最多，看来习俗对龙凤有强烈归附感也。这龙属天使，居于东海，携天上之水，受听天命，得雷公电母号令降下雨水。民每于旱涝，必以求天神引龙调水。大王，我等当依民愿也。"黄帝同意了"龙"字。

黄帝又问："这凤也未见，有人说是山鸡化凤，也有说是女娲天神所驾。怎以见得与龙相配也？"

仓颉说："凤者本有凰配之曰凤凰。近女子专以凤作名，又以凤做女子纹饰，已经成了女化神鸟。求诸吉祥，祈福求子，也多用凤鸟。"

黄帝说："那把龙与凤配在一起就表示天地了吗？"

仓颉说："正是这样，男宠龙，女宠凤。龙凤已化作我中华祈祷男、女心愿之寄托也。龙行凤舞，多么美好也。"黄帝许之。

黄帝和仓颉议论了关于字的书写规范、词法、句法、文法。

第一批字公布后，大家反应很好，就准备公布第二批字了。

有一天，黄帝召仓颉和四个辅臣，对大家说："每日刻画文字也有几年了。字之运用方便了大家交流。'字'本身有什么特点呢？"

辅臣东土说："我觉得特点是一字对一音，也有少数一字多音。"

辅臣来友说："我觉得一个字是一个意思，有时是两三个字表达一个意思，这叫词也？"

辅臣夏叶说："用许多字组成一段文字叫句，许多句组成一篇文叫文章也。"

辅臣兰芝说："刻这么多字，用之刻刻画画，是由一些固定之划组成，每一刻称一划可以乎？"

第七章 仓颉造字

黄帝一一点头说："你等年轻人还是聪明。今天我找你等，就是要讨论一下书写的规范问题。现在大家是在石板、木板、沙盘、竹板上刻画。尤其多是木和竹，都是一条一条的，所以在上面刻就要先上后下，由右到左排列。"

仓颉说："大家琢磨的事称词法、句法、文法。大王如同意可颁布之。"黄帝准予颁布。天下文章就统一刻划格式了。

又一天，黄帝问字刻画规范事宜。

黄帝说："这些字是用尖锐硬物刻上去，每一划都有刻之方向、形状。大家归纳一下，看有多少划之形状也。"

当时大家都试着刻画一下。仓颉说："大王，我看有点、横、竖、撇、捺、圈、折七种刻画最多，还有半圈、横钩、竖折勾、弯勾、竖勾弯、斜勾这几笔变形。"

黄帝说："制定字时，出现一个字多意，看来不可免了。一字多音，在创字时要尽可能避免这种情况。现在大家主要是在木板和竹片上刻字，刻画依仓颉老臣之意思可也。仓颉提出之刻画规则，真是启发之于天，授之于民。规圆为方，字形都近于方形。"

"大王，有人要去掉圈或半圈这一笔，认为汉字要归为方角形，臣认为圈这一笔含义很广，不宜去除。"仓颉说的和黄帝提出的规圆为方意见不同。

黄帝说："可保留圈、半圈这种划，如'口、回'凵 ᓂ 还是划圈省事。不过我喜欢看方字。"黄帝一个喜欢，多少年后汉字去掉了圈这一笔，连"零"也不能写成"〇"了。

仓颉接着说："字是在'符'的基础上演化而来，笔画起于八卦之爻，创'字'是大家之功劳也。现在公布的这些字有独体的，比如'大'字。也有合体的，比如'笑'字、'珠'字、'则'字，这些合体字中，有上下合体、左右合体，怎么称呼合体字，做搭配部分呢？"

黄帝问："你们有什么主意？"

夏叶说："我觉得笑字上边之竹字头，在头上就叫字首，或部首也。"

兰芝说："看猪字的犬字旁在旁边就叫偏旁或左旁也，则字的立刀就叫右旁，志的心字底叫下旁或底旁也。"

黄帝说："你等琢磨很多了，那在上边的叫部首，边儿上的叫偏旁也。"

"依大王之意思办也，"仓颉说，"大王，我等最近造字，发现造字多是以物形为主，例如'马'字。还有会意指事如'左右'，会形会声，如'水''河'，会意拟态如'口''方'，指事拟状，如'大''小'；转注他音，如'姥''考'；

假借他意，如'黄'字，既是色，又是名。请大王定一下规范也。"

黄帝说："华夏先民造符号之初以物类的形状为始。这是'字'之母也。其他指事、形声、会意、转注和假借，都是辅助造字方法。现在你等做汇编和规范刻字时要尊重民间世俗习惯，字不能太多，划不能太繁。民造字为用，用则宜简。造字是为生活、生产方便。一定不要刻画过多，能减少刻划一定不添累赘。要注意刻字是划不是画。"

仓颉说："大王规定之规范'字'和造字规则，我将公布于天下。文字的创造会成为我华夏族千秋万代的事情。"

自此，仓颉带领来友、东土、兰芝、夏叶一直进行字的整理和创造。当文字被民众知晓、使用之时，全国民众都非常高兴。他们有的把谷物撒向天空，以至于人们见到了谷雨一样的欢腾。仓颉在黄帝和民众的支持下，造字十年不止，一共造了上千个常用汉字。黄帝赞仓颉有造字神机，可尊仓颉为"字"的始祖也。在古时候，仓颉被称为造字圣人，又被称作仓王、仓圣、仓子。

六、仓颉与国法王权

又一日，仓颉问黄帝："天下广大，民众攘攘。民安居乐业，百业兴旺。民众互市，依族规、村约已不适于邦国之大了。大王，对'国'字怎么看？"

黄帝说："'国'或字外围一大方，'或'为'一口'加'戈'字。可视为土地、人口、军队、加国法，此四维也。民众生产、军队列阵、邦国运行，全靠规矩管束。'法'字从水，水平不流。天有道，地有法，理所应当。仓颉老臣在族里、军队里、王舍下都有经验。为王编制一个举族、邦国上下都实用之律例也。"

仓颉说："大王，看来你是对'国'字和族、国管理很重视了，我也有这个意思。族以血脉、夫妻、父子为根脉，以盟约联络。而国怎么约束各族群、州府也？依法乎？"

黄帝说："邦族是以占据土地的族为基本，间或有不同规矩，可自有军队，以条约联络。今日华夏为'国'，将依托城市以州、镇、村、户为基本联络。国之大政要一致，军队要统一调度。今天谈到'法'，要以强制手段执行，定法改法是本王之职责，是受命于天，归于民意。"

又告诉仓颉把邦国内的规矩整理一下。仓颉秉烛数月，又征集一些族长、大臣、将军的意见，数易其稿，经黄帝审定，同意颁布《国法王权诏》。如下：

甲、天下为邦国民众所有。率众之王，受命于天。国立四围曰土、民、军、法。民开田立户，凿井修渠，坟茔建造皆受王使者定夺。

乙、天授百业，皆应税赋，以利出税，以口抽丁。取于民，用于国。上下均平为要。

丙、军队受命帝王，中枢、州、镇此三军卫国，佑民执法。

丁、王授将臣，为国尽命。俸禄国出，奉公守法。

戊、诸族立规，与国法一致。

己、互市公平，量以王授斤重、尺长、亩方。以黍、铁、铜计价。

庚、孝敬长者，体爱幼小。不孝入罪。

辛、民不欺诈，不盗抢。妄夺人财入罪。

壬、强奸乱伦入罪。

癸、妄害人命，以命抵命。妄伤害人入罪。

黄帝诏告

自此族、邦、国划分清楚。黄帝号令全国，国家具有形态了。

七、仓颉与隶首论算术

又有一天，仓颉率隶首、风后、力牧，辅臣来友、东土、兰芝和夏叶一起到黄帝舍下，商议算术。隶首是黄帝史官，善算术。

仓颉说："邦国事这么多，城市、族群、军队、粮草、人车调度，怎么计数，前人已有一组字符，现在整理一下，请大家提意见，请大王定夺。"

隶首说："以前计数靠投石、结绳。后来有人创下符号，现在可见有三套。其一为一二三三乂久十八艺中出当，十二进制，少用。其二以八卦合数，二八得十六，十六进制，民间多用在互市上。其三为一二三四五六七八九十，十进制。现在，百工匠人多用第三套。不知大王意下如何？"

风后说："我等计算粮食以斗、石为计数，现在数量太大了，刻符已经不行了。大王是否可用一重物标出斗石重量，全国实行怎么样？"

力牧也说："地亩、军队、人口计算数量非常大，应规定一下计算方法。以方便以田亩定税，以户口抽人丁。"

黄帝对隶首和大家说："天有十干，人有十指。计算量不要以年月之数处理了。

因年有十二个月，有十二进制。民间十六进制由八卦衍生出来，应该遵从。十进制用于百工制造、地亩计量上，比较精确。双手十指，为一个十，十个十为百，十个百为千，十个千为万。万个万为万万，这样个、十、百、千、万进位就有了定数。前些日子隶首要我看了，他做了一个'算筹'，让隶首讲讲吧。"

大家都看过算筹，使用如此灵动者少。

隶首让人拿来算筹。大家看到，算筹是在一个长方形的木框上有二十个竹签，每个签上串九个打孔的桃核。他指着这个算筹跟大家说："从右向左表示个、十、百、千、万、十万、百万、千万、万万。然后边说边演示。每个竹签上一至九个核，上一位的一个核相当下一位的十个。"

隶首展示了加减乘口诀。如下：

加法口诀：不进位：几上几。进位：一去九上一；二去八上一；三去七上一；四去六上一；五去五上一；六去四上一；七去三进一；八去二上一；九去一上一。

减法口诀：不退位：几下几；退位：一退一上九；二退一上八；三退一上七；四退一上六；五退一上五；六退一上四；七退一上三；八退一上二；九退一上一。

乘法口诀：

一乘得原数。二乘得双加。

三三得九、三四十二、三五十五、三六十八、三七二十一、三八二十四、三九二十七。

四四十六、四五二十、四六二十四、四七二十八、四八三十二、四九三十六。

五五二十五、五六三十、五七三十五、五八四十、五九四十五。

六六三十六、六七四十二、六八四十八、六九五十四。

七七四十九、七八五十六、七九六十三。

八八六十四、八九七十二。

九九八十一。

乘十右移一位，除十左移一位。

用算筹做乘法：尾乘尾，层层加。方法是：利用乘法口诀。被乘数放在前，乘数放在后，得数的后位，定在乘数前一位上。用乘数的尾数开始乘被乘数的尾数，打在算筹上。再用乘数的倒数第二位数去乘，得数上一位加在前一位数上。第三位数类推。

用算筹做除法：头除头，层层减。被除数在前，除数在后。得数称商。商的前位，定在被除数的前面，留下多于被除数的空位。选一商乘除数，用这个数从被除数头上减去，如余数不足商减一个数，如余数大于除数商加一个数。再依次计算下去。余数不足时为零，移下一位计算。

以后的算盘中间加了一条横杠，上排两个珠子表示十，下排五个珠子表示五。

黄帝说："一般工匠计数就以十进位可也，这样大家方便。民间互市十六两合一斤保留之。"

仓颉又问："长度怎么办？地亩怎么办？"

黄帝说："古来长度以一手撑开，拇指尖到中指尖的距离叫一扎长。现在军士和民众多用'尺'了，因为在绕绳子的时候，多以绕前臂的方法。"

隶首说："现以黄帝前臂屈起来的长度就是尺的长度，把这个长度乘十倍就是丈了。一百五十丈为一里。尺十分之一为寸，寸十分之一为分。"黄帝准之。

仓颉说："那就把这个数值刻到石头上也，让民众都以这个尺来度量。"

风后说："那亩怎么办，升、斗、石、立方怎么办？"

黄帝说："一个方尺十倍为方丈。一百丈乘一百丈为一亩，太大也，那就六十方丈可也。"

仓颉又提到重量问题。

黄帝说："以前族内生产、生活分收粮食、肉类都不严格计量，有多少户就分多少堆，现在互市要精确地分东西，升、斗、石不方便了。以前炎帝时曾以黍做比价物。一斗黍有多重，称出这个重量大约十升的重量相当。前日有做铜铁的匠人，为军兵打制斧头，约为一升黍重量。此可用于量重物基准。今去斧字之'父'字头取'斤'，称'斤'可也。"

仓颉说："'斤'不宜过大。一升黍相当于五斤为宜，一斗黍五十斤，一石黍就是五百斤也。斤十分之一为两。两十分之一为钱。民间斤十六分之一为两。"黄帝准之。

又以黄帝诏书下发九州，并以铁铜制成"斤""尺"，称为"权"。"权"长为尺，"权"重为斤。以后，民间交易渐渐以铁铜代替了粮食。因为铸造小块铜铁用贝壳作范，"铜贝、铁贝"一度成为民众交换财物的等价物，称为"钱"，被经常使用。后来，人们把货币就称"钱"了。官方习惯上给官员的俸禄仍然以粮食"石"为计价。因为"钱"可以毛起来（通胀），不值粮价。

八、仓颉永远被民众纪念

由于文字的运用，人类的文明进入了一个新阶段。社会生产的发展，人类生活的丰富多彩都为文字的产生奠定了基础。文字又为生产的发展和生活的丰富创造了新的空间和载体。

文字的使用被史学家们认为是人类从原始社会进入文明社会的重要标志之一。文字是人类创造的一种工具，用来记录、传递和创造社会事物、家庭和个人生活，使人类的思维活动得到记录和传播。使人类种族间的文化交流得到进行。可以说，没有文字就不会有现代社会。

汉字作为世界上最古老的文字之一，能够传奇地进入现代社会，并且适应社会的发展，保持活力的文字，世界上只有这一种。

仓颉这位圣人和那时的先人们为后代留下的文字是我们最宝贵的文化遗产，是中华民族的标志性语言文字，我们继承和使用它，感谢先人的创造。相比中国古代的四大发明，文字的发明，应在这四大发明中加上汉字，可称中国古代的五大发明也不为过。

后世的人们感恩仓颉造字，建立了许多仓颉纪念地，有河南南乐县吴村仓颉陵，河南商丘市虞县仓颉墓，开封刘庄仓颉墓，鲁山仓颉祠，陕西渭南白水县史官乡仓颉庙等。

第八章 蚩尤的故事

一、蚩尤——淘气的孩子

　　西华族在繁衍的过程中，族群逐渐向黄河中游发展，华族炎帝支脉里的一族人在涿河的支流岸边生活。族里有一户人家近水而居，数辈单传，到这一辈的男主人叫蚩浮，因家族里的土地少，主要从事渔猎生活。日子过得好坏全靠老天爷赐予，好年景就过好日子，荒年暴月就非常困苦，人们艰苦顽强地生活着。

　　蚩浮的妻子叫南姑，是从邻族嫁过来的女子。这对年轻夫妇在族人的帮助下，住在一个用木杆支起的简单房子里过活。一年秋天，南姑已经怀孕九个多月了，蚩浮和南姑从集市上用几条鱼换了一些麻布，为即将投生的孩子做准备。南姑感觉小腹下坠，腹中的孩子怕是快生了。头一胎，对妇女来说最重要。俗话说："头胎顺，胎胎顺。"头一胎不顺，是要命的事。快到家了，南姑的小肚子一阵紧接着一阵地痛。南姑让蚩浮赶紧去把接生婆请来，自己就躺在了铺着兽皮的炕上。她腹痛一会儿紧似一阵，越来越频，越来越重了。蚩浮请的接生婆还没有回来。南姑痛得从炕上滚到地下，有血水流出来了，小孩儿就要生了。蚩浮跑了进来，说接生婆被别人请走了，已经叫邻居大嫂过来了。那位大嫂自己生过小孩儿，但并不清楚怎么接生，手忙脚乱。大嫂看到南姑流了许多血，吓了一跳，赶紧把南姑抬上炕，让蚩浮赶紧烧开水，收柴火灰，用来吸血水。南姑还在剧痛，下边小孩儿的头冒了出来。大嫂高喊："使劲儿！使劲儿！"南姑用力生，小孩儿从产道出来了，在血水中舞动手脚，接着就"哇哇"地叫了起来。脐带还和南姑的下边连在一起，胎盘还没有下来，血一直在流着。南姑已经没有力气说话了，她惨白的身上、脸上冒出湿漉漉的汗，皮肤痛苦地痉挛着，双手紧紧地抓着炕上的皮子，"啊啊"地呻吟着。大嫂也慌了，叫蚩浮拿来一把石刀把脐带断了，又用麻绳把脐带扎上了。这头，南姑还在呻吟，声音越来越小。血流了一地，过了一会儿，南姑已经不流血了。她的脸像白鱼的肚子一样灰白，她已经不呻吟了，不动了，不喘气了。两个时辰的光景，接生婆来了，看到一个小婴儿在哭，南姑已经没有气了。接生婆也慌了，她告诉蚩浮，这是生孩子时胎衣没下来引起的血崩。前几天已经有一个血崩的妇女死了。接生婆把婴儿擦擦说："一命兑一命，南姑托生了一个小子，不用再遭受生孩子的痛苦了！"这时，蚩浮才仔细看了一眼自己的儿子，娘没了，这个孩子怎么养活呢？

　　蚩浮找人把南姑草草地埋到家族的墓地边上，回家看到邻家嫂子送回的孩子，不知怎么办才好。有几个近枝的女族人来看过，大家说小孩要半年以后开始吃粮食，先找人给喂一喂奶吧。蚩浮说："那你们可怜可怜，救这孩子一命吧！"蚩浮给孩子取了个名字叫蚩尤。于是，这个孩子就轮换着找有奶的女人吃奶，成了吃"百家奶"的孩子。半年过去，这个命硬的孩子长得胖乎乎的，招人喜欢。蚩浮又打算娶一个女人，可是带着一个孩子的男人娶妻就十分困难了。大家撮合，从邻族找了一个死了男人的妇女，带来的两个孩子加上蚩浮的儿子，又组成了一个家庭，后娘待蚩尤和自己的孩子一样好。家里缺少土地，还是要靠蚩浮渔猎维持家庭生活，吃饭、穿衣都困难。蚩尤这个苦命的孩子，饥一顿饱一顿的，一点点长大了。六七岁时，蚩尤就开始和父亲去种地、渔猎，帮娘看孩子、烧火、做家务，长到十几岁时已经能独立劳动了。除了耕田、渔猎外，他还是这一帮孩子的头。在和别的族群孩子打群架时，他是最勇猛的一个。蚩尤和父亲学了一些刻符号和简单计数的方法。

　　有一年发大水，河水暴涨，大家都躲得远远的，独有蚩尤这个青年带着弟弟们在河边忙活，他们用麻绳扎了个筏子到水里去捞浮柴。见到可用的木头什么的，他就划筏子赶上去把木头拖回来。有一次他救回来一条狗，这条快淹死的狗被缠在一个漂浮的屋顶上，随流水漂下来了，他把这条狗叫水来，这条狗在蚩尤家生活了许多年。

　　蚩尤还很小的时候和伙伴们到小河边去抓鱼，这些鱼游得又快又滑，很难抓。他看到鱼一受惊，就往有水草的地方钻，于是他就找了几捆草，用绳子拴着放在水浅的地方，蚩尤从下游把鱼群惊跑，有的鱼就钻到草捆里了，常常能抓到几条鱼。受这个启发，他们做了更多草捆捕鱼，小伙伴儿管这叫"捆鱼"。

有时晚上没有取回草捆，第二天竟然有几条鱼插进草捆里退不出来，被困住了。蚩尤就琢磨着把柳枝编成长圆形的篓子，这个篓子上有一个小口，里面有倒刺的细枝条，鱼能进去不能出来，这就叫鱼篓了。放在水里，里边儿再放点鱼饵，鱼游进去就成了渔货。大家都学着做鱼篓，看到捕的鱼都称蚩尤聪明。

那时候族群居住的地方常有野兽出没，为蚩尤他们提供猎物。也有大型的食肉动物去吃人们饲养的家畜，特别是冬天，狼、虎、豹、熊常常袭击家畜。尤其是狼群，把家畜当成了袭击目标，饥饿让狼群非常残忍。人们为了保住家畜不得不把它们关进屋子里。条件好的盖起隔层，把房子和牲口圈修在一起，上边儿住人，下边儿养牲畜。后来造字时，"家"字就是这么来的。猪是最好养的，也是人们肉食最易得的来源，所以家和猪联系在一起。

有一年冬天，蚩尤家左邻右舍的猪被狼群叼走了几头，蚩尤家因为有水来这条狗的看护才没有什么大的损失。可是有一天晚上，狼群还是闯了进来，咬伤了狗，咬死了猪。蚩尤和家里人奋力追打，才把狼群撵走。家里人知道狼群已经见到了猎物，它们还要来的。昨天是几头狼，也许它们会招来更大的狼群呐！晚上，蚩尤和父亲及几个兄弟准备了打狼的东西。刚入夜，他们听到族群里的狗又叫起来了！水来也不停地嚎叫。狼来啦！蚩尤提着两个石斧就冲了出去。狼群正围着猪圈，有的已经跳了进去。这蚩尤见到狼，一斧上去打倒一头，再一斧过去又打倒一头，瞬间三头狼倒下死了，可还有十几头狼围了上来。蚩尤的父亲这时向狼群投过去一个火把，狼被震住了，哀嚎着逃跑了。它们咬死了水来和几头猪。天亮了，蚩尤和父亲把三头狼剥了皮，连狗和猪肉，除了晒些干肉准备去换点儿米外，肉还给族里的人分了一些。

族长见蚩尤这样勇敢，就让蚩尤组织了一支由十几个青年组成的打狼队。这个冬天，他们看护族群的牲畜，赶跑了狼群的袭击，蚩尤有了名声。

打狼队有时也参加族间的争斗。有一年春夏之交的时候，蚩尤他们的族群和邻近的族群因为河水浇地的事发生了争斗。那边的族长是个狠家伙，每次都是他带头欺负蚩尤他们的族人。这一年春夏之交，正是庄稼长秆儿拔节的时候，天又有些日子不下雨了，庄稼都卷起叶子来，大家都从河里引出水来浇地。因为邻族用水要经过蚩尤他们村子的地，以前都是蚩尤他们村用完水再放水给下游。这次，邻族的族长带着人来扒水口了。蚩尤的族人不许扒，被外族人打伤了。蚩尤他们的族长招呼大家带工具去保护水口。蚩尤冲在前面，指着对方说："为什么要破坏规矩？"外族的族长说："水从天上来，我们都在一个天下种地。

第八章 蚩尤的故事

水是大家的，都可以用，不能你们上游先用完再我们下游用！"蚩尤说："水在我们的田里过，怎么不能有个先后呢？"蚩尤上去就把他们开的水口堵上了。对方有两个人冲上来把蚩尤推倒在水沟里，蚩尤一身泥水，从水里站了起来。突然，"嗡"的一声，他的头被一根木棒打中，他天旋地转，又一次跌倒了，顽强的蚩尤又一次站了起来。这时，他们的族人开始冲上来和外族人打在一起，互相伤了许多人。蚩尤本族有的人已经躺着爬不起来了。大家都又害怕、又冲动。蚩尤大喊一声："住手！"大家都住了手，双方都愣住了。满脸是血的蚩尤站在水口边上，夹在两族之间。族长过来叫蚩尤先回去吧。蚩尤说："他们已经把我们的人伤成这样了，怎么办？"

对方的族长也站到前边来，手里拿着石铲，吼叫："今天的水口不许堵，谁堵打死谁！"这蚩尤看对方这样嚣张也不说话，抄起石铲就打过去。那族长话音刚落，竟然不防备，被蚩尤一石铲打倒在地。蚩尤高叫："你们再来抢水口，我就打死你们的族长！"大家都向后退去。那个族长刚站起来，蚩尤又一铲打在他的小腿上，只听咔的一声，族长再一次倒下了，一条腿折了。蚩尤问："命要不要？"那族长说："饶命！饶命！"蚩尤稍向后退，对对方说："把人抬回去吧！"那些族人赶紧把族长抬走了。

这一季，还是蚩尤他们族先用水，这以后成了规矩，邻族再也不敢和蚩尤他们争斗了。这番打斗后，族里都佩服蚩尤的勇敢，都知道这小子是个狠得不要命的青年，传到其他族去，没有敢欺负他们了。

后来有强盗结伙，抢掠大家的财产。为了防备野兽和强盗，村子围起了寨栅和土壕，许多周围的散户也搬了进来，大家组织起来轮流值班。

蚩尤他们的族长会刻符号，会计算。族长农闲的时候教蚩尤和一些青年习练刻符和计算。蚩尤学习得很快，掌握了不少符号。他把自己家里的物件都刻上了符号，方便记忆。蚩尤掌握了土地的测量，房屋的制作。蚩尤能够借助算板进行很大数值的加、减、乘、除计算了。

蚩尤十六岁了，到了抽丁的年龄。族长想让蚩尤接族长的位置，对蚩尤的父亲蚩浮说："你家蚩尤到参加抽丁的年龄了，让你家别的孩子参加抽丁，过几年让他做族长吧。"那时候族长是世袭的父传子，子又传子。蚩尤他们的族长无男孩，也可以传旁支的族人。蚩尤不同意，执意要参加抽丁，他要到外边的世界去闯荡。正是炎帝开疆拓土的时候，战争是常有的事。蚩尤抽中了丁，从此离开了家乡。

二、蚩尤从士兵到将军

蚩尤刚到军营的时候，武器都要自己准备。也不过是种地的铲子，换成了石斧、石刀、刺枪和盾牌。刺枪就是一个长木杆上有尖尖的头儿，也有把一块尖锐的石片儿绑在上面。弓箭刚刚出现，用竹木制成弓，用麻或牛皮做弓弦，用不了几次就坏了。蚩尤用两张狼皮换了两个石斧头，自己又做了一个刺枪，一块盾牌，就算有武器入伍了。伍长教士兵各种杀伤技能和防守技能。还没有当兵时他就知道，让狼死打碎头，让狼伤打断腿。士兵就是杀、伤人的职业。蚩尤苦练本领，他的砍杀技、投掷技，防守技都很强，特别是投掷石斧，十几步内几乎是百发百中。

那时候，邦国之间的边界常有摩擦，小仗不断。一般被抽丁四年就可以回原籍啦，除非提到队长以上的人，可以留在军队里叫"吃军饷"，成了职业军人。蚩尤入的队伍驻扎在接近九黎的地方，常有九黎族人和华族人因为土地、互市发生争斗，双方军队一出面就是战争了。

入伍没有多久，他们的队伍奉命去剿灭一伙由九黎流窜来的强盗。这伙人惯用水路逃遁的方法，抢劫一番，顺水逃掉，很难剿灭。这年秋天，他们的军队扑了几次空，大家都很沮丧、疲劳。队长从队里选了几个人，两人一组去哨探。定了以烟火为号，一堆烟火表示敌近，两堆烟火表示敌退。蚩尤和一个年轻兵士被派到强盗经常出没的一处山坡，埋伏在那里。半夜里有一支强盗队伍正对着他们走来，他俩赶紧燃了一堆火。烟火一起，强盗看他们人少就冲了过来。强盗是吃软怕硬的，同官军还是不敢对打。临近了，蚩尤见二十几个强盗扑了上来。他高喊："炎帝队伍在此，束手投降！"对方一听有炎帝队伍。知道不是普通百姓就向远处跑了。那个青年军士说："我们再点一堆火吧？"这蚩尤不听说话，飞快地冲了过去。黑暗中只见他前面的一个身影在奔跑。蚩尤将手中的斧头数十步外投掷出去，那强盗扑通倒在地上。其他强盗急忙上了木筏，撑篙划桨跑了。这时第二堆火点起，队伍见敌人已退就没有开过来。天亮一看，强盗已经死了。石斧正打在后脑上，头碎人亡了。缴获了一个石斧，一个弓箭和盾牌。队长听到他们单兵追杀强盗一事，很震惊，表扬了蚩尤的勇敢。

强盗们回去，听说同伙被追杀了一个，有人心惊，也有人要报仇。几伙强盗聚在一起，要血洗官军，为同伙报仇。这回他们探得了官军驻地，准备了木筏兵器，就在一个云雾遮月的夜里偷袭了兵营，官军有数人死伤。报到将军处，将军震怒了，发千员兵士过来进剿。不想这伙强盗以华族军队乱杀平民为由告到了九黎官府，九黎官府也发兵来问罪，就成了两邦族军队的局部冲突了。一天，九黎族军有千人袭击了华族兵营，又有多人死伤。华族将军派蚩尤他们的队长带人去和对方通报一下，是不是误会了。队长带胆大的蚩尤过去和对方的将军说话。

　　九黎的将军锤兜召华族的两个军士来问话。队长说："你们可能误会了，我们剿灭的是强盗，不是为了侵占你们的土地和掠夺民众，希望九黎族将军回军。"九黎将军锤兜大呼："你们越界击杀我边民，还来说辞！打出帐外明天阵上见！"

　　第二天两军对阵。这边，华族将军山投出阵，那边是九黎将军锤兜来对阵。山投使用一把火山石精磨石斧，锤兜用一长柄铜锤，两人也不搭话，举手就打。石斧对铜锤，几个回合后，只听轰的一声，铜锤头和石斧头打在一起，石斧头碎了。山投只能用斧柄对锤兜的铜锤，渐渐向后退了。等到了队伍边上，锤兜飞步赶了上来，举起铜锤就要砸下来。突然从华族军队伍里飞出一个黑影，夹风带啸，打在锤兜的左腿上，锤兜扑通倒在地上，军士向前把锤兜抓了起来。九黎族军见将军被抓，一哄而退。

　　山投将军让人把锤兜将军推入军帐说："你成了我们的俘虏了，我们不杀你，只要息兵回去，把那边的强盗抓一抓就行了！"

　　这锤兜心有不甘，但已是被俘的人了，只好应承。但是他问道："你们使用什么法术把我打倒的呢？"

　　山投说："并没有什么法术，乃是我帐下一个小卒投石斧将你打倒了。"

　　锤兜说："能见投石斧者否？"

　　山投叫人唤蚩尤到帐内来，蚩尤踌躇着走进来。

　　山投说："蚩尤，你投石斧打倒锤兜将军也？"

　　蚩尤说："是也。"

　　九黎将军锤兜说："你为什么投石斧打我腿上？不然我铜锤打下去，你们将军头已碎也。"

　　蚩尤说："两将军杀在一起，你追到阵前时，我投出石斧。如向头，头碎人亡，投足人伤。斧头飞出，听天由命吧。"

　　九黎将军锤兜一听，知道这军士武艺高强，胆大心细。如果打头必然死命，心里已经服气了。遂与山投将军言和，退军剿匪。

　　山投见小小年纪的蚩尤如此胆大心细，就提拔蚩尤为队长，领百十人打仗了。三年过去，蚩尤已经成了武功高强的队长了。他喜欢军队，没有提出回原籍。队

长的年饷可以比几十个劳力的年津，有近一百石粮相当。并且，队长可以分到战争缴获的战利品。一把铜铁兵器就是几条牛的价值。蚩尤当了队长，开始给家里提供财物了。家里买了一些田地，养了一些家畜，房子也翻盖了。族里也借了光，大家都说蚩尤有出息。

有一天，蚩尤带队去处理两族的纷争，这两族地边儿相接，中间有小河穿过。由于雨季河水暴涨，水冲刷两岸土地，常有崩岸土地跌入水中。为巩固一方，每每到雨季都加固自己的河岸。今年冲这村的河岸，明年冲那村的河岸，常发生械斗，各有死伤。两族已经斗了数年。上边让蚩尤带军士去弹压双方，使双方息争。蚩尤带兵过去，两处族长都争相讲对方如何无理。都说自己加固河岸，水冲毁对方土地是天灾。蚩尤问这河何时发水？一个族长说只在雨季发水。

蚩尤问原来这河有多宽，一个族长说只有一丈宽。蚩尤看到这河岸现在因两家争执，小溪流已经变成了小河了，已经宽数丈余了。双方都争说对方的不是。

蚩尤对双方说，各找五人来问话。蚩尤和各方人谈过，了解了情况，原来族长每次打仗都在后边督战，他本人并未受伤，其他参加打斗的人死伤多人。蚩尤又让两个族长来，这两人仍然争执不下。

蚩尤给两人木棒，就命两人当下在室外对打，谁胜了就给谁好处，来界定河岸。于是两人争斗了一个时辰，两人均带伤，呼呼气喘。蚩尤问两人还斗不斗，两个人说不斗了。一个人左臂失用，一个人右臂已残。蚩尤就河岸边站立，指河水中分，让两边儿把河岸修直，各插一排柳树，命谁也不许拔除。一年后再看效果，军队返回。次年消息传来，两族不再斗啦，原来是柳树已经活啦！两侧都形成护岸，以柳为界，没有纷争了。柳条为界，叫"柳条边"。

转年，蚩尤军已扩成三队，常做行军先锋。一日，山投将军率军向北弹压渤海地方。这一族人高大勇武，原是华族的支脉，年久已经不亲了。常有族人互相抢掠，发展成军队冲突。山投军与渤海军对阵，蚩尤为左军，山投自领中军，另有右军。趁山投大将兵阵未稳，渤海军已经杀到了。山投中军、右军都被击溃，唯有左军支撑不退。中军、右军得以喘息，整顿队伍卷土重来，大败渤海军，一战把对方打退了。

山投大将赞赏蚩尤的左军队伍能独撑局面，召蚩尤近前来，看其身上中三刺枪而不倒、不退，力拼数敌，率领军士用命，抵住突袭之敌。山投将军大赏蚩尤军卒，问蚩尤："为什么不退？"蚩尤说："退也难保命，如果前军一退，大军必乱。敌人面前后退，等于背向来敌，迎面不退，把敌人先锋顶住，后军不乱，

第八章 蚩尤的故事

才能胜敌也。"山投找队长们训话说："蚩尤身中三刺不倒不退，勇气可赞也！身旁军士有队长为榜样，自然奋力征战。练军先练胆，有胆才能有谋也。"

待到下一年，山投推荐，炎帝把蚩尤升为将军，领十队之兵。这时候，蚩尤已经三十多岁了。炎帝已经四十多了。蚩尤的家乡这几年风不调雨不顺，年头不好，时有春旱秋涝。人口增加，土地并没有增加，反倒是土地越发瘠薄了。族长和大家商量，能否分一些族人到边远的地方去垦荒，大家都沉默不语。族长就去找蚩尤回来商量，这时，蚩尤已经离家行伍十几年了，对家乡非常亲热。蚩尤向炎帝告假，回乡省亲。没有战争，炎帝让蚩尤回乡处理完家事就回王城。到了家乡，见族人生活困难，田地产出不多，人人面有饥色。族长说明意思，问蚩尤怎么办。蚩尤说："凡有荒年，常有逃荒流民。我们这地方以前雨水好，收成好，怎么要分族呢？"族长说："因为土地少，近年已经有大户分家了。但还是解决不了人口过多的事。年景好，粮食也不够吃。近年年景不好，收成太少，大家吃不饱肚子，准备分出部分族人去拓新荒。但大家主意不定，特请蚩尤回来。你见识广，给指一条路也。"

蚩尤说："天下广大，四野皆有荒可垦。此地向西边是苦寒之地，不易西迁。向北已经为黄帝族开垦。向东近海，年年潮涌上岸夺命，临海不宜居。唯有过黄河向南九黎之地，地广人稀，只是语言风俗与中原不同。那里早有客家人迁入垦殖，可一年两熟，又有水网之利，适于水作农业，稻米较黍米好吃。那里有山石，有林木河流，加上我们的手艺，到那里会好一些。我现在是官身，只能这样讲了。过黄河寻淮河支叉就有可垦之土地。"

蚩尤这样一说，这一族人里的青年人都跃跃欲试。最后商定，以一户为一签，三户抽一户。走的把土地给族里大家分，族里给粮食、工具、爬犁和牲畜，供迁徙的路上使用，为日后发展的资料。蚩尤让先派几个人到南边去看看，再做打算，延迟到春天再发不迟。

蚩尤回王城，被炎帝唤去，问是否有族人要向南迁徙？蚩尤只能说有此事。炎帝说："有族人告你欲迁民，越邦族边界，这是不允许之事情。要迁民应该在邦内边地开垦。近海还有土地可垦。"蚩尤说："近海易受海潮侵袭，经常有海啸吞了人的事情，我们预测不及。如鼓励南迁民众，过去多了，民俗浸染，几代后就会华族化，到时候，土地也可以划到我们这边来，像百十年前我们向东发展一样。"

炎帝不高兴了。

三、蚩尤举族南迁

族人不和，天有不祥之兆。蚩尤回家，心情不快。问家人："谁到王城来告发了？"

家人说："有族人平桓一支人，不愿迁走，来告到炎帝处。"蚩尤一听发火了，命令一队军士连夜去追，打他们一顿，只伤皮肉即可。军士三天回报，路上追到平桓一伙人，打伤了他们，丢弃到路上就回来了。没想到四日后炎帝大怒，唤蚩尤到王舍，命解除蚩尤军籍。炎帝斥责道："前些日子来我处，报告你分族一事者被人打劫了，你是否派人伏击了他们？"蚩尤不说话，默认了。

炎帝接着说："这几个人伤得不轻。三个人伤了，一个人死了。你看怎么办？"蚩尤不语。炎帝接着说："按邦国规矩，你这是犯了流刑十年之罪也！我念你从军十几年，立战功不少。罚流刑两年！无诏不得到王城来！"流刑就是到边界地带做苦役，给军队服务。有山投大将关照蚩尤在北地边关住下。忽然有一天，弟弟蚩壬自家乡来，蚩尤让来人到屋里坐，蚩壬说："去南边联系之人已经回来了，那地方确实好，还把稻米给大家尝了。分走之族人准备动身了。"蚩尤说："我现在是被流刑之时候，出去要报告，现在也顾不了这么多了。你说家父有病了让我速回，我就告假回去跟你们一起走。"

第二天，蚩尤和边关守将说，家父大病让自己回去一趟。守将准他回到原籍，约定一个月返回来，没有设押解。蚩尤路上七八日，到了家乡，见本族已经有三十几户准备南迁了，临近族群也有很多跟从，约有两百多户人家，一千多口人。大家约好一个早晨，向天祈祷后就上路了。蚩尤在王城的一家人也一同上路了。炎帝听到消息，仁慈的炎帝没有派兵拦阻，听说蚩尤住在王城的家族也一同迁走，还送了一些粮食，蚩尤见炎帝心意，非常感激。这支队伍男女老幼牛拉人担，拖拖拉拉，过黄河奔淮河。路途上艰苦异常，有数人死在路中。

四、蚩尤拓荒黎龙

这一行一千多人，沿着黄河下行八日，用浮筏过黄河。向南再走七天，到了淮河流域。这片地方的原住民有苗黎多种民族，族群相聚，已形成较大的邦族，即九黎邦族。还没有形成像华夏那样的大邦国。区别主要是土地还是族群所有，向邦族缴纳贡赋；族群有自己的军队，族群首领和邦族都可支配，没有统一的法令。蚩尤带这些人在无人烟的淮河支流找了一片近水靠山的高阜之地住下，后来称这里为黎龙城。

刚刚落脚，有官军围住他们，问流民是什么来头？

蚩尤迎出说："我们是从黄河上游过来的。因为连年受灾，生活困难，只是为找块地方生息，请来官军通报大王。"军士传呼带头的到将军面前回话。

蚩尤赶紧去见将军，见面一看是九黎邦将军锺兜，两人见面已经是故友了，让蚩尤坐下。锺兜问蚩尤："为什么要流民到这里？"

蚩尤把情况说了一遍。锺兜说："我们这地方土地广阔，土壤肥沃，你们来了要依规矩纳贡。我回告大王南雄，再给你消息。"蚩尤回来安顿一下大家，忙领人到左右邻族去表示友好。他们带了皮张和谷物走了一天，到了左邻族，河岸族群，找到族长，向族长献上礼品。族长是一个严肃的老人，对蚩尤并不友好，说："在我族右侧开田动土，应征得我们的意见。如果是少量人到我们这附近还行，这近千人我们不能接纳。立新族群应该有邦族大王同意。"

蚩尤表示希望给予帮助，对方没有表态。

蚩尤一行刚回驻地，有邻族百十余人带着武器冲了过来，说："你们一族人侵占我们的土地！必须赶紧迁走！"蚩尤赶紧解释，并愿送给对方礼物。对方并无善意。

有族长走出来说："你们强占我们的山林土地绝对不行！"

蚩尤说："我们也是生活所迫，没有活路，只求一块荒地开垦。这里百十里以内没有人烟，我们这些人来不会干扰你们的生活。"对方还是坚决不同意蚩尤族人在这地方定居，并且上前推推搡搡。蚩尤看他们蛮横，没有礼让的意思，也暴跳起来，说："这山这水并无人迹。天下之地，独你们能占，我们占不得吗？"对方有人挥棒打来。蚩尤赤手空拳，连着打倒对方数人。族长愤愤地说："我们告大王南雄去，派军队来剿除你们。"就撤走了。

蚩尤赶紧让大家先行立寨防野兽，再围壕墙防水火。约十日，九黎大王来消息，要蚩尤到合龙城问话。原来九黎族人口少，约是炎帝华族人口的十分之一。一直在南有百越、北有华族的状态下生活，南北都有侵夺他地盘的意图。尤其南方的三苗族群，依仗有百越联盟，经常有侵吞九黎的图谋。炎帝华族，民众朴实，民风和善。因此，九黎引进华族民众和人才，也是强大自己的一个途径。

蚩尤带几个随从到和龙城，一路看到区别于中原的景色。见到大王南雄，南

第八章 蚩尤的故事

雄也不让坐。就王舍下让蚩尤站立说："大将锺兜已经告诉我啦，你擅自领大队人马，占我土地。这绝对不容许，你的人员分散到我们的族群里还可以，独占一地立寨不行，你考虑吧！"

蚩尤说："大王，我们华族人到九黎之地来，与当地民俗不同，如分开居住会生活困难。大王如能宽我们一年。大家开垦下一片田地，立下村寨再分开一些人会好些。"

锺兜大将说："大王可否让蚩尤他们分一些人到王城来。从他们那里学一些整军打仗的方法怎么样？"大王南雄也知道蚩尤是个人物，就叫蚩尤到王舍下来供职，给将军职务。

蚩尤说："带族人过来，只是想拓一片田地吃食而已，不想再参加杀伐之事也。"南雄大王不准说："缓你两月，家安居了就速来！"

南雄下令，蚩尤开的新寨子叫黎龙寨，归九黎管理，新开荒第三年开始纳贡。调八十一户到其他九黎寨居住，并派了一个官员去核查土地，向邻族通报。

蚩尤的家也安顿了。妻子玉姬，他们有三儿三女也在这里生活。他异母兄妹七人也在黎龙寨。在房子修好后，蚩尤选族人到八十一个九黎寨去传授技艺，也都成了蚩尤的骨干力量。蚩尤选有技术专长的人，把中原的耕种、麻纺、制陶、造房等技术教给当地人。从当地学了水稻种植、竹编、制革、制铜铁等技术。蚩尤带领族人的迁徙，也是中原华族向南大迁徙，民族融合的一次壮举，南北文明得到交流。这部分人在九黎扎了根，落了户，多年以后，他们的后代被称为客家人。

蚩尤从合龙城回来和大家一起伐树建房，围畜圈等，一个月有余，已有相当的规模了。就近及远按户划分土地，大家分头开荒。当种子种到新开垦的土地后，约两个月时蚩尤去服王命。原来这九黎族南面有三苗族、也称南蛮人，时常有流寇犯边，几次围剿都没有解决，大王南雄想要蚩尤练兵打击这些蛮族。蚩尤被拜为将军，拨两千人来练军阵。蚩尤将这些人分成四队，各设队长。依炎帝军的规制练习阵法、兵法。数月，这两千军已经熟悉战法了。蚩尤又把兵符战策讲给队长伍长们，一支有战斗力的军队就形成了。

这时，南边传来消息，有三苗兵士过界抢掠、杀伤九黎族人。大王令蚩尤率军南征，派南平为监军，锺尔为副将发兵五千。目标是击溃来九黎抢掠的三苗军队，惩罚罪犯。五天行军，过水用筏，旱路使爬犁，到了边界的地方。听当地官员讲述，蚩尤知道了，三苗军近似强盗，不服管束。最近又有三苗兵过界来抢粮食。等到九黎大军来时，他们就跑回去了。蚩尤和南平、锺尔商量，敌人龟缩在南边，我们等他们出来不是办法，我们打杀过去，把他们的大王抓住，让他管住军兵，比和他们耗时间要好。大家都同意了这么做，九黎大军越过边界，打到长江边的赤水城。一路走了两天，这一带水网密布，军队多以浮筏通过，行军非常困难。一路上，蚩尤看到了另一种庄稼，种在水里，样子像麦苗，问当地人说这是稻子。蚩尤听说而没有见过，一路上没有什么大军阻挡。打到了三苗王城赤水城下，这里没有过大的战争，城墙并不坚固。三苗老将川石不太明白战法，将士也不习惯于战阵。刚一接触，兵将就溃败了。蚩尤率军攻入城中，擒大王乌东。蚩尤在王舍与三苗大王说："大王不必惊慌！只因近年大王属下兵士经常到九黎地区抢掠，你们并不管束，因此提兵来问罪！"

大王乌东知道了来军并无占领土地的意思，同意蚩尤提出的条件：管束边界军士，表示不再犯境，同意每年进贡稻米百石，以示友好。蚩尤撤军回去。乌东大王被擒，只好答应了这些要求，心里却十分不高兴。这都是由于蚩尤军大胆突进，三苗没有来得及召集军队造成的，此举为日后两邦战争埋下隐患。那时都没有常备军，谁先下手都会取得胜利。

蚩尤回军以后，把战争的事讲给大王南雄，南雄称赞了他们。蚩尤把带来的南珠珊瑚给了大王，大王南雄把自己的女儿要离嫁给了蚩尤。后来，要离生了五男两女。这些后代融合在九黎人中间。蚩尤积极推广水稻种植，两三年就把水稻从长江一线推到了黄河边。又有一些中原华族人陆续迁到了九黎地区，带来了华族的一些生产技术。由于人员的往来，也把九黎这边的生产技术带到了中原。

五、蚩尤与冶炼铜铁制造兵器

蚩尤还做了一件大事，这就是冶炼技术。在蚩尤来之前，南部各族已经有了冶炼铜技术。他们使用的是天然铜块冶成红铜。兵器是由天然的铜块经冶炼锻打而成，量很少，非常珍贵，主要用于兵器和装饰品。蚩尤让工匠们扩大实验范围。

有一次，一位农民在田里捡到一块黑黢黢的石头，说是在耕种田地时看到，不知道是谁扔到田里，砸了个大坑。蚩尤看这石头有人头大小，非常重，他让工匠把石头做成一柄斧头。工匠们用制铜的火炉烧这块石头，不如铜融化得快。他们又加炭、加风。炉火从红色到黄色再到黄白色、白色。温度不断提高，这石头终于融化了。鲜红的融水被灌到模子里，一只白亮的斧头出现了。大家管这叫"白铜"。蚩尤得了这宝贝爱不释手，成了他的兵器。这白铜放了一段时间就变成乌黑色，再一磨又成了白色。后来，这种从天降下来的黑石头被称为"跌"，又转音叫"铁"了，人们还把铁打成薄片，和铜一起做成头盔，被称为铜头铁额。工匠们用的天然铜和天然铁数量都非常少，所以那时候非常珍贵。经过工匠们多年的探索，他们从矿石中选择了绿色的铜矿石、黑色的铁矿石和锌矿石，把它们打碎，和炭一起烧，就发现了红铜、黄铜和铁。这是一个漫长的过程，它需要矿石的识别，木炭、石炭也就是煤的使用技术，鼓风技术，初起的堆积烧结法和精炼的陶锅熔炼法、浇铸法，还有后期的锻打法。这也是很伟大的一些实践，每一步都需要艰苦地探索。在蚩尤那时候，主要用的是烧结和锻打。人们把铁铜的使用年代归为蚩尤时期，也是非常荣耀的事情。蚩尤让人们加大力量生产铜铁，用这些稀少的铜铁造了许多兵器，杀伤力大增。而且耐用程度相比于石头、木材明显进步了。以后，这些金属又被引进使用在农业和造车、造船等领域。铜铁冶炼技术改变了社会生产能力。

六、蚩尤抵抗三苗横扫百越

自从三年前蚩尤、锤尔和南平率军千里奔袭攻入赤水城，擒三苗大王乌东。双方订立了斧下之盟，乌东大王答应管束军队不再犯界，每年进贡一百石粮食，以示臣服，但乌东大王心里不服气。这三年，他说动百越国王助战。三苗自己动员了三万兵卒。乌东让自己的儿子乌达为大将，巫师萨山为军师，自己亲自督军。百越战象五十头，军士两万前来助战，目标是攻下九黎王城合龙城，擒大王南雄，让九黎向三苗称臣。大军浩浩荡荡推进到九黎境内。口号是"荡平合龙城，问罪南雄王"。

大军一路抢掠，民众流离失所，苦痛万状。九黎兵无备，阻挡不住，五日，大军已接近王城合龙城。大王南雄急召各族勤王，三丁抽一立即到合龙城。但最快也要十天成军，远水不解近渴。在合龙城只有两万军，而且滚木礌石也少。在合龙城外，三苗大军列成阵势。九黎这边有锤兜大将引一万军列阵。锤兜戴一顶铜叶盔，使一柄铜头锤，威风八面。有副将蚩尤使一把长柄铁斧，背插两把短石斧，戴一个铜顶铁额头盔，白亮耀眼。副将锤尔使铜斧一柄，戴铜头盔，红光闪耀，旌旗飞动，军士斗志昂扬。

三苗这边，战象五十头压阵。大将乌达散发赤足，使一个黑檀木大棒。副将川石使开山石斧，老而弥坚。巫师萨山，黑衣长袍，手握招魂之幡，大王乌东在中军督战，旗幡猎猎，呼声起伏。

两军列成阵势，双方大将来到了阵前。这锺兜大将高叫："三苗犯我王城，必死无全尸！"那边，大将乌达大呼："雪我前耻，投降不杀！抗拒不降，粉身碎骨！"举百斤黑檀大棒劈头打来。锺兜以铜锤架住，双方兵器一碰撞，当的一声。锺兜双手发麻，铜锤已经脱手，忙拔腰间铜刀，已来不及，黑檀大棒横扫过来，可怜老将锺兜一命呜呼了。三苗兵士见主将已接战，驱动战象冲阵，战象上有兵士驱动。无奈九黎兵士抵不住战象，吓得四处乱窜，九黎军阵脚慌乱了。两方军士个个奋力出手，石斧、木棒、枪刺、铜锤、铁刀、箭石相互击打，各有死伤。三苗巫师抖动旗幡，战象继续发威，九黎将士被驱赶到城里。乌东正要抢城，有蚩尤率军死守，用木石封住城门。乌东大军把城围住。

九黎王南雄见损失大将一员，兵士死伤很多，急召将臣来议事。锺尔是锺兜的弟弟，因兄长死于阵上悲愤不已，蚩尤受了轻伤。

大臣南平说："三苗加百越，兵多将勇，又有战象来冲阵。我们阵上不能胜敌，凭借城池固守等待勤王之师是上策，为拖延时间，可否遣一使者去议和，一则听其要求，二者争取时间。"

蚩尤说："敌乘我不备，突然起事。我勤王军动员需要十日，已经太迟了。我的意见是，守城只能被打败，如以攻助守，用小股部队偷袭敌军，损其锐气，使守城军减轻压力。"

锺尔说："我愿执斧冲阵，为兄报仇。敌战象可以火阻之，也可掠营火烧之。"

大王南雄说："明日遣使去三苗处讲和，看看其条件。我族可以接受，就息兵。如不能息兵，再战不迟。"

蚩尤说："敌人疲惫，我亦疲惫，临阵全看勇气。今夜就要冲敌营也！"南雄同意了夜里暗袭敌营，准备了二百快军，分两队多带火种，专烧敌人营帐、粮食、战象。蚩尤带伤要身先士卒，南雄只得同意了。由锺尔率军接应。

时至后半夜，起风了，两队冲营军潜行到敌寨内，哨兵发现时已经开始放火，火借风势，大营多处起火。三苗兵士急杀出，找不到偷袭兵。一时粮草、战象、营帐都起了火，直烧到天明才扑灭大火。战象、粮草多焚于火中，冲营军撤回城里，死伤数员军士。

第二天，三苗大营余烟刚刚散尽，九黎使者带来了九黎大王南雄口信，希望议和。三苗大王乌东正在气愤发火，见来使吼道："只要南雄人头！明日阵上交锋。"把使者赶走了。

第三天，大王南雄在城中设坛，对天祈祷，愿天神助力打败敌人，然后披挂上阵，专等三苗大王出战。其实乌东也是一时气愤，待上了战场前，儿子乌达说："只要见面，一回合就速速退回，我冲阵接应。"

这边，蚩尤作为副将也早把短斧握在手上，要保护大王南雄。

阵上两大王见面，分外眼红。南雄使一把铜锤，乌东使一把铜斧。两人互相指责，互相咒骂，然后趋步向前，背后都有副将紧随。乌东的大斧向南雄打来，南雄也用大锤迎击。只一个回合，乌东把大斧向南雄投出，随后人转身跑向本阵。南雄看大斧飞来，乱了脚法，还在前冲，迎面已经换了乌达。一条木棒突然迎面砸来，打了两个回合，不敌乌达，南雄赶紧翻身回跑，大叫："蚩尤救我！"那大棒已经打到南雄腰部，扑通倒地。乌达又要举棒打下，突然面门被飞来斧头击中，立时扑倒在地。蚩尤架南雄退回城里。乌达的尸体也被三苗军抬回。

回到城中，南雄已经气息奄奄了。最后呼："为我报仇！"而亡。祈祷天神，天神何应？此天命也。城里臣将悲伤、惊恐。南平找大家议事。南雄子年幼，弟兄怯战。众人推锺尔代大王位，锺尔坚持不受。南平也推辞。南平推举蚩尤，蚩尤同意暂代之，战后再议。对外暂不发丧，迷惑敌军。派人再催援军。蚩尤特别让人捎信给黎龙寨本族，说要立即发兵，星夜奔驰，一兵一卒也速来王城助战。

此时双方都损失惨重，看谁能意志坚强，坚持住。看谁外援赶到，谁就胜利。

乌东见自己被辱的仇还没报，儿子又命殒战场，悲痛欲绝，恨得日夜无眠。臣将劝他息兵，来年再战，乌东根本听不进去。九黎的援军就要到了，三苗大军已经危险了。

第四天。九黎军蚩尤接到报告，周围的勤王军快到了。于是第四日，城门大开，军士城外列阵。九黎前锋锺尔，三苗前锋石川。两将对战，两人都使战斧往来拼杀十余回合。双方主将把令旗一展，大军对冲，互相打斗，喊杀震天动地。打了两个时辰，双方各有死伤。突然在三苗军后方有一军杀到，这是由黎龙来的援军。从三苗后方发起进攻，乌东军乱了阵脚，前方军士也没有了斗志，纷纷向后退去。蚩尤见援军已到，立即发动了冲锋。

蚩尤在前，手挥双斧冲开一条血路，直取三苗大营。蚩尤不呼不叫，飞步紧追逃兵身后，到了中军王帐，守卫兵士见蚩尤浑身是血，凶神恶煞一般冲来，转身要跑。蚩尤跳跃补上一斧将军士砍倒。死者还未倒地，蚩尤已经冲入帐内，见人就砍，一时帐内血飞四溅。大王乌东见刀光血雾中有敌杀来，急忙起身，还没有站稳已被砍中，身首异处了。蚩尤取了大王乌东人头，提头冲到帐外。帐外已被三苗兵围住，蚩尤大叫："三苗王已死，投降得生。"三苗兵胆怯了，纷纷后退。

第八章 蚩尤的故事

九黎大军里外夹击，杀死三苗军过万人。三苗军见大王已死，无心对战，都放下武器投降了，九黎军大获全胜。蚩尤见到了自己本族来的援军，虽然有数百多人，但是正是这数百多人先发起了外围战，击溃了三苗的军心。蚩尤见到了领队的族弟蚩壬。

　　三苗将军石川死于乱军之中，巫师不知所踪。

　　蚩尤命令被俘的三苗和百越军，投降的流刑垦荒，不投降的杀死，都不放还。

　　蚩尤、锺尔和南平等把大王灵葬于西山坡，然后三人回到王城，在王舍内商议下一步打算。蚩尤说："三苗和百越大军都被消灭在这里，正好趁势把三苗王城赤水攻下，从此让他们称臣。"

　　南平说："虽然大胜。我军也死伤过万。军士疲惫，休息月余再出征不迟。"

　　锺尔说："两者皆有理。权衡利弊，我意立即进兵打下赤水城，让三苗称臣。"

　　蚩尤说："军士疲惫人人怜之，但机会不可失也！"随后决定出征，由蚩尤为主将，锺尔为副将，选精壮军士两千人，蚩尤从黎龙来的兵为先锋。轻装奔袭，不带营帐。

　　果然，发现前面有一部分三苗败军，正急匆匆往回赶路。

　　蚩尤催军脚不停歇急追下去。两军有一日距离，第三天晚上就冲散了败军，解救了裹挟的民众，妇女和幼童哭泣一片，给予粮食，安抚送回。这批败军有三千多，投降的有两千人，充军随行，不投降的都坑杀了。一路只杀得三苗军尸横遍野。到了边界，将士踌躇不前，前敌先锋将锺尔问蚩尤怎么办？蚩尤钢牙紧咬，口唇干裂，满口血红，大呼："为大王报仇，扫平赤水城，不达目的决不罢休！"并许诺战利品归军士所有，驱动军士继续疾进。蚩尤走在前面，身先士卒，军心大振。一路杀戮，日间疾进，夜里少眠，三日已到赤水城下。这城里人已知消息，民众已经逃走许多。有守城军将听大王已死了，军心已溃，有军士丢弃兵器而逃。蚩尤虎步冲入，以盾牌冒着飞来的箭、石，左右军士倒下不少。蚩尤仍然飞身抢城，大军随后冲进城里。他们见人杀人，不要降卒，不要活口。房屋放火皆燃烧起来，待九黎军退出城外时，赤水城已经成了"赤火城"，烈焰滔天，三日余烟不绝。抓到逃回的巫师萨山和守城将伸尚，蚩尤命他们投降，伸尚不从，被击杀。萨山投降，蚩尤命萨山收拾残局。将三苗各族群并入九黎，废赤水王城。留下队长蚩壬，升为将军，率二百军士及降卒五千另建赤水新城。

　　蚩尤大军准备启程回合龙。蚩尤问军士："害人最残酷者是什么？"军士都说："是百越的战象最为凶恶，百越帮助三苗，应该惩罚他们！"又问锺尔，锺尔说：

"大仇已报了，我军可以回合龙城了。"

蚩尤说："百越出兵攻我城池，此仇未报怎么办？"

锺尔说："百越离我们遥远，要过长江，将士已经打下赤水城，就此作罢吧。待回国整顿一段时间再说吧。"

蚩尤说："趁我们复仇之师勇气高涨，人心齐聚，我意一冲到底，直到百越王城再收军返回。"将士有难色。蚩尤说："大丈夫有此立功机会千载难逢。现在三苗已灭，百越震动，如砍伐十丈之树，差一丝即倒；如开挖长堤将溃，缺一铲之土水漫，机不可失也。"

选强壮军士千余人，蚩尤亲率领杀向百越王城，蚩壬紧随在侧。锺尔留赤水接应，并向蚩尤进军方向徐徐推进，造大军状态虚张声势。蚩尤军沿败军踪迹，遇水浮筏，旱路驾爬犁，疾行少眠。沿途村庄，只要供给粮食都无害通过，没有受到抵抗。十日就到了百越王城九水城。蚩尤到了王城下，见王城降幡已树，大王出城受降。接蚩尤入王舍，大王石虎说："我们百越受三苗逼迫出征。惊闻九黎军士死伤逾万，非常悲痛，我出征军士两万还不知下落。望大王宽仁，放百越降兵回籍。听说九黎王英明，我们不再战了，望能保全民众性命、财产。"

蚩尤说："百越地处岭南，疆域辽阔，有山海之利，不易参加北方各族征战。今要你们臣服于九黎，划长江南五百里为九黎管制，不得擅动干戈了，降卒日后遣回。岁贡九黎南珠五十串、珊瑚五十棵。"

石虎在刀斧之下答应下来。蚩尤兵锋浴血，已达目的，留一千军驻扎长江南岸，也由蚩壬管束。从此，九黎华族越过长江。大军返回，又十余日退回赤水城，稍休息再启程。有萨山供给军粮。

七、蚩尤称王九黎

蚩尤军回到合龙城，与锺尔、南平说："大仇已报，不再代行大王事。"锺尔和南平不同意。蚩尤说："找九黎族族长商量一下，看大家的意见吧！"于是召九黎族各族长到合龙城。

蚩尤说："我受先王恩惠参加邦族大事。今不幸大王升天了，虽然我们九黎之地又向南扩张了，越过长江，但将士死伤许多。先王驾崩都非常痛心，按九黎族规，请大家议立新王的事情。"

南平说："先王在日就有南扩的意图，今天已经实现了。先王驾崩，将士殒命，

真是胜之也悲呀！先王对蚩尤看重，嫁女与蚩尤。这次战事是蚩尤勇猛杀敌，深入虎穴，击杀三苗王乌东。又挥师南进，攻敌王城赤水城。督师再进，受降九水城，使百越称臣纳贡，划江南五百里归我九黎。蚩尤大勇大智，足以做九黎之王。"其他人也附和。

九黎各族长投签，大家公推蚩尤做大王，蚩尤不从，说："天下事都有天意定夺，请巫师田青问问天意吧。"于是在城南高阜处设坛，以兽骨刻符，用火烤之，骨裂数个花纹。其中最长一裂指向西，用卦理推算，西为坎卦☵，为水。今黎龙在合龙城西方为旺地，当出贤人。今蚩尤大将先设黎龙大寨，黎字含水承接天意，正和卦理。蚩尤继大王位正是天意也！"

如此，蚩尤接受了大王位。他颁布政令，除留常备军两万外，其他军士回原籍，征战有功者都有赏赐。各城都立集市，约定伍日、旬日为互市日，又明确历法，税制。民得以安生。王城由合龙迁黎龙城。

百越降卒劳役一年遣回，三苗降卒劳役三年遣回。九黎势力已过长江，开垦大片良田。

八、蚩尤王枭雄落幕

蚩尤南进之前，九黎、三苗民众多以狩猎刀耕火种。自华族南下，将农耕技术、制陶技术等传到南边，又把南边的冶炼铜铁技术、种稻技术传到北边，南稻北黍相互融合。有许多华族南下，在淮河、长江和闽江流域开垦田地。十几年光景，九黎邦国在蚩尤治理下已经壮大起来。

真是天意难违，天祸难逃啊！本以为移民淮河、长江流域，族人得到天助地养。不想，蚩尤在九黎雄心大展，数年征战成九黎王。成王则费心，管理这样大的区域，文治武功都要强人一等，不然德不配位，必有所祸。蚩尤秉性残暴，先是发起"冀中之战"，以失败结束。后因九黎族人与炎帝族人冲突，时间长了，有族群背叛蚩尤倒向炎帝，因此酿成双方"石台之战"。经三年九战，炎帝和黄帝联手把蚩尤打入绝境。也是天要华夏统一，最后蚩尤在"涿鹿之战"被黄帝所杀。一代枭雄，轰轰烈烈收场。九黎地区为炎帝、黄帝分治。

从一个淘气的渔民孩子经过抽丁上战场，百战不死，从兵士到将军；举族南迁，拓荒九黎；冶铜制铁，整军九黎，抗三苗于合龙，降服百越于九水城；最后涿鹿大战，应天丧命；演绎了华夏自黄河中游起事，向北、中、南发展，融合各族民众，

成就华夏大国基业的历史过程，真可以说蚩尤王是枭雄也。传说枫叶染红，是"蚩尤所弃桎梏，是为枫木"。

蚩尤有一妻玉姬，有三儿三女。一妃要离，生了五男两女。

蚩尤后裔姓氏六个：熊、马、牛、龙、花、姜。

蚩尤纪念地，蚩尤墓有四处：山东阳谷县元镇、山东巨野、河南台前、贵州凯里。蚩尤庙：贵州三穗县寨头苗寨，河北涿鹿矾山镇龙王塘村。蚩尤故里：湖南安化乐安镇蚩尤村，山西运城东郭镇蚩尤村。

第九章　夸父逐日的故事

一、夸父奔来的生命

　　夸父的父亲信甲是一个以狩猎和耕种为生的勤劳青年，母亲庄姑是一位心灵手巧的人，他们是族群里的第五代人。夸父族人人身材高大，他们是华族的一支，在多少年以前，族人分群的时候，他们溯渭河向上迁徙。天神启示族人，渭河边上看到木抱石的地方就是他们的新家了。在没有人烟的地方，他们艰难地向西北走，几天后，看到前面一棵巨大的榆树，树根紧紧地抱着一块大石头，大家高兴地说："灵验了！"于是大家停下来，用石刀、石斧开垦了一块地方，立了窝棚，围了寨栅就住下来了。夸父是信甲和庄姑的第四个孩子，他还有两个哥哥一个姐姐。

　　秋天，夸父来到了这个世界。大家都在忙着为冬天准备食物和柴草。怀孕已经接近十个月了，庄姑还在地里干活。她在地头上坐下，感觉身子下边湿漉漉的，并且阵阵地腹痛，她预感到要生了。她已经有了生三个孩子的经验。可是信甲不在身边，他回家送东西去了，庄姑随手拉过一些秸秆垫在身下。她刚一蹲下，一个小生命就流出来了，随着羊水、血水，这个小男孩儿落草了。他从温暖的母体到了凉凉的人间，被狠狠地刺激了一下，整个身子蜷缩了一下，又伸开身体吸入了人间的第一口空气。他猛地喷出气体，"哇哇哇"地叫了起来。庄姑用手抓住黏滑的脐带，她想扯断它，可是拉不断。又一用力，胎盘、胎衣滑了出来。她感到一阵眩晕，大口地喘着气。小孩儿的叫声让她清醒了。她把孩子和胎盘拉过来，用嘴嚼着脐带，那血肉糊满了她的嘴，腥腥的味道。她顾不了这么多了，咬断了脐带，她用一段草茎把脐带扎起来。她没有力气了。信甲回来了，见这情景，赶紧把母

子两个用爬犁拉回家，用麻绳把脐带重新扎了扎，没有再请接生婆。

族里的人来看望他们母子，说这个孩子真是个奔命的孩子，性子急，落草到田地里了，真是天赐的孩子，命大。爹给这个孩子起了个名字叫"夸父"。因为夸父后来很有名，他这一族就叫夸父族了。

夸父有两个哥哥和一个姐姐，还有三个弟妹。这一帮孩子要信甲和庄姑养活，他们只能拼命干活。春、夏、秋季在地里劳作，冬天到山林里打野兽。有时也到河中去打鱼，勉强维持半饥半饱的生活，一家人时常处在饥饿状态。夸父很能抢食物吃，所以长得比同龄孩子大。待到夸父五六岁的时候，他开始干一些简单的农活了。那是一个刀耕火种的年代，他们家有几片地每年换着种。春天，父亲用铲把土铲成一个一个的小窝，庄姑领着孩子们把谷种撒进去踩实，等到下场雨苗就出来了。夏天，庄姑领孩子们去薅草、间苗。父亲会带大一点儿的孩子去捕鱼。秋天山上有野果的时候，庄姑会带孩子们去采集。他们边采边吃，孩子们非常高兴。收获的庄稼拉回家，脱下籽粒挂在房子里。到了冬天，只有信甲和大一点儿的孩子出去打猎，每次有收获大家都能吃饱肚子，如果几天打不着野兽就要吃粮食了。在夸父的记忆中，肚子总是吃不饱。漫长的冬天里，储备的粮食和干肉，要度过冬天和春夏，必须匀着吃。在这样一个为生存劳作的家庭里，夸父一点儿一点儿长大了。

二、夸父走失的奇遇

夸父五六岁的时候，母亲经常带他们上山采集食物。四季都有不同的东西可采。春天他们采刚钻出地面的蕨菜、猴腿子、山葱、小根蒜，刚出的榆树叶、桑树叶、杨树叶和椿树上的嫩叶。夏天杏子开始熟了，他们就攀上树枝采呀吃呀。秋天野果就更多了，摘圆枣子、野梨、山丁子、山楂，捡榛子、橡子和板栗，采地上的蘑菇、树上的木耳、猴头。那时采野菜野果提供的食物和地里种的庄稼一样重要。

有一年秋天，庄姑领着孩子们去采野果，早早地出去了，忙了半天，采满了筐，庄姑就带着孩子们回家了。等到了晚上睡觉时发现少了一个孩子，夸父不见了！问信甲，他去打鱼，没有看见夸父。庄姑急了，夜里就和信甲又叫了族里几个男青年到山里去找。他们一路喊着夸父的名字，一边用火把照着山林，希望孩子见到光亮自己走出来。可是从黑夜找到第二天晚上，都没有找到夸父。大家想，他一定是被山林的猛兽吃了。庄姑盼着自己的孩子，已经三天还不见踪影了。第

第九章 夸父逐日的故事

华夏上古故事

四天夜里,庄姑听到房门吱的一声,一个熟悉的小身影进了屋,庄姑一看正是夸父。夸父一见大人哇地一声哭了起来,庄姑也哭了。信甲和孩子们问夸父怎么在山里跑丢了?夸父说采野果的时候,他吃了一些野果,就睡着了。他梦见自己骑着一条龙飞上了天,那里有一大片桃树,桃树正开花,一个仙女让他留下来。他从龙身上下来,一会儿,桃花变成了大桃子,他吃了几个就想回家了,龙又驮着他飞到地面上。他醒的时候自己还在树杈上躺着呢!原来他在树上睡着了。天已经快黑了,娘和大家都已经回去了。他非常害怕,就沿着一条小河往下跑去。因为父亲说过,山里回家的路就是小河。结果走下去天越来越黑,河水还是没有尽头。他就不敢走了,找一棵树爬上去过了一夜,他没有看到家里人找他。第二天他又吃了一些野果,又顺着小河走了一天,还是没有见到家人。这一下他吓坏了,坐在地上又哭又喊。他远远地听到有回声,喊一声远处就回一声。第三天又在林子里沿着小河转了一天,太阳快落山的时候,他终于看到大河了!也有了人家。一个老渔夫看到他非常吃惊说:"你这样小,怎么自己跑到这儿来了?"问他父亲叫信甲,老人说:"你是下游信甲的孩子啊?明天我送你回去吧!"第二天,老人顺着河边把他送了回来。原来,夸父是顺着一条小河走到上游去了。那里有几十里地远呐!父亲说:"我告诉你们在山里迷路,要沿着河走回来,那是家乡的河呀!你要是沿着别的河走,那就不能回家了。"夸父从此记住了,沿着河可以回家,那河是家乡的河。第二天,信甲、庄姑拉着夸父到上游去,感谢了老渔夫,送给老人一张山羊皮,感谢老人照顾了夸父,把他送回家。老人送给夸父一颗狼牙,拴根麻绳,挂在夸父的脖子上。老人说:"这孩子,命真大,在山里自己走出来,比狼都厉害!"从此,这颗狼牙伴了夸父一生。

父母并没有严厉地责备夸父,但是他心里知道了,再不能自己乱走了,找不到家,见不到父母,真是吓死了。再和大人上山、下河,他都不敢离群了。

父亲不能带幼年的孩子去打猎,因为野兽有时候要伤人。可是有一年秋天。信甲去查陷阱,带两个比夸父大的孩子去,夸父远远地跟着他们。进了山里才发现,小小的夸父也跟来了,只好让大孩子拉着他的手一起走。信甲告诉孩子们,打猎的时候见到猎物反击人,一定要往树上爬,不能跑,人是跑不过野兽的。夸父紧紧拉着哥哥们的手,欢蹦乱跳地跟在爹身后。转过几条沟,翻过一座山,就要到设陷阱的地方了。远远地听到野猪的吼叫声和土石撞击的声音,爹喊:"有猎物了!"大家就紧张起来。信甲让夸父和哥哥爬到一棵老榆树上去,告诉他们不喊不要下来,就提着石斧和木棒带大哥冲了上去。这年,大哥有十几岁了。夸父听

到人喊声、猪叫声、打击声，一会儿安静了。爸爸和哥哥已经结果了野猪的性命，把他们从树上喊了下来，到了陷阱边儿，夸父看到一头挺大的死野猪已经被拉到陷阱外了，父亲就地用石刀把野猪的肚子切开。信甲叫孩子们都过来喝了一些血。猪血有点儿咸，猎人们常喝血解渴。他们把肠子、内脏从肚子里拉出来，又把野猪的胆从肝下挖出来扔掉了，把野猪四条腿用一根树枝穿上，准备回家了。这时已是下午，用火烤了一些野猪肉，大家吃饱就上路了。天越来越黑，他们已经听到了狼的叫声，因为杀猪的血腥味儿把狼引来了。信甲领着孩子们抬着猎物往家走，身后不远处有几个绿色的小火，狼在他们走来的路上跟着。信甲把一些碎肉扔到路边儿，那些狼停下来吃一会儿，就又追上来。信甲用打火石点了一捆干草立在地上，火烧起来，那些狼就不再跟来了。

夸父和小哥哥吓坏了，他们慌乱地在前面跑，爹爹和大哥抬着野猪回到了家里。大家看到夸父的手里紧紧地攥着一条蛇，蛇已经死了，那是一条小孩胳膊粗的黄花蛇，夸父说是从树上抓的，缠在腰上带回来了，蛇头已经被夸父用狼牙扎了一个洞。大家围到一起，庄姑把猪肉割成小块，让大家烤着吃。娘责备了夸父，告诉信甲以后不要带小孩子出去打猎了。夸父抓的蛇也烤着吃了，每人分了一段，还挺好吃。这是夸父第一次参加打猎，自己被吓了一跳，但是有抓到蛇的收获，心里美滋滋的。

夏天孩子们最迷恋的是那条大河。除了发大水的时候，大人不让孩子们下水，其他时候大人也不管。夸父他们这些孩子，都是玩儿着、玩儿着，喝几口水就学会游泳了。夸父为了用脚踩河蚌还学会了潜水。那时候大孩子采河蚌都是用脚踩。河蚌都是微张着嘴对着水，其他部分都缩在淤泥里。踩到了，用脚把河蚌从泥沙里抠出来，再用手抓住，扔到岸上。夸父还小，他看大一点儿的孩子挖出一个又一个的河蚌，他琢磨着把身子沉到水里，刚用脚踩到河蚌，人就被水冲走了。后来，他用脚夹住河蚌，身子沉下去，用手把河蚌周围的泥沙挖走，一只硕大的河蚌就到手了。夸父经常能采到许多河蚌，小朋友都佩服他。后来他练的能用手在河里找河蚌了，并且一口气能在水里待好长时间。潜水也成了夸父炫耀的本领了。

有一次，孩子们随父亲去打鱼，信甲的渔网在水里挂住了。信甲自己下水去，摘了几次都没有把渔网拉上来。一个渔网可是非常贵重的，抵得上两头野猪或一亩地的收成呢！信甲让夸父和其他孩子看着，自己回去找人来帮忙。等到信甲回来的时候，一看渔网已经拉上来了，虽然破了一个洞，补一补还能用。信甲问谁

第九章　夸父逐日的故事

摘下来的渔网，夸父的哥哥说是夸父下水摘的。信甲生气了，说谁让夸父下水的，哥哥说是夸父自己不听话，潜到水里摘下来的。问夸父，他说下边儿是一个树根把网挂住了。信甲骂了夸父几句，责备说："下水淹死怎么办？以后不许再去摘网了！"心里说：这小子还真行！晚上吃鱼，信甲给夸父夹了一条大点儿的鱼，算是奖励了。

有一天，有一家人的石斧掉到水里了，好多人下去都没捞上来。夸父这小子一个猛子扎下去，几次换气，就把掉下的石斧头给捞了出来。石斧是很贵重的东西，那家人给夸父家送了一张狍子皮，表示了谢意。客人走了，父亲不高兴，责备夸父逞强捞东西，打捞的事太冒险了，母亲也责备了他。夸父在玩玩耍耍中长大起来了。八岁那年，他跟哥哥上了一趟太白山，喜欢上了冒险。

三、夸父上太白山取圣水

夸父的母亲庄姑是一个勤劳善良的人，她生了九个孩子，有七个活到了成年。在孩子们小的时候，她经常给孩子们讲神话故事。

冬天的夜很长很冷，晚上围着火盆，庄姑给孩子们讲了狼外婆的故事。

"那是一个秋天，有一家人住在大山边儿上，几个小孩子在家，孩子们的娘和爹去山上干活儿了。临走的时候和孩子们说'要有陌生的声音来叫门，不要开门。最近有一只会说话的老狼常趁大人没在家的时候，骗小孩儿开门，把小孩吃了'。天黑了！孩子们听到一阵阵敲门声！大家以为爹娘回来了就要开门。有一个小孩儿问'你是谁呀'？一个怪怪的女人声说'我是你们的外婆呀'！孩子们问'怎么没听说外婆要来呢'？那女人说'你们的娘要外婆给捎来一些麻，不信给你们看看'。就把尾巴从门缝塞了进来。孩子们一看真的像麻，就使劲儿拽了起来。狼痛得直叫说'放手，放手！麻还长在我身上呢'！大家一松手，狼跑了。大人回到家看到孩子们薅下的毛，表扬了孩子们。"夸父一直记着这狼外婆的故事。

娘还给他们讲了天堂和地狱的事。"人做了好事就进天堂，天堂好高哇！有九重天那么高。人要是做坏事儿就要进地狱，地狱好深呐！有十八层那么深。地狱里有火山、有火海、有刀山、有冰山，孩子们千万不能做坏事儿啊！"

夸父十岁的时候，一年夏末，夸父的娘病倒了，又吐又泻，三天没有进食，已经站不起来了。家里请了巫医来驱邪。这大神手里拿着一块牛扇骨，用另一块骨头敲打着，在屋里转来转去。又烧树叶，又在娘身上抓来抓去，口里念叨着：

第九章　夸父逐日的故事

"天灵灵，地灵灵，天上娲皇听端详，庄姑日日都勤劳，不知撞上哪路妖。可怜庄姑家人多，快要庄姑身体好。还愿去到太白山，天池有水疗疾肠。"大神把烧的树叶灰合着灶心土给夸父的娘灌了一些，第二天她不吐了，也能进点儿米汤了，又过了两天也能起来活动、吃饭了，病还是没有彻底好。夸父的爹非常高兴，给巫医送了两张狍子皮。巫医有话告诉信甲，说："要想身体全好了，就要去还愿。你家南边五十里有太白山，那里有女娲娘娘住在天池边。去烧点儿树叶，取点儿水来给庄姑喝就彻底好了。"信甲回家一说，几个大孩子都要去。信甲说秋天地里活儿忙，让小二和小四去吧！于是十几岁的哥哥带着十岁的夸父到太白山去还愿、取圣水。临走时，爹娘和两个孩子说不要贪玩，早去早回，又给他们带了两天的口粮，拿了火石和一个葫芦，准备装水回来。

一天早上，他们就溯着河边上路了，计划两天返回来。他们走的是一条沿着河的羊肠小道，一边是河，一边是山，一会儿上山，一会儿又跨河。他们手里拿着木棒和石头块，怕有野兽出来。一路上山涧水哗哗响，树上的叶子在风中沙沙响，小鸟在枝头鸣叫，两个孩子一点儿也不觉得累。看见路边有人，他们就问路，到太阳正中的时候，路上的人说已经走了一多半路了。中午找个树荫，他们哥俩休息一会儿，吃点儿东西，就准备再上路了。正行间，他们看见前面闪出几个拿着石斧的人，拦在路上。大声说："此路是我开！此树是我栽！要想从此过！留下买路财！"两个孩子都吓坏了。这是娘讲的强盗吗？果然是，这伙强盗在这里拦路抢东西，见两个孩子过来，就跳出来索要东西。哥哥夸达和他们说："我们的娘病了，我们去还愿取圣水给娘治病。"强盗头子看他们两个小孩儿也没有什么东西可抢，就把他们吃的干肉扣下了一些，全当过路费，还让他们给带点儿圣水回来。他们只好答应了强盗的要求，拿着强盗给的葫芦就上路了。

又转过一个山头，他们看到有些人在往回跑。他俩问是怎么回事呢？那些人拦住他们说："前边山路上有大黄蜂拦路，有人被叮死了。刚刚有蜂群飞来，我们都吓回来了。"他们让两个孩子也别去。夸达对夸父说："我们还去不去呢？"夸父非要去，说："已经走了一多半路了，怎么能退回去呢？再说娘也等着天池的水治病呢！"两人继续向上走。果然，在远处就看到前面的大树上有一个大蜂窝，有蜂子嗡嗡地飞着。怎么办呢？夸父说："哥哥你点把火，我去把它烧了吧。"夸达说："那怎么行呢？叮坏了怎么办呢？"夸父说："我们在身上涂些泥巴，就不怕蜂子了。你去找捆草，用火点着，我拿着爬到树上把蜂房烧了，蜂子跑了，我们就过去了。"于是，这两个孩子就在自己的身上涂上了泥巴，来到大树下边。

华夏上古故事

夸父爬上树干，惊动了蜂群。这些蜂子围着两个孩子转，没有下口的地方。夸达点上火，烟火一烧，蜂子纷纷被烧死了。夸父爬到蜂窝下边，把火送到蜂巢下，赶紧跳下树，这捆草一烧，把周围的树叶也点着了。简直就是一团大火，连蜂房带蜂子都给烧死了，他们又欢快地上路了。

这天晚上他们就到了天池边。他们学着大神的样子，口里念叨着："天神保佑取圣水，给我娘治好病，献上肉干，表我们的心意。"他们点燃树叶，撒点儿干肉在上面，就装了两葫芦水准备返回了。夸父见到湖水跟哥哥说："我们下去洗一洗身子吧，刚才泥巴也涂了一身。"哥哥说："行。"两个人脱了衣裳就下水了。这湖水很清澈，湖面平静，有点儿凉。他们在水里一洗澡，一路的疲劳就都没有了。在湖边，他们捡了几块黑色小石子，系上绳子挂到脖子上，就准备上路了。在水里玩儿了一会儿，他们都累了，夸父跟哥哥说："我们躺一会儿再走吧，脚都走痛了。"这哥俩就在一棵大树边躺下了。不曾想，两个孩子都睡着了。夸父忽悠悠悠好像醒了，看见天已大亮，太阳光十分耀眼。见远处的太白山峰上走下来一个仙女，飘飘摇摇到了他们身边，说："你们哥俩从远道而来，给你们娘取水也挺累，我驾祥云把你们送回家吧。"于是哥俩拉着手上了祥云。一闭眼睛，风呼呼吹一会儿就到了家。神女说："到家了！"他们一睁眼，祥云没有了！身子一下子跌到了河里。夸父惊醒了，几头狼在围着他们转。来时爹娘一再告诉他们，不要在地上睡觉，可是他们太累了，就睡在地上了。狼群闻到人味儿和肉味儿就围上来了，幸好神女把他们唤醒了。两人一下子蹦起来，狼群吓了一跳，后退几步。他俩赶紧爬到树上，可手里没有武器。狼把他们带的食物吃了，还没有走的意思。哥哥说："你先睡一会儿，我看着，一会儿我睡，你看着，天亮狼群就会走了！"他俩谁也没敢睡。熬了一夜，天亮了，狼群跑走了。两个人从树上下来，收拾一下东西，背着两葫芦水就踏上返程的路了。

下山走了一会儿，他们饿得没有力气了，肚子咕咕地叫。怎么办呢？手里也没有武器了，他们找到路边的树枝、石子当武器，从路边儿找来一头尖的石头绑在木棒上，就算石斧了。这山太高了，没有结果的树。哥哥说再坚持一下，到山腰就好了。他们口渴了，到水边去喝水，看到有鱼在游。哥俩就想了个办法，用树枝编了个鱼篓子放在水里，从远处用石头不停地往水里扔，鱼被吓着了，就到处钻。等到鱼游进篓子里，他们就把鱼篓提起来，还真抓了几条小鱼。他们就生火把鱼烤着吃了，吃点儿东西就有力气走了。又走了一程，路边的树也高了，也有野果子吃了。又到了昨天强盗出没的地方，强盗又把他们拦下了。哥哥忙把水

240

送给他们，这伙儿人抢着喝水，就放了他俩。可是才走不远强盗又反悔了，说："小孩儿，天已经晚了，你们睡一夜，明天再走吧！"这哥俩回家心切说："我们不能休息了，原定两天回到家，这都快到晚上了，贪黑我们也要回家去。"这强盗想扣下孩子，让家里拿东西赎他们回去。就说："回去也行，先吃点儿东西吧！"连拉带拖把他们两个弄了回来，还派了一个壮汉看着他们。没办法，他们就在强盗的窝棚住下了。吃晚饭的时候，强盗给他们俩分了一点干肉和炒米。他俩怎么求情也没有放他们走，只说明天再说。晚上这哥俩被绑着腿，有一个强盗看着，他俩没办法，只好睡下了。第二天，这哥俩吃了早饭要走了，强盗说："你俩吃了我们这么多东西，要赔偿！"要扣下夸父，让哥哥回去拿五张羊皮才能放夸父回去。这哥俩怎么和强盗说情，这些人也不放行。强盗是没有理可讲的，哥哥只好带着水上路了。这里离夸父家只有半天的路，顺着河转过弯去就能看到家了，一下山，这伙强盗就不敢追了。这帮坏人也不敢在这地方久留，因为族人会来抓他们。哥哥走远了，夸父说口渴了要喝点儿水。强盗看这个不大的小孩儿，也没有在意，就叫他下山去那条河，取点水回来。夸父拿着强盗的葫芦就下山了，一个强盗不远不近地看着他，手里拿着木棒跟着下山了。夸父到了水边，借着往葫芦里灌水，就往水深的地方走了几步。水要灌满了，夸父假装失足，就把葫芦里的水又倒了出来。把葫芦扔到河面上，他喊："葫芦漂走了！葫芦漂走了！"于是就拼命地追葫芦，追着追着，葫芦还在飘，小孩儿却不见了。这强盗下水，捞到了葫芦，可是小孩儿没有了踪影，以为小孩儿淹死了，就急着跑回去，和同伴说："不好了！要是山下人知道我们把小孩儿淹死，非抓我们问罪不可呀！"强盗们赶紧跑了。再说这夸父，水性非常好，他假意挣扎，在水里潜游了一会儿，偷偷换了口气，又潜游了一会儿。他找了一块木头做掩护，就顺水飘得越来越远了。这水路他非常熟悉，转入大河他就上岸了，跑了一段路就赶上了哥哥。这哥俩欢蹦乱跳地回到家里，爹娘和兄弟姐妹都等着他们呢。听了他们俩的讲述，爹娘夸奖了他们。

四、夸父猎野猪

夸父十五六岁的时候，已经会做地里的农活了。春天，夸父和兄弟们在父亲的带领下到地里干活。从整地、刨坑到下种，夸父都是一把好手。夏天，他们薅草侍苗，到了秋天，就盼有一个好收成。庄稼要熟的时候，他们还要防野兽祸害。

特别是野猪，时常一群一群地从山里出来，把大片的庄稼毁坏了。为了防野猪，几户族人结伙看护他们的庄稼。看庄稼也是一件苦差事，他们带着狗，一发现野猪就用木棒石头敲打、喊叫，把野猪吓跑。可是，有一群野猪经常三天两头地从山上下来，喊一通，追打一通，走不远又转回来，祸害很大，大家就想用陷阱把这群野猪抓起来打死吃肉。于是，大家组织了一帮青年人，在族长的带领下在山边设伏，挖了一些陷阱。可是这群野猪太狡猾了，它们能闻出新土的味道，凡是有陷阱的地方它们都绕着走，真是没办法。

一天早晨，轮到夸父和一个青年值班，狗叫了起来。一群野猪又来了，为首的还是那头长着很长獠牙的黄鬃大野猪。只见这家伙口里吐着白沫子，带着大大小小三十多头野猪，从壕沟里窜上了庄稼地。夸父和青年喊着，扔石头，敲木棒冲了过去。可是这头大公猪不但不怕，还反冲过来，先是撞倒了那个青年，又向夸父冲来。夸父也很害怕，一闪身躲开了。这头猖狂的野猪又冲过来了，夸父手里有木棒，迎头就打这野猪，没想到小腿粗的木棒打在猪身上，棒子断了，野猪还是向他撞了过来，一时，夸父和那个青年都被撞翻了。村里人拿着火把跑来了，野猪扬长而去。夸父和青年都受了伤，流了不少血，被抬回家，夸父躺了一个月才下地。那个青年可惨了，十几天后竟然死了。大家说起这头黄鬃大野猪都很害怕。转眼间就到了冬天，庄稼上场的时候，这群野猪又来村里祸害了几次，有的看家狗也被咬死了。夸父的爹看夸父已经好了，安慰夸父说："这个畜生，早晚我们会打死它。这段时间你还是养伤吧！"夸父说："爹我已经好了，我要给伙伴报仇！"爹说："这群野猪有那头黄鬃猪当头领，挺难捉，听说它常在后山十里的山林中活动，族里组织打猎队再收拾它吧！"

族长招呼大家到一起，商量打野猪的事，决定下雪的时候再打野猪。不多日子天开始下雪了，这是打野猪的好时机。有雪做标记，顺着野猪的脚印就能找到它们。族长选了十几个猎手，包括夸父，带着家伙、干粮就进山了。临走时向天神做了祈祷，让天神保佑大家平安。野猪这东西，冬天也不休眠，在山窝背风的地方叼来一些树枝、草叶就钻到里边取暖。它们白天在林子里找山榛子、烂水果、草根吃。有进山的猎人回来说看到过这群野猪，它们住在一条山沟里。那时打野猪的方法有陷阱或者下套索把野猪困住，然后用石斧、石铲、刺枪等打死野猪。大家也做了多种准备。

这天下午，大家在山沟里发现了野猪群。刚一接近，一群野猪轰地跑了。在山上，人是赶不上野猪的。大家转了一阵，还是没有接近野猪群。第二天，大家

商量一个办法，选几个人在沟的那一头埋伏着，设下套索；另一边人一哄，野猪往设伏那边一跑就打它们。于是，这伙猎人分成了两组。夸父的身体刚恢复，被安排在赶野猪这一伙，没有让他参加去迎击野猪的那一伙。这天大家做好准备，这边敲敲打打惊吓野猪，把野猪轰起来，那边好下手。准备妥了！这边开始哄叫起来。这群野猪有三十几头，轰的一声就乱了营，有几头向远方跑去。大多数随着那头黄鬃野猪，反向哄猪的跑过来。这边没有设套索，猪群一冲过来，人们就乱了营，能爬树的爬树，能跑的跑。夸父身体弱，上树是不行了。跑吧，也行动不方便，怎么能跑过野猪！于是他就躲到了一棵树后，举起石斧。野猪冲过来时，带着吼叫声，带着山风隆隆作响。眼看着那头黄鬃大野猪冲到了夸父躲着的树边，猪嘴刚闪过来，夸父手中的石斧劈了下去，正打着野猪的头面骨上。立时，那野猪翻滚着向前倒了下去，好像倒了一面墙。好一个夸父，抓起一杆刺枪高高地跃起，冲上去，把一个长长的木刺枪插入了野猪的肚子里。这时候，野猪缓过神儿来，回头又奔夸父冲了过来。可是它的肚子被横插着木刺，已经没法直着跑了。木刺别在野猪的肚子上，野猪在树丛里跑妨碍着它。这畜生带着木刺，在原地叫着、翻滚着，有一个时辰才躺倒。血从野猪的嘴里流了出来，大家冲上去，在野猪头上又砍了几十斧，这野兽就再也不动了。大家围上来看，这家伙有三百多斤重。连同另外猎到两头小一点儿的野猪，大家抬着猎物回村了。

　　大家都称赞夸父勇敢，临危不乱，果断出击，结果了这头害人精，为同伴报了仇。族长分肉的时候，给夸父家多分了一些肉，还把大野猪的一个獠牙给了夸父。夸父把这个长獠牙做成了一把刀，常常挂在自己的腰间炫耀。这夸父，脖子上挂着狼牙，腰里有一个野猪牙，很是威风。这年夸父十五六岁，在一帮青年人里好像是一个大人物了。

五、夸父漂向大海找龙王

　　夸父在渭河边上长到了十五岁。他高挑的身材，长长的腿，比同龄的孩子高一头。一年四季，农忙的时候他在田里劳作，农闲的时候就到山上狩猎或者下河打鱼。一天到头日升而作，日落而息。一家人都为家里人能吃饱饭忙碌着。夸父家的兄弟姐妹也长大了。大哥已经成家了，就在原来房子的边上向西接了两间。转年，大哥又添了小孩儿。一家子人在一起，有十几口人了。土地还是那么多，粮食没有什么增加。山里的野兽少了，打到的猎物也少了。河里的鱼有时多有时

少，那要看季节和年头了。有一年夏天大旱，远远地听到雷声，就是不见下雨。大家都跑到外边，看着天上的云朵，人们眼巴巴地盼老天爷给下场透雨呀！老爹信甲对孩子们讲："这雨水是受东方大泽里的龙王掌管的，老天爷来了命令，龙王就和雷公电母来降雨。"这年大旱，从春到夏没有透雨。河水也小了，打不到鱼，地里的庄稼也枯死了。夸父问父亲："这龙王住的地方远吗？"老爹回答说："在河水的尽头有大泽，龙王住在那个地方，非常遥远。"夸父问："有谁到过大泽吗？"老爹说："没有听说谁到过大泽。"

按照世世代代传下的老规矩，天不降雨被认为是人们的行为得罪了天神，所以天神不让龙王来降雨。族里进行了隆重的祈雨活动，请来本地的大巫师作法。大家在河边用土堆了一个圆丘，在上面设祭坛。今年旱得很重，平时滔滔大河，现在只有很窄的一条水道了。大家把献祭物品摆在台上，那些猪和粮食是大家共同献出的。巫师披着皮衣，扎草裙，头顶着一个草帽子，在坛上施法术。台下，人们跪了一片。巫师高声对天献祭词："天神在上，天神洪恩。下民是女娲伏羲之后，华族后人。天下人有不敬上苍者，致五个月无雨，禾苗枯死，赤地百里。祷告天上诸神，可怜渭川民众，降三尺甘霖。今献大肉精米，表我心意。祈求天老爷，保佑民众。祈求龙王为民降雨，风调雨顺。"然后，大家一起给老天爷和龙王磕了九个头。烧树叶、烧祭米，把那献祭的猪放到河里冲走了。献祭后，天没有回应、还是没有雨，龙王没有听大家的祈祷来降雨。

又过了一个月，天开始下雨了。雨下起来就不停，河水出槽了，淹了许多低洼的人家。滔滔的大水不止，族里又请巫师设坛，又是献祭，请龙王不要再下大雨了。又是猪肉和米，如此折腾，民众苦不堪言。天神还是不听人们的祈祷，风雨还是不顺。

在夸父的记忆里，这种旱旱涝涝经常发生。他觉得这个大泽里的龙不知道人间的疾苦，反复无常地折磨人，真该问一问它，怎么才能满意？让风雨尽如人意呢？于是，他和哥哥、弟弟们商量，要顺水到大泽去找龙王说一说，后来被父母知道了，又骂又责备他不要胡思乱想。可是，夸父心里还是惦记着这事儿。秋收了，家里收成很少，父母在发愁。娘已经在食物里加野菜了；父亲准备狩猎工具，准备入冬降雪后到山里碰碰运气，打些野兽贴补饮食。一天中午，孩子们告诉信甲和庄姑，夸父不见了！原来，夸父说动了族里一个小伙伴常芽，一起准备了东西，顺水漂向大泽了。他要找龙王问一问，怎么才能风调雨顺。

夸父准备了一个苇筏子，把一捆一捆的苇草用树枝和麻绳子连接在一起，能浮起两个人的样子，藏在草丛中。他们又准备了一些干肉，就在秋天的一个中午，趁大水漂向下游去了。

亲人们都跑到河岸上喊夸父。信甲和庄姑声嘶力竭地喊着夸父的名字，泪水从庄姑的眼里流了出来，看不到远去的孩子，父母的心如刀割一样。常芽的家人也在河岸边呼喊，都怕两个孩子在水里发生意外。回到家，孩子们清点一下，夸父带走了一把石斧，一片石刀，一块打火石和一根火绒，几串干肉，还有一条小狗，一根长木杆，一个盛水的葫芦。

庄姑找到巫师，请了一卦。巫师问了夸父的生辰八字，找了一些树叶，用火点着，然后让庄姑投股子。巫师看了股子显示离卦☲，离代表火和东方。他一会儿走，一会儿蹦，口里叨叨咕咕，开始神灵附体了，回答了庄姑提出的几个问题。庄姑问："大神指路，我儿乘草筏顺水漂，能保住性命吗？"

巫师说："你儿夸父是大命之人，他为了族人求龙王把水患排除到大泽去。天神女娲、伏羲一定会保佑他们。一漂向东，也会遇到贵人帮助他们。"

庄姑说："我儿要受许多苦吗？"大神说："人都是有孽债的，夸父打猎是好手，也许打到了有天神保佑的野兽呢！天神要磨难磨难他。不过夸父命大，都能化除危险。"

庄姑问："孩子什么时候能回来呀？"大神说："前路虽有贵人，但路途有几千里地。现在初秋远行，七七、九九、甲甲、子子，两季节日子六个月。月圆出走，月圆回还。"

庄姑说："走时带了一点肉干，不知道一路是不是要饥寒一道呢？"大神说："此一去水波漫漫，有贵人相助。饥饥饱饱是难免的，总会到大泽再返回。"

庄姑说："有劳大师，多给祭祝吧！"大神说："一定，一定！"巫师走时，庄姑给拿了一大串猪肉干。

从这一天起，庄姑每天都向东方祈祷，让老天爷保佑孩子一路平安，早日返家。

那天，夸父和常芽没有想带小狗黑仔，这条小狗非要跟他们走，把它推到水里，它还是游了回来，只好带它走了。第一天，夸父和常芽带着小狗黑仔在河上飘了上百里。渭河汇合了别的几条河流后，水面就越来越宽了。晚上，他们和小狗都嚼了几块干肉就睡着了。第二天醒来，吃了点儿东西。他们站在筏子上非常开心，以为前面这样广阔的水面就是大泽了。可是他们哪里知道，他们已经从渭河漂进了黄河。两岸的景色也不一样了，到处是田地，很少有山和林地。几只鸟儿飞累了，停在他们的筏子边儿上，他们也没有理这些小鸟。小狗黑仔很不适应筏子的颠簸，

第九章　夸父逐日的故事

华夏上古故事

吓得一直趴在筏子上，四处张望着。秋天的太阳升起来了，照在他们身上，暖暖的，中午他们又吃了点儿东西。傍晚，常芽有些后悔了，他说："夸父，我们要漂到什么时候是头啊？我想回家了。"夸父说："我爹说，我们家乡的河水都流向大泽，那里有龙王的家。我们在家向东看，太阳好像就从大泽里出来，好像不太远。我问了几个大人，都没有看见过大泽，也许明天就能到呢？你看！你看！"夸父指着晚霞给常芽看，这时，太阳正慢慢地沉在地平线下，红彤彤的晚霞铺满了天空，把河水、夸父、常芽和黑仔都染红了。他们站在筏子上望着西方的晚霞，那是家乡的方向。夸父说："也许家里人也在看晚霞呢。"他们离家越来越远了。天黑了，两个伙伴和小狗黑仔相拥在一起睡着了。

夸父做了一个梦，天上的晚霞里走来一个仙女，就像娘讲的女神一样，指引着他们飘到了天国。那里桃花盛开，人们无忧无虑地生活，人人相亲相爱。忽然娘在叫他，他醒了。天起了风，下起了雨，浪头也大了，筏子上面也打湿了，在慢慢地往下沉了。夸父和常芽都吓坏了，带的东西也打湿了。天黑得分不清方向，没有月亮也没有星星，只有一排一排的浊浪打着他们。小狗黑仔低声地哼哼着，它也想家了吗？夸父见筏子沉得太厉害了，赶紧把葫芦背在身上，跳到水里抓着筏子。筏子上少了一个人，又浮了起来。常芽的水性也非常好，他看夸父在水里游，也下水了。筏子漂浮得更高一些了，小狗黑仔蹲在上面，看着两个孩子，他们都不觉得害怕了。雨停了，他俩爬上筏子，已经没有力气了。天亮了，太阳又一次烘烤着河面，照耀着三个小伙伴。太阳光照在水面上，一片银白色。水很大，水上不时有木头漂过。这时，他们看到一只小鸭子向他们游了过来，在他们筏子边上转。常芽伸脚把小鸭子挑了上来。这小鸭子来到筏子上，找个地方就趴下了，好像回到了自己的窝里。他们分了点儿肉给小狗黑仔，又给小鸭子也分了点儿肉。他们给小鸭子取名叫"拐拐"，因为鸭子走路一拐一拐的。

到了中午，他们的筏子来到一块更开阔的水面，岸边可以看到人家了。夸父说："我们靠岸休息一下吧。"常芽也赞成说："我们到大泽了吧。"夸父用木杆把筏子撑到岸边，跳到水里，把筏子固定住。两个小伙伴、一条狗和一只小鸭子上了岸。离岸边不远，他们看见一个窝棚，一个老渔夫站在那里。夸父说："老大爷，我们从渭水来，想漂到大泽去，不知道这是什么地方？不知离大泽还有多远？"

老渔夫说："孩子们，你们要去的大泽还有几千里路啊！我也没有到过那里。再往前水流就慢了，你们乘筏子，是到不了大泽的，快回家吧！你们的父母一定

非常想你们。"

夸父说:"大爷,我们是要到大泽找龙王,让它管好天上的雨水。让我们的日子过得好点儿。我们一定要找到龙王!"

老渔夫看他们这样坚定,就说:"先吃点儿东西休息休息,明天再走吧。"

两个小伙伴和小狗黑仔、鸭子拐拐在老大爷这儿吃了饭,睡了一晚上。第二天,老渔夫送给他们一些鱼干说:"去大泽的路还非常远,你们一路要小心。若能见到龙王,问问他,十年前我的儿子被水冲走了,不知道还在不在了。现在活着也该有你们这么大了。冲走时,他身上扎了一个葫芦,葫芦上刻着一个三角形的符号。那年发大水,把小孩子冲跑了,我找了十年都没有影啊!"

夸父说:"好,老大爷,我们一路漂一路找下去。"

临走,夸父要把鸭子留给老人,可鸭子非要跟着黑仔这条小狗不可,两个小家伙成了好朋友,夸父和常芽只好带上了小鸭子一起漂流。老渔夫用木材帮他们加固了筏子,用树枝在上面搭了一个小窝棚。老渔夫给了他们一个鱼篓,一根钓鱼竿和鱼骨做的鱼钩。夸父他们又迎着太阳向下游漂去了。

在黄河下游,水流和缓了。不多日子,苇筏子周边长了许多新的苇子,在筏子的周围好像竖起了篱笆墙,筏子也浮得高了。有窝棚避雨遮阳,他们感觉日子好过了一些。夜晚,月亮由圆到缺,再由缺到圆。看着天上的圆月,两个小伙伴又想家了。

常芽说:"你看,月亮又圆了,我们出来一个月了,我们还没到大泽,爹娘要想我了。"

夸父说:"你是老四,我是老三。你家八个孩子,我家七个孩子。也不差我们两个。"

常芽说:"我会打鱼,在家都管我叫鱼四。娘一没有下饭的菜了,就喊'鱼四',去打点鱼来,我就拿渔网到河里去撒几网,家里就有鱼吃了。这回就得小五子去了,可小五子撒不利落网。"

夸父说:"大的疼,小的娇,最难受的是当腰。家里也靠我干活呢!"

常芽说:"我们回去吧?走的时候我说上你家去玩,没有说要出远门。我头一次离家呀!"

夸父说:"回去?那到不了大泽怎么问龙王?我们要半路回去,族里人会笑话我们一辈子呀!你家人会知道的。"两个小伙伴都不说话了。

两个小伙伴带着小狗和鸭子又漂了几天。在筏子边钓了几条鱼填补了一点食物。鱼干吃完了,他们只好又上了岸。在岸边,他们遇到了一个老婆婆。老婆婆

第九章 夸父逐日的故事

正在岸边洗菜，看到两个穿兽皮的小伙子吓了一跳，这里人穿的都是麻衣服了。夸父对老人说："我们要去东方大泽找龙王求雨。"老婆婆说："东方大泽就是大海呀，这里离海还有上千里路，你们回家去吧，家里一定很惦记你们。"

夸父说："我们出来有一个多月了，水流万里也要有个停留的地方。我们决心漂到大泽去和龙王说说，让它把我们那地方的天管好，不要时涝时旱的。"老婆婆看他们态度坚决，就把他们领到家，给他们吃了饭，还给了他们一些炒米带着。老婆婆说："你们见到龙王就替我许个愿，让我从军的孩子早点平安回家吧。"临走时夸父要把鸭子留下，可是小鸭子嘎嘎地叫着，非要跟小狗黑仔跑，只好把它又带上了。

又漂了几天，水面更开阔了。常芽说："我们这回可能到大泽了。"于是又靠了岸，见到一伙赶爬犁拉木头的人，这些人告诉夸父，说再往前就是黄河的尽头了，就到大海了。夸父知道了，大泽就是大海。

又漂了半天，近中午的时候，他们要吃点东西，常芽用木碗去取水，一口喝下去又吐了出来。大喊："水！水！水是鱼胆汤！苦！苦！"夸父也尝了一口，也说："苦！"

再一看，水的颜色已经不是黄色了，是深深的蓝色，波涛也大了。前面看不到河岸，回头远远的有大山的影子，天上有鸥鸟在飞翔。

常芽和夸父激动地抱在一起："我们到大泽了！"

幸好有风把他们送回了岸边。岸边的山坡上住着几户人家，夸父和常芽带着小狗黑仔和小鸭子拐拐走过去，在一家人门口有一个十四五岁的孩子，见到他们这副模样，急忙跑回家领一个大人出来了。大人有四十几岁，是一个壮实的汉子，说："你们从什么地方来呀？"口音挺难懂。

夸父说："我们从渭河上漂过来的，想找龙王说一说，把我们那地方的水管好，不要一时旱一时涝的。"

那个壮汉说："渭河有多远哪？"

常芽说："我们漂了一个多月才到这里。"

壮汉说："你们真不容易呀。发大水的时候海边常有死的人。"

这时，夸父看到那家人的墙上有一个葫芦，上边儿刻着一个三角形的符号，夸父就问："这只葫芦你们是怎么得到的呀？"

壮汉说："这是十多年前，我从水边儿救了一个小孩儿，他身上背着这个葫芦。"

夸父说："我说这就巧了，我们在黄河边看到一个老渔夫，他说十多年前，他的孩子在水边玩，被水冲走了。"

那壮汉说："门前的孩子就是那个被救的人。"于是把那小伙子福仁叫进来和他说了情况，小伙子非常惊喜。

小伙子说："我模糊记得是一只葫芦和一个鱼篓救了我。我在水边玩一个鱼篓，上边绑了一个葫芦，被水冲走了，我游过去抓住鱼篓。就被大水把我冲远了。漂了几天，叔叔把我救上岸，就随他们到了这个地方。"

夸父问："这是什么地方呢？"

壮汉告诉他们这是黄河口，再往前就是大海了。海边临海的山上有龙王台，那就是人们向龙王许愿的地方。夸父他们就在这家休息了一天，第二天回到筏子那儿，把能用的东西拿下来，把筏子向海中间推了推。那筏子缓缓地顺风漂走了，像一个绿色的小岛忽隐忽现地漂向了大海远方，渐渐地看不见了。

第二天早上，天还没有亮，那个叫福仁的小伙子就和他们一起到了龙王台。在山顶，他们看到了大海。那一望无边的大海连着远处的天边，波涛汹涌，排排巨浪不停地拍打着岸边的岩石。太阳从海里升起的地方，先是一片白，一会儿渐渐变黄了，再一会儿变成橘红色，待太阳露出脸来就是金黄耀眼了。夸父他们跑向大海，在海里玩了一会儿，这个冒险又艰苦的行程总算到了尽头。他们捡了一些贝壳带在身上。夸父问福仁："海水怎么这么苦呢？"福仁说："听大人说，海接纳了世间的水，把人世间的一切都包容在水里了。世间的苦，都在这水里，所以海水是苦咸的。"

在龙王台，夸父他们许了愿，向龙王念叨了他们的祈求，"大海里的龙王，我们从几千里外的渭河漂来，给你献上肉干。龙王可怜可怜我们吧！管好天上的雨水，让家里的日子过得好点儿。"夸父也为娘许了愿，让娘身体好起来；为爹许了愿，让地里多打些粮食；为兄弟姐妹也许了愿，让他们的日子过得快乐。常芽也许了愿，让家里人人都吃饱饭。他们还特意为老婆婆也许了愿，让她的儿子早点儿回家。他们向龙王牌位磕了九个头，烧了一些树叶就返回到福仁的家。休息了一天，福仁就背着那个有记号的葫芦和他们一起上路。这回是溯着黄河岸走，有几千里的路呢！

那只小鸭子也长大了，常芽编了一个篓背在背上，常芽要把它带回家去。大家一路向西走，日行夜宿。他们一路走着，一路看，一路玩，半个多月过去了。天越来越冷了，冬天到了。一天，走到一个陶匠工坊，天飘起了雪花，太冷了。三个小伙子在寒风中瑟瑟发抖，他们三个人衣服单薄。看到一处地方，烟火从土包里冒出来，人们在房子里忙碌，他们走过去。一个小伙子看到他们，以为是要饭吃的，就说："我们都是烧窑的，没有什么吃的东西。"

夸父说："我们是从海边走过来的，在龙王台许了愿，在往家里走呢！来时衣服带少了，天太冷了，在这里休息一会儿。"

有窑主过来，看到三个小青年穿得这样少，就说："这么冷的天怎么能走到渭水去呢？非冻死你们不可。"先叫人领他们吃了饭，然后和他们说。"如果愿意，可以在我这里干一个冬天。给你们换一身衣服，来年开春再走吧。不然非冻死在路上不可。"三个人一商量，就留了下来，窑主给他们穿上了冬天的衣服。这是个陶器作坊，他们干活都挺卖力气，窑主每天供给他们饭吃。他们把秋天挖来的黏土放在水坑里泡一段时间，然后把土放在石台上，用脚反复地踩呀踩，把泥做好。师傅把泥做成各种物品的物件，小的如水碗，大的如水缸。陶坯放在暖房里阴干。再把这些泥坯子放在一个半圆的窑里，用柴火烧啊烧。看窑的功夫就在火候上面。烧六七天后，窑里出现亮红色就停下来了。闷上窑口，几天后里边凉了一些，就可以出窑了。夸父他们学着做每一种活，想回去也做点陶器。夸父他们那里用的陶器都是去外边用粮食、皮子换的。

整个冬天他们都在这泥水、烟火的日子里过了。窑主看这三个孩子都挺好，就想把他们留下来。说："下一年你们就在这儿干，我可以给你们一些酬劳，不要走了。"夸父、常芽和福仁都不同意。春风吹起的时候，冰雪融化了，树枝吐出了新绿。窑主给他们一些食物，他们又上路了。

日行夜宿走了十几天，他们见到了老婆婆。婆婆的儿子已经回来了。婆婆感谢他们说龙王真是显灵了！给了他们一些粮食。正是春种的时候，老婆婆的儿子正在种地。夸父他们看到牛拉的耒耜在地里耕种，这种农具他们还没有见过，据说是炎帝发明的。一个人一头牛就可以开垄种地了。夸父他们那里还是用铲在平地上掘穴种地呢！在田地里，牛拉耒耜比人掘土地能多耕许多田地，田也成了一垄一垄的，抗旱抗涝。老婆婆给他们吃了一些小麦面粉做的饼子。麦子，夸父他们也没有见过，就从他们那里要了一些麦种，带回家乡去。这时候，炎帝和黄帝与蚩尤的战争还没有打，大家都在发展生产。炎帝已经公布了"麻、黍、稷、麦、菽"五谷作为邦国的基本农作物了。但麦子还没有传到夸父的家乡，他们主要吃黍米。

他们看了华族人的互市，看到了人们集会在一起互换物品。黍是互换的中间物，所有物品、牲畜都可以用黍来比价。他们从海边带回来的贝壳，在这里也是稀罕的东西。他们用几片贝壳换了三双麻鞋。

又一路走走停停，日行夜宿，在黄河中游，他们把福仁送回了家。老人见到了自己失散十多年的孩子，感谢了他们，给他们一些食物。他们再溯着黄河边向西，加快了步伐。一天，他们在水边儿休息，有一群野鸭子在水里游动，他们的小伙伴鸭子拐拐兴奋了起来。本来拐拐正在岸上吃青草，一听到鸭群嘎嘎地叫，就连跑带飞地窜到水里，向鸭群游去。小狗见到了，汪汪叫了起来。拐拐游到了鸭群附近，在它们边上游来游去，还不时回头看看岸上。那些鸭子接纳了拐拐，它们一起向下游游走了。鸭子拐拐再也没有回来，它回到了自己的同类那里，回到了家。

差不多用了半年时间，两个小伙伴带着小狗黑仔回到了家乡，小狗黑仔也长大了。

庄姑看到圆圆的月亮，刚好是巫师说的时刻，夸父回来了。她对夸父说："娘天天在祈祷，看来老天爷保佑了你们。"夸父回来了！他们向龙王祈祷了！可是天气还是没有顺人心，日子还是有些苦，不过夸父长了见识。夸父带回了麦种，麦子的成熟时间比黍短，可以赶下雨播种，收成好，麦粉也比黍米好吃。夸父学来了制作耒耜的技术，用牛可以拉着种地了。人不那么累了，收成也增加了。夸父还做起了陶器，大家可以用到更好的陶器了。

夸父给朋友们看了美丽的贝壳，讲了大海的辽阔。

人们赞扬他们勇敢地完成了漂到大泽的壮举。

六、夸父和春花的爱情

夸父从大海回来时已经十六岁了，他的传奇经历使他在家乡渭川那一带非常有名气。他和小伙伴常芽带回来的贝壳成了稀奇的物品。他们学会了制陶，带回了麦种，带回了制作耒耜的方法，大家都挺佩服这两个小伙子。他们向龙王许的愿，有时灵、有时不灵，大家都归结是人不敬天造成的，是天的惩罚。

他们渭川这地方有族人赛歌斗舞的习俗。男女青年农闲的时候在河滩对唱和对舞，进行交流。因为要烧火把，就管这叫"社火"。互有爱慕的人，就请媒人来提亲。传说保媒的习俗是伏羲大神留下的，天下无媒不成婚嘛！

夸父也经常参加社火的活动，他在那儿爱慕上了邻族的姑娘。那女孩儿叫春花，十五岁的年龄，人长得粗粗壮壮，明亮的大眼睛，红红的脸，有长长的黑发，歌唱得响亮，舞跳得优美。夸父有意接近她，常到她的族里去玩儿。找到机会，两人就谈到一起了。他俩经常约会，这个女孩的父亲是那个族的族长，很有威信。

双方家长都不知道，他俩已经私定终身了。有人向春花的父亲提亲，是另一个族的旺户人家，他父亲有意把春花嫁过去，两边的家长也见过面了。春花一听就和母亲说了，河那边儿的夸父是他的意中人，两人已经私定终身了！母亲把女儿的心思告诉了父亲，父亲坚决不同意，说夸父是远近都知道的，不务正业经常往外边儿跑，嫁过去要操碎了心。夸父知道了，赶紧和父母说了，让他们去提亲。他们找了媒人过去和春花父母说了夸父家怎么样怎么样殷实，夸父怎么样怎么样能干，可是春花家推说聘礼要得很多，怕是夸父家拿不出来，不同意。夸父的父亲让媒人问一下要多少聘礼，春花父亲说，要十张好牛皮子，十石好黍米。夸父的父亲同意了，就要求双方家长见个面，见面就是相门户，春花的父亲还是找其他的借口不同意。因为夸父到了抽丁的年龄，一旦被抽丁就得耽误几年光景。推来推去，秋天抽丁的时候，是三丁抽一，刚好夸父被抽中了。家里，夸父排行老三，两个哥哥一个结婚，一个刚订婚，秋后就要办喜事儿了，就只好夸父出征了。这时候，炎帝邦族正和蚩尤邦族在交战。

夸父临走的时候送给春花一个美丽的海螺壳，向春花说："我四年就回来，你一定要等我。"

春花说："你放心吧！上战场多保重自己，我等不到你的消息就不嫁人。"春花送给夸父一块穿了眼的猪嘎啦哈骨头，夸父把它拴在绳子上，和狼牙一起挂在脖子上。在那个金色的秋天里，两个青年人恋恋不舍地分手了。

抽丁的人要自己准备武器和衣服。娘庄姑为夸父准备了皮衣、麻衣和麻鞋。信甲为儿子准备了石斧；把家里的水曲柳木刺枪在前边儿绑了一片锋利的石片，这把木刺枪曾经杀死过野猪；又用生牛皮为夸父做了一个盾牌。按约定的日子，夸父就和族里被抽丁的人一起上路了。常芽也在这个队伍里，这年夸父十七岁，常芽十六岁。

七、夸父奔上战场

夸父的族人居住在黄河支流渭水一带，是炎帝的地盘。蚩尤从炎帝邦族拉一批人到南方去时，曾经带走了一部分夸父族人。蚩尤作乱冀中时，拉拢夸父族人参加。后来，在"冀中一战"被打败后，夸父族人归顺了炎帝。

那年秋天，在石台的地方，炎帝和蚩尤发生了一场大战。原因是随着人口的增加，两邦国的族人利益发生碰撞，蚩尤又是一个野心勃勃的大王，借机要吞并

华夏。蚩尤军备战的消息传到炎帝这里，炎帝也动员全邦备战，夸父就是这时候被抽丁入伍的。

夸父参加的队伍是直怀将军手下的一支队伍。将军下面是队长，队长下面有伍长，伍长领十几个人都没有打过大仗，没有什么经验。夸父被征兵的时候，正是炎帝和黄帝联手战蚩尤进行大战的时候。这是中华民族大统一的战争，三年九战，最后在涿鹿打败了蚩尤。夸父参加的队伍到了宝随城外，这里是炎帝的大本营。大军集结，立了许多营帐。他在这里被训练为一个战士，队列法、阵法、杀法、旗、令、烟火、鼓的运用都在训练中熟悉了，军队的训练把夸父这样的农民锻炼成了一个前锋队伍里的战士。

第一次参加打仗，是在一个叫石台堡的地方。两军相约时间对阵，夸父这一队的伍长叫根生，喜欢械斗、呼号，力气大，他比夸父和常芽他们年龄大，平时像他们的大哥。训练时挺认真，做饭的时候大家一起下手，菜饭都做得挺好。在入伍前他们家都吃不饱饭，到了队伍上饭随便吃，这两个小伙子挺高兴，以为入伍不过是出来玩儿玩，走一趟就回家了，实际残酷的战争他们还没有经历过。

他们到了预定的战场，心情紧张了起来。第一次打仗，那天上午操练完刚回到营房，突然听到伍长尖利地喊："集合！带家伙！列队！"大家操起武器跑了出来。已经能听到远处有人群吼叫的声音了！他们的队伍被带到一处开阔的平地上，见对方已经列好阵势了。队长、伍长大声呼喊队伍："准备弓箭！准备石头！准备长刺！准备刀斧！"话音未落，敌方的士兵已经冲过来了。队长挥着手中的武器，喊着："冲啊！"大家蜂拥着向对方的队伍迎了上去。箭石如雨，夸父用盾牌挡上去。他身边有被箭射中的，有被石头打倒的。夸父他们也把石头扔向对方，打到盾牌上砰砰响。烟尘卷起来，两团烟冲到一起。烟雾之下，两边的兵士打在一起。他们先用刺枪互相扎来扎去，待离得近了就扔掉了刺枪，改用斧头互击对方。这斧头打到人头上、盾牌上格外响。呼叫的声音、冲杀的声音、被击中的呼救声混成一片。夸父高大，手中的石斧左右劈砍。对方的士兵模样和他们差不多，只能从头盔上看，蚩尤军已经使用头盔了。混战中夸父手中的盾牌脱手了，一条带子连着盾牌贴在后背上，反倒使后边有了防护。双方许多战士倒下了。夸父看到常芽正和两个敌兵斗在一起，他从斜后方冲过去，给其中一个敌兵一斧子，那人应声倒下了。常芽前面的敌人看到同伴倒下了，把斧头向常芽一扔，回头就跑。这一仗打了有两个时辰，双方都退回去了。夸父他们一伍有两个人没有回来，回来的许多人都有伤。夸父腿上中了一箭，不过伤得不深。常芽的后背被打了一斧子，

第九章 夸父逐日的故事

肿了起来，流了一些血。每个人的衣服上都有血。大家回来休息，吃点饭又准备上战场了。

两边的主将，可能已有约定了，要先摆一下阵势。两军列队整齐，各有旗帜招展，战鼓咚咚。站了一会儿，敌军突然队伍大动，有许多大象从队伍中跑出来，上面还有兵士骑着，穿的衣服与蚩尤军不同，花花绿绿，嗷嗷叫着驱大象冲了过来，夸父这边儿有人驱赶牛群迎了上去。象对牛，牛见了象，牛吓得乱跑，反冲了回来。那大象见人踩人、见物踩物。夸父他们乱了阵，大家呼叫着向后跑，一跑就是十几里地，跑慢就被对方士兵打死了。

夸父他们一伍又少了两个人，好在常芽和夸父没有再受伤，这两个年轻人这一次知道了战争是多么残酷。队伍休整，又补充了新兵。

几天后，夸父他们又在广元这个地方参加了广元之战。炎帝和黄帝军采用突然袭击战法打败了蚩尤军。那一天早上，夸父和常芽他们夜半就开始整顿装备，早早就吃了饭。队伍悄悄地接近蚩尤军，到了跟前，队长高叫："杀……"大家一跃而出。看蚩尤兵正在准备吃饭，夸父用斧头打倒一个兵士，又飞步追其他的士兵，这一冲击，蚩尤军大败，退后二十里。

转天再战，不料蚩尤军有巫人作法，驱动战象、野兽杀了过来。炎黄军前锋败退，夸父他们后军也被冲垮，大家一起后退十里。将军命令就地挖陷阱，准备引火之物。士兵埋伏在两侧，片刻，猛兽阵挟风扑来，纷纷掉入陷阱中，夸父他们回头杀出，火把投入坑中，可怜的野兽被烧得皮开肉绽。炎黄军复杀回去，使敌人退了二十多里。

夸父所在的军队多次参加混战，死伤不少。听说蚩尤军要议和，大家稍稍放松了一下，不想过了些日子又参加了汝河之战。这一仗，夸父他们的军队被蚩尤用水面运来的兵士击杀了许多。夸父他们是北军，不习惯在水网地区作战，先吃了败仗，后动用黄帝的投石军把蚩尤军打败了，一气杀到炎帝和蚩尤边界。这时候已经到了冬天，双方息兵了。

夸父他们征战了一个秋天，杀杀砍砍，见到那么多人死了，战士们都麻木了，没有了怜悯，成了一群和野兽一样的人。暂时休息，夸父和常芽也谈起了家乡，夸父想自己的亲人，见着胸前的饰物也想起了春花，他盼望早日结束征战，回家过日子。

第二年，黄帝与蚩尤军在百古大战。黄帝军败了，请炎帝出兵，炎帝出动军队袭击蚩尤军。夸父参加了迁阳大战。这一仗，黄帝军从东北、炎帝军军从西北

第九章 夸父逐日的故事

力压蚩尤军使其败走。夸父他们休养了大半年，待蚩尤军和黄帝军再战了一次后，炎帝军给了蚩尤军侧面重重一击，那一次他们以逸待劳，打击蚩尤军的疲惫之师。夸父和常芽冲在前面，蚩尤军已经不恋战了，一冲他们就垮了，这一战把蚩尤军赶出了边界。

夸父他们以为这年就此息兵了，也许炎帝会让他们解甲归田。哪里想到，一个月的时间传来消息，蚩尤军又复出了，大胜黄帝军，炎帝要提大军进攻蚩尤军了。伍长要大家轻装疾进，只带了长刺、石斧和盾牌。那天下午，炎帝军冲到了蚩尤军队伍中，一场乱战。夸父和常芽围住一个九黎族兵士，这家伙使一把铜锤，夸父和常芽的长刺都是木头杆子上绑了石片儿。被这家伙的铜锤一扫，木刺断了，提锤抢上要砸他们的人头。夸父要取出腰间的石斧，已经来不及了，夸父一跃而上，以断木击打对方的颜面，那人一闪躲过，夸父随后冲了上去，抱住对方。那家伙嗷嗷直叫，夸父使劲将他压在身下。敌兵的铜锤已经脱手了，常芽冲过来捡起铜锤助战。不料那家伙力气挺大，翻身把夸父压在身下。夸父一挺身，两人一起向山下翻滚。两人互相用手、用脚击打着对方。夸父拔出了腰间的猪牙，插入了对方的脖子，敌人死了。夸父爬起来，又勇敢地向前冲去。敌方的士兵看这样一个浑身是血的大个子扑过来，吓得丢下武器逃跑了。他们捡了两件铜铁做的斧和锤，还有盾牌。原来蚩尤他们有铜铁的兵器了，他们还没有呢。夕阳里，夸父看着战后的沙场上死的人到处都是，不知哪家的儿子、丈夫埋没在这荒草里。

夸父和常芽从战场上退下来。在秋凉的河水里，夸父洗了一遍又一遍，他感觉血还涂在自己身上，总有洗不干净的感觉。晚上丰盛的肉食他难以下咽，吃了点饭就回营房休息了。夸父夜里做了一个噩梦，好像是在某一条大河的尽头。他掉到一片用鲜红的血注满的海里。在血海里，他拼命挣扎，无法浮起来，他喘不上气来，喝进的海水全是血，又苦又咸又腥。他把双手伸出水面，没有人拉他一把，他吓得大哭大叫。这时，他吵醒了营房里的人，大家把他唤醒，说夸父中邪了！夸父跳起来，看周围都是狼群虎豹，他就赤身裸体跑了出去，常芽他们就紧紧地追。伍长说夸父吓着了，梦游呢。大家把夸父抱住，按在床上，他又睡着了。第二天，夸父一点儿精神也没有，连着几天饭吃得很少，人也瘦了。夸父让血吓坏了，又过了些日子，夸父好多了。

他和常芽说："今年家里的庄稼不知道怎么样，真想回家看看！"常芽说："怕是想春花了吧？"夸父说："人还没有过门儿，那不算是咱媳妇。"其实他很思念春花。

华夏上古故事

那时军队有规矩，抽丁四年才能回家。夸父每天都盼着回家的那一天。他想父母，母亲身体不好，经常咳嗽，他怕母亲等不到他回家的那一天；天上的大雁春来秋去声声鸣叫，他想恋人春花，他想告诉春花他平安地活着，想问问春花又有什么新歌给他听，他盼望着挽起春花手的那一天；他想兄弟和妹妹，家乡的四季是那样美好，春天田地耕耘，夏天河流渔获，秋天收割粮食，冬天山野狩猎，家乡是夸父难以割舍的思念。

第三年秋天，炎帝和黄帝又联合攻打蚩尤，第一战在毕谷城打了起来。黄帝和炎帝分兵进剿。蚩尤军集中优势兵力先打黄帝军，把黄帝军击败了又回来打炎帝军，把两军都打败了。夸父的队伍参加了攻城战。那时，老伍长根生已经战死了，夸父成了这十几个兵士的伍长了。

开战之前军营吃饭，大家吃到了白米饭。夸父和常芽第一次吃到稻米饭，真好吃啊。晚上，常芽对夸父说："战后我们回家也种稻子。"夸父说："行，听说稻子要种植在水里，我们家乡也有水，你家田地低洼，正好种稻子，可以试试。"

那天攻毕谷城有炎帝督战，兵士个个争先。城上由蚩尤大将力子领军，他用深沟高壕的办法，城壕高有三丈。炎帝军一日三攻，城下军士用梯子攀城，城上用箭石打下来。到了第三天下午又准备了一波攻势。夸父他们冲过水沟，按分工，常芽和另一个士兵竖起梯子，夸父冲了上去，他左手举着盾牌，右手扶着梯子，斧头插在腰间。夸父登上梯子，城上箭石齐发，城下也有兵士与上边对打，掩护夸父。夸父脚踏梯子，刚上到一半，一块石头砸了下来，打在手臂上，他措手不及，身体失去了平衡，一头栽了下来。好在年轻，他爬起来，反身又要上去。常芽已经操起盾牌，飞身上去了。常芽将近城头，城上一个兵士挥刀劈了下来。刀劈在常芽的肩上，忽听"啊"的一声，常芽从城墙上跌了下来，夸父在下面伸手把常芽接住了。常芽的肩头冒血，一条胳膊已经掉了，人已经废了。夸父背起常芽就跑，城上火箭射来，正中常芽后背上，两个人的盔甲都着了火，夸父几步跨到护城沟里，扑灭了两人身上的火。常芽不行了，他对夸父吃力地说出："我……想……回家！"就死了。夸父奋力把常芽背起，从沟里爬了上去，又背着跑了一箭之地。放他到地上，大声呼叫常芽，常芽再也没有醒来。攻城还在进行，城下死伤了许多士兵。晚上，攻城停止了，夸父又回到常芽身边。夸父把他脖子上的护身符，一小块儿狼的颈骨取下来，和自己的狼牙穿在一起。他把同伴的尸体扛到一棵老榆树下，挖了一个坑，用上衣蘸水擦了擦常芽的脸，常芽脸白得像芦根，他在常芽的脸上蒙上了一片护甲，身边放了一把铜锤，就用土石掩埋了。临走他对常芽说："我们一定

会回家！"

夸父回军营整理常芽的遗物，找到了一小袋稻种，他想常芽一定是想回家种稻子。常芽的家在渭河边，地势低洼。他把稻种收了起来。

城还是没有攻下来，他们分出一支军去攻打蚩尤的老巢了。夸父他们还在围城，一天攻一两次，吸引守军，守军也在有意拖他们。仅三天，炎帝大军又转回来，慌乱地向回跑。夸父随大军退回了炎帝的地界。夸父已经麻木了，要打要停他都不问，心里只是想着常芽。常芽说的"我要回家"老在他的耳边回响。

时间过了近一个月，夸父参加的炎、黄大军一起围住了蚩尤军的田庄城，目的是消耗蚩尤军。攻城不急，专诱蚩尤援军来，把几拨蚩尤军一起困在城里。等城里消耗差不多了，炎、黄大军开始攻城。城下箭雨如水泼一样，掩护夸父等军士急速地冲上城去，夸父见到蚩尤军，高喊："送你回老家！送你回老家！"连杀数个蚩尤军士。后续，军士跳上城打开城门，大军杀入，炎、黄军大胜。

正要庆祝胜利，哪想蚩尤兵败反倒激起斗志，反杀了来，炎、黄军设计谋在涿鹿把蚩尤军包围了，歼灭了许多敌人。又过了几天，已经到了深秋，炎、黄大军发兵到蚩尤境内，这时蚩尤军已经消耗殆尽了，炎、黄大军一路横扫。夸父随军打到黎龙城。黄帝军擒杀了蚩尤，炎、黄军得了大胜。

班师回到炎帝界，已是冬天了。炎帝大赏军将，凡参加四年以上的老兵都可以回籍了。夸父的队伍也在遣散之列。夸父在王城宝随城内延宕了几天准备回家。他离开家乡有四年多了，归心似箭，但他心里一直惦记着常芽兄弟。常芽临死说的"我要回家"缠在他的心头，羁绊着夸父。他一直待到春天，返回了战场。在毕谷城外找到了那棵大榆树，可常芽的尸骨已经不在了，铜锤还在。他拿着常芽的铜锤和自己的东西踏上了返乡的路，他比别人晚回家乡有两个多月。

春夏相交的时候，两个身体和灵魂伤痕累累的士兵回到了家乡。他把常芽的遗物，一块狼颈骨、一小袋稻种和一把铜锤交给了常芽的亲人。他心里默念着："兄弟。你回家了！"常芽的家人痛苦至极，好在有常芽的遗物让他们稍有安慰。

八、夸父逐日

夸父从军回来已经是二十一岁了。他母亲已经在他抽丁走的那一年冬天病死了。父亲说："你娘走前还在叮咕你，也到了成家的年龄了，告诉我说等你回来，为你完婚。你回来给你说个媳妇吧。"夸父问邻族春花的情况。家人说春花等了

你四年多呢！别的人都有信儿，就你和常芽没有信。她以为你已经不在人间了，就嫁出去了。夸父伤心极了，不听大家的劝说，非要见一见春花。他跑到对岸春花家，春花家人看到夸父突然出现了，急忙撵他出去，春花听到外边吵着就出来了。春花到外边一看，是夸父来了！她哭着扑了过来，用拳头打着夸父说："你怎么才回来呀？你怎么才回来呀？你是活人吗？"夸父拿出那块嘎啦哈骨头给春花看。春花说："你怎么比别人晚回来这么多时间呢？"夸父就把返回战场寻找常芽尸骨的事和春花说了。春花说："我再有一个月就要出嫁了！"她赶紧跑去和父母说了。两个老人都不同意退婚，可是拗不过女儿，只好同意退婚了。

　　夸父从战场缴获的几件兵器卖出了好价钱，加上大王的奖赏，他给家里添置了土地、耕牛，家里一下子富裕起来了。

　　这边，夸父家请了媒人，送了聘礼，选了一个吉祥的日子，把春花娶了过来。夸父也是见过大世面的人了，他在外边学了不少手艺，许多农活都有了改进。老族长提名他当了族长，大家也都同意了。

　　从此夸父成了族长，处理族里的事都挺公平。

　　夸父带大家种植了水稻，改变了粮食品种。

　　夸父和春花有六个孩子，孩子长大了，夸父也老了。据说有一年的夏天很炎热，冬天又特别寒冷，有一天，夸父拄着拐杖看到太阳升起又落下，想到天气寒来又暑往，他要问问太阳为什么不能停下脚步？夏天不要太热，冬天不要太冷。他告诉家人，他要追上太阳。大家拦不住他，于是他拿着一根木杖，孤身去追赶太阳。他向太阳落下的西方跑啊跑！太渴了，一口把渭河的水喝干了，又喝干了黄河的水，又跑向东方大泽去喝水。可是，还没有来到大泽，他就连渴带累倒下了。夸父死了，他的手杖抛在地上，化成了遍地的桃林，结出了鲜美的果实，供给来往的行人解渴。

　　多少岁月过去了，夸父追求理想、自由、幸福、美好生活的故事，依然在民众中传颂着。

　　夸父纪念地：夸父陵在河南灵宝市阳平镇夸父营村。

第十章　少昊帝的故事

一、少昊帝追风少年

夏初的东夷草原碧绿一片，一望无际。一群东夷少年正策马飞奔，他们在初升的阳光下如风一样掠过。一匹枣红色骏马飞快地在前边跑着，马上的少年有十四五岁，飘飞的长发，一张青春飞扬的少年面孔，宽宽的额头，英俊的眉宇，棱角分明的脸庞，微张着嘴。跑到一座大毡包前，他飞身跳下马来，走进毡包。叫了一声："额吉！"他接过额吉递过的牛奶一饮而尽，把木瓢扔在奶桶里，转身又跑出毡包，和陆续下马的小伙伴们说说笑笑。这个少年就是华夏邦首领黄帝的长子少昊。

三年前，蚩尤由南方侵犯中原，黄帝为让东夷部族参战，由大臣风后带了礼物来说服东夷盟主首领古山氏，并以长子少昊为人质让东夷部族出强兵支援黄帝联邦，约定三年为期。那天刚好在召集东夷各部议事，东夷王古山氏将少昊交给北方的凤鸿部落的凤罕首领，让部落首领凤罕好好照顾。见过面，凤罕找了一匹老马让少昊骑上，他自己骑了一匹白马在前边走，不时地回头看少昊，少昊没有骑过马，觉得很好奇。走了一天到了驻地，凤罕在前边下了马，少昊的两条腿已经不听使唤了。凤罕把少昊从马背上抱了下来，凤罕给少昊换了东夷的服装让他和几个儿子一起玩耍。少昊初来，这里与中原完全不同，语言不通，吃食全是奶和肉，很少吃黍米和蔬菜。凤罕的妻子贴母把少昊当成自己的孩子看待。贴母是华族人，是儿时和母亲一起被东夷人掠到北方来，长大了嫁给了凤罕。少昊来后，只一见面就和小伙伴们融在了一起了，只两三个月，已会说北漠话了。

凤罕和贴母有六个孩子,大儿子去年被抽丁上战场,一去没有回来。大女儿嫁出去了。身边还有两个儿子,两个女儿。都是十几岁的孩子,和少昊差不多大小。

凤罕要牧人为少昊他们从马群套出三匹马,都是两岁多的小马,让少昊他们挑。这些马混在大马群里,牧人头领骏胜指了指马群,对少昊说:"你看那匹大红马边上的枣红色小马多好啊!身材修长,昂头立耳,四蹄凌厉,一定是快马。选马看母,那匹红骡马生的枣红马差不了。"少昊要了枣红马,凤罕的二儿子凤萨要了菊花青马,三儿子凤驰要了一匹黑马。牧人们把这三匹马从马群中套出来,都是儿马蛋子(称小雄马),上了笼头,各拴在木桩上。三匹小马刚两岁多,个头不小,身体单薄,还没发育成。这时候正是驯马的年龄,长成大马就不好驯了。少昊前几天才学会骑马,骑的都是脾气好的全鞍马,因此少昊也没有领教过新驯的马怎么骑法。凤罕派了一个经验丰富的牧人骏胜来教三个少年。那哥俩已是马背上骑熟的少年了,见到马也不怕,可少昊是在帝王家长大的,哪里见过这阵势。牧人骏胜是个很有智慧的人,早年曾经在军队里当过伍长。骏胜告诉少昊驯马的一些要领,先要和马建立感情。骏胜告诉三个孩子,第一天不要给马喂食喝水,要熬熬马,以后一天一喂食,再三天,马就认主了。这就是用饥饿驯服马的脾气。每匹马各拴在离毡包不远的柱子上。晚上,少昊也想家,睡不着觉,听到枣红马们不停地咴咴叫,夜空里不时传来母马们的嘶鸣声,好像在呼唤这些小马。

第一天,少昊和凤萨、凤驰两兄弟各照看自己的马。少昊走过去,那马昂起头咴咴直叫,耳朵向后抿着,张开鼻孔不停地用气喷土,四蹄嘭嘭地刨着地,围着柱子不停地转,把马屁股对着少昊,根本到不了跟前。骏胜告诉少昊千万不能从后面接近马,驯马时不能让马尥蹶子(双腿向后踢),不然驯成"蹶子马"就坏了。天上的太阳升到半空时,那马热了起来,身上有汗从鬃毛下滴下来,人一接近,马还是不停围柱子转。第二天早晨,少昊惦记着自己的马,拿捆草就要喂马,被骏胜拦住了说:"一整天还没到呢!太阳压山时才能少少地饮点水,待会儿再少给点青草,让马泄泄火。"少昊从语气上了解骏胜的意思,似懂非懂。

太阳落山时,少昊用木水斗装了半斗水给马送去,看那马还有些敌意,不过威风没有了。他把水斗放在地上,那马不敢过来,他走得远一点,那马过来闻闻,就把水喝干了,他想再给点,骏胜不让给了,怕马饮太多太急喝"串水"了(呛水入肺)。一会儿,骏胜让少昊他们砍来了一些青草,让他们扔在地上,那些马又闻闻就吃了起来。一会儿,少昊看马没有吃饱,又要去割草,骏胜不让给草了。他让少昊他们把马的缰绳拴高一些,不让马卧倒,少昊不明白。骏胜说:"这叫

'站马，卧牛'，马永远是站着睡觉。"少昊说："它们不睡觉吗？"骏胜说："马站着睡腿脚快；牛卧着睡好倒嚼。"第三天，少昊早早地就去给马喂了水和干草，那马还是咴咴直叫。第四天，马的脾气好了一些。直到第六天都是一天喂一次，马好像瘦了，已经不怎么叫了，远远地看到少昊走近，开始昂头看了。到第七天，马进入正常吃草的时候，已经明显地看出它已经对少昊有感情了。骏胜又教少昊手握缰绳一点一点地接近马，轻轻摸马的脖子，拍马头，拍马的前腿畔，给马梳理鬃毛。又教了少昊怎么样拴马，怎么给马上绊子，怎么系链马扣，上马鞍子。从第八天起，骏胜找来一匹稳当壮马备上鞍子，让少昊骑着，把枣红马拴在壮马的脖子上转了几圈，让枣红马熟悉人们居住的环境，学着顺缰绳走。

这样驯了半个月开始试骑马，这是关键。少昊也不怯场，找了鞍子要上马。凤萨和凤驰两人笑了，说："我们骑给你看。"先是凤萨把他的菊花青拉过来，大家一起把马头驾住。凤萨突然一跃，没有上鞍子就把马骑上了，双脚死死地扣在了马的前腿畔后边。大家一松手，那马一下子飞跑了出去，又是前腿蹬后腿踢地尥蹶子，又是前蹄竖起，一连串几个疯狂的动作，没有把凤萨颠下来，然后就向远方飞奔起来，一会儿就没影了。过一会儿，凤萨骑马转回来，那马全身都是汗。凤萨向着少昊笑着，好像是说："看你的了！"少昊并不示弱，也照着凤萨的样子上了马，骏胜喊："抓住马鬃！夹紧腿！"大家一松手，那马一顿立马、尥蹶子，就把少昊甩了下去。少昊刚一落地就腾地站起来，又要骑马，马已经跑远了，骏胜骑马追了过去，一会儿把马捉了回来。少昊还要骑，凤萨说："我来吧。"骏胜没同意，少昊又骑了上去，这回那马折腾一气，没有摔下少昊，就散蹄跑了出去。一会儿，少昊一瘸一拐地回来了，马又跑了，骏胜骑马把马又捉了回来。少昊还想骑，骏胜说："明天再骑吧。"就让凤萨骑凤驰的黑马驯了一圈。当天晚上吃饭的时候，凤罕说："你们给马起个名字吧。"凤萨给马起名叫青龙，凤驰给马起名叫黑风。问少昊，少昊看着火堆说："叫火光吧。"他有点想家了。

他们骑了几天光背马，又试着给马上鞍子，给马怎么刹肚带。骏胜讲，刹肚带要时时调整，上马前一定要刹紧肚带，不然翻蹬就坏了，下马要松肚带，让马轻松一下。

在毡包前后跑了十几天，等到马已经驯服了，骏胜带他们三个去了一趟王城。路上并马骑行，给他们讲，马是通人气的，你对马好，它才能听话。又讲了喂马饮水的事项，讲了跑马上长途要"紧七慢八"，就是说不能让马过力，还讲了碰到险路，不能骑马强过危险地段，要下马牵马走，没危险了再骑，包括过水、跨沟、上山下山等。并告诉他们，马是人的好朋友，要养好马，马才能回报骑手。从王城回来这天晚上，凤罕和贴母给骏胜吃了丰盛的肉食，喝了马奶酒。饭后，骏胜和他们分手了。

少昊有了自己的火光，就每天都在马背上过了，他和牧人们去放牧，像风吹云彩一样在草原飘荡。他又长了两岁，也习惯了吃牛羊肉，火光也强壮了，"四岁儿马，十八骑手"，正是好年岁。凤罕告诉少昊，南边传来消息，黄帝军队大胜了，东夷的援军归来，还带回了许多新奇东西，如车呀、丝绸、铁铜器。少昊没有接到让他回到中原的命令，他也不太想回去了，因为凤罕的二女儿凤姑和少昊好上了。

少昊在北方，已经融入了东夷人们的生活，这里是放牧为主，兼狩猎野兽为辅，也是看天生活。在这四季分明的地方，春天百草萌动，万物复苏；夏日山花烂漫，绿草如浪；秋天草黄树红，状如彩云；冬天冰天雪野，四周皆白。这是美好的四季，可是生活中并不都是享受，人们还要和恶劣的天气抗争，与野兽搏斗。在族群之间，部族之间也常有人与人的争战。这几年，少昊经历了白灾大雪、洪灾大水、火灾草原大火，还经历了狼灾。

有一年冬天，先是闹白灾，日夜不停的大雪下了一场又一场。草地被大雪盖住了，牛羊都困在圈里了。早晨，大家起来，毡包的门被大雪封住了。

凤罕大叫："快起来铲雪！"大家都赶紧爬起来，穿好衣服，用木铲去铲雪。牛羊都被雪埋住了，要一头一头地挖出来，有的已经冻死了。

雪还在下，风卷起雪浪，扬起白色旋风，打得人脸上很痛，雪沫子也灌进脖子里。大家都在奋力保畜，清出一块地，把牛羊赶过去踩一踩，挤一挤，喂些干草，牛羊就活了。那些已经死了的羊被拖出来，少数身体还软的就地用刀划开皮子，三蹬两踹，把皮子撕下来扔到围栏上。捡好肉撕下来，挂起来风干，其他内脏、骨架通通扔到圈外边了。那些冻硬的死牲口都堆在一起，找圈里一块空地垒起来，用雪埋着，每天拉几只到包里，化冻了吃或等雪化时再处理。白灾的时候放牧，要选被风吹走雪的地方，让牛马大生畜上去踏一下，羊才能吃点草。这时的羊已经是极瘦弱了，非常可怜，每天都有一些羊倒下，再也起不来了。大家在包里摆了供桌，给天神供了奶食、肉食。贴母带大家拜了又拜，求天神保佑，让白灾赶快过去。

牧人都知道白灾一起，狼灾紧跟着会来了。因为山野里狼的食物也短缺，就会到牧场来寻牲畜吃。几头狼还好办，就怕这些狼结成大群过来，它们饿疯了，

非常凶残，不管大小牲畜，都会咬死吃掉，有时连马匹也不能幸免，有时也伤害到人。凤罕领大家把圈补了补。准备了狼套、木棒、火把。

大家祈祷狼灾不要来，可狼灾还是来了。雪后没几天，早晚就能看到鬼火一样的狼眼睛在包周围转了。它们有时冲过来抢去一些死牲口的内脏和骨头，凤罕带大家骑马冲过去撵远了，也就相安了。可是有一天，一群饿狼扑了过来，它们就像草原上的强盗，几个牧人都挡不住它们。这时候，大家轮换着进圈守着。要点燃火把，不能让它熄灭了，狼见到火光就吓跑了，没有火就危险了。那天从天一放黑就有狼群围着圈嘷叫了，牛羊吓得往一处挤。马被解开了缰绳，放在圈里，有这些牛马守护着，一两头狼也不敢靠前。狼嘷、狗叫、马嘶、牛羊咩咩哞哞的叫声如同恐怖的声浪在夜空中散布开来，每当有狼群冲过来，人们就要把火把烧起来，大声地喊叫，狼一见人就跑开了。头半夜赶走了几批狼，中间有一段时间只听得远处有几声狼嘷叫，大家赶紧睡一会儿。天快放亮的时候，狼群又来了，大家赶紧冲到圈里去，看到有几头狼已经跳进圈里了，有几只羊被咬死了。大家冲过去照着狼就用木棒打、用套杆套，有两头狼被大家打死了，其余的狼赶紧跳了出去。家里的狗也被咬死了，只是牛和马没有受到伤害。雪停了，凤罕让大家备上马，要把狼群赶得远一些，大家带上套杆、木棒就沿着狼的踪迹追了过去。在一个背风的山脚下，见到了一群十几头狼，大家一冲过去，这些狼就跑起来了。牧民的办法是，不停地有人冲上去撵，让它们不得休息。马的耐力比狼好，这样一些老弱的狼跑不动了，大家冲上去就几棒子打死它，然后拴上绳子挂在马上再追。这样把它们赶出几十里，这群狼就不会立即返回了。这样，白天才能放牧，不然就危险了。

冬天熬过了，打死了十几头狼，也损失了许多羊，春天一转暖，大家就忙着收拾死羊了，大人小孩都要上手，把皮子剥下来挂起来，把羊肉割成条晒起来。苦难惨烈的生活，生与死的考验，锻炼了少昊的意志。

到了草出芽后，狼就不来了。少昊问凤罕这些狼到什么地方去了，凤罕告诉他，狼群分成小群，就在周围转。它们吃草原上的兔子、土拨鼠、黄鼠和死牲口，也帮了牧民一把。这时节就相安无事了。

夏天有时天气坏了，降雨天连了起来，山上的洪水下来，草地成了沼泽。牛羊吃草都困难了。牧民就要把牛羊赶到山坡高阜的地方。这时候就要防备熊、虎、狼这样的野兽了。

最怕的是秋天草原起大火。秋草干燥的时候，有时发生野火。少昊记得有一次，

从远处看到有烟火起来了。灰黑的烟和鲜红的火在风的吹动下就像铺天盖地跑来的野马群，呼叫着压了过来。怎么办？这时，沉着老练的凤罕指挥大家赶紧在身边背风的地方烧一片荒地，把牛羊赶过去。在荒火烧来的时候，这一片已烧过去的地方就不怕野火了，少昊真佩服凤罕他们。

　　少昊渐渐地熟识了牧人的生活，成了他们中的一员。在春日的山坡上，在夏日的湖水边，在秋日黄黄的草原上，在冬天的雪野上，少昊和伙伴们在一起放牧牛羊。他身边常有一个美丽清纯的少女伴着他，这就是凤罕的二女儿凤姑。凤姑自小和一帮男孩子混在一起，就当男孩子养。草原上的活她样样能干，十四五岁的少女正是春心萌动的时候。她姐姐十五岁就嫁走了，换来了十几头牛。哥哥从军走了三年，再也没有音信，他们那一批人说是到中原帮黄帝打仗，都没有回来，想必是已经死在外边了，娘有时暗暗流泪想着大儿子，她也跟着流泪想着大哥。这姑娘看少昊这英俊的男青年，女儿心时常悸动起来。少昊也是十七八岁了，草原上说"三岁的牦牛，十八岁的汉"，都是骚动的年龄。少昊常有意无意地在凤姑娘面前显摆。这天，小伙子们在山坡上骑马绕山跑，这是他们经常做的游戏。大家策马跑着，少昊知道凤姑在山峁那儿看着他们呢！他把马缰放松，使劲夹了一下马肚子，那枣红的火光马伸长脖子使劲往前冲。其他的伙伴早看出了少昊的小心思，不紧不慢地催马跑。伙伴们跑着跑着就变道了，都去干自己的事了。少昊冲到山坡上，看凤姑冲他招手呢！他一抖缰绳呼地一下就打马向山峁冲了过去。凤姑一看少昊的马跑过来就躲到一丛粉红山花后面去了。少昊已看到了凤姑的把戏，从马上飞身而下，一个前扑，就把凤姑压在身下了。两个人翻滚着从花丛中碾过，凤姑和少昊都大笑着。少昊问凤姑："这花叫啥呀？这么好看。"凤姑笑着不答话，追急了凤姑说："叫踏郎。"后来少昊知道了，山上的花丛真的叫"踏郎"呢！也叫山花子、山竹子、油葫芦梢、羊柴。

　　凤姑说："你个坏小子！缺德鬼！骑马也不看好了，吓人一跳！"

　　"你在那儿藏着，我还以为是一只山兔子！"少昊说。

　　凤姑说："山兔子有那么大？"

　　"山兔子也能成精啊！"少昊说。

　　少昊站起来伸手拉凤姑，凤姑一使劲反把少昊拉倒了，就势两人又翻滚着笑开了。

　　他们远远地听到有人喊："马跑了！马跑了！"少昊的马上没人，自己跑到其他马那儿去了。两人拉着手从山峁上下来了，凤驰看到他俩身上的花瓣，偷偷地和少昊说："你知道这花叫什么名吗？"少昊故意说："不知道，羊吃的东西。"

凤驰说:"它有名字,叫'踏郎'呢!"哈哈哈……大家都笑了。

牧人艰苦又浪漫的生活让少昊陶醉。

凤鸿部落靠近北漠,要防备北边异族的侵犯,每年秋草黄了的时候,部族都要"那达慕"秋猎,每次各族要二丁抽一,几乎每一家都有两三个人要去演兵。凤竿是他们这一族群的头领,总要拿出样来给大家看。"那达慕"秋猎时有马队演练,有赛马、摔跤、射箭、套马等,其中,赛马是头等大事。"那达慕"时,少昊和凤萨、凤驰两兄弟一起参加了训练,有专门的驯马师教年轻人各种赛马的技巧。也巧,他们的驯马师就是骏胜。他看到长大的三个孩子和他们的火光、青龙、黑风三匹骏马,非常高兴,给他们讲了许多比赛经验。平时就要喂好马,草要少精料多,不让马长个大草包肚子;又要每天连跑带颠百八十里;每天起跑冲刺搞两次。又告诉他们赛前一天怎么喂马,要不撑不饿,比赛前少食少饮等等。连赛马用软鞍子小马蹬,比赛用什么鞭子,穿什么衣服,怎么吆喝马也讲到了。少昊一一记在心上。他还学到了其他技巧,包括射箭、马上劈杀等技能。

"那达慕"比赛的时候非常热闹,大家拖家带口地住在一起,高兴极了。凤竿一家十几口都去了,凤姑也骑马跟着,她来给少昊他们助威来了。哪一族里有好马、好骑手,大家平时都是有耳闻的。凤竿这一族已经有些年没有夺冠了,这一次一定要争一争。各族也非常重视,几乎都有骑手去比赛。去年的赛马冠军是东原部,今年他们也有几匹好马参加。赛场设在一座小山前,大家在山坡上看。起跑和终点在看台前,跑出十里绕回。从发令处领一小块有记号的牛皮,用绳绑在马鞍上,就算签到了。赛马是最瞩目的事,胜者可以得到一匹两岁的马;摔跤冠军是一头小牛;其他项目是一只羊。赛第一的马和骑手在草原上都会被大家视为英雄传颂。

其他的赛事都完了,大家就等着赛马了。驯马师骏胜告诉少昊他们,跑弯道时不要催马,要先跟跑,不到冲刺不要催马。他问少昊几里地开始冲刺,少昊说:"你告诉我们五里就冲一下。然后缓一缓,到二里再冲,让马有个缓劲。"这条赛道大家都遛过几遍了,骏胜说:"你们这三匹马,平时也是火光最快,黑风和青龙差不多。在跑的时候,青龙先冲一下在前,火光跟一段;中程时,黑风冲一下,火光还是跟。如果他们东原马围着你们跑,千万别乱蹄子。离终点五里就要突围了。那时候就看火光了,我是出发裁判,结束后我过去看看你们。"这三个小伙子已经上了马,骏胜过去,每匹马都拍拍脖子,试了试肚带,太松怕滚鞍,太紧了怕影响马的呼吸。少昊的马火光打着响鼻,用嘴唇在骏胜身上蹭了蹭,好像老朋友。

第十章 少昊帝的故事

三个人穿了蓝色紧身麻衣,头上绑着红飘带,在一片黑黄色皮装中很显眼。少昊轻轻地拉着火光的缰绳,火光会意地跟在青龙和黑风后边,马蹄在不停地刨着地。昨天凤罕让给马新修的马蹄踏在草上、沙地上,感觉很有抓力。骏胜特意地告诉过凤罕,磨光了的马蹄抓不住地,临比赛要修一下马蹄,还强调了把蹄心挖得略深一点,马跑起来稳。

现在要开赛了,骏胜骑在一匹大青马上举着一根木杆,上边有一条黑色的牛尾巴,他举起时是准备,放下时大家就开始跑了。

骏胜已经举起了牛尾,有几个急性子的骑手已经冲了出去,看到大家没有跑,又勒马往回跑。见有马冲出去了,又一拨马跟着冲出去了,牛尾还没有放下,这些骑手又犹豫着停下时,牛尾放下了。大队人马冲了出去,骑手的嗷嗷叫声,马踏地的嗒嗒声响成一片。尘土飞扬卷起大片尘烟,像一片云一样跟在马群后边的天空上。青龙和黑风在前,火光在后,成倒三角形冲在队伍中间。冲在最前面的十几个骑手是"玩"比赛的,他们以参加为乐,冲一下就会放慢,有的就不快跑了,跟到终点看热闹。真有实力的马在中间阵营跑,这些马也是认群的,自家的马会跑在一起。东原部族的六七匹马呈品字形在跑,他们有几次夺冠的经验了。赛前听说有一族叫西通族的,有匹五岁栗色马是他们的头马,跑出五里后,东原族的骑手就看出西通族队伍中的栗色马是主力了。他们把自己的头马黄骠马放在内侧,用其他的马往外挤西通的马。在他们前面,一帮玩赛马的骑手,也叫"兔子",已经败道向外侧跑了。在前面露出了三匹快马,一匹黑得如碳;一匹青得如云;一匹红得如枣,这是凤鸿族的三个小伙子。他们疯狂但有收有放地喊着:"驾!驾!驾!"现在换成了黑风在前,火光跟跑,青龙在后。跑到半途十里的时候,黑风落了下来,青龙冲了上去,火光还是跟在第二位。后边几族人马,特别是东原族和西通族骑手逼斗了一程,见前面有快马在跑,都慌了,赶紧把头马让到前面去。在群马冲撞中有骑手落马了,有几匹空鞍马还在努力向前奔跑着。在十里到十五里这一段,青龙先是冲在第一位,火光跟着。到近十五里时,有几匹快马已经冲上来了。在他们经过火光的时候,少昊的身子微微向侧倾,手中缰绳微抖一下,那火光已经会意了,强力地冲向前超过了青龙一个身位,凤驰骑青龙在外侧奋力地跟进。

离终点还有五里的时候,山坡上的人才能看到,凤姑娘先是听到了远处如惊雷一样飞来的声浪,一眨眼工夫,几匹快马冲了过来,人们欢呼着,紧盯着这几匹马。这第一群的后面,有半里是第二群,再后面就是稀稀拉拉的赛马了。

第十章 少昊帝的故事

火光和青龙、黑风都在第一群中，这时候，东原的栗色马和西通族的黄骠马还有其他几匹马都在第一群中，转眼离终点五里地了，栗色马和黄骠马冲了上来，从里外两面，已经压了火光一个马头。少昊举起皮鞭，高高扬起挥了一下，并没有打下去，因为少昊知道马已经尽力了，只剩三里了，少昊的火光又落下半个身位。少昊急到大叫："驾！驾！"火光被一栗一黄两匹马夹在中间飞奔着。少昊的屁股已经从马鞍上抬了起来，身子向前倾着。最后三里地，火光冲了起来，四蹄生风。这最后一里地从台前飞过，三匹马都在尽力狂奔，只剩下最后十几丈了，火光已经跑疯了，每一丈都飞了一样越过，一丈只是一蹄之距。火光已经超过了栗色马和黄骠马一个身位，不用鞭打了，后边马的气息已经喷到了马屁股上。人们的喊声如排山倒海一般，震天动地。火光前面就是那条象征胜利的白色牛尾。三匹马冲过去，六匹马冲过去，一群马冲了过去，牛尾不见了，竟看不清是谁抢走了牛尾。火光又向前冲了有半里地才收住蹄，少昊跳下马，手里举起了白色牛尾，他牵着马走向看台。

看台上的凤姑娘太激动了，这是我们的英雄啊，她伏在额吉的肩头上，高兴地眼里噙着泪花。凤罕高喊："我们第一！我们第一！"

凤罕和头面人物都在前排。第一名是凤鸿族的骑手少昊和骏马火光。第二名是西通族的栗色马和骑手。第三名是东原族的黄骠马和骑手。凤鸿族的青龙和骑手凤萨第四名；黑风和骑手凤驰第六名。

第一名奖一匹两岁的红马。第二名奖一头两岁的黄牛，第三名奖一头灰驴，第四到第六奖给一只羊。

大家太高兴了，自从有了这个赛事已经十几年了，凤鸿族已经有几年没有得这个奖了，骑手成了草原上的英雄，马也成了人们追看的稀罕物。

人群突然骚动了起来，原来有人提出第一的骑手不是凤鸿族的人。主持人把少昊、凤罕找过去问话，骏胜也被叫过去，他是发令的裁判，骑手资格要骏胜判定。主持人问："这个骑手是你们族人们吗？"凤罕说："少昊是华夏族过来的，已经在草原上生活五年了。马是他驯出来的。"有人起哄了，说少昊是华族人，没资格参加，主持问骏胜，骏胜说："咱们比赛资格是开放的，谁拉马来都可以，只要是从起点跑到终点都有资格获奖。"主持说："那要看骑手是不是入了东夷族啊。"凤罕说："骑手是我姑爷还不够吗？"主持愣了一下说："合格，合格，祝贺凤鸿族长招赘了这么英雄的姑爷！"

大家欢呼起来，草原上传颂着凤鸿族入赘了一个赛马英雄。

回到包里，大家乐坏了，许多年轻人冲着凤姑闹，说族长在"那达慕"大赛上宣布了少昊是族长姑爷，要喝他俩的喜酒。少昊这时十八岁，凤姑十六岁，他们相恋是大家都知道的事情。凤鸿族长问少昊："结婚的事要不要回中原告诉黄帝一声呢？也要问父母的意见呐！"少昊同凤姑十分要好，但一谈到结婚，"顶包"过日子的事，还是有点慌，就和凤罕说："我来时说三年回去，现在已经五年多了，仗也打完了，父王也没有叫我回去的意思，我也不想回去了。"如果要回中原，来回也要一个月时间。

凤罕说："你是一个邦族大王的儿子，做质来到东夷的。还要和我们大王古冲氏说一声呢。明天我陪你去一趟王城吧，听一下古冲大王的意见。"

二、少昊帝和凤姑回轩辕城结婚

凤姑听少昊要走偷偷地哭了。晚上，少昊拉着凤姑，两人牵着两匹马向远方慢慢走着。少昊说："我已经五年没见爹娘了。如果同意我回来，就在这儿办喜事，如果不同意回来，我就把你接轩辕城去结婚。"

"我可不想到那吃草籽的地方去！离这边太远了！"凤姑说。

"那里也有肉食，管你天天吃肉！"少昊说。

"马也不能骑了！"

"可以坐车呀。"

"你不回去行吗？"

"我父王说话邦族都要听，我也不能违抗。你要是没有决心跟我去中原，那就要分手了！"

凤姑娘和少昊的手握地更紧了，她说："怕你父母嫌弃我呢！"

少昊说："我不嫌弃谁还能嫌弃。我们那边，父母都是有善心的人，他们一定能同意。"

秋天的草原，狼特别多，远处有几只狼眼睛闪着绿光。两人上了马往回走，马蹄轻轻地踏着草地，信马由缰地走着。草原上，月光如水银泻地，一片银白。

第二天，凤罕带着二儿子凤驰和少昊上路了，到王城有一天的路程。

在王城，古冲接见了他们，古冲这时已是渤海王城的首领了。古冲说："中原和我们互有往来，五年前我们帮助了黄帝，近闻黄帝打败了刑天，已经一统中原了，我们即刻送你回去，顺便送些礼物给黄帝。"

第十章 少昊帝的故事

少昊说:"谢谢大王关照,我离家五年,盼望回家和父母见面。还有一事请大王定夺。"少昊把已与凤姑定亲一事说了,想结婚还要请父母同意。

古冲说:"好事一桩啊!你在草原上已是英雄了。这个凤姑找来看看,收为我的义女吧,也配得上黄帝王子。快把凤姑接来,一同到中原去一趟,能回来最好,不回来就在轩辕城生活吧!"

又问凤罕的意见,凤罕说:"大王认小女为义女,真是承大王的大恩大德啊!明日让凤姑来王城见吧。"

这边,古冲准备车仗、礼品,那边,少昊去接凤姑过来。又两日,凤姑被送到王城,古冲见了很是高兴,当即引入后舍见过王妻,拜两位为义父母,就动身前往华夏去了。应凤姑的要求,让父亲和弟弟凤驰跟去了。临走,少昊把自己喜爱的火光马送给了凤萨,说:"我回来再说,不回来这马就送你了。"凤萨把自己的青龙马送给了少昊说:"回来再换马骑吧!"两个朋友恋恋不舍。上马走之前,少昊抱了抱火光的脖子,用脸贴了贴马头,就扬鞭上马往中原去了。

这一行有两辆车和五十个骑马军士,加上凤罕父子,少昊和凤姑坐在车上,急匆匆地向轩辕城去了。

日行夜宿,七日到了轩辕城。这一路上看到民众安居乐业,一派欣欣向荣的景象。黄帝施行了九州之治,农业井田,倡百艺,鼓励互市。城市已开始汇聚许多人杂居了。铁器开始在农业中使用,文字被推行,邦国的形成正在代替邦族的状态。麻衣、丝绸正在被广泛地使用,衣服已经从皮革状态被改变了,人的穿着鲜亮舒适。路上有车马往来,各行其道。

到了王城,通报说王的长公子少昊回来了。黄帝和嫘祖非常高兴,他们也惦记这个为人质的孩子呢!一见面,嫘祖抱着长大的儿子哭了。

古冲的使者把这些年前后的事说了。讲到凤鸿族的女儿凤姑是古冲义女,欲嫁少昊一事时,凤姑掩面,少昊垂着头,单等大王发话。

黄帝说:"少昊是我长子,身系天下,我要找大臣们商量一下,你们先去驿馆休息一下。"

客人走后,黄帝对少昊说:"这五年,情况有了许多变化。平定蚩尤后,又降服炎帝,再征刑天。现在经过理顺,国运昌盛,你就别回去了。在王城下帮我一把,也学学文字,学学理政经验。"

少昊不语,似乎不太高兴,黄帝接着说:"凤姑可娶过来,就养在王城吧。"少昊说:"父王,我已喜欢并习惯了北地生活,凤姑也不想在中原生活,请你准我们回草原那边生活吧。"黄帝默默不语。回去告诉嫘祖，嫘祖此时已见过凤姑了，语言不十分相通，嫘祖不太满意，更不同意少昊再回北地去。并且听说那边东夷各族常有战事，怕孩子有危险。嫘祖说："咱们中原事危，请北地各邦族助战才不得已让儿子为质，五年事已大变，再不能将孩子置入危险的地方了。"

黄帝说："让大臣们提提看法吧。"就把一些大臣召了来，少昊和嫘祖也在座。少昊和大家打过招呼，就坐在嫘祖身边了。

黄帝说："少昊回来了，带来了东夷渤海王义女。我已同意他们结婚。婚后少昊想回东夷去住，找大家出出主意。"转向风后说："风后大臣，你多次到北地去，你发表一下意见吧。"

风后说："大王，我先说。少昊回来已是大喜了，大丈夫建立功勋当如少昊。虽为长子并不娇贵。为胜强敌，王以长子为质，搬来北方强兵。战事已熄，原定三年回来，现已五年了。少昊从舞勺少年，现已十八岁了，又要成大婚，这又是一喜。"大家以为这两喜后他该回答黄帝的问题了，没想到，风后接着说："大王，眼前又有一喜。这些年东夷各部落纷争不断，我们也发兵帮过他们。近闻渤海王古冲接了王位后，邦族首领地位多有不保。凤罕这次来一是送少昊和女儿，也是想知会我们，谋将来大计。古冲送一个顺水人情，将凤罕之女收为义女，又带许多礼物，这是在讨大王欢心。此次少昊完婚，返回北地，正好弹压各方。他们再闹下去，可效法蚩尤、炎帝，去其邦族封号，划入我邦国管制。这不又是一喜吗？"

黄帝若有所思，嫘祖很不高兴，少昊不以为然。

大将力牧说："祝贺少昊大婚之喜，风后老臣所说的第三喜，我不看好。东夷这种部族，各怀异志，谁也不服谁，打了许多年仗了。他们土地相连，但民风各异，语言杂多，虽然近二三十年华族润泽很多，但没有强势大族做核心，早晚必分崩离析。少昊过去，恐有危险。"

飞鸿说："祝贺大王，祝贺少昊。我看借问天意吧。少昊居王城和居北地都行，为邦国计，去东夷为好。为安全计，还是留在王城为好。"

嫘祖有些高兴了，黄帝不语，少昊不高兴了。

黄帝又问仓颉，仓颉说："为邦国计，少昊去东夷，可先使少昊做古冲随臣居渤海王城，而不是居凤鸿族地，居他们中枢之地便于了解情况。为少昊安全计，留在我王城即可。"

黄帝见仓颉两面之词，厉声说："仓子老臣，若少昊是你的儿子，是去还是留呢？"

仓颉看了看黄帝、嫘祖和少昊。迟疑地说:"要是我的孩子,我就叫他去北地,为质为使都是立功扬名的机会。况且有黄帝大王在中原,少昊去北地也很安全,谁敢把少昊怎么样呢?"

黄帝点点头,说:"我们经历十几年战乱,现在已经有一年太平了,我们再也不愿意看到流血死亡了。华夏三族已经大统,唯有东夷不太平。他们不和,如同我们邻里失火,我们不能不救。我看这么办吧,少昊完婚,去渤海国,代表我邦国中枢做使臣,弹压北族。力牧将军安排就近的城市增加常备兵士数量,防有不测。风后随同过去一趟,向古冲介绍一下情况,把我们邦国军政、农业、百艺、文字诸事告知,让他们进步起来。进行互市,我们可行方便,麻、丝、铁器、粮米是他们需要的,皮张、马匹是我们需要的。"

嫘祖看大家这样说,对大家说:"为邦国计,少昊结婚后再去东夷吧!头半年先学学文字,半年后再说吧!"

黄帝接着说:"这半年我们做些准备,半年后少昊再过去吧。"

仓颉说:"人算还要看天变,东夷稳,我们就不让少昊过去了。东夷不稳,天意让我们把东夷收过来,我们也要听天意定夺了。"

黄帝派大臣风后为使去东夷了解情况,传达华夏中枢安排。

这样,少昊和凤姑在王城结婚。吉日后,凤罕族长、风后大臣和护卫回了北地,把黄帝的命令告诉古冲:半年后少昊要回渤海部族,住渤海王城代表华夏邦国做使臣。凤罕族长把凤驰留在王城学习文字、军事技能。

七天日行夜宿,凤罕、风后一行来到了渤海王城,见到了古冲,把事情说与古冲,古冲对中原和黄帝有好感,当即答应。风后送上黄帝给古冲的礼品,都是近年中原制造的东西,有农具、兵器和丝麻制品,并和古冲谈了经营邦国的经验,住两天就回去了。

凤罕是凤鸿部族的首领,受东夷盟主渤海邦族管制。这些年,凤鸿族同周围部族已经对古冲王位有威胁了。这次凤姑又嫁了少昊,古冲自然不能小视了,两人在舍下谈到自黄帝出兵帮助古山大王降服了北漠,古山大王升天,古冲接大位后,东夷这块地方发展起来了。但各部族有异心,有亲华夏的,有亲北漠的,邦族联盟不稳。古冲希望得到凤鸿部族支持。凤罕表示认同古山为王,协力邦族团结。一日后,凤罕回族地,到家告诉贴母凤姑和少昊的结婚情况。看了嫘祖给贴母的丝绸,贴母自然是为凤姑嫁入华夏王家高兴,也为女儿远去心情不好。

少昊和凤姑在王城每天都不得闲。黄帝安排少昊随王舍跟班议事,又学习文字、农业、军事的事。凤姑在嫘祖的带领下学习丝麻编织。半年到期，一日，少昊被黄帝召到王舍。

黄帝说："近日，力牧报告有渤海的消息。古冲和北漠等各族群间又闹起来了。古冲让中原派大臣过去协助处理族间事物。已经准备让风后去了，让你也随着过去。"少昊想带凤姑过去，黄帝也同意了。嫘祖又为凤姑选了几个能工巧匠一起去东夷，为亲家贴母也带了礼物。

时已是暮春时节，一路车仗、随员马匹日行夜宿，不几日到了渤海王城，古冲接入。少昊要去凤鸿部凤罕家。古冲拦住他说："听我说一下吧，现在去恐有不便了。"就在古冲王舍，风后、少昊听古冲说："上个月我们召集各族在这里议事，就设立互市地点出现两种意见。我意设在幽水这个地方，就在王城附近，便于大家交流，邦族也好管理。然而亲近北漠的部族，包括凤鸿部族要设市于接近北漠地方浑水城处。幽水地方田亩广阔，人口众多，浑水城人烟稀少。他们的理由是便于畜牧转运，会上僵持不下，语言冲突，大有夺我王位的意思，大家不欢而散。"

风后听了说："来日再议我听听吧。少昊和凤姑明天去见家人，没什么危险，然后和凤罕一起回来再说吧。"

凤姑和少昊本来心急如火，听了这番话后更是焦急万分。少昊说："今天晚上不在幽水城住了，我们这就回去！"风后和古冲拦不住，派了百名卫士、两辆马车，连夜送两人回去。凤姑见了额吉亲热了一番，大家安歇。

第二天，凤罕召几个族长来，向少昊说设立互市地点一事，少昊说："我是中原到东夷的使臣，不好参与你们邦族议事。"

有一族长说："先前有北漠邦族大王猛彦嘎，有南侵之意。传言说北漠要求互市要设在浑水，有利北漠和我们交流。"

少昊说："这哪里是设市的理由啊？如果为了北漠就是两邦的事了，现在讨论的不是邦族内部的事吗？"

凤罕不悦地说："设在浑水也是我们的意思，离咱们大伙儿近一点不是方便吗？"

少昊说："内部不和，外部才会来欺负我们。还是不要和古冲争了。"

大家都默不作声了。少昊和凤姑在凤鸿部住了一旬时间，准备回幽水王城居住。有族长暗地怂恿凤罕，让少昊住在凤鸿族地，架空古冲，夺其王位，凤罕未同意。

凤罕送少昊夫妻回幽水城，刚一入住驿站，就有古冲的人招呼他们速去王舍。

二人去后才知道，北漠王猛彦嘎又来掠地了，理由为设立互市没有他们同意不行，必须设市于浑水城才能撤兵。现已进入东夷境内近百里，号称有大军十万，再三日将到王城了。见凤罕和少昊来，古冲让凤罕暂管邦族事务，自己带少昊去中原请兵。凤罕说："北漠发兵极速，我们也要抵抗，王可下令三丁抽一，举族也可有五万兵，阻击猛彦嘎拖延时间。"古冲同意，就去华夏了。然而东夷并无常备军，一时招兵已经来不及了，眼见北漠大军如野火席卷冲来，凤罕只得带凤姑逃回家乡避战火。此后黄帝大军杀来，仅一月，将北漠大王猛彦嘎擒获。猛彦嘎投降华夏给黄帝纳贡，黄帝收东夷为华夏邦国一部分，设东夷部，少昊为王，王城设在幽水城，此后这地方称幽州。少昊为这一部王者，积极发展华夏先进文化，农耕五谷，饲养六畜，兴办盐铁，鼓励互市，这一带逐渐开化了起来。

三、少昊帝任东夷王

黄帝平定东夷后三年，秋初的一天，黄帝召中枢臣将在王舍议事，少昊在座。黄帝说："在平定东夷后，我们实现了对东夷的管辖。原打算派古冲任东夷王，但是古冲坚决不同意，古冲等提议少昊为东夷王。我任命少昊在东夷为王，今已近三年，昨日少昊回来讲了一些情况。今召各位来，就东夷诸事通报消息，商议对策。少昊你讲讲吧。"

少昊与大家见过礼后说："受大王指派，已经在东夷主政三年，借我母有疾，特回中枢报告。前数年在东夷为质，被安排在游牧部落生活，得以了解东夷风土民俗。此次回东夷，代表华夏邦国中枢在渤海王城摄政。特意安排巡视了东北方向。巡行沿着渤海达丹城，又向北达外兴安岭折回，幸得车骑军士百人队伍一路相随。历时一夏一秋，所到族群数百。初步了解现东夷之北有数千里草原、森林、荒漠。北漠近渤海部有十数部族，讲异族语言。再向北，人烟几乎绝迹，但林木草原极为广大。我们了解到，北漠实为多个有不同语言风俗的游牧民族。比较中原，民众尚未开化文明。一大包可数辈同居；有语言，无文字；合族信俸萨满教，类似巫教；不搞旬日互市，每年一次'那达慕'集会。因为华夏族人逐年向北发展，压缩了北漠人草原，所以冲突不断。再有，草原游牧生活艰难，人人生性好斗，每有天灾常常向南抢掠，便成东夷威胁。北漠以接近渤海的部族最为强大，虽然表面尊渤海部为东夷盟主，暗地里他要自立为王也。上次平叛擒得猛彦嘎，要他们向渤海东夷王进贡，但常常需要催讨。北漠传统，男人练马术拼杀，平时牧放牲畜，招之则为军队。据行商人消息，北漠每年操练军马，甚为重视征战。再有，北漠购入铜铁物资极为迫切，造车造武器匠人北去很多。近来有消息，北漠三丁抽一，有侵犯渤海图谋。"

黄帝说："少昊居东夷，所知消息极其重要。数年前，也是数日之间，北漠就吞并了渤海。渤海邦求我出兵，大军近月时间平了叛乱。双方损失人口极多，教训深刻也。诸臣将商议一下，有何良策。"

大将飞鸿问少昊："渤海有常备军多少"。少昊说："五千军。"问能动员多少军队，少昊说："六万军。"问北漠能动员多少军，少昊说："上次侵略渤海动员有十万军。"飞鸿接着说："这北漠已经扰动我们数次了。幸得少昊通报消息，不然又要起事了。目前局势，他们在准备阶段。常言道'出师有名'，敌未侵来则出兵无名也。"

臣风后说："大王已经布了少昊为东夷王这一招高策，切断了北漠之奢望。收东夷为我统领后，派少昊为王，已显示华夏管辖力度。北漠再不臣服，是以卵击石也。"

将军焕英说："可增加常备军，坚固城池，抽丁为备选之策。"

将军力牧说："马军在东夷优于车兵，步军只能守城也。"

仓颉大臣说："从渤海到北漠王城骑兵要多少时间？"少昊说："要两天时间。"仓颉又说："到东夷各部要多少时间？"少昊说："东夷有十三部，所去最远要十天时间。"

黄帝问："仓颉老臣要出游不曾。"仓颉说："我已年老。然而国威应当宣示给周边邦国也，非但北方也。"黄帝点头称是。

臣东土说："此渤海地面对中原意义非常重大也。一是自民众食物以谷物为主以来，食必有盐，常言道'百味咸中出'，东方沿海有食盐之利也。二是自南方平服蚩尤、刑天后，北方为我最大威胁也。三是自船行海上以后，海产鱼获渐为重视。大王以少昊镇东夷是安国良策也，一保疆土，二保盐路也。"

昭丑大臣说："民不开化，易为蛊惑也。早前巫人有喝铁浸锈水可刀斧不入之说。以鬼魅欺人，民众盲从也。东夷牧人聚而起祸，是我大患也。"

黄帝问少昊："众大臣已经出了许多主意，你归纳归纳吧。"

少昊领会说："东夷疆土重要不再赘述也。当下'高垒屯兵''喧嚣王威'为上策也。"

黄帝说："少昊已得要领也。'高垒屯兵'和'喧嚣王威'再加上'开化东夷'

并进也。"

黄帝安排了三策。

一是"高垒屯兵"之策：将渤海王城改幽州城，仍派少昊为东夷王住幽州，委凤驰为将军，常备军扩至一万，加固幽州城。另筑城兴水城和浑水为镇，适时建立州、镇、村管制；弱化族群管制。每镇各派常备军两千军，设镇臣和将军，由东夷王定夺。

二是"喧嚣王威"之策：在幽州城每年搞秋操练，要东夷各部族将臣来观摩。东夷王夏巡要遍及东夷各部，另委东夷王代表驻各部联络。

三是"开化东夷"之策：加强互市。鼓励中原百工进东夷经营，鼓励东夷各部学习农耕。加强盐、铁、铜管理，监视使用。

少昊得黄帝令，即刻回东夷。黄帝派力牧率一千军协助少昊整军，派来友去教习文字，派岐伯手下医师教习医药，另委天师昭阳理祭祀祷告事。

黄帝授东夷王判刑监杀之权。至此，东夷稳固，北漠不敢南侵。

少昊回到幽水城，立即着手办理中枢定的各项事宜。

在东夷王舍，少昊要召集东夷各部首领议事。通知二十日后某一天必到，每部族要求族长等两人参加，并定了罚则。二十日到了，东夷十三部族有一部迟到三日，说路途为水患毁坏因此晚到。少昊主持议事，将华夏帝王诏告传达给各部。《开化边远诸族诏》文：

九州及东夷岭南各部知悉：九州博大，广有四海。当今民众安居乐业，农者五谷丰登，牧者六畜兴旺，艺者百业兴盛，各州城市林立。自创文字传达规制，中枢达州镇村户。创立医药，不以巫惑疗疾，民得康健。此中原之盛况也。然而诸族居边远广袤之地，交通塞塞，先进百工不得施行，州镇治理不得通达。氏族管理已百千年。彼时独户不能存活。后有牛马挽犁，舟车运利，使用铜铁，诸多技艺福祉于民。因此有独户可生产，村里可经营，互市而有城市。此天造地设需全民支持，所以有税赋，有抽丁。今渤海东夷、南岭北各部，沿用氏族乡约已为旧民风，由州镇治理为新创治。中枢律法冠以权威，部族切要遵章。岂不知顺天应人得福，倒行逆施得祸。特委少昊为东夷王，经略东夷。务使东夷岭南得早日开化，民众因新业造福，兴旺诸族是盼。

黄帝诏告

少昊接着说:"大家辛苦,聚来不易。我受华夏大王指派履行东夷王职。我东夷为诸族联盟,号令杂乱。今特别强调,东夷北方有北漠虎视,我邦加强军备非常重要。已定'高垒屯兵'之策,各部要即刻行动起来,五丁抽一,供邦族运转。其他在乡丁壮要习练军马,准备征战。'喧嚣王威',我自后日将巡视各部,望做准备。'开化东夷'主要是建立互市,各部要建立集镇立市,主张游牧者定居。要传习文字,开化民智。"

对迟到的一族首领罚牛皮一张。少昊巡行先到该部。

少昊同时布置了"三策"安排,整顿了东夷王管理机构议事规制。其中巡视一事告知了各方。

这边,力牧协助少昊整顿军队,各部族五丁抽一要扩充成常备军队。

幽水、浑水、兴水三座城开始扩建。营盘竖起大旗,军士操练威武雄壮。

东夷如此动作传到北漠。北漠知道了东夷已有准备,打消了向南侵略的念头。

少昊到东夷各部去巡视,有臣长川、天师昭阳、将军凤驰跟从,军马五百人护卫。第一站到了最北的额先部落。首领额先氏介绍,此部诸族混杂,有豪强的术亥族人经常侵夺周围族人。前日因为马匹乱群,术亥族人夺马匹与他族冲突,杀死一人,伤多人。现悬而未决,刚好请东夷王定夺。少昊让传术亥族长来见。这术亥族长叫萨仁,曾经从过军,有见识,豪横,见到东夷王少昊施揖礼。

东夷王少昊问:"族人夺他族人性命,当罚何罪?"

萨仁说:"乱中两人用套杆拖死一人。罚则不明,两族互谅也。"

"以前都是这样办的,互相商议解决。"首领额先说。

东夷王少昊说:"现东夷用华夏文明律法,民间重伤以上,损劳力、害命者由官办也。此损命,当由加害人偿命也!"

少昊王命令两族族长和受害方家人、害人者及家人到额先部大包,听东夷王定夺。萨仁回去,没有带人来。东夷王派凤驰带军士将萨仁押来。

萨仁说:"害人者已经跑了。"东夷王少昊大怒。令监下萨仁,以抗命不遵,罚劳役半年,继续追逃犯。

三日后,两逃犯自动到额先大包自首,说:"混乱中以为套了马匹,所以勒死人。"双方认同。东夷王与臣将商量后,裁定:"念及混战。罚犯罪者每人劳役五年或同等年津给死者家人。"后以相当数量牛马充抵。族长监滦水镇所半年。如此,教民众有守法意识,知道族规应服王法。

东夷王少昊再向东巡视一部族,称万坦部族。族地为平坦草原,间有丘陵,

诸族混居，从华夏民俗者多。首领卡图正为摊派贡品操心，见过东夷王后说："东夷王远来，我正为收集贡品一事发愁。"他说他的部族族群很少，以村户合居者众多。族群有族长代为抽丁集贡，散户难于应付。

东夷王少昊说："明日召各族村代表来。"第二日约来百人。

东夷王少昊说："以往交贡品数量难裁定，现华夏已经改为税赋了。今东夷也要改'贡品'为'税赋'了，待日后行文公布。"

有人说："世代为贡，为什么要税也？"东夷王少昊说："贡为礼数，可多可少。税为法数，课税明确。贡不强求，税可强征。因为邦国要运转，需要财力支持，所以收税。巫人宣扬顺蚩尤、刑天不纳税是骗人把戏。运作军事抢夺财物一时可以，不战时财从何出？"

又有人说："田地是我们开垦之无主之荒，非联邦所有，何来税赋？"

东夷王少昊说："邦国土地为民众所共有，大王受天命统管之。民使用之需要交纳维护邦国运转税赋。此所以强征也。"有人提出："族群管理和村户管理孰好？"

东夷王少昊说："东夷现行族群与村户两种管理，现阶段过渡期两者并存。生产能力低下结族为好；生产能力提高了村户为好。民众会认识到分户的好处，自然就转向村户管理了，不宜强求。"

所来族长及众人解惑，部族管理顺畅了。

东夷王每到一部，尽力为部族解决一些问题，影响不小。

有一部近北漠，受其影响，信巫术的人很多，有自残、也有害人者。部族首领吉申为巫人所扰，整日追巫师后面设坛办巫事，影响部族民众生活。

东夷王一行巡视到这里，看农牧生产无人搭理，巫师许多人跟从。部族首领吉申也很无奈。其中有一个号称"东夷第一香巫"者，所到之处必发奇香，能驱病降鬼。东夷王问昭阳天师说："这等香巫已经损害了民生，如何破之？"

昭阳说："巫者必乘族人危难心乱之时，可问族人也。"

于是，东夷王要部族首领吉申到下面找了几个当地的人来。问了一下，原来是去年夏末起草原上发生了黑死病，许多人家死绝了，大家都提心吊胆地生活在恐怖中。这时有巫人说："这是得罪了天神，天神要惩罚大家。"部族首领也没办法，只好请巫师来作法。巫医作法以后，仍然没有阻止黑死病，好多人死去了，现在大家都不敢放牧了，最近已经传到农区了，种田者也有染病者。问当地人如何躲避疾病，当地人说有一歌诀："不出入病地，不近有毛者，不露肌肤，不吸病气，隔河可避之。"

赶上有一次看到巫师施巫术，昭阳和东夷王等都去了。他们都便装出行，像普通老百姓，在人群里观看。他们看到一位巫师侃侃而讲，问民众："香不香？香不香？香不香……"十余问以后，有人就发出了"香"的回应。接着一片"香！香！"的回声。讲坛结束的时候，东夷王问周围一老者说："你闻到香了吗？"老者说："人说香，我也跟着说香，实际没有什么感觉。""那为什么你要跟着说香呢？""如果要不说香，他一再地问香不香？香不香？"东夷王问昭阳："并无香气，何来香味？"昭阳说："见犬屎，无臭亦臭也。"

东夷王对部族首领吉申说："黑死病来源于草地。"东夷王讲了黄帝内经里黄帝与岐伯的一段话说："黄帝曰'余闻五疫之至，不管大小，病状相似，不施救疗，如何移除者，岐伯曰'不相染者，正气存内，邪气何干，避其毒气'。此极为重要的是避其毒气也。近访民众歌诀'不出入病地。不近有毛者。不露肌肤。不吸病气。隔河可避之'。部族可断其路，仅供给，不外迁。"

据后来部族首领说，果然通过避毒之法，就再也没有发生大面积染病了。

东夷王巡视到一个部族，解决了牲畜饲养和种田如何纳税的问题。在华夏，主要是根据占有田地的数量来决定交多少税，那么草原上放牧牲畜怎么样来计税呢？以前都是以人头来纳税，称"人头税"。现在，有的人名下牲畜成群，有的人没有牲畜，靠打工度日。东夷王定为，税应该是使用土地或其他资源获得财产来纳税。以大牲畜猪、牛、马、驼、驴、羊计税，使役牲畜不纳税，二十头及以下不纳税。超过二十头，抽一活口纳税。以皮抵税者，一头活牛抵三张牛皮也，一牛皮抵五羊皮。如此，赋税灵活了。

东夷王还巡视了沿海的部族。只见百里盐田，风车处处，盐堆点点。听盐民介绍了晒盐的过程。盐民在海边找到一个小海湾子，用土石把它与大海隔断，用木头做闸门，将外海的水引到这个海湾，让海水在海湾子里蒸发。蒸发一些海水以后，再经闸门注入新的海水。如此反复，让海水变得更浓。然后，把这个浓度很高的海水用风车提水，引到盐田里进行晒盐。部族提出盐民如何纳税，东夷王问："类比工匠如何？"工匠以年盈利余额十抽一，盐民年利也十抽一。

少昊在东夷巡视了十几个部族，了解了民情，深得民心。

东夷王在东夷地区引进了中原的种植技术，发展农业，还引进制皮、铁铜的冶炼、制陶等技术；开展了文字教育；推行了黄帝规制、历法、推行医药、抑巫敬天。民众的生活有了很大的改善。他加强了城市管理，建立了镇村管理、常备军制度，使东夷社会安定了。

四、少昊帝回王城奔父丧

有一天，少昊对凤姑说："已经很长时间没有听到王城的消息了。"这时，黄帝已过一百岁，少昊很为黄帝忧心。忽然有一天，快马来报，中枢传令命少昊夫妇速回王城。他们知道这是黄帝有事了，即刻驱车马，五日回到王城，赶到王舍，见大王已经不能视事了。听岐伯说："大王病重，痰已阻心窍，人已无魂灵了。"片刻，少昊以手抚摸黄帝面，黄帝似有感知，双眼微动，见是少昊，旋即闭上双眼归天了。

大家都非常悲恸，老臣仓颉说："大王有话，子贤则立，今少昊大贤大德当立之。"群臣相附和，少昊说："先王还有'贤者立'之说，今当各州举贤者任之也！"

大臣来友说："先王已说了，'子贤则立'，我们也拥护少昊为王。"

武将焕英说："举目之下，未见有贤过少昊者，我们赞成先王子贤则立之。"

大臣东士说："按黄帝升大王的规矩，可召天下州镇长、部族首领来王城举贤选贤。再昭告天神得天启，可名正言顺也。"

仓颉说："邦国不可一日无王，少昊可暂代王位。经过众议，问天再最后定吧。"

少昊暂时主持大王事。

在少昊主持下，葬王于厚土之处，陕西之黄陵县。

众州镇臣、部族首领等到王城，济济上千人，参加葬礼后议事。投签计数，几近全数同意少昊继位。由昭阳问天卦之，得乾卦☰，乾者"天、日"也，正应"昊"字。大家齐呼少昊王天授，正可为华夏之王。大家议由来友作文，昭告天下。《天授少昊王位诏》文：

先王黄帝以田夫入王舍，少年颖睿。受先大王风英举荐，领王基业。历冀中之战、涿鹿之战灭蚩尤，一年三战降服炎帝，又南巡猎刑天，北巡平东夷，至我华夏统三山五岳，五湖四海。先帝又造舟车、推五谷、创文字、兴医药、定井田、植桑缫丝。造福华夏，丰功伟绩，前无古人。今先王升天，言有"立贤不立子"之大德。今"子贤当立"，少昊为新君，天人共祝之。少昊字玄嚣，又号金天氏，先王在日做质东夷，得北地铁骑助灭诸敌，又参加平东夷之乱，理东夷王事，已历数十载，大贤大德，为众族所举，祈祷问天得乾卦☰，示日天同在为"昊"也。九为阳高，五为中正，九五至尊，唯少昊则之。天下民众以勤耕为本，织造为要，从善为德，不盗不抢，不佞不妄，子孝尊长，扶老携幼，国税即完，仓有余粮。心向唯天，天助民康。官军行道，道出王命，九州诸族共荣，江河日夜向东。互市公平。字从王令。车行轨距。律法依例。兴五谷之利，收六畜之旺。惜民爱民，上和下顺。先帝祭泰山托鸿愿，昊帝继伟业于轩辕。大哉中华，一统天下，祭告上苍，保佑华夏。

天道经天，人伦纬地。国泰民安，千秋永续。

天授贤德少昊帝昭告天下

诏告发布后，民众得安心生活，臣将得安心从政事。

五、少昊帝继位理政

黄帝给少昊留下的可是个大摊子，西从昆仑、东至大海、南达百越、北到大漠。那时用马车为主的运输工具，一国之事要传到全国可不是小事情。黄帝时城市已经出现，由互市兴起的制造业使城市人口增加。黄帝分设了九州，分别是冀州、兖州、青州、徐州、扬州、荆州、豫州、梁州和幽州。州下设师，师下设都，都下设邑，邑下设里，一里下设三朋，一朋下设三邻，一邻下设一井，一井分八家，将族的功能削弱了。后来简略为州、镇、村三级施政。在王下设立官职，既有左右大监，又设三公、三少、四辅、四史、六相、九德的官职，管理国家事务。军队设大将军、将、队、伍的官职。这时已没有了大敌，只用来弹压各地强盗和少数地方边界冲突。

少昊为王，下面州以下的事务都分级负责了，只有涉及中枢的官员和州官的大事才能到少昊这里。

少昊中枢这几个大臣、将军都换了一些。老臣仓颉年岁大了，已经不任左大监了，由来友接替了。右大监是东土，从大臣有三个。大将军为焕英，从将军有三个，这些人是王舍议事的官员。

转年春天，少昊正和凤姑逗他们的儿子玩。春光明媚，一家人正在小河边散步，有人冲开卫士高叫，"大王开恩，为小民申冤！"扑通，跪在少昊面前。少昊不悦，周围人已将来人拉走。少昊对旁边人说："叫右监东土到我舍下来！"就回去了。

这右监东土急急地快步来到王舍，少昊问："有人拦路申冤，你知道吗？"

东土说："我也是刚听到，已差人去问了。"少昊不高兴地说："什么事冲到王城来了？查一查看是什么问题。"东土退去，回去立即把那人唤到三公之一的刑公昌达处。昌达问明情况，和东土大臣一起去见少昊。少昊帝威坐台上，两人行揖礼站在台下。东土说："回大王话，已经问明了缘由，这人是从冀州东师地方，山前都处左三邑前二里东三朋后一邻上一井下一家来的，因春种地亩相接，两边各要压他半垄地，他就要失去一垄地，已找了井、邻、朋、里、邑、都全解决不了，就越州跑到王城来了。"少昊听了头痛，什么一级一级的。

少昊说："这么大的事都要逐级来吗？一垄地跑到王城这还了得，昌达你看怎么办？"

昌达说："先王和仓颉老臣为调动各方，特地要求一层层处理问题，所以有这样的事，我速去州里解决吧。"

少昊说："既然已经到了我这儿，就我来解决吧，把三个邻里都找来。"不几日，三个邻里都来了，问明情况，三家本是亲家，因上一年种地品种不一样，做垄时原告被左边吃了半垄，第二年又被右边吃了半垄，原告说两边都不让，结果中间吃了亏，找上边逐级上推，解决不了，就自己动手把垄夺了过来，结果两家告他一家，他反输了官司，所以喊冤。

少昊说："这样的事只是差了一个界限的事，各家立一桩不就解决了吗。"三家都同意了。原、被告立了字据回去了。

少昊对左监说："凡这样的事，再不得推托了。"东土说："想要解决推托的事，最好不要一层一层地办，可以指定哪一级办就行了。比如，下边解决不了的是都归镇官，就行了，都解决不了到州就可以了。可定为镇一决，州终决，中枢仅复决死刑犯。"

少昊帝说："加上一条，每层发生的事自己解决，解决不了的事按你说的去办吧。诸事用赔罚的交村办，用刑罚的交镇办，用杀罚的交州办，中枢复决夺命判决。"从此，扯皮的事少了。

有一年秋天，少昊帝在王城听左监大臣来友报告，说南方两州因水患找到上边，让解决州界问题。少昊决定南巡，实地看看。车驾一行浩浩荡荡，已出城二里，后边的队伍还在城门。少昊问左监来友，左监说："各级官员出行都有规定，到了王这一层，有百车的队伍，所以队伍很长。"

少昊说："用这么多人干什么？只三车就行了。一导、一乘、一卫就可以办的事整这么多人干什么？"

巡视回来，少昊帝和大臣商议，实行轻车俭从，不增加民众的负担。

在南巡的时候，少昊看大河滔滔，两岸田亩无际。两州分别向少昊反映，近年土地开垦，已无闲田，水大的季节，两边都搞护堤，结果河道被占，洪水得不到泄出，良田被淹了不少。他让双方想办法，两边各执一词，都不相退让，因为割了哪边的地，都有农民抗议。右大臣来友说："两边都退一下，把河道让出来不就好了吗？"两边都无语。少昊在河边走走，想想也没有什么好主意。他在田间见一老农在田间劳作，问老农这河水冲田怎么才能解决，老农说："祖上早有规制，以柳条插河岸，这河界不是河无界，是人心无界，推推托托怎么得了？"

少昊帝把两边的州臣找来，一问，竟然是都不想承担责任，所以把河界问题搞复杂了。

少昊帝说："你们做官要有规矩，任职一方就要守土有责，不负责要你们做什么？立即划界，以大水年景加宽河道。"

州官问少昊帝减少的田怎么办，少昊说："少田少税，地亩有价，值由官出，也可移民解决，也可改为别的活路也。"

经几件事后，少昊觉得以前定的州界多以河为界，两州争一河界的事常有，州臣跨河界做官会好一些。他让左右大监搞一些官员任职办法，许久没有动静。

一天，他在庭院里散步，看到了许多鸡在啄食，有公鸡在左右占地盘，少昊帝想，为何不借这些禽鸟的名字命名官职呢？少昊帝把左右大监找来，拟定了官职名称及职责。

帝为龙，天下皆为帝所管。

以左凤右凰冠名中枢大巨监朝中事，直接向龙帝负责。

以鸿雁冠名春官，管种田和饲养。

以伯劳冠名夏官，管水利和车运。

以青鸟冠名秋官，管税赋和互市。

以锦鸡冠名冬官，管收藏和国库。

此为四方、四时大臣。

以祝鸠鸟冠名司徒，管孝道，教育，民众识文字，祭祀。

以雎鸠冠名司马，管军职，威仪四方。

以鸤鸠冠名司空，管土地，建筑城垣。

以鹰鸠冠名司寇，管缉盗，使民生太平。

以鹘鸠冠名司事，管百业，使民兴业。

以啄木之鸟冠名官职，管木工。

以金雀之鸟冠名官职，管制铜铁。

以筑巢之燕冠名官职，管陶工。

以百灵之鸟冠名官职，管皮工。

以锦绣之鸟冠名官职，管织造。

少昊帝时，大臣冠名中已不设职务了，以鸟名为官职是为了督促官员勤政。

又重新划分州界，不以河为界，改以山为界。自此，以山为界的州多了起来，解决了河道治理的难题。

少昊帝下诏书告天下，他要各职官员像职位的鸟名一样灵慧贯通，把各行业管理好。其诏书文：

中华博大，河川广布，民众千万，百业从之。州分九原，政令为要。帝少昊观天俯地，见龙行天下，帝受命之。凤鸟鸣鸠，各有其道。百鸟有百巧之功，人间有百巧之道。今特以鸟名为官称，为各职各业引入鸟之精灵。万望国之上下必以此图腾为振奋。兴五谷，振六畜，强百业，祈天神保佑，使我华夏世代千秋国泰民安。

帝黄龙少昊

自此，龙为帝王所专用，帝王之颜为龙颜。自此，九州和顺，百业兴起。

自少昊帝颁布以鸟名称官职后，官员勤勉，民得以生产，生活富庶了。

六、少昊帝侄颛顼智斗巫人

少昊帝注重城市发展，百业兴旺。许多人开始进入城市，互市非常活跃。

有一次，大臣来友向少昊帝告互市一事说："互市虽在先帝时已制斗、石、斤、两，方便交易，但常发生双方不互认重量的事，不知怎么办。"

少昊帝召臣祭平与大臣来友一行前往市场巡视。在粮谷交换区，见大家斤斤计较，他说他秤不准，他说他粮不足，请少昊帝看。少昊过来看，也不好评判。

回到王舍看着侄儿颛顼和儿子里才在玩跷跷板。这颛顼是近二月住到王舍的，他是少昊胞弟昌意的儿子，因母亲早逝送到了少昊家住。这跷跷板在两边平衡时就不动了。他想到了市场上见到的双方争执，就因为两边不等重造成分歧。如在市场上设一长杆，中间吊起来，两侧相同位置，放等重量物品，重量一致，平衡了就不会有意见了。于是他把想法告诉了臣祭平。祭平在市场上设一类似跷跷板的长杆，两侧各有等重量的承物台，其中一侧为已知重量。对重量有疑惑就在这上面平衡一下，就清楚了。大家管这个称为"等子"，专为解决互市时纠纷所设，由此产生了"天平"。

少昊帝每于朝政，常带颛顼去。颛顼在王舍下学习数年后又到军队受训，还到城乡习学农工。颛顼聪颖，成年时已通晓文字，识天象，能文能武，有谋略。一晃，颛顼已是十八岁年纪了。

少昊帝晚年，有原九黎地方的华族人信巫教，巫人众多，几乎每族都有专职巫术者，影响了生产。并且，人们不再祭天，社会道德受到了影响，少昊帝已感觉应该管理一下了。

这时有巫人胡朔到王城设坛挑战，奇术对垒没有应对者。那一日，少昊帝问臣等："谁与巫人胡朔对擂？"无人应。据说，胡朔文武双全，曾叫州臣跪服于街市。此次到王城来挑战，诈称华夏王城无敌手。每见众人，必侃侃而谈，人人呼喊共鸣，声势浩大，大有入主王城之势，要王为其设坛，每日教习巫术，少昊不准。这胡朔自设坛讲巫术，要与王城群臣对决。如果此次不煞了巫人威风，君权神授将受到挑战，民心可能不稳，天下也可能大乱。

少昊帝召众大臣议事，颛顼也在舍内。少昊帝说："大家已经知道了，近年在华南原九黎地区，有巫人行妖术，在族、村设坛，不思生产，蛊惑民心。今有巫人胡朔在王城设坛，十分嚣张。我想找一个善辩之士与胡朔对擂，杀其锐气，要大家发表意见。"

司徒庆东说："胡朔这个巫人，自称能身下唤蛇，举手放火，张口射水，利剑入喉，行巫术很能惑众，我已经派人调查过了，都称他为奇人。我们应召有能力的人破他的妖术。"

将军辛平说："一个妖人，敢惑乱王城，抓起来算了！"

大臣葵根说："近来，巫术如野火一样从南及北而来，由州至镇及村及族，巫事盛行，已有害民投水、自焚的事了。这种事可辩可压，臣以为辩之为上策，使民知其蛊。巫人用妖术，持祸心，必须揭发其本来面目，破其巫术。如这些人再蛊惑，弹压无不可。"

少昊帝说："大家说得对。召天下能辩者来王城，与胡朔一决。司徒速办，给十日为期。"

发下文告，各州传下去，无有应者。少昊再召臣等议事，大家面面相觑，没有人说话。这时有人传话说从幽州来一青年，愿与胡朔对擂。由人引进，这青年名甚贤，曾学习百业，自讲能神能武，愿与胡朔一决高下。

少昊命葵根安排。有一个时辰，葵根来报，甚贤已经败走了，险些要了性命。葵根说："二人坛上作法，突然胡朔袖中大蛇飞来，吓得甚贤跌下坛去，一时不清醒，一刻方能站起。"

少昊帝问还有术士报名吗？一时没有敢应者。这时，少昊帝宗侄颛顼走到王舍中央说："一巫人何惧，我去与他对擂可否？"少昊帝很为难，各大臣感觉不是办法。

少昊帝说："颛顼现在是布衣，无官职，要去与胡朔对擂也行。"嘱咐葵根、辛平，好好保护，注意不要干涉论战。

少昊帝也轻车简从到街市观战。

这巫人胡朔已来王城多时，并未见到少昊帝。见一乘车来，民都肃然膜拜，知来人应是少昊帝。只在坛上坐定，等待挑战之人。在其旁边约一丈有另一坛。这时，只见颛顼大大方方走来，有三个评议官在侧，其中一个说："来人报上姓名。"

颛顼也不隐姓，大声说："我叫颛顼。"

主持又问："官居何职？"颛顼说："闲人一个。"

颛顼坐定，看了主持一眼。主持说："双方斗法，互报宗门。"两人站起互视，只见胡朔南黎打扮，上下麻衣，绛色长衫，头戴铜制两块瓦纱帽，足登步云麻鞋。手持一铁柄铜头新月形大铲，面色紫红，狼眼圆睁，身形高大，声音洪亮，约四十岁。

这边，颛顼年方十八，着一套土黄亮绸短衫，足蹬牛皮战靴，头发紧拢于脑后，面庞清癯，棱角分明，鹰眼闪眸，身体矫健，语音悦耳。其腰间有夹铁铜刀一口，背有雁翎宝弓一张。

主持告知双方，斗法可能伤身害命，不可有怨言，双方承诺自担责任。主持告诉双方共有三场比赛，一比智力，二比法力，三比武力，中途退者为败，三场两胜为赢者。

第一场比智力，双方各述巫理与天理。这胡朔抢先讲："巫术乃中华族人生而有之，采天地之精，练巫术于西方大荒山之中，一旦出师，天下震动。能知天数，能算人命，取奇异巧术能隔墙打牛，能力压十人，能呼风唤雨。人通巫术，鬼邪不得近，百病皆除。有八卦循天地爻谱，八八幻六十四卦象，无有不卜之事。对方少年，识时务者赶紧回家不迟！"

颛顼说："天下广大，民循天道，种五谷，养六畜，兴百业，都以勤劳、善良为根本。信天由命就可避凶迎瑞，并无巫术谋生。天机在天，人可循天道生活，并不需传天意之人。巫人自言可替天行道，实为害人，从中谋利也。近年，先王黄帝创文字、传医术，开民智，保民康健。巫者已不能诊治复杂病理，已不能以符代药也。所谓隔山打牛,力压十人者并无人见,愿观其详。"

主持人命人拉来一牛,以帐挡之,命胡朔隔帐发功,这胡朔左跳右蹦,口中似有咒语,牛片刻卧倒,大家都惊呆了。少昊帝也站了起来。

颛顼看那牛为南方水牛,就对主持说:"应取一北方黄牛再试。"胡朔不从,说力已用尽。颛顼说:"巫人有力压十人之力,哪能这时就没有力气了?"主持叫人于街市拉一头黄牛在帐侧,胡朔再发力如前,咒语再呼,牛自由活动,并未卧倒,人群中有嘘声。

巫人胡朔要做力压十人的巫术,颛顼提出不能用胡朔的从人,就从士兵中选十人,立于场下。胡朔以双手推这十人,说他巫气一发十人跌倒。又见胡朔前后左右伸展拳脚,扭腰肢,突然向前面一兵士胸前推去,这兵士不知胡朔力有多大,以胸挺之,胡朔一推再推,士兵不动,人群中嘘声起伏。

两人坐下,颛顼说:"隔山打牛,前一水牛已经训练过了,后边的黄牛并不知道胡朔口令,所以不倒。又力压十人之术,如果训练士兵,推手就倒下,那力压百人也做得到也。"

主持说:"看来巫师今日第一场算是失手了。"胡朔辩称自己从南边来已近一个月了,水土不服。其实这胡朔每次设坛,只一吓,别人已经服了,并没有真的实验过。他看了一眼颛顼这个白面书生模样的青年,心想下面的法术一定吓死他。

于是要主持进行第二场,各施法术,主持说规则,三招法术,各在其位不得近前,以手中器物取对方,谁先离开座位谁就算输了。

以投"骰子"定先后,胡朔投出离卦☲序数为三, 颛顼投出巽卦☴序数为五,胡朔在先。胡朔闭目不语,口微张,场中似有风从坛上吹过,突然从其袖中飞出大蛇一条,赤练腾起,血盆大口直奔颛顼面门,人群都惊呆了。少昊帝也紧张得双拳紧握。这边,颛顼早把腰刀握在手中,飞蛇到来,只白光一闪,再看赤练大蛇原是一条编织彩带,已被斩断。大家嘘声又起。

这边该颛顼出招,只见他手臂一挥,一个铜弹子,如一只飞虫已到胡朔头上,只听铛的一声,铜帽顶已被击中,大家笑了起来。

胡朔这时惊呆了。以前只要"火蛇"飞出,对方就会吓坏了,这次的对手这样高强,其心想该用真东西了。胡朔的手在空中身下比比画画一番,大吼:"看飞龙夺命!"见一黑影从胡朔袖里飞出,直向颛顼面门飞来,只是无风无火,似冷箭射面。

这边,大家跟着发冷汗,一片静悄无声。

黑影及至面前,颛顼岿然不动,只以右手一挥一抓,黑色大蛇已在手中。蛇的七寸被抓住，已无咬人能力。颛顼在空中环绕几圈，把蛇就抛向空中，掉到地上蛇已经僵死了。众人惊呼。少昊帝长呼一口气。

第二招，颛顼以雁翎弓箭在手上，左手持弓，右手握箭尾，看看胡朔头上的铜帽，心想吓他一跳就算了，猿臂轻舒，只听一声弓弦声，"砰"的一声，这边，胡朔脖子一歪。对方箭并未发出，只是空弹弓弦。场上人大笑。

胡朔并未跌下坛去，正襟危坐，刚要抬头，一支飞箭已到头顶，只听铛的一声，头上铜纱帽已被箭穿透，打落在地下。观众大笑。虽胡朔没有跌落下去，已经头冠不全了。

主持问胡朔："还要比吗？"胡朔已经心虚，但巫人胆壮，说："二招已过，不分胜负，还有大招。要比！"

主持问颛顼："还比吗？"颛顼心里明白，两次都手下留情，没有打到胡朔要害，这人真不识好歹啊！"要比！奉陪！"颛顼说。

胡朔的第三招就为夺命了，他将手中铁柄铜头新月形大铲拿在手里，在坛上跳起来，铲头几近颛顼座位。他把铲舞得如圆轮一样，搅动风气，吹动颛顼衣襟，他也耍得累了，气喘吁吁，就在坛上站定了。他欺负颛顼刀短，隔丈余打不到他。轮到颛顼舞刀，刀随人舞，白光闪耀，一会儿白鹤亮翅，一会儿翻江倒海，一会儿冰雨铁幕，突然，刀似旋风扑面劈向胡朔脖颈，胡朔双眼一闭，心想这下完了，手中铲飞起来迎刀。刀砍在铲的月牙心里，传到胡朔的手臂，他只觉全身一时麻木，跌下坛去。其实只要不接此刀，只是吓他一吓，并不碍事。只这一接招，反倒害了他自己。

两场比赛，已看到巫人胡朔不行了，但他还是强要面子，提出明日再战校武场。颛顼这边应了，定明日上午校武场上见，那就是真刀真枪了。

第二天，少昊帝问颛顼说："贤侄，你已胜了胡朔，告诉主持不要比了。"颛顼不从，年轻气盛说："我定要看看他都有什么招数。"

少昊帝说："这人面凶，你要多防备呀！"

颛顼说："好，我一定注意。"又问帝王是取命还是伤其体肤。

少昊帝说："千万不要出人命，伤他不能战就行了。"

第二天，人们齐到校场，有军士围住圈子，外圈观众很多。有为胡朔助威的，有为颛顼助威的。

主持对双方训话："今日校场比拼，真刀真枪，如有伤害，双方互不诉刑责。"

这时传来少昊帝命令，要双方以前两场比赛结果决定胜负。然而双方不同意，人群也发出骚动，要看热闹。少昊帝又发令："只可伤之，不可夺命。"

双方站定，见胡朔骑一头二色大水牛，两头乌黑，中间白亮，四蹄也是白色，牛头上环抱大角。牛鼻已穿环，鼻孔硕大，四蹄柱地，移动震人。牛身上，巫人手持铁铲，斜背一暗器皮囊。

这边，颛顼已换降龙木长柄铜刀，背雁翎雕弓，骑一匹火红的汗血宝马。那马头小颈长，鬃毛剪得齐齐整整，腰身浑圆，四蹄踢踏不止，镶金笼头、银鞍、铜蹬，一看就是帝王坐骑。颛顼已披铁叶亮甲，头戴兰缨铜盔。

胡朔已知道颛顼是少昊帝侄子，想欺负他娇嫩，见面就说："看你青葱年少，赶紧认输了吧！少昊帝在场上也不丢面子，如果我铲子打下去，你身骨具碎，怎么向你家大人交代？"

颛顼也不多言，只说："前两场你已败了，你如果认输就不战了。"

胡朔不认输。双方互不服气，就打了起来。

第一回合，牛马交错，胡朔的大铲夹风带光，饿狼掏心，就向颛顼心口铲来。颛顼以刀压铲，跃马外跨，闪过一铲。牛在原地转身，马已跳跃一周。再折过来，颛顼以铜刀高举，力劈华山向胡朔头上劈来。胡朔握铜柄铁铲举起一迎，只听铛的一声，人牛皆震。牛头一挥，向马后跨顶来，那马四蹄一弹，已到一丈之外。

第二回合，胡朔横握铁铲，以扫荡山峦之势向颛顼腰间打来，颛顼竖起刀柄，迎铲上去，咣的一声。马向外闪，人随马动，已震得人马都轰的一声。颛顼拨马回来时，旋风一样的马头已接到牛尾了，大刀直向胡朔脑后砍去。突然一簇银光闪来，夹灶土之灰。颛顼赶紧双眼一闭，头一低以头盔挡之，只听得铛铛作响，知是铁珠打来，刀已偏斜，胡朔躲过一劫。

第三回合，胡朔驱牛，迎马胸部撞来，马向外闪时铁铲已到面前。颛顼镫里藏身闪过铁铲，弓已在手，就马向外旋时，斜身一箭，照胡朔面门射来，胡朔将头一低，箭头刺入发髻，像加一头簪一般，这胡朔也不理会，驱牛就横着挺铲刺来。这颛顼已换大刀在手，刀不高举，挺刀就刺，刀法曰"大刀剜心"，胡朔急闪，刀已刺中左肩，只听"啊呀"一声，胡朔已从牛身上跌落了。

主持人抢上，挡住颛顼。颛顼跃马到少昊帝那里去，跳下马，气喘吁吁，脸涨得通红。

这边，胡朔已经废了，少昊帝让大臣召医师看过，说伤得不轻，左肩皮破骨碎了。胡朔被救回家乡。

自此，巫人再不敢在王城横行，各州府也将巫、医分开设置，官府中设天师主祭天事，巫师只在民间小范围活动了。颛顼由此参加朝政，得到培养，锻炼了才干。

七、少昊帝禅让帝位与颛顼

又过了几年，少昊帝自觉身体不好，不能执掌朝政，要禅让王位，就召了凰鸟大臣、四季鸟大臣、祝鸠鸟大臣，把自己禅让王位的意思说了。

大臣来友说："大王，龙体尚健，国政理顺，王可续享天命。"

少昊帝说："我也知道王命天授，然而王也要知道自己的能力呀！青天不老，人有岁累，我现已年迈，我不想闭目之时再让王位。昨日夜梦在大泽边钓鱼，这是天神告诉我，应该放下权力，去过清闲生活。"少昊帝已觉自己气短，难以理政，召大臣议立新王一事。按规制，先选贤能者。可昭告天下，举贤人，供选择也。

于是以三十天为期，让下边举荐贤能之人。一月期满，有多个州举荐颛顼，少数州举荐共工。颛顼、共工二人为候选人。依先王之规制，召州镇代表就在王城选举。多数举颛顼为王。问命于天，天启颛顼有帝王之相。

选吉日，少昊颁布诏书，王位授予颛顼。其诏书文：

自先王黄帝开华夏之基，依规推选，授少昊为帝，已历四十三载，近少昊帝自感身体日渐虚弱。帝有一国之重任，帝愿在有生之日，传王位于贤能，国不致因君危而国危。月前曾向九州发诏，举贤德之人，现有两人举贤，依规选举，颛顼胜出。此乃天意，天欲授大位于颛顼。颛顼十年在王舍下跟班，又习学军事、农工，多次为国事挺身而出。颛顼自幼聪明，习学文字，习练百艺，熟练兵车军阵；明事理，顺天机，本帝今将大位禅让颛顼，实为称心之意。华夏九州，列分华地为东、南、西、北、中，近十几年推行新法、互市，城池渐渐壮大。百业之人聚于城市，其匠人曰陶、皮、织、铁、木。国之族人分工，已有不事农业之才，此为邦国进步之状，应继续鼓励之。举五谷，兴六畜，国之基，不可废也。华夏以华为大族，又有异语民族加入，在这五湖四海宽广之地民众共享共存。政行天理，民行道德，医药从其机理，文字从其互用，律法从其严明。天佑华夏，国泰民安。

奉天授意 少昊帝

少昊让位后，游历南北。又十余年，病没于曲水之滨，得善终。

后代：重、该、穷奇、般、倍伐、昧、蟜极、穷申、瞽瞍。

纪念地：山东省曲阜市城南四公里，建有少昊陵。

第十一章　颛顼帝的故事

一、颛顼初登王位

颛顼，黄帝之孙，昌意之子。姓姬，名乾荒，别称黑帝、玄帝，字号高阳。颛顼帝升大位，统领天下。民众中盛传颛顼帝协助少昊治理巫人之乱，在王城与巫人斗法，大煞巫人锐气。至此，天下人皆知颛顼手段高强，文能统州镇朝廷，武能克巫人力士，全国上下为之宾服。

一日，大臣东土来见颛顼帝。两人在秋色的田园河畔散步，不时有树叶飘落。东土老臣说："大王近日很忙吧？"

颛顼说："是很忙，全靠朝中上下齐心，先王少昊禅让王位后，大小事情依旧例运作。只是我以前是侧面旁观，看见的事可说可不说都行，现在却不能推托了。老大臣您来找我什么事也？"东土说："一年有四季，您看秋天树叶在落了，人也有暮年，先大王少昊也退位了。我已辅佐三朝了，年事已高，也想退位回家，过百姓的生活了。"

颛顼挽留不住，问东土有什么要办的事情没有？

东土说："我单独求见，就是想把心里话和大王谈谈啊！"他接着说，"少昊帝在为政之时，对内仁爱为主，强势稍有不足，致下面有巫人之乱，望颛顼帝能从严号令，举国上下应照中枢颁布的律法行事也。"

颛顼同意老臣的意见，初领大王事后就加强了律法的统一，提高了律法的执行力，为此他将朝中官职做了改动。不再以鸟名做官职名称。

王任命宰相，管行政事务。

宰相下设相府，领中枢事，设：

司徒，管祭祀，教育。

司法，管律政，裁判。

司空，管土地，城市建设。

司寇，管民政，匪盗。

司事，管百业，促民兴业。

王任命大将军，下设将军府，设将军数员，分驻九州，将军下为校，校驻地为镇，校下为队，队下为伍。

颛顼还整理了州界，仍以山为界。州以下设都，都以下设镇，要求镇要设城壕、仓廪。镇以下设村或乡、屯、庄等。

颛顼帝强化了中枢的管理作用，简化了繁复的鸟称官职，强调了各级官员要严行职务，为官清廉勤政，向中枢负责。镇下各村乡等以民居、族群为制。

鼓励教塾，传习文字。抑巫兴医，讲究天道。至此政律顺达，民得以百业兴盛。

二、颛顼伏黄河水怪

黄河是华夏命脉之河。先人华胥族诞生在大河中游地区，得水利而耕种，才有华夏民族。然而这黄河也经常泛滥、危害民众。人常说"黄龙不羁"，既爱之，又恐之。黄河百曲，在一处叫黄水城的地方，从北转向东。这个地方春有流凌之灾，夏有天雨之洪水，秋有漫堤之汛。经常有洪水淹没田地，民众叫苦不迭。此处州镇官员为抗水患，非常辛苦。这年三季水灾，州官报到王城，颛顼帝为之震惊。召大臣午生等来议事。有州臣留辛向众人报了灾情。时为秋凉，正是做水利工程的好时候。

臣午生说："近几十年，由于土地开垦多以河畔山坡为主，水土流失渐多。天上大水一来，河床不能容下，漫过堤岸、伤人毁田。今年因水灾之流民更多，王城也能见到。"

颛顼帝问留辛，"这么多年没有做过水工吗？"留辛说："每年秋后至冬都搞一些，但巫人说河中有黄河水怪，每次水利工程都被水怪所破，河床今年向左、明年向右，经常滚动，让水工尽废。此地为巫师蛊惑，年年隆重拜黄河水怪，用去很多贡品和劳力，官民多了一层盘剥。"

颛顼帝说："我们看看去吧。"就带了午生等人轻车简从到了河曲处。见到河水黄浆一样波涛汹涌，卷食两岸。岸边有石头、柳树护坡，也一起吞入水中。帝从上游乘船让船工往来两次，在河曲下船，把大家聚在一起出主意。

颛顼帝说："巫师有何高见？找来听其说清缘由。"

于是州臣留辛差人将巫师找来。巫师乌丹子因为年年操作拜黄河水怪，有许多收入，养了不少徒弟。听说颛顼帝召见，忙领了弟子，驾高头大马车来到黄河边，被引荐给颛顼帝。帝问："巫师经历黄河水患几多？"乌丹子说："凡经年已超过十余次。"

帝又问"此水患有何缘由？"巫师说："此水别于南方清水，浊浊如汤，有黄水怪作祟也。"

"巫师可见黄水怪否？"帝问。

巫师说："道场铺陈，青烟升天，可唤来黄水怪也。"

帝令铺陈道场，巫师作法。乌丹子百呼千唤仍未见黄水怪。

帝问："黄水怪居何地？"

乌丹子说："居于河中。"

帝说："可派弟子呼唤之！"几个弟子驾船漂到河中，半个时辰不见回还。帝令乌丹子去催，乌丹子推说不识水性。

帝说："乌丹子可乘船去见黄水怪。"于是乌丹子乘了船，此一去再也没有敢回来复命，逃之夭夭了。

选天朗气清吉日，颛顼帝在当地的龙王庙拜过天神，为龙王焚烧了树叶，青烟袅袅升上天去，以此祈祷天神，为民建立信心。帝厉言，再有巫人散布"黄河水怪"谣言借机敛财的，处流刑充军，从此，妖言惑众者不敢明目张胆了。

留辛仍旧以"护"字为先，要广开河岸，让水在槽中流走。也有大臣提出再开一水渠让水多些出路。有臣提出水工献镇河石方法，可以搅动泥沙。颛顼帝一一听取大家的意见，问："这河水四季如何？"留辛说："冬天水潺潺如细流，漫漫数十支，河槽多为沉泥淤沙所填满，春、夏、秋又浩浩荡荡变成洪波连天状。"

颛顼帝又看了护岸，又看了山形水脉，王有所思，和大家说："这龙有龙脉，冬天枯水、泥沙尽淤，龙脉不通。如在冬天河道内沙洲中流挖一个水道，来年水流下来时，水在道中流走。免得大水一来，尽拍河岸了。在水曲弯转处投镇河石，顺流排之。水冲在石头上，搅动泥沙，不易留存。此两法，以导以镇，将水道疏通了。洪水东流入海就无忧了。"

开河道时帝与臣亲自担筐攒土，民为之感动。这样一来，冬天开河道于中流，

292

护两岸在槽口，又有巨石激水镇河，水患减少了。大家都说是颛顼帝镇住了水怪，变水患为水利了。

三、颛顼战共工之保王城之战

颛顼帝整顿政纲后，天下太平已经三年多了。由于采用新的技术，农牧业得到发展，百业得到兴旺，人口增加了许多。开始有新的城镇在民众集聚的地方出现了。人们的物质生活改善了，思想也活跃起来。朝廷推崇天神理念，以天道人道为正统。但是广布于华夏民众中的巫师、神汉、妖婆，经常被有野心的人利用，蛊惑民众作乱。有一年秋天，华中地方，中州之豫城有共工暴乱。

有一天，颛顼帝舍下，有宰相申平，大臣关川、午生、尚才、壬广、达风、俊訾，大将军焕雄，将军威勇、巨山、匡九等被急召议事。

宰相申平说："大王，近日有豫州、徐州，报告说有共工氏纠合巫人，以'中枢不明，妄传王位，苛政害民'为借口，每于秋冬起事，拦截官粮，抢夺百姓财产，民怨沸腾。近日共工网罗一些巫人神汉举旗造反，已攻下数镇，夺军械、官仓，已成大患，应予剿除！"

大将军焕雄说："大王，这个共工氏族原是炎帝属下一支大族，炎帝败降后共工氏族隐于中原，今有共工专事分裂活动，散布炎帝未死、居太虚幻境之传言，鼓动民众不满。石原一带有共工与巫人神汉聚集在一起，侵夺镇守，已有数万武装。州将军曾发兵围剿。都收效不大，现应起邦国大军予以剿灭！"

颛顼帝说："这个共工曾与我争过王位，没有成功，一直耿耿于怀，其野心昭昭，应发兵围剿。不知现在他们用什么战法，兵锋在何处？"

将军威勇说："这些人平时隐于氏族民间，以行巫神之事笼络民众，战时啸聚，一呼百应，且战且藏，极难剿灭。"

将军巨山说："近闻共工三股势力在华北石原、磔利和东岩三镇闹事。有探马得知，其口号为'三山磊石，二火炎天，改帝王号，共工柱天'。其隐语为复辟炎帝统治，立共工为大王，在三个带石字镇所起事，有聚而滋漫九州意图。"

石原、磔利和东岩三镇在黄河北岸，三镇各相距约五十里，呈品字排列，石原最大。

颛顼帝说："看来已是忍无可忍了，即日起先发王城之兵弹压之，同时要各州臣、州将军，调集民众三丁抽一组建马步军，各州要战车百辆，铁骑千乘，步

军从其召集数。一月内各州军队、旗帜都要整顿齐整，随时听调。"

有宰相申平说："既要发兵，可发昭告天下，名正言顺。再派一使，另发一诏，令共工止于当前，遣散暴民，教民耕产。言明法纪，刀斧之下，伤亡戮心。巫人还乡、还俗，不得妖言惑众。顺者不咎既往，逆者必惩王法。"

颛顼帝就舍下命臣关川作《围剿共工告天下诏》，臣午生作《令共工服法诏》。

颛顼帝说："传诏下去还有一段时间，王城焕雄将军率部要操练战阵，宰相要各地把城池修好，备共工军来犯。"

不多日，诏书在各州传下，《围剿共工告天下诏》，其文如下：

先黄帝荡平华夏四围而立中华，继帝少昊以龙凤之仁义秉政华夏，帝少昊年迈，依例规制，举颛顼帝就大位。已历三载，颛顼帝心性仁德，以先帝之规主王事。奖农耕，利饲养，促百业聚而互市于城池。州镇村民富足，将校列军伍备。民滋之以生，军严之以阵。近有狂妄之徒共工氏，原为炎帝属民，久怀不法之姿。曾妄争王位，举事不成，本应听天由命，然其逆天而为，暗笼络巫人神汉，罔称复辟炎帝制，共工为大王。其是妄言之偈语。三年以来，掠村害民，攻镇盗仓，私组军队，杀伐三镇，祸心满道，民怨沸腾。巫人神汉应平服民间，能应神鬼者，不应逆天率众闹事。民有病为疾苦，巫有术为去邪，不应泛称医者。黄帝已立医术，应遵行之。自黄帝后，巫者已不参与政事，昭昭明明，谁不信乎？天地之行日月，大道之运帝业。共工逆天必为天灭，颛顼帝发招兵之令，布天罗地网。各州见诏，高垒城池，立集队之旗，一月为期，三丁抽一，操练兵阵，一为自防，二为剿贼，听命令于中枢，不日克敌于战场。

颛顼帝诏告

快马将王令、诏书传到各州。颛顼帝派大臣午生去劝降共工。

不多日，午生转回，报颛顼帝说："大王，臣于五日前驱车去石原镇地方，见到了共工。一路见共工趁着秋收后民无所事事，让许多巫人神汉流窜于乡间村里，诱使民众入贼人队伍。贼众起处，民不聊生，氏族村屯告急。那日我到了石原镇，这共工氏已然以王者之姿对我，身边人已称共工为王了。传语者呼'共工大王，有华夏使者觐见'。我看到共工并不礼于我，就堂下站立。共工见诏令后，即读即毁之。投掷于地上说'既然颛顼行黄帝之道，我们行炎帝之道，还有什么好调

和的呢？'反倒劝我弃暗投明，重弹炎帝之曲直。我好言相劝，仍不回头，驱我离石原，饮食不供，我们就回来了。"

共工见到的诏令是《令共工降服诏》其文如下：

主贼共工，从贼妖众听令：

颛顼帝即升大位，无不以先黄帝规制行事。况颛顼封王，为合会华夏百族共举。有共工参其事，在王城公举时，颛顼胜出，始为国之王。共工为炎帝后人，故炎帝业绩不能佑民，已为黄帝时决为败政。黄帝放炎帝于神农山为民，此为天意也。今共工罔称复辟炎帝制，共工为大王，此逆天行道也。逆乎于天，必为天诛。妄为欺天害民，必为天戮民怨。天行五常，谁见逆水反火！人行五德，谁见恶成贼赢！主贼共工见诏偃旗息鼓，从贼见诏卸甲归田，王不记前仇，必放行人命。如主从贼众一意孤行，王师到日，必将惩狂妄之徒，斩杀贼众之首。试问：贼众谁不是父母所生，兵卒尽为黎民百姓之子。王不忍见百姓哭泪，告天神于九州。为民不致涂炭生灵，为国昌运万年，再劝令贼众回心，延宕时日必悔之不及。

颛顼帝诏令

第十一章 颛顼帝的故事

颛顼帝问乘车需要几日可到石原镇，午生说日行夜宿三日可到。帝急召大将军焕雄，宰相申平，问："城中有几万兵？"焕雄说："两万五千。这其中一万军为新征之军，不得大用。"颛顼向宰相申平问："城中有多少石米？"申平说："城中有五十万石米。"帝问："能食多少时间？"申平说："不足一月。"帝已心中有数。帝对申平和焕雄说："自黄帝统一中原后，军队已经十几年没有大战了。这次共工之战我们不可小视，你俩赶紧加强王城的防卫也。兵器马车，箭矢都要准备，以防共工偷袭。"和平日久，大家都不习惯备战了。申平和焕雄应诺，赶紧准备。并令从石原到王城的必经之路上的豫城加强城防，以防共工之军。

这边共工在石原周围已攻下三镇，士兵有四万多人，共工见到《令共工伏法诏》后，召集手下谋士、将军商议对策，有谋臣酉坡、戊力、辛左，将军丁三、乙辛、葵申一班人在共工王舍议事。

共工说："我们举先炎帝大旗，已经起事。现在华中这地方已经得到了民众的支持，集合了大军四万余众。下步怎么办，大家说说。"

有大谋士巫人酉坡说："我们这几年在下面煽动民众起事，今秋在大王共工的号召下已经打下了三镇的天下了。有兵将四万，成绩不小。下步，我们已经看到颛顼帝发两个诏书，其一是动员全国讨伐我们，其二是令我们散伙。据前一个诏文看，一月内颛顼将把全国动员起来，全国之军力三丁抽一将有百万，我们是敌不过的。但现在王城只有两三万军人，我们有四万众，应立刻向王城进军，打他们一个措手不及，擒到颛顼就大功告成了。到时候四围各州见王已被擒，就会倒戈听命于新王共工了。"

谋士巫人戊力说："我们虽有四万兵卒，但这些人都是在自己家乡的兵卒，怕拉不出去，军纪也不严明，队伍怕没有经过战阵训练打不赢，最好是巩固现有的地方，诱敌来战，胜券在握。"

谋士巫人辛左说："不然，我们坐等机会正中颛顼计谋。华夏四围骤起，杀来的时候就晚了。我们可伪造一张颛顼诏令，说颛顼大军来时，将杀戮所有参加起事的人。再将现在侵占的土地许给那些拿武器参战的人员，所掠的财物都给兵将。这样以杀戮相逼，许以利益相诱，不愁士兵军将不奋勇杀敌。"

将军丁三说："我们既已燃起大火，就烧它个满天通红也！大王发兵，三日可到王城，即可庆功了。捉到颛顼我们必立头功！"

将军乙辛说："我们以巫人巫术起事，现已复辟炎帝制度，拥共工为王，大旗一举、必无不克，请大王立即发兵吧！"

将军葵申说："发兵贵在神速，但准备也要一些时间啊！此去王城，中间有豫城是一州城，军力在两万众左右，守城将力昌为谋略之人，不可小看了。"

共工环视了大家一遍，见群情激动，也高兴起来说："大丈夫功成名就在此时也。昨日观天象，北斗七星明亮，唯有天枢星微弱，正应地上颛顼当让王位了。各位文臣武将大家一起起事，夺得三镇已立头功，一旦事成必有大赏。酉坡、戊力、辛左赶紧召集巫人造势。丁三、乙辛、葵申，赶紧整束军甲，练成阵势。我们三日后起兵，再三日达王城。酉坡设一坛，我们祭祀一下天神，鼓舞士气吧！"

次日，共工差人散布谣言，假颛顼诏令杀伐在即，假许好处于民。三镇之内民众沸腾，兵将人人激愤。第四天，共工命丁三为大将，乙辛、葵申为副将，酉坡、戊力、辛左为谋士，自领中军，向王城轩辕杀去。行军一日，先锋乙辛到了豫城。这豫城守将力昌和州臣辰光前日商议守城之策。城中有兵卒两万，正在动员另三万兵卒，还没有入队列。接到敌已犯境的报告。力昌说："以两万守军去抵挡四万人攻城怕城池不保。"力昌问计晨光。晨光说："城内两万兵为久练的精兵，抵挡数日没有问题，外围正在征招已来不及了。我想可差人去报告中枢，

第十一章 颛顼帝的故事

看上边意见，守还是弃城。再派副将多人去召各镇士兵共来守城。"力昌急召一臣去王城轩辕城通报，又派庚子丁、丙震、甲山三将去外三镇组织队伍，三日内率队伍驰援豫州城。

这边，共工大军已水漫豫州城四周，铁桶一样围住。豫城已做防备。共工军草创之师，又无攻城经验。见城墙高耸，以人撑杆不能打上城去。急做云梯，再攻又被城上投石，箭矢打倒一片。又用冲车攻门，门上以秫秸捆点火投下，车兵全伤，不能撞开城门。至此，城下共工兵卒死伤数千，只得停下。

第二天，豫城东门大开，有大将力昌率马队二百骑，举"力"字大旗，专讨敌将叫阵。这是晨光的计策，城上滚木礌石已经不多，为补充防城物品，由将军力昌列阵城门口找敌将厮杀，拖延时间。待外围兵到就可歼敌人了。于是力昌只带少数士兵，都是骑兵，冲到阵前。敌方本准备攻城，见有军队从城门杀出，忙放下云梯组织列队。等队伍排定，两方阵前各出战将。

力昌指对方前锋将丁三说："我们颛顼帝续王位本是天意，你们叛贼作乱，快快受降！"

贼将军为先锋大将丁三，在马上说道："华夏江山本是炎帝天下，今为黄帝所夺，又续两代。欺压民众，国运已终。你等应识天助大军在此，赶快献出城池，免你不死！"

说话间已举起紫铜狼牙大棒，驱马向力昌砸了过去。力昌使一个铁刺长矛，也拍马向前。以长矛拨开狼牙棒，回身就是挖心一刺，丁三闪身躲过，如此往来杀二十几回合，力昌突然向本阵败走，丁三拍马杀来，力昌副将指挥二百铁骑一并向前把丁三围住。贼军见主将被围，也驱数千军杀来。亟待接近，力昌军呼啸一声，退入城中。丁三拍马就要抢城门，被滚木礌石阻拦。

下午，共工军再去围攻城池，还是没有攻下。

晚上，共工召前军大将和谋士帐内议事。谋士辛左说："这力昌有谋有勇，我们一时不好攻下城池，损兵三四千了，我们如果绕开豫城，去攻王城轩辕城，也许效果更好。"

共工认为这个办法可行，就连夜驱大军去攻王城，这边只留葵申在四门佯攻。

第三日，守城军见敌人忽然稀少了，攻城也不卖力，紧急通知力昌。力昌一看，不知共工军怎么了。这时，外围镇军已率三万援兵杀了过来。力昌下城，冲开围城士兵，把援军接入。这时，城中已屯兵五万了，有探马报说共工大军已向王城轩辕城杀去了，力昌一边守城一边练兵，又派副将亥山去王城通报。只两天工夫，

297

贼众已将王城围住，共工又增加援兵两万。此时近五万贼众，将两万五千守军围在城里，颛顼也披甲胄准备决战。

这天晨烟正起时，共工士兵已开始攻城。颛顼军大将焕雄、申平登上城楼，只见贼军漫山遍野，旗号杂乱，离城远处山边有大帐旗幡，知是共工大营。敌人有云梯冲车，一波一波冲上来，被打退，又冲上来，又被打退。城上滚木礌石火把渐少，大将焕雄说："防城物质不能及时补充，突破一点全城尽输也"。颛顼见此情景，亲自城内扛木石到城上，众将士见此，个个争先，第一日反复六次攻城都被阻挡，双方各有伤亡，攻方死伤多一些。

晚上焕雄对颛顼说："可派一军夜袭敌之大营，让其不得安宁。王城坚守不破，等四方勤王之兵杀到，敌人自然被击溃了。"颛顼同意了，四门都派骑军突出，杀四方之敌，然后就杀出重围，传令各州急速来援。

夜半，共工军中突然有颛顼士兵杀来，其中一支军杀透前面许多营帐，直到共工帐前，砍翻守卫士兵，冲到共工帐内。这共工已抓一大刀在手，与三五个士兵力拼，杀散来敌，出到帐前。见敌骑已跑出营地，到外边去了。共工知道是颛顼帝求外围援兵。

第二天加紧攻城，到中午，城未破、人已疲乏。突然城门打开，一队车骑杀出。这是颛顼为延缓攻城，亲自列阵，专找共工厮杀。有兵卒传于共工，共工披挂上马，引兵布阵，迎敌颛顼。

两人对成阵势，颛顼骑一匹红色汗血宝马，头戴红缨铜盔，身着红铜叠瓦索甲，手中挥一柄铜刀，背雁翎雕弓，身后一杆大旗，书"颛顼"帝王龙旗。

这边共工头束红巾，上压一黄铜大环，身披重甲，手擎一条铁杆铜箍大棒，身背鹫翎花弓，骑一匹乌黑四蹄踏雪宝马，面如红炭，身后有一杆大旗，书"共工"符号。

颛顼帝说："前日有诏书给你，已说尽道理，还不早降，留你性命。"共工说："颛顼你不要自诩天授王权，实是你们伯伯暗道操作，使你上位。现在天神不在你处。有先炎帝神农大神，招天下雄兵。今你若识大体，赶紧投降，降下王旗就饶了你性命。不然人城具毁，悔之晚矣。"随后舞铁棒杀了过来。共工的铁棒以排山倒海之势打来，颛顼力举泰山、挥刀迎上，阵前杀了十余回合，不分胜负。两军呐喊，浪潮滚滚。这时从颛顼阵中飞出一骑，是大将军焕雄，接着要打。共工那边有丁三冲上来，接着两人又战了十几回合。突然丁三令旗一展，从旁杀来许多巫术士兵，右手以刀在空中飞舞，左手从背囊中取烟火之物，卷地杀来。

颛顼军一时迷眼，不知所措，只好败下阵来，回到城中关闭城门。

颛顼回到王舍，召集将臣问共工施什么妖术，将军巨山说："这是巫人用石粉顺风飞扬迷人眼睛。"颛顼帝说："火攻必借风势，明日看天象，云向北移，南城门要注意防火攻。"

果然第三天，共工军队三面围攻，独南侧借风放火，云梯下有弓箭手，以火箭乱射，云梯上士兵举火上烧。城上士兵借下面火种，以秸秆往下投，一时，城南烟火借风卷起。攻不得上，守不得打，这以火攻火是巨山之谋，等大火过后，城下士兵再攻上时，上面又有许多士兵滚木礌石砸下。两个时辰，攻城不得入。下午又一波攻城开始。正战斗之间，忽见从东方有大军杀到，是力昌援军到了。一阵冲杀，解了东门之围，扎营在东门外，做东城拱卫。力昌进城见到颛顼帝。颛顼好生称赞，问带了多少兵力，力昌说，有两万众。当晚又有援军从北、南方杀到，各两万军，西边围城军也已退去。颛顼召大臣、将军议事，大将焕雄说："大军已齐八九万人了，应立即反击共工，不等贼众归巢就击溃他们，擒贼首共工。"大家都赞成。

颛顼说："我也是这个意思，轩辕城围困已解，兵将已到位，应立即反击。反攻序列可做一下安排。"

大将焕雄说："以力昌军为先锋，杀回豫城，解豫城之围，并出城突击贼军，迟滞他们的行动。南门军士改南路军，由将军匡九率两万军由南绕行到豫城会合，北门军改北路军由巨山率领两万军，由北绕行到豫城会合。中路由我为主将，威勇为副将，领两万军，直取城下敌军，目标是擒共工贼首、击溃贼军。"

颛顼帝说："这样布阵，我完全同意。各路人马要奋勇进攻，争取在豫城战胜贼军。"并叮嘱力昌先锋接敌，不宜恋战，到豫城固守城桓，大军到时再杀贼众。

第二天，力昌精锐之师返身杀向共工队伍，此时共工正与谋士将军谋划下次行动，突然有一军杀到，仓促迎战，这一批军队只是冲开大路奔豫城去了。

谋士辛左说："这批颛顼军最为彪悍，领军大将是力昌有勇有谋，此役冲出围城，是想要回到豫城，而断我后路也，大王应速回军，绕豫城回石原地方。"

共工说："这个豫城，力昌可守，我们也可守，作为我们的城池用，但怎么攻下这个城要想点办法。上次攻城，我们不熟悉攻城的战法，四处发力，四处放火，借前次战法，这回要设计谋之。"于是做了布置。

这力昌军多次败敌，回到城中都很高兴，在城中专等出城杀敌，对防城已不重视。有探马报说：有共工军队正绕城而逃，想是要回华北石原去。力昌组织两

路人马出南北城门，劫杀共工军，杀得正酣时突然豫城中火起，有共工大军杀入城中，奇袭城池。力昌欲复夺城池，四方有共工军合围，只杀得力昌军尸横遍野了。力昌损失两万军，引一败军回到颛顼王城外，驻下军队去见颛顼帝，颛顼帝并未深责，只是让力昌率军卒好好休整。这时共工军也得了补充，在豫城中集结了六万大军。共工在城中掠夺民众财产，有民众逃出城去，四野都有百姓饥寒交迫。时节已到深秋。

颛顼帝又有三个州，勤王之师到来，大军已达十二万众，留三万守城，九万大军一起起动。南北两路先行，中路由焕雄为大将，威勇为先锋，力昌为副将，杀向豫城。颛顼帝也亲自在中军督战。

共工得一州城，叮嘱士兵做好防敌准备，但共工兵是以抢掠财产为召集口号，斗志不强，又受轩辕城一败影响，士气低落。谋士夜巡时听到士兵有怨言，回来和共工说。共工以为攻下这一州城，成为基础，再发动巫人四处宣扬。激起周围州镇，民心动荡，只要坚守时日必能让四周蜂起。共工对谋士说："大家都发动起来，一起坚守，得天时有变，就可战胜颛顼了。"

又过三日，颛顼大军杀到，围住豫城。

第一日大军攻城，一日三攻不入。晚上，颛顼到大将帐中召集将臣议事。力昌献上攻城的计策。以车上竖立云梯，梯上人平城墙，平推战车，战士跃上城去进行攻城。这边赶紧造车。

那边共工有将士献上风车计谋，但凡有攻城就以四门轻骑杀出，南门向西，西门向北，北门向东，东门又向南，如风车叶子一般以干扰攻城。

第三天上午攻城车已备好，兵士推车，冲向城墙，上有士兵已准备冲城。车推到墙边，正待车梯上人接近城头时，城门忽然大开，有马兵杀出，攻城人未防备，被砍杀了不少，攻城车也被烧毁。这些人砍杀一阵后，向另一门冲去。另一门也有一军队杀出，绕城截杀。如此，许多攻城车都被破坏。太阳已近中午时分，力昌找到大将焕雄说："今日不破此城，我将头身粉碎也在所不惜！"要身先士卒攻城，焕雄见其意已决，也就答应了。安排每个城门用人攻打，不许停顿。其中用三个攻城车一并冲上去，其两侧支援中间一辆，掩护力昌冲城。进攻的时候大将焕雄也披挂上马来到军前鼓舞士气。这力昌一手持盾、一手舞刀，在攻城车靠近城墙时，城上士兵以长刺、火把、礌石、飞箭，打的打、烧的烧、刺的刺、射的射，真是锋刃齐出，刀枪烟火并举。这边，攻城车上士兵用石头、箭支相迎，还不等车梯子靠上城墙，力昌身边已有士兵被击中，数人跌了下去，还有三步远

近，力昌大吼一声，飞身跳到城上，在城墙上边挥刀就砍。前面几个士兵被砍倒后，后边见有如此神勇的人纷纷退去。攻城士兵见力昌将军已上城，也纷纷登上城去。这一队人就在城上攻到城楼，打开城门，大军杀入城中。其他城门也相继攻下。城中乱战，有一队共工人马，拥着共工向东门杀出。焕雄大将在城中迎接颛顼帝，并大赞力昌，不避箭矢，带队攻下豫城的壮举。颛顼帝给力昌一番称赞，安排力昌随王听用，州将军由其他人担当。在城中，颛顼看到百姓房子被破坏，双方士兵死伤极多，心情非常不好，是继续追剿，还是停下来，犹豫不决。

四、颛顼战共工之石原之战

大将焕雄说："大王，共工已向石原一带败去，我们应该立即追袭他们，让其不得立足休整！"

颛顼说："这共工甚可恶，剿除是早晚的事，我是想让士兵和百姓休养一下，再进兵不迟。"

大臣关川说："现在正是秋凉，百姓已收了庄稼，正是征战的好时机。共工新败，正好清剿！"

颛顼说："好吧。现在集中在豫城的有六万军，再从近处州镇召集四万军，以十万兵进剿。以荡平石原三镇，擒杀共工为征战目标。大家努力为之也！"由此，三路大军并相临州镇兴兵去清剿共工的老巢石原、砅利和东岩。

休整三日，大军自豫城出发，左路三万军由威勇为将军，午干副将，达风为军师，发往砅利镇。右路军三万，匡九为将，韦力为副将，军师丹风发往东岩镇。中路军由焕雄为主将，力昌为先锋副将，巨山为压阵副将，军师为壬才，四万大军发往石原镇。帝王颛顼在中军随军督战。命三路人马三日内到达敌巢，围而歼之。

这边，共工退回老巢与谋士将军研究对策，谋士戌力说："大王此番已攻到王城深处，只差天时不济，没有最终攻下城池，但我们已经攻下过豫城，虽然得而又失，这些行动已震动华夏。我们的士兵死伤一些，可激起更大的怒火。现在兵将有三万余人，再发动巫人造势五、七日再发动五六万士卒也可为之。到时候颛顼军来，我们也可胜他一筹。"

大将丁三说："这石原镇地方，三镇之地无大城可守，颛顼军不几日就会来了，我们怎么办？"

谋士酉坡说："三镇虽然无大城可守，然而这里离敌人大州徐城还远一些。

不利他们进剿我们。这里山川密布，不利大军施展。这里民风凶悍，方便巫人鼓动，很容易发动起来，我们可利用这些山川运兵藏将。随时化民为兵，再化兵为民，拖他时间，敌人必败也。"

共工说："大家说得极是，我们既已燃起反颛顼战火，绝不轻言放弃。而且从卒可隐退，我们这些人都不可隐退也，大家一起奋斗下去，必成大事！"

忽有探马报告，有三路大军杀来，约三日到石原镇。

共工说："那我们就以本地军民先行袭扰他们，找机会杀伤他们。他三路大军来，我们三路挡之，也没那么多军马。这次我意，先灭他一路，左路敌兵有三万，我们现有六万。各分一万抵抗中路和右路，分四万打他左路，必求杀散之。另两路阻其前进就是目的，适合的时候伤之。"

共工自领四万军，立即行动起来，埋伏在左路军经过的路上，这石原镇并非平地，只是建镇的地方稍微平坦，其余的都是山岭河川之地，大队人马调动不易。颛顼左路军将军是威勇，催促大军快速前行，忽然有小股共工军兵从山林中杀出，焚火毁物、杀伤士兵。待队伍整肃起来反击时，这些人又隐于山林中。大队人马时进时停，三日路程，还有两日行程。第二日行军道路异常难行，路中被放置石头、树木，路被破坏得坑坑洼洼。天又降秋雨，时阴时晴。大队前进异常困难，有士兵因劳累而丧命于路上。晚间营帐忽有敌兵来袭，使火仗刀，就在帐上放火，一时多处火起，有士兵被砍伤。等救下大火，敌兵已遁去。后夜又复来，兵将非常疲惫。三日行军，只达到计划的一半路程，大将威勇十分心烦，催队伍快行。突然有敌从两侧山岭中杀出，正是共工的主力军队，就高处将滚木礌石砸下。又有火把纵火，一时车上起火，阻塞道路，车兵马队都不得施展。而共工兵都是轻装衣甲，徒步翻岭。共工军一番冲杀，从午间到晚上，威勇三万军仅剩一万残兵，且离硃利镇还有一日路程，因此也不敢前进了。威勇军就找一低山的地方建起营寨，急派遣探马报告中军大营。

不想中军和右军也是一路被袭扰，行动迟缓。三日为期的路程，三日只到一半。阴雨中，中路大军接到左路军被歼大部，大队已不能前行了，急告大王颛顼。颛顼见焕雄急来，知道战况不好，问怎么回事。焕雄说我们兵分三路都被袭扰，兵车军马在山岭间很难行动，共工军以轻装步军，攀山越岭，袭击后就跑。现在左军被困于狭窄路中，半日苦战，已有七成士兵死伤，这一路只好暂停前进了。

颛顼问计于群臣，大家默不作声。有力昌说："可就地分军两部，一部轻装前行。另一部押车仗后行，前面不以修路为要，只是前仆后继的进击，只要到了石原镇，我们围了他的城池就好办了。"颛顼说："也只能这样，再按部就班行军损失更大。"命中路军、右路军都轻装进发。于是大将焕雄安排力昌先锋军快速前进，不计物品损失，只要向前冲。其余步步为营，防敌人偷袭。

第四天，力昌率兵轻装急进，已到了石原镇。这时共工大军正从左路军厮杀后返回。力昌对将士们说："王养兵千日就为此一战，建功立业的时候到了！"力昌率大军冲杀过去，共工军没有料到返回途中被劫杀，许多士卒被砍死。杀了一阵，力昌军止住，返回到石原城外五里驻扎，接大军来石原，共工一伙人退入石原城去。

右路军也奋力杀到了东岩镇城下。颛顼帝命两万军围城，调一万军到石原。

这石原城是一普通城镇，防守并无高墙深沟，只是共工军守将葵申有计谋。

第二天大军把城围住，城内约有三万余贼军，城外有五万多官军。大将焕雄命中路军攻城西和南，右路军攻东和北。士兵近城边，看到城墙虽只有两丈多高，但城头已经布满鹿砦阵头，以大树枝杈向城外伸出，军士云梯不能贴上。力昌见了，告诉军士举火烧之。然而火起时攻城人也不得上，火停了又有新柴架起。一日攻城不得入，大家急躁起来，力昌这时看石原城门不很牢固，城楼也不大，就造了一辆冲门车。这车为两辆兵车改制，上架一巨大圆木。士兵一起向前推冲，力量极大。

第三天，力昌率军在西门摆开阵势，以冲门车三撞而城门破裂，力昌奋起抢城，率军士杀入。城上士兵放箭，投石。力昌冒着箭雨飞石杀入城中。城中士兵已很少，且战且退。共工一路军自东门杀出，奔砾利镇而去。大军入城，晚间突然四门火起，街道处处有火，入城五万军有三万军跑出，其他人都在火中丧命。

这时，颛顼帝在城外大营见城中火起，感到不祥，过一时辰，大将焕雄来报说："中了空城放火的计策，有两万军没了。"好在又有两支州军来此增援，加在一起也有八万之众。敌人经这一战也损伤万余人。共工有五万在砾利镇，有一万在东岩镇。两城间有一日路程，路况不好，不利于大队人马行动。石原镇已废了。

颛顼帝急召众臣将于帐下议事。

大臣申平说："出发来石原已有十日，夺敌一城，杀敌有三万余，我们二路大军和两州援军却都已到了，我们有四万军损失了。现在有八万大军，下一步行动，定要谨慎也。"

大将焕雄说："现在敌人在东岩、砾利两镇，砾利共工领军五万，东岩乙辛领军一万。我们有八万军马，分兵还是攻一个城池好呢？"

将军说:"这地方两个小城镇,大军一到很快瓦解,可分兵战之。"

大臣达风说:"这两个地方进军不易,大队攻城也不得施展,我们左路被劫杀就是共工设埋伏,等我们路过时害了兵将。我们也可这样办,先攻一城,在路上设伏,等敌来援时截杀他们。"

颛顼帝在沙盘上筹划,最后决定以右路军留下,再拨给两万军,共三万军就埋伏在东岩镇到砾利镇必经路上准备打援。其他大军急速进兵包围砾利镇。颛顼告诉各将军,行军驻地必须防火防袭,大军休息必令一军戒备,增加哨探、了解敌情。

这边共工军队赢了一阵,火烧一城,灭敌数万众,虽放弃一城,但士气高涨。又差巫人四处造势招兵,一时在砾利镇周围集了六万兵马。共工召集谋士将军,在砾利镇外二十里设立大寨,召将臣帐里议事。

有谋士酉坡说:"颛顼军不下十万,我们有六万众,看是多寡明显,胜利不在我方。而从天时看,秋日已深,正利于我们聚集力量,打击颛顼军。从地利看,他虽兵卒众多,但这里山川之地,兵阵不得施展。我们则是家乡所在,地理熟悉,更好用兵。我们巫人起事已在发动中,兵源、粮草不是问题。抗颛顼军只要拖延时间,他们战斗力下降,我们再分而击之。"

大将丁三说:"大势如是说,我们有天时、地利、人和。但目前官军攻来,两个城都不是久守之地。最好在敌行军时歼之,如果城一被围,我们就不好施展了。"

有谋士戊力说:"计分上中下,易分八卦。今我们在砾利、东岩守城,不是长远。应该向一州城进发,再拿下一州城,震动必大。我意发展方向,西为官军大本营不宜取之。东为海宇不能伸张。南有百越苗蛮,但臣服中原多年了,不会起事响应。向北则不同,那里一直开化迟缓,经常到华族地界侵扰,几乎年年有冲突。虽无大战,但与华夏积怨已久。我们向北发展,造成内有天时、地利、人和,外有强援,利于长期战事。"

这一席话,跃出大家主意,不只看眼前利害,且顾及长远,不得不服。

共工说:"将臣所言极有远见。现在我们就这样谋划一下,在目前杀伤敌兵、耗敌军资是主要的。这两个城早晚为官军夺取。此去两千里有兖城,为一州城。那里北接雍幽之地,离北漠较近,巫人基础也比较好。就差戊力招一批巫人到兖城去,浸润到农村乡里、城中百业、市民宣传复辟,等大军到时揭竿而起。"

共工安排,将军乙辛守城多置滚木、礌石、箭支、柴草守城。一面差人速去东岩城告诉葵申能守则守,守五日为限。到期弃城速向兖州城进军,不要援助砾

利镇。葵申已知其谋，在城内虚张声势说："颛顼破城，会屠杀百姓。"让大家奔兖州谋生，就将民房尽毁做防城物品。

共工大军选在兖城方向，离砵利二十里设阻兵大寨，只等颛顼帝军队到。

这边颛顼军三万，在两镇之间设伏，其余五万众一齐围砵利镇来。城已围定，正要攻城，有共工士兵从北杀来。城内也有一支军杀出，围城之兵被杀伤许多。至晚共工军方撤去，第二日再战攻城，又有外军杀来，城不得破。第三天颛顼军已知道城外有军营，与城内成掎角之势、相互策应。随改变策略，以一军攻大营，阻挡其来援助砵利城。大军攻城急迫。此城墙不高，只是阵头多为鹿砦很难接近，接近就有士兵放火阻攻城，城上一人可敌城下百人。整日厮杀，接连两日。又以冲门车战之都不得入。

第五日有伏击军士来报，东岩城共工军已经驱百姓出城，军行方向不明确。颛顼急调伏路军去围城，城已空了。

军将疑惑，这军队又不援助砵利城，不战自溃了吗？第五日，颛顼大军攻砵利城。共工那边，大军反杀过来，本以为颛顼军攻城不备，反被颛顼军砍杀，许多贼军被砍杀在城外。这时城中贼军冲出，直向北而去。等颛顼大军整顿军队杀过去，那边且战且退。原来共工大营已无重兵了，抢得空城、空营两处。至此，石原三镇尽为颛顼军夺回。

五、颛顼战共工之土门庄之战

颛顼见共工已向北败走，急忙召集臣将在大帐议事。

达风说："大王，这次石原之战，我们夺了三座城池，又砍杀共工军四万余，挫灭了贼军的锐气，我军虽死伤五万多人，但我们有援军得以补充，已聚齐二十万大军了。我们正义之师必克敌制胜，共工已不会嚣张几日了。"

颛顼不悦，说："贼死四万，我死五万，这也是大亏了，何来制胜！"

臣壬广说："大王，这次石原之战，敌守城五日，主动弃城而北逃，我看是奔兖城方向了。那个地方州城在近海，北通雍幽，他们是想借北方蛮族的力量与我们抗衡。应急起大军将其歼灭。"

臣尚才说："大王，贼已向北退去五日之久，视之为穷寇远逃可能未必。我看共工军这是一个谋略之策。我们已经攻占的石原三镇城池都很小，不易守住。他们已经知道此事，特选一可守可防之城远遁。此地有三个方向可去，向北有雍州，向南有荆州，向东有兖州。这兖州最远，距此有两千里之遥，那里的人信巫术者众，又离北地蛮族近。兖城东为大海，虽不能再进，却也不会有东来的官军。因此我们应快马驰报各州镇严加防守，特别是雍、兖、荆、青、徐这几个州，并在华夏普遍行祭天大法，决不许巫人参政蛊惑民众。"

颛顼点头，问尚才："最近可有使者从北漠来？"尚才说："未见。""谋出多疑，应天地人三利而设也。共工非愚鲁蛮干之辈，近远之谋强也。"颛顼说。

大将焕雄说："我们前两次都是采用三军并进之法，这次贼是两路逃脱，但方向初定雍、兖，从此地再去十日程，有一地称土门庄的地方，是雍州属地一镇，可遣一军飞速到此，迟滞共工军，我们大军随后杀到，不求全歼，只取其半或十成有三也可。"

颛顼帝说："这共工贼人果然深谋，向东向北都不明确，先做万全之策也。"命快马、驿站军士即刻上路，通知各州严加防备，备军勿动。待敌人明确去向时再发兵伐贼。同时让各州严防巫人做蛊惑之事。大军明日起，前军由大将焕雄，副将力昌、威勇，监军午生，领五万军速向土门庄进军。中军大将巨山，副将尚申、恒木，监军达风，后日起领五万军，继续向土门庄前进。后军由匡九为大将，岩尖，东平为副将，午进为监军，三日后跟进。此战目标，在土门庄一带，歼敌大半，再图良策。并让申平带得力大臣去北方各族游说，让他们按兵勿动，不得支援共工。东夷各部加急军备，防共工流窜到北漠。

离石原向东北有土门庄，此地向北为雍州，向东为兖州。是南北东西互市的重镇，但久未有大战，城池并不坚固，四围多平川之地。守将为白山，镇臣是朋大。只有五千驻军，近日因邦国有招兵命令，已扩军万余，正操练，准备听调动。见诏书两道，已知有巫人闹事了。

这日，白山与朋大议事时，白山说："近来听人传说有巫人在乡间市井传巫术蛊惑人心，我们要提防啊。前些日听说千里外石原镇一带，官军与贼众厮杀，还不知其结果如何。"朋大说："民众里有巫人谣传，'三山磊石，二火炎天，改帝王号，共工同圆'，隐含复辟意图。确有巫人从西来，以卦术占卜笼络人，人心处惶惶状态。"白山说："趁此秋凉之时，我们把城门都修修吧，以防不测。"

镇臣朋大同意了，并催秋粮早入仓廪，以备军事。忽一日，有驿站快马来报，接报时军士气喘呼呼，告诉白山将军大事不好，有共工贼军离此只半日路程了。看到了来报，知大军在共工后面追杀着。白山也想立功，又不知共工有多少军，急与朋大及将佐商量。白山说："共工军还有半日，我们有万军挡之。挡不住也

要遵王命一战了。我率两千军前出扰敌，挫他锐气。城内速备防城物品。阻拦他一日是一日也。"于是白山率两千军，在离城二十里处，截断大路，以石木塞路，挖毁路面。刚过一个时辰，有探军说敌人到了。只见来军旗帜不整，只是疾行，见石木塞路，就要过来时，白山骑五花战马立在路中。共工军问："前面是土门庄吗？"白山说："正是！"那军人说："我们是共工前锋大军，赶快撤去路障，不然大军到时你身首异处，悔之晚矣！"这边白山见其气焰这样嚣张，挺大刀就率军杀了过去。这一伙军兵已数日奔走，人已疲乏不堪，被官军一冲，死伤数十人，向后败去。后面大军听到前军被劫杀，忙整顿队伍，准备杀过去。这一停顿，队伍大乱，大家都在疾驰中突然停步，反倒一片混乱了。等传到共工车前时，已半日时间。

有前锋大将冲了过来，也不答话，这是共工大将葵申，骑一青花马舞动百斤混铁大棍，就来战白山。两人打了十余回合，白山败走，葵申也不追赶，叫士兵赶快除去路障。这一截一冲，再加路障，折了共工军一日路程。白山回城中告士兵虚张旗帜，并于城外远处路上布置兵士往来。

贼军有探马回去告诉葵申，葵申知对方有准备，不敢轻进，行军速度就慢了。后边，共工传来命令："前敌无大军，快攻城池。"葵申再去围城，又拖延半日。他看到远处似有军士往来，城中旗帜又多，不敢轻动，等共工到时，又是半日。

共工大将丁山看这座小城不是很大，墙不是很高，但远征之军缺少攻城物品，叫军士快做云梯冲车，再备器物，又浪费一日。如此已耗了三日。

第四日，攻城甚急，每一面有一万人之数，城内只有一万军。共工大将丁三已看出城中士兵不多，催将士攻城。城内白山军士久未见战场，等敌人的云梯攀城时不知所措。白山只得身先士卒，远用箭射，近用石头，用火烧云梯，半日二攻。守军方得要领，守城重在守梯子防门，不让他梯子安稳，敌人自然上不来。门口冲车以火烧之，每于冲车近了，以大捆草木塞于门道中，冲车也被火燃烧了。这一日，由于城上火柴甚多，四周围敌不得入。

第五日，城中守城的东西已经不多了。白山决意到城下冲杀，延迟敌人的进攻。这日，敌军正安排攻城时，突然西门有一支军队杀出，只绕城砍杀军士，由东门返入城中。

葵申见将士辛苦，让士兵休息。共工看了大怒，命立即攻城。葵申冲到云梯下，将三个梯子一并排起，自在中间，两边也有卒举盾，他单手挺一大刺枪，只三五步就跃上半城，上边有石头砸下，葵申两边军士均被砸中跌落，他以一支单

第十一章　颛顼帝的故事

枪奋力跃上城墙。见兵就挑，见兵就刺，一时城上乱了。又有几个军士跃上城来。白山见状急呼："有人抢城！"奋力迎上去，两人就在城墙上大战。无奈葵申军士多已上墙，白山只得且战且退，从南门引军逃向城外。共工大军冲入城中，赶紧设灶台吃饭，但城中粮食很少，军士都吃不饱。葵申对共工说："我们已在这里五日了，大军不易停留，向前速走也。"共工传令，以葵申军在城内休整设防，其他军穿城去前方宿营。两万大军通过后，后面有军杀到。

力昌领五千先头队伍，快马加鞭，平时十日路程，只六日就赶到了土门庄。见城已失了，就立即向共工军杀来，共工军大乱。此时共工有四万多军队还没有过土门庄。见敌军来，葵申只好闭了城门，锁了交通。共工后军只好绕城而行，速度明显慢了。力昌又汇合白山败军得万人，两队加一起有一万五千人。力昌知道要拦住敌军，还是要夺回土门庄。城内有共工军士约两万人，攻城非四万人不可，这怎么办呢？力昌说："晚上潜行攻城。"后半夜时，无月之夜，黑得伸手不见五指，选西门，以长竿推人上去，垂下长绳梯，士兵潜入，打开城门，大军杀入。葵申士兵正在梦中，有军杀到，急忙应战，被杀伤很多。葵申衣甲不整，上得马来，刚要策马逃跑，被白山一刀砍翻。兵士见主将已亡，纷纷投降，无心恋战。天到平明时，城已为白山力昌军所获。共工已走去半日路程，有探马报说土门庄失了。共工要回头救城。大将丁三拦住说："大王的目标是到兖州，不要停留，我策马回去，只让路过的军士佯装攻城，把城中军拦住，我军绕城奔走，只要三日，大军都可救出。"共工同意丁三意见，就催大军继续向兖州方向前进了。

这丁三引来十几骑，回土门庄城下，树大将军旗，城上二将接报也吓了一跳，丁三就城下截住五千军，就于城下四门围定，假装准备攻城，大军则从城边绕行。只一日，又有两万军通过了。等到白山、力昌二将知道他们的意图时，赶紧催兵截杀。丁三军奋力迎战，终敌不过城中的军队，只得向东退去。丁三这一战救了三万余兵。白山、力昌截断北去大路。后边大军杀到，可怜共工数万被迷惑军士惨死在大道上。巫术非但不能救命，反成了催命符。

六、颛顼战共工之山岳城之战

帝颛顼进入土门庄城中，听到城池失而复得和阻敌六日的事大为赞许，就升白山为将军，随大军调动。大将焕雄要催军再进，帝不忍杀戮太重，也为将士六日急进过于疲劳，就在土门庄休整了两日。

第十一章 颛顼帝的故事

帝召集臣将议事，已知道了共工军确实方向。共工约五万军向兖州去了。臣关川是兖州人，说："兖州那边距离此处有十日路程，千里之遥，民风憨厚，但巫人在乡间街市很多。去兖州道中有山岳城，物产丰饶，有将军俊尧，州官才秋领之。已通消息。原有万余兵马，又招三万多兵士，城中有四万余人，共工从石原三镇驱来七八万人，在土门庄被劫杀一部分，尚有五万人向兖州城进发，加上裹挟的民众充军，现在大约在八九万人之多，兖城怕很难守住也！"

又有大臣壬广说："我们十五万军，真正接敌的不过两万军，贼已经退去兖城方向了，应即刻追击，不能让他们得到喘息的机会。"

大将焕雄说："大王，敌人已远去约三日路程了，我们前军也已疲惫，今以右军补充前军，左路军转后军，立刻发兵，此去兖州城有两条路，一南一北两路在山岳城相遇，相去约五日路程，南路平坦，北路崎岖，贼军可能是尽走南路。"

颛顼帝说："时序到了秋末，天气渐凉了，兵士行军都很困难，但为国家计，也只得让士兵吃苦了。共工携数万人东逃，在前方山岳城必有一战，按照大将焕雄安排，右军改前军日夜奔袭，务求在山岳城歼敌贼。中军跟进，后军留一万军在土门庄肃清残贼，弹压地方，防死灰复燃。"

前军大将匡九、副将末力、军师尚才立即驱兵，沿南路杀了过去。路途之上，共工军经过时已将路破坏，水井填平，军士行军非常困难。并且在险要处常有共工军小股骑兵袭扰。安营时也有贼军放火，所以进展不快。

共工军这边也是仓促前进。晚秋时节，士兵在饥寒阴冷中行军。约五日，前军已到了山岳城下，这城以一小山为基础，在山崖之上修了不少石砌的城墙，南北来的两条路，就在城前交合。不打下这一座城，大军无法通过。前军已将山岳城围住，共工命令立即攻城。将军乙辛催促士兵攻城，看到只有东西两个可通军车的门，南北只是山间小径，军马通过困难。乙辛派军绕城到东门，从东西两侧攻城，又急造云梯冲车。一日四攻而不入。城中将军俊尧和大臣才秋已抗敌一日，城中四万士兵分四面迎战。有探马说大将军焕雄已有消息到了，大军五日就能打到城下。让大家努力守城，俊尧也在城上四处奔走，每于敌人攻城，不避箭矢，投石击敌。

第二日，共工大将丁三亲自督战，认为攻击重点应在西门。就以焚火车载许多干草树枝，加麻油推到城门口。以火种点燃，这车由后面的士兵推入城门洞里，烈火嘭嘭作响，呼呼上窜，不多时，城门已烧毁。敌楼也着了起来，大火熄了。丁三命士兵浸湿衣服，不避热浪，也要夺门。城中见敌以火焚烧之法攻城门。担水救火也来不及了。俊尧让士兵以火止火，就在城门内准备了许多柴草，当攻城军冲进来时，城门又是一片火海，冲进火海的将士即刻葬于大火之中。敌军刚一退去，城内用木石把城门封住了，丁三无计可施。这时有乙辛进说士兵中有匠人称可在城南或北架设马道，以木石铺成，可助大军冲上城去，夺他城池。丁三问修马道要多少时间，乙辛说要两天备料，攻城时一瞬间垒成道路，人马一拥而上即可攻入。于是佯攻两日，使城内军士不得闲，匠人这边组织军士备马道材料。两日后夜间，料已备齐，一声军令启动，由山上有木石飞下，填在城与山之间，上铺大木，人可跑步入城。城上见有敌士兵在城南运木石，报到俊尧处。俊尧知南门地理，门外只有山路，并不急迫，命士兵再探。再探兵去时，马道已平城墙，再报俊尧处，即命火烧之，已来不及了。城外士兵自马道跑步上城，已有数千人涌入。早间大家正在造饭，不料南门已破，打开四门，贼兵冲入，一顿厮杀。城内四万军，仅俊尧带万余军士自北门跑入山中。

共工大军在这里延时四天，第五天鱼贯穿城而去，六万军全数通过。第六日晨，颛顼先锋军到，为时已晚了，传消息给中军，焕雄说："急进！"匡九不敢怠慢，催促军队即时追袭共工军，两军有一日路程距离。共工在军中，已知颛顼军必在后面追来，为给自己争取时间，他召丁三在马上二人商议。找一山岭处设一伏击地域，阻止颛顼军，只要有三五日也好，于是在前方有林木处伏下两万军，战线拉长十里。又在一处一面为山、一面为水的地方伏军五千，大军拖拖拉拉向兖城去，这时，后面追兵只有半日路程了。

大将焕雄在马上甚是着急，敌人已通过山岳城，再不追上恐怕就要到兖州城了，那时贼军再发动巫人蛊惑，更难剿除了。急引数百骑追赶先头队伍。正行间，见一处山林有许多士兵在林边歇脚，焕雄大喊："马不停蹄，快些赶路。"话音未落，见士兵从林中跑出，身后有贼军追杀。知是中计了，勒住马头，犹豫之间有共工大将乙辛杀出，当头一棒打焕雄于马下，立时命丧。其他军士仓促间与共工军拼杀，车仗也被烧着了。一时，颛顼大军长长队伍冲天火起。后路军见前方火起，要上前救火，有林木塞道，木上着火，不得近前。可怜三万军卒，包括大将焕雄，死伤塞路。前锋军匡九在山路狭窄路上被截住，前不能进。左有山，右有水，后有起火的车仗，大喊徒步上山，有百名军士弃马上山去自救，后面军已无法前行。

乙辛军偷袭得手，分兵向东追赶大队，并每于要紧处设疑兵，迫使颛顼军不敢轻骑大进。

七、颛顼战共工之复仇之战

颛顼听到消息时为时已晚，急催军前行。在十里长路上，到处是人尸马革，兵车尽碎。见焕雄，死于乱军之中，异常悲痛，就草草葬之。

在一空旷处停下马车召将臣议事，报说匡九回来了，见到颛顼，抽刀就要自刎，被大家劝住。

颛顼帝说："轻敌冒进，上下都有责任，其责任在我，天数应当此也。中军大将已没，由我担任。三万军将之冤魂惨烈，此仇必报！"把口中牙紧紧咬住，片刻才继续说，"此去兖城已无城市阻隔了，我们面前有三条路可走，中为大路，南北各有小路，共工军必从中路疾走，我们军马车仗已赶不上他。我意派两员猛将，只带千人队伍，轻装由两侧小路，日夜不停飞驰。兖州五日程，争取三日到。兖州城有六万军已经整肃好了。传我命令，在兖城西二十里处竖立寨子，迎头阻击共工军。大军随后赶到，必在兖州城外歼灭共工军。传下口号，'天地同仇，杀灭共工'。"有将巨山和匡九愿为急先锋，去兖城传催军令。颛顼临行嘱咐，慎行潜涉。如到城中，不必回信；如不到城中必须回复。大军休整三日后启动。

共工军知官军有五天才能赶到，一路行军有了秩序，离兖城还有一日路程，约百十里地。有先行运动民众的巫人组织士兵加入，队伍迅速扩充。一时集了十万余人了，虽然刀戈不齐，但农具都可充当。

正行间，前方已可看到村舍渐多，离城不远了，队伍突然停下，有军士报告说前方路狭窄的地方有新立大寨，把路截了。号称匡九和巨山的两员大将在寨前列阵。二将都在前两天到了兖城阻路，传颛顼帝命令，守城大将乎北和州臣青田急调军民在城外二十里建寨阻路，两万军士驻扎。又命城中四万军备守城物品，多备滚木、礌石、箭支，加固城墙城门。只两日工夫，共工大军已到了，而颛顼大军还要五六日才能到达。这兖城地处华东要路，向东一日程大海，向北接着北漠，因受东夷影响，许多民众对巫术痴迷。只是兖城为颛顼军掌握。周围民众已经为巫人所蛊惑，多数成了信复辟谣言的人了。

共工召集大将议事，丁三说："夺下兖城关系重大，有了这一城，可位东坐大，与西边的颛顼抗衡。所以这是决战的时刻到了。这里可以差人去北漠许以好处，借北族军马。"

共工召集诸位将军商议冲寨计策，准备攻寨。第二天正要攻寨，见寨前有军马列阵，单要与共工军将过招。丁三手下有巫人卜鬼，要在阵上显威风，就步行到阵前，与匡九过招。这卜鬼手持牛扇骨，另一手持一铁鞭。口中念念不休："卜鬼本是天上客，下到凡间斩妖魔。刀斧不入人惧怕，两军阵上立大功。"这匡九乃军阵见得多了，独不见巫人法术。两人近前，忽然卜鬼口中有烟火喷出，匡九座下战马也吃了一惊，不免前蹄竖起，败向一旁。这巫人铁鞭抡起，裹挟妖风向匡九腰间打来。匡九以刀柄挡之。卜鬼就在地上转，匡九就在马上迎。匡九翻手执雕弓在手，发出一箭。卜鬼伸手捉住扔于地上，匡九假意拨马回走，卜鬼就从后面追来，不想大刀斜着从马后扫来。此回马刀正中卜鬼面上，这卜鬼立时成鬼，魂已没了。匡九挥军冲杀，只赶五里，军马都返回本寨，双方伤亡不多，只是一上午时间已没有了。双方都很着急，一个着急要过去，一个着急要拦阻。下午整顿军马，双方未再战。

第二天上午，匡九军又在共工军前排了阵势。共工军阵前突然闪出一排柴草车，柴上已经灌满燃火之物。有号令一出，车上柴草起火，后面兵士推着，就向匡九队列冲来。马见火来，嘶鸣蹦跳，人不能控，返身逃了，军士也逃回大寨，火车飞快冲到寨栅上一同燃烧。大火裹挟风势，呼呼有声。匡九已控制不住军队，狂跑二十里，军入城中，惊魂才定，军士伤亡不多。下午敌人如水漫来，把城围住了。共工兵将准备云梯冲车，准备第二天攻城。

城里匡九与乎北、巨山、青田等商议守城一事。巨山说兖城虽城墙高大，但城外连续攻之，防城石木有限，也不能久守，愿领一万军就夜色截其营帐，损坏其攻城器物，耗费其精力。后夜，军士轻装，战马衔口，人不呼唤，突然从四门杀出，靠近敌营时才被发现。立即纵火砍杀。共工军连日奔走打仗，已到兖州城下，都想睡一大觉，不想后夜惊醒，刀剑已经到了面前。这一阵冲杀烧掠，把准备攻城的器物都毁烧了，旋即巨山率军已撤回。

第二天共工军清点人死伤不重，只是攻城用器材烧损了许多，再备物品，又延后了一日。

第三天，共工军已做防劫营准备，备好了攻城物品开始攻城，一日六攻，从早晨到晚上，许多军士被打死在城下。

第四天，再次攻城，城上已不见那么多礌石砸下。有贼军跃上墙头但被守军打了下去。匡九、巨山、乎北、青田都在城上督战，到下午时，忽然城中多处有人放火，这是潜入的巫人起事了，他们烧杀守营监库的士兵，就令城内燃起大火，城外见城中火起，攻城更急。近晚时候，西门先被攻破，大军杀入城内，六万多

第十一章 颛顼帝的故事

兵士与杀入敌军混战在一起，街头巷尾处处拼杀，其他三个门也被攻破，共工军如潮水涌入有十万之众，两军就在城中互相杀伐一夜。

第五天黎明时，共工大军已占上风了，乱战中巨山、乎北战死，匡九从城上逃出城外，田青不知去向。匡九于南门外召集败军，只呼来五千多人向西败去。

共工知道颛顼大军马上就到，急命城内灭火，又收拾队伍，清点兵马。只有六万可战的士兵。城内房屋被焚的很多，城墙也被毁了许多。最严重的是没有粮食。共工召集臣将议事。大臣酉坡说："我们千里奔来，本意收到一处富裕之地，完好的城池，无奈现在城已残破，周围已为战事所毁灭，这里也是穷城了。颛顼大军随后就到，也不过一两日行程。现在城内随大王的士兵六万余众都已疲惫不堪了。我看这个城我们要主动放弃。顺应此一时彼一时的变化，先向周围发展，去到周边城镇，采食整军，等半月余再反身杀回。此时颛顼大军人数虽多，但在这一空城，周围又是怨恨之地，恐怕更难生存。"

其他谋臣武将有讲要守的，有想放弃的。共工问本地巫人，从这里向周边有什么城镇，巫人说兖城是通衢之地，互市成集。从这里向北有历城、樊城，向东有海城，向南有越城，都不很大，城也不坚固。

共工找一沙盘，以手画之推演再三。决定按酉坡说的"卷土重来"之计，将大军分为四股。北方樊城、历城各分一万军，海城、越城各两万军。酉坡领樊城军，丁三领历城军，乙辛领海城军，共工自领越城军。各军都建大王帐，虚张声势，就地采食、扩军、习阵，约半月期一起杀向兖城来，另外派遣使者去向北漠求援。

当日下午留一万军守城，大军序列严整离开兖城，只给守城军留三日粮食。损坏了城内房舍水井。约定守军撤出时向北走，北军留一队在途中接应。城内百姓都被赶出。

只一日工夫，颛顼军已到城下，四周围定，城上并不见许多防城士兵。第二天有十万军已到达。准备了云梯冲车，颛顼帝亲来推战车，鼓动士气，颛顼帝大呼："天怒之仇，今日当报。"奋勇攻城，及至墙下，上边礌石、滚木砸下，燃火物也一并飞出许多，兵士死在城下许多。上午攻了四次，城上木石已不多了。下午颛顼帝复仇心切，骑在马上绕城呼号，并亲自擂鼓向兵士传号令："大仇通天，扫荡兖城！"这一番鼓动，将士用命一阵冲城，多处破了。打开城门大军杀入，杀伐极重，几乎无活口，可怜共工一万多军士很少走脱，守城大将乙辛带百多骑往北去了。

八、颛顼战共工之冬雪之战

颛顼帝入城，见城中房无整间，到处已被火烧过，残垣断壁，焦尸枕藉，所有可饮之水全为血水，粮食也没有几颗，城中不能再住了，就在城外下寨。城外也是十里之内户户空房，没有炊烟。

颛顼帝心情很不好，召大臣武将来议事。

大臣关山说："追杀共工已经五战了，此次复仇之战后，贼有六万，我们有十五万之多。贼军来兖城是因为这里有巫人支助他们。探马说贼众向北、东、南跑去。这实际是贼军一个计谋，把一空城放弃给我们。我看贼军之利在于就近补充粮食扩军，不用多日，贼众必然召集起许多军马。我军利在有远处各州支持，有兵士、粮草源源不断接济。贼军之利在于短，半月、一月贼火可旺，再长时间就如柴尽油耗，没有力量了。我们之利在于久，眼前虽是废城败野，但城墙还在，几日就可建起房舍，清理水源。时间越久我们越壮大起来，由此利弊之分析，我看兵暂住城外，用少数军士修城池以十日为期，就近周镇急调粮食来，周济百姓，就以此为根基，将共工贼众打败是为良策。"

大臣壬广说："我们十五万大军，日食千石，再加上民众用度，一日不下数千石粮，如果都在这里等待战机，兵众都将陷于饥荒，这里向南有徐青两州约五日路程，大王可否暂去徐州养兵？待机再战也。"

大将军匡九新任大将军位，求战心切。说："这五仗打来，贼军失利连连，死伤在五万多，我们多次失利，死伤也在六万多。现在双方都已疲惫，这时候就看谁能咬紧牙关再搏一次了。探马报敌人向三方逃去，且不知共工方向。我想追杀共工一路最为重要。分析这三路，共工向北的可能性最大。因为北方巫人势力强大。他们或去北漠求兵，也不能不防。我军分兵进剿，不杀共工，不收兵刃！"

臣俊誉说："敌设疑兵之计，料共工可能在南方越城。那里虽然是一个小镇，但巫人势力不小，此一也。北方接近北漠急难唤起响应，此二也。兖城贼兵向北逃去，正谓引我入歧途，此三也。当下以不惑而守兖城诱敌决战为上策。"

颛顼帝说："我们有占领兖城胜利之威为其一；有大军十五万之众为其二也；有州城援军之利其三也；有持久必胜之利，其四也；有仁政于民，替天行道之利，其五也。不利只是暂时。不利有，城池毁了，修城池要十日之久。粮食不够十日之需。我之利贼之短也。行军之道，天时只在秋冬。明年春种时候定要撤军。耕田不易，

劳民太过，过则民伤。鉴于以上，我们将十万军就留在兖城，所有军粮马匹留在此地。留十日，目标是修城与安民。并向北、东、南各派一万军哨探，不与其决战，只探虚实。找到共工在哪一方。其余军士分三路，一万回山岳城驻扎，并促西边各州召集兵力四万在山岳城待命。另有两万去徐州，两万去青州，各在十日内充军到五万，再传命给雍州六万大军待命。这样，十日之后我军在三十万之多，以上各方十五日内成军，得令即行，有误军机者重惩之！"

这十几日间共工军发动巫人造势，有数十万人群起，大军扩到十五万多。

在这十几日内颛顼帝紧咬牙关，亲自担土石修城建房砸井，军粮不足，叫人杀其坐马。军队皆传，颛顼帝满目泪下亲吃马肉。军心民心大振。熬到九日，有徐、青两州粮食运到城中。城市已经重建一样，生机又起。

三路探兵都有接敌，北、东都有大将，只有南面未有将出战，就此判断共工在南方。那四处城镇都不大，颛顼帝知道这是共工"卷土重来，采食充军"之策。不多时间，共工军将杀回兖城。

就在第九日，天飘轻雪，颛顼帝发出"冬雪战令"，其令为：各军见令急速进军。雍州六万向樊城、历城进发，限先锋四日接敌，大军五日攻城。以兖州发兵两万迎击海城之敌，先锋两日接敌，大军三日到达。发青徐军四万，奔袭越城，先锋三日接敌，大军四日攻城。又发山岳城士兵六万向兖州来援，各军多带粮草，接敌后一定拖住贼军。能歼灭则歼灭之。并严令军士不得害民，保护民众利益。巫人不蛊惑民众起事的应予以安抚，鼓动起事的则以叛军处罚杀之。快马从兖州发出。各军见军令急急行动了起来，先以轻骑先锋日夜抢到敌人城下扰乱，大军即时起兵就到。

共工在越城鼓动巫人造势，在村间游说十日左右，已有三万人充军，加上原有的两万军已达五万，还有入伍者众多。又五日，共工处大军士已达八万人了。共工想，其他地方也会军力大增。第十五日正要发兵，有一队颛顼军队自青徐州方向杀来，约五千人为先锋，也不抢城，只是扰军。共工原以为颛顼到达兖城，见城已毁，会退回王城去。今见徐、青方向有兵到，知是要拖住，在越城会战。这越城，城墙不厚，城池又窄小，不是守城的地方。况且已经有了谋略，就留一万人在越城。大军浩荡向兖城进发，并以快马向其他三城通令。不受干扰，奋力向兖州进军。其他三城亦有颛顼先锋军干扰。令到之日，北方两城已被围了。海城之军正在向兖城进发，只行一日被阻挡于距兖州两日路程的地方。这样共工虽扩军不少，但被颛顼军分割了。共工催七万军大进。三日已达兖州城下。见一

城池在晨曦之中，城内城外炊烟袅袅，已有生机。知道颛顼帝在守城，悔之不及。刚到距城五里处，有大军列阵杀来，共工也不待列阵，令旗一挥，士兵就冲了上去，共工七万众，颛顼军只有两万列阵，一时抵不住，两方乱军打杀在一起，天虽是白天，好似黄昏时刻，杀得白日无光。及城中大军倾出时，共工军后退五里，扎营造饭。

颛顼军也退了回去。双方又各有万人死伤。颛顼令午生再作《再促共工降服令》，由午生送到共工处。共工见《再促共工降服令》，其令文：

前已发布令共工伏法诏，不复多言。现令共工及军队立即放下武器，就地收手，解甲归田，帝不记前仇，皆不杀戮，如不服从本令者，军士砍头。天道倡善，帝不忍见士兵死伤塞于路，血流漂杵于沟壑。此令无疑，悔之晚矣。

帝颛顼颁令

共工见令，已经铁石心肠，想兵士青壮战死也不免心寒。颛顼帝坚守兖城，打乱了共工部署。共工强作镇静，问午生颛顼军有多少兵。午生说这军机大事，我并不清楚，只知道有四州之兵，已分别袭击四城，加上先前的大军已在三十万众以上吧，共工知大势去矣。送走午生，急给北方大将丁三和酉坡飞马去令，兵分十之七成奔兖州来，最后一搏。

时已秋尽冬初。夜来风劲，凉意攻心。有随军女兵把一皮氅披在共工身上，说："大王，天已晚了，在外免受风寒。"共工看到北方天际有多个流星划过。共工长叹："不知天助谁也？"

颛顼帐中也无眠。死了这么多兵士，谁不是百姓所生的儿子？恨共工狼心，为争王权复辟造了这么多孽事！

第二天，共工军就将兖城围上，攻了一天没有效果。到了晚上，四周传来杀声，有颛顼军从山岳城方向，生力军杀到了，天明时已形成城中颛顼帝坐镇，城外共工军在围城，共工外又是颛顼军围拢的局面。城中大军杀出，由晨至昏，由昏至晨，日日夜夜厮杀声不断。终是颛顼军人多势众，第三天，共工军已被杀死大半、其余投降，七万军全被歼灭了。

共工在北方樊城、历城和东方的海城的军队也先后被歼灭。

这时已是初冬时节，天上飘下雪来。共工回头，看了一眼遍地雪景，凄凄惨

惨，向何处去？身边已无谋略之人，只有几个军卒。他还寄希望于北边两镇人马，就策马向北去了，行半路，见自家败退下来的军士，才知道颛顼派至雍州之兵已将北方两镇数万军全部歼灭了。见到丁三将军过来，两人相见各说败绩。丁三对共工说："军队只有这千余人了。又到了冬天，暂时藏兵于民，把军士遣散，就回本地潜藏下来，来年秋天再起事吧。"共工看到这些军士个个疲惫，已无战心，就同意了丁三的意见。

九、颛顼战共工之不周山之战

颛顼军这边各地都有得胜的消息。颛顼动员了近三十几万大军，力克共工十几万军。颛顼帝看到冬天的大雪压在残垣断壁的战场上，想到双方多少将士死于旷野之中，心中隐隐作痛。颛顼帝召集将领议事，准备回王城轩辕，这一行迢迢几千里，又是十几天的路程，他看着这些跟随自己从西征伐到东的将士说："共工大军已被消灭，虽然没有找到共工下落，但听降卒说，共工只带几个兵士冲出，向北去了，看来大的军事行动已结束了，各位随我征战两个多月，都立了大功，回去都要把功劳报上来，我意明日班师回王城，大家看看下步安排吧。"

大将力昌左臂有伤，举右臂说："大王英明，经六战得胜。但共工下落还没确认，或死未见尸首，或活未见踪影。应保留两万军并四处寻找，有其踪迹应立即剿灭，不能死灰复燃，养痈成患。"

臣关川说："士兵从田地来，一秋已过，冬天不易养兵。留少数士兵外，应该让其他军士回籍了。"

将军匡九说："共工虽败，但已经潜隐起来。再起祸乱只在早晚之间。我大军聚拢不宜，此军士返还回籍，再召集又需十日以上，恐怕贻误战机。州镇各保留三万和一万军，可遣散部分军士，待歼灭共工后再恢复战前建制。"

臣午生说："大王，我们王城在轩辕城是华西之地，离中原几千里远，这次共工谋逆就是利用了这儿远离中枢，在华中、华东、华北以巫人起事，何不将王城移到中原呢？大王居中，这五华之地全在掌握，各州至王城都在近千里程，便于我王发号施令，这是移动王城的理由其一也；其次，共工死活未知，如其活，他贼心不死，王已两次下诏令他来降，许以不杀，但该贼冥顽不化，必然起事。颛顼帝留在中原正可弹压他，这是其二；第三，迁王城的理由是华夏连年旱涝，土性燥也，东移近海，海水性润也，这水土乘木，必旺也。"

颛顼帝本想安排了当,就起程回王城了。午生这么一说,出其不意,低头不语。

有臣尚才说:"帝都不可轻动。至先帝风英、黄帝、少昊,到本大王已历四朝,王业兴在西,东移怕不利。而且这次征战最伤中原的东、北、南三华地。王城一移,劳民伤财也。"

臣壬广是华东人,经略中原,对这一带的人文地理都比较清楚。他听了午生迁王都的议论说:"这中原之地可立王城者以滑城、丘城可选其一,滑城在大河之南与华北相交,有河运之利,土地平坦,可大兴土木。丘城位于滑城西北高阜之地,两城相距三百里。"

颛顼帝追问哪个地方近贼的老巢,壬广说:"滑城,北跨黄河百里即为石原镇。"

颛顼帝不语,当日未做决定。后,帝单独与臣相谈此事,沟通消息,宰相申平押粮劳军来到兖城。帝问申平迁都可否?申平初大惊,又复平静说:"我正因此事而来呀,近日王城有小儿作歌,其词曰'天天有火,火不旺。叶叶飘到东土上',其隐语为天天是昊帝,'叶叶'谐音为'页页',为大王颛顼两字都有页字,飘到东土,可移动王城也,并且有据中原率四方,弹压巫人之利,可以移动王城应之。"

颛顼随后召集丞相做了迁移王城到滑城的安排,其诏由午生作,传檄各州镇,举国皆知。《迁王城到滑城诏》其诏文:

大哉九州,威威五华。帝都东迁由轩辕至滑城。其理由为滑城居中原,王令颁布,各州城上报都为便捷之地一也。自华族先祖东进已经四朝,西土干旱,东来润泽大利万民,二也。今帝奉行天道,令行经天,不利巫术搅弄天地之间,以邪术残害民众。王城东移,正压巫巢穴脉,使其臣服,三也。天地运化,不恋故地,帝国新政,因应迁都,顺天意。有三利顺天意而利国利民,故迁都滑城。前共工祸患一起而燎原。毒火曾漫帝王之城。颛顼帝挥王者之师,历经围城、石原、土门庄、山岳城、复仇道中、冬雪之战尽灭共工之贼军。现有共工残余潜在故地,冬之藏形,春秋必要起事。帝诏到日,各州镇各自为战。见有共工余孽星火,立即扑杀,并报中枢。有功者必赏,误国者重罚。两月烽火,一年余烟,将士用命,亡灵安息。死伤得抚,征战必赏。肃清巫毒,天佑华夏。天意即民意,唯天为大,唯民为要,盛世华夏。天地同祷。

帝颛顼诏告

自此，王城由梁城既轩辕迁到滑城。这一冬天，颛顼体恤民众没有战事。第二年春天，共工于石原一带起事，集士兵约万人，重拾复辟炎帝的口号。在石原一带利用民众和巫术闹事。颛顼得到探马报告，接受以前的教训，"剿贼从速"不做全国动员，命大将力昌、将军匡九率两万军前去围剿，帝随行。在石原城外，共工军列阵势与颛顼军对阵，颛顼帝头戴紫铜叶子战盔，上有一簇红樱，身着金灿灿黄铜连环甲，提刀在手，胯下一匹枣红宝马，指着共工训斥："贼首还不下马受降！去年秋冬战役，你十几万人都被歼灭，今区区万人又要敌我王者之师吗？"共工头包黄头巾，身披八卦云纹大氅，骑一黑色踏雪宝马，手持狼牙大棒，见颛顼分外眼红，说："天下者非你们伯侄私授的天下，我为黎民谋事，自有天神相助。虽有十几万大军死没，你也种下十几万仇人。今天我们一决高下！"舞棒向颛顼打来，颛顼以刀挡之。两人来往二十几回合。力昌把令字旗向前一挥，战鼓激越，力昌、匡九率大军压了上去。共工兵少，混战中渐渐不支，退进城去。颛顼军就要抢城，城上箭矢打下。颛顼大军将城围住。箭兵以箭对射，步兵架上云梯。军兵英勇，直冲上城去，打开城门，大军齐冲而入。入城之兵与城内逐街逐房做争斗，自晨到晚。贼将丁三死于乱军之中。共工军不支，冲开东门，就向黄河方向去了。颛顼军知道了共工行踪，怎肯放弃，一路追击，在一大河口处拦截住共工军。共工走投无路，命士兵掘开黄河堤大水冲出河床，立时一片汪洋。春融之水滔滔不绝。共工军退至一石山上，山称"不周山"。共工仅有千余人，又无粮草。周围大水荡荡。天亮时人们找到共工，已头撞于石碑死了。石碑上书"天柱"二字，石碑已折了。军士见主将已死，举旗投降，颛顼准其投降，用船将降卒运出被水淹的地方。此水如天崩地裂，数日不绝。

颛顼见水患已使许多民众无法耕种，就设坛向天祷告。至夏初时，天神显灵，大水回了河道。民众都说是女娲大神炼五彩石补上天洞，颂扬"女娲补天"。共工之患终于解除了。

十、颛顼修年历

自平定了共工之乱后，国泰民安。但近年有天狗食日之凶兆，民心惶惶。大臣午生在王城求见颛顼，说："大王，近年来怪异天象频出。自迁都城以后，出现的日、月被天狗吞食的现象怎么看待？"

颛顼帝说："天狗食月食日，自古就有发生，天上的太阳、月亮围大地盘旋，恐有天地不祥之兆，而在日月上出现，人不可测也。"

午生说："为避此凶，可通过变更历法，以应天兆。自黄帝建立黄历以来，天旋地转，日已有误差了。我们使用黄帝历法以来，关于月亮的测算记录了百年以上，能以此测月之盈亏了。"

颛顼帝问："黄帝历和月历各以什么天数计量呢？"

午生说："黄帝时年月都是以太阳计量的，太阳升起为日，太阳落下为夜。一日加一夜为一天，一天复一天，年有三百六十五天，又多一天的四分之一。黄帝用此计年，每年十二个月，每月三十天。又在一月加五天的春庆，每四年多加一天使天年平衡。这种方法方便互市，但不方便人们计月。"

颛顼说："我不了解历法，待我习学以后再商议也。"

又过了些日子。颛顼帝召集午生、达丰、壬广等修订历法。颛顼帝说："据前人观测，太阳、月亮、北斗都挂在天上，由它们绕行天宇，而有四季、潮汐、年、月、天的运行。年有四季，分度已为民众了解。尤其是农业，最敏感年月变化，从事春种、夏锄、秋收、冬藏。年分为春、夏、秋、冬四季，每季是九十一天多一天，每季再分三月，各三十日余一日，这一天就加在季首月。还有一天，加在春季第二月，这样就可以了。此在黄帝历上稍改动，便于邦国运转，区别'黄历'也。"

颛顼又说："月历不与四季同期，邦国不宜采用。"

壬广说："大王这样四分历，如按照太阳在天上绕地一周，则每年还要多出近四分之一天，怎么办呢？"

颛顼说："每四年可再加一天补齐也，加在夏季第二个月。这样一算，一年分四季，每季三个月，季首月为三十一天，春季第二个月也为三十一天。每四年设一闰，增加一天，在夏季第二个月上。由此平年为三百六十五天，闰年多一天。其他互市、祭礼日不变。"

这就是颛顼历法了，非常好记。人们依据太阳和大地关系而分四季。因此用太阳为历就可以了，适合华夏通用。颛顼历法被使用了数百年。

十一、颛顼作《承云》开歌唱之先

夏天里，有一日在城南的蒲河岸边，一棵老桑树被雷击起火，烧穿空心的朽木。烟火过后，每有大风的时候，风过桑树呜呜作声，能传数十里，人们都觉得很奇怪，巫人说这是天怨地哭的声音，往来献祭的人不断。"空桑风鸣"

传到王城，颛顼帝听了也很好奇，就带了鱓先、飞隆两个管祭祀大礼和乐倡的大臣，并带了妃子邹屠氏和儿子穷蝉，便装到了岸边。此时夏日正盛，河水正泛澜，滔滔水声，呜咽树鸣，有三五只翠鸟啼啭，其音如鼓如丝，若仙乐徐来。颛顼仔细看过这大树，环绕三次才回去。路上见小儿游戏，以口代替兽音，如虎吼狼啸，如虫鸣鸟叫，很是欢快。回到王舍，第二天，与鱓先、飞隆说起感受，鱓先以腹为鼓，击出彭彭声音。帝说："先人已有琴瑟丝竹之音，又有钟鼓之音，还有管箫、骨笛之音，乃吹、打、弹也，我看以口吐气也是很美呀，如小儿游戏吹哨的声音一样。"随后试以五种高低不同的音调唱"啊啊啊啊啊"。依调试作《承云》。其词曰：

> 承天祈洪福兮，华夏吉庆路。
> 乐从仁心来兮，洛水采桑处。
> 嫘祖携帝手兮，丝绦漂水流。
> 缫车转碌碌兮，鲜衣舞云袖。
> 漫天祥云飞兮，天下皆丰户。

试以五音高低错落、长短波动而效仿风吹树鸣。众人齐发声，被称为"唱"。这种以众人合唱的形式也叫"歌"，合称"歌唱"。自颛顼帝时有倡人，专事歌唱。

人们也把《承云》视为唱歌之始。以金石击打之音、丝竹弹拉之声、笛箫吹奏之音，到人的歌声加入，汇成"歌唱"而流行起来。音乐成了人们文化生活的重要部分，是人类文明史上重要的篇章之一。

十二、颛顼禅让王位于帝喾

颛顼帝九十七岁时，四海升平。有一天他召大臣午生和昭阳在王舍说："我在位已七十多年了，天下还有什么没有理顺的事情吗？"

大臣午生说："大王，自受禅王位，帝政绩显赫。现在国之疆域广大，而外无虎视之邦。民众安居乐业，而内无巫乱之扰。农牧耕于田野，五谷丰而六畜旺。谁不颂大王德政也！未见有逆反之事。"

颛顼说："你们两位跟从我几十年了。我很信任你们。今天我要告诉你们，近来我有时心阻气促，神不宁静，又在昨日，跌了一跤。看来年龄不饶人也，我要禅位也。"

臣昭阳说:"大王敬天,天寿当在百岁以上。何言禅位一事。"

颛顼帝说:"月圆则亏,日盛则落。桃李不结百年之果,黍稷年有黄熟之约。人格物类,孰能不死。人老迈,筋缩皮皱,心思凝重无新意。我已尽了平生心力,今禅让亦是推陈出新,利国利民也。"

由午生作诏,告知诸州。

《颛顼帝禅让王位举贤诏》其诏文:

天旋地转,华夏岁岁平安。颛顼帝上承少昊帝,受命于天。平共工之乱,立九州之治。立市封城,大一统中华。本王已在位七十八春秋。天地四季轮回,甲子流注不止。人有盛年,老则退让。华夏国运宏达,如江河滚滚不息。自命不能齐天,明知老去不能误国。帝愿有生之年,让帝位于贤者。招各州镇聚贤人于王帐下,不避亲疏,一月为期。

颛顼帝诏告

颛顼帝在位时为明天道人伦之君,不愿老死于帝位。

有俊誉,姓姬,名俊,高辛人。祖父少昊帝,父蟜极。年三十岁。少小聪颖,心性仁厚,弱冠有德,十五岁跟从颛顼帝理政。德能传于四方。

俊誉被举为贤人,按前朝规制在王城,召集州镇官员部族首领,议事选贤。敬天祈祷,受命于天,称制为帝喾。帝喾受天下拥戴。时年帝喾三十岁,承华夏君王之大位。

又一年,颛顼帝享尽天寿,驾崩于濮阳顿山。颛顼帝顺天爱民,受万代之敬仰。

生卒:约公元前二三四二年至二二四五年。

主政:七十八年。寿:九十八岁。陵:河南内黄县城南梁庄镇三杨庄。

妻:邹屠氏、胜溃氏。

子:十子名曰魍魉、梼杌、穷蝉、苍舒、斁颓、梼戭、大临、尨降、庭坚、仲容。

第十二章　帝喾的故事

一、帝喾——击鼓助战的年轻人

俊喾能得到王位，也是机缘巧合，时势造英雄。时势不常有，英雄何以出？大国大事机遇来日，俊喾万千人中脱颖而出，成杰出帝王。

俊喾随帝颛顼与共工大战于兖城，共工见颛顼提大军来围剿，以"卷土重来，就食扩军"之计，将被战火毁了的城市留给了颛顼帝。颛顼帝召集大臣、军将，就下步打算进行商议。当时共工设疑，四处军队全设大王营帐，共工在哪一方成疑。大家各有说辞。这时，负责协助帝颛顼指挥的从臣俊喾说："大王，共工去向，有三个理由在南方越城。"帝问怎么见得，俊喾说："共工此次从兖城走时设疑兵计策，目的是反扑回来，常人以为反扑必向界外北漠求援军，实际共工巫人全在国内，求人不如求己。他所倚重的是南方原九黎之人，这些人对中原一直存有不满，他去这个地方扩军，是主要的选择，这是其一。再者，北方的两座城镇发动不易。向东近海，资源较少，不会有大作为，他不会舍南而向东。这北不去，东不去，西为山岳城，又为王师所占，其必在南方，这是其二。共工弃兖城走时已向守军之将留下安排，稍一抵抗就领军出走，其方向为北。一般以为去投主将大王，共工偏独出心裁，让这一军也向北，引注意力向北方，这是其三。有这三个理由，必是共工在南方也。"大家看这一论者乃是先黄帝曾孙、少昊帝之孙、颛顼帝之堂侄，姬姓、名俊喾。帝很以为然，不过慎重起见，对四周都做了警戒。后来果然共工从南方发动来七万大军。大家都佩服俊喾。

一日，颛顼帝正为兖城将要进行的大战做准备，为沟通信息发愁。颛顼帝的计谋是，帝在城内坚守。共工军围城时，召大军把共工围住，两军相接大战时，率军从城内冲出，以生力军从内、外把共工军歼灭之。战场巨大，兵士十几万人怎么调动，正在想办法。

他们以前的办法有"令"，是用木片和口头传达命令，适用于长期安排和人面对面传递。再有"旗"，以旗的形状，起落指挥阵前的战斗。旗举向前为进、旗落下为退。再就是"鼓"，击鼓军卒冲锋，息鼓罢战。

这次规模这样大的军阵，怎么调动军队呢？正思索着，俊誉来了，他用筐盛了许多树叶，这是秋冬最易得的引火之物。俊誉协助堂叔大王颛顼指挥军队，知道通信的重要性。他见到大王说："王叔，这两天我想了两个办法来加强军队的指挥。一是这个'烽火法'。大王在城内架一座高台，设烽火，以烟火为号让城外阵上见到。如为一柱烟火就是共工军在围城，我们外围军知道了就会拼力杀来，围住共工；升起两堆就是城内开始向外进攻了，大家拼力合围；如起三堆火就是追击共工军的信号；火全熄了，大战结束。这样烽火报信，各军都知晓了。"帝颛顼听了认为可行。又问第二个办法是什么，俊誉让颛顼帝令人抬来一个大鼓和一个小鼓。大鼓是专为车马军队用的，小鼓是单人背的鼓。两军阵上各有鼓手，战士们听鼓声进兵。俊誉让颛顼帝发几道军令。帝试之，说"冲杀"，俊誉让鼓槌重击不停。帝又说"退、撤"，鼓声转缓。帝说"休息回营"，鼓声一急一缓，气氛舒缓了。帝觉得可行，问俊誉这叫什么鼓技，俊誉说可称为"谱"就是"鼓谱"也称"鼓点"，还可敲迎客、行进、停止的鼓谱。帝颛顼说："大战在即了，快组织一下传令兵鼓手演练一下吧。"于是俊誉在大营给各队伍传令兵做了培训，熟悉烟火和鼓点的敲法。以一应百应，以中军的鼓点为号。

那日在兖城之原鏖战的日夜里。颛顼大军鼓声如雷动。其中俊誉多次在紧要时刻击出昂扬鼓声，振奋大军。战后俊誉亲自敲得胜鼓给大家听。帝颛顼说："这个大侄真是智勇双全啊！"遂给封地，称为辛侯，时年十五岁。

二、帝喾经略辛地民皆称德

俊誉到辛地时，正是共工之乱后。辛城是在淮河之脉，辛水岸边。早有蚩尤之乱，近几年又有巫人参加共工闹事，民生很困难。颛顼帝让他到这地方是重视这地方的统治。俊誉来到这里任辛城地方官，有前臣在交接时告诉俊誉："城以互市而立，

第十二章 帝誉的故事

南通百越，北近黄河。这里的蚕丝和稻米为农业最盛物产，并有石匠、铁铜匠、木匠等百工。本是富裕的地方，只是巫人乱、共工扰，害得百姓民不聊生。这城内的南侧有一豪强家族，名叫亥里，是一大户人家，专营铜铁作坊和铜铁互市生意，常常闹事，不得不防啊。"俊誉再问欲言又止，吞吞吐吐地说："平此一人，则辛城平也！"

俊誉被称镇相，约了镇将军斗克来议事。斗克白面，瘦高，自骑一马来。两人互礼坐下，斗克被问当地治安事，也是欲言又止。俊誉知道这其中藏着什么事。斗克说："实与镇相说吧，你这次从王城来，我们都很高兴。你又是帝王根苗，必能伸张正义。只是已有几任镇相被当地恶人逼走了。这镇上城南有一霸，旧曾从军，在共工军中干过，习得冶炼铜铁之术，在城南开铁匠作坊，规模不小。在市场上又不许别家经营铁匠生意。他自己从南边购铜铁来加工。官家税收任他脸色支给，多是以小钱敷衍了事。有不从他就罗织罪名到州城暗害。如前镇臣桑干、南广就是不与他同流合污，被构陷罢官走了。"

俊誉到任不长时间，就有市民来告南城亥里。市民关贺从军五年，从战场回来，带回铜斧铁刀，都是好铜好铁，那时疆场缴的武器都可私有。这两件武器市价很高，每一件都值一人三年劳津所得，价值近二十石稻。但亥里手下得到消息，只给五石稻作为收购。关贺不从，亥里找人当街将关贺打了一顿，并扬言谁也不许买关贺兵器。关贺气不过，就告到了镇相这里。俊誉接了状子，就要捕头传亥里问话。师爷告诉俊誉这人横不讲理，大人要小心。不等传人，人已到了。亥里备了南珠、珊瑚到俊誉相府来了，见俊誉如此年轻，有些轻视。这亥里已非军人，却白日带刀。不等人请，已到堂里，没等看座，自己已经找椅子坐了，也不施礼。开口说："镇相，我到这里看你来了，果然年少英俊，帝王苗裔，王储气象也。今有南珠、珊瑚送你玩玩。我在这个地面上营铁铜生意，还需多多关照啊！"

俊誉说："我受王所封，在辛这个地方为官，不知当地民俗市貌，还需当地市民商贾多与合作呀！你们作坊匠人合法经营，公平交易，我一定支持。"

亥里知道新官来了，并不知其脾气爱好，并不多言，放了礼物要走。

俊誉说："我在一方为官，绝不强取豪夺。你这些物品价值很贵呀！你拿回去吧，不然市民看我暗通你的私货就不好了。你们按规经营，我不会干涉。"

亥里见俊誉真的不受就说："丞相年少，有什么喜欢的东西尽可以告诉我，尽为收罗献上。"就告辞了，并不说托办什么，心里有鬼而嘴上不说，也是先探一探虚实，带回了礼物。

果然第二天俊誉又要传亥里，这亥里不传自到，又不提官司，送来一匹五花雄马，一把牛皮镶铜鞘铁刀。说："北有客人贩马来，得一匹五花雄马，又有南方工匠精制宝刀一口，送给镇相玩玩。'自古壮士挎宝刀，从来英雄骑骏马'也。"

俊訾说："马是好马，刀是好刀。这两件加一起，也在百石稻之数吧！我无缘受此大礼，请牵走吧，今有人告你强买强卖铜铁器物，当众打人致伤，你可知道吗？今你又腰配钢刀到镇府来！拿下！"不等亥里回身，有武士将亥里腰中刀下了。

亥里面无惧色说："这辛地市上我已独家经营十几年了，哪个官府不许？"

俊訾说："哪个官府许了你独营铜铁，拿出文书来！"

哪有什么文书，官家那时也没有铜铁专营的文告，也没有授给亥里这个特权。

亥里一时语塞，以前都是默许的，以贿赂和威胁官民换得他独家经营。这次碰到俊訾手里，他知道要栽了，口里还是硬着说："就是打了人又能怎样？"

俊訾问师爷，师爷咬耳说："因人而异。"俊訾问："怎么因人而异。"师爷说："打人致伤，未残。平民二十棒，押十日。达官由镇相自己定，也许只押不打，也许训斥放回，你看着办了。"

俊訾已心中有数，唤差人递文书让亥里画押，承认打人之事。亥里不从，俊訾高声说："既着实打了人，又不认错！打！"

差人上去将亥里按下，以棒打了屁股十下。亥里大叫饶了性命，认了罪画了押，被收押十日。自此没有再敢到俊訾这里玩横的了。

这亥里被处罚，心有不服，仍霸着铜铁物品定价权。那时铜铁极珍贵，农具、饮具、兵器、车、船都要用。先前蚩尤在南方发展是因为有生产铜铁的矿产，那里铜铁匠人多，生产的铜铁武器优于中原，也是发动战争的原因之一。因此铜铁关系到了国家安全，俊訾报告大王颛顼提出《铜铁管理议案书》，帝颛顼阅后，准其在南方产铜铁区试行之。

其《呈帝铜铁监管议案》文如下：

呈帝议案：铜铁监管，关乎天下太平。自铜铁器时代以来，连年有蚩尤、共工之乱，皆以铜铁为兵器作祟。现铜铁已为农耕、饮事、车船所必须，关乎天下太平。善人带刀斧做善事；恶人带刀斧起恶念。邦国、州镇应设监视。且自民互市以来，多以黍、稻计价，北南不同。现市上，百工做巧器很多，均以粮米计价，很不方便。如用铜铁计，好分割，好收藏，不腐不烂。希大王为国家安全计，为民互市计，立铜铁监管。

辛城臣俊訾

颛顼帝看了呈文，非常重视，与午生等臣议之。先在长江南试之。所有铜铁经营要做登记，官府要管制，民用工具不干涉。凡制兵器必上报，准与不准由官府定之。

俊訾在铜铁监管上开了头，国家的安全稳定和市民互市都明显强化了管理，帝王颛顼很满意。

三、帝訾启盐业之利

自古先民以猎采为食，所猎动物来于天然，或食草、或食肉。人再食动物时所摄营养，是间接取于自然，并不觉得缺少什么。自民进入以种植、饲养为主的新石器时代，民以种五谷为食物的主要来源了。食物中盐的缺乏就表现出来了，人缺了食盐，没有力气，也被发现了。那怎么得到食盐呢？人首先看到的是动物有舔食土的现象。先民观察到这些地方大多低洼，夏天有水，秋冬干涸，且四周很少有草木。看动物舔过的地方，有白色粉状物在土上显出来，用口一尝"苦、涩、咸"，把这些粉状物扫回去，放在空木里，淋上少许水，从木外就见到白霜样的物质了。这东西从土来，大家叫它"盐"。后来，有人用陶器、铁器盛上这些含盐的水，把水蒸煮掉，可以得到粉状盐了。这些"盐"其实有"碱""硝"和"盐"混在一起，人们称这是"硝盐"。人们品出咸的是盐，涩的是碱，苦的是硝。后来又有井盐、湖盐和泽盐。到了俊訾时期，已经开始有海盐了。盐除了做食物的佐料，也可用于食品防腐、制皮、冶铁等。在互市时，除了粮食、铜铁、木制品、皮制品外，这盐也成了重要的交换物资了。

在辛城本地市上的盐都是北来土盐、西来湖盐、井盐、东来海盐。盐已经是居家必备的食品了。在集市上开始有人以盐业立铺，搞起了专营，发了大财。盐价都在这几个大户手中掌握。有人告诉俊訾，市面上盐价波动很大，每在民众用盐量大的秋冬季把价扬起来，想是有人在操控价格。

秋末做冬储的时候，俊訾到市场上查看，几家盐铺已将盐价抬高了，大家都有怨言。正好看到有胡姓盐商的运盐马车过市，轻肥骏马，带着铜铃，哗楞哗楞地在街市上驰过。

俊訾回到相府，找来负责税务的官员问盐商纳税情况。

税官说："盐与百业一样，以利定税。十抽一税。"

俊訾说："盐价随季节波动也考虑在里面了吗？"

税官说："盐商是一年一交税。"

俊誉说："那他们盐有多少利，扣去经营费用，净利是多少呢？"税官说："全凭他们报告了。"

俊誉说："现在盐多从海来，用途日大。商家以谋利为要，民众以低价为生，官以流通获税，要平衡这三者，真不易也。"

税官说："税取之于商，用之于国。课多少税，全在民的购价中。海盐取之易，商家运作后价就起来了。盐运来少了，价就能抬起来。"

俊誉说："看来盐这种物品，因取之易，价格全在商人运作中。盐利不能轻易肥了少数商人，官府应该参与议价，管起盐价来。"

俊誉关于盐业管制的想法写了呈文，要由官方管制盐业。目的不是与民争利，而在平衡价格，官府合理增加税收。

俊誉给大王的呈文。其呈文如下：《盐业监督议案》。

呈帝议案：古时盐从土来，是先民自农耕以来主要采法。现盐从海、井、湖、泽来，其量很大。民食之盐曰食盐；百业所用之盐曰盐料。此物与年俱增，互市中盐商获利极大，虽有税制平衡，但盐商逐利，营盐者易获暴利。为民计，为邦国计，此物应加监管，或官营。如为监管应特设盐局，计其价、核其量、算其利、课以税。如为官营，则利入国库。丰国以利民。价格以民能承受为度。

呈上初议，可否望予定夺。

辛城臣俊誉

自这一呈文交上后，颛顼帝非常重视，让俊誉先试官营。实际运作机构庞杂，费用大增，加在盐价上，价高民怨，价低无利。后来放弃了官营，改为监管。一时盐价平衡，国库税收增加了。

四、帝誉解决桑与稻争地

这时期的五谷种植由于采用了牛耕、良种、水利，农产品丰富了。南方已经出现了两季种植水稻，除了种麻，桑蚕养殖也增加了。这吃与穿历来是人们非常重视的，也是互市上最常见的两类物品。在辛城这个地方，低地植稻，高地植桑麻，大家已经习惯了。不曾想有一年，有两家人因植桑和种稻互不相让。因为两地相邻，

地势差不多高，一家善养桑蚕，一家善种稻，稻要水高，桑要水低。两家人起了冲突，告到俊訾处。

俊訾到实地看过，也觉得不好调解。时令该插稻秧了，种稻一家把水位抬高，溢入另一家桑田，起了纷争，桑家找俊訾解决。俊訾看水已到了桑树根部，就拿过铁铲帮着桑家在桑树跟上培土。挖出土的地方水浸了上来，有稻秧漂来。俊訾灵机一动，让桑家将土培在桑根基上周围插稻秧，这样台上种桑，台下种稻。到了秋成时节，俊訾去看，桑有土基，稻有水养，这一家人，又收稻又收蚕丝。这种方法，大家看了都说可以试试。经过试种，蚕桑之利和稻米之利都可以得到。这种种植方法一直被沿用。大家都称赞俊訾的智慧。那两家也不争了，都搞起了桑稻间作，称为"桑基稻田"。

五、帝訾破巫术治霍乱

在南方每到夏天，经常流行霍乱，常因此有儿童不幸夭折。儿童每染霍乱病，呕吐、腹泻、发烧，重者抽搐，三五日就死了。便血红者为赤痢，无血者为白痢。中医认为是"外感时邪、饮食不慎"，致疫痢流行。"祸"与"霍"同音，"乱"是说病势极重，所以称"霍乱"。有些人家数口发病，三、五日死绝，大家都非常恐慌。有巫人造势说民众有罪于天，天降大疫以惩民，所以怂恿大家焚火跳神以避邪气。每跳大神，巫可得利，病没治好，又添了费用。有甚者以许愿名义，让患家杀鸡、杀猪，大肆铺张，人死财散。

俊訾遍访医家，有中医说明了病的来龙去脉，时为夏季，有痢在民间传播，食物不洁，会引起一户户人家发病。提出以日晒和水煮患者用品，食物以煮沸及新鲜最为重要，可以防治之。病人可用清温解毒，清痢之药解之如"白头翁汤"。

有一巫人自家人染疾，巫人不自己治，找医生看病，三五日后病好了。他在外面说是自己的巫术保护了家人，大家似信非信。传到俊訾那里，俊訾问巫人什么情况。巫人谎说："天机不可泄露。"以此为搪塞。有一天俊訾说，自己染病了，三日未进食，让巫人求神祛病。巫人信以为真，做起法事来，忙了一阵，讨要费用。俊訾坐起说："我本无疾，你怎么做起巫事来了。"巫人无语，此事传出，震动了辛城。大家有病开始找医生了。俊訾告诉人们，有神农氏的本草和黄帝内经，是中医药的经验集合。应该推广中医，而不能以巫术误人了。四季用食，不能用腐败的食物；凡生应煮熟。凡有痢，要做好病人排泄物的处理，可深埋之。俊誉让镇府发了安民告示，四处张贴。内容是：

镇内逢盛夏秋燥，常有病痢霍乱发生，这是暑气不蒸，湿气犯脾、胃、大肠所致。是邪乘腐食进入肠胃。人得痢乱，吐泻，发烧，红白痢不止，三五日人厥去也。防此痢重在食物。有以下九不食可避之。即：一、隔日剩食不食；二、生水不食；三、不洁不食；四、不净手不食；五、痢地不聚食；六、不与病人同食；七、痢地互市不食；八、不明来源不食；九、死畜不食。

府臣爱民，民亦自爱。病则寻医，不巫不蛊。附送中药方两则，加减用之。白头翁三钱，黄连三钱，秦皮三钱，银花三钱，连翘三钱，山楂五钱，地榆炭五钱，(粉，冲服)，鲜马齿苋一两，水煎适量服，一煎日两次。或鲜蒲公英一两，煎水适量，加灶心土五钱（粉）冲服。

辛城相府俊誉

这样，辛城霍乱就很少发生了。

六、帝誉平定百越之扰娶百越女为妻

在颛顼平定共工之乱后，在百越地方每于荒年暴岁，常有小股强盗蚁聚，抢掠九黎人财物，有时还发生抢掠伤害人的事情。颛顼帝命俊誉组织就近杨州兵去剿灭这些匪患，并派王帐下大臣力昌做俊誉助手。

杨城将军广忠、州臣达平接俊誉和力昌入室。四人互礼坐定。俊誉问州官百越之乱是什么原因。杨城将军广忠说："这本是早年蚩尤作乱时遗留的散兵游勇，加上前些年共工之乱的败军潜入原九黎边区，两相勾结与华夏作对。虽然是疥癣之疾，也时常扰动华夏局势。"

俊誉问："百越那边对这些强盗怎么看呢？"

州臣达平说："这些人平时在百越以平民身份生活，每在秋冬聚合到华夏这边作乱。百越并无痛痒。这些人已和本地人融合了，已经是第二、三代人了，各种习俗已是百越人模样了。"

俊誉又问："最近怎么惊动了大王呢？"

臣达平说："今年春夏，百越收成不好，穷则生盗匪。贼人到我们这边抢掠粮食、铜铁、丝麻织物、农具、牲畜，边民也被害得不轻。稍有反抗，则被打死、打伤。"

俊訾又问州将军广忠剿灭情况，广忠说："百越贼人年丰时无事，年荒时就起事，实无规律。今年已多次发兵了，剿杀数股强贼。但这些人潜回百越，我们就不好处理了。与百越地方官交涉也搪塞我们。"

力昌是王舍的老臣，对南方情况较熟悉，说："这次，颛顼帝对此非常重视。现存百越已经不是古之百越了。蚩尤九黎之乱时已将岭南一带诸族纳入了九黎。黄帝平蚩尤后已经百年，南方瘴疟频发，民畏而移居。管理荒疏，许多地方为南族侵占了。蚩尤建立之城市已经荒废了。现存岭南一带之百越，南达交趾。他们不如华夏农耕发达，还处在氏族自然生存状态。因此，既无大害，也难根除。剿不灭他们，主要是当地没有官军的管制所致也。原来百越连年有贡于华夏，现已多年不贡了。"

俊訾问计于力昌，力昌说："大王已经说了，让我们与百越联系，先礼后兵，让他们自己管一下边民治理。我们这边也要把清剿做好，两相夹攻，边患可宁也！"

俊訾问达平到百越王城一去要多少天，达平说十日即到，这一带路不好，又要越几条河流，往返二十几日吧。

俊訾说："那就这样办吧，备礼品丝麻织物，乘车便行。"俊訾、力昌、达平，带二百军士去往百越王城。

俊訾要求将军广忠把大军压在边境等待消息。

俊訾一行乘车数辆，其他军士乘马。路在华南尚好，越入百越之地，路越不好走，虽然是秋天，这里如中原夏天，时有阴雨。

已走了七日，过了国界，百越地方路更难行走，经常要人车分过，人牵马行走。正行间，前面有一泛着红色波浪的大河，河水宽阔有三十丈。浪大流急。找当地河工，河工见俊訾队伍庞大，车子众多，不同意用筏渡之。说他们的筏仅可渡三人或一马，这样大的车仗怕渡不过去，即使分着渡也需很多时间。大家愁眉不展，有十几个兵士马匹渡过河已用了半天时间。要全部渡二百军过去要十天以上。俊訾见车仗渡不过去，许多物品都在岸边。入夜了，大家在帐内安歇，俊訾在帐边散步观星，他看着天上星汉横贯天际，星斗闪烁。秋季时序，北斗星高高挂在天上，斗柄指向西方。天枢为轴，天璇、天玑、天权、玉衡、开阳、摇光，分列之。独玉衡星光最耀眼。星本无意，人有烦心。看着看着，他见星星间似有丝丝相连，

似有天神启示"连星为车",如似人间,"连筏渡人"。夜深了,俊訾回到账里久久难以入眠。俊訾到王舍内参听政事已有六年,征战共工后又有三年了。王所虑的邦国安全只有北、南两方。北方已安定多年,只是这个百越之地还时常有兵匪的扰乱。他受王命来平复百越,没想到路途这样难走。

第二天,又有多个筏子加入摆渡,但只过去很少的人员物资,俊訾把力昌找来,两人商量。俊訾说:"昨夜观天时受天上星汉启发,将筏子连在一起,可渡多人和车仗。"力昌找到筏工说了这个想法。筏工说可以试试,就在岸边把筏子连在一起,下游头拴住,上游头推河中,水流将这连筏推到了对岸,人轻身走过如平地。又固定了一下,车子也得过去了。真是漫天乌云,突然开晴,大队人马顺利过了大河。俊訾借中原河上架的桥,说这叫"浮桥"吧!

在河边耽搁了两天,上路后俊訾催队伍急走。每天早起晚睡,想把时间抢回来。不想有一日晚上,将军召明来报,有许多兵士染疾,腹泻、呕吐不止,有数人已经晕倒了。俊訾急过去看,病者忽冷忽热,腹痛腹泻便红赤痢。俊訾知是染了痢,叫士兵赶紧找蒲公英、灶下草木灰。熬水灌下,许多军士好了,有个别病重的死了。俊訾极悲伤。见兵士体虚的有三十余人,与力昌、召明等商量留五十人,让这些人就在近旁安营休息,不要向前走了。离王城还有三日路程,休息几天再赶路。大队人马继续前行。

留下五十人在原地休整,没想到第二天竟被一伙强盗俘去,不知去向。有军士拼命骑马逃出,将近王城时追上了大队,说强盗是百越军人打扮,非常粗野,有明确的打劫目的,想是有预谋而来,头头叫石魔头,极不讲理,不但掠去车仗兵器,还把人扣了,也不交涉,赶着人往边界地方去了。这个军士正巧在外边遛马,见军营被劫起火,跨马跑来报告。俊訾很后悔分兵一事。

又行一日,到了百越王城锦水城。此行已有十日了。兵士住在城外,俊訾等进城,在王府见到百越大王陈锋,双方互礼后送上礼品。见这般礼物,陈锋大王非常高兴。

俊訾说:"我们从华夏来,一是看望大王与百越交好,再就是两地边境常有盗匪扰乱华族地方。这几年,每有荒年,常有百越强盗假蚩尤、共工名义组织队伍到华夏这边来抢掠。我军进剿就逃入百越之地,久剿而不灭。这次我们来通好,不幸途中被一伙以石魔头为首的强盗打劫了,有五十军士被掠走了,要大王速给解决,救回军士、车马。"

陈锋帐下大将黎元说:"边境冲突已经多年了,不但这边有蚩尤、共工时逃来的军卒,也有华族越界扰民的情况,并不单单是一方的责任。被掠了军士车马,

我们尽快追回吧。这伙强盗是尾随你们来的，本来这石魔头只在边界活动，并不在百越内地打劫，想来是针对你们的。他们有多少人？"俊誉说："约一百多人。"

达平说："将军休说责任双方，必有一方为主，蚩尤和共工军卒如果越界到贵地，你们不收留，不供给，他们不可能在边界滋事。这次劫我们车仗的必与你们的人有联系。"

陈锋帐下大臣范同说："这些人已融入百越了，已经不是第一代人了，这是他们的后代，是假借以前的冲突闹事了。"

力昌说："我们这是先礼后兵，希望通过商议，双方把问题解决了，如果不然，大兵压境，冲突一起就不好了。"

范同说："敢有兵来，必有将挡之！恐吓我们是小邦国吗？刀斧之下死伤不止我方吧！"

两边都激动起来。

陈锋和俊誉同意明日再议。

隔日再议之前，有边防报说："华夏边关有大军进驻，号称邦国大军，有南侵意向。"

百越王陈锋召自家大将、文臣议事，大王陈锋说："这次华夏来人已经言明，就为边境盗匪扰民一事。现在解决好了，双方不致大动干戈。如因此引发战争，岂不害民害国？所以我们的目的是谈和而不是谈战，再听听他们的意见吧！"

俊誉一行人入座，案子上摆着南方果品芒果、番桃、荔枝等。

陈锋大王厉声说："你们既为剿匪，为什么大军压我边关呢？"

俊誉说："我们是大王所派谈判之使。王命已发，必有文武之道。文道称使臣在此，武道称军阵。谈判不成，那只能动武了。我想大王能以平复边境为要，不愿见到出兵抗我们大军吧？"

陈锋大王转了语气："边境有匪是双方不愿见之事，我们也同意剿除，不知你们是怎么安排的。"

俊誉说："我们已充分备战了。如再有犯我境者逃回百越，你们应予擒拿，将犯人押给我们处理。因为证据在我们那边，我们定会有罪则罚，无罪则放。"

俊誉又提出解决边境问题的长远安排，一是双方互市、增加沟通，使民相交增加联系。二是向百越方派百艺匠人，使百越铜铁、木、皮、陶业发展起来。三是可派百人去华夏学习桑蚕和种五谷、饲六畜技术。这样三五载后，两边的物产趋同了，民富了，就会安居乐业了。

七、帝喾袭取石魔头

百越王见华夏使者很有诚意，如此发展，各方都有益处，就同意了华夏主张。百越王暗问大臣力昌，俊喾的年龄，知道俊喾二十一岁，有心讨好华夏，送女庆都嫁与俊喾。俊喾先不从，说："我为王命来此处，如接受贵大王女儿，恐怕为我大王不准。可带王女一同回华夏王城，得大王定夺。百越大王可派使者去，一者示好，二者为女儿婚事。"百越大王陈锋同意俊喾带庆都一起回王城。百越王送了许多珠宝，又为女儿带了嫁妆、侍女，还派了大臣阮竹为使者，带五百人的队伍出使华夏，护送到边界。此时，追剿石魔头的军队还没有消息。

大队人马依照原路返回，车仗军马都得到了休整，又有百越军人开路，较来时顺利许多。过红河浮桥后，据华夏地面约两日路程。俊喾见村舍族人语言也相通了，想此次南去还算顺利，只是五十个军人的下落不明怎么向他们的家人交代呢？他把百越将军阮竹找来，让他先走一步，四方打探石魔头去向，以便解救华夏军人。阮竹先催军去了。又行半日，至晚上，到一村边休息，准备明天一鼓作气就到华夏地界了。此时阮竹回到大营，说强盗队伍就在附近，明日联系。晚间风啸谷鸣，狼嚎掠空。俊喾一夜没有入眠。早晨哨兵突然惊呼，敌人已经列队在营地外了！军士持刀斧枪刺与敌对峙。有一强盗头目叫石魔头的，招呼领队出来说话。

俊喾、力昌并达平、阮竹一起迎了上去，与石魔头说话。

阮竹说："我是百越王陈锋帐下大臣，你们贼人怎敢劫掠华夏国使臣的车仗呢？"

这石魔头毫无惧色说："我们正是为华夏国的车仗而来。"

俊喾忙说："你们可劫掠去了我们的军士吗？"

石魔头说："这些人在山寨休息，已吃了我们粮食十多日了，要放回，必将车载珠宝留下，大王女儿也要留下。"

俊喾说："人要平安返回，物品可以取去。大王女儿已许给我，是我的妻子了，不能以未嫁妇女为例。"

这石魔头不从。俊喾说："今时尚早，交接不宜。我们队伍也跑不掉。你们先回去，把我们的军士放回来，珠宝尽可拿去。"

石魔头同意放人，但要在军前一面交人，一面交珠宝。双方订了时辰以日中交接。

双方各做准备。俊喾对大家说："军士平安比珠宝贵重，只要人平安就不与

强盗纠缠了。剿匪由阮竹处理可也。"

力昌说："强盗无常,对石魔头应该防备暗算。"俊誉做了如下安排,让阮竹带兵立即出发,绕行到强盗老巢附近待命。如果事情平顺,军队撤回;如果发生冲突,立即封锁敌巢,不使强盗逃脱。珠宝放在一辆军车上,由两名军士护送,人员平安,就将珠宝交割。其他人员都人在马上,随时准备冲杀。

太阳升到头顶,正午时分,石魔头带五十几个强盗,押二十几名军士来到营房外。俊誉出到外面迎接军士,军士一见俊誉号啕大哭。一个军士说："那日你们走后,第二日晚间我们突然被围了,他们大叫出帐列队,我们说有些兵病得不能起床了。他们叫能行的行,不能行的卧着。我们有二十七个人走出,列成一队,刚站定,见营帐已烧了起来。凡有外跑的当即被砍翻,还有气息的一并坑杀了!"

俊誉听了这番话,定要给死去的军士报仇。这时载珠宝的车辆正在两军之间,俊誉高喊:"为军士报仇!"拔刀向强盗队伍杀去。力昌也率军队冲了上去,数个强盗被砍翻,其他强盗向老巢方向跑了。急忙发烟火告知阮竹,同时紧追强盗。半路,阮竹军杀出,擒到石魔头一伙。力昌和阮竹率军攻上强盗老巢,抵抗的强盗都被杀死。被俘的石魔头被军士绑缚到俊誉面前,问如何发落。俊誉说:"逆行不义,残害官军,死不平恨,以头祭灵!"石魔头喊:"大臣有负前言!"俊誉喊道:"杀我军士已为前言!杀戮之仇岂能不报!"军士将贼砍头,火焚其尸,告慰被害军士。

俊誉仍仇恨未消,找到二十多人被坑杀的地方,焚树叶祭祀,重新安葬。

俊誉一行回到华夏。双方一起剿灭了边界流窜的匪徒。从此,有华族匠人携家南去,又有百越人学习养殖技术,双方互市,边民都生活安定了。

俊誉带庆都回王城。颛顼见到来使,接受了礼物,听到百越王女儿来和亲,就同意了。庆都嫁给俊誉,后生放勋也就是帝尧。

八、帝誉继承华夏王位

帝誉平定岭南百越边境之乱后,又回到了辛这个地方。帝誉这时已有了三个妻子,元妻姜原、次妻简秋、第三妻庆都。俊誉三十岁时,颛顼帝在王城滑城向天下发举贤诏,要在有生之年退位。这年,颛顼帝在位七十八年了。

在王城,颛顼帝召集州镇臣议事,举贤选贤。最后帝誉以壮年聪慧,处置共工之乱有功。生性仁德,自律其身,顺天应民,知众之急。仁而威,惠而信。治理互市。献盐铁之营运策。平百越边境，实南疆之虚。颛顼帝之侄，黄帝苗裔，而受天下拥戴。时年帝喾三十岁，承王之大位。

帝喾发诏告天下，《帝喾受禅王位诏告》其诏文：

前大王颛顼，受禅于少昊帝。秉政七十八年，历尽苦辛。抑巫蛊之势于华夏，承天运神授，斗法王城。七战共工于中原，灭共工在不周山，裂天柱而黄河泛滥，得天神补之。伏黄水怪于河曲，睿智修历，做《承云》歌唱。帝颛顼巍巍高功，耸立华夏大地。帝不恋王位，筑禅让高台。经上下选议，受天神指引，帝颛顼禅让王位于俊喾。

俊喾年号帝喾。年少从军，战共工击得胜鼓。经略辛地，民称有德。献铜铁、盐管制之策，而物得其流，民得平价，税得入邦国。平百越纠纷而固南疆之土。帝喾仁德，必克勤克俭，勤力国事。惜民爱民，兴利农牧、百工。帝致以和平，珍惜民子为亲人，铸刀斧之铁铜为犁锄。倡文字，兴医药。顺应天道。祈祷天神保佑天下诸族，和谐共荣。

帝喾诏告

帝喾接了王位，善用天下民力，善理朝政，善用国资。民得生息，国力强盛。

九、帝喾定二十四节气

俊喾继位后，进为帝喾。这年按旧规，帝即位后要封泰山，以告天神，称作正统。祭奠了泰山之后，帝喾效法先帝去海边巡视，这片海岱之地，物华天宝，耕种年丰。海边有许多盐田。这个时代华夏人主食多为五谷，肉食减少，食用盐的量大增。内地虽有井、湖、泽之盐，但不如海盐好吃，盐业已成国民之大业了。帝喾看了制盐人开的卤沟，涨潮时引海水，关上水门，困水于小湾海水浓集，用水车注入盐田，阳光将水蒸走后就得到盐花。这些盐花也称粗盐，再加水，用草灰过滤，以巨锅煮去水而得到白盐。这些匠人需要观测潮汐，利用潮汐引海水。匠人说现在的年历只有太阳的日历，而无月亮盈亏，不太方便。

到了王城，帝喾找来授时的天师大臣向衡，两人就日历与月历探究了一番。

帝喾说："我今日去泰山祭天，回来时又去了海岱。在那里看盐田，匠人晒盐劳作时那里人使用月历。月历和月亮盈亏一致，知潮水涨落。盐田注水关系到潮涨潮落，渔民出海也和潮水有关，他们想用月历，你看怎么样？"

天师大臣向衡研究天象很有学问，他说："历法只是计元、计年、计月、计日、计时的分度。天授民以时，民分时于历。历法则是掌权者即帝王定制。百年前黄帝定黄历。前朝颛顼帝定颛顼历，民众已经习惯了。

"黄帝历与颛顼历都是太阳与大地的关系而定，称太阳历。只是黄历把一年分十二个月，每月定三十天，多出了五天，定在初始月为三十五天，为春庆之月。再多四分之一天，每四年加一日在庆年之月，称闰。闰年三百六十六天也。

"颛顼历法是把黄历中的庆年月的五天分到各月去而已，这里完全是帝王所定的。他们两位都遵从，伍、旬之日互市和祭天的安排。这些年由于百工雇佣匠人，计工需要月份日数平均便于计算，所以颛顼历受欢迎。

"月和地的关系，不像太阳和地的关系。太阳与地称为黄道，一黑一白为一天，合为三百六十五天又四分之一天。月与地称为白道，一圈用天计算为二十九天半多一点。所以年计月亮历，一年有十二个整月又多出约三分之一月，故月亮历每三年需设一闰月，双月补之。尚有不足，每十九年设置七个闰月。需要五到六年又设闰月解决月历不足年的问题。"

帝喾说："天授时给我们，计时全在我们分度了，我看先帝颛顼历法还可行之。不应该帝王换了人，计历法也换了。太阳之历和月亮之历，民众可自度之。国之大，一统而言，还是以太阳历为主好，月亮历辅助吧。以阳历与气候相一致。使用月历，尤其置闰之年，耕种就乱了，这怎么办呢？"

两人都若有所思。相约容日后再想想。

过了些日子，帝喾告诉向衡，收集民间歌谣。

曰春：春打六九头一天。

曰夏：夏立鹅毛住，立夏不拿棉。

曰秋：七月十五定旱涝，八月十五定收成。

曰冬：立冬有雪，路上无窃。

民间还有九九歌，也是告诉人们怎么按时序劳作的。九九歌是冬天到春天这八十一天的歌谣，立冬时开始，曰：

一九二九不出手。
三九四九背粪篓。
五九六九看杨柳。
七九河开。
八九燕来。
九九加一九，耕牛遍地走。

第十二章 帝喾的故事

帝喾解释说："国之大事以太阳历计算。民间又有计月历的。何不再用四季时节计'节'，以四时天气计'气'，合'节'与'气'为'节气'。随太阳与大地的关系置'节气'，不随年历所变，无闰余之扰。以日影最短为节首，日影最长为节之半。切为四分为季。每季六个节气。全年计为二十四节气。"

帝喾让向衡依照民间的歌谣将二十四节气细分。

春季有：立春、雨水、惊蛰、春分、清明、谷雨。
夏季有：立夏、小满、芒种、夏至、小暑、大暑。
秋季有：立秋、处暑、白露、秋分、霜降、寒露。
冬季有：立冬、小雪、大雪、冬至、小寒、大寒。

节气与太阳历的关系是，每月两节气不变，一和十五日各一节一气。

这二十四节气，弥补了月亮历闰月的不足，农民记住这个就行了。很受欢迎，这节气是以黄河中下游平原地方所定，南北有些差异。帝喾专为此下诏，《帝喾授二十四节气诏》其诏文如下：

人之在地种植五谷，兼做百艺，载车行于路，驾船巡于水，都为天之所授气候为定数。自伏羲氏作八卦，燧人氏大山樗木作干支，黄帝作太阳历，颛顼帝作新太阳历。然而民间有循太阴月历者众。太阳照地一黑一白，最为明确称为一天。太阴与地一盈一亏或曰一望一朔需二十九天多，为一月。洋洋九州，以太阳历计，即颛顼历计之。为补农耕和海潮之变，民间可用太阴历。而太阴历不与季节相配，置闰乱季。今以二十四节气补之。此节气以太阳与地影在日晷中投射出的最短之影子和最长之影为二十四节气之半，共切二十四分，计为春夏秋冬各六分，有立春、雨水、惊蛰、春分、清明、谷雨为春，立夏、小满、芒种、夏至、小暑、大暑为夏，立秋、处暑、白露、秋分、寒露、霜降为秋，立冬、小雪、大雪、冬至、小寒、大寒为冬。立春为节气之始。此不依照帝之年号、人之好恶来改变，是适应天时之节气而定。

帝喾授节气诏

自从帝喾诏告天下二十四节气后，有关阳阴历之争就解决了。有人作二十四节气歌传遍华夏。简曰之：

春雨惊春清谷天，夏满芒夏暑相连，秋处露秋寒霜降，冬雪雪冬小大寒。

另一个与农事编在一起，曰二十四节气歌：

立春阳气转，雨水沿河边。
惊蛰乌鸦叫，春分地皮干。
清明忙种麦，谷雨种大田。
立夏鹅毛住，小满雀来全。
芒种忙开铲，夏至不拿棉。
小暑不算热，大暑三伏天。
立秋忙打靛，处暑动刀镰。
白露寒霜降，秋分无生田。
寒露不算冷，霜降变了天。
立冬交十月，小雪地封严。
大雪河封上，冬至数九天。
小寒进腊月。大寒迎新年。

第十二章　帝喾的故事

二十四节气歌和气候、农作的关系紧密。人们应着节气在进行着不同的生活。

立春：又称打春，是春季的开始。春的暖阳开始出现，冬天的寒意还没有完全消退。一般在阳历二月上旬。四至八日之间。阴历的前一年的十二月十五至一月十五之间，是阳历、阴历节气起始的阶段，也是人们一年开始新生活的节点时间。这时候人们开始筹划一年的种、养计划。

雨水：天开始降雨，在河边可见到冰开始融化。人们开始外出活动，感受春的气息，开始备耕，粪肥运到田里。农民开始准备农具了。

惊蛰：惊蛰是蛰伏惊动的意思。经过冬天，蛰伏的动物、植物开始苏醒了。这时候雨水加大，有春雷轰鸣了。小草发出嫩芽，柳枝长出新叶，杨花在枝头绽放了。春种要开始了。

春分：是平分春天的意思，这时昼夜平分。冰封的大地已经化透了。地表的泥泞减少了，地皮干了起来。正是春种的高峰时节，人们都在田里劳碌着。

清明：清空流云，草木新绿。这时是种麦子的好时候，也是祭祀的时节。

按照习俗，人们这一天要去祭祀亲人，人们带着烧纸和鲜花贡品来到亲人的坟地、灵堂做祭祀，行礼，为坟培上新土。这是一个踏青、郊游、荡秋千、放风筝、植树的季节。踏青又称郊游、探春、春游，约三五朋友和家人一起到田野中去走一走，去掉冬日很少出门的寂寞，放开心情，亲近大自然，多么爽快呀！这个季节最适合放风筝，清风徐徐，暖阳高照但不焦热，放一只只风筝在碧蓝的天空中，随风舞动。老少争着拉风筝，放线、收线，欢声笑语在天地间回响。也有荡秋千的、玩球的、骑竹马的，大家一起玩耍，增加了亲情。清明也是植树的好季节，冬天过了，植下树苗，春雨裹挟着生命的活力，让苏醒的树木生根发芽。

谷雨：是种田的高潮时节。大田开始播种。大田是指五谷之类大量种植的庄稼，也是人们的主要粮食。播种谷物盼望着雨水，所以这个季节叫谷雨。

立夏：夏天来了，春天的季风停了。微风加上暖暖的太阳，田地小苗在生长，各色的花开在原野上。

小满：夏日里鸟儿都在田间、树木间飞翔鸣叫，这是鸟儿求偶做巢的季节。人们已经播下种子，祈盼"好雨知时节""润物细无声"。

芒种：凡是有芒刺的农作物已经长到一尺高了。农民扛着锄头到地里去劳动，是一年最忙的季节之一，称"芒种忙开铲"。

夏至：是夏日里白天最长的一天。田地里，农民在薅草莳苗。到田间劳动或守夜的人已经不用穿厚实的衣服了。夏日夜晚的空气温热，不需带棉衣过夜了。

小暑：还不算一年中最热的时候。比起大暑，冬天积下的凉气还没有散尽。白天和夜晚的气温差别不大。庄稼已经开始抽穗了。

大暑：是一年中最热的季节。人们开始数伏。头伏起在夏至后，第一个庚日起，数三个庚日，分别为头伏、二伏、三伏。庚日每十天一次，从头伏算起一般为三十天。但阴历又有规定，如立秋及后两日为庚日的末伏加十天，为二十天。伏是潜伏躲避的意思，人们在田间劳作，开始躲开最热的时间。这时候萝卜和白菜开始下种了，俗称头伏萝卜二伏菜，再种晚了就长不大了。

立秋：秋天到了，天气开始转凉。各种早熟作物开始收获。其中一种做深蓝色染料的植物"靛"，也叫马蓝开始收割。割下的植株阴干后把叶子打碎存起来，用来染麻棉织物。那时的衣服之所以几乎都是深蓝色，就是因为靛蓝的作用。田里开始"收麻"，把麻砍下来捆成小捆儿，浸到水里沤制。

处暑：是热天结束的意思。暑气没有了，天气凉爽了。许多早熟、易开裂、

荚皮的植物开始收割了，如芝麻、小豆类，割晚了荚皮就会开裂，种子脱落，所以也叫早秋、急秋。农民开始用刀镰在田间劳作了，称为"处暑动刀镰"。

白露：天气变冷了。早晨可以看到植物叶子上的霜。

秋分：是秋天的中分，庄稼已全部黄熟了，正是秋收的季节。农民讲"三春不如一秋忙，绣女都下床"。

寒露：天气更冷了，但还不是深秋，大部分地方都降了白露。秋虫停止了鸣叫，蛰伏了起来。

霜降：这时秋已深，天气要大变了，提醒人们该为过冬做准备了。

立冬：阴历一般在十月份。冬天到了，可以见到雪花了。

小雪：这时大地开始冻结，农民已不下田、上山劳作了。

大雪：这时河流已经结冰封了起来。冰河上已经可以走人了。

冬至：是日影最短、夜最长的一天。最冷的天气就要到了，人们开始数九，从冬至这一天数起，到三九是最冷的时候。人们在生活的房子里以数九计算着冬去春来，盼望春天的到来。

小寒：一般是旧历的十二月称为腊月。腊月是杀猪、做腊肉的时候了。这腊肉是以鲜猪肉用盐在表面腌制后放在通风或有烟火的地方阴干，表面起蜡样外壳的肉，以防腐坏。到夏日里吃，风味独特。腌制腊肉是一家人庆丰收的必不可少的方式之一，人们非常重视。

大寒：进了大寒，离春节就近了。家家准备着过年的东西，小孩开始看到自己的新衣服新鞋了，整个家庭沉浸在幸福之中。

这二十四节气是气候的划分，也是农民生活的节奏。哪一节气干哪样的活儿、过哪样的日子，人们把对幸福生活的创造和享受都记在这古老的节气里。

二十四节气的制定方便了农业生产。感谢定制这个二十四节气的帝喾。

十、帝喾平息西北大戎之扰

帝喾继位后，华夏百业俱兴，民得到五谷之利、六畜之益，连年生活安定。此时在华夏南北都有落后而好斗的民族，百越推行帝喾的通互市，移百艺的方案安定下来，只有北方生产落后的游牧民族还有到华夏劫掠的事情发生。在西北面有一个大戎族，这几年常来华北边境地区劫掠。

华夏上古故事

守雍城之战

有一年秋天，正是草黄马肥的季节。中原庄稼已经收获了。大臣召明和大将秦征来王舍向帝喾说北方边境被袭扰一事。大将秦征说："雍州有使来报，大戎兵马常在秋收的时候来抢劫，今年又发生了杀人、放火、抢劫的事情。"原来这大戎一族早年是由华西一带向西北迁徙的民族，经过几十代传承已异化成了一个以游牧为生的民族。男人们善骑马，射猎，起兵时一哄而起。马日行两百多里，抢掠一番就跑回老巢，很难剿灭。那年秋季，有一支称大戎邦的匪徒到边境劫掠。州将军汉广率军追杀他们，一直追过了大戎边界，杀了一些劫匪，不想这些劫匪向他们的大王术元亥报告，说华夏军侵略了他们，杀人抢物。大王术元亥发全境近五万骑兵杀向华西雍州。雍州之兵难以抵抗了，因此报帝喾发兵。

帝喾说"既然这伙兵马已杀入华夏界内，不得不战了。"诏告天下，准备出征了，发了《讨北戎犯境诏》其文如下：

天下平安为吾所愿，然近有大戎犯境，使雍州一带，民众生命财产损失极大，邦国不能平安。贼兵锋所指，已向中原。不得不发华夏精兵予以痛击。诏告所到之处，各州发五千军到雍州集结。雍州备三万军及王城两万军，共十万大军，帝亲征大戎，各州见诏二十日到雍。自备车马兵器。迟则罚之。

帝喾诏告

诏书已下，帝喾就要亲征，大家劝止不住。王城备军五日，两万兵由大将秦征，副将干成、风汉，军师东平率领。帝喾亲自督军，妻子庆都也一起随军前往了。日夜兼程，三日到了雍州地面，有驿马来报，大戎军已经突入国境，离雍州城只有一日路程了，大将秦征当机立断，派干成为先锋，率三千军轻装疾驰到雍州城，大军随后就到。先锋军主要是去巩固城防，阻击大戎军，等大军到来。帝喾听了军情，让秦征驱动大军加快行军，务必在一日内赶到。干成率三千军，半日到了雍州城，见到州将军达先、州臣黄平。这时有快马来报告，敌人离雍州城只有半日之程了。干成告诉达先和黄平，多备滚木、礌石、箭支，他引三千军在前方迎敌，戳敌人锋芒，给守城军队争取准备城防时间。

进犯的大戎军由术元亥亲自督战，先锋大将完侠率五千大军杀向雍州，随后五万军直指中原。所过城镇都被他们一哄而攻下，现已杀入华夏近三百里。狂妄

第十二章 帝喾的故事

之兵离雍城五里，被华夏军迎击。先锋将军完侠见前面有军阵，旗帜鲜明，队伍整齐，有将军立在阵前，就扬起手中浑铁大棍杀了过来。干成使一口精铁大刀，也拍马迎了上去。两人只喊"杀！杀！"，并不通报姓名，完侠铁棒打来，干成抖缰闪开。干成回马一刀，从前向后劈下，刀锋闪过，断颈抛头，将完侠斩下马去。随后，大军杀向大戎军。这些人杀入华夏三百里没有受到大的打击，以为兵锋一到，华夏就投降了。大戎军先锋被斩，又有生力军杀来，军士慌乱，急向后退。后方不知前面消息，又要向前，军马冲撞，伤了许多军士。干成驱兵冲杀十里，敲了得胜鼓，停了追杀，军队退入雍城。

前方被劫杀了先锋，报到大戎王术元亥处，非常吃惊，命令先锋军停止进兵，派完二为先锋，离城近二十里扎营，立寨栅。帝喾大军到雍城，被迎进城里。这时城中已有四万军，有三万军正在召集中，远方州的援军还有几十日到。

帝喾将大家聚在一起议事，秦征大将说："敌人五万人杀来，我们只有四万，防守怕是困难。可否施缓兵之计阻拦十多日，等我们大军到了，杀败他们。"

帝喾问怎么施缓兵之计？秦征说："两军对垒，兵书通战。我们立刻发一诏书，劝其息兵，此一也。我们兵在城内，不便施展，可另起一寨屯兵御敌，此二也。离雍州南五十里有南丘城可以屯兵，令后到之军和雍州地面征召兵马，暂时在南丘城听候调遣，此三也。原来要各州二十日之内成军并且到雍州，今形势急迫，加快兵马通知，远近不同对待，成军即发，十五日内必到。这样又省五日。有近处三日也可到。得这四万军，加上现有军队，灭他五万军，必然不成问题了，此四也。军队调动粮草非常重要，除了雍州自备，其他各州都要送粮草勤王，此五也。这五条齐了，敌人必将被我们克服。"

帝喾说："将所述齐备了，需要许多时日，或许也不像我们所预料。当务之急有两条，一是守城，已召集了外围三万兵，先进入城中巩固城防，二是风汉将军领三千军到南丘城，以为援军，并召集各州的援军统一指挥。敌人涌来，看烟火为号援救。务必要有一城门能通连军队。发兵书就由东平军师办也。其他各条都可以照做。"

于是将军风汉率兵三千到南丘城。雍城中有三万多军士。帝喾问大将秦征哪里最危险。大将秦征说守城最危险。帝喾说："那我就在城中和大家一起守城。"劝之不准。

第二天有外围召集的两万兵入城，城中已存五万多军士了，东平写了诏书，帝喾同意，带了四人乘马，去大戎术元亥处下书。路中看到，大戎军正在休整队伍，准备攻城器材。通报了消息，被引进大帐。

这术元亥见到东平身材矮小，所以戏弄他说："怎么还带一个小孩来了？"

东平大声说："大王你眼睛有疾也？"

术元亥说："无疾，只是使者在人丛中低矮。"

东平说："高者为旗奴，举旗而已。我为来使，足见有谋。"

术元亥问："一牛之毛无数，半牛之毛几多？"

东平不假思索，答道："半牛之毛为一牛之半也。"

术元亥说："你可数过？"

东平说："我为军师，只数人之数，不数牛之毛。想来大王处有人数牛毛吗？师者出题，必有题根，问牛者必知牛毛数。大王认同吗？"

术元亥语塞，说："拿书来。"展开诏书，过目之时，面色由红转白。诏书文：

华夏泱泱大国有九州之物力，有千万之民众，有大军动辄百十万人。尔等以区区五万军敢侵犯华夏，真以卵击石也！华夏与大戎境地相接，人皆黑发黄面，虽语言各异，恐数代之前血脉相系。今华夏耕田养畜，兴百业，立城互市。其铁、盐、丝、麻、粮、皮大兴矣。大戎不思南学而兴旺，侵华夏地面，是不义之师，必为败军。疯牛一狂，一蹄之远。屠刀在前，退走不迟。华夏大军十万，已挺刀锋前指。前日损尔一将，再日必灭全军。悔之急退，不然双方接敌，吾师必捣入大戎都城西河城。大军到日，大戎西河必为踏平。吾华夏之王，不忍见军士横尸沙场，特亲率王师督战。今以使者通战书。见书，速退兵，两国结好。若顽劣不化，必作杀戮之罪，天诛地灭也。

华夏王帝訾

大戎王见了书信，一时无语，面色红而转白。让东平先休息，给肉食。

召大将商议，将臣都到了，还未等大王说话，大将彦驼已经开口了，说："这等人物来说，只是吓唬我们，这次他大王就在雍州，我们一鼓作气把城破了，擒住他大王，要什么他们就会给什么，图他江山也不在话下！"

臣枣阳说："大王还没说话，你抢的什么话语？你要拥兵自重吗？"

彦驼手按腰刀说："你屠鸡鸭之人敢教训我吗？"大有动武的样子，被大家劝住。

枣阳说："原来只是边民冲突，现在演变成邦国对垒，我们已深入二百多里了。边界争斗他们不会动大王出征。现在看，是举国之怒了。我们再发动也不过十万能征之人，怎和华夏比呢？我从大戎全族利益看，还是要些好处退兵吧。"

又有一将是亡将完侠之弟叫完二，现为先锋将，高叫道："杀兄之仇必报！侵犯我疆土之仇必报！"

大王术元亥说："我们前面顺利是没有大城，也是趁华夏没有准备。听探马消息，华夏已召军十万众，两倍于我大军。现在他们正在整军，我们可乘其没有准备好，让骑兵冲上去，试其虚实。如攻下城，俘获其大王那自然大功。我看他大王必不在雍城，只是鼓励军士的说辞而已，我们一攻便知。明日发兵，打下雍州再议吧。"大戎军要看城内虚实，决意要战，把东平送出了营寨。东平看了他寨中情况，心中有数。

大戎军准备明日攻城，许多攻城用品已装在车上，到午夜有袭寨之兵，放火烧寨。军士惊醒，并无敌军冲入，只是火箭把车仗点燃了一些，损失不大。次日清晨，大军照样发兵到雍州城下，看城中旗帜鲜明，军士都立在城上。见有军队来攻城，城门开处有军马冲出，迎大戎军，列成阵势。当先一员大将干成持刀，威武显耀。大戎军将完二一马突出，以三股钢叉来取干成性命。马头相接，钢叉已到。干成以刀柄架住，武器绞在一起，两人弃了武器扭在一起。大戎军旗一挥，军队杀来，华夏兵不敌，退入城中。这边两将扭打在一起，干成被大戎兵绑了起来。完二举刀要干成性命，术元亥不准，押回大营。当日三次攻城未得破。三面围住，只一面，南丘方向有兵车干扰，没有围住。

这城上守军有州军、王军和其他州发来的兵。将军汉广守北门；是贼军来的方向，将军齐飞守东门，支援来的将军朔北守西门，独南门缺将，帝妻庆都知道了，说："我可以去守南门。"帝喾说："女儿妆怎么上城？"庆都说："我可以换男儿装。"于是换上男装上城。王城军士知道庆都是帝妻都大受鼓舞。城内人皆知帝妻守城，都为之振奋。帝喾和州臣坐中军，留万人在四方呼应。南城门与南丘镇有联通大道。城市只一门没被围住，有百姓军士行走。庆都看过城门，门口有木门吊桥，有用绳索控制的塞门石和柴火堆。为防冲门准备的拦马索也在门口街边放着。第一日，贼军未攻打南城门，军士们有些庆幸了。庆都领一名队长在城上城下转了一圈，对重点部位让大家一起熟悉器物的使用方法。她将人分成三队，每队人防守四个时辰换班。

第二日上午，贼军又来攻城，独南门又被放了。这时正有一队军马入城，老百姓也趁机出入城。突然有一队大戎军从侧方杀来，门前乱成一团。这伙军队是完二带领的冲城军，是贼军使用的突袭办法——在城门开放时趁乱冲门。贼军突然冲进城门，百姓军士一时乱了，守门军士也不知所措了。有近百贼军已冲入城中，这边，庆都正在城上，见有贼军闯入大呼："塞门放火！"城楼上军士才醒悟了，砍了控制柴火的绳子，许多巨大石块由门边滚入门洞，柴火从城头飞下，石头砸在门洞里，城门立即封闭了。大捆大捆的柴火从城上飞下，也在门洞前烧了起来，突入城中的贼军这时已有近百人了。后续大队被阻拦住。庆都率军士在城上投石射箭，将夺城的敌军打了下去。冲入城中的贼军见夺不下城门，拨马杀向中军大帐。帝喾见有贼军突入南门，急率众军士出战。帝喾见贼军已近了，上马已来不及了，就徒步挥刀，和军士们一起阻击敌人。敌人虽然骁勇，但华夏军城内人多。当完二冲到中军大营时，身边只有几十骑了。帝喾以腰刀迎敌，这完二并没有看在眼中，只向大帐冲去。有贼军放火，想逼迫帐中人逃出。火起时未见有将官逃出。再拨马向北门冲去时只有十几人了，迎面，北门守将汉广舞刀迎了上来，完二举起手中的大棒向汉广的马头打去。汉广拨马时，完二夹马跳到一边，又向北冲去，这时北门已塞死，门前绊马索拉起，完二跌下马去，被军士砍死了。这近百人的冲城军都成了刀下鬼。帝喾告诉军士不要走漏消息，只说不知生死。

大戎军见城内起火，以为南门得势了，忽然又见火熄了，知道大事不好。将四门围住，每日三攻不停，在于消耗守城的物资。第四日，城内居民都有些慌了。帝喾知道再坚持几日，外面大军才能集结好。在这里坚持守城就能歼敌于城下。夜里他便装出行，听百姓埋怨说："都说华夏大王夫妻二人都在守城，怕是已经逃走了吧？听士兵说城头礌石、滚木已不多了，再打下去就要拆民房了。"帝喾知道民众的担心。晚上帝喾找到庆都说："你还是换回女装吧，现在有人说你我都不在城里了。"他又找四方守城将军布置，回收礌石、滚木，拆官舍石头、木料上城。

第三天，帝喾和庆都穿鲜艳服装，骑马在市面巡视，将士们见了帝王在城里，军心大振。帝喾又让庆都到市井上买菜，市民见了都知道，皇帝和帝妻都在城中，也都安心了。

第五天，贼军又补充了北来的两万军马，攻城车、冲门车准备齐了，又来攻城。第一波刚打下去，第二波又上来了，城上的石头越来越少了。这时在南边一座小山上有两堆烟火燃起来，帝喾看了，知道是援军已备齐了。帝喾让军士在高阜处烧了三堆火，这是约定的反攻信号。

第六日下午，攻城的贼军已经疲惫了。城内，帝喾大军只待城外军士动手，准备了马匹，人吃饱食，备了两天的干粮、草料，只待大战。瞭望军士报告："敌军营方向火起，敌已经乱了。"帝喾率领大军从四门杀出，外围也有华夏军包抄，一时，华夏十万大军从外围和城中向敌七万军杀去。大戎军已六天攻城，损失了两员大将，城下也死伤了万余人，听说大营被攻击了，人人心慌，不待军令都败退了。一时人仰马翻，大戎军大王术元亥急退回到大寨，以箭矢把寨门护住。寨四周立时被华夏军围了。寨中仅有三万多军士了，死伤已过半，粮草将绝。

追袭阳关道之战

大王术元亥急召几员大将、谋士商议。谋士枣阳说："这三万多军士是我们大戎族的根，要让他们回家去，赶快打通道路，退回大戎吧。"

将军彦驼说："胜败乃兵家常事，今天输了一回，我们来军路上还有雍北镇在手中，已经派兵坚守了。路上援军还有两万，再有几日就到，怕他什么！我军大将完二还不知生死，也要讨个明白，如果活着，就用华夏将干成去换；如果死了，斩干成人头祭奠！"

将军完才是完侠、完二的叔父说："一阵去了两个侄子，我如何回去见兄嫂？我一定要报这杀侄之仇！"

术元亥见将军要战，大臣要退，心中正在盘算着。这时有军士来说："华夏军有使者来了。"引进见又是东平。大家都气愤地要杀了东平。东平身材低矮，但有胆略。帝喾为保干成性命，要以放这三万敌军退去，换将军干成性命。

东平刚一进屋，将军们把腰刀拍得哗哗作响，大有抽刀溅血的架势。

术元亥厉声问："来使可知命在一瞬之间吗？"

东平说："不知有瞬间就死，但知你大军有一日将亡！"

术元亥说："快还我完二将军，免你不死！"

东平说："完二已经死于冲城，乱刀之下已无完尸。今将头盔、战靴送来。"

没等术元亥发话，大将完才、彦驼都把刀出了鞘。

东平大呼："要我一命，还是保你们三万军士！"声震王帐。大家都吓住了。

东平接着说："上次帝喾诏书已经说清楚了！现在我们十几万大军已包围你们！木头寨栅怎敌精锐之师？你们占领的雍北城，已在我们将士的箭镞之下了！你们退无路，进无路！数万军的死亡只在目下！知天命而行人道，何不顺天应人，以我将军干成换你数万性命！"

大王术元亥沉默不语。东平又说:"你们都是有父母妻儿之人,军士也是有骨有肉的人!已灭数万大戎军士,死不复生!现在这几万人也要成他乡白骨吗?"有军士进来报,大寨四围有放火车围近。这放火车是攻寨利器,大寨都是木栅栏,以车载柴草,一旦冲上来,烧着营帐,人无退路。

术元亥说:"火起之时,来使与我俱焚!"东平说:"死,我已置之度外!与数万军士同焚!只等大王消息!火起!还是不起!"术元亥说:"先放我们出寨返程,再放干成。"

东平说:"我们大王言出有信,见干成将军走出,必发放行音信!"

术元亥说:"音信怎么发出?"东平说:"我执干成将军手,走出寨门就是消息。"

术元亥迟疑不决。东平说:"大王南侵已是一罪,已损数万军士,还要再损数万吗?别人可推托,大王能推责吗?生死之间当断不断,怎可称王矣?"

术元亥见众人不语,命人牵来两匹战马,送干成和东平出寨。

干成和东平二人回去见到帝誉,帝誉对干成好生安慰。令放开北寨门,大戎军鱼贯向北逃了。刚一出寨,大寨被火烧了。大将军秦征并副将干成、风汉、军师东平、州将军达先、州臣黄平被召来人帐,商议进一步驱赶大戎军一事。

东平说:"我两次以使者到术元亥营寨,见他们的军队疏于整肃。这次南侵全是因边界冲突而来。他们见华夏没有防备,驰兵袭击边城,及至州城才知道华夏厉害。现在他们已成惊弓之鸟,再用重兵已经没有必要了,就三五万军驱赶一下就行了。"

州将军达先说:"大戎是游牧民族,驱马杀掠,得到好处或许会再来。这次教训他们非常必要。愿借王师穷追猛打,让其永不敢再犯我边界。"

大将秦征说:"穷寇如狼。军队追剿可以,但一定要慎重。"

帝誉问:"此去还有什么关口?"

达先说:"此去边界有两日路程,约二百里路。有雍北和阳关两座镇,原有守军各千人。现都为大戎军占领。"

帝誉问路途,达先说:"有两条路到边界。一条大路平坦,一条路需过一河一山多行二十里,即到边界。到边界阳关有山口一处,立寨封之,军卒不得过。"

军师东平说:"大王,这些残贼就交给州军处置吧。大王可以班师回王城或在雍城听消息。驱走大戎军队指日可待了。"

帝誉说:"既然已经出征,就有始有终吧,为防不测,可分两军,一军尾随,一军前趋。前趋者先到阳关界口待命。如大戎军平静通过各关口就放他们回国。

第十二章 帝喾的故事

如有害民的事就要他们赔偿，截断其归路。令达先将军领一军，干成为副将，黄升做监军，明日启程绕行至山口，率三万军到山口去迎敌。军寨要把住山口，不使贼军通过。将军秦征，副将风汉，关洪为监军，率五万军追击贼军，明日动身。我和军师随这一路行动，此行驱走大戎军就是目的。其他军暂在雍城备战，演练军阵。待胜利报来，放军士回籍。"

按计划行事，各军行动了起来。大戎军撤到雍北，又有新军加入，积了五万人，胆子又大了起来。以休整为名住了三日。帝喾大军先锋风汉在雍北城外扎营。问大戎军什么原因三日不撤军，大戎军说是休整军队。这里离雍城约一百里，离边界约百里，是边界上的一处绿洲，再向前走，就是荒漠区了。原来，大戎军师枣阳给术元亥献策说："既然已退回，我们劫掠他们的财产意义不大，如掠夺人口，对大戎十分有利。这些人多有手艺，能耕种、饲养。我们人口少，可迁他们北去，以补军士损失。"术元亥同意了，就在城中散布谣言说帝喾大军就要屠城了。把青壮男女儿童都要带走，并许诺说每户给一匹马、车一乘。如果到了北地，保证给田亩土地。就这样强行把百姓编入队伍，裹挟有上万百姓，第四日开拔了。

华夏军入城，看到城中人口稀少，有老者来哭诉，亲人被迫随军北迁了。秦征将军与监军关洪向帝喾报告。帝喾非常愤怒、焦急。大戎军强迫居民迁徙实在是背信弃义了，决定前面封关，后面兵急急追赶，这时离阳关山口只有一日路程，后边再快也赶不上了。而且路上大戎军设了许多障碍，破了道路，并有意将行动困难的人丢在路中造成混乱。等到离阳关口十几里地，后军撵上了，解救了一部分民众，还有近万人在军中被驱赶着。

大戎军远远见到阳关，冲过隘口就是大戎地界了。不想转过山边，见路上有大寨拦在路口。大戎军将完才急忙驱马向大寨冲去，不想寨中飞箭如蝗，射伤了许多士卒，完才右臂中箭，重新整顿队伍，又要驱兵再战。

大王术元亥召军师枣阳，让他到前面军中交涉。枣阳到了达先大帐，监军黄升，副将干成也在。枣阳问："为什么堵住关口不许过去，有失信誉？"达先说："接到本国帝王命令，不许过一兵一卒，因此阻断关口。"

监军黄升说："两国之间以此山口为界。互相不侵犯，民自然相安。你们犯界杀入华夏，被歼数万，已成败军。败退还要再迫害百姓吗？"

枣阳心虚，又不想说出实情，虚以搪塞，说："容我回大王术元亥之后再予回话吧。"就返回去了。

这些贼人，只当阳关这里距离边界只有五里地，快马一鞭即到，就想强闯通关过去。这边，达先率军已做了准备。夜里星光不明，秋风嗖嗖，一队人马提刀潜行。等接近大寨的时候，见寨内灯火稀少，人马安静。呼啸一声，这些人亮出家伙，上了坐骑就去抢寨门。砍开寨门，一拥向中军杀去。领头的正是完才。见寨中安静，知是中计了，待要勒住马缰绳，已晚了，连人带马一起跌入陷阱。这时，寨中冲出刀手，火把将大寨照的大亮。达先军杀死闯寨军卒，寨门又关上了。完才也被砍死。降卒有五十几人，其余二百多人，不死即伤。寨外，大戎军队不见寨中火起，没有冲来，知道大事不妙了。将军达先让降卒抬了完才尸体和其他死伤者，返回到大戎军中。

术元亥见前进不能，后边追击的华夏军也到了，让枣阳去华夏军大将秦征处谈判。及至大将秦征处，秦征说："原想放你们一条生路，不想你们贼心不死，掳走我们许多百姓，你们这是要作死吗？"

枣阳说："确有部分百姓跟随。但是这些人是自愿跟我们走的。"

"刀斧之下何为自愿呢？快全数将他们放回来。"风汉一边说着，一边拍着腰中钢刀哗哗作响。

关洪说："大戎军过境俘虏百姓，是忘恩负义的行为，我们大军前后夹击，你们插翅难逃。放百姓回家尚可，如再拖延时间，我们就要杀你们片甲不留了。"

枣阳说："我去回话，看我们大王术元亥怎么处置吧！"

关洪说："不要等你们大王怎么办，要看我们大王帝喾是否再开恩了。送回百姓就在今天。明日刀斧齐下，你几万军将死在此地也！"

枣阳回去复命，与术元亥说了。他们把半数被掠走华夏人放了出来。这些人见了华夏大军大哭感激不尽，并说还有半数人没有放回。这些青壮年已经被迫穿了大戎军的装束了。

枣阳又来，让放开界口。达先接到帝喾命令，不再谈判了。告诉枣阳，命令大戎军队术元亥树立降旗，不然大军杀过去就晚了。

枣阳见华夏军人已上鞍，兵已亮刀，急回话术元亥。大戎王正犹豫间，前后军都已接敌，冲锋鼓响起，喊杀声不绝，又有华夏军从左右杀来，局面已无法控制，大戎军只得在中军竖起投降白旗，束手投降。军士见大王已树起降旗，纷纷下马受降。

大王术元亥被带到帝喾车前。帝喾下车来，在路边上坐下，也叫术元亥坐了。

帝喾说："你三番五次不讲信用，攻城失败之后又掳走我们许多百姓。这次你穷途末路投降，也算为你全军救了性命，不然我大军刀斧之下，你几万军人都成鬼魂。我受命于天，天恩浩荡，免你死罪。回去收拾军帐就退出华夏吧，永远不得侵犯

我境。"

臣东平说："我们大王对你太宽大了，前后死伤我方军士万余人，城镇乡村被毁许多，本该以命抵命，以财还财。我王仁慈，投降条件是军士可全数过境，所有武器必须留下。二人可给一匹马，百人车一辆，三日口粮，水囊可注满。我方人员一人也不可扣留。每年贡良马一百匹，牛皮百张，以示臣服。"

术元亥同意了条件。帝喾单独送术元亥十匹马、两辆车。这样，前面寨口放开，大戎军过阳关，一天才走完。

本来将军们想打到大戎王城去，帝喾犹豫不决，庆都见帝喾不悦，问之，帝喾说："将士们想打到大戎去，踏平大戎王城，我意思是边界内降服他们，救下百姓就行了，不知怎么了断。"庆都也不愿远征了，就和帝喾说："大王有父母，兵将也有父母。远征双方都要有伤亡，不要再流血了。乱已平，民已安，息兵吧！"帝喾随下了决心，体恤军士，不入大戎境，避免又要万千军士马革裹尸，抛在荒漠，如此教训大戎一番也就罢了。次年，大戎有贡品到王城。大戎王和亲，献一女子，北方娵訾族人叫常仪，帝喾封为四妃，后来生了长子帝挚。

十一、帝喾迁都亳州

自颛顼大战共工，共工被迫自杀在黄河边。共工军掘开黄河大堤而引发滔滔洪水，华夏水患不断，特别是滑城这个地方，虽然在高阜之地，但周围低洼，发大水时往往存留一片泽国，这个遗留问题也让人苦恼，王城周围成了车马难行的地方。

秋天一日，臣东平在大王处闲谈。因蚊虫很多，帝喾坐立不安。有用人为帝喾驱赶蚊虫，东平以马尾毛做的"蝇甩子"应对。

东平说："大王，自承大业，为民废寝忘食。千里驱兵，平大戎之乱。定二十四节气，利民农耕。又勤政爱民，百业大兴。前有铜铁管制，后有盐监，民得以生生不息。唯近日天有异象。前年水患退去，只是王城周围都是沼泽之地。淤水多，则生蚊虫，居民不堪其扰。又有华山地动，震惊华夏；还见天狗食月，似有凶兆。王领地高辛，而滑城有下落之意。应就高而不就低。有天师推演八卦，大王本木德之命，木为春之旺季，春北斗柄在东，宜迁都向东。东有福地曰亳城，亦在中原，地势高爽，原有共工巫人蚁聚，如王城过去，必能弹压之。"

帝喾不语。思考再三说："既有天兆，不得不从，迁都劳民而伤财，我意今秋冬不动。明年春起动土，秋收后再迁都。"随后诏告天下，其诏文如下：

《为迁都亳城告天下诏》

　　帝喾续王位于大统，依规制承自颛顼帝，历经五载。帝喾铁铜之专，盐铁之利，百艺旺于市，九州兴于城。制节气平衡颛顼历，而设二十四节气。应天干之北斗，依地支分十二野。天道有常，映于日晷。应农时四季。民喻之天时之歌而呼应。连年谷丰而民富，官仓亦足。前年大戎之乱帝喾亲征，被困于雍城而展奇谋，六日克敌，降大戎王于阳关，南北既安，天下太平。近有华山之震；月为犬缺；泛黄河之水，王城周围广布沼泽，有蚊虫日夜叩窗，此天兆也。王实木德，春则旺，北斗东指，示迁都在亳城，王体恤民众，越明年秋成后，始移王舍。天助永业，国泰安康。

帝喾诏告

到了第二年秋天，王舍自滑城迁到亳城。

十二、帝喾与《九韶》《六英》《六列》

　　帝喾有妃子常仪善舞。帝喾命威黑作曲，以舞蹈之。帝喾问威黑乐的机理，威黑说："乐乃声也。声是气之变化。人畜及鸟鸣是口中发出，虫鸣、器乐都是振动发声，天空之声为雷，乃天鼓之震。声音变化有抑扬顿挫，有规律的变化就是音乐了。"帝喾命其作舞蹈乐曲。

　　几日后威黑携乐人队伍来，在王舍演奏《九韶》之曲，有鼓伎、管伎、弦伎和石磬。又请了常仪教女伶舞之。一时乐器发、歌者唱、舞者动，一片欢悦祥和。

　　帝喾问威黑《九韶》《六英》《六列》之来源，威黑说起于村巷田亩，是民众庆祝丰收的小调整理的，帝喾称善。有《九韶》《六英》《六列》传于世。

《九韶》

冬至来兮一九，
耕牛入栏兮无忧。
举仓廪兮观五谷，
围火歌舞兮悠悠。

第十二章 帝喾的故事

风寒来兮二九,
房屋帐暖兮无忧。
家有酒兮会亲朋,
老少皆乐兮陶陶。

冰河封兮三九,
天寒地冻兮无忧。
戏冰溜兮河面飞,
小儿趔趄兮惶惶。

备耕忙兮四九,
谷种耒耜兮无忧。
牛马套兮试走辙,
驾喔吁嘘兮嘶嘶。

雨丝柔兮五九,
鸭戏水花兮无忧。
修田亩兮泥土扬,
人勤地惠兮求求。

杨花飞兮六九,
垄头相唤兮无忧。
麻黍稷麦兮稻菽,
桑女下田兮纷纷。

河泛波时七九,
柳叶破枝兮无忧。
风筝高飞兮在手,
晴空万里兮飘飘。

华夏上古故事

鸿雁鸣兮八九,
流云漫卷兮无忧。
牛加料兮恐轭细,
人催扬鞭兮哞哞。

遍地耕兮九九,
牛马人欢兮无忧。
祭天神兮年景好,
祈祷丰登兮妙妙。

《六英》

饲六畜兮盼肥硕,
戏牧场兮飞璎珞。
归来晚兮爷娘唤,
晨出早兮待明天。

天已明兮新抽丁,
鞍马全兮腰挎刀。
王发诏兮族发签,
一招中兮做军汉。

北有贼兮南有寇,
征北戎兮秋风凉。
大军指兮兵锋烈,
臂一呼兮英雄气。

守城头兮箭无眼,
夺寨门兮石有目。
敢向前兮躯已捐,
天佑军兮誓破敌。

第十二章 帝喾的故事

前驱奋兮夺戎马，
一箭出兮敌旗落。
孤胆寒兮压群寇，
战不死兮有天护。

军胜利兮沙场红，
王设簿兮论功劳。
俘得敌兮刀斧盔，
领过赏兮归乡里。

《六列》

有列在北兮三姐，
晨随夫婿耕田亩。
苗正旺时盼雨济，
归来晚兮已昏黑。

昨日王发招兵令，
族里抽丁不能违。
夫去抽丁夜深沉，
姐倚窗前盼夫还。

夫还挂锄整军刀，
自家无马做步军。
幼儿稚女一双半，
抛家舍业泪望眼。

呼爹唤夫声声颤，
盼亲四载能回还。
草苗同长五月五，
八月收谷得其半。

列女日日盼夫还，
年年岁岁无消息。
田地荒芜无人耕，
征人四年归家乡。

未得功勋失一目，
从此耕田得五谷。
夜梦边关杀声急，
将士枕戈苦！苦！苦！

十三、帝喾晏驾于亳州

　　夏末有一天，帝喾出游于亳城郊外，见许多农民在绿色田里劳作，路上人流点点，车水马龙，农舍幢幢，炊烟袅袅。帝喾在田里走了很远才回王舍，他感觉很累，晚间突然痰喘，不省人事。急召大臣东平、向衡、秦征等，待臣到王舍，大王已经没有气息了。由东平和朝臣、王妃商议，由王长子挚代王位。行举贤选贤问天之后，挚称帝。

　　帝喾娶四妃，元妃姜嫄生后稷；次妃简狄生契；三妃庆都生帝尧；四妃常仪生帝挚。子嗣有：帝挚、后稷、契、帝尧。

　　帝喾三十岁登王位，在位七十年。寿百岁，享天命。

　　帝喾陵：河南商丘市睢阳区高辛镇。河南安阳有二帝陵，其一为高辛氏帝喾衣冠陵。

第十三章　帝挚的故事

一、帝挚续登大位

帝喾去世得很突然，他的各位妃子和大臣们商量，由长子继承王位。这年，帝挚十六岁，他还有几个弟弟。其中一个小他五岁的弟弟放勋，就是后来的尧帝是三妃子庆都所生。帝挚的母亲是帝喾平定大戎之扰后，大戎为了和亲献给帝喾的一个娵訾氏族女子叫常仪。常仪貌美，善舞蹈，聪明伶俐，被大戎大王收为义女，献给了帝喾。帝喾收常仪为四妃子，居后宫。常仪入宫后，生了一个男孩起名挚。帝喾看到自己的长子，非常高兴，十分宠爱。常仪是北族人，不熟悉汉文化，所以对挚的教育就缺失了。挚在幼年的时候没有得到很好的教育，养成了懦弱的性格。到了十岁该学习的时候也没有得到很好的启蒙教育。所以等到他十六岁的时候，对于民众生活、军政国策也不甚了解。挚不喜欢习武从军，对民间百艺也没有什么了解。这时候突然让他接替王位，他感到非常吃惊。他还在田间抓蛐蛐、逗蛐蛐玩，他就不愿意去接王位。大臣东平拉住他说："大王已经不在了，你要回去接大王的职位呀！"

挚说："父王儿子这么多，非要我担当吗？找别人好了！"

东平说："你母亲和众妃子、大臣议定，王晏驾没有遗言，按照礼制要以长子继位。"

挚说："还有让贤不让子的规矩呢！"

东平说："国不可一日无王，无王则朝无纲，无纲则天下大乱也！"没办法，挚只好把抓到的蛐蛐放到罐子里，回到了王舍。

东平等众臣依规制祭天神，为挚继承大位典礼。先帝既已驾崩，没有行举贤选贤，禅让王位。挚改号帝挚登了王位。他总感觉自己不太合适。两年后，他把异母弟弟放勋找来身边辅助朝政。帝挚是一个非常善良的人，很有人情味儿。他对自己的异母兄弟姐妹都非常好，对民众的疾苦也非常关心，但是他就是有一颗好玩的心，没有什么大的心胸。做大王要具备的胸襟、气魄和格局、雄才大略他都不相匹配，谓之有德而无才。帝挚对华夏的历史文化也不甚了解，也没有文化基础。就这样，一个十六岁的懵懂青年高居王位。

二、帝挚喜欢晒盐和种花

帝挚是一个很善良的年轻人。他特别忌讳杀戮，不愿意看到杀生的场面，所以他总避免征战这些事儿。他不善于做农耕，也不愿意学手艺，但是他特别喜欢奇巧的事。听说内地缺盐，帝挚就到海边巡视，他看到清亮亮的水在盐田里可以晒出白花花的盐，非常感兴趣。他就让人在陶盆里放些海水，让太阳把水晒干，得到很少的盐，他非常不高兴。问大臣，大臣告诉他说，这种晒盐的方法是在海边，老百姓是用太阳把海水不断浓缩，才能晒出盐来，海边可以看到浓缩海水的海湾。此后，帝挚就经常到海边去，到盐田里去玩。大臣没有办法，就让人把海水从海边拉到皇宫，在皇宫里放石盆，在石盆里头放上海水，让太阳把海水晒干，成了白花花的盐。帝挚看到太阳晒盐，有的时候是阴天，太阳就晒不出来，他就琢磨着加火烧这个石盆。水蒸发快了，很快出盐，他跟大臣说："跟百姓说说，家家煮盐，就不用依仗天气了。"大王的主意还真的提高了盐的产量。后来，人们冬天有用铁锅煮盐者。先出食盐，再出为卤水。前者可食，后者用来制皮。

帝挚受母亲的影响，非常喜欢种花。他把王舍周围的庭院都让人种了花。许多人见帝王喜欢花，就采了奇珍花草进贡，一时，王舍附近几十里人家都种了很多花。春天，树叶还没有放绿，桃花、杏花、迎春花就开放了。初夏时候，野葛花、紫色的桔梗随处可见。等到了秋天，大红的秋葵、紫色的矢车菊和黄色的菊花也开放了，庭院里经常是姹紫嫣红的花儿在开放，非常好看。以后，种花赏花成了风俗。

有一年出现了风灾虫灾，又有地动海啸。有大臣议论迁都的事。帝挚说："我登基在亳，又不是战乱祸国，又不是大水漫城，花田不宜迁动，王城不宜动"。帝挚任内没有迁都，朝廷少了靡费，岂不是民之福也。许多花也是药材，亳也成了药都。

三、帝挚不喜欢战争

帝王大多喜欢战争，以此扩张自己的权利，掠夺财富，也可以记下帝王的功绩。只有经历战争的大人物才能立下丰碑。帝挚相反，不喜欢征战，这是她母亲言传身教的结果。她母亲常仪年轻的时候，华夏和大戎经常战争，她的父兄都战死了，她失去亲人，非常痛苦，从挚小时她就告诉挚远离死亡和鲜血。常仪做母亲，远离亲人的寂寞心绪也感染了年幼的挚。

挚喜欢睡懒觉，他睡着的时候就什么事也不顾了，谁也不敢吵醒他。有一天，北方的将军来报告，夷族的人突然打过边境来，掠去了一些民众。地方官和大臣去报告帝挚。到王舍，帝挚在睡下午觉。大臣进去喊他一遍，帝挚说："等一等，我在做梦。"大家在外边等着，非常焦急。又等了一会儿，大臣又去喊帝挚，帝挚说："梦还没有做完。"这时候大臣去找放勋，让他把帝挚喊起来。放勋一听有民众被掠走了，赶紧跑到屋里喊帝挚。他把帝挚推醒说："大王，外族侵边了！外族侵边了！"

帝挚一直在梦中，说："外煮是什么？外煮是什么？我这里还没煮出盐来，还没有煮出盐来，不要着急，不要着急。"又睡着了。

放勋又摇醒帝挚，说："边民被掠走了！边民被掠走了！"

帝挚懵懂地说："边明是什么花？边明是什么花？花儿还没有开呢，忙什么，忙什么。"

放勋就狠劲地拍打他。帝挚说："打我干什么？打我干什么？"

放勋喊："你再睡就误国啦！你再睡就误国啦！"

这时候帝挚才惊醒："怎么了？怎么了？"大臣告诉他边界的民众被别的夷族人给掠走了，怎么办？帝挚说："先礼后兵，大臣先去谈判再说。"

大家主张派兵打过去。帝挚说："民众掠走了，田地不是没有走吗？我们占着地，走的人到那边生活一段时间，比较两边的好处，只要我们赋税不重，抽丁不多，管理仁慈，他们还会慢慢回来也。不要着急，不要着急。"

大臣去谈判，对方推托是族人自己跑过来。帝挚不愿意发兵，他怕士兵流血。果然被掠走的族人，到了新的地方生活没有土地，生活困难又慢慢地跑回来了。帝挚对大臣说："看看，他们都回来了吧！只要我们把自己的邦国之事办好，自然就把民养住了，我们看住土地就行。民可以迁徙自主吧。"前朝都是战争不断，帝挚执政九年没有大的战乱，民众得到平安生息，而帝挚不战而治就是他的伟业。史书记载了许多英雄帝王，岂不知都是以战士的殷红鲜血写成。

四、帝挚被巫人欺骗

帝挚喜欢看巫术，他看到巫人在变戏法，感觉非常神奇。比如巫人铺下一块地毯，从下边可以变出一条活蛇来，他感到非常震惊。有的时候能看到巫人一伸手就飞出一只小鸟，小鸟飞到碗边，选出一枚竹签等，帝挚感觉非常奇怪。他就把巫人召到了王舍，和巫人攀谈，交了巫人朋友。其中有一个巫人叫欧机子。这个欧机子能把人和小鸡催眠，能让狗跳跃。更神奇的是，有一天欧机子找来一条能数数的狗，拿出十以下的数字来，狗就会对应数字叫几声。帝挚非常奇怪。帝挚让欧机子表演，欧机子说："大王拿出一颗珊瑚珠子。"帝挚就抛一颗红珊瑚珠子，狗就叫一声。帝挚抛出一颗珍珠，狗没有叫。帝挚再抛出两颗珊瑚珠狗就叫两声。帝挚感觉挺好玩，就让大臣从库里拿出来两串珊瑚珠。那时候的红珊瑚珠子都是南方邦国给的贡品，一串可以值一百头牛或百亩地价。在巫人的怂恿下，帝挚扔出三颗珠子，狗就叫三声。巫人就把这珠子藏起来了。帝挚扔到九颗，狗叫九声。巫人又把这些珠子藏起来。帝挚又从一颗珠子到九颗珠子地扔出去。两串珠子都扔出去了，巫人收起狗，珠子进了巫人的腰包，又玩其他戏法。又过了几天，这个巫人欧机子又牵来一条狗，这条狗更神奇了，它只认珍珠。你拿了一颗玉石珠子，它不叫。帝挚让库里拿出三十颗珍珠。扔到地下一颗珍珠，狗就叫一声，把珍珠叼起来放到巫人手里。扔出五颗珍珠，狗叫五声。一会儿帝挚就把三十颗珍珠都扔出去了。这珍珠也是很贵重的贡品。又有一天，巫人欧机子又牵来一条狗，这条狗更神奇，会点羊的数目。牵来一只羊，它就叫一声，牵了两只就叫两声。帝挚感到挺有意思，就让人赶来一群羊。巫人欧机子把这一群羊都骗走了。帝挚中了蛊惑，执迷不悟。又有一天，巫人欧机子又牵来一条狗，这条狗竟可以认出女子来，男的军士进来，它不叫，找一个青春女子进来，它就叫一声。进来两个它就叫两声，十个女子都被欧机子给骗过去了。刚要把人带走，这时候放勋来了。

放勋说："这是什么恶作剧呀？这不是要把帝王的财宝和人都骗走吗？"

巫人欧机子说："不是骗走，是因为这些狗都有神气，大王赏给狗了。"

放勋让卫士把巫人押了起来。为了让大王明白巫人行骗，放勋让人训练了一

条能认识物品的狗。这条狗能数十以下的珍珠和鹅的数,帝挚才明白巫人在行骗。要回物品,把巫人欧机子给流放了。

五、帝挚禅让王位给放勋

帝挚认字不多,计算能力稍差,中枢议事都要放勋帮着拿主意。有一年,北漠来进贡,这一般都是礼节性的事情。北地多产皮张,就送来了牛羊皮。也有定数,如牛皮五十张,羊皮一百张。华夏这边也要给对方一些礼物,比如珠宝、粮食等。在朝堂上,大王的话就是命令了。大臣说:"北漠来车五乘,送来贡品。"帝挚听大臣说贡品有牛皮五十张,羊皮一百张,就问大臣回赠什么,大臣说每年都是给珠子和粮食。这时大王听到对方礼单是牛皮五十张,羊皮一百张,顺口说:"照数给珍珠和粮食。"北漠来使以为是珍珠五十串,粮食一百石。这么多珠子和粮食可让下边人慌了。等到送走客人,放勋对帝挚说:"珍珠五十串,朝中满库也只有几十串,都是随收随放的,没有存货。这珠子一串值粮食也近一百石。粮食一百石也太多了。一车也就拉六石。这么多东西随口说了怎么办呢?"大臣贾尚说:"大王已经说了,怎么敢折扣也。"放勋说:"还是按以前的规制准备吧,到时候我和人家去说。"两串珠子承在两个盒子里,粮食十石粮刻一个公文,让在边地的城市支给。放勋见到北漠来使,交给珠子和粮食文书,对方一愣神:"不是说照给,珍珠五十串,粮食一百石吗?怎么不给啦?"放勋说:"大王说的照给不是照你们的皮子数。而是照去年的规例数。"对方放下疑惑,回北漠了。

帝挚有一次北巡,到一处养马的族里去看马,主人想难为一下帝挚,指着马圈里的一群马说:"大王可知道这些马中哪些是老马,哪些是小马吗?"放勋示意帝挚,要一束青草来,以草逗马。有几匹看似高大的马走过来用鼻子闻闻,就要开口咬草。帝挚把草扔过去,说:"这些都是小马。"主人服气说:"正是,老马多疑,小马少疑也。"

见到一群牛,牛群中有许多带牛犊子的母牛。主人说:"牛群中有母有子,怎么区分母子关系?"放勋示意帝挚拿鞭子到牛群边上去。母牛不逃,小牛都到自家母牛身边吃奶,果然母不离子,子不离母。遇到危险的时候,母牛不会逃,小牛必然找母牛,族人服气。

帝挚深为异母弟弟的聪明折服,每有大事必问放勋。那时最重要的物资是粮食、铜、铁、盐,邦国运转要对买卖流通征税,控制这些物资也就控制了税源。

华夏上古故事

华夏分九州，各州物产不同。有一年，产铁多的扬州与产粮多的徐州，两地商人不经管制私下交易了铁和粮食。当地官员从中受贿，不予查办，有人告到中枢。早朝时大臣把事情报告了，帝挚听了大怒，要押解犯人及贪官到王城来受审。放勋赶紧说：“大王，这王城、徐州、扬州三地距离太远了！都到王城，日子太长。我去到发案的徐州处理吧。”帝挚说："要严办，上下左右都要株连。"放勋去了，十余日回到王城向王复命说："罚交易额的两倍，人犯流刑三年；受贿者流刑三年，罚贪污货值三倍。"帝挚说："轻了。"放勋回答说："惩罚而使人悔悟就行了，惩罚过重反不好，要说株连更不好，大家都感谢帝挚也。"帝挚听了很满意。

帝挚的母亲是北方人，帝挚掌权以后，北方帝挚的一些亲属们到王城来做买卖，居住在王舍附近，都得到了帝挚的帮助。帝挚让他们依法公平买卖，可是有一些不法的北族商人在市面欺行霸市，引起了民愤。有一次，北族商人运来一些皮子，这些皮子是春皮，适合制革，不适合做毛皮。他们把皮子用胶处理过，冒充冬皮。买的人对这些皮子一处理，毛就掉了，找北族商人让他给换好皮子，但是北族商人不给换，并且把人家给打了。被打的人家来找大臣评理。

大臣了解了情况，让北族商人赔一部分钱给头家，北族商人不服气，躲到王舍不出来，大臣也没有办法。一些民众就到王舍门前讨公道。这时候放勋知道了这件事，就找到帝挚，说："民众说北族商人骗人，拿掉毛皮子刷上胶，把毛粘住，卖给当地人。现在躲到大王家了"。帝挚把北族商人找来，放勋说："大王关照你，你应该做有良心的生意，不能再骗人了。"在放勋的规劝下，商人赔了钱，平息了民众的追讨。

帝挚被民众的追讨吓到了，不敢出王舍。他手下的大臣要把军队拉来保护王舍，帝挚不同意，他说："军队是保护国家边界的，我的王舍有卫士把守就行了，怎么要动用军队保护呢？"

他问放勋怎么办，放勋说："大王行事不违背民意，顺应天理就好了。"

帝挚说："天理在哪里？"

放勋说："天理在民心。华夏多少朝代了，全靠'天经地义'，法度维系国本。"

帝挚说："我不知民心所系，庇护了奸商，引起民乱，自知有责。"帝挚仁心为之所动，不愿意高居堂上误国，对放勋和众大臣说："我已经担王位九年，勉强主事，虽无大过，也无大功，愿摘下冠冕，做平民百姓。"

大家忙劝，帝挚不从说："贤者当立，平庸当让，为国家千秋永续，我让给贤人有何妨？"

第十三章 帝挚的故事

帝挚问天师卜卦，卦象引导了帝挚的心思。

帝挚善良诚信，掌王位九年时天有异象，先是连年干旱，又发生虫灾风灾，许多地方民不聊生，乞讨逃荒的人络绎不绝。又有地动海啸，全国上下人心惶惶，朝中大臣议论纷纷。帝挚问策于天，召天师演绎八卦，求天示玄机易理，天师以股子问卦，三卦归一。一卦上卦☱兑指东南旺，象曰：顺天应人；下卦九四，商兑未宁，介疾有喜；象曰：九四之喜有庆。二卦上卦☶艮旺在西北，下卦六五其辅，言有序，悔亡；象曰：艮其辅，以中正也。三卦上卦☲离示东方旺，下卦九四，突如，其来如，焚如，死如，弃如；象曰：突如其来如，无所容也。独不见帝王心仪之乾与坤卦。帝挚问于天师，天师隐喻其词。说："封地先在东南，又转西北，可有几人？"帝挚知道变更放勋封地的启示，都应在卦象上。自己感觉能力不配位，力不从心，就提出了禅让帝位给放勋。放勋对帝挚说："我们是兄弟，朝中场面我给你撑着，不要再提禅位的事了。"推辞不受。大臣贾尚知道了帝挚的意思，说："王掌朝政这些年，放勋是出了不少力。如让位给放勋，还是要依规制办。"帝挚说："按规制怎么办？"大臣贾尚说："一要举贤选贤，二要告天，三要登授禅台，走这三步才行。"帝挚说："自家兄弟，让放勋掌王位也就是了。还要什么三步？"臣贾尚说："这叫名正言顺。"于是王下诏，要各州举贤人。其诏文：

帝挚观天象，自领神会。天旋地转，星河璀璨，四季轮回。华夏百代，生生不息。民以生养滋繁，国以王位禅让。今告各州、镇、族。凡有德才者可举之。举贤不避亲疏，选能不避家族。举贤一月为期，报中枢。选贤两月为期。

帝挚诏告天下

有一个月的时间，各州把举贤的情况报了上来。有多个州推举了放勋，再经州镇族长在王城议事选举。用时约两月，选举了放勋做候选贤人。到了告天的日子，帝挚忽然撒手不管了，说："既已选出新帝，我这正好去晒盐、种花了！"于是隐于市，再找不见了。大臣贾尚与放勋商量。放勋说："兄大王出走，我只好代理，待把帝挚找回来主持一下，告天大典才行。"于是放人四处寻找，从近海的地方找到帝挚，他正在琢磨制盐的事。回到王城，帝挚主持了告天仪式。放勋受命于天，接帝王大位。也算是名正言顺了。

帝挚发诏以告天下。其诏文：

华夏上古故事

《帝挚禅让尧帝诏》

　　自先王帝喾西驾，续帝挚掌王权已历九载。帝挚仁厚，布天下以公平。州镇理顺，四海升平。然华夏九州，互市联动，人事济济，帝挚自感心力不及，自问天意，天示当让贤。前月已启规制，举贤选能。放勋脱颖而出。放勋自幼聪慧，孝亲爱民，佐王政七年，才华、功绩昭彰。今遵从天示，天授王权于放勋。号尧帝。尧帝从天命，必克勤克俭，爱民秉慈，从政秉德。兴百业于九州，旺集市于城镇。置官臣必求良善，择武将必求忠勇。律行规则，赏罚分明。固国以物产之丰，界国以军阵之严。帝挚祈天，万民承福。尧帝承天，天佑华夏，富民强国。

帝挚诏告天下

　　尧帝继位，给帝挚封地于高辛。
　　帝挚放纵天性，传说他到海边去煮盐谋生，隐民众中。其后裔不得知。其葬地不得见。

第十四章 尧帝的故事

一、尧帝放勋的青少年时期

尧帝生在帝王之家，得娘亲教养，仁厚贤德，心胸开阔，秉持大道，国泰民安、与民同乐，禅位于庶人、功与天齐！

尧帝姓伊祁，名放勋。是喾帝三妃庆都所生，排行第二。帝喾给封地唐，因此称唐尧。

帝喾过世的时候，放勋才十一岁。放勋有哥哥挚，十六岁，由娵訾氏族四妃常仪所生，继王位。放勋十三岁时辅佐帝挚，七年后帝挚禅让王位于放勋。

放勋小的时候，母亲庆都住过很长一段时间娘家，娘家在岭南百越。庆都是百越王陈锋的女儿，因为与华夏和亲嫁给帝喾。又因帝喾丧母和征战的原因，所以放勋长期住在姥姥家，教育放勋的主要是母亲。其母习武、能识字、会计算，勤劳善良。母亲把这些品德都教给了放勋。

母亲庆都在放勋小的时候就注重对他的教育。有一次，放勋很小的时候在外面玩耍，把别人家的庄稼踩坏了。人家告到了庆都那里，庆都赔了别人的庄稼。回家后，庆都晚上没给放勋吃饭，放勋饿得不行，央求娘给他饭吃。庆都非要饿放勋一顿，让他记住粮食来之不易，不能无故损坏别人的庄稼。后来姥姥过来给放勋吃了饭。

放勋在外边玩儿，被作恶的大男人打了，号啕大哭。庆都见到自己的儿子被打了，非常生气，冲上去和那个大男人打了起来。娘的脸被打肿了，娘没有哭。放勋看到娘这样保护自己，搂着娘的腿，就不哭了。

娘的爱恨情感深深注入到了放勋幼小的心里。有一次，有一个人因偷窃被人告发了。他母亲为儿子免受处罚，隐瞒了偷的东西。大家都说这个母亲的不是，只有庆都说，母亲为儿子的偷窃进行包庇，也是母子情感，不同于别人。放勋很为震动，以后他处罚母子互相包庇时刑罚减半，就是这个原因。

放勋的娘非常勤奋，既能习武，又识文字。她教放勋识字的时候讲到香和臭。娘说："禾苗因太阳晒能成长，所以'禾'字站在'日'上就是'香'。自高自大的人'自大加一点'就是'臭'行为。"所以放勋记住了，勤奋谦虚是美德，骄傲自满就是缺德的行为。

娘的一举一动都影响着放勋。夏季有一天，邻家地里的香瓜熟了。孩子们想晚上去偷瓜，被娘知道了，严厉地制止了孩子们。第二天，娘带放勋拿了一升黍去到瓜田，换了一些瓜来给大家吃。这种以物易物、不偷窃的事，放勋一直记着。

八岁的时候，娘把放勋送到私塾去学习。为了让放勋学好计算，娘为放勋做了一个算筹。娘让放勋捡来许多桃核，在石头上把两头磨平，用锥子扎上眼儿，用竹签九个串一串，穿到一个木棒做的架子上计算加减，让放勋开启心智，从小有了数的概念。

放勋和母亲住在姥姥家好些年，姥姥家是一个大家族。姥爷陈锋是这个家族的族长，也是南越邦大王，姥爷年轻的时候参加过战争，当过队长。姥爷有许多传奇的经历，在军队立过功、受过伤，一条左腿有点瘸。姥爷从军队带回许多奖赏，购了一些土地和牲畜，操持起这个大家族，把以前平常的人家壮大成远近闻名的旺族。姥爷家的墙上挂着一副皮子加铜叶子的铠甲和一把腰刀，据说是姥爷从战场夺来的。由于姥爷陈锋立了功，帮族中大王过世的时候推举陈峰继了王位。后来帝喾做使臣来百越、平定百越之扰时，大王陈锋把女儿庆都嫁给了帝喾。从此，陈锋家族和华夏帝王联姻，门庭更显赫起来。姥爷的家族居住在百越接近九黎的地方，经常要防备九黎那边的流寇和邦族之间的战争。家里的男孩子都要学习骑马和拼杀，放勋也学会了骑射。姥爷家里有几百亩地，都是自家人耕种和放牧牲畜、做猎场。农忙的时候也请些短工。附近族群有什么大事小情都请姥爷陈锋给张罗。放勋入塾后，姥爷也常带他去一些大场面。人们有知道放勋身世的，也围着看这个华夏王的儿子。姥爷陈锋往往特别高兴，要安排一个大座位给放勋，表示对华夏大王帝喾的尊重。姥爷并不惯养放勋，家里的农牧活计，放勋跟大家一起劳动。

放勋的姥爷陈锋是个很有能力的人，会种田看水，还会许多手艺，像木匠、石匠、陶匠活都会一些，特别善于养大牲畜，治疗大牲畜的病，远近的人们常找陈锋治

第十四章 尧帝的故事

疗牛马病。人们在交易牛马的时候，有时候请姥爷陈锋去评估，放勋也跟着去看。比如看牛马的年龄称几岁口，姥爷陈锋看看牲畜的皮毛、身段、四蹄、掰开嘴看看牙齿，就能分出牲畜是几岁口了；看看蹄寸就知道大牲口的脚力，帮人家讨一个合适的价钱。后来姥爷做了大王，也非常关心族人的生产。

据说陈峰没做大王的时候，有一年冬天，有人牵来一匹八岁口的红骟马。说这马走急了，出去干活一天没有排粪便，也不吃不喝了。陈锋让人牵着马遛了遛。看那马无精打采，四蹄乱动，头耷拉着。在耳根、鬃毛下、前腿袢子、后裆部都有汗。马站在那里，用前蹄子刨地，身子不停地哆嗦，用鼻子不时地吹地上的土。屈腿要卧倒，又不敢卧。把水放在马的嘴边，只是用嘴点一下，不喝水。陈锋问："这马放屁不放屁呀？"来人说："不放屁。"马的肚子鼓胀着，不让人上手。陈锋把耳朵贴在马肚子上听了听说："这马是得了截症。截症分前、中、后三截。这马得了后截。"陈锋把手和胳膊涂上蓖麻油，用手拉出一些没有消化好的草团，又让人给马灌了一些蓖麻油。待了一会儿马就安静了，找水喝。人们后来捎过信儿说，第二天马就好了。放勋很佩服老爷养牲畜的技能。姥爷常常到市面上巡视，耳濡目染，放勋也学了一些相看牛马的知识。

姥爷、姥姥都非常喜爱放勋。小的时候，放勋和一帮表兄弟姐妹一起长大。放勋八岁的时候，姥爷家设私塾，放勋就一边上课一边参加农业劳动了。放勋的塾师是一个不太高明的巫师，叫辰香子。一边做巫事，一边给学童讲塾课。塾师是远亲族人，陈锋已经和塾师约定了，不向学子讲巫事。塾师人很善良，谁家做巫事，不管给多少粮都"出马"。人家问要多少粮，辰香子会说"凭赏"。孩子们偷偷听到"凭赏"，以为是"平升"。就是量米的"升"。塾师一去做巫事，孩子们就喊"平升"。后来辰香子知道了放勋的身世，虽然放勋不是帝喾的大儿子，塾师说这孩子必成大器。辰香子问放勋说："你小子长大干什么？"放勋开口就说："骑马打仗。"塾师说："这孩子必会飞黄腾达。"放勋前后入塾了五年，主要学了文字和计算。后来放勋做了尧帝，辰香子就出名了。据说"出马"一次"凭赏"，要给一斗米了。

姥姥非常疼爱这个机灵的孩子。放勋常常睡在姥姥家的床上。家里灶上烧什么好吃的，姥姥都给放勋留块儿大的。春天鸡生蛋了，大人都舍不得吃。姥姥煮了鸡蛋，用菜叶包着，偷偷地留给放勋吃。有时家里来了客人，杀了只鸡给客人吃。孩子们闻到肉香都想吃，被大人轰了出去。晚上娘把一个用白菜叶包的鸡腿儿给了放勋，说是姥姥留给他的。

姥姥有几个子女不在身边,在天南地北谋事。有时儿女捎来一些土特产给姥姥、姥爷,还有刻在牒板上的信,自从放勋入了塾,都由放勋读给姥姥听。回信刻牒板的事都由放勋包了。用姥姥的口气,刻几句贴心的话,放勋一会儿就刻出来了,读给姥姥听,姥姥很满意。

姥爷的封地远离王城,放勋有机会感受老百姓的日子。荒年暴月的饥寒,战争的恐怖,疫病的病痛都刻在放勋的记忆中。

有两年大旱,岭南一带的农民没有收成,饥荒席卷着大地。春夏之交,人们开始吃野菜、树皮了。姥姥家是大户,有囤粮,为了省粮食也开始吃稀饭了。一天三顿改为一天两顿饭。饭桌上开始按份吃饭了。吃不饱的孩子们无精打采的。院门口常来要饭的,逃荒的人多起来。路边上能够见到饿死的人。姥爷常常设粥棚接济要饭的人。

姥姥有两个孩子抽丁战死在外边,逢年过节,姥姥有时念叨这些孩子的名字,为他们祈祷。其中一个舅舅十七岁抽丁走的时候牵着马,把八九岁的放勋抱起来,放在马背上。舅舅要骑马走了,放勋还不肯下来。放勋只记得舅舅很英武的样子,他没有注意到大人们悲壮的心情。后来,舅舅再也没有了消息。另一个舅舅是放勋还不记事儿的时候就抽丁走了,也没有回来。放勋虽然没有上过战场,但听到过人们讲述战场的冷酷,看到过思念亲人的泪水。

放勋在十岁那年夏末经历了一场大疫。"霍痢拉"席卷了这一带村庄,许多人死去了,特别是小孩子经不起打击。族里的许多人病倒了。发病的人腹痛、呕吐、便红白痢、发烧、吃不进水米。姥姥和放勋及几个小孩子也病倒了,家里为他们请了医师,灌了草药。他们说胡话的时候还请了巫师跳了大神,许了愿。放勋命大,几天后就好了。可是姥姥和两个小伙伴没有挺过来,死去的亲人永远见不到了。

放勋十一岁,父王驾崩了。他就随母亲到王城参加了帝喾的葬礼,然后又回到姥姥家。一直到出塾的时候,他十三岁了,被兄长帝挚召到了王城。

二、尧帝受禅王位颁龙凤图腾诏

父亲帝喾大王突然驾崩,帝挚登王位两年后,帝挚让放勋到王城来辅助朝政,把放勋的封地由东北方的陶地移到西北的唐地。后来,帝挚禅让王位给异母兄弟放勋。依规制,放勋晋王位,称尧帝。尧帝接王位后,奉行先帝王的规制,不使国运生乱,民生得以富足,国运得以通达。尧帝处处为民着想,得到民众的拥戴。

第十四章 尧帝的故事

夏日里有一天，大臣贾尚来王舍议事。看到尧帝正在刻字，有龙凤二字。尧帝问贾尚："这龙凤两字在仓颉造字时为什么被选中？那时是以实用为主也，这个龙凤并没有实物可见也。"

贾尚说："今夏以来天龙发威，先轰然震倒了北山一峰，后又燃起南山千年古树。水患从西至东，民极为痛苦。前年龙潜东海，春夏无雨，地里的种子不发芽。这些异象在村庄和市井中引发了许多议论，有人说帝王的不是，有人说民众的不是。臣中也有议论，换大王后天不顺了，龙行天意，闹得又旱又涝。"

尧帝说；"天神把地上分四季，而有春、夏、秋、冬，雨、雪、霜、雾不同。雨为天水，由雷公、电母呼龙降水。龙行天下表达天意。华夏以龙为圣物，由来已久。这个'龙'字逐渐已深入人心。这两年龙行有异，是天在告诉我们祭天也要祭祀龙也。安排一下，做一次祭龙大典。祈求龙平复旱涝灾害。可四门多张龙图，以龙为水神。九州植五谷，全靠天水之力。各地有设龙王祭坛的习俗，也是由此而来也。"

臣贾尚说："龙管行水，有崇高地位。'凤'也是智慧吉祥的化身。为女娲大神造的吉祥神鸟。民间有'龙凤呈祥'之说。龙主天上事，凤主家中事。凡娶嫁生养，必祈凤还其巢。"

尧帝说："天意即民意。民俗也是天意，'龙''凤'图形可并为华夏象征也！"命贾尚制一诏曰《龙凤图腾诏》以告天下。其文如下：

神龙在天，而有闪雷风雨。神龙接地，而授人于火。自盘古开天，女娲造人，伏羲八卦以来，龙乘天威，佑中华于江河田野。民以土为五谷之根，以水为五谷之脉。得饲六畜，得兴百业。华夏人皆敬之。天上翔龙，地上凤舞。飞龙乃伏羲大神驾之神兽，巡视天地，广布吉祥，施恩于九州。飞凤乃女娲大神驾之神鸟。布仁慈，惠生养，促民智。飞入百姓之家，而天下享大吉大利。先黄帝、少昊、颛顼、帝喾皆乘龙飞升，而诸河、湖、江、海皆为龙迹。民筑坛于水畔。祈年年之平安。千呼万祷，神龙佑我黎民百姓，稼穑岁丰，人畜两旺。许以祭品，万民祝祭。天颜晴朗，龙凤呈祥。

尧帝诏告

贾尚招来工匠艺人，尧帝命艺人从民间刻的龙、凤图形立意。幻化出龙身，如蛇身而生麟，有鹰爪而腾云，头如马、面如牛，有鹿角、又有鱼须，曲蜿灵动。

凤如鸡而身形俊。头有冠，尖喙直，彩羽而金翅，两羽长尾随风摆动。

臣贾尚把这一幅龙、凤图给尧帝看了，尧帝称准。于是在黄河边设坛，曰祭龙凤大典。尧帝亲自到坛上做祭拜之礼，念诏文。

各地仿效龙凤形制。龙凤崇拜从民间进入了王舍。因龙凤在所有生灵之上，有极大权能。民众将帝王和龙配在一起，帝王就有了龙的称号。把凤留在家中，唤女儿为凤成为时尚。

但凡有天旱地涝的事，向天龙祈求风调雨顺成了华夏人的习俗。

三、尧帝迁都临汾

自帝喾由滑城迁到亳城已经二十几年。尧帝这些年在王城轻车简从，不图显贵。只是平民生活，不向民苛求重税。民皆称赞尧帝善良。

近几年因水患，黄河改道引起王城周围几度被困。又有南蛮侵扰，威胁王城，有人提出迁王城，尧帝都没有同意。

一天在王城议事，大臣贾尚和大将齐山又提到迁王城一事。尧帝斥之说："三番五次议论迁都，真让人心烦。我已说过从政要简，不劳民伤财，迁都是破费之事也！中枢移动，成千累万之人要跟从，怎么得了？先帝之根基不宜动也！"尧帝起身，有结束议事之意。大家都要走了。这时大将齐山说："大王，请听我一言。"

尧帝止步。齐山说："不为迁都，只为造一校场之事。自前年黄河出槽改道，水向王城涌来。虽做了水利土石，王城能屹立，而城外校场已不能用也，尽为沼泽，军士不可一日不操。每年要阅兵，也没了地方。请大王想个办法。"

尧帝说："这事去年就提过也，一是把校场迁到邻城。有百里之遥，军若移动，营帐车马都要随行。阅兵更要王帐从臣都要去，这怎么得了！二是把王城迁了。两种办法，孰劣孰优。议论有一年多也。这个鲧！真成事不足也。派他治水已用了许多粮米人力，还是堵了南边溃堤，北边又出垮坝。明天唤他来！"

"远谋不解近忧。校场暂时到邻城去练军阵可否？"大将齐山问。

尧帝在王台上转了一圈，说："暂时就在王舍前这个地方也。把没有用的露台、旗杆都挪走。看明年水撤了再说。"

大臣贾尚说："天有天机多变，龙有龙行不定。河曲受水拍击而年年崩岸。前朝王城在滑城，迁址也是水害迫之。今年亳城水患已三载。民随水而造井田，已经安顿下来了，再改回故道那边又会告水患。这边又要告旱灾。有言'人随境迁'，朝廷不能左右天神龙王，但可选地为城也。请王再思。"

尧帝没有表态。散会后，他留下贾尚说："臣估计一下迁都用度。如迁，哪个城好？下次再议。"

数日后，治水大臣鲧急急忙忙地跑进王舍。尧帝见鲧一身泥土，衣服鞋帽都破了，面晒得黑黢黢的。尧帝止住了怒火，说："前几日议水患。怎么都三年了，这水还没有退去也！"

鲧顿了顿呼吸，咽了咽口中津液，说："大王，我这几年西去昆仑，东达大海，步踏黄河全程，用了许多心力。黄河对华夏之利在水，之害也在水。黄河在进入中原时，一改从北向南流而折向东方，就这一折之后，汇合黄土高原之泾、渭、洛、汾之水，泥土骤下。今年水大就冲堤岸，明年水少就淤河道。故而堵北南出，堵南北出。三年前黄河沧龙翻身，冲出新河床。故道已经淤得如平地也。百姓已经在上面挖井开田了。我来也是告诉大王。今年夏季再发大水时，王城也有被淹之风险也！"

尧帝说："找个好办法把王城周围沼泽水排走也！"

"黄河水道在王城之上，比王城周围都高，不可排也。"鲧说。

"明天我随你到河道那边看看，再做计议也。"尧帝说。

第二天。尧帝只带了朝中大臣和鲧骑马到黄河边，登上黄河大堤，只见黄水滚滚，波浪翻腾，河面极开阔。

尧帝问鲧："怎么知道河悬在地上也？"鲧给尧帝看了一个称作"水鸭子"的测水器具。在一个陶盆里放一个木制的浮子，状如鸭子浮在水上。从鸭尾至鸭颈部各有一孔，人一目，在孔的一侧望过去，见水边的杆子高度。再反到堤外相同步数的地方立下杆子。就见堤内外的地势高低了。帝看了一下，点头称是。

鲧向尧帝讲了治水的方法。有植树护岸法、垒石护岸法、打桩护岸法、淤土护岸法、掏沟引流、抛石引流等等。

尧帝不知水利之术，一直静听鲧讲给他听，回来后命人送给鲧一双麻鞋。这是王妻亲做的鞋。

改日再议迁都，叫鲧也参加了议事。

选什么地方迁都呢？尧帝提出三个条件：一是有水而无害；二是就近；三是不出中原。大臣贾尚和齐山提出了两个不同的地方。尧帝让鲧去实地测一下哪里最好。鲧十数日后回来，对尧帝说："迁临汾为好。"鲧说临汾如按大王所说的条件，两条不具备。一是地势虽高，但已到了华北，属于中原地区。二是距此王城有千里之遥。然而为千秋基业。华北土地厚实，可避南来之扰。临汾近汾水，

第十四章 尧帝的故事

属于黄河中游，邻水而设城，有水利而无害。

尧帝不语。大臣贾尚说："近两年扰动王城，除了水就是南蛮也。这一次如果西去，这两害都可免了。且西北为华夏旺族之地。近日推演易理，投股得西北为艮☶，卦首为阳。行属于金。象为遁。象曰天下有山，遁君子移也。正应了天龙翔于西北之兆。选临汾是天作地设之惠也！"

尧帝说："贾尚你也是心中有数也。你这样一说，天、地、人都说和了，那就这样办也。不过古时迁都，不是迫于无奈仓皇而就如颛顼帝迁滑城，或是迁延时日、积年累月才迁完，如帝喾迁亳城。我意迁都要速办，今年秋天就迁完。"

大臣贾尚说："时间有些仓促了。不过乾卦☰旺于秋、衰于冬。大王英明。"

尧帝说："明后天稍加整理，我就迁走，过去再建王舍可也。以免大家都拖拖拉拉。"

尧帝又对亳城臣说："这地方既为水害，王城迁走。这周围已成水网，嘱民是否不种旱地而改为种水田？城市不利陶铁而改皮、木生意。让民有所养。"

尧帝话一出口，臣立即做了迁王城的安排。只五日，车仗就行在路上了，日行夜宿八天才到了临汾。大家都十分疲劳，就想在城里找房子暂住。临汾城臣、将军也请尧帝住城里。尧帝见城里地方狭窄，扩城也是必须了，就指了一片荒山坡说："这里谁家占用了。"臣说："这是荒坡，无人占用。"尧帝说："就这里扎营建房。"当日就城外扎营了。次日与众臣一起就坡上筹划街市、房址。再一日就筹集土石木料。臣将官兵，连尧帝也参加了建房。只三四个月，到秋天的时候，已经有了许多房舍。只是城墙未建。近冬天时候，大臣报来城墙规划，尧帝看过后将石砌改为土筑，门楼改为门房。军民携手，一月就建好了城墙。尧帝住的房子几乎和大家一样，王舍也很俭朴。为迁都，大臣贾尚刻了一个诏书，让尧帝过目，帝稍加改动，发给各州镇。《迁都临汾城诏》其诏文如下：

自古有因应天地之说。故王城因黄河改道而受水浸，三年而不干涸。臣鲧治水苦辛，建议河曲已淤没，民已开井拓田，故而河已不可改回故道。现河道淤高已超王城，有岌岌可危之势，因之西迁。此新王城为高阜之地，有汾水之利而避黄河之害。王城辟荒坡而成街市、房舍，相臣军士板筑而一季完成，不劳全国。城以土筑，门以房监。得用则用，不靡费资财。固国以民众同心，非城高垒重。此城足以。

尧帝诏告

四、尧帝补历法

迁都临汾之畔后，王舍前设授时台。先移土石，临时砌了一片地方。中立一个通直的楠木柱，约五丈长。有臣每日就柱头之影在地上刻点；以准绳而规出时辰，积一年已成规律。臣羲氏和核氏告尧帝："王城日晷可制成时刻了，臣就年补闰余一事让尧帝定夺。"

尧帝与羲氏、核氏讨论历法一事。羲氏说："大王，先王颛顼立法已用近百年了，虽有置润之法，四年一调整，还是和日影有三天的日差也。"尧帝问是超前了，还是趋后了。核氏说："超前三日。"

尧帝问这是什么原因造成的？核氏说："颛顼历是把地与太阳的四年周期关系分为四份，每一份差时约四分之一天。每四年加一天，加的一天又多了一点儿。多了一点儿就会出现太阳年与计历年不一致的情况，近三年观察计历年已多了三天。""这三天如何补齐呢？"尧帝问两个观天象的臣。他们说有年补法和累补法。年补法就是每年减一天，连续三年补齐，计年为三百六十四天为一年。累补法为三百六十二天，一年补齐。尧帝说："我的意思是前面差的三天，就逐年补齐吧。以后隔四年该闰的闰。隔十九年不闰一天就补齐了。但是误差总会有，百年后，由后人调整吧。"又说："你们移日晷从王城来，因地不同。每日刻画，是个精细活。"既定了历法补了余缺，调整了每日时辰起点，也准时地报出时辰了。这样，王城立了授时台，运转起来。

尧帝知道天时是不因人的意志转移的，人要应天时而非改天时。

五、尧帝州镇村管理

华夏民族起于华胥之地。先前是以族群联络，以后移民开拓，都是以族群迁徙的过程进行。在炎帝、黄帝的时候正从族群联邦的形式向城市为依托的邦国过渡，这时的城邦已经具备了国家的形式。所说的国有四维，包括了土地、民众、法律和维护这个国家的军队。尧帝时，正面对政体由氏族管理向城镇管理的过渡期。怎样处理两者的关系，尧帝需要城镇发展的动力和时机。

有一年冬天，一天早朝，大臣贾尚向尧帝上奏说："在雍州那个地方，氏族的势力很大，镇臣州臣都管不了氏族的势力。因为盗窃、伤害、侵财、奸淫的事情，

族里自有族规家法。氏族之间的冲突也不服从官府裁决。也有大的氏族联合起来和官府对抗。有时与官府规制不同而引起冲突。近来有两个氏族冲突，其中一方因为打死对方而被捕十人，不服官方处理，告到王城。州臣也来了，想让大王看看怎么办？"

尧帝说："那就把他们都叫来听听意见，让臣将都听听吧。"

于是设朝议事，有关双方来到朝堂。一个是州府大臣，一个是有虎氏族长。族长是一个老者，须发已灰白。族长叫里怀，说："族里人与邻族人争水利，双方互殴，各有所伤。我族人将邻族人打死一人，官府到我们族里来搜捕凶手。族人聚集与官军冲突，有十人被抓了，已半年还未放出。应该按族规，互相斗殴，死伤互不赔偿。"

州臣石方说："情况就是如里怀说的，但这半年正是交年税和抽丁的时候，有虎氏一族联合几个亲族抗税不交，不予抽丁。州里想以军队弹压，恐怕要有伤亡，特告到中枢解决。"

臣贾尚说："这是近些年城市发展了，州镇管理和氏族自治之间出现的冲突。"

尧帝让有虎氏族长先去休息，让州官就州与氏族的管理再谈一谈。

州臣石方说："我在州府任职十多年了，最难处理的就是族群间的冲突。现在新开的土地还好，有井有田，以户为生产单位。只是这氏族顽而不化，只听从税事和抽丁，其他都自己裁决。曾经有氏族把通奸者'沉猪笼'淹死的事情，并不报告官府。族间争斗也经常发生。"

大臣贾尚说："族规也阻碍了民众互市，文字的传播。族长开明的让族人参加集市，不开明的不让族人参加互市，不让铁铜进入族领地。边远地区还有族人苦于刀耕火种，收成很少。视铁铜为怪异之物。贫病交加，巫医不分。不识文字，仍在以刻符结绳记事"。

尧帝说："看来是时候施行中央授权州府之治了。"尧帝让贾尚草一诏书，附上教民识字的道理。不多日子，诏书经皇帝审视以后，发诏告于天下，有虎氏族的争议也就解决了。那位进王城争执的族长和州官的分歧就是行政司法和族规谁为主的问题。据说凶手并未追究出来，只是罚了一些粮食给另一族。事情也就平息了，人也放了回来。尧帝称这是既往不咎，原因在于中枢没有制定好的管理办法。诏书《州府治理诏》其文如下：

天佑华夏几千年。现华夏地域广阔，民众泱泱。东达大海，西接昆仑，南至百越，

东到漠边,大大乎数千里之纵横。自刀耕火种,先民开拓,合族以生养,分族以开边。冶铁铜盐之利,兴百艺制造之惠。设互市而有城垣。然而中华之繁荣为四邦环顾,尤其南北必设军防。先黄帝平息内外纷争,始有大一统华夏。今开明之地,城市已立,为国家计,立州设镇。邦国维系在于土地、民众、律法和军队。现城村之野已为井田,结户为邻,结邻为村,合村为镇,聚镇为州。州镇设军营,常备以保民。现有氏族结邦,为血脉相维系,应予尊重。族规民俗应向开化演进。族群应在中枢律法和州镇管制下处事,氏族不得逾律法自行裁处。

尧帝视文字为文明手段。各州、镇、城、村、族,凡首领者都要大力倡导之。先黄帝臣仓颉制文字约千数,邦国族人应以此为楷模。民得文字而善百工,国得文字而通政脉。切切为要。天佑万民,华夏永泰。

尧帝诏告

这一诏告传到天下,族群与官府的冲突就开始理顺了。民众的生产能力发展了,文明社会逐渐代替原始氏族社会。文字促进了人们生产、文化、科技知识的积累和传递,并在华夏邦族管理向邦国管理过渡中发挥重要作用。

六、尧帝不战和百越

尧帝一直奉行仁德执政,不喜欢杀戮征战。凡有争执,多是希望和平解决。在尧帝之前,北有大戎、北漠。南有百越、三苗均已经称臣了。然而,随着斗转星移、人事更迭、族间的利益冲突,又出现了一些新争端。这其中,被称为南蛮的南边百越人,这些年常越过边界闹事,抢夺民众财产,有反抗的就杀杀砍砍。官军每次进剿,能弹压一时,军队一撤复又扑来。这主要是南族一侧不加治理所造成的。有杨城冲突报到中枢,臣贾尚和大将齐山等到朝堂来议事。

尧帝说:"我与南部族群的冲突,我意和平解决。战则两伤。我最不希望打仗啦!州臣说说情况也。"

杨城大臣姜夷说:"大王,今不是我好战,是南蛮欺我仁慈。经常犯我边界,来杀伤民众、抢夺财产,不得不战也。"

大将齐山说:"帝喾时治理南蛮,没有大的战争。过了四五十年,情况已经又有新的变化了。那边民众里已有许多华族血统,或者接受了华族的风俗。只是有不开化的部分三苗人、百越人，经常在秋冬纠集起来，到我华夏界内抢掠。州军只在界内剿之很难解决了。我意派遣大军进到南蛮地界清剿之。打痛他刁民，自然就不敢再来了。"

大臣贾尚说："这是一个历代遗留的问题啦，我华族在荒蛮时期，向东、向北、向南开拓土地，也占了许多地方。在那时部族强则立，不强则被压迫、被驱走或同化。现在南蛮闹事，正给我机会把边界向南推到岭南去，以民实边，久而久之就成了华夏之地也。"

尧帝听他们的意见，有所思，说："贾尚大臣说的是也。华夏以前就在华胥一地。后三支人向外开拓，融合了许多族群才有了今日的天下。但我意，国已域民于九州，丰衣而足食就行了，不到万不得已不要拓土了。杀伐之事，我不赞成。我母让我学很多技能，就不让学刀剑之术。"

臣华正说："我们也是忍无可忍了。"

最后商议，王城发兵一万，州发兵两万，不在全国动员。派大将齐山为主将，以高锋为副将，以华正为监军。尧帝嘱咐，非必要不要入南蛮地界。州臣、将辅佐之。五日后大军发出。这是一次规模不大的军事行动。

不到二十天，南疆发来许多消息。前十天有边界剿贼的，后十天有越界剿贼的，又有南蛮边民要携族归华夏的，一时乱了。

尧帝要亲自去处理，委派大臣贾尚临时管理朝政。尧帝还带了儿子丹朱一起去，将军冯铎带两千军随行保卫。

在近边界的杨城，大将齐山带了众将、州臣到王帐下议事。齐山大将介绍了情况说："边界剿贼并无大战。只是山林之中不好运兵，这些蛮人多有妖术，或呼火、或唤雨，死伤我军士多人。我采用伏击之谋，劫杀了数伙强贼。没有想到，南蛮王被惊动，派南军与我对峙，经两阵已降服了他们。这个地区有华族先民客家在那里生活，受当地盗贼、蛮军欺压。有族人加入了我们的军队，也引起南蛮军不满，有族人被杀伤不少。现在有族人想率族归顺华夏，不知怎么办才好。"

尧帝说："这些族人北归一事最为难办，迁回国内必占井田，与当地冲突，留在原地也被压迫，听听他们族人的意见也。"尧帝亲自听了这些族人的意见。他们多是蚩尤时开始移民的华族百艺之人，带着技术和家人过去了。经几代人打拼，都建立了门户村寨。不过南蛮那里不设城市，还是以族群统治，所以难于施展。现在见华夏政通人和，就想归化华夏。这个带头的叫晨阳。尧帝问："过去兴旺的黎龙城现在怎么样？"晨阳说："已经废了。"

第十四章 尧帝的故事

尧帝心里清楚，先帝所用的移民到九黎的办法，既传艺于九黎使其开化，也带去了人口。国之扩张，先是人口迁移，再有武装军队通过战争取得，华夏东扩也是这个过程。

尧帝还是不忍心让两国军队厮杀，就问晨阳华族人在当地的情况。晨阳说："大体上，华族人比较富裕。他们勤劳、有手艺、会文字、能计算。这些人占当地人丁的比例，差不多是一比一的状态，但华族人占的土地少，为当地人的三分之一。华族进入到九黎人居住的地区是以岭北为主，呈现集聚的态势，也有多族掺杂相互通婚的。九黎人还是以族为主聚在一起。华族多以户在一起，以亲缘关系群居。有小的集镇，没有形成大的城市。在九黎地区生活的华族约有五十万之数，已经习惯了南方的生活，扎下基业，回迁内地是不可能了。他们已经在这块地上扎了根，开田拓土，付出了血汗，并且组织了武装。"这位族长晨阳，就是几个大家族推的代表。尧帝让晨阳先回去，找几个核心的族人再商量一下，看下步怎么办。尧帝给他们设了三条发展的路。一是在原地聚拢自治；二是化为九黎，去其武装；三是分批返回，转到沿海生活。

尧帝召集臣将议事。齐山大将说："九黎、三苗是我们南边的大患，扰乱边境，已经是常事了。大军已发，足可征战，把他的王城平了也！"

尧帝问："只用三万军可行吗？"

大将齐山说："打边界战足够了。要攻下百越王城，需要再加三万军。要占领全境，又需再加六万军。"

将军冯铎说："要发六万军，需准备一个月；要发十二万军，又要两个月的时间。今年再过两个月，就是南边的耕种季节了，民众要耕种，与民争时不宜也。到夏季天又降雨，大军不易发动了。"

州臣姜夷说："最好在当季解决，秋冬南地宜战。一到春夏，天气恶劣并常有疾发生，林中瘴气也起了。"

臣华正说："先谈后打，先礼后兵为上策。"

将军高锋说："再围歼一批南军，迫其谈判。"

尧帝说："各将臣意见很好。其一，为民众和国家计议，最好短时间内解决之。其二，不要大战夺地和王城。其三：争取华族在九黎地界自治。此三件，既为这部分人开拓生活空间，也为华夏提供屏障。"

尧帝安排由华正率高锋、冯铎随从兵马五十人，车两辆并送国书一封。礼品铜铁器物。去百越王城九水城下书。

这边安排了齐山大将在边地造营帐多处以显示决心，弹压南军。

华正一行，日行夜宿疾走十日到了百越王城九水城。这个邦族在华夏那边儿通称为南蛮，实为九黎、三苗、百越等广大区域的统称，占了珠江流域的南岭、苗岭、瑶山、十万大山等气候温热无霜的地区。以族群基础松散联合，常备军很少。百越是南蛮的首领之邦，已有许多世代了，现在的大王是阮甲。

通报了官牒。华正、高锋、冯铎等人被引进一座木屋。互相致礼，大王阮甲让给来使看座，摆上南方地产水果。华正以华夏帝王使者的名义递上国书，由译员读给大王听。

其书文如下：

百越大王亲视：因百越之九黎族犯华夏边界，杀伤劫掠华族民众一事。为慎重国事，我已驱兵边界，特以书转达本意。百越华夏土地相接，海河相连。本应各养其民，但近年有贼人多次越境抢掠。最近又有百越官军阻碍我军剿贼，已接两阵，各有伤损。现南岭之北，原黎龙城一带，有华族晨阳氏部落，昔为开拓荒原之地而耕种田亩，又开百艺传于百越。但近年，其周围原住民，看华族富裕，经常袭扰侵夺土地。不得不屯兵自卫，现已成万军之众。盼百越王给生养之地；愿复兴黎龙城之盛，臣服于百越王，并与华夏通好。如此安排由黎龙隔开百越与华夏之间，缓冲争执，岂不两利？本帝一直爱民德政，国之相敬，不犯他族。然而他族犯我则必惩之。愿与百越相存修好，共载天神之恩。

华夏尧帝谨书

听了尧帝信中转达的意思。百越王阮甲大惊说："尧帝之意思是要分裂我邦族土地也！"

大臣华正说："上百年前有蚩尤曾盘踞黎龙与华夏作对，后为炎、黄二帝平服。曾有三约，一约双方互市，二约派华族匠人到岭南来传艺，三约岭南人去华夏学习耕种井田之术。时已逾了百年，双方各有进化。这批人以及后来的移民已经在南岭之北生活了几代人，已成了聚集之势。现于九黎人杂处发生许多争执，曾经有刀兵相向。如承认华族这部分人在九黎地方的合法群落，于三方都有好处。暨华人方面得到了合群之力，必能安居乐业，此一也。百越方有这一族群，开拓百艺必能织造器物，民得益，官得税，此二也。华族此部在华夏和百越之间生活，

必然成双方缓冲，此三也。有这三利，为晨阳氏族设一邦族之地有何不好？"

百越王阮甲让华正一行去休息，召臣将在王舍议事。大臣黎东说："有探来报，在两国边界上，华夏已兵马齐备了。蚩尤之乱曾杀到王城，今不能不量力而为也。这些年九黎居北自大，时常不受大王约束。这回扰动边界的又是九黎，如按华夏之办法，有晨阳氏与之相抗，未尝不可。"

有百越大将丙川说："蚩尤之乱连及百越，百年之痛勿忘也！现在晨阳氏又要步蚩尤后尘也！大王应三思。南岭重峦叠嶂，江河错杂，且有瘴气，不宜大军征战，正适合我军御敌。"大将丙川还是要战。

百越王说："我系九黎、三苗、百越合族之邦，已数百年。华族支脉南来也有百年，在岭北已形成群落，这部分人占九黎土地，如驱除必有大战，如收之为百越之邦或可平服。以此平衡九黎、示好华夏，也是两利也。我意明日亲去北地与尧帝面谈一下，是吉是凶待天定也。用这段时间做备战准备，各族三丁抽一，在族群处集结。如战旗竖起则星夜赴战场，这样就万全了。"

第二天，百越王阮甲召见了华正一行。原则上同意尧帝的意见。提三个条件，一是尧帝先行退兵。二是华族晨阳氏族群只能向近海、临华夏边界处集群。三是晨阳氏族群是百越的一部分，在九黎族群统领下。这个安排还要九黎族群同意。百越王已安排臣黎东去九黎通报消息，征求九黎首领意见。

在百越这里，各族群是以联盟的形式管理，军队和外交由联盟首领办理，其他族内事物各族自己办理。不像华夏，州镇治理族群已被弱化了。因此，百越大王实际做不了九黎的主。

于是华正一行随百越王阮甲车仗一起，向华夏方向驰去，为尧帝带了南海奇珍异宝为礼。

尧帝在杨城地面等待百越的消息。一天，州臣姜夷随尧帝到街市上巡视。尧帝领着丹朱，丹朱这时已经十五岁了，已经读过私塾，顽皮天真。尧帝想教育他，因此带在身边。尧帝衣着如一老汉一样，在一个竹作坊处，丹朱看匠人在编竹器，看得入了迷，和竹编匠人说话。匠人问丹朱从什么地方来？丹朱说从华北来。匠人又问华北有竹子吗？丹朱说没有，所以好奇。尧帝要和丹朱一起向匠人学竹编。匠人说："学竹编，需五日以上才能做一斗笠。"尧帝和丹朱真的用五日来学了竹编。一日山中选竹；二日做竹丝；三日做竹笠；到五天，真的各为自己编了一个斗笠以遮阳。尧帝对丹朱说："看到了也，这竹编的手艺也可以五日做一个斗笠，什么技艺要用心学都可以学会。"

第十四章 尧帝的故事

七、尧帝教子丹朱与围棋

有一天，丹朱在院里用石子打鸟雀，尧帝拿两个算板找丹朱习学计算。算板是在一块长方形的木板上刻有九个横格、二十个竖格的图板，横竖交叉的地方是一个凹坑，用它计算加减乘除，很方便。有黑白两色石子用于计算。演算了一会儿，尧帝去办事。过了一会儿尧帝转回，见丹朱在用石子摆堵截游戏。一方为黑子，用白子围住就算吃子了。尧帝建议把两个算板合并在一起，两人玩，这样有黑有白的棋子非常分明。后来尧帝让匠人做了一个并在一起的算板。因为算板是九个横格，两个算板一并是十八格中间加一格，刚好两侧都可以做算板，就刻了横竖都是十九格，可以做计算，也可以玩。十九乘十九，有三百六十一个点，就成了棋板。尧帝父子休闲的时候经常玩棋。

大将齐山来找尧帝议事，见尧帝和儿子丹朱在算板上摆棋子，以为尧帝在推演战场局势。看了横竖格和棋子的关系，若有所思。他和尧帝说："大王，你是游戏还是摆阵也？"

尧帝有所悟说："摆阵如何？"以两格一天路程，以所处位置为中心，以此点标上南、下北、左东、右西，竟然可摆出双方王城位置、里程。尧帝、齐山切磋起来，可以推演军队的行军。齐山说："做一个大棋盘，称为兵棋可以展示谋略也。"

尧帝和齐山以两只斗笠各承石子，对战起来，丹朱在一旁观战。被围没活气的石子拿下，最后数每个人占了多少交叉点。尧帝称这叫"围棋"，并以竹编做了两个小篓装石子。丹朱被这围棋迷住了，见有闲人，拉来就玩儿。丹朱真的从中悟出了道理，大家都斗不赢他。

这一玩儿，玩儿出了两大实用品，称"围棋"和"兵棋"。前者闲时逗趣，颐养性情；后者推演军阵，一目了然。

又过了几天，大臣华正返回，报告为使情况，又引百越大王阮甲会见尧帝。那天上午巳时，尧帝在王帐以大礼迎接百越王阮甲。阮甲在帐外十丈下车，由大臣华正引导。两边有甲士肃立，旗帜招展，迎宾鼓调嘭嘭作响。尧帝于帐口亲自迎接，双方互致揖礼。华正引阮甲到王台右侧落座，尧帝坐另一侧。王台下右侧为百越随员将臣，华夏臣将站左边。百越王示意将礼品单呈给华夏王。尧帝谢之，命给客人以茶饮。

鼓声止，乐手退出。尧帝说："大王远来，不辞辛苦，佩服！佩服！"百越

王阮甲说:"为邦族之事,所劳无怨也。"

尧帝说:"前朝我们帝喾与贵大王陈锋曾互通友好,我母亲就是百越王和亲嫁与我父帝帝喾。又过了两朝,时过境迁。有幸迎接贵大王在边城。"百越王阮甲说:"两邦同天连土,民世代友好也。"

尧帝说:"国之四边,华夏以南方最为关注。王之南国,与我国土地不得裂,河不得竭,川不得断,真是上天给我两国做的安排也。民相亲,市相互,也是天给搭建之联络。现民俗不同,语言大异,似不影响双方交流情感。立国在于域民,君王在乎民意。两邦发展有异,开化不同,贫富有差。有不良贼人者,聚而滋事。抢掠我族人,边界民怨沸腾。华夏中枢迫于民之诉求,驱王军南来,只为弹压贼寇,并无犯百越疆土之意也。"

王阮甲说:"贵大王前日赠我北地皮张及惠书,已知其详。适如王所述,民南来北往百年,北地百艺、耕田、丝麻技术传入南地,有惠于我邦。安居乐业也是双方共企之事。然而有盗匪在边地相扰,双方都是受害者。百年蚩尤之乱,祸及我王城,杀戮之苦刻于石纹。现有晨阳氏华族提出,另立族群一部占九黎之地,我不能答应。百越实际是黎、苗、越之部族联邦,有盟约邦规,对外一致,而内部互不相干。此事,贵大王见谅也。"

双方大王都把事情摆到台面上。华正说:"贵大王远来,叙礼后去休息一下,容明日再议也。"

尧帝说:"贵大王十日之途一定辛苦也,日暮酉时我设大宴,为贵大王洗尘也。"

送宾客鼓乐响起。百越王阮甲告辞,乘车到驿站休息。

尧帝送走客人,与华正说:"百越王说的,也是实情也。"

华正说:"只待五日事情就成了,煮熟之米方可食也。"

尧帝不解,知道华正多谋,就静下心来陪客人吃饭了。

这天晚上尧帝设大宴,摆了鲜果琼浆、各种肉食、谷粮米饭,又以倡人舞姬奏乐《九韶》《六英》《六例》乐之。自酉时至子时方回驿站,客人非常高兴。

第二天,百越王准备再和尧帝谈。华正辰时来馆驿看望百越王,说尧帝已命人去说服晨阳氏族了,要百越王等待消息。

第三天,华正约百越王弈围棋。百越王见一木方盘刻十九经纬,以黑白石子互围。双方玩得入迷了,只是不谈国事。后华正将棋盘送给百越王。

第四天,华正又来说晨阳氏族正与九黎王商量,领地问题要百越王等消息。

第五天,有九黎部族首领来百越王处通消息说,晨阳氏族要率土归华夏,要

百越王从中调停。原来百越王对各部族内部并不管理，而各部又以氏族为联系。各族自设兵器武装，每临大战抽丁成军。不设铁铜管制，兵器泛滥。今晨阳一族已联合多个族群，人口近五十万，对九黎提出另立一部的要求，仍在邦族联盟之内，受九黎管制。现九黎王是原南雄后裔，自中原大战蚩尤被斩，后人口复壮，夺回黎龙并废之。现首领叫易木。百越王是他的盟主，但内部全靠他自己执掌。晨阳已向其表达了诉求，如不能答应，就要依仗华夏势力割土出去。在这种局面下只得屈从晨阳氏的要求，并向百越王表示能止住分部最好，如止不住也就做顺水人情，准予晨阳氏族另立一部族。

第六天，华正再请百越王到尧帝王帐谈判。华正事前已做了文章。百越王提出，晨阳氏族只能向东发展，那里近海荒僻。黎龙地方仍不建城，做两部族分界。

尧帝与百越王又叙了一番话，就准备启程了。尧帝又送给百越铁铜五百斤。自此有晨阳氏一部华族人在南岭发展。建福城于近海，缓冲了百越与华夏的冲突。这一部族也为后来华夏人越南岭、涉足珠江流域起了引领作用。

八、尧帝与造酒

秋天，树上的果子成熟了，尧帝被臣引到一处果园去赏果，在一个农家休息。主人给尧帝饮了一杯红色的果汁。饮第一口有些酸；再饮有些涩；三饮有些甘；四饮脸有些红；五饮有些兴奋，话开始多了，尧帝很惊奇。尧帝问："这水饮是怎么得来的？"农民说："丰年落果，果还没有熟，不能入市，堆于向阳的石板上，日久有汁液沥出。其汁清有醇香，禽鸟饮之而欢，游豕饮之眠。我们口渴了试试饮之，此物酸甘可口。多饮则欢，再多则眠，更多则狂，中毒则昏死，其香气称为醇香。"

尧帝饮后不忘，改天再次到农民家中。见醇香的饮品在一个小口的罐子里装着，流出就像水一样。叫什么名称呢？尧帝见其罐型如酉时的"酉"字。水加酉那就是"酒"字了。因制酒要堆放很长一段时间，就借"久"字的音，从此就有了"酒"字。酒渐渐成了大众饮品。这种大热天让太阳的温度把堆放的果品晒腐烂做酒的方法，叫沥出法，酒的醇度不是很高。江南多米，有人用糯米煮熟，用发酵的方法也造出了米酒。后来人们发现，酒是有神灵的，酒神在曲中，称神曲。米和水果得神曲而发酵。太阳送温，也可以用火送温制酒。一时，饮酒成了一种风尚和产业。丰年，富裕人家几乎家家都制酒。

尧帝有一天看到一家人做酒，酒从堆积的酒料下流出，而酒气散在空气中。

空气中弥漫着香气，自然是酒飘到空气中了。那时的制酒已有了一套办法，酒曲子由酒坊做成，卖给大家。制曲是将曲种扩增，匠人以温度控制它，过凉了不发酵，过热了就酸了。酒伴酸出，无酸则无酒。要制出好酒，要有好的曲种、好的水源、好的技术，酒的好坏全在匠人的感觉经验中。到了农家，则以碎米、瘪谷、水果、糠皮等为酒料。煮熟后放温凉，以手试之微热，这时候把酒曲拌入。曲料比约为一比一百至五百。放入容器中发酵，五到七日从底部或从上边溢出汁液，沥出就是酒了。十次做酒，好酒五成，差酒五成。

因在家做酒，多是由娘亲操作，所以制酒的过程称作酿酒。"酿"字是由酒的半边"酉"字和娘字的半边"良"字合成。

尧帝见酒这东西起于农家，售卖在集市上，各村镇几乎都可见到酒坊了。酒的好坏很不一样，东村酒醇，而西村酒酸，入口感觉不一样。秋季的一天，有雾气罩在王城，尧帝见新铸的大钟上有水滴，舍前的承露台上也见有水滴。他想到蒸食物时，产生的蒸汽也会凝在锅盖上。尧帝由这个现象想到了制酒的香气是不是可以凝结下来呢？他看了铜钟的形状，就和酿酒匠人商量做了一个钟形的罩子，罩在锅上收集蒸汽，得到了蒸馏酒。罩子被称作"钟罩"。后来对应下面的锅，把钟罩称为"天锅"。因钟罩的样子，所以饮酒时的杯子也做成了钟形，称为酒"盅"。不断用冷水给"天锅"降温就发展成了冷凝器。以蒸馏酒法得到了高纯度的酒，一下子就成了大家争相互市的物品了。上至帝王国宴，下到村巷邻里都以酒为饮品，"无酒不成席"成了风俗。

九、尧帝与私塾先生

尧帝很重视教育。那时候教育幼童是有财力的大户人家自设塾堂，聘请塾师。尧帝幼年在姥爷家也进过塾堂。他想去了解一下城里塾师的情况，听说有一位名叫"先生"的塾师很有名，培养的学子品德都很好。

有一天，尧帝约了时间到一个设塾的人家去拜访。有一位塾师在房子里教十几个学童习字。学童坐在木凳上，听一个塾师在教学童们习字。塾师讲"孝"为"老"字一半与"子"字组合，而"耂"字头在上的道理。塾师说："无老子则无小子，所以称'孝'。孝字旁加文在一起就是'教'也。"尧帝在外边坐在石凳上听着讲字，休息的时候他和塾师攀谈。塾师名叫"先生"，知道尧帝在一旁听讲，没有特意停下来。讲完了一节后，才来见尧帝，赶紧请尧帝入室内。

尧帝非常客气地问先生："塾师，你是这家主人也？"

先生说："不是。我是主人聘的塾师。"

尧帝问："你从塾师业有很多年也？"

先生说："我以前在州里做差役。年龄大了，回家来，被这户人家聘为塾师了。已经从业十二年也。"

尧帝说："先生年津是多少？"

塾师说："稍少于差役，比一般匠人高一些。"

尧帝念叨："差役十二石，工匠八石。先生，年资十石许？"

先生说："然。"先生见尧帝心中有数，请帝入座。

尧帝坐下问："塾业几年足业？"先生说："五年出塾。"

"教什么内容呢？"先生说："识字刻字千数，计算会运筹加减乘除。"

尧帝问："塾师教幼童，开蒙学，出塾者贤德青年多也，有何高妙技法或科目多否？"

先生说："我少时也从塾开蒙。在府衙做差役，阅历人物多也。但凡有能力的官人必有贤德也。鉴于此，我教塾重视品德引领，让学童'待人有善心，待长有尊心，待事有恒心，待物有专心，待理有辩心'。出塾的孩子要'知谋礼教，知谋先进，知谋文章，知谋计数，知谋积财'。"

尧帝说："先生教有方也，可述其详？"

先生说："幼子入塾，要打下人生基础。世界广大，知识繁多，塾师所历者有限。教学百艺，塾师不能也。我教学子，初起从心力培养。一曰善心，建立同情、感恩、扶助柔弱之善良。二曰尊心，敬长辈、敬塾师、尊敬先贤。三曰恒心，事成在恒、心胸不乱、事成在己。四曰专心，专求详解、达于其内、明其道理。五曰辩心，思维八方、辨别真伪、张扬正道。此五心，布陈学业，点滴滋润。足业时力求达到具有五方面能力。一曰知谋礼教，待人行事，礼仪为先。受指引知顺行，发指令知响应。故而做臣将、做仆从，知礼教必明晰。二曰知谋先进，在草木必求英艳，在人众必求先行。人生百年，孰能发达。三曰知谋文章，会文行书，随处可身手从业。广大世界会文通达。四曰知谋计数，会筹账簿，能演四则。居家公职，数列格局，了然于心。五曰知谋积财，家有千万，无理则乱。知天理、知世故、明法条、课税负，积财有道也。"

尧帝称是，赞之曰："先生教学子，尽为英才也！"

先生说："不然。教有方，而学有异也。教尽心，学尽力可也。群马驰骋，各有其能也。我唯求不误人子弟也。"

尧帝称善，又问："儿童几岁入塾？"

先生说："八岁。"尧帝问："何为最难教也？"

先生说："字最难教。笔画太多之字，难于刻。"

尧帝问："一年上多少日学？"先生说："约二百五十五日。旬日、三伏、二九至七九不教。"尧帝临走问："'先生'为你名或字？"先生说："因我是长子，家父赐给我'先生'之名。"尧帝说："'塾师'称呼不如'先生'有尊敬之意也。"

尧帝告辞。回王舍和大臣议事时说："前日见一塾师，为一差役退役后为人所聘。教文与数，名曰'先生'。我朝应遵塾师为'先生'。应提倡广设私塾，民有余力幼子应启蒙。幼学文以教德化，有学识者方可能有才也。塾师应教人以贤。"自此教书人都被称为"先生"，而为民众所尊敬。

十、尧帝招贤纳士政通人和

尧帝从政，为广纳世间有贤德、有能力的人，设置了四岳官职，此"岳"通"阅"，调研之意。即羲仲管东方，羲叔管南方，和仲管西方，和叔管北方。让他们去四方居住、巡视，听天下人的意见。尧帝遍访天下，任用贤能。有许由、善卷、方回、披衣等受到尧帝的重视。帝在王舍前设立贤人座，树立诽谤木。由此贤人受尊重，恶人受谴责。

有一天，尧帝召群臣武将议事。尧帝说："现天下太平许多年矣。我不敢稍慢政务。九州黎民都在中枢的管理下，从农牧和百艺。州镇设在城里，城中有市，人物交流极其方便。然而我作为王者，一人之听不过舍内，所望不及十里，所感为亲、为朋、为臣与将。为这样大的国家运转畅通，不负于天，不负于民，需广开言路。我颁布诏令曰《求贤诏》。官民有贤能之人，竟可举之。或用其人，或用其谋。必有赏赐。"其诏文如下：

《求贤诏》

天助国运，百业更张。我华夏九州之广博，佑千万之大众。受天恩，有田野供耕种，有六畜供饲养，有山川之资源，供林木竹器之用，有岩土含天地精华而为铜铁之不竭。百艺千匠做器物之工，物产足供衣食住行。无饥饿、寒迫、病痛之人是我所愿也。无匪无盗、无欺、无妄为我所盼也。欲为国之盛，欲为政所通，欲为人之和，而设贤者之位于堂前，是我日夜思盼也。自此用人之际，贤德不应以潜隐为美。所以今告天下选贤任能，举贤不避亲疏。有问，何为贤者？然贤者必以德为先，而后有能，具有德及能者既为贤。大德大能谓大贤人也。德者人人皆可具备，能则有大小之分。当下之德，以孝其老、扶其幼、怜其病为本。以护三村、九舍、天下为大德。必以勤、俭、恭、顺、善、忠为美。必以盗、伐、毁、诈、奸、佞为恶。官倡美德而禁恶行，民向美而户舍平安，国向美而天下太平。欢腾龙翔，翩跹凤舞。天佑华夏，九州福祉。

尧帝求贤诏

自从发了求贤诏，到王城来应招的有所增加。尧帝也经常下去走访，希望发现民间的贤人。

尧帝与贤人谈论了善、德、天、礼、兵。尧帝重视贤人的意见，每次听到哪里有贤人，就轻车简从去拜访。他听说在汾水北岸有贤人在山上居住。尧帝就到山中，住了几天，与这个贤人谈论治理天下的道理，并请他下山辅佐朝政。尧帝在他们的住处听这些人谈论政事，孜孜不倦。

有一个贤人叫许由，能识人善。许由字武仲，阳城槐里人。以前做过族长。在尧帝时，组织族人生产、设塾、练武。年老了辞了族长职务，到山里隐居。曾预言过洪水山崩，救族人性命。又曾经观看草木长势，知道土地的厚实。开田后能推算产多少粮食。族内出了很多的匠人、文算人才、官员将士，都说许由识人善任。尧帝去找许由，两人在许由隐居的山洞里谈论人之善，由白天转黑夜，由黑夜转白天，两天不饥不渴。

尧帝问："人之本性是什么也？"

许由说："人之本性与野兽是一样的，不外乎生长与繁殖而已。人之初，性本私，并无善恶作为。善恶这都是后来形成的。羊羔跪乳，乌鸦反哺，与人之从胎衣产出就会吸吮、哭叫是一样的。一群雏鸟争食，一窝幼崽争乳，岂有互让之状。人之初为之私，而非存善恶之端。善恶分野在于教养也。"

尧帝问："何以教人走上善路？"

许由说："善必与恶相对之。小儿新生时知道香臭吗？如犬、豚之食矢，必引导食矢之臭，识乳之香而辨识之。父母言出也凶，子必出凶言于人。屠之匠人，子惧血乎？然潜移性体，默化之中也。子不善必是父母之过也。"

尧帝不语，片刻问："施政于民，以税图其财，以抽丁图其力，王命州、镇官以率民众，以诏令律法为规制，民以何称帝王之德政？"

许由说："税乃运国之财，不苛求民已足；丁为军旅，国之威仪，王不好战民亦足；诏令律法不逾越民俗，无以生怨也。夫官员善恶为民看重，知人善任实不易也。然欲介官之霸、懒、贪、奢、假之五恶，必州官州出，镇官镇出。官不居当地，而为当地之官，何来责任之心也？上旨所派，只恩于上，不知恩于下。凡下举上令者鲜少五恶者。民举，民必监之。官惧民举，必行为检点也。"

尧帝又问许由，想让他出山为官。许由说："我已经落草于山野，去王之高堂已无威仪，去州镇已不在籍口。上旨为官的事我深恶之。"

尧帝与许由还谈了教小儿少年习学和传授百艺的事情，尧帝就告辞了。之后尧帝选人都非常慎重，不以亲疏而以贤德任之，地方官都由地方举荐，鲜少发生官场的五恶之徒。

尧帝许以臣官，让许由出仕。许由听说了，跑到河边把耳朵洗了，跑到更远的地方躲了起来。王也知道了许由的言行一致，自持清高。

尧帝拜访的另一个贤人叫回善，字高水，边城东隅人。曾为州从臣，不与人同流合污而辞官。曾为讼师，免人杀头之冤，又曾劝恶徒放下凶器投案。

深秋的时候，树叶已经染黄。在山岭峻拔的空谷里，一湾清溪在缓缓流淌，水很清可见底，回善正在溪水边钓鱼。尧帝微服出访，见一老者正在垂钓，就近坐下了，等了一个时辰，未见鱼咬钩。老者专心致趣。尧帝问："老翁，有鱼否？"

回善说："水致清而无鱼。"

尧帝说："老翁，不闻'浑水摸鱼'乎？"

回善说："大王为何不到市井，人多的地方找人也？"

尧帝说："市井人杂乱，没有这里清净也。"

回善说："大王来溪边有什么事情可为？"

尧帝说："久闻老者尔有大德，今见清水钓鱼，足见心明德高、人之戏水。俗话说'仁德者乐水'。尔来辞于官，不与污同流，此大德而为乎？"

回善说："黄河水自天上来，天来之水清。过人间浊如汤浆，仍波浪滔天而向海。海可清黄河之水。人可清一瓢之水，不能清一河之水。河水有干涸之时，人不可担水以救之，需量力也。奈何，仁德自持，而不能清府门。滔滔黄河，清流何存。故而求一人之仁德而辞了官位。"

尧帝说:"何为仁德也?"

回善说:"仁德系人之美善之德也。人之行径,曰有仁德,曰无仁德。美善德与丑恶坏相对。民众中凡是仁义、善良、真实、美好、助人善行为有仁德,反之则恶。人有人之德,族有族之德,国有国之德。丈夫立于职场,秉持公平、遵循律法就是有仁德了。"

尧帝说:"今我为清官场之浑浊,特邀老者出山,以树德政之圭臬。"

回善说:"我既辞之,不会回头。如这溪水一样,在山则清,入流则浊。人不可不量力也。"

尧帝再三请之不受。

回善说:"我知大王为有德之君,故而多说一些,浅拙之见也。邦国为政之要,一是布有德之政律,二是任有德之臣将。"

尧帝问:"何为有德之政律?"

回善说:"政律之有德,是出之于民俗,引之于善途。国民之生产丰足,民享器物、衣食、住行必在规制中,凡夺人之所享、害民之性命、阻民之合理自由都是恶政。戒之所恶,就是有德之政也。"

尧帝问:"何为有德之臣?"

回善说:"德臣必律于己,必行事于律令之内。王任命下官必求人之德,而非以亲疏为本。俗语云'恶官猛于虎'。或曰若要黄河水清,必有不注泥土入水之法。其法在帝王决心也。"

尧帝颔首。智慧语言,由晨至暮。尧帝告辞回去了。

尧帝又听说善卷会识天,轻车简从就到武陵地面找善卷求教。派人上午去问,说其堂屋内很多人在听宣道。下午又去问,说其房前树影下听讲者众多。晚上尧帝约其吃饭。善卷说:"已备饮食给外地来的客人了,主人不好缺席。"是不以尧帝之请而辞已请之人。人说善卷有德,途中见乞讨的人必有所舍;与人争路必驻车而避让;旱时争水灌田,必四至皆有水才浇自己家的地。

尧帝再约善卷。次日请酉时到,申末已至,不误时。

尧帝在馆舍前见到善卷。善卷以三揖之礼拜于王。尧帝回礼以三揖。请善卷坐。

尧帝问:"今日舍下有宣道乎?"

善卷回大王:"有民众约则有宣道。"

尧帝问:"曾出仕乎?"

善卷回："少时先父为官臣。及弱冠时学巫医之术，后弃医从巫，现以大巫从业。"

尧帝问："何为大巫？"善卷说："大巫只测天意、势象、星辰、阴阳宅、祭礼之事。"

尧帝笑称："大巫看来比王都大了。"

善卷回："无权何为大哉。"

尧帝问："那民有失盗、前程、前世、后生这些找谁来推测也。"

善卷说："有小巫从之。"

尧帝说："那有病就要找医生了！"

善卷说："然。"

尧帝问："你与天问事，以什么办法交流之？"

善卷说："以礼告知于天，天以象告知于地。如我见王，必以揖礼。隐秘之处，不可泄露也。"

尧帝说："这里对天行跪拜，至为深重大礼。我看有四肢扑地、五体投地、沥血、杀生，天能受礼吗？"

善卷说："礼重示心诚，过之则虚也，我对天行跪礼。"

尧帝说："我职为天授，在天之下。有对我行跪礼者，我不堪受用。君臣、臣民、军将行礼以鞠躬、作揖、抱拳肢体示礼就行也。亲族尊上、尊先人、祭天礼自便可也。凡有害伤人体、辛苦非常者，我不赞成也。"

善卷说："大王之说甚善也。"

尧帝问："我行天道于华夏十几年了，担心不知天意何为？"

善卷说："我观市井民意，民皆说王政佑民不苛；王善和平，各国不战；王简政轻礼，俭行不奢；王访贤天下，无独断专行；王任臣将唯德能，不出私门。此不苛、不战、不奢、不独、不私必是政通人和，天地共佐也。"

尧帝说："我看这些年，有时旱，有时涝，有时地震，有时日月犬食，是天之怒乎？"

善卷说："天意实为民意，天道共轨人道。帝行仁德之政于民，民哪有不高兴之理？适天之行在日月星辰，有风雨雷电，有四季轮回，这是天之常态。有旱涝、地震之灾，是天示下民，而非政也。大王常去为灾害向天祈祷，也就是替民向天发愿也，此足矣。"

尧帝说："我欲问天，求天佑华夏五谷丰登、六畜兴旺、百业发达，取什么

办法好也？"

善卷说："先王有祭天于泰山之顶，有祭龙王向大海之滨。我意天可祭，祭后告知于民。天意在民情之理，以民之所向，即天之所意也。大王有民之爱戴，岂不同天之所爱戴也。"

尧帝深深领会了善卷的智慧，尧帝请善卷出来做官，善卷不接受。王谢辞已近卯时。回到王舍，尧帝自语："敬天天高，敬地地远，敬民在近，何不就近而攀高远耳？"

尧帝主政华夏九州，泱泱大国，时常想怎么把国家管理好。有人说在蒲古山的地方有大贤叫披衣，有治国理政的道理。这年夏天，尧帝就让人送自己到山脚下，一个人上山到披衣茅舍去。这时候披衣不在，尧帝就在山坡上，一棵树影下坐着休息。一会儿困倦了，就躺在那儿睡着了。尧帝恍惚间觉得有人呼自己的乳名勋儿，见来人是母亲庆都，给勋儿一个鲜桃。勋儿吃桃啧啧有声，醒来时母亲不见了，只有口水流到石头上。见一老者手持一个白色拂尘立于尧帝之侧。老者问："来者何人？请到舍内休息也。"

尧帝说："你是披衣道士吗？我是尧也。"急作揖礼，披衣也回了揖礼。

披衣说："我是披衣常人，非道士也。大王早来，快请入舍里休息。我远见这边有鸟雀上下飞，知道有贵人来。"

尧帝说："你真会说吉利话，常人来不是也会有鸟雀飞吗？"

披衣说："常人毕竟直入室，哪有露天休息之状哉。必是知礼有德之人来，才在室外休息。"

尧帝笑说："如有童子来，也不会安坐舍里也。"

披衣说："有德之人，近于童心，无邪之念也。"

坐在舍下。披衣沥青茶给尧帝喝。披衣问尧帝说："大王日理万机，怎么到寒舍来找我叙谈也？问路吗？"

尧帝说："是问路也，路亦道也。就九州治理之道路也。"

披衣说："王可饮此茶速返，我只认识房前屋后道路，哪有安邦治国之道也。"

尧帝说："权当问乡路吧。引我同往山下，边走边叙谈？"

二人就在落日的余晖中向山下走去。尧帝说："我从左侧大路来。"

披衣说："我从左从右都可以到山脚下，只是来时天明近中午，两条路都是明亮的。现时至晚也，右侧平坦一些，就走右侧吧。"

尧帝抬头看天说:"天将落日,红霞万丈,云卷云舒,似有车从马跃。"

披衣说:"天有天道,必有太阳之车,月轨之轮。天道者必日月趋之。"

尧帝说:"天道可见吗?"

披衣说:"不可见。仅有日晷月晷可见所指。"

尧帝说:"大道朝天,真似人间也,纵有千条路,捷径只选一条就可以也。"

披衣说:"不然。从一而终,僵化也。一路走去,适是省力。天有风云际会,地有人情世故。变化无常态,路途有分歧也。"

尧帝说:"是也,找到适合的道路,需善思、善易也。"

披衣说:"寻人道而觅天道近乎?道就是理也。明天道以承天意,明人道以享万民之拥戴。大道理如出一辙也。"

尧帝有所思。华夏承天之启,由华胥而扩大到五华之地,现在南有百越,北有漠戎之扰。内有州治,族群之争,想自然之天机,设人间之道理。如车行其道也。

尧帝说:"道法同源,依道依法是也。"

披衣说:"道包括了方法、方向,又兼仁、兼德、兼理。做事秉国必求有道。有道则与天机暗合,不违自然,政通人和。"

尧帝说:"我行有道吗?"

披衣说:"天机难测,犹不可破。君王善行,仁德执政,即是有道之君王也,谁不爱戴大王也。"

这时候,山下已经昏暗了。互辞山下,尧帝回舍,嘱披衣小心。披衣说:"道在心中。"飘然而去。

尧帝夜不能寐,回望历朝烽火,邦国治理,天地旋回,世态易理,变化多端也。治国之道因循守旧,不是善策,顺天应时、改弦更张才是道理。

尧帝很关心征战的事情。经过九黎之乱后,他深知军事的重要,因此非常重视常备军的建设。以往军备以国家为主,其次为州和镇。平时,军队以养将和军队的骨干为主。战时则召集各州的兵丁。自子丹朱为三苗军所蛊惑,引起一时的内乱后,治军也是尧帝操心的事。

有一天,将军齐山与尧帝谈起整军的事情。尧帝问齐山军队行军列阵、攻与守的战法。齐山说:"大王,平时对军队,最需储备之人才是将军与谋臣。将可练之,谋者不可一时练就。听说先帝时有关洪将军之孙名叫关武,很有整军之谋略,能否请他出仕也?"

秋天正是演练兵阵的时候，尧帝到河曲之南去请关武。关武，字东甲，已年五十岁了。尧帝去看他的时候，他正与人玩围棋。关武见大王来了，忙推了棋子，向王行揖礼，王回揖礼。尧帝说："棋还没有下完，不要打扰了你们。"尧帝许他们复盘，两个人忙将子复回。尧帝就在一旁看着。棋已从开局、中盘到了收官阶段。尧帝知棋术而不语。半个时辰两人推秤，客人投子告辞了。

关武说："大王系围棋高手。这一十九线交错还是王定之。今天大王来河曲有何事也？"

尧帝说："久闻你是先朝谋臣关洪后人，民间传说尔有整军料敌之谋，特从王城来拜访。"

关武说："先人关洪随訾帝征战于大戎，胜北夷之敌。今大王之敌恰不在北，而在南方也。"

尧帝说："正是，北界这几年平服了，只是南方还不太平，望智者给予指教。"

关武问："大王认为整军重点是南方？或未可知也？"

尧帝说："正是"。关武说："其实整军南有扰向南，北有扰向北，不是上策。"尧帝不解，问："这是怎么回事也？"

关武接着说："华夏大国，南北都可有疥癣之疾，不可看重也。看重的应该是国内。国之军力不在边，而在于州与城。城固而州强，故有贼来时守城不乱，扰而不动。如棋之大活，龙有气多也。一局棋，五成在布局，三成在中盘，收官已为末局了。"

尧帝已为信服。愿对一局，尧帝谦和执黑先落子，以三连星开局，关武以双飞燕应对。中局尧帝一个疏忽，被围掉一角，推秤告负。二人对局中，又棋里棋外谈了许多。尧帝请关武出仕，做帐前谋士。关武说："没有见过军阵，又是太平之世，家有二老。"再三推辞不受。临走送尧帝四句话："国富军壮，州城为梁。王主军政，华夏堂堂。"尧帝知其意，平安在于国内。平日中军砥柱，精练将士，有扰乱一呼而应之。尧帝亲政七十年而无大乱。

十一、尧帝命后羿射日

据传说在尧帝时期，某年天大旱，有十个太阳在天空上照耀。河水干了，湖水干了，树木枯死了，农民的庄稼也晒焦了。尧帝见人们这样煎熬，向天下求贤，招勇士来把太阳射下来。这时从青州来了一个年轻的神射手后羿，要为民除害，

第十四章 尧帝的故事

被任命为射官。后羿射箭很有名。青州地面有贼人，聚众占山林，对抗官府，抢劫伤人。州府多次征讨都没有剿灭。因为这些贼人善用射术，常有将士被箭所伤，已有三年了，报到尧帝帐下。大将齐山欲出战。尧帝对齐山说："所征贼人占有山头，并未及州镇，王城军发去数千或万，有大扇拍蚊之过。可选善射之人，充本州军，教练之，可否？"

将军齐山说："大王说的是，就让射官后羿去青州协助一下吧。"于是派后羿去。月余返回，并携捷报。见众贼已经剿除了，尧帝问后羿经过，后羿说："这伙强盗利用青州多山多竹之地利，以善射欺官军。军来远射，近则不见，时聚时分，三剿而未灭。这次去到青州，以箭术教军士，远则射之，近则刀之。曾三阵而降伏之。"

尧帝问哪三阵。后羿说："第一阵，州城比武，贼人混入，欲伤官军威风。射跑、射立不分高下。互射一节，十丈之内各备有三箭，双足不得动，动则输。贼人射三箭，臣一手一支，一口一支。臣之三箭，独取其双耳，两射令其跌倒，众人都大呼得胜，使贼人心虚。第二阵，伏官兵于途中。军队进剿，贼伏于路，突发冷箭，射在车上假人。军士回箭中其多人。第三阵，围其老巢，以火箭毁其舍；以响箭导其向；以铁箭头穿其甲。一战射死贼百人，伤者众多。从此不敢自称'神射'了。"

尧帝称善。拿过后羿的弓看到，为黄竹皮叠在一起，以黄麻绳缠之，重五十斤，高一丈。其箭以神农架上箭竹竿制作，箭头为铁铜制作，不同用途而异，轻者伤皮，重者伤骨。可发音作鸣镝，可发火焚烧营帐。箭尾以鸟之飞羽，夹其间。尧帝命人百步立箭靶，命后羿发数箭于庭中，果然箭箭中的。

尧帝给了他十支神箭去射太阳。这边尧帝向天祈祷，那边后羿登上了大荒山，找到离天最近的地方。向太阳射出了九支箭，射落了九个太阳。还有一个太阳赶紧落到山下去了。尧帝让后羿去找那个太阳，因为一个太阳也没有，天下一片漆黑。

当太阳从西边落下，后羿就撵到西边，太阳到山后，后羿也撵到山后。从此这颗太阳就这样被后羿撵着，一天里一半时间在山前挂在天上，另一半时间就落到山后了。太阳给人们提供光和热，有黑天、有白天，有春、夏、秋、冬。人们感谢后羿，称他为英雄。

尧帝让后羿来王城做官。他没有同意。帝王给了他一些赏赐和荣誉。

后羿有个美丽的妻子叫嫦娥，他们有两个孩子。他们除了种些粮食外，还要靠后羿打猎为生。后羿的箭法远近有名。据说后羿的父亲叫羿，也是一个武艺高强的人，曾参加过战争，立有功名。后羿小的时候并不喜欢射箭，是父亲的精心培养，才使后羿成长起来了。后羿小时候，父亲给他做了一个小弓箭，教后羿去射小动物，把射到的动物给后羿吃。后羿知道了射箭的手艺可以猎到好吃的东西，就努力学习了。随着年龄增加，后羿的武艺高强了。父亲还锻炼后羿的勇气，告诉他打野兽的时候要直面野兽，在野兽扑上来的瞬间把野兽射杀。所以，不管什么猛兽，后羿都迎着猛兽射箭，把箭射到猛兽的喉咙上，后羿还随父亲跋山涉水锻炼脚力。父亲还注重对后羿品德的培养，使后羿成了一个孝敬长辈、关心平辈、乐于助人的人。

后羿小的时候，父母有八个孩子，后羿是老大。母亲对大儿子非常喜欢。当后羿十六岁的时候，母亲经常生病，后羿担起了家里许多活儿。这年，父亲让后羿结婚了，让后羿两口子分担家务。后羿娶的妻子是邻村的嫦娥，嫦娥是孝顺的媳妇。她嫁过门后精心服侍婆婆，照看小弟妹，为后羿分担了不少家务。后来他们有了自己的孩子，兄弟姐妹也长大了，父亲就让后羿分出去过了。后羿除了自己耕种二十几亩地外，还经常出去打猎填补家里，用皮子换一些生活用品。后羿每次出去打猎都带上自己的弟弟们，打到的猎物自己只要小部分，其他都分给弟弟们。

有一次他们围住了几头鹿。后羿埋伏在树丛后面，手里拿着弓箭，腰里挎着刀。弟弟们把鹿惊起来，让鹿跑向后羿埋伏的地方。可是这些鹿并没有向后羿埋伏的地方跑，向另外的方向跑去了。后羿对着跑动的鹿放出一支箭，射到了鹿的后背上。鹿没有倒下，继续在跑。后羿赶紧追上去，又射了一箭，鹿倒下了。大家冲上去，把鹿打死。正在剥皮的时候，他们听到一声虎啸，震得树叶哗哗响，大家怕极了。后羿让大家躲到树后面去。只见一只老虎跳蹿着扑了过来。后羿见这只老虎也有些心惊，他赶紧找出火石，想烧起火来把老虎吓跑。可这家伙听到动静，放下鹿就扑过来了，后羿赶紧抄起弓箭。老虎吼叫着冲了过来，后羿张弓搭箭，正对扑上来的老虎放了一箭，射中老虎的喉咙，噗的一下，老虎倒在地上，还在挣扎扑咬，后羿拔出腰刀把老虎砍死了。他们赶紧生起火来，防止再有野兽扑来。

他们兄弟几个，抬着两只野兽走出了大山。大家都非常惊奇，在四方传为佳话。后羿射箭技艺高超，很有名了，附近有什么猛兽害人，也常请后羿去降服。

有一年冬天，邻村有一头大野猪带了一群野猪，多次损坏了农民的院子，冲进粮仓糟蹋粮食。这头野猪据说有几百斤重，一般武艺射杀不了它。有几伙猎人都没有办法，他们来请后羿。后羿推辞不掉，就应承了下来。村里给后羿派了些人做助手，并在路上设了捕兽网，设了陷阱。有一天，太阳刚升起来，后羿正在

第十四章 尧帝的故事

屋里休息。有放哨的跑来说，野猪群从山上下来啦！到村口了！后羿带上弓箭和刀同大家一起跑出去。这群野猪有二十多头，有大有小，由一头大公猪带着，冲到一户人家，转眼间就把一仓子粮食毁了。在大家赶到时，这群野猪呼的一下就跑走了。后羿去看野猪的蹄踪，只见捕兽网已经破了，陷阱也被野猪毁了。这些家伙三两天就会来一次。后羿让大家设了一个捕兽栏，留有一个口，野兽进入栏内触动机关，门落下就可以抓住野猪。后羿在栏门口对面设了一个岗位埋伏在里面。两日后又是早上，野猪群又来采食。村民们以鼓、木邦子驱赶这群野猪，野猪慌乱了，跑入了捕兽栏。门突然落下，一群野猪二十几头尽在栏中。大家忙拿柴火，准备烧死这些害物。突然轰隆一声，野猪把门栏撞开了一道口子，一个硕大的猪头正向外冲出。危急时刻，一瞬间两支箭迎面射出，各中野猪一目。后羿冲上去，一刀插入野猪的胸膛。以前凶残的野猪，血像泉水一样喷出，轰然倒下。其他野猪也被投入的柴火烧得不停吼叫。几刻工夫，大火熊熊，一群害人的野猪就被消灭了。村里人非常感谢后羿，分给他许多野猪肉。

　　有一年，一只苍鹰飞到附近村子，常捕食小鸡小羊。苍鹰一来，大家都敲邦子敲鼓呐喊，小动物乱作一团。后羿跑过去，张弓搭箭射上天，那苍鹰躲开一箭，再射一支，竟抓住箭飞走了。看老鹰飞走的方向，大家也无奈地摇头。后羿气坏了，他带上干粮去找鹰巢。越过几个山头，见老鹰的巢在高山绝壁上，有雏鹰待哺。后羿返回说："母鸟哺雏鸟，伤之，幼鸟也亡了。"数日后苍鹰又来捉小鸡，村里又乱成一团。后羿看了阵势，让人绑一只鸡来，趴在宽阔处用绳子连着，这只苍鹰从天上俯冲下来，刚抓住小鸡奋力上提，小鸡有绳子连着只稍一停顿，一支箭带着一个网飞了来，擒了一只活鹰。饿了苍鹰两天，将鸡放在近前它也不敢啄了。后羿将鹰放飞，鹰再也没有来危害了。

　　后来听说后羿招了一个恶徒蓬蒙，把后羿害死了。蓬蒙又要霸占嫦娥，嫦娥不从，吃了飞天药到月亮上去了。嫦娥被蓬蒙追得急了，慌忙中没有找到自己一个叫"小子"一个叫"丫头"的两个孩子；飞走的时候带走了一只小兔子，菜篮里躲着一只蟾蜍也被带上了月宫。尧帝派人去查看时，蓬蒙已经被当地官府杀头了。尧帝不胜同情，嘱咐接济后羿的两个孩子，后来这两个孩子也成了神射手。嫦娥和兔子、蟾蜍永远地留在了月亮里。有天将吴刚为了追随嫦娥，每日在月宫伐桂树伴着她。传说嫦娥每个月都睁开眼睛一次，合上眼睛一次，在看自己的孩子，所以"月有圆缺"。

十二、尧帝子丹朱化鸟

有一天,大臣贾尚和尧帝谈起家庭的事。

老臣贾尚问尧帝:"有邻国欲献大王美女,王为何不受?"

尧帝说:"我为王,受天命,待民以重托。坐王位而有进女者多矣,我不受。我每日理朝堂之事够操心也,没有纳妾想法。"

老臣贾尚问大王,"怎么看天下有一夫一妻一户者众多,有一夫多妻者少,为官者一夫多妻者多也?"

尧帝说:"一户者都与年收成粮米有关。一人、一牛、一犋,二十亩地收粮食十几石,数千斤。一个成人口粮年约千斤。五千斤粮,约可养人口五人,正是一户一夫一妻之根本。州臣年俸五百石黍,中枢大臣一千石,大将八百石,自然可养多人。各王子有封地,产粮计不下几千石。再有百艺之匠人也年入十石以上,积存靠手艺。凡能养人之大户多妻妾,是为富所滋生。我观各族,大凡富者都有智慧能力之前人,积累厚重。凡一户一妻多为平民。有鳏夫者多贫,少机敏,这是天由之也。我主张依从自然,不宜强制,自然传代也。"

尧帝有德,妻名女皇,心性贤且慧,上和下睦,深为尧帝厚爱。民众都传扬尧帝夫妻的圣德。

尧帝有十个儿子,两个女儿。大女儿叫娥皇,小女儿叫女英,她们一同嫁于舜。两个女儿都非常贤淑,谨守妇道,帮助舜耕种、渔猎、制陶。后来舜继帝位。两妻相夫教子,舜帝晚年南巡时一起陪着。在得知舜死亡的消息时,悲痛不已,流泪不止。泪水滴在竹子上,化为斑点称"斑竹"。以后人们把这种竹子称为香妃竹。二人后来在九嶷山追随舜帝去了。

尧帝有长子丹朱,尧帝十分爱护丹朱,教育他要有善良的德行。丹朱读完私塾之后,尧帝外出巡视都带着丹朱,让他学习治国治军的道理。丹朱是一个聪明有善德的孩子,只是其心思不在军旅朝政上。丹朱非常喜欢约朋友出去玩儿,长大了也常在外面游玩。尧帝看丹朱这样性格,没有从政的志向,就让丹朱去学习生活的技能。

尧帝让丹朱去学习耕种,为他找了一块土地,与一户人家结伴耕种土地。春天播种的时候,尧帝借来牛和犁,让丹朱学习种田。丹朱从春到秋都没有很好的劳作,一块田到秋没有收成多少粮食。

尧帝又让丹朱去学习渔猎，送他到三苗的地方去，在一个猎户家住下了。尧帝为丹朱备了马匹、刀、箭。到了冬天，丹朱回到家里，什么也没有学会，刀剑生了锈，弓箭也没有了。

尧帝还叫丹朱去学铁匠，送他到杨城地方，那儿的匠人非常巧。尧帝对丹朱说："送你去耕田你没有学会，送你去狩猎也没有学会，这次去学铁匠一定要用心。"丹朱到了杨城这个地方拜了一名师父。师父说做铁匠很辛苦啊，既要学采石，又要学冶炼，还要学打造器物，要三年光景。丹朱看着铁匠炉的火焰，觉得很好玩就开始了学徒。铁匠的辛苦让这个从王家来的孩子得到了锻炼。三年学完了，他打了一把刀。

尧帝看丹珠在外学徒三年变化很大，就想让他在王城做事，丹朱不同意。尧帝平定九黎之乱的时候，也把丹朱带了去。尧帝和丹朱一起玩起了围棋，丹朱看围棋好玩，就着迷了很长时间。这黑白棋子有千变万化的奥妙，可三日不下棋台与人对弈。据说围棋的一些技法都和丹朱有关。后来尧帝把帝位让给了舜后，舜让丹朱到长江南岸新开发的地方做一个镇官的副手。这里离三苗比较近，不想丹朱与三苗的头领交了朋友，受三苗所蛊惑，参加了扰乱华夏的事情。帝舜在平定三苗之乱的时候，丹朱不知跑到哪儿去了，让人找了很长时间没有找到踪迹。尧帝思念丹朱，传说丹朱化作了飞鸟，人称丹朱化鸟。年老的时候再也不食飞鸟的肉了。

在春天的时候常有鸟儿飞到尧帝的陵墓去鸣叫。父子在这时重逢团聚。节气是在清明后的小满。农谚有"小满雀来全"之说。只是许多的鸟儿竟不知哪一只是丹珠转世的。尧帝其他的儿子都学会了手艺，自食其力过上了平静的生活。

十三、尧帝考验重（chóng）华

尧帝在国家治理上征求过许多贤人的意见，发展农业鼓励种养，发挥能工巧匠的技能，发展华夏的农业和百艺。过了十几年，农业、畜牧业、手工业都发展起来了。尧帝用最少的军事行动平息了边界各族的骚乱，平息了内部的纷争，整个九州出现了清廉之治。他自己也非常勤奋节俭，国家一片祥和。

尧帝在位的后十几年，他开始找贤人接替自己做华夏之王。自凤英大王传位给黄帝，开始了举贤选贤的活动，成为帝王禅让的规制。尧帝一生为华夏民众谋福祉，他不想把自己老死在王的位置上。在访贤人的时候，他要把王位让给许由，许由远遁不受。他又要把王位让给披衣，披衣认为自己的德能不配做大王，坚持不受。

华夏上古故事

　　许多年后，访贤的四岳告诉尧帝在虞城的地方有个青年姚姓叫舜，字重华。这个青年性情笃厚善良，孝顺父母，勤劳简朴。他能种庄稼、善渔猎、擅长陶器，处事公平能服众，在虞城人称贤人。尧帝为了解重华的情况，秋天的时候到了虞城暗访。

　　途中尧帝看到人们在收割庄稼，一个老农民在田边休息。

　　尧帝走过去问老者："老人家，重华在什么地方住？"

　　老者指着前面的山说："重华住在山那边儿。你来找重华干什么呀？"

　　尧帝说："问重华制陶的事情。"

　　老者说："今天或可去市上找，重华烧制陶器很抢手也。"

　　尧帝问："货值多否？"

　　老者说："价平。"老者手指一个陶罐说："这罐子是重华前年烧制的物品。别人烧制只用一年，这个已经两年了。"尧帝接过老者给的水饮了，谢过老者就上路了。

　　到了山脚下，尧帝向路人打听重华在什么地方住。有人指着山坡最高处的房子说："高坡上面就是重华家，他不与人争好土地。"尧帝到了重华的作坊前，见到一个黑黢黢的青年，正给几个人讲制陶的窍门，尧帝就在旁边听着。等大家散了，尧帝走上去问重华要点儿水喝。重华见"老翁"老迈的样子，就找了一个木凳给尧帝坐下。送一个陶碗到"老翁"手上说："慢饮。"就干自己的活儿去了。

　　拿着碗在院子里走，尧帝看见重华院子里有一头牛、一个耒耜、一个铲子、一把镰刀。然后绕到屋前，见门敞着，向屋里面扫了一眼，见有一张床，一套卧具，家具很少。

　　尧帝到重华正烧的窑前，重华正在向窑中续毛柴。尧帝说："初起用火烧，不宜大乎？"

　　"今日初装的窑，先用小火逼走湿气。"重华说。

　　尧帝说："五日或七日出窑？"

　　"视泥坯厚重大小。约略日期也。"重华回答。

　　尧帝说："刚才田间问路一老者赞扬你陶罐用两年不坏，且价平。"

　　重华说："用一年就可以了，用两年者很少，我回答问者，只说用一年可也。有火重者、有空烧加水者，易毁之。"

　　尧帝问："此窑，有多少件东西也？"

　　重华说："开镰之前烧了一窑，只是应季之物。腌菜罐二十几个。我烧窑不繁杂，每一窑专烧一种物品。大小参差无几，则火候均一也。乱码之窑，我不烧也。"

第十四章 尧帝的故事

尧帝问:"这个窑几天出窑啊?"

重华说:"大约七天左右。"

尧帝说:"七天后我愿意购两件。"

"窑中之物已经定走大部分了。老翁七日后来,恐怕没有好的物品了。"重华说。

尧帝喝完了碗里的水告辞,见重华一个人在烧窑说:"窑火熊熊不熄也。一个人怎么可以烧也?"重华说:"有弟弟晚上来接着烧。"

尧帝问:"令尊有多大年龄了?"重华说:"家父已经有四十几岁了,在田间劳作,不喜欢陶工。"尧帝问:"你兄弟几人?"重华回答说:"续弟妹五个。"

"你有孩子几个?"尧帝。"我未有机缘结婚。"重华说。

尧帝问:"窑匠以土泥、秸秆烧出器物,货值很高也。"重华说:"货由父运市上兑粮米、铁铜都补给家里也。"尧帝只为买两罐到重华家去,重华并未在意。"

约过了七天,尧帝赶一个马车来到重华家。村里围着帝王的车问赶车"老翁":"尧帝在吗?"

"老翁"拿着鞭子说:"我就是车夫,不知尧帝在哪里?""老翁"来到重华处。

重华见"老翁"来,对尧帝说:"出窑时细看。能上市之物也就为八成。刚刚好是预订之数。已经被人运走也。"

"老翁"见窑侧有几个罐子问:"这几个可购买乎?"

重华说:"有瑕疵的罐子,准备自己用。"

尧帝说:"有瑕疵,选两个可用否?"

重华说:"选一个可以送你,其余家父要自用,不得送人。"

尧帝指着一罐口不正的陶罐,让重华装到车上去。重华见车马精美的配饰,知道非百姓之家,慌忙问:"老翁从什么地方来也?"

尧帝说:"借用官车,我系一个车夫尔。"

尧帝问:"罐兑铁多少?"

重华说:"先已说了,有瑕疵不上市,自家留用,送你一个也。"

这时有一个驱牛车的赶到了。见高头大马,华丽厢车,急吆喝牛拜道。重华迎上去,与赶车壮汉叙话。壮汉来到尧帝车前说:"我乃重华之父。贵人看中陶罐,可送两只怎么样?"尧帝不受,并且说:"此一罐足矣。"尧帝又问:"兑铁多少?"

重华父亲说:"此罐口为窑头之旺火微过也。如正品,一两铁也,或黍两斗。今天这个半两铁不要也。"有意兑货值之状。尧帝取半两铁给壮汉,壮汉曲意受了。

尧帝上路,重华忽然跑过来,送还三钱铁。说:"品优者铁一两。这个也就值二钱铁。几捆柴之事而，家父要索货值，我不敢委父命，恐受责骂。"把铁放车上人跑远了，说："再等七八日后又有窑出货，可再购之。"尧帝未应许。

尧帝慢悠悠地赶着马车，回到了家。尧帝妻女皇见买回一只歪口的罐子，问尧帝是怎么回事。尧帝说了访重华的事情，并对女皇说这个重华怎么怎么好。尧帝和女皇有两个女儿，一个叫娥皇，一个叫女英。大女儿十七岁，小女儿十五岁，正是选择夫婿的年龄。女皇正愁为娥皇找人家。女皇问女儿："娥皇想找什么样的人家。"娥皇说："从父母命。"女皇听说这个小伙子人品好，就要去看看。尧帝说："看可以，要换平民服装，不然惊了人家，只说是赶车的夫妇。"

又过了七天，尧帝赶车拉女皇到重华家去。家里人说重华不在，早上窑出了精品，满窑皆好，都拉到市上去卖了。尧帝又赶车到市上去，见重华牛车，周围人很多，正在卖罐子。这时正是秋季腌菜的时节，很多人家都要买罐子。一般的罐子只能用一两年就沤坏了。尧帝和女皇到牛车边也选了一个罐子。罐子外皮红亮，内里光滑，底、边堰口齐整，叩之嗡嗡有声。尧帝问兑换多少铁。重华没看人的脸面，说一两铁。尧帝递二两铁过去，重华找回一两铁，才看到这是七天前买罐子的老翁。又见女皇为尧帝掌铁钱，说："此罐保用一年。"

女皇说："别家都说保两年也。"

重华说："我陶罐上市数年也，为保险告诉用一年，不敢过讲。已有用五年不起硝皮的，也有一年就起硝皮的，全靠窑火土泥，无常态也。"

重华又从地上捡起来破碎的陶片对大家说："陶片两面红，中间略暗，火候刚好。烧得全透者少，因火一大，陶器就要变形了。"

尧帝和女皇退到一边，看一牛车陶器很快就卖出了。尧帝赶车回家，路上两人都认为重华人聪明能干，人品厚道，可招为女婿。

几天后尧帝让大臣华正去约重华来王舍见面，并和华正说女皇也看过重华，要招重华为女婿的意思。华正这时已是老臣，为尧帝十分看重。华正说："不要急，先到重华家乡访问一下。"尧帝同意了。华正到了虞城地面，找了地方官问了重华的情况，村里皆称重华善良、有能力。华正召重华父子到官府，说明缘由。听到重华被帝王家看中，其父非常高兴；唯有重华自觉没有大的见识，恐不能合于王家女儿心意。

尧帝的两个女儿从小形影不离，妹妹听说姐姐娥皇要嫁人了，非要跟姐姐同嫁。两女嫁一夫的事，尧帝先没有准许。而女英心意决绝，数日不进食，尧帝随后同意了。重华和娥皇、女英结婚后在家乡住了几年，就回王城居住了。每到忙季还要回村

帮父母做些事情。娥皇、女英跟从到村里，十分孝顺公婆，人们都称赞她们贤惠。

重华在王舍下做从臣，头两年主要是学习行政管理，学习文案、规章，处理诸族事务。依他的生活经验，总结出家庭和睦，族群繁盛的治家五典："父义、母慈、兄友、弟恭、子孝。"即在家族里，父要讲礼义、讲道德、讲规制，称父义；母亲要爱长幼，讲仁慈妇道，称母慈；兄长要对弟妹友善，关心照护弟妹的成长，尽到长兄的义务，称为兄友；弟弟要服从兄长的指教，对家庭负起责任，听从长辈的教导，称为弟恭；作为人子要尽到孝心，子女对父母要遵从教导，父母命要执行，父母老了要送终，此为子孝。这五条被称为处理家庭关系的五条典范。

在民间，丈夫丧妻，再娶的人家很多。有各带子女到一起的，称为"前一窝后一块儿"，关系极难理顺。重华在遇到这种家庭问题时，以自己的切身经历劝解双方，特别是在孩子幼小的时候，父母要秉承义父母慈之心对待先房的子女。先房的子女也要孝敬后母，两相取悦，家庭就和睦了。

冬天，重华在路上见到一个幼小的乞丐，问他说是继母凶，不给吃饭。重华车载小儿到其家。其继母不高兴，说小儿顽劣，将衣服换玩具，谎说丢了。重华说："如果是自己的孩子，能放到街上吗？"继母无语，让小儿回到家。后问之小儿，能听继母话，得饱食。

重华告于尧帝说："大王，居无所，食无米者怎么办？"

尧帝说："城镇可置粥棚以渡饥寒。"至此，尧帝天下几无饿殍。尧帝曾说："天下有饥饿者如我饥，天下有无衣者如我无衣。这都是尧帝没有办好。"尧帝的美德深深影响着重华。

尧帝又让重华协助吏治，管理百官。自尧帝定的《州府建制诏》公布后，中枢对州府城镇的官员管理加强了，使国家从氏族管理与州镇村府管理并行的局面，逐步向州府管理为主过渡。提升了九州之治在行政运作中的作用。但同时，相对应的中枢部门则显得落后了。重华观察了一段时间，对尧帝说："中枢对应的各州府事项很多，应理顺成所行职务，设立官职，这样才能各司其职。比如管诸族事物的称族务大臣；管州城行政事务的大臣称政务大臣；管农业的称农耕大臣；管铜铁盐的称盐铁大臣等。这样各司其职，方便管理。"尧帝同意了这个建议，废了虚名的某某司，直接呼为某某臣。即有：

刑律大臣、军机大臣、农耕大臣、族务大臣、盐铁大臣、百艺大臣、官吏大臣、礼仪大臣、总务大臣、治水大臣、边务大臣。

还设了四岳，四明堂听取四海九州的意见。至此，官称与职务相配，地方治

第十四章 尧帝的故事

理与中枢管理相结合,政令上通下达。民向上有提意见的渠道,政府有管理民众的机构,理顺了族群与州府相掣肘的局面。

尧帝时边界事务逐渐多了起来,往往由互市引发各种冲突。以前各周边国和华夏的一些冲突,王城并无一定的部门接待,往往直接到大王舍下议事。自重华提出分政务、设官职,由边务大臣管理这些事。重华自领了一段时间边务大臣。重华建议尧帝凡有陆路与外界相接的地方设立关隘,在就近的城市设立互市场所。使政令虽然相异,而民相通能互市,边界城市互市交流活跃起来了。

北边地方兑货多以皮、活畜、粮食为主,南边地方多以稻、铁、盐为主,两相接济,物畅其流,民众生活有了提高,都赞尧帝之德,夸重华之能。

十四、尧帝禅位于舜帝

尧帝对重华的品德和能力很认可。他和老臣华正说:"天地周转,日日不息。人要生老病死,情理之中。国不可一日无王。我老了,想把王位让出去。也学帝挚,不想老死在王位上。"老臣华正说:"重华受人王指派去开拓荒地已经多年了,在湘赣那边已建起了城市,民众非常喜爱重华。"尧帝说:"王位更替应该依规制。自风英大王启立规制,传贤不传子,我们也这样办吧。重华是否合适,听民众之意,看天之意愿也!"

尧帝下了招贤文告示下:

《尧帝禅让王位举贤诏》

各州府臣等,并告各族民众。尧帝在位已七十年,费尽心机。受天遣之重,托万民之福。观天地星辰,北斗轮转,生生不息。尧帝知人寿在天,而康健自知。尧帝不以自身老迈,误邦国大业。特启动禅让,年内各州府举贤于中枢。贤人既出,择期推选。尧帝已备禅让之台,切盼贤人登升。

尧帝诏告

数月,各州已将举贤人报到中枢。九州之五州举重华。又招各州大臣、各族首领会于王城临汾,选举贤人,重华也被选出。尧帝召重华回王城参加选举。重华带二妻到王城,得到消息,非常紧张,他向尧帝说:"我受大王所托,到南边去开拓荒地,事情正铺陈之中,不能抽身袖手。"

第十四章 尧帝的故事

尧帝说："城市已立，民众已经聚集也。田土管理之事由州镇解决也。华夏九州，非比一城。受民众之举、为民谋国也是大事。"重华勉强遵命。

选吉日，由天师告天。天师设坛，演绎八卦。禀报尧帝说："卦指东南，应夏天气候。夏为华之代称。演绎出华夏九州。夏为阳怀火德。应重华之天启。重华原曰舜。在河滨，乘火而陶，正应天意。"

尧帝大悦。随后选一个吉祥的日子，设禅让台，由臣华正宣读《帝舜登王位诏》。其诏示下：

尧帝受命于天，续帝挚而掌华夏。先帝王者风英让位于贤者黄帝，不传私己，规制定于王台，已历帝少昊、帝颛顼、帝喾、帝挚。华夏自尧帝起四海升平，九州物盛。

北联漠戎之族，南和黎苗越之众。举龙图以佑神州。访贤人于市井山溪，举贤人以充州府大内。以仁、德、勤、俭、恭为要约。以正、贤、严、能、慧为官之禀赋。旱则招后羿射日，涝则委崇鲧以治水。尧帝秉政七十载，民户丰，官仓足。重民住、食、丧、祭。诉无衣无食必自责，告违罪枉法必怨己。尧帝大德，不恋王者之位，敢兑在位诺言。遵天启，服举选。禅让王位授舜名重华为帝。舜帝承天意民愿，必恪尽职守于王位，造万民之福祉。祷告于天，佑华夏永业太平。

帝舜诏告

帝舜接了王位。秉持仁德孝勤的心性，依天理民则行事，华夏太平一朝。

尧帝二十岁即位为王，在位七十年。尧帝交了王位，自己到华东地方生活。又过了二十八年，约一百一十八岁时病逝于雷泽，葬山西临汾，建有尧帝陵。尧庙在山西清徐县尧城村。

尧帝有一妻，名女皇。是闪宜氏人。生二女十男。

女为娥皇和女英。

子为丹朱等十人。

后代姓氏：伊祁、伊、衡、祁、尧、陶、房、向、蓟、黎、刘、御龙、韦、杜、士、随、司空、猇、范、冀、宗政、唐、陶丘。

第十五章 舜帝的故事

一、舜帝重华的童年

从卑微受尽磨难的渔夫孩子成长为华夏国王,必然有令人惊奇的过程。尧舜立华夏典范,圣人赞之天禄永续!

舜帝小时候是在黄河支脉,洛河边上长大的,这里是华夏族的发祥地。舜帝名重华,姓姚,他的父亲向上排起来也是帝族。他们这一代已经出了五服,都是平民了。重华先祖的封地在虞地,所以舜帝也称虞舜。小的时候。因为他有双瞳,所以也称重瞳之人,又叫重华。据说重华的父亲叫瞽叟。瞽是眼瞎的意思,也指没有鉴别能力的人,叟指老头儿。想想一个人怎么能从小就叫"瞎老头"呢?看来是后人,也许是因为瞽叟的德行给起的贬义名字。根据人的本性推测,其实哪里有父不爱子呢?都是传说瞽叟不爱重华罢了。重华的父亲从事农耕,识字不多,人不机敏。承上辈传下的土地有六十几亩。有牛两头,小牲畜也有一些。他循着二十四节气辛苦地劳作着。

瞽叟十七岁的时候娶了河西南午氏族人华三姐为妻。一年后,华三姐生了重华后的第十天因产后风,抛下新生的孩子死去了。重华的父亲永远都记得那个悲痛的日子。那天,头胎生了个男婴,大家都很高兴。重华红彤彤的小脸儿趴在华三姐的身上。产妇看着自己的骨肉在胸前蠕动,兴奋得脸更艳丽了。幸福充满了这个平民家庭,可是到了第七天,三姐发起烧来,牙齿也张不开了,手足开始不自觉地抽动。请了医生,医生说怕是产后惊疯了,给开了清热熄火的草药,煎服了,

第十五章 舜帝的故事

不见好转。又请了巫师，跳了大神，仍不见好转。她的病情越来越重了，水米已经不能进了，高烧不退，抽风由四肢、口唇到了全身。一阵阵撕心裂肺地呻吟；痛苦地抽搐、角弓反张；垂死的眼神惊恐地看着丈夫和新生的儿子。重华已经不能吃她的奶了，每当重华哭叫着的时候，就喂给他几口米汤或者面糊。但米汤刚一咽下就哭声又起了，他忘不掉母乳的滋味。第十天，美丽的华三姐、初为人母的产妇就因产后风永远地离开了她深爱的丈夫和儿子。因为丈夫还在，华三姐葬在家族墓地的边上了。

重华的父亲受不了这沉重的打击。他怨恨老天爷为什么不保佑自己的妻子！他怨恨重华来得不是时候。从那以后他怨气不消，生活陷入了混乱。重华被族里许多有奶的女人抱去借奶了，去了好多人家，人们都说重华命大。

重华的父亲经人介绍，又娶了洛河上游丘高氏的秋菇。重华的父亲还是整天哭丧着脸，人们都把他叫瞽叟了。这时的重华已经七八个月大了，能吃米糊续命了。秋菇和瞽叟用心抚养着这个苦命的孩子。每天就是米汤稀饭、菜汤，秋菇也嚼些碎肉、鸡蛋给重华吃。刚好有羊下羔子，又从母羊那儿挤鲜奶给重华喝。到了重华一岁半的时候，秋菇也有了自己的孩子。生产很顺利，生了一个胖小子，取名叫二象。这二象比重华小两岁，到了三四岁的时候，个头就追上了重华。母亲给孩子们分食物的时候，没有偏向。不过二象总觉得自己比重华有优越感，重华也总觉得比二象低一等的感觉。后来，秋菇又生了两个男孩儿，一个女孩儿。重华比他们大一些，对这些孩子很好，像亲哥哥一样照看他们。瞽叟喜欢他所有的孩子，只是从小就霸道的二象总想从重华身上发泄自己的坏心思。六七岁时重华就开始跟父亲干农活了，比如播种、牵牲口、间苗、薅草、收庄稼等，长到八九岁的时候他已经能干很多农活了。有些危险的渔猎活，瞽叟也带他去干，没有办法，谁让重华是老大呢？照看弟妹、推碾子拉磨、担水也是他的活儿；那些喂牲口、打扫畜圈的活儿好像永远也干不完。

他还要受大弟二象的欺负，有一天，重华出去赶牲口，晚上回来晚了。二象把娘留给重华的饭偷偷吃了。重华问秋菇："娘，晚上的饭在哪儿？"

秋菇说："饭在锅里。"重华把锅盖打开一看，只有锅叉子在水里泡着。上面没有盆子。

"叉子在锅里，不见饭盆呀！"重华说。

秋菇急了："我见你迟回来，能不留饭吗？"问二象等，都说没偷吃。

秋菇告瞽叟说："重华回来晚了，我留饭了！恐怕不足，称我没有留饭给他！"

瞽叟说:"重华既然已经吃了饭,不要取闹了。"

重华含泪对父亲说:"我忙碌了半天,没饭下肚真难哪!"

瞽叟说:"明日不要再耽误吃饭了。"给重华一块肉干。重华哭着睡着了。

第二天,重华在地头上见到了叔叔。叔叔见重华眼中有泪,问怎么回事,重华说:"放牧牲畜回去晚了,没有给留饭。"

叔叔就到了瞽叟家,质问嫂嫂:"为什么不留饭给大侄吃?"

嫂嫂发怒说:"怎么没留饭呢?重华吃了饭,谎说没有留饭。没有给饭吃,能长这么大吗?"

叔叔走后。秋菇告诉瞽叟说:"重华谎说不给吃饭,邻里都知道了!"

瞽叟很生气,训斥了重华一顿。重华说:"爹,不要生气了,下次不会声张了。"从此重华有受气的事,一概不外讲。

有一次,二象偷邻家的杏吃。邻里告到瞽叟家。秋菇问二象:"怎么偷了邻家的杏吃呀?"二象被娘打了几下屁股,坐在地上耍赖,哭着不起来。重华过去拉起二象说:"象弟,我领你去山边采杏子吧!"二象被重华带着去采野杏,就不哭了。二象被打都是因为杏,以为是重华告的状,就怀恨在心。

有一天,牲口圈的门忘了关上。牛从栏里跑出来,把邻居家的庄稼吃了一些。告到瞽叟那里,瞽叟给人家赔了不是,回家问重华,"昨天晚上牛栏系牢了吗?"

重华说:"仔细系上啦!"原来是二象使坏,戏弄重华,打开了圈门。

瞽叟生气了,说:"昨天你归来,牛栏没系好,吃了邻居家的庄稼。"上去就在重华脸上打了几巴掌。

重华不再辩解,含着泪对父亲说:"下次仔细系牢,下次系牢。"又隔了数日,牛又跑出到栏外,吃了邻居的庄稼。

瞽叟大怒了,说:"前日牛栏未系好,毁了邻里田苗。今天又没有系好,前天是否打得轻啦?"对重华吼,"过来受棒!"

重华赶紧说:"昨天系牛栏,曾经在地下撒尿,有脚印可寻。"领爹到牛栏看。牛栏门木柱下,果然有一泡尿的痕迹。其上可见小儿足迹。重华说:"爹,你看这个足迹。必然有人来解绳子。"瞽叟心里已经知道了一二。他把几个小孩子喊来,只有二象对得上脚印。瞽叟吼二象。二象并不慌乱,说:"昨天我晚上撒尿,尿在牛栏门口。"

瞽叟问秋菇。秋菇说:"看足底吧!"小儿足底都有牛粪渣子。瞽叟要打二象和重华。二象和重华都哭了,喊冤枉。秋菇说:"各打屁股几下就说实话了。"

第十五章 舜帝的故事

重华急忙说："爸你打我吧。"跪在爸爸身前。瞽叟的手轻拍了两下重华的屁股。

重华说："昨日忘系了，昨日忘系了。"二象躲过被打。三五天后，瞽叟气消了。

重华见爹气消了说："人有自尿自踩的道理吗？"瞽叟不语，手摸重华的头说："儿快长大吧！"

夏季的一天，重华领几个弟弟妹妹去玩水。二象极顽皮，潜入水中，把弟弟安华拖入深水中，安华才五岁大，在水里挣扎。孩子们惊呼有人落水啦！这时安华已在急流中了。重华快速游过去，把弟弟拉上岸。安华吐水半升，哭着回家了。秋菇见安华哭着回来了，问怎么回事儿。安华指河边，说："被人拖到深水，险被淹死了。"

秋菇大怒。到河边把孩子们都叫回来了。指问重华："谁的坏道道？"

安华说："有人潜到水里，把我拽到深水了。"

秋菇问："谁潜水拖安华了？"二象不说话，眼光暗指重华。秋菇举手就打了重华几下，说："一定是你不小心看护，安华滑入水中。打死你！缺记性的崽子！"

重华哭着说："不是我做的！不是我做的！"秋菇又打了重华几下。其余的小弟妹都跟着哭了。

老四和小妹怯生生地说："我看见二象拉我们入深水，我们返回，安华被拉到深水里了。"

秋菇转头又打了二象几下，说："二崽子！这么多坏心眼儿，弟妹险些没被淹死！淹死了怎么办？"又训斥重华说："都是你看护不到，叫小弟入深水！"

瞽叟回来，秋菇告诉安华被淹一事，未提二象作恶。瞽叟骂了重华一顿。晚饭时为重华碗中夹块大肉，说："我儿好力气。水中能救人了。"重华也不觉得委屈了。

重华八九岁的时候，看邻居秦老汉家卖羊。重华管秦老汉叫二伯，二伯让他帮忙数羊。重华看羊赶出栏后，递给秦二伯一木棍，上刻记号，为一羊一道。一数三十二只羊。而买家数三十一只，两家不一致。买家重数是三十二只。秦二伯拍重华的头说："你小子该入塾习字了。"秦二伯找到瞽叟说："重华到了入塾的年龄了，再晚恐怕迟了"。瞽叟说："家无大儿，只送二，三小子入塾了。"重华也很想去学习。无奈父亲无帮手，自己也算半个劳动力了，能帮父亲做许多事情。秦二伯家富裕，设立了私塾。二伯看重华聪明，就让重华农闲时来听听课。这重华也是很机灵的孩子，央求爹同意自己农闲去听课。瞽叟找秦二伯见过塾师。塾师云中子听秦二伯说重华家里的情况，同意接受重华，说："群马也放，一马也放。加一个学童可以。"秦二伯许下话,每年再加半石粮给塾师。秦二伯家设塾,每年要给塾师八石粮,如加外姓学童,每一个要一石粮。秦二伯说:"重华只算是'旁听生',农闲才能来学习,因此减半收塾资可否?"塾师云中子说:"可以。"后来瞽叟把一石粮给了秦二伯,算重华两年的学资。那时一个长工一年的劳津要五六石黍。当时开蒙的塾业为五年。除了每旬日、三伏、二九至七九都有课。

塾师很奇怪,重华间断半农半学地学习,成绩竟然赛过了每天都在堂上的学童。那时塾师授课并不急进,只讲两科,一曰文,一曰算。文讲仓颉造的一千多字,并作刻写文词,实用文章。算学一至万数的加减乘除四种算法,以算筹教之。重华不能日日跟进,跳着学,也可以举一反三。重华的算力之强,塾师也说没有见过这样聪明的学童。在堂上演算,重华都是第一个报数,而且数值准确。塾师问重华怎么在家练习。重华说:"在田间、牧场以石子摆算筹复习。"

塾师堂上问:"五十只鸡有多少只足趾?"有答二百五十只的,有答一百五十只的,只有重华小子答二百只。塾师赞扬说:"重华观察仔细,鸡足前三后一。并不像人足五趾。"

塾师指向窗外,有一群鸟啄食,塾师问学子:"有十颗石子能打几只鸟?"学童一起答:"打十只鸟。"唯独重华三思后答:"未定。"塾师评说:"答'未定'者为正确。也许打几只,也许一只打不着,所以未定是正确的。"

塾师又说:"现给一百颗石子。最多能打几只?最少能打几只?"没有人回答。塾师问重华,说:"重华小子,可打几只?"重华答:"最多一百只,最少想是一只,又想是零只。请先生指教。"塾师说:"一百和零只正确。"

塾师说:"学文可终其一生使用,或家邻、村里,或官至州府都用得上。小子切记!'文通天下'。算学实用在加减乘除、账簿测量,又引发人心力思考,能助力于谋略、纵横之术。小子切记!'算通心胸'。"重华对塾师的话记了一辈子,"文通天下,算通心胸"。塾师云中子是重华的启蒙先生。

重华跟了三年塾,再有两年就出塾了,可是十二岁的重华因家里让他自讨生活,去陶器作坊学徒,不得不停了学业。秦二伯到重华家和瞽叟说:"重华学业拔尖,塾师看好,下两年学资我给付,再让重华跟两年吧。"瞽叟指着屋里说:"重华小子等诸子女已经大了,粮食有亏空,屋子狭小不可同舍了。重华是大头,要自己去打食了。"原来二象作恶,重华爹不能主事,听秋菇安排,就让重华出去学手艺了,也算家里减少一张嘴。做人徒弟要住师父家,家里家外活计都要干,没有时间入塾了。

重华按照父亲的安排去学陶艺，去到秦二伯家告辞，感谢二伯的引荐和垫付学费。后又在窗外等塾师云中子下课。见到重华，塾师拍着重华的头说："你刚开始学习三年，开蒙于私塾，五年后正好去学徒。今天你父叫你中断学业，遗憾也。十二三岁就学徒了，你不违父命，是有孝道之子。还记得为师的嘱咐吗？"

重华说："先生曰'文通天下，算通心胸'，不敢忘记。"塾师给重华几个木刻的板子。上面有契约、文牒、昭告、律令、信函、描说的样本。说："这几个样本，你专心学习，以后可有大用。"重华谢了塾师。塾师说："重华小子必成大器。"

塾师还记得以前教学用木板，刻了一次就丢弃了。后来重华在木板上涂泥浆干后，刻字方便很多，用后再涂也可重复使用。后来，重华又把木板过火燎黑，刻字也很方便。这样的木板人手一个，课后再磨去。

重华学习刻字时先用的是沙盘，而沙盘一碰就乱了。他放牛时见泥水粘在木杆上。如涂在木板上不是也行吗？他就找了一块板子，涂上泥水，干了，刻字效果挺好；又加了锅底灰土，成为黑色，一划见白，效果也很好。有一次，他帮助家里生火，见烧火棍的黑灰用石刀刻字也挺好。他找来木板在烟火上轻烧，板面上暗黑，方便刻画。重华带给塾师云中子看了，云中子觉得方法挺好，就叫人做了许多烧板，供教学时候用。重华还为塾师做了可折叠的手版。就是用相同大的两三块木片，用麻绳连在一起，做成蝴蝶翅膀一样，可开合，便于携带，这个被称为"牒板"了。

与师一别，重华就担起了生活的担子。热爱学习、有强烈的好奇心成为重华的好品格。

二、舜帝学徒制陶

重华在邻镇历朝城，经人介绍学习制陶。师父是当地有名的制陶匠人，叫宁陶子，据说祖上是黄帝的陶正宁封子。重华这时候十三岁。师父领着他到河畔、山坡到处去挖陶土，把找回的土样，拿回去做成器物，烧出来确定陶土的好坏。也把不同地方的土掺在一起，比较器物发生的变化。师父宁陶子把陶土采的地方，怎么调配都记在自己的心里，这是他手艺的秘密。师父挺喜欢这个小徒弟，他人勤快，又会刻字计算。他让重华用木片把采陶土的地方记下来。每个木片上刻着用途，比如大罐料采于何地，多深土层，加入多少配料等。重华把这些木板刻得很有条理，师父把这些木板放在一个陶盆里，不准许外人看。宁陶子师父做了三十几年陶器，很有技术，号称历朝城第一陶。他的秘密是二次加泥浆，先用陶泥做坯，阴干后又用稀陶泥两面挂浆，阴干透了再入窑烧制，这样，陶器就很少起硝渗水了，很受腌菜人家、酒坊喜欢，所以货值也贵。宁陶子师父还有砌窑的手艺，许多开作坊的都请宁陶子师父去砌窑。

跟宁陶子师父学陶艺三年间不得回家，白吃白干两不找。如果留在师父手下干，三年后开始给粮米，算工钱。出徒后自立门户，不能在师父的地面上卖陶器。重华人虽小，对窑里的各路活计都认真做。辛苦的制泥活儿，在阴暗的棚子里，一遍一遍地打泥、切泥、揉泥，直到师父看没有生粒子、没有气泡才行。做泥料关键有两个，一是加水，二是做熟。加水少了干硬，做熟时间长，再加水很难加进去，只好打碎了用水泡重新澄泥。加水多了要多放时间，让泥料走水。师父做这活儿全凭经验，把陶土放到池子里，打碎加水泡一天以上称为澄泥，把泥堆在阴暗的地方用草帘子披上，放一天叫醒泥。

一块熟料要经过澄泥、醒泥、揉泥的过程才能拿来做陶坯。重华对每一道工序都认真学努力干。师父宁陶子在一年后让重华学习做陶坯了。他们用的是堆砌法，就是先做底，然后一圈一圈地把陶泥加上去拍实、放干、烧窑。器物外形在于手巧，火候靠心力、眼力。宁陶子师父烧窑前都要摆上供桌给窑神上祭品。口中念叨着："窑神窑神听端详，我是宁记制陶郎。苦心日夜做陶坯，全靠窑神保平安。"然后又郑重地拜了三拜，喊一声："点火！"就缓缓地开始烧了。接着随时间推移，火力逐渐加大，一般五至七天烧一窑陶器。装窑靠巧力，烧窑靠眼力，出窑靠汗水，陶工在水火之间劳作，非常辛苦。

重华学习制陶的时候，经常给师父出点子，解决制陶中的难题。以前制陶的时候，陶泥放在案板上，匠人在案板周围转着打坯。重华这样的小徒弟负责为师父搬案板，递泥坯。重华看师父家有一套破车轮，就和师父说："把车轮横放，上边加上案板，让车轮转起来，就不用转案板了。"这个东西以后成了陶工坊的标准工作台，称作"陶轮"。由于陶轮的采用，出现了一种制坯法——"旋轮制坯法"。陶泥放在轮上，旋转可以拉、扩、收陶坯，适用做一些小件物品和大件的修整。

师父宁陶子在这一带以做大件器物出名。那时以盛米多少来定器物大小，两斗米以上就算大件了。宁陶子师父可以做盛五斗米的坛子，但是物件一大，搬运起来就困难了，重华给师父出主意，在大件儿的腰部加上耳子，这样就好搬运了。

师父把陶器做得更大，能做装六斗米的陶器了。师父看重华很机灵，就让重华上案子做陶坯了。

有一次，一个酒坊提出了要烧两个装一石米的陶缸，并且开出了很高的价格。在师父的带领下，大家动起手来。可是几经试做都解决不了搬动的问题。最后重华提出了陶器外加木框的办法。陶坯的搬动用木框移动，烧好了在陶器的外边再固定一个缸形木架，搬动木架，陶器就安全移动了。

当时陶器有堆烧法和窑烧法。窑烧法陶窑可反复用，火候也好掌握。砌窑是个技术要求很高的活儿。砌窑的工费收入很高。宁陶子师父砌窑很有经验。砌窑最不好做的是窑火门和窑顶烟囱。那时宁陶子师父常做的是"鸡笼窑"，样子像鸡笼一样。窑顶先用一个木架子顶着，从边往上用泥坯旋着向中心砌，砌好拆除支架，中间留一个口放出烟火。这种窑因为烟囱开在中间，火候好掌握，但窑顶容易塌落。重华有一次和师父外出去砌窑，路上走过一座木拱桥时，他们看到桥拱的样子，重华对师父说："这桥的拱形用在窑顶，从侧面儿开一个烟道，不就解决窑顶中间开洞，窑不能砌很大的难题吗？"于是宁陶子师父就采用了这种拱形窑的技法，称"拱券窑"，并灵活地根据窑的大小，在侧面砌多个火门和烟道的方法解决窑火不均的问题。

重华还和师父改了窑的烧法，以前都是把柴火直接烧，器物表面挂灰比较多，升温也不好控制。有一次重华帮助师父烤窑，新砌的窑用小火烧一烧，让窑里的湿气发散出去。烤窑时候用了一些粗树枝，为了省柴火，重华把没有烧完的柴又抽出来，插到沙土里闷灭了，这样就形成了木炭。烧陶器的时候，他把这些木炭加进去，窑温马上就上去了。重华把烧窑用木炭的事告诉师父，师父让重华试一试。重华比照烧窑的方法，把窑里放了许多木材。用火烧至五成浓烟变成青烟，把烟道封住把火闷死，得了一窑炭。把炭拿出来窑里码上陶坯用炭烧，果然出了许多精品。以后他们烧精品器物都采用了炭烧法。重华出的点子使师父的窑口更有名了，师父夸奖了重华，逢年过节给重华做新衣服、新鞋子。

到了第三年底，瞽叟来接重华回家，说二象从树上掉下，腿摔坏了，不能下地，要重华回去种地。重华跟师父说要回去了，师父很惋惜，他想留下重华雇工干活给从优劳津。瞽叟说了家里的情况，一家人的生计要紧。没办法，重华只能回家了。临走时师父说："'制陶如做人，人要心诚，陶要火功'，回去慢慢摸索吧！"他给重华一些土样子配方，送几只水罐给重华。

三、舜帝娶娥皇和女英

重华回到了家里，这年他十五岁了，已经出落成小伙子了。地里的活儿他全能拿得起来。农闲的时候做陶器，重华学着师父的做法，走遍了家乡的山坡、沟壑，选出了好陶土，精心制坯，细心烧制。没有做好的他都打碎了，不卖给别人。大家都称他信誉好，手艺高，一点一点有了名气。

在家乡，重华很会与周围的邻居搞协作，大家都信任他，有什么纠纷也找重华来解决。在洛水边有一个小河汊，渔民经常为了下网的位置发生矛盾。重华也去打鱼，见大家吵着要占好的位置，他把几个打鱼人找到一起说："我们都想多捕鱼，吵吵闹闹也不是个办法，这样好不好？大家投股子排上顺位。把河段捕鱼的地方排上号，按号，三天一轮。"大家觉得办法好，一起捕鱼就不再争吵了。

一年春天，瞽叟家有一块地，在远离村屯的地方已经撂荒好几年了。这二十几亩地，离家有半天的路程。瞽叟让重华去搭个窝棚，把地种起来。给重华一头牛，一部耒耜，几样小工具，一些粮食种子，实质上是把重华分出去了。瞽叟带重华到那个地方一看，什么房子也没有，就在地边儿选了一块高一点儿的地方，为重华搭了一个能一个人生活的窝棚。重华没有怨恨父亲。爹走后他围了牛栏，平整了土地，周围的人家看重华人手单薄，就过来帮忙。重华犁田的手艺好，他帮助大家换工劳动。看到邻家有牛的，他就把牛寄到别家去养。讲好了，重华要供草料，还要给那家人家补工。大家看重华能做陶器，就让他制陶给大家用，大伙儿帮他耕种土地。到了秋天，瞽叟、秋菇和二象及其余弟弟妹妹来看他，见房子也盖上了，牛栏也有了，制陶的窑都砌起来了。二象很嫉妒，他也向父亲要求要自己出去闯一闯。可是二象吃不了苦，学几样手艺都没有学成。倒是二弟三弟都出去学习了手艺。二弟安华学的医术，三弟跟着大哥一样学了制陶。

重华有孝顺父母的品德，耕田勤劳，制陶也很有名气，被大臣传到了尧帝的耳朵里。尧帝见过重华，就想把自己的女儿嫁给他。尧帝和女皇亲自到重华家看过，就把两个女儿嫁给了重华，这一下，重华在这一带更出名了。

顽劣的二象还想作弄重华。有一年春天，重华想种些麦子，就向瞽叟要了一些麦种。父亲让二象给送过去。这二象把麦种用开水烫了一下，谎称是掉到水里浸湿了。重华没有在意，就种上了。结果麦子没有出来，周围的邻居看了没有种的麦子发了霉，是煮熟的麦子，帮重华改种了黍。不想这年天涝，种矮庄稼的都

没有收成，种黍这类高棵的庄稼反倒收了粮食。重华说："是老天爷帮了忙，麦子不出，改种黍。还避开了水害呢！"重华去问二象麦种是怎么回事，二象吓跑了一段时间。瞽叟说："二象能那样坏吗？"不了了之了。

重华的两个妻子都非常贤惠，她们虽然是在王城、帝王家生活长大的，但嫁到重华家还是非常勤劳，帮重华做农活和制陶，辛苦生活她们从来没有怨言，每天都把家里家外打扫得干干净净，她们还在院子的篱笆墙下种上了花草。那些牵牛花、罂粟花、大丽菊花开了的时候，姹紫嫣红的花儿装点着生活，是这样的美好。村里人都愿意到她们家来看花。

夏天，她们养的一只母鸡要抱窝孵蛋了，整天像着了魔似的咯咯叫，四处找窝。邻居告诉她们，把母鸡浸到水里淹一淹，鸡就"醒窝儿"了。她们不愿意折磨这只鸡，也想抱一窝小鸡仔出来。她们让重华去娘那儿借一些蛋来，连同窝里的三只蛋，一起让鸡抱窝。他们一起去找秋菇，娘不在，二象说："过两天给你们送过去吧。"过了两天，二象给送过十五只鸡蛋，说是秋菇让借给你们十个蛋。多出的五只抱出鸡仔来，娘要拿回去。这样，十八只鸡蛋就给放到窝里了。这母鸡真是母性十足，每天很少吃喝，在窝里把翅膀耷拉着，还不时用嘴轻轻地翻蛋。要是有其他人过去，它会发出嘎嘎的恐怖声，把他们吓跑。娥皇和女英在窝边给母鸡准备了粮食和水，但母鸡很少下窝来吃食。俗话说"鸡鸡二十一"。到了二十一天，开始有小鸡仔叽叽地叫了。趁着母鸡离窝，她们看到有三只毛茸茸的小鸡仔在窝里呢。母鸡更勤地翻动鸡蛋，它想让小鸡们都赶紧出壳，可是任它怎么焦急，还是再没有破壳的小鸡了。又过了三天，母鸡艰难地从窝里出来了，它领着三只小鸡仔到篱笆边儿去找食物，母鸡咯咯地不停叫着，召唤自己的孩子，它用嘴将些小虫子叼起来放下，让小鸡们抢着吃。娥皇、女英也把一些小米撒到地上，让小鸡仔啄食。天上出现飞鹰，母鸡就会疯狂地叫起来，把鸡仔护到自己的翅膀下，带到树丛里去。娥皇和女英她们看到窝里还有十五只蛋没有出鸡仔。其中两个鸡蛋已经碎了，都是一些稀水样的东西。她们找来邻居看，大家说这是"寡蛋"，也就是没有受精的鸡蛋。也有人说是不是母鸡中间闪蛋了，没有好好抱窝。娥皇说没有啊。有人告诉她们闪蛋的鸡蛋里会有发育不全的鸡仔。可是这些都没有死鸡仔呀！其实二象从秋菇手里接过鸡蛋，特意去没有公鸡的人家换了十五只鸡蛋，将这些"寡蛋"送给了两个嫂子。二象听说只抱出三只鸡仔，还不依不饶地说："不下蛋的鸡，还能抱出鸡仔来？"言外之意暗暗讽刺嫂子们没有孩子。秋菇也很生气，她明明给的是自家踩了蛋的母鸡下的蛋。娥皇对秋菇说："娘，过些日子鸡下蛋的时候

第十五章 舜帝的故事

把蛋还给你吧。"秋菇也只好认可了。

从此人们呼唤小鸡都叫"菇……菇……菇",说秋菇托生成了鸡,遭到报应了。实则是误会了秋菇这个后娘。

第二年,娥皇、女英她们的小鸡就成了一小群,鸡下蛋时,她们把二十只鸡蛋送给了婆婆!这年又有母鸡抱窝了,她们又孵了二十只蛋,出了二十只小鸡。邻居说:"有福之家,年年鸡抱窝。"

这年,娥皇也生了自己的孩子,生活好幸福啊!

后来因为活计忙,重华让二象过来帮着做陶活。在做陶泥的时候,二象把一些沙子掺到了泥料里。重华感觉泥料有些粗糙,问二象,二象说没有发现泥料粗糙。重华做成陶坯,就把这批罐子入窑烧了。等到七天停火,看窑里的变化,二象的心突突地跳,借故跑开了。重华把陶器取出来一看,陶烧的火候挺好,只是有几只烧过了火,变形了。重华敲碎烧坏的陶器,从裂口上看出来,这是杂有沙子造成的,但这些杂有沙子的陶器硬度增加了。一敲,声音清脆,这批罐子卖了好价钱。回头他问二象,二象说他从河边拿了点沙子玩,不慎掉到陶泥里了。重华知道他在说谎。二象说屋后还有一点儿没有放到陶泥里。重华一看是亮晶晶的河沙,只是河沙很粗。重华把沙子用石碾子压的很碎,加到陶泥里试了试,发现烧出来的陶器硬度增加了,不过加多了陶会变得脆,被称为"夹砂陶"。这种陶不渗水、不起硝、硬度大。重华生产的夹沙陶很受大家欢迎。重华也把这个方法介绍给别的陶匠,夹沙陶成了制造大型陶器的好办法。

自从重华和尧帝的女儿娥皇、女英结了婚,日子过得红红火火,二象很嫉妒。

有一年秋天,瞽叟家建谷仓,把重华找来帮忙。谷仓壁是由泥土和草垛的圆筒形壁,仓盖是用木头做的架子上面扇上草帘子。在给谷仓做盖子的时候,重华在房顶上扇草帘子。二象琢磨着要害重华,他看到重华的草帽在谷仓上边盖着,他以为重华在上边。二象就借给谷仓里面用炭火熏一熏的机会,用干草把谷仓点着了,谷仓燃起熊熊大火。二象以为重华被烧死了。实际上,重华看上边已经要扇完了,他下去要给仓顶编个镇头。镇头就是像帽顶一样的物件,把仓顶封住。重华就把草帽放在谷仓上,顺梯子下去了,没想到二象看到重华的草帽,以为重华还在上面,就把谷仓点着了。这时候瞽叟跑过来说:"怎么失火了?是不是重华让你给烧死了?"二象说:"不能啊!我看上边没有人了。"瞽叟说:"怎么没有人,那上边还有草帽呢!"这时候,重华从外边跑了过来说:"谷仓怎么失火了?"二象故作镇静说:"想把仓子用炭火熏一熏,去去潮气,没想到干草掉

华夏上古故事

414

到炭上，失火了！"这时扑救已经来不及了，快扇好的仓顶全毁了，只好重新做一个新仓盖了。

重华把谷仓失火的事告诉了娥皇和女英，娥皇说："真吓人啊！不会是二象在陷害你吧？"重华说："不会，二象不能这样坏。"这事重华没在意。

又过了几个月，二象搞了一次井壁塌陷的事情要害死重华。有一天，重华接到瞽叟的口信，让他回去帮家里淘井，重华就带娥皇、女英回到父亲家。两个媳妇帮婆婆料理饭食，重华就随二象一起去淘井。除了二象，其他几个兄弟都学徒去了，不在家。那时住的地方都高一些，怕洪水冲了，井离家都远一点。井一般选在低洼的地方开挖，然后以柳木段从下向上垒成井壁。瞽叟这口井每四到五年要淘一次，清出里边的淤泥杂物才能溢出清水来。

这天，大家先用吊桶把水淘尽，见底的时候要人下去，用铲把井底淤积的泥土铲到吊桶里，从井下把泥土拉出来。一般要向下挖三尺左右，连原来的井壁深在三丈以上。淘井时重华自然抢在前边，危险的活他自然先下去。他头戴斗笠在井下铲淤泥，快清完了，这时井壁忽然塌了。二象在上边和瞽叟说："井既然已经塌了，就填平再开新井吧。"不顾重华还没有被救上来。瞽叟没有同意填平水井。到午饭的时候，家里才知道井塌了，井下面的重华没有出来。二象束手不动，虽是悲痛状，但不想救重华。二象和大家说："老井已经塌了，改开新井吧。"娥皇和女英见重华被埋在井里，呼号大哭，惊动了周围的邻居，大家急忙从井一侧开挖。太阳要落的时候，已经快到井底了，还没有见到重华的影。天已经黑啦，大家想放下工具明天再挖。娥皇和女英打起火把，跪求大家再努力往下挖。又掘了几尺深，已见了井底，仍未见重华。大家见夜已经深了，就和瞽叟、二象离开了，只有娥皇、女英不肯离开。天放亮的时候听到井下有声音，重华如泥人一样从井中爬了出来。原来井壁塌的时候，重华被打蒙了，井壁下边的木头松动，留有空隙，大家在侧面已经把泥土挖走了，余下的木头让水漂起来了。重华推开木头，见了天日。两人扶着重华回到了自己家。

第二天，瞽叟和二象再来，见井底已经被泥水填平了。加上侧面的土石塌入，知道已经不可救，就回家了。又过几天，重华已经康复了，出去打理生意。二象来嫂嫂家，以为得计了。见两位嫂子不理他，以为是悲痛。对两位嫂子说："大哥已经没了，两位贤嫂，不要悲伤了，生计自然由我来打理，过几日就和爹说，让二位嫂嫂就做我之续妻吧！一个也是养，三个也是养，而且侄儿都在我之养护下，成长无忧了。"见两位嫂嫂没有回话，二象更加得意了，说后扬长而去。

娥皇、女英见重华回家，把二象的话转告了。重华很生气，说："必然是这小子做手脚，把井搞塌了。真是老天有眼，护着我们，让我得以重见天日。此事不要声张，免去父母心寒。"

又过了几天，瞽叟、秋菇、二象来了，进屋见重华在室内，吓了一跳，急呼："有鬼！有鬼！"跑到屋外。重华跟出，说："人间哪里有鬼？怕是心里有鬼吧！"爹娘都骂二象作孽了，此时二象已不知跑到哪儿去了。原来二象前几天来，未看到重华，以为深埋井底了，又见二位嫂子和她们的痛苦状，以为重华已不在人世，随起邪心。回告二老，说两个嫂子生活无着，愿娶为续室，做二三妻妾。二老以为尚可补救一下，想迁娥皇、女英回老宅，所以见了重华都说有鬼、有鬼了。

这二象做了白日一梦。此前他已经计议出怎样分重华的物品了。因重华家有一个琴，还和瞽叟吵了起来，说："琴当归我，井塌的事是我办的！"瞽叟说："家里还有幼子要教，留给小弟妹也！"二象说："兄之爱物二妻与琴，二妻与琴不可分开，其他东西，你可以多拿一些。"还自鸣得意，不以兄遇难悲伤，反以得到两个嫂子及琴而喜，足见心眼儿太坏了。

重华及娥皇、女英并没有大闹，如常生活。大家和睦，邻里都说重华、娥皇、女英有德。

后来，重华见自己居住的地方经常有人来交换陶器，拿来的粮米、皮张、铁、铜、盐、木器，家里用不完，就在自己的房子前开了一块地，搞起了互市。这一下，就有许多人到这里来开铺面了，重华把自己的一块地拿出来给这些人用，自己就不种田了，娥皇、女英经办起了兑货生意，除了自家作坊做的陶器外，也经营收卖别人的东西，生活更富足了。

四、舜帝耕种历山

重华和娥皇、女英结婚几年后，尧帝把重华一家迁到了王城，重华在王舍跟班上朝。

有一年秋天，尧帝把重华找来，说前几年因为治理黄河，从蓄洪区和导洪道上向东部地方移去一些民众，开垦土地。最近农民因为地界、用水、耕种土地的事情发生了一些冲突。州府没有解决好，发生了械斗，有民众告到中枢。尧帝要派人去巡视一下，要重华去看看。重华就去那里巡视一遍，十几天后，重华向尧帝报告了那里的情况。

第十五章 舜帝的故事

原来那里的荒地很多，民众已经开垦了一些田地，但与民众迁出地黄河中游比较，那里土地低洼，不宜种植旱田，但大家又不会种水田，荒废了很多土地。因此，生活比较贫困。由于从原住地迁出到新的地方，多是独立的农户，大家没有建立相互的信任，互相交流很少。因地块相接，为田土水利发生了冲突。要根本解决问题，就要引导农民种好庄稼，多产粮食，"人穷好斗"，富裕了就少了争斗。再者，搞起互市，大家交流多了，互相了解了，熟识了，冲突就少了。还要解决农田海水倒灌的问题，要修堤防洪。

尧帝就想派重华去解决那里的冲突。尧帝问重华："有什么办法可以解决呢？"重华说："可以派人到那地方去，把那些荒废的土地、沼泽开垦起来，种水稻，做出示范。大家有了生产积极性，生活富裕了，就不会发生什么冲突了。"尧帝问："派谁去呢？"重华说："我愿意到那里去试试，还要听听娥皇和女英的意见。"他和尧帝商量，不以大臣的身份去种地，而是以一个迁徙农民的身份到那里去种地。尧帝说："争取三年把问题解决。"重华说："那就试试吧，但愿老天保佑，种好庄稼。"

重华回到家，和娥皇、女英商量，要到东方的历山去开垦土地，解决那里人们的纷争，娥皇和女英都同意了。重华做了一些准备，他让娥皇和女英带上缫丝和麻纺的器具；他招了几个年轻的农民，有会种旱田的、有会种水田地；带上了各种必要的种子、粮食、农具，就出发了。乘五辆马车，经过几天，向东驱驶，从泰山东侧转向南，又两天驰行，到了一处叫历山的地方停了下来。

重华看到这里南侧有山，远远的北方有大海，有许多长满芦苇的荒地，远远地看到几户人家，耕种的土地都在山坡上。重华到那几户人家一问，果然是从中原来的移民。他们的田地都在山坡上，土地瘠薄，收成不好。听说重华他们是移民来开荒的，劝他们另外找个地方，也许会好过一些。他们说这里山坡的地已经开完了，当地人不欢迎重华他们一行。重华经当地人指点找到了青州府派驻的镇官，说明了来意，告诉他们不要透露自己是从王城来的。镇官派人把他们引导到一处可以安顿下来的荒坡上，这里原来有人家，因为生活困难搬走了，土地也荒芜了。他们附近的山坡都有人家，两边因为土地发生过冲突，官府用这片荒地把两边隔离开了。

重华他们去的季节是秋天，利用逃荒人丢下的房场盖了简易的房子，住了下来。他们利用一个冬季整理了农田。刚好这里有一条河通向大海，离大海有五十里远。重华打听了周围的地邻，问他们当地的气候，河流的情况。邻地一位老汉告诉他，这里的无霜期有二百天左右，什么庄稼都可以种，种麦子可以一年两熟。五年前他来到这里，在河流两侧开垦了大片的田地。可是这里土地含盐碱多，种的黍、稷、麦都长不好。重华问："种过稻子吗？"老汉说："种过了，因为没有经验，加上海水倒灌，连一把草都没有剩下。现在大家的收成全靠山坡的田地，种些黍、稷、菽度日。"他给重华喝水，用的是葫芦瓢。重华问："附近有烧陶器的吗？"老汉说："百里内没有见到。"问："有设私塾的人家吗？"老汉说："未见。"问："互市方便吗？"老汉说百十里外有平泽城。

重华他们开垦的土地都是因为双方互相争议撂荒了几年的土地，和开荒没有什么区别。重华领大家开了近百亩的土地，有水田、有旱田，在山坡上还栽植了桑树、杏树、桃树。重华在附近找到了可以烧陶的土。他在河边搭了窑棚，砌了一个窑，试着烧了几窑陶器。有人来看他烧出的陶器，他送出一些，大家就知道了重华烧的陶好用。传开了，附近的人们拿粮食和他换陶器。重华就按照旬日开窑，娥皇和女英就在这天来帮忙买陶器。整个冬天，重华他们住的山坡到河边渐渐成了集市。大家互相交换粮食、肉食、皮张、生活物品。又有几个匠人搬了来，有木工、皮匠、铁匠、陶匠等，重华都给他们帮助。到了第二年冬天，这里有了固定的集市，人气越来越旺，居民多了，医师、巫师也开业了。有的人家设了私塾。到重华三年后离开的时候，这里已经形成了城市，成立了镇府。

重华他们对每一块地都精心打理，他们还给附近的农民出主意，告诉他们怎样种好田地。重华没有种过水稻，他特意请了会种水稻的人，从引水泡田整地、播种秧田起，到插秧、除草，到秋收他们都约当地人来观摩，当地人将信将疑。看到他们第一年有了收成，第二年也有学着种水稻了。稻米好吃，产量又高，也可以麦稻两茬。土地的粮食产量提高了，生活富足了，就不再发生冲突了。重华还把大家召集起来一起修河道、修水坝，防洪水。

第一年，重华他们种田的收成刚好够他们自己食用。到第二年，他们就有了余粮，可以交换一部分了。他们把先进的水稻种植技术带到了历山。比如以前当地农民把种旱田的方法用在种水田上，他们直接向田里撒稻种，结果稻苗出得不好。重华他们有两种办法，一种方法是直接播种法，在只种一茬的地块，把稻种浸泡、催芽一到两天，吸足水，发小芽时，把稻田的水搅浑，向混水里撒种，控水生长。优点是省人力；缺点是在田生长期长，田里杂草多，不容易管理，产量低。另一种方法是插秧法，可以提前在秧田育秧，可以提早一个月的生长期。优点是在田时间缩短，杂草少，好管理，产量高；缺点是技术要求高，费人力。重华他们采

用插秧的方法，所以到秋天，来霜冻的时候，他们的稻子已经熟了。而采用撒播的地块有的就没有成熟，所以收的粮食就少了。

重华他们还采用了好的品种，适应不同的用途、生长期、抗倒伏等。当地的农民参照重华他们选择的种子种地，有早熟的、有晚熟的、有粘稻、有粳稻、有籼稻、有高秆稻和低秆稻等等。重华他们依照自己耕种的地块，选了不同的稻种。低洼的地方，就选了高秆稻。比较高的地方就选低秆稻，抗倒伏。

到第二年底的时候，重华他们收的粮食多了。他和邻里的关系都处得很好，他经常和大家说："一起种田，一起用水，在一个太阳底下劳作，大家要互相帮助。"他也经常和大家互换工。他有的时候就把两边有过冲突的人找到一起来，雇来干活。大家在一起干活，休息吃饭，这样两边的关系就好起来了。他还通过通婚的办法，让两边结成了亲戚，这样就化解了以前的怨恨。

到了第三年，重华他们土地都已经肥沃了，收的粮食更多了。到了年底，这些村民生活好了，互相有了交流，就团结起来了。利用农闲的时间，重华教大家烧陶器。娥皇和女英在当地推广了丝织、麻织技术，这里出现了男耕女织的气象。到第三年秋天，重华离开之前。历山已经有了固定的集市，形成了城市。

为了开拓南方，尧帝又把重华找回去。重华和娥皇、女英结束了历山的耕种生活。

五、舜帝拓荒江南

三年以后，重华他们在历山接到中枢的通知，尧帝让重华到王城去商量开发江南湘赣的事情。娥皇、女英一起去看望父母。她们的父母都上了年岁。

尧帝对重华说："我年龄大了。你也有一些生活经验了。但中枢对下面如何管理？你还是不熟悉。先协助中枢处理一些民族事务也。"以后重华又协助尧帝对中枢人事做些调整。以职务范围定官职，各司其职。

三年后，尧帝指派重华动员一些人去开拓湘赣。尧帝说："自从九黎之乱以后，晨阳氏族已向东南福城方向开拓了。在长江中游，湘赣两江两湖广大地区，近年有大片土地淤了出来。北方人不善于水。那里瘴气很重，有先人曾在那边过活，都没有繁盛起来。以前生产落后，没有铁铜、犁、车、五谷、六畜、百艺技术。现在中原人口众多，几乎无可开垦的荒地了。你带家眷，率一批人，过长江沿湘江、赣江向南，在两湖地区，到南岭以北，罗霄山脉。一则那里天气温热，可一年两熟。

二则那里人烟稀少可供开拓土地广阔。你带新技术和能工巧匠，作为先导示范，用不了许多年就可把那里变成富庶之地也。民众自然会跟从过去，你意下如何？"

重华稍顿，他也有一个大家庭了。他说回去问一下娥皇、女英再回话。重华回去把尧帝的意思说给娥皇、女英，问她们有什么意见，娥皇说："愿意随夫君前行。"问女英，女英说："愿随夫和姐姐同往。"

重华回尧帝说："既然大王有如此宏大的计划，我应当去开拓。"重华答应了尧帝的安排，就回家乡做准备了。这时的华夏大地，虽然连年丰收，但人口繁殖得多了。土地没有那么多物产，人们的生活开始困难起来了，大族大户都有分族分户开拓的想法。重华到家乡把尧帝的意思说给大家，有些大户都想分出一些人口。包括重华家，土地没有增加，但增加了四个小家庭，他动员两个弟弟参加了移民。

南部诸族，九黎之乱后，华夏向南扩张，有大片的土地在长江以南。古来这里被称为瘴疠之地，很少有人类踏足。尧帝为舒缓中原一带民众逐渐增多而土地不足的压力，与重华商量向南开田拓土的事，希望重华能率民到湘赣一带发展。重华与娥皇、女英商议，决心接受这一挑战，到那里去拓荒。重华在中原做了动员，最初去的人很少。中枢给的条件是每夫妻户移民拓荒的给荒林五十亩，三年免税。

重华率先入湘赣一带，冒瘴疠的危险去踏查。回来后他和尧帝说，那个地方没有寒霜的冬天，一年可两熟。那里有江湖水网，有广阔的荒原，有山岭森林，经过几年时间，人进荒退，稻花将香遍湘赣大地。物产多了，民众开始互市，就会出现城市，那里将成为一片富庶的地区。

尧帝听了非常高兴，说："同样是土地，湘赣地力之富足可两倍于北方，天赐家园尽为华夏利用也！"随后，华夏有了向南开拓的动力。民众见南方好生活，自然向南迁徙起来，为后世华族向南发展打下了基础。

那时要向湘赣移民，除了战胜大自然外，还要改变固执的观念。向南移民，那里的土地是红色的，与中原的黄色不同，需除去亿万年盘根错节的植被，放倒树木、翻开土地、开渠引水，又要立房屋寨栅，这些劳作都要用移民的双手实现。

重华和民众为开拓南方付出了艰辛的劳动，战胜了许多困难。

那时候的重华父母家有六个孩子，都长大了。两个大的已经结婚，原有的土地也不够种了，生活开始贫困起来。重华说到南边开荒去的好处，父母同意重华带老三、老四两个弟弟及两家人一起到南边去开荒。给他们每户两头牛，几只羊，几头猪，鸡鸭鹅狗若干，一架牛车，炊事用品，刀斧，耒耜等工具，以及五谷种子。重华还

带上了确定重量、长度的铜权。在一个早春的时候，两兄弟就和重华一家，还有村里其他十几户人家向湘赣一带出发，加入了向南迁徙的人流。他们这一伙人过长江，沿幕阜山到了罗霄山麓，这一走就是一个春天。在长江附近还有大路可走，一过长江都是小路，大家边修路边前进。河湖也多了起来，还要扎木筏渡过河湖。到了初夏，才找到一块山坡，这地方向阳坡上有水从山上流下来。植被很厚，树木很多。大家把各家的车子停下来围在一起，听重华的安排。重华说："大家带的口粮就要吃完了。老天爷让我们刚好走到这个地方，那我们就在这儿生活吧。"大家都同意了。重华安排，大家先平整了一块地，用木头做了一个围栏，就这样住了下来。然后大家按照亲属关系开始建房舍。不像在中原，已经是村村相望、田亩相连了。这里都是生荒地，要开一片家园困难重重。用投股的办法排出顺次选好地块、选好房址，就开始一户一户建房了。这十几户人家除建房外，还要去开垦房前屋后的土地。

重华考虑到他们初到这个地方又要建房、又要开田，和大家商量，每一个亲族给建一处房。重华选了中原的四合院方式，把四面围起来，形成了一个封闭的方形院落。房屋外墙可防雨、防野兽、防强盗，中间为一个天井，工程量少。大家还可以互相照顾。户数多的可以大点圈，他们管这叫"围屋"。有人喜欢方形就做方形，喜欢圆形就做圆形。围墙里边用木材做房子，外墙捡些石头压在下面，砌几尺石头墙基，上面用版筑夯土，就地取材，一个夏秋，各亲族的围屋外墙都做好了。

重华和两个弟弟也围了一处房子，北侧朝南向的一排，分三户，三家人住。东边做畜棚；西边做库房；南边北向的房子做柴火棚子，放工具柴草饲料。第一年大家忙于建房，开的土地不多，仅供人的口粮。好在这里一年可以两熟，种菜可以种许多茬。到了第二年，日子就好过了。

南方的雨水很多，有时引发山洪，冲毁田地房舍。有一年夏末，庄稼长势很好。蔬菜绿莹莹地铺满了房前屋后。突然，天降大雨七天七夜不停，引发了山洪水，漫上了山坡。有一户人家的房子被冲倒了，一个孩子被压死了，牲畜也冲跑了。重华把他们安排到自己家里暂时住下来。大家非常恐慌。重华在家门口看到逼近的大水也非常焦急，他让大家用土封闭了院门。

重华在家里设了一个祭坛，向天祈祷。在祭台上摆着天神、龙王的牌子，献上贡品，重华带领大家祈祷："老天爷，全能全知之神，大慈大悲之神。现在子民正处在水涝灾害之中，河水暴涨，冲了土地、房子。老天爷，可怜可怜我们吧，收起风雷。让龙王回宫，把太阳升起来。我们感恩天神，时时祭拜天神。"燃上

华夏上古故事

木叶，又磕了三个头。就领着壮年男人到外边排水去了。雨小了，他们发现引发洪水的原因是许多树枝堵塞了沟底，把河道抬高了，把那些塞住水道的树枝拿开，水就会流走了。从住的高坡到那处地方有一里地远，又是在一片大水中。重华和大家扎了一个筏子，就和另外两个青年人拿着绳索、斧头，乘筏子漂到挡水的地方。他们把木筏拴在树上，用手把挡水的树枝撕开。把树的枝杈砍掉，淤住的水、石头、泥土，顿时就从开的口子泄了下去，水位降低了。大水退去后，他们把沟口的几棵大树放了，山洪就不再威胁村子了。阴雨天过去了，太阳又从东方升起来的时候，人们在被淹过的土地上又耕作起来，人们没有被洪水吓倒。大家帮助被冲毁的人家在高处建了房屋。那个死亡的孩子被家人埋在了屋后的山坡上。大家都过去安慰，哭干了眼泪的母亲悲悲切切。大家都想一起分担这份痛苦。转过年，这家人又添了新的孩子，欢笑声又在村里响起。

　　生活就像村边流过的河，一年四季起伏不定，但永远是向前流淌着。

　　重华他们还受到南方瘴疟之气的伤害。在夏秋季节，人们常被赤白痢疾和打摆子的病痛困扰着。重华一个叫安华的弟弟曾学过医术，重华就让安华想办法。每到夏秋季节，安华都提醒大家不要喝生水、吃生菜，不食腐烂的食物。让人家穿长袖的衣服，少暴露，防蚊虫。在屋里生烟火熏蚊虫，发病的人少了。安华还用苦菜叶和草木灰给腹泻的人喝，止痢疾。用柴胡叶、青蒿叶给发疟疾的人嚼。用温开水给发烧的人擦身子降温。

　　每当有大病的时候，重华都设坛向老天爷祈祷："祈求老天爷，全能全知之神。我家人生病，正在受着病痛折磨。我们受到病魔煎熬。愿天神念及生灵悲苦，把病魔驱除，早日让我们一家人康复。愿老天爷保佑我们吧！"向天神虔诚地献上贡品，烧木叶，磕头。

　　每年都有人因病失去生命。娥皇和女英常去帮乡亲们处理丧事，安慰乡亲们。

　　这两年，重华和娥皇、女英也有了商均等四个孩子，这是他们的根苗。

　　在重华的带动下，他们村里陆续又有些人家迁了来，周围也渐渐形成了村舍。重华带着另一个叫元华的弟弟，在山里找到了做陶的土和炼铁铜的石头，在湘江边上立起了炉火，烧起窑来，打起了铁。人们称这是"烘炉生意"。聚集的人多了，人们称这地方叫沙城。渐渐的，周围人群更多了，重华报告了尧帝，在这里建了城市，设了官府。几年后，这里成了富庶的地方。在九岭山脉东边，赣水的地方也设了赣城。

　　正是重华带着移民渡过长江，溯湘江、赣江，立足湘赣广大地区，开始拓荒立市。经三年的开拓，在湘赣、两湖建立了许多村镇。开启了华夏向南岭的进一步拓展。

六、舜帝受禅称帝

三年后,重华被召回王城。尧帝自觉年老,要禅让王位。尧帝有心将王位让于天下贤人,依举贤选贤、秉承天意、受命于天的规制,重华受尧帝禅让,开启了舜帝伟业。

在王舍,两帝相携手,尧交王权于舜。临行,尧帝嘱咐舜帝,其言辞极真挚。

自重华为四岳举荐,将重华召到身边培养,已经多年了。在禅让之前,尧帝与舜帝谈到执政和履行天道的一些话。

尧帝说:"此时已经过举荐选贤过程,告天正在进行着。你将为舜帝,为时将近也。"

重华说:"我一个平民,得到大王赏识,实在是天地机缘也。"

"你从幼小时倍受苦辛,及少年旁听私塾而开蒙。年少时耕田,渔猎,又从陶艺。孝顺长者,关爱民众,秉持公道。曾率民拓荒于历山、湘赣,润泽北南土地。许多德行是你之能也,天不掩玉质也。"尧帝赞扬了舜帝有能。尧帝接着说:"好也!上天安排帝王位次,就要选定你为舜帝也。你要勤于政务,善行国政。假使天下百姓都陷入贫困中,你受天赐帝位也会永远终止也!"

舜帝说:"大王过奖了。我由父母亲养大,有兄弟扶持。及入世事,有众人帮教。再入朝堂,有大王提擢,这些也算是天助我也。我当切记天恩民愿,尧帝嘱咐,勠力为民。"舜帝感谢了尧帝恩德。

尧帝说:"你品行良善,执王权自能顺民意,施德政,我不疑之。唯帝王行径将不同于布衣市井或朝堂为臣。盼你处事运筹,能做到全、真、思、创、道之五维。"

尧帝细说之:"其一曰全,如一石块,半白半黑,只窥一半并不能得其黑或白或各半。求视物之全,不拘一侧,窥其来龙去脉,由表及里,察看事、物、人等务求全面。其二曰真,事必亲见亲听,感知细微,去芜杂得其真实本质。华夏大国,介巫蛊侵政,虚妄之事必除之。审看务求真实。其三曰思,你从陶匠来,陶之精艺,行成于思。不可如'僵蚕'也。古往今来,内生外泊之事,务必三推其理,得其理而慎行。误而行则改。定策务求思辨。其四曰创,天地不停、演进不息。自盘古开天,民有火得陶,有铁得犁,犁行得车,筏行得船。得五华而九州,从氏族而邦国。此创造之易状,无穷也。管理邦国务求创新。其五曰道,即人、天之道。凡有政令必求合人、天道理。顺天应人则大道昭昭，如逆势而为，终将奄奄也。人道在生，与命最大。天道在，不违时也。布政务求有道。"

舜帝说："然。"

尧帝继续说："施策必从人性而发，或求惩用罚，或使民于战，或取之于税，定要顾及民众之承受。天地万物各有其力，各有其维。人在地上，乃万物之灵，人求生与活，乃天道。生即繁衍之状，活即展寿之态。取天地万物度人生活足矣，不妄杀生，不妄开垦，是为平衡自然之大计。此如民之耕田，户核六口、三十亩地、两头牛犋、一屋，居林畔足矣。人之不足，在于贪自然生灵之精，久必为害。"

舜帝颔首。尧帝又接着说："朝廷之内，如一族之亲。爱臣如爱亲。帝以诚、惠使之，臣必尽忠。臣各有其长，各有其短，识其长短，为用人之道。四马之车，驭手一也，辕、传、里、外，不乱其套。奖之宜众，罚之宜少。引领风气，全在王朝之内。"

稍顿，尧帝又说："帝王位尊，其亲其家也会飞扬，得润福气，人之常情。然而不能家国，不分尺寸。唯言于利时，不要以家侵国，国之财富不进私囊。帝王善理家与国，治家兼平天下也。"

帝尧又说："举贤任能，亲族有贤才尽可用，民间有贤才尽可举，帝应察之。有举贤之利，必不出大恶。如官唯有王出，必出大恶。中枢任用必出于市井。州镇任用也从乡土来。则百姓有举，上下服之。将军士兵，荣耀在沙场之上，将从士来古往之规。贤人辈出，则大国之运，兴盛发达也。"

"舜承大业，受命于天。此天与民之天异同乎？"尧帝问。

舜帝说："华夏同天也。"

尧帝说："因之帝知天下系诸族人之天下。"

"你知天柱缘由？"尧帝问。

舜帝说："愿洗耳恭听。"

尧帝说："天地之间有柱。其柱在山岭抑或云端乎？非也。天柱唯存在于民众之心间。恰如天不可触，天神不可见，而人人都曰'天'。其天必存于心。古医者谓'心主神明'。神居天上，其展开为光明。帝行王事，切记天神之意，亦然为万民之意，不违天亦是不违民也。帝受天命，亦是受之于民也。自今之时，你小子为天下之大王。然天神、民众不能不畏也。嘱你慎言、善行。托华夏大业于你，我实放心也。"

尧帝临辞仁厚，举止大度。尧有封地，不以国库为糜费。舜帝说"大王体力健康，朝堂之上尚请列坐。"

尧帝说："我已有言在先，舜上位，我愿随轻风而上远山，不再理会人间繁杂也。"

尧帝不恋王者生活，受世代赞颂。

七、舜帝勤政简从

舜帝继位的时候，华夏九州，田亩相连，六畜兴旺，百工活跃，城市布列，国泰民安。物产足以丰，民法足以明。舜帝从小受过苦，知道民之物产不易，所以继承王位后，生活仍然简朴，对朝臣也要求严格，从政绝不靡费。家人取用都在封地，俭用有度。

帝王更替按例要迁王城。舜帝坚持不迁王城。

舜帝之前，尧帝把王城由亳城迁汾城。舜帝继位后，迁都一事大家认为是定例。一时，王城迁中原的说法甚嚣尘上。会迁到哪里呢？大家都在猜度。其一说历山，位置在海岱，这里为舜帝久耕之所，舜帝历时三年，把一个小村庄变成了一座百工俱全、日日有市的城市，大家也倾向历山。其二说仙城，这里近长江，辖北南通江之要路，是舜帝移民到长江以南发展的驿站之城，现在要向南开拓，离开黄河水系，到近长江的仙城，仙城是备选之地。其三，更有甚者说舜帝曾言湘江有灵气，大概是要迁王城到湘赣江南去。那里有舜帝家族的封地，在湘江上游，九嶷山之野。还有猜疑，迁王城到黄河中游的意思。王城人心惶惶，恐怕王城一迁，百业凋敝。

有一天，臣皋陶、晨阳来王舍，就迁都一事问大王。皋陶、晨阳都是帝王新任命的大臣。皋陶见舜帝正在编蒲草团，帝手未停。问："臣有何事？"皋陶说："大王编几个了？"舜帝说："两天才能编一个。"停下手中活，让两位就在编好的蒲团上坐了。臣皋陶说："晨阳方才问我，帝有迁都的想法吗？我告知未曾听帝讲过。但近日迁王城一事充于耳，特禀告大王。"

"大王见谅，帝两日编一个蒲团，放于市兑半升米也，太辛苦了。我之从者，自王登大位后多有问者，或想从王城置房、置地或等一等。从臣们年俸三百石黍，要积四五年才可置一宅邸也，轻易不敢出手买房。因我也在王城无房，想在此置宅邸，问者很多。"晨阳接着说。

舜帝问二臣，迁或不迁哪一个好呢？

二臣皆说："历来新继位帝王迁王城，大利帝业，或应迁王城。"

"近日，小儿歌谣云'尧舜易窝窝，汾河分不合。华山石头落，泰山日灼灼'。试解之，易窝、不合、落石、日出泰山似为向东迁之兆。"晨阳接着说。

舜帝怒了，说："小儿歌谣系谣言者所造。阅先帝迁都，以水患居多，现王城由亳城来。此城有汾河之利，而沃野田丰。此地为华夏兴盛之地，民风淳厚。前尧帝选此地系千里西来，不容易也。乃造王舍官府，都付了很大辛苦，迁移王城靡费很多。从此地迁出，废了城市，民众也会寒心矣。我意已决，我在王位永不易离此城！告民于市可否？"

晨阳说："明日我去市中买块地安家，谣言就破了。"三人皆大笑。晨阳约了几个朝臣，就在王舍就近、郊外等择其所好，选了房址。及盖房时舜帝亲去参加上梁祭祀、铲土，以示祝贺。迁都之谣言自灭了。大家都称舜帝不求王城之华，但求民生之好。

八、舜帝以俭避凶

舜帝勤于王政，一年中分四季巡视四方。以北斗定计划，斗柄指向东，春天向西巡视；斗柄指向南，夏天向北巡视；斗柄指向西，秋天向东巡视；斗柄指向北，冬天向南巡视。循四季物候，看民众生活，了解州、镇、村、族情况。

有一年夏天北巡，雍州地面，舜帝一行三车，五十骑，日行二百里。正过燕山一带时，被一伙强盗截住了。护卫大将陈楚极勇猛，驱马迎了上去。劫路者已用木石把道路阻断了，大喊："停车！""大路朝天，留下路钱！""此山是我占，过路拿财换！"大将陈楚提一柄铜刀，手指贼人说："大胆凶徒，官家车队也敢阻拦！"一个头目样的人跨在马上，大喊："就是当今帝王也要留下财物！"

大将陈楚说："正是舜帝在车上，赶快让路！"

"帝王出行，怎么未见帝王旗帜？"一个强盗喊道。这伙强盗就要下手。陈楚跃马向前，大刀挥起，强盗头子也提狼牙棒上来迎战。三四个回合，强盗头子被打落马下，徒步跑了。其他强盗都吓跑了。官军移开堵路的木头、石块，继续赶路。车上，舜帝让大家赶紧行路，恐怕强盗再杀回来。

正行间，忽然一声哨响，有近百强盗从路边跳出。原来前边的强盗是他们的前哨。舜帝的车也被人登了上去，陈楚带人左右追杀，已经来不及了。这些人抢了东西，又一声哨响逃进山里。清点物品，被抢了一些东西，三四个军士受伤了，并没有大碍。见舜帝坐在一石头上休息，陈楚忙问："舜帝受惊了吗？"舜帝说：

"被一个强盗执住，问干什么活计？我顺口说'车夫'。问车上有什么大人物吗？我说'去接大人物'，强盗才放了我。"舜帝督促大家快走，等到出了山，到一个镇守处才放了心。

　　舜帝问当地官员。镇臣说这是早年共工时候的遗族，落草山林。常做些伤天害理的事，劫道抢财。几次剿除没有剿灭，今年有灾，又聚在一起闹看了。舜帝命镇守将臣尽快去剿灭，就去州城了。到了州城，臣官接了，听说途中遇险，问陈楚怎么脱身，陈楚说："舜帝穿的便装和车夫没有不同，强盗已执住了舜帝。舜帝说'去接大人物'，就放了。"大家都说，舜帝出行不着华服，竟然还可以避凶呢！

　　舜帝所居为尧的旧舍。尧在王城留下的房子不多。舜帝的一个弟弟迁来王城住，舜帝让他把年老的父母一同接到汾城，以便能时常尽孝。舜帝常说："父母在，不做横事。"他从不要求多占房舍。说："人立三尺，人卧一丈，能立能卧就行了。"在他的影响下，妻子、家人都生活简朴。舜帝对老年的瞽叟和秋菇都极尽孝心。舜帝让大弟二象到家族封地湘江畔去生活了。

　　有一天，大臣晨阳来王舍，询问舜帝维修王府和添置家具的事。晨阳说："大王，现今民已居大屋，设厅堂了。这王舍太老旧了，可否翻修为大一些的堂？现在各个州都在看王城怎么办。"舜帝知道议事的王舍太小，又阴暗，白天都要点灯办事，就同意了。等到修好了房子，晨阳请大王看座椅的样式，见王椅上要刻龙的图案。舜帝说："龙纹就不要刻了吧。原来用蒲团坐着也挺好。现在要换座椅，方便议事就行，这些刻的龙就不必了。"晨阳说："大王龙体，椅、榻饰以龙，配以凤，正合情理也。"舜帝说："向民众可以这样说，可自己要心明，帝也是常人。帝和民都是同天之下，皆拜天、拜龙凤，我不独用龙凤图案也。"随后不用龙凤图案。

　　改日，舜帝与晨阳看新座椅。帝问："加一刻工需多加几个工日？"晨阳说："每椅十日工。"舜帝说："每工日半斗黍米，这近百座椅省多少石米也？"晨阳不语。舜帝从俭行事足见一斑。

九、舜帝不娶三妻

　　舜帝执掌王位后，有臣曾劝大王纳妃子，舜帝不同意。有北漠族人曾献女于舜帝，舜帝不受。其臣下看舜帝只有两妻，也不敢娶许多妻妾。

　　有一年夏天，舜帝北巡，因有以往被强盗劫路的事，臣将都提出多带兵马并加帝王旗帜。舜帝问陈楚随员多少，陈楚说："军士千人。"舜帝说："太

第十五章　舜帝的故事

多了，有一半就行了，如再遇上一次百人强盗就不怕了，权当演兵了。"

一路平安到了雍城，舜帝要看从北漠引来的马匹。州将军汉洪和州臣佑辛商量在校场上演练马术，帝准之。那日校场旗帜飞展，人欢马跃。骑兵铁蹄嗒嗒，卷地而来。有整齐方阵队列，有马军冲杀挥砍，又有战车隆隆。舜帝很高兴。这时，校场上呼声如潮，鼓敲冲阵曲，一队女兵，着紫红色战袍，头裹黄色头巾，从远处奔来。就在舜帝前方，在马背上飞上飞下；弓箭鸣镝，正中靶心；枪挑牛尾，刀劈草标，不逊男儿。舜帝站起来挥手。众皆呼好看。舜帝问："几日练成？"汉洪说："半年时间。"舜帝回到州府。州臣佑辛和将军汉洪在将军府设宴。在宴席中汉洪把校场领队、长官向舜帝——引见，舜帝每见一个必赏酒一杯。及至女队长，舜帝见这个女子年约十七八岁，浓眉大眼，面若桃花，身材高俊，红色包头，穿紫红色软甲，着黑色战靴，姿态矫健。

舜帝问女队长："马上骑射几年了？"

女队长回："两年了。"舜帝说："可胜酒力吗？"

女队长说："未曾饮酒。"

舜帝问将军汉洪："可破一例否？"

汉洪说："我权代她父母，让她饮一杯可以。"那女队长就饮了一杯。

舜帝问："可舞刀吗？"

将军汉洪说："可以。"就令鼓敲起舞蹈曲调。

女兵舞起军刀，一跳一旋都有模有样。一曲罢了，舜帝大悦，又要赏酒。将军汉洪说："不胜酒力了。"

舜帝说："赏酒两坛，一给队伍，二给父母。"女队长领了两坛酒去。舜帝对阅兵和酒宴都说好。君、臣、将士都很高兴。

第二天，州臣佑辛来见舜帝说："大王，昨天赏之两坛酒，被汉洪饮了一坛。"

舜帝顺口说："如嫌不足，再搬一坛。"

佑辛说："大王赏与女队长父母一坛，这父亲就是汉洪也。"佑辛又强调一句："女队长与汉洪是父女也！"

舜帝这才醒悟，问："女兵叫什么名？"

佑辛说："汉洪爱女称'美凤'。"又说："美凤从小喜欢男儿装束，少年就骑马挎刀，及十四五岁非要着甲胄在父亲汉洪帐下供职，为夏天大王来，特招一队女兵，练就骑射以壮王威。"

舜帝说："真奇女子也。"

又一天，舜帝办完公事与州臣佑辛和将军汉洪谈及子女事。舜帝说："将军之女美凤，真鹰舞凤飞，奇女子也。"

汉洪高兴，说："我女自幼习武，那日骑马舞刀显示一回。大王赏酒，老夫喝了。谢大王！"

舜帝说："民俗曰'养女得酒喝，养男有苦吃'，眼见是实情也。"

事后，州臣佑辛对将军汉洪说："女儿许人了吗？"

"尚未许人。"将军汉洪回答。

佑辛说："正巧，有大王喜欢，可结大王欢欣否？"

汉洪说："州臣可试问之。"

佑辛找了个机会问舜帝。舜帝怒了，说："父之所爱女儿也，我不夺之。我已有誓言，得娥皇、女英二女将不再娶妾也。"

"大王心地质朴克己，云水不乱。佩服，佩服。"州臣告退。

佑辛回到将军处，对汉洪说了大王称赞美凤，并无结爱之意。

舜帝后见到汉洪说："将军令媛可入王城也，我有弟弟尚未娶妻，可否为弟夫人？"

汉洪回去问美凤，美凤说："凤无意入王城，愿在父亲身边选女婿。"此事也就算了。后来美凤嫁给本地商人，生活很美满。

舜帝的两个妻子都非常贤惠，服侍舜帝非常尽心，处理好家庭事务，孝敬公婆，和睦邻里。参加了耕种历山、开发江南的劳动；养育了商均等孩子；辅助了舜帝的事业。因此被人称为贤妻良母。

舜帝自领了大王职位，人人称是天授之。舜帝自知承王位，天机为巧，先王美德是缘由。也是孝敬了父母，四乡皆说重华贤良有关。因此克勤克俭，虚心待人，秉公处理朝堂事务。

在王城议事堂修成的时候，晨阳要舜帝题扁在堂前门楣上，舜帝在一木板上刻了"光明正大"四个字。晨阳说："大王，这四个字道理极为深刻，议事堂就称'明堂'也。"舜帝准之。从此，王台上方便悬了"光明正大"四个大字。

十、舜帝平"假共工之乱"

舜帝继位，不求天地更新，认为先尧帝的理政纲领是顺天佑民之策，不应因王位转移而变了章法。中枢之臣因为年龄老迈换了几个老臣，运转如常。地方上

继续着由氏族管理向州镇村管理的过渡。但民族利益冲突仍然是社会不安定的主要原因。舜帝处理了四件震动华夏的大事，即平"假共工之乱"、"流驩兜于崇山"、"窜三苗于三危"、"殛鲧于羽山"。

夏初有一天，舜帝在明堂召大臣、将军议事。舜帝问："我欲到北方去巡查，各位大臣那里有什么事也？"

大将左胜说："在雍州和冀州地面报告，几年前在燕岭山中有自称"共工"的一伙土匪。在那一带阻截道路，强抢民财。雍州、冀州两州都曾发兵围剿。这些贼人极其狡猾，雍州出兵就向冀州跑，冀州出兵就向雍州跑，两边出兵就临时散伙，兵一撤了又聚起来。最近，这伙贼人竟然胆大包天，在燕岭险峻山上，假托共工名义，召集巫人、游侠、神汉、妖道聚众数万人，对外号称十万军。威逼就近村民纳粮，曰'保护费'，并在附近集市上强买强卖，抢掠财物。更传布口号，要破坏华夏统一，现已到了不除不可之地步了！"

皋陶说："这些人近日散布谣言，曰'尧舜禅位违天理，共工转世佑万民'，鼓动造反。还以巫人、妖术四方联络，已经聚集了数万之众。已非一般强盗匪徒，大有另立邦国之势。不剿灭会成华夏痼毒，撼动我们九州江山也！"

舜帝又问："这假共工头领是谁，有兵多少？"左胜说："兵约五万余人，诈称十万军。贼将、头领有三个，大巫仙、二巫仙和三巫仙都是顽劣之徒，三人是结拜弟兄。"

舜帝大惊，问："要多少兵马可以剿除？"

将军左胜说："驱散之，五万足矣。歼灭需十万兵马也。"舜帝执意歼灭贼军。

舜帝让左胜拟行军表，奏上来。舜帝就在一个围棋盘上用黑白子和众将推演了一番，已心中有数了。舜帝做了详细布置，命令雍州、冀州各出兵三万，中枢王城发兵四万，粮草以一月征战准备，在就近的州镇筹集。王城大军大将左胜；先锋将为平甲；司启为中军副将；皋陶为监军谋士；晨阳为主簿，负责供给；舜帝为三军总督；王城由后稷暂理。

受禅以来已无倾国大战，舜帝也极不想发起全国之兵。因这股势力已经开始占领土地，蛊惑民众，破坏国家统一，假托共工转世，就不得不以雷霆出击了。

这一剿匪战争，经三战而平息了假共工之乱。

甘将山之战

中秋时节，经充分准备，舜帝大军兵马精壮，从王城向东北压了过去，雍州军从雍城向西，冀州军向东，三路大军齐发。以三面包围的阵势向燕岭一带开进。把贼众盘踞的"甘将山"围了起来。到了甘将山附近，路非常崎岖，车仗已经不能行了。大将左胜来报："距离贼巢约半日路程，车已不能行了。"

舜帝问："怎么办？"大将左胜说："向前半里有村子，曰兰水村，可在其周边设营。"舜帝同意了。这兰水村在一个两山一水的平川上，有农民正在收庄稼，大寨没法立。舜帝说："可遣军士代收庄稼，然后安营。"并亲下田捆秸秆。军士和农民见舜帝亲自动手，大家很快就把安营地方的庄稼收起了。大寨立起，帝王大帐设在寨中心。大军稍休息，开始向甘将山进发。再行军向前，军马只能单骑通过了。大将左胜领乡导官来王帐议事。乡导官说："这甘将山在前面约五十里，再向前约三四十里可行马，再上只能步行了。至山前有壁立的石崖，仅有几条埋没在高草间的小径，可以上去。"

舜帝问："其他两军联络上没有。"左胜回："其他两军也在离山五六十里的地方安营了。"谋士皋陶说："这等山贼极其狡猾，各路将军安营行军，要非常小心防劫营寨，防伏击队伍。"

舜帝说："大军远来应予速战，令明日辰时攻山。"

谋臣皋陶和舜帝说："可做令降诏书，遍告贼军，瓦解其斗志。"舜帝令皋陶作《令假共工贼众投降诏》。次日早晨，由皋陶和司启携带王诏令上山。皋陶一行在贼军兵舍内见到贼王大巫仙。这三个巫仙原是有巫术之人，言语极能惑众，结拜以后，狼狈为奸。见武士以刀压在皋陶和司启的脖子上，除去刀斧，给皋陶、司启座。皋陶从怀中抽出牒板递给大巫仙，这时二巫仙、三巫仙也在室内。大巫仙看后递给二巫仙、三巫仙看。《令假共工贼众投降诏》诏令示下：

三巫仙主将及山上从者：舜帝诏令。令尔等束手就降，留尔性命。不若山寨破开之日尽为抗命之贼，必杀之。舜帝承先尧帝之位，系民举天授，华夏同庆。舜帝用先王之策必兴华夏，天下归心。不屑尔等逆天道而行，据山林以抗王令，阻商路以谋人财，掠城镇夺市上财物，已激起民愤。近尔等贼人又假托共工之名。效共工乘巫以惑众，扰乱四方，已达恶之极点！天必灭之。帝亲率精锐大军自王城覆压，又有雍州冀州勤王之军围剿，足见帝之决心。识时务放下刀斧，且为三巫之命，也怜父母、妻儿之情，更为从者众人。破山寨就在明日，降王军只在今天。机不可失，悔之何及！

舜帝诏令

第十五章 舜帝的故事

片刻，二巫喊道，"你二人不怕死吗？"

皋陶说："救人者何来有死？舜帝已发龙威，有三路大军围定甘将山，破山寨只是时间问题。官军一日攻山，山上礌石、滚木耗损近五成。再攻三次，从何取木石？再有，山上粮米、水、盐几多？官军可得到不断供给，可比之？官军现有十万众，再发十万只是旬日之间。思前想后，投降是上策也！"

大巫仙面似和气，转平静语气说："我得共工之梦，言说起事于甘将山，必有天下响应。并托一梦，说有三劫之苦。想今日是其一也。二位请去休息，容我兄弟商量，再回话于二位。"

皋陶和司启被请出，在外舍休息，不许看山上情况。司启问看押人要水，二人饮之见水浊。两兵士站门口说话，其一说："快去吃你那份儿吧，再迟饭菜就没有了。"二人会意。

约一个时辰，两人被唤入王舍内，大巫仙说："我山上议事要得到各队长公议，明日议定了自然去告山下。"然后送二人下山。回了舜帝，专等山上消息。

第二天至日落，山上并无消息来。到了夜深，三个大寨都被袭击了，因有防备，损失不大，但军将也吃了一惊。

第三天早晨，辰时，三路大军压了上去，把一座山的路口围了起来。这山方圆十里，有三条路可上下。一向南、一向西北、一向东北，都被三路人马围了。但有些小径也可下山，隐藏在荒草中。辰时战鼓响起，将士徒步上攻，山上路险，并且有寨门，滚木、礌石砸下。攻山南一路有几个兵士受伤，前进不得。一日无功而止，此为探一下虚实。

第四天准备攻山时，山上有军士下来送口信，说再容一日，山上正商议。来人返回时皋陶问之，二巫仙怎么不在山上？来人急说，二巫仙在，三巫仙病了，有吞吞吐吐之状。皋陶轻拍来人肩说："人命不只在个人，无父无母无妻无子之忧也？"那人轻曰："三巫仙，有二人在。"急走回去。

皋陶急报舜帝和大将，惊诧状说："贼使用拖延之计，必有阴谋邪术。"舜帝和大将正谋划之时。有快马来报，距离此山百里，有兴川城被假共工军攻占了！这城离此地和雍城各百里的城镇，有守军两千。

原来，这大巫仙听三巫仙计策，已在外围选一城夺之。以分官军或可解围山之急。他们选了百里外的兴川城，分兵两千趁夜秘密潜出，又由巫人在当地唤起贼众五千人。秘密潜入，一举夺了城市。

舜帝急找来三部臣将议事。大将左胜说："现兴川城被夺，是贼拖延我攻城

大军，突袭外围城池，分我兵之策。兴川城无高墙深沟，并不能守，又近雍城。大军剿之如石击卵，贼必也知道，只是救围山之计也。"

臣皋陶说："这伙顽贼，只宜以雷霆手段攻之也！"

臣晨阳说："贼既知山寨长期坚守不保，所以跳出重围。我短时不能攻破山寨，可将计就计。围山只留一部人马。大军去解兴川城之围，同时要防贼另有计谋。此山不保，兴川不宜久守，贼必有所远谋。一是贼妄图蛊惑大众起事，动摇华夏根基。二是求外援攻华夏，里应外合夺吾江山。"

将司启说："攻山有三日足矣。但贼用计已拖延到五日了。明日我等拼死攻山，不愁山寨不破。"舜帝问："死伤可重？""难免。"司启回答。舜帝和众臣面露难色。

突然秋天风起，吹大帐砰砰作响，就与众臣将定下明日攻山办法。舜帝令雍城大将带军一万返回兴川，围剿兴川之敌，让雍城再发一万军进攻兴川城。舜帝命各军加强防备。派人去城镇布告诏令，防巫人蛊惑起事。舜帝说："攻山寨是敌之根基。拿下贼之巢穴，兴川之城必破。如弃山寨不攻，贼自然坐大。所以疗痈毒必治母痈也。将士明日攻城破寨，必有重赏。怠慢者必治其罪！"

第五天上午，各路佯攻，一波一波攻山，山上木石渐渐少了。下午，山风起了，秋风从北来，北侧军士引火烧山。山上林草浓厚，劲风一吹，火龙就飞上山去了。舜帝从远处看，火已烧上山头，贼之营帐房舍全烧了起来。官军此时只围不攻，至日昏时，山上火已经熄了。将军传令四围守牢，防贼夜里走脱。果然，入夜，贼军分小股溜下山来，四面都有人把守，有部分贼军逃遁了。被捕获投降的贼军一个个面有饥色，衣服不整。问之说："山上粮草已为灰烬，房舍都已经没了。大巫仙命大家分散突围，去约定地点集合。"下山通道都有伏兵，没有多少潜出的贼人。

天亮时军士登上山崄，已是焦土一片了，找遍敌寨，贼军头目大巫仙和二巫仙都不见了。等问到前日送口信的军士说："大火一烧，山上就乱了，大巫仙、二巫仙已领少数心腹从山上溜了下去。"

兴川城之战

舜帝问臣将下步怎么办以及贼可能的去向。大将左胜说："昨日火攻之计果然有效，只是贼头领逃了。这大巫可能有三个去向。其一，兴川城，有其大队人马可投奔。但兴川绝不可守，贼也料定。其二，由此北去，五百里之外是北漠地界。

第十五章 舜帝的故事

那里有异族人,恐去暂养或求外军犯我华夏。其三,是化整为零,小股游击扰乱民众。等待天时,聚而再起。然而当务之急是扑灭兴川之贼。"

舜帝同意左胜的意见,做多项安排。令冀州军两万向北进兵,离北漠边境十里下寨,堵住所有通道,防贼向北逃窜,并防北漠军从北袭来。雍州军和王城军向兴川进发,务求歼敌于兴川城。又命令雍州、冀州各城镇加强防备,关口加强戒备,不使贼人漏网。

大军一日行军到达兴川城,早已围定的兴川城,城池方圆五里。城墙不高,周围地势平坦,有一面与山林相连。第二天,大将左胜下令攻城,不过一个时辰,城就破了,降兵不足千人。原来贼驱赶百姓上城,贼大军潜出五日了。探马报说自兴川城有两路人马逃出,一向北,一向南去了。舜帝命追之。两日后,南去的将军回报,已将贼军歼灭了。只百余军士,驱赶百姓数千,只是向南,并无目标,显然是疑兵。北去的将军六日后报来说:"贼军疾走极速,已跨入北漠地界,占一镇、设一寨在那里休养。"

舜帝召臣将议事。中枢和雍、冀两州臣将都在。

臣皋陶说:"既已剿除贼军大寨,夺回兴川城,敌已远遁矣,应设兵寨于边界戒备之,大军可各返其城了。"

大将左胜说:"现贼逃去北漠约有四五千人,应予全歼方可撤兵。贼在北漠,我军可以一面进军,一面由地方上向北漠交涉,不给假共工贼众以喘息机会。"

冀州将军风权也极力主张剿灭之。因贼军盘踞的地方就临近冀州地界,舜帝问风权贼众逃去地方的情况。冀州将军说:"受大王命令,三日前进军到北漠边界,贼大股队伍已经越过了边界,只截获少数贼军。据探马报告,自边界入北漠约七十里。有一临近滦水小镇称滦川城,人口万余。城仅有低壕,军马可一蹴而上。那里有一个北漠驿站,有甲士百余人。土地肥沃,有华族人逃荒过去开垦了田地,物产丰足。周围也有许多华族村庄,民众多信巫术。"

舜帝问冀州臣与北漠有否沟通。臣浩勇趋身向前说:"大王,两边民众互市活跃,常有纠纷,因此沟通较多。北地的木材、杂粮、原皮、牛羊为我所需。冀州物产铁铜、制皮、稻麦是对方所需。有官道通联双方,各设关口。滦川小镇离边约半日路程,快马一鞭即到。"

舜帝说:"你可准备去通告对方,我军围剿逃到滦川贼军,要打扰边界,剿除了立即返回。"浩勇领命,准备去通报北漠。舜帝说:"贼已是穷寇了,古话虽说'穷寇勿追',但这伙贼军全是骨干。又假托共工造反,以巫术蛊惑大众,

所以必歼灭之，此其一也。贼计谋颇为深远，我大军虽灭其巢，破其城垣，但贼气焰仍在，大军一退，必卷土重来，此其二也。北地已有贼巫基础。秋天正是民众可离土地之时，闲时哄起极易。待彼养伤扩军再剿灭，时机恐已失去，此其三也。我意，乘得胜之军继续穷追到底，务必擒杀三个巫仙贼首。"

舜帝稍停，拿来棋盘，抓了一把土在上面画了一线，命令曰："冀州臣浩勇！"浩勇说："在。"舜帝命其做两件事："一去滦川城联系北漠军士，告知我大军剿贼多有冒犯，不会掠北漠土地。二是去北漠王城，以华夏名义通报情况，不使两国相交兵。"

舜帝又说："冀州大将风权所部两万军在边界驻扎，在离边界十里安营，不使北漠惊动。为后续进军做准备。命中枢大将左胜率原班人马急进追袭，务求趁敌未稳将其歼灭于滦川城。"舜帝一行去冀城听消息。王不越界是尊重北漠。如王随军入北漠会激化与北族关系。

第十五章 舜帝的故事

滦川城之战

左胜做了如下安排。令将平甲领两千骑兵，只带口粮，不带营帐，立即出发，日行二百里，包抄到滦川城以北，切断所有交通，不使贼军北窜。见城南有军杀到，立即从北向南冲杀。令将司启带一万军，迟一个时辰出发，星夜赶到滦川城，先锋军到，立即攻城，大军在后跟进。命冀州军关闭边界，凡逃出和返回贼军尽俘之。

滦川城中，三巫兄弟宴请了当地的驿官。大巫仙说："舜帝无道，国内已乱得沸沸扬扬了，暂住数日就杀回国内。已和北漠大王联系了，不日就有消息。"并以铁铜贿之。实际上，这三个结拜兄弟的计谋是坐滦川窥视华夏，蛊惑边民参加暴乱。同时游说北漠大王借兵讨伐中原，夺舜帝江山。三人刚到两日，正喘息计议之时，有兵士跑来，报说见城北、城南都有官军兵马嘶叫，烟尘高起。三人大惊，急忙披挂上马。又有一军士策马跑来，说官军已破城了！刚出帐外，见官军先锋已到了。大巫仙呼叫："死已临头，有何惧哉！"策马向城北门冲了过去。二巫仙正犹豫间，三巫仙说："你向东，我向西，要留根苗，快跑！"三巫仙策马向西跑了。大巫仙身边只有数骑，迎面有副将司启，手舞铸铁鞭，来攻大巫仙，大呼："贼首下马受降！"铁鞭已到面前。大巫仙使一个酸枣木柄铜头大刺瓜，见铁鞭到了眼前，就以柄迎鞭。铁鞭打在木柄上，"咔嚓"声响，木柄已断。鞭再向下，力气已小，打在大巫仙左肩头上，大巫仙丢了武器，伏在马鞍上就冲向城门。司启拨转马头，离大巫仙已几丈开外。司启从背上拉出铁弓，用铜头箭向

大巫仙射去，一箭正中其马，又一箭中其背，马一惊，把大巫仙掀了下去。众军士刀斧齐下，结果了大巫仙性命。

二巫仙向东，从城墙上飞马跃出，不想马失前蹄，要起来时已被军士绑了。

三巫仙向西，见城外军士正向城中冲来，就拨马向南。那里是市井之地，民房密集，就弃了马跑入一间院子，待攻城军士过去，溜到河边，求一渔夫载其从水路出了城。又行十几里，弃船上岸。从一人家骗一匹马，向南奔回华夏。

待左胜大军到时，城内外正在歼灭被包围的残敌。令旗一举，大军漫地扫过，凡贼军带刀斧者，不降即死，至晚，已大胜了。只是，杀死大巫仙，缚了二巫仙，未见三巫仙的踪影。

大将左胜命军士休息一日，押降卒开拔回华夏，又命浩勇找来漠北驿站头目好生安慰，送兵器百件。此前浩勇已做了沟通，自然没有说什么。

第二天，大军顺序班师，有百姓携壶浆夹道送行。

两日后，在冀州城，舜帝召中枢、冀州、雍州军臣在王帐议事。

大将左胜说："剿匪大胜，三战灭了贼军，只是三巫仙未被擒住。"

冀州大将风权说："二巫仙已缚帐外。"原来这三巫仙混在降卒中间，被告发，已经绑定了。

舜帝问皋陶大臣如何发落这些降卒和贼首，皋陶说："战场之上刀锋剑雨，活命者算是天意了。为首者罪必惩之，降者流刑，捕者杀之。"

舜帝仁慈，说："处置这几千降卒，我意，降卒据押登榜，令其返乡，不得为恶，再犯必加重处罚。对捕到之头目，几个为首者，杀之以祭奠战场上的亡灵，一般骨干处流刑可也。"帝命皋陶制条例。将军左胜、风权按律办事。二、三巫被断颈而死。

这"假共工之乱"，舜帝仅二十几日就平息了。帝回王城，路上看到曾经的战场。又见田园秋色，鸡鸣犬吠，若有所思。对皋陶和晨阳说："杀戮百里，血染山河，何求之有？只是想争一王者座位。受蛊惑、死伤者都是民众。天下百姓，生之男儿，死伤都是人之父、夫、儿也。能避战者，还是免战为是。愿我平生不再战也！"

十一、舜帝流骥兜于崇山

有一年春天，皋陶和左胜急匆匆来到明堂。舜帝这时正与晨阳一起下围棋。左胜大声说："大王暂停下棋也！我有要事相告！"舜帝封了棋，棋子不乱，放

在案上。舜帝问："什么事也？"皋陶说："有三苗一部首领，因族群自治与州镇治理发生冲突。有族群驱走王任命的镇臣和将军，自立互市，不交税赋，不服抽丁。其为首者驩兜，昨日来王城告镇臣和将军乱施法规。"

舜帝说："可召驩兜听其理论。"随后让人召驩兜来明堂议事。这驩兜族人居丹水侧畔，与华族通婚相融，已汉化了，已经依了华族的风俗，只是坚持族人规矩，不服王化。

驩兜见到舜帝，行了揖礼。帝回手礼，示意驩兜坐，给茶饮。驩兜不坐，气从胸出，声音很尖厉地说："这'光明正大'之堂，正可以说光明之事。我族居丹水之畔，已百年不止了。近年行州镇村治理，民众有自立门户，不依宗族规制者；有聚村互助，不依族规者。如此，坏了地方民俗。父子不亲，夫妇不睦，邻里勾斗。井田河渠不能出其力。六畜不能得繁其群。州镇治理已伤了族规，如何治之？"

舜帝问："丹水城开市否？"驩兜说："正是最近要开丹水为城，引起官、族冲突。"

大将左胜说："那一带开发较晚，一直是族群掌控局面。只许按旧例伍、旬为市，在不固定地点为市。不许官家开城布市。百工亦不许到族群集中地开作坊。那儿的民众生活非常困难。文字难于推广，民智也不开化。"

舜帝对驩兜说："至炎黄帝起而有城市，民众的生产能力提高了，将余下的物品去换其他物品。后出百工匠人技能以专，能弃田而从技工者，丰富了生活器物。这些器物流通需要有固定地点，日日为市。市以城护之，即为城市也。族者为血脉维系，为古时人能力所限，无族不能活命。现田地开垦，六畜饲养，铁铜、陶、石、木器物品之制造，可独户而生活，打破了人必群居之态，因此村镇州治理应时而生。前尧帝时已经兴起，又过了半个甲子，九州已城市林立了。丹水那里土地宽广，人口众多，正可立一个大市。部族阻于开市，实不可取也。"

驩兜说："王法大于族法，族无法治民也！近有不肖子孙，不依族规，勾搭有夫之妇人，弃夫远遁。如此伤风败俗，依族规，当以石绑缚猪笼沉入江水，而王法只是语言谴责之。"

皋陶说："王法行于华夏，为国体、人性维系之纲要。族规为一群人以血脉、民俗维系之脉络。应以王法为大法，族规为小法。小则在大管制下，现时要符合王法，改变族规。时世进演，规矩变更，此天意也。"

舜帝说："天地循甲子周始，华夏依民意而立国。自茹毛饮血至今日，鲜衣美食之开明，哪里有不变之规？八卦演绎，幻化六爻，变无穷尽也。驩兜回去调

第十五章 舜帝的故事

437

理族规，不应与王法抗衡也。"骧兜仍不服气，作揖礼，出了明堂。

大臣皋陶主张扣下骧兜，不让其回丹水，帝不同意。

不过数日，有报丹水地面族群蜂起，武装盘踞村舍，坚持不服帝王规制，阻碍城市建立。这是骧兜暗里发动的结果。

帝命荆州臣将来王城议事。过了几天，舜帝召集中枢臣将、荆州臣将，议骧兜事情。舜帝说："前日骧兜来王城，已苦口婆心劝了一番。不想回去又闹起事来。荆州臣将先说说一二也。"

荆州臣楚丁说："丹水地面由于骧兜作乱，州治无法施行。民众受族规绑缚，生活困苦。发展农、牧、工、商都步步设阻，如何了得？"

荆州大将淮山说："至骧兜起事，丹水一带族群自设军帐营盘。民兵带刀招摇过市，不以强力手段恐难平服也。"

晨阳说："民以粮食、居住为先。族群首领霸占粮食分配和居住大权，压迫一般百姓。且不许分家立户，有一舍之下数代同居者多矣。王应速发大军，缴其武器，实行州镇村之治。"

皋陶左胜也同意出兵。

舜帝问淮山："族人有多少兵士？"淮山说："不祥。骧兜做族群首领多年，同宗有近百族，有民兵不下几千数。设有军队建制，只是刀兵步军，农具之类，没有大的战斗力。"

舜帝命令："发兵两千，由将司启率军，皋陶为监军。荆州发五千军为主力。中枢发兵以为威慑。目标是擒住骧兜和主要骨干人员。尽可能少伤兵士。"

舜帝又对州臣楚丁说："回州城准备三件事，一是找些工匠准备造城。二是在丹江一带宣传州镇治理的好处。三是同皋陶大臣一起和那里的族长们谈一谈，做些说服事宜，有实在不服者可去其武装。以不犯国法，年出税粮为底线，可保留其族治。尽量减少冲突。待民得到了州治好处，族规自然就改了。"

舜帝让皋陶刻了诏书。其诏示下：

《促骧兜依州治诏》

华夏有九州之广，民风有天启之途。自前尧帝行州治行政，城市林立，民众互市通衢。五谷丰、六畜旺、百工精。天下皆颂州治之善政。仅在丹水之畔，有骧兜者不从王命，逆天而抗法。依陈腐旧制，管辖族人，民不得天工之利，仍有刀耕火种、数代居一室者。各族长、民众应顺时势，鼓励生产，参加互市。兴百业于市井，开民智于通达。谁不盼生活富足，歌舞升平者乎？见诏书之日，民兵放下武器，不咎既往，有抗命者必绳之以法。今有王城大军会荆州精兵克日即到。万望刀不血刃，族治依州治而息争。试看他日之丹水，城市佑民，互市兴业。民得利而福祉至，族人繁盛而安康也。祈盼天佑华夏，国泰民安。

舜帝诏告

不多日，大臣皋陶、将军司启来复命，说："帝王之诏到日，弃刀斧者众。待大军去时大部兵已经散去。只有少数族长抗命，今已拘捕驩兜等十余人，在州府荆州城。"舜帝让皋陶协助州臣处理，原则上，没有直接杀人者不判死刑。在数日后皋陶复命说："两个有证据杀人者已斩杀于市。其余都判了流刑。驩兜为罪魁，判流放崇山十年。"

此后，在丹水畔立起城市。因在丹水之南，称丹阳。舜帝巡视时想起驩兜还在崇山，令其回原籍监视居住。驩兜实际流刑五年。

十二、舜帝窜三苗于三危

舜帝平息了假共工之乱；流放驩兜于崇山后，天下太平了许多年。后来在荆州以南有三苗族群发生了叛乱，在荆州一带作乱。

夏季有一天，舜帝召大臣皋陶、晨阳、大禹、后稷；将军左胜，荆州臣楚丁，将淮山议事。舜帝说："近来数月间，三苗有变，屡次起兵危害荆州地界。今日，由荆州臣将说一下那里的情况。"

州臣楚丁说："今之三苗系古之蚩尤时三苗后裔。有个巫人自标榜为蚩尤之后人，叫优雷，其弟唤优霆，两人造一天书。谋士善仲子蛊惑说：'蚩尤托梦于优雷，命起三苗之兵，夺中原之王位。'因天书之蛊惑，咸集三苗全族起来造反。已三次洗劫荆州地面，造成很多财产、生命损失。"

州将淮山说："这股三苗势力，以部族为纽带，平时藏兵于民间，战时一呼而起，兵士自备兵器。每于战时以天书导引，迫害诸族，手段残忍。现荆州地方谈起三苗色变。近日盘踞江湖，乘大船四处出击，扬言经河道去汾水，夺大王地位，气焰嚣张。"

舜帝问："曾剿灭情况如何？"淮山接着说："前两次，州军打击后稍微平复也。不想前些日子，三苗引诱我出击，在首阳道中伏击了我军，死伤官兵近千人，因此告急于大王。"

"可知三苗多少兵士，其巢穴在哪儿？"舜帝问左胜。

左胜大将说："三苗用兵藏之于民，三苗本族约三十万众。三丁抽一，约能动员六七万人。其巢穴并不固定，起事之日以某山为据点。现盘踞在武陵岭一带，沅水河畔之鸡鸣山附近。三苗有优氏诈称天书，有谋士善仲子为巫师。现正在洞庭湖区乘船危害诸族民众。"

舜帝问大禹，大禹说："这一带湖泛区，臣曾去过，那里以稻作为主，桑麻略少。族人贫富不均，民众都不开化。湖水有时泛滥成灾，灾民化匪，四处抢掠。近年，三苗族巫术盛行，常有用天书蛊惑民众者，乘船浮水，杀人抢劫，民不聊生。民皆盼王师南下，克三苗强盗。"

舜帝问平甲："了解那里的情况乎？"平甲说："我出仕于荆州地方，未涉过三苗事务，不过三苗地理还知道一些。"舜帝说："派你出兵可否？"平甲说："甘为大王效力。"舜帝命令："将军平甲为将，副将司启，大禹为监军谋士。中枢发三万军，荆州自集军三万，扬州调两万军做后援准备。此三路大军要两旬成军，一月在荆州地方开战。八万大军降服三苗，必为全胜。目标是歼灭其军，抓捕优氏首领和军师善仲子。"

舜帝又嘱咐皋陶、晨阳从中枢调集粮草军资。要大禹做一诏书，于发兵前送到三苗及荆州地面，以壮军威。发兵前，舜帝向天神做了祷告。

三苗头领优雷、优霆、巫师善仲子，近日得胜，在一大船上饮酒。巫师善仲子端起酒杯说："昨日中午小睡，梦见先祖蚩尤自云中显现，指点迷津。与我说'大河滔滔，北浮得江。江在汉水，城曰丹阳'。这是天神告诉我等，循长江，沿汉水而达丹阳，在那里就可以建立王城了。"与优氏兄弟畅饮，又说："那一带有驩兜旧族，极易起事。这里现屯兵已六万，每日粮草要许多，必每日筹集。若大举进兵，军自掠食就省心也。"优霆说："巫师真神人也，我亦有此想法。只是没有过江的胆量。"优雷说："我军现有六万，都是从田地中来，应抓紧训练杀伐之术，兵在家乡，不易管束。开拓新战场，动员兵力，要在一月以上。急速进军，浮过长江，逆汉水而上达黄河流域，就是华夏的心脏。夺其王城，俘其大王，我等帝业就成也。"这些人正喜滋滋地议论着，有军士说："华夏中枢有使来，送诏令到了。"见有大禹等三人款款走来。

善仲子说："来者何人？就在岸上说话。"并不准大禹登船。大禹朗朗说："我为华夏舜帝所派使臣，有诏令与你等。"优雷命人把诏令传入船舱中。这三人看诏令。大禹等就在岸上坐了。

善仲子看诏令。《令三苗降服诏》诏令示下：

天有道而舜帝受之，舜帝广布德泽于华夏，三苗疆土得雨露而润沃。三苗本应顺天而从道义，不想竟伪造天书，要以蚍蜉之力而撼中华之根基。有优氏二凶，见诏令自毁伪天书，弃甲及刀，顺化为民，不咎既往。如执迷周作，必受天谴。今王者大军将至，吾为民众计，劝尔等勿要贪狂迷心，勿陷暴戾之途。临灭军于当前，故偃旗息鼓是尔等唯一出路。三苗之民勿听诈言，古今天书在天地之间高挂，人皆可见，谓之雷电、雨霜。数千年未见有天书入人手之说。优氏二罪魁敢将天书见日乎？舜帝受命于天，统九州四方，转达民意。今帝王授斩妖之刀于王师，优氏之身首两弃只在顽劣之不悟。民众求生生不息，追随二优则死路一条。顺应州治族规民俗皆向文明，其民生百业欣欣向荣也。舜帝已祈天神保佑，息三苗之祸于今朝。

舜帝诏令

优氏及军师见诏令，大惊失色，转而又慌乱、愤怒了起来。上到岸上，就大湖之畔，与大禹及从人对坐。军师善仲子说："来使胆子忒大也！知我三步之内而取你首级乎？"大禹从容而对之："我为三苗族人计，一人之头，换三十万人头乎！"

优雷说："华夏不行族规，而推州治。使族之不族，民之不民。族人犯法都要官府办之，这岂不破了千古的规制？今我一呼而百应，正是天意当灭华夏之王也。"

优霆说："敢问王师几日到？"

大禹说："我随王师来。"优霆又问："王城发了多少兵来？"大禹说："王令一出，举国兵将汇合。泱泱大国聚百万之众也是可及之事。岂不知古时，炎黄蚩尤大战之时，三者合计已达百万之众也？今三者合一，岂止百万之数也！"

优雷又说："我等实无图华夏之王位，只求割洞庭至武陵之地，立三苗之王位可也。"

大禹说："实为不可，今苗岭之北已尽为华夏也，洞庭之湖东已是沙城地界。王诏令之州府之治为国之大法，不能撼动。然可在州治之下设族规民俗，这样也可行也。"三人顿时无语。

大禹又厉声道："天书诈人者谁者过？"三人相视无语。大禹又说："可示我一见乎？"军师善仲子说："天只托一人，凡人怎得见之！"大禹笑道："你三人非娘胎出来之人，神人也？"然后大笑。大禹又说："我治理水土为救民。你等掌万人性命只在今日。你等也为父、为子、为夫之人，死到临头，不惧否？"

优霆说："民不惧死。"大禹说："人皆惧死，如蝼蚁惧火，不惧死者非人性也。我惧死，今不惧是为民众舍身也。我死而众活，岂不有所得也！"

优雷说："前述划湖西至武陵为我之最低要求，如不认同，只有求战了。"忽有军士传话说湖边见大军旗帜烟尘。匆匆送大禹回程，三人回船去了。

反三苗劫营之战

果然是王者之师，行军有序，铁骑嗒嗒，军车隆隆，旗帜猎猎，在离湖十里外下寨。

大禹回到平甲大营，说："这三个贼军头领心虚，诈说有天书，又不给看，笑死人也。"平甲说："我一军深入，敌或有劫营计谋。我当以敌来袭计议。"每夜分一半人睡觉，另一半执守，马不卸鞍，人不解甲。听大禹说敌营在水中船上，让军士准备火箭。

优雷、优霆和善仲子要给官军一个下马威。料官军营寨近水，准备水路偷袭。可探马报官营并不近水岸，离岸有十里之遥。优霆仍要偷袭，善仲子要优霆放火烧起营帐，即刻退回岸边，大船接应。

这日半夜时分，月光如银，水波不惊，阴风吹起，优霆引了两千军从湖边下船，潜行向官营摸去。忽然贼军侧方有响箭飞起，官军营寨灯火亮起。贼军慌忙回身，有马军冲来。优霆军皆为步军，哪有马军飞快？许多军士死于马下。混战中，优霆抢到一匹马，跃上马就向水边跑去，后边的官军紧追不舍。近了岸边，优霆跳下马，让船快离岸。不想，追兵火箭齐发，近岸船都起火了。这一战被杀被淹，烧死近万贼军，三苗军恐惧起来。

灭三苗敌巢之战

这优霆水性好，逃了性命。贼军每日在船上如狼群一般，时刻准备到岸上袭击官军。

这边平甲和司启、大禹商量水战之事。给荆州军发令，命其准备船只，与贼军水战，驱贼军上岸。官军有车马行军冲阵，优势在于陆战。大禹说："敌军在

水中游弋，岸上必有营地接应。"探得敌在五十里外之沅水城囤粮，另有老巢，在五陵山有大寨，此两处是贼根基，两地相距五十里。三人决定先夺贼囤粮的沅水城。平甲派司启率两千军去毁其粮草，自带大军伏于湖岸。那日半夜，马军出发，拂晓就到了沅水城敌营。马军一冲击，杀入粮草营地，以麻油火把烧粮草，一时满营尽燃。优雷听到沅水城粮草要毁，急忙去救。离岸五里一阵鼓响，有官军杀到。两军接战，马军对步军，又无营寨保护，贼军死伤极多。优雷也是步行，见对方一大将冲来，急拖花梨木铜头大棒，与来将打到一起，又有优霆见了，也飞步冲了上去。优霆使两把白铁双刀来战官军大将。这大将正是平甲，使一支铁头长刺枪来战二优。三回合过去，平甲掏心一枪刺在优雷胸部，优雷立时毙命。优霆见大王没了，奋力向前，又有些贼军赶到，抢了优雷尸首。贼军且战且退，逃到船上。双方以箭对射，船慌忙离岸。这两次交锋，贼军已有两万余人死伤，许多船只和粮草也损失了。官军死伤不多。

官军冲入沅水城，安民已毕，以五千军占领之。

这样，大湖周围几乎没有三苗军立足之地。优霆遣军再去劫营，又被杀回。至此，优雷以天书作伪，刀枪不入已成谎言。优霆抚优雷尸首在船上不能入土，军师善仲子见湖中有一荒岛可以暂厝，于是将优雷草草葬于荒岛上。优霆问善仲子能否回山暂养，善仲子作法问天，投股得离卦☲指东避火归水，不易上山。优霆不信，说："卦象避火适水，水中无地，怎能长活？现不足四万军，粮草也没了，不回山怎么办？"贼军只好做回山计谋。

移三苗五陵山之战

平甲和司启、大禹计议。大禹说："两战已灭贼锐气，现贼军动向可测。其一，这伙贼军想乘船起事杀向中原。现折了两阵，粮米都毁了，损失了大将。而且中原已经有了准备，再向中原进军等于自投罗网。其二，在水上驻军只是短时运兵，湖岸已经清剿，得不到供应必不能持久。其三，贼军进攻荆州，向城市进军。敌没有马军，依赖船运，上岸对战已经没有胜算。荆州已整军备战。取荆州已不可能。其四，贼军起事于村野，必向山中流窜。就近走沅水，上五陵山。那里是三苗起家之地。"大禹说如此，分兵三路必使敌胆裂，全歼敌军。

平甲做了安排：第一路，司启率一万军星夜去抢敌山中大寨，只毁之，不做留守，然后回师到沅水城。第二路，平甲、大禹率两万军在沅水城设伏，就在城下歼敌。第三路，荆州军淮山率三万军，水路杀来，抄敌后路，三路人马在沅水城汇合。

这第一路星夜向武陵山疾驰，一日就到了，举火执刀专烧营寨。贼营中只有几千人，多是家眷、车帐。大军突入，杀伐一遍，并不占领。营帐全毁了，许多粮草尽被官军所获。官军随后返回了沅水城。

优霆与善仲子在船中正准备安排大军离水上岸，去山中顽抗。不想有军士报，水中有船从东来，正是荆州兵到了。大将淮山指挥大军在水上杀到贼军背后。贼军急匆匆上岸，船立即被官军夺了。上岸贼军都是步行，离沅水城五里左右，有平甲大军从侧方杀来。城中官军，包括司启带的一万军也迎面杀出。荆州军也到了，这六万人围着三万贼军一顿砍杀，死伤万余人。优霆和善仲子冲入一小树林，也被围住。有军士喊话放下武器，投降免死，不然放火烧林。优霆和善仲子只好投降了。

贼军被俘三万多人，平甲命将被俘贼军都押在沅水城，报舜帝处理。将优霆和善仲子押解到荆州城。中枢大军得胜班师。荆州留一万军暂住沅水城。

大将平甲和监军大禹回到王城。舜帝召集群臣，商量对三苗的处理办法。皋陶说："这三苗全族三十多万人，自黄帝起就经常助恶劫杀华夏族人，这次应求一个万全之策。"大禹说："可否做奴去修水利？"舜帝说："不妥。俘虏为奴已废了多年，而且全族为奴也无法执行。"

大禹又说："或可移民三苗去实边？"

舜帝说："可以。就移三苗去西方之三危城。"

帝命大禹去向被俘的优霆和善仲子传达王命，贼首有不服命者斩之。大禹到荆州城，见到被关押的优霆和善仲子。大禹坐在堂上，两人站立。大禹说："前日在湖边，我曾劝你等止于干戈，然你等抗拒王命致有今日。优雷已阵亡，惩罚当之。舜帝决定你等全族迁到汉水上游三危城。如有不服，则被俘者将被流放，发配边关去，你等为首者将予夺命。如同意西去，大王将开放通道，给予方便。"

优霆和善仲子有心不同意，但迫于舜帝王命只能服从。

大禹又说："优雷曾诈称天书，发动三苗起事，与华夏分庭抗礼。此妄诈之语害了全族。"大禹对优霆说："今你们谁见过伪天书？优氏伪天书何在？"

优霆说："在优雷手上。我曾见过，以殉葬也。"不承认作伪。大禹见此人顽固，令其死于斩首。

三苗全族迁徙，军队押解，历时三个月。从洞庭湖畔迁到汉水上游，行程近三千里，从此再无三苗之乱。

十三、舜帝殛鲧于羽山

自尧帝起，中原因黄河、淮河泛滥，常有水灾。尧帝任鲧为治水大臣。鲧连年奋战于黄河流域，非常辛苦。尧帝曾奖赏其治水精神，给封地于崇，但也责备其治水不利。自尧帝让位于舜帝，舜帝续用了鲧继续治水。

鲧原是豫地夏族的领袖，长期生活在黄河中下游，对抗洪有一定经验。自尧称帝后，鲧臣服于尧帝。尧帝委以治水大臣职务，负责全流域的治水工程。那时华夏水害最严重的是黄河，黄河从青藏高原的巴颜喀拉山北的扎曲和山南的卡曲发源，汇集了约古宗列曲之水；流经黄土高原，又注入了湟水、洮河、洛河、泾河、渭河、汾河等支流；干流在蒙古高原上拐了一个巨大的"几"字形弯，又由北向南流向华中平原，在华山前转向，东去入海。内蒙古托克托旗的河口镇到河南郑州的桃花峪为中游，这一段上下分为上下游。黄河流域广大，河水含沙极多。冬有结冰的凌汛，春有融冰之汛，夏秋有雨水之汛。这条河中下游两岸，很早就有华夏先民生活繁衍，是华夏人的母亲河。民众受黄河之惠，得到水利，也因洪水泛滥而受到灾害。特别是当民众开垦了土地，植被遭到破坏，水土流失，洪水更是连年发生。每年大涝时千里田野一片汪洋，人畜被淹死很多。尧帝派鲧治水已经七年。舜帝继位后仍命鲧为治水大臣。

舜帝继位后，春有融汛，夏秋有雨汛。近期，舜帝听说灾民痛苦万状，怨声沸腾，治河大臣催逼工期，官员责骂鞭打河工引起怠工、罢工，喧嚣不止。舜帝因此召见鲧，一同登上黄河堤坝，听鲧报告治水情况。舜帝问鲧："臣治水经历我从尧帝处已知悉一二。你极为辛苦。前帝曾称赞你之美德，也述你治水不利景况。今之大水，灾民数十万。何以解之？且河工靡费，民怨声载道，州府也非常着急。我也忧心忡忡也！"

鲧说："我与从人逆河而上三千里，顺水而下两千五百里。将沿途五千多里刻成图板。黄河水自高原而下，荡黄土高原而达西漠高原，又汇许多河流。黄河水多沙，又有季节性降水，实在是龙鳞黄浊，沧龙无常也。连年围堵，黄河水害仍频频发生，为臣也心急如焚也。"

舜帝问鲧："曾做何水利工程？"

鲧说："近期几年，每招河工几万至三四十万。自中游而下游，一路拦阻之。"

舜帝问："其效如何？"

鲧说：" 因沧龙翻身，河水经常改道。我观水，见有涨落之期，大灾多在夏秋之交。因之，夏秋来水时多以堵水口减少灾祸。冬天，循着河曲滚动给予围堤加固。此一堵一围都难对付黄河之不羁。大水之年也曾请尧帝祈天、拜龙，其效微也。"

舜帝问："今年冬，河工如何？"

鲧说："今冬要补夏秋之溃，在中原修河堤，需河工三十万，需要两月时间才能告竣，现已完成五六成也。"

舜帝说："如此耗费，真大患也。你要约会州镇，在春耕前完工。"

"大王其不知。臣请州镇，州镇慢之。大王出面，州镇才会用命。"鲧说。

舜帝大不悦，觉得鲧有推托的意思。

"你不尽力乎？"舜帝说。

"大王，不知臣已经尽力乎？"鲧说。

二人都不说话了。晨阳说："大王可下一诏，促河工程也。"帝乘车回了王城。鲧上了工地。

回到明堂。舜帝令晨阳作《黄河堤坝促工诏》。其文示下：

各沿黄州镇知悉。舜帝日前察看黄河水工，见夏秋水患民田舍被淹。流离失所，生灵湮灭。帝心实为惊寒。现河工风餐露宿，荷土运石，极为辛苦，帝心实悯之。黄河之工，关系之大，不赘言之。特促州镇臣民等，急催民工上提，各标段分拨明确，务必按期完工。舜帝祈天助、拜龙王佑万民。祈祷明年风调雨顺。

舜帝诏告

舜帝促鲧赶工期，鲧很重视。但是水患年年发生，年年治，民众已经不愿意修河工了。鲧看到懒散怠惰者，暴躁斥责，鞭打官、民数人。

舜帝问修堤进度，鲧说："民众有怠工情绪。治河进度慢。治河艰难也！"

舜帝特意轻车简从，去河堤上铲土担石多日。民众皆传，舜帝有德。工期赶进，春耕前竣工了。

然而天有不测风云，到了夏天，上游大雨连日，天阴不开。至秋又有大水漫堤，又毁了万顷田地，数百万人流离失所，数千人死亡。家畜粮米、资材损失不计其数。许多人成了流民，到南北逃荒。舜帝知道了，心情非常不好，招鲧来议事。大臣晨阳、皋陶等也在明堂。

舜帝问:"鲧,今年损失有多大?"

鲧说:"查灾、赈粮非我职能也。"

晨阳说:"州镇报来以豫城为最重,连及羽山等。灾民数百万,赈粮需数百万石之数。"

舜帝问:"今冬河工计筹否?"

鲧说:"请大王令之。"

舜帝说:"鲧也!我召你来前,已约做计筹。你未办乎?"

鲧说:"已办。"从囊中取出牒板展开说:"约需人工三十万。粮十工一石,约三万石。草料牛马,一日十斤,三千牛马十日费三十万斤。绳麻每工一两,约三万斤。车辆一千五百乘。我待大王决定,分段分州镇,还是联合一起修?"

舜帝问:"如何分段分州镇?"

鲧说:"河工古来以受益者出工出资。但近年治河工程浩大,一州一镇不能支付用度。故而将河工程分若干段,分给远近各州镇齐力修河。且分段后各催工期,防止拖沓。"

舜帝说:"少量水工一州可为之,大工程华夏为之,今分段以近受益者多出工,远少受益者少出工。"就按段分给各州做水利工程了。

约一月时间,各段有捷报来,只有豫州还没完成。舜帝到工地上亲担石运土,民工振奋。将近中午时,舜帝让鲧把这一段河的工程图板拿来看看,就在土地上展开。舜帝忽然脸色大变,问鲧:"上下欺我未见否?"原来拿来的牒板不是这一河段的。鲧看过也大惊失色,忙命从人快去取。从人带牒板送到大堤,舜帝已经去铲土。等待舜帝休息时呈上牒板,舜帝略看过,命将军左胜明日调集两万军来,五日内必须堤平连续,若迟问罪。舜帝回王城去了。

左胜急调两万军,青壮军士传土运石,进度果然加快了,不到五日,堤已平了标高,当年的大型治水工程基本结束了。

一天早晨,晨阳、皋陶急匆匆来到明堂。舜帝问:"堤已经修好了吗?"来者急告:"堤坝已修好也,而修堤大臣没了!"

舜帝一惊,说:"鲧出事了?快道来!"

晨阳说:"昨日大堤完工,鲧不辞而别,径直往羽山家中。今晨快马传来消息,已自尽羽山舍中。有书一折。"

舜帝接过牒板看后不语,唤人去招大禹来。鲧系大禹之父,大禹为中枢大臣、行军谋士。

第十五章 舜帝的故事

片刻，大禹来，已哭成泪人。官服官帽下，着一身白素衣服。

舜帝见大禹来，声音极悲伤，说："此有令尊遗书。"将鲧之文牒递给禹。

大禹见父亲刻字。其文示下：

大王见谅。吾治水九年，费尽心机。上奔巴颜喀拉探黄河源头，下浮河海逐水泛舟。问天之机，查龙之脉，年年与河水争斗，或堵或围。然而九年八灾，帝为民焦虑，吾亦为民投身。工程艰辛，不知今年老天怜吾华夏。积八年之灾，人命百万，不足让天神开恩；资费千万，不足让沧龙展眉。民因徭役而怨声载道，大王因一篑土而劳神。吾从族长为前尧帝所重用，又承续舜帝所令。虽年近六旬，仍不遗余力。今吾将断头热血，告天神沧龙，从兹收暴戾之心，为华夏调剂甘霖，吾以命祭之。舜帝甚明，治河不废。吾告儿禹，父已捐六旬之躯，孝承父业，去除水患。民歌舞升平即是对先父之祭。切记。

臣鲧

鲧，伟哉兮，治河之首领！鲧原是族长，尧帝时黄河泛滥，由州府举荐于尧帝，命以治水大臣职务，聘鲧七年。后舜帝又聘鲧为治水大臣。先给年俸千石，后给封地于崇。俸禄与王堂下大臣齐，可直去王舍说话。鲧做水工极尽其力，但天有不测风云，黄河水枯泛无常，泥沙淤积河床，河道上抬，逼水改道。鲧见治水始终没有成功，身心交瘁，自尽于羽山。

后来舜帝又任命鲧的儿子大禹治水，大禹接受鲧的经验教训，创立了治水七法，制服了黄河。再后来，舜帝禅位给大禹，为禹帝。

十四、舜帝制定刑律

舜帝时华夏人流、物流渐渐多了起来，城市建立了固定的市场。一些匠人开始离开土地，以手艺为生。华夏与外族之间的交流也多了起来。民众在生产和生活中需要遵守一定的规则，经国家的认可公布，强令执行就成了法。以往，民众的行为主要是族规、民俗、道德来约束。当人们离开土地，进入城市，生产能力提高了，个人财物也积累多了。个别恶徒违背人伦，侵夺他人财物、性命的事情时有发生。各地州镇处理方法不一致。舜帝知道了这种情况，就命皋陶去巡视一下，找到各州的共同点，制定一些办法。

第十五章 舜帝的故事

皋陶，偃姓，皋氏，名陶，字庭坚，是少昊之墟人。原是一个部落首领，因品德高尚，智谋过人，在舜帝帐下专谋律例管理，颇有建树。皋陶在尧帝时就辅助过朝政，很得先帝赏识，曾位列大臣之首，舜帝续位后，皋陶除了参加朝政外，舜帝专门让他管理刑律之事。这一时期，华夏大地已经有许多人脱离了农业，以百工手艺在城里谋生。城市乡间，人们的交流更多了，各种冲突也随之发生，各州镇已不能用传统的民俗道德管理社会生活了，许多氏族也解体了。皋陶受领这个职务，并由后稷、甲契等人协助，到州镇官府去了解情况、收集案例。

有一天，舜帝议事，问皋陶说："近闻两贼人分别入室盗了两州民居，其价一致，而刑不一致。此误谁之过？"

皋陶说："帝王命我从各州求律例，并理直一致，正是解决此类误差之途径。近年个人财产增多，以聚铁铜为财者众多。潜入室者多盗这等重金，货值很大。各州镇应尽快解决度量货值、刑罚一事。"

舜帝说："罪名有哪些？"皋陶说："民有三罪可括之。一曰侵身罪，二曰侵财罪，三曰犯国罪。此三罪下各有所列。"

一犯侵身罪者

甲：伤残。乙：死命。丙：强奸。丁：困捕。戊：损名。己：不孝。庚：不养。又依过失、故意分两等。

二犯侵财罪者

甲：偷盗、乙：抢劫。丙：贪财。丁：贿赂。戊：损财。己：诈骗。庚：毁约。辛：逃税。又依过失、故意分两等。

三犯侵国罪

甲、弑君。乙、篡国。丙、叛国。丁、违令。戊、逃丁。己、逆战。庚、侵界。

舜帝问："罚则慎重。其量若何？"

皋陶说："由高至低，三罪量刑不同。依罪罚相抵计刑罚。侵身、侵国有死罪。侵财无死罪。侵身自死命至不养，对应死刑到流刑；侵财度量以黍计之，一石至千石，对应流刑一到二十年；侵财百石以上罚没家财等量。犯侵国罪者，自弑君至侵界，对应死刑到流刑。"

舜帝说："如何罚身？"

皋陶说："罚身为肉刑。列为仗、鞭、刻、残。"

舜帝说："可牵连亲族、邻里、师生否？"

皋陶说："有州镇以同谋之可罚，非同谋不入罪。有为掩饰、窝赃者、包庇者有罪。无株连之罪。"

舜帝说："先帝王，炎帝与黄帝曾有过杀与不杀之争，后以命抵命之黄帝律法胜也。有争议在于，以命抵命亦为绝人性命，非人之道也；判为流刑劳役稍有怜悯。我之意，侵命者以命抵命；侵财者以流刑及罚财可也。"

舜帝命皋陶刻律法牒板，日夜斟酌，上下议论，历时两年，布告天下，《舜帝律例》，其文示下：

华夏九州，城村林立。古有族规民俗，现依邦国律法，此律适于天下各州。即日施行，人无例外。

一、犯侵身罪者

甲：伤残。以残定罪。主罚一至十年流刑。次罚补伤残损失。

乙：死命。主罚死刑。次罚十石黍，补死者家。

丙：强奸。一至五年流刑。

丁：困捕。一至十年流刑。

戊：损名。罚十石充公。责正名。

己：不孝。罚十石充公。责必孝。

庚：不养。罚十石充公。责必养。

又依过失、故意分两等。

二、犯侵财罪者

甲：偷盗。取人不备。以货值一至千石。流刑一至十年。

乙：抢劫。强抢财物。以货值一至千石。流刑五至十五年。

丙：贪财。职务贪占。以货值一至千石。流刑三至十五年。

丁：贿赂。谋利贿赂，收授同罪。以货值一至千石。流刑三至十五年。

戊：损财。损坏官私财物。以货值一至千石。流刑一至十年。

己：骗财。以货值一至千石。流刑一至十年。

庚：抗税。以货值一至千石。流刑一至十年。

侵财令补回。又依过失、故意分两等。

三、犯侵国罪

甲：弑君。伤、杀。死刑。同谋同罚。

乙：篡国。流刑五至二十年。

丙：叛国。流刑五至二十年。

丁：违令。流刑一至十年。
戊：抗丁。流刑一至十年。
己：逆战。流刑五至二十年。
庚：侵界。流刑一至十年。
有藏脏、包庇者罪半；
犯者死刑，以断颈、绞杀之。
流刑罪累犯，加象刑（衣着打扮）、鞭打、刺面、去耳、去鼻之一惩罚。
自首，减流刑之半。
数罪者以诸罪累加，依重判之。
此律为华夏国大法，各州一律。民众应以天道、人伦、民俗、族规为行之则，不得犯律。此律罪罚相称，在于警示。犯者思过、知过、伏法改过。官民同例。上下同规。

舜帝诏令

自刑律公布，中枢及各州镇有法可依。为行此令在王城和州镇分设了刑堂、监狱。在边远地区设流放所。此司法制度为舜帝所创，既惩不法之徒令其生畏，亦保护民众使其安心生活。

十五、舜帝农业立国

舜帝主政华夏，其深知国力基础是农业。帝听说有善种地的贤人丁稷，就去其家拜访。早春的时候，舜帝俭从，着麻衣麻鞋到丁稷村上。丁稷不在。其家人问舜帝有什么事，舜帝说："问问种子的事。"被引到堂屋里坐。看房屋四壁、房檩上都有庄稼穗、籽粒悬挂。舜帝也是种过庄稼的人，这样多的品种，他也没见过。家人知道舜帝来了，急忙叫人去找丁稷。舜帝看到其家的祭台上有老天爷的牌位，另外还有其先祖后稷的牌位，知道丁稷也是华胥一脉。丁稷是村上本姓族长，管些族里祭祀的事情，已经不管田税和抽丁的事情了。丁稷回来，向舜帝作揖礼，舜帝回礼。丁稷说："不知大王来，适应恭候。请复坐。"让家人端上炒麻籽，请帝嗑。以糊米水，请帝饮。舜帝边饮水边说，此"黍瘪糊"也。丁稷说："正是。看来大王可辨五谷也。"

舜帝说："曾南北耕种旱田、水田，未见有你这样保留许多种子者。"

"此屋内仅是品种目次。种子另有凉房存放。"丁稷说。

舜帝要看看，丁稷引帝转到库房看了种子。舜帝问"这是今年的种子吗？"

"今年已经播下了，这是备份。谁知老天能保苗否，也许需补种。"

"今年种几样谷？"舜帝问。

"种五种。地无多，轮作也。"丁稷说。

"房前屋后种之杂也？"舜帝看了丁稷房子周围的庄稼问。

"房前菜田。房后果树和菽架。"丁稷说。

"菽架何其多、果树品种何其杂？"舜帝问。

"菽结荚就可食，解青黄不接；果为幼儿解贪嘴，杏、桃、苹、枣熟期不同。"丁稷说。

二人就在瓜棚下坐在木墩上闲聊。此时瓜秧正在向架上爬，还没有结瓜，舜帝说："丝瓜、葫芦各半棚也？"

"大王熟此叶也，城里人见瓜、瓢，不见秧也。"丁稷说。

"'清明种瓜，种瓜得瓜''鸡粪长花，灶土结瓜'。"舜帝说了几句农谚。

"我的瓜秧系早一个月在屋里育苗，清明已经移栽了，早吃一节气瓜也。"丁稷说。

舜帝说："人人种地，钻研种地之道者少也。此村土质适种几谷？"

"我村地平、坡各一半，五谷均可种植。平低靠水可灌，高则只宜耐旱庄稼。'高谷麦、平黍菽、低稻稗'。"

舜帝问："地力如何？"

"地力靠肥调理和轮作。"丁稷说。

"要撂荒歇地乎？"舜帝问。

"早年养地靠撂荒，今靠土肥调整。再行品种轮种，已不见撂荒田也。我以一亩一猪，五亩一牛。园田靠人之粪尿。此足矣。"丁稷说。

"你田多否，自耕种乎？"舜帝问。

"我祖上分得二百亩田地。自雇工种一半、出租一半。"丁稷说。

"雇工劳津多少？"舜帝问。

"三至八石不等。"丁稷说。

"地租粮几多？"舜帝问。

"有两种租地办法。一是我与租户秋后分成，以田产三七。如我提供种子、农具、

牲畜、肥料，则四六、五五分成不等，我分成加多。二是秋后交租粮者，均价一亩三斗黍，约十取三成。"丁稷说，"分成者共担收成，看信誉。租田者不共担灾祸。邦国地税由我承担。"

"供给农具耕畜否？"舜帝问。

"无自备者用我提供耕牛、犁耧计价，秋后算。场苑、掀扫箕斗、碾磨扇车无问。一耕牛日耕五亩，约一斗黍。人工费另计约一升黍。"

舜帝说："你富裕人家也。"

丁稷说："多有多吃，少有少吃。我家丁口多也，大病小灾、礼尚往来、田地课税、设塾请师、族里摊派、饲养耕畜、农具修理等处处耗费也。"

丁稷问舜帝："大王此来有什么事也？"

"事已明了。一席话问你，种田事俱全也。你实心中有数之人，我招你出仕，到我堂下，管农业事可否？"

"我熟悉本庄本土耕种。华夏东西南北我不熟也。"丁稷说。

"你精于本乡，其'田、水、种、器、害、租'之理，可广用也。先出去走走，回来我再召你议事。"

舜帝临行问："地价多少石谷可买一亩。""看田肥瘦，约三四十石一亩。"丁稷说。舜帝暗思，十年劳津一亩地，南北差不许多。

一年以后，有一天，舜帝召丁稷及帐下臣将在明堂议事。舜帝问丁稷："天下之事何为大？"丁稷说："天下事最大莫过于粮食，人口大增，从食肉转吃粮为主。粮食之重与家庭生活和国家强盛攸关。一男有地二三十亩、房一栋，可养一个五口之家，曰有粮吃。一国有粮仓充廪，知国有财。大凡战事，也因粮食而起。炎、黄二帝战蚩尤于涿鹿，炎、黄战于阪泉，窜三苗于三危，皆与民争食有关。行军战阵，伐敌之谋皆有粮道；此颛顼帝围城征共工、大王烧甘将山灭假共工、夺沉水城而命三苗束手，亦损其粮道，始有大胜。也可谓争于粮起，胜于粮，败于粮也。"

舜帝说："臣已南北看过。我命你运筹天下之粮。华夏粮食种植如何？"

丁稷说："然，恐不胜任也。大王，自天神伏羲始于耕种，至炎帝、黄帝颁布国之五谷，又经蚩尤到江南开拓稻粮。五谷已经两易其目也。先时五谷为麻、黍、稷、麦、菽。后来因'麻'已不食用，加入了'稻'。五谷中以产量计，稻、麦最多。以黄河、长江为两个主产区。更北则黍、稷较多。菽类都是散种。粮食种植与天播云雨，四季气温，地势高低，田土性质关系极大。"

舜帝问："华夏如此之广，年年旱涝、风冻、虫害起伏。臣周济各方，实为国之要务。"

丁稷说:"华夏物候各异,灾情各有特色,不可预知。如去年,兖州一带夏熟之前,突于西北随干热风,降下万万蝗虫,一日一夜之间庄稼全被啃食。然而蝗虫少过大江,江南少此灾。"

舜帝说:"愿听详细。"丁稷接着说:"此虫可谓妖虫。说来之时随风即到,铺天盖地,日月无光。查知此虫为草地所生,因风游荡,农区不自生此虫。农人初见此虫,曾极为恐惧。天日全无,只好祷告上苍,天灭其灾,无果。有一农人于田头焚火,见蝗虫即烧死,保了小块庄稼。我见该地农人连片燃火,不分昼夜,而灭蝗效果明显。推广至相邻州镇,有明显效果,能保十之六七。其方法关键在早。见蝗虫先头来,在迎风处布置火烧带,长百千丈、宽十丈,将蝗虫烧灭。效果能达十之七八。谚语'秉彼蟊贼,以付炎火'。"

舜帝说:"前年听说鸡鸭可灭之,属实否?"

丁稷说:"小儿戏也。万万只飞蝗,百千只鸡鸭无可食尽也。而且飞虫突发,鸡鸭不突养也。"

舜帝说:"农人何其苦!我年轻时亦是向土乞食之人。一年辛苦,全靠天气如何。风调雨顺,农人有收;风雨翻恶,秸秆都难得之,种全废了。自炎帝与黄帝争论以丁口课税和以田亩、井田课税。黄帝采用地亩课税,战胜了人口课税。炎帝时荒地极多,有人则可开之。后到了黄帝时,土地以为农民所占,天下土地尽为华夏国有。名曰,天下之地莫非王土,占者有使用田地的权利,所以要课税。占地多寡,看先机、看财力。土地使用权,是国家管理重中之重。民间有'十年劳作一亩田'之说。劳动所得,即十年可买一亩田地,足见田地珍贵。"

舜帝问丁稷:"天下税粮多少?"

丁稷说:"每年有波动,依各州报来,储于州镇仓粮食,税粮三百万石余。"

舜帝说:"华夏人口千万,耕地五千万亩。亩产三百斤粮。核三千万石。十抽一核三百万石。"

丁稷说:"牧业征税,以牛马羊猪计。年六月计税。百只抽五,以实物计之,不足二十只不计税。耕田驭使牲畜不计税。年入以只计,牛马各为一;羊,猪各五只,抵一牛马。全年记不下十万牛马。"

舜帝说:"现今离土做工者多起来了,这部分工匠如何征税?"

丁稷说:"此为所有脱离农业者所征,其税以年计。其收入减成本后计税。余利十成缴一可否?"

舜帝说:"振兴百业,不课重税。税由利出。试行之。"

舜帝从政,以农入手,百业俱兴。鼓励开垦荒地,生地三年不计税。又兴修水利,抗旱排涝,整治大江大河,使大片农田得到保护。

十六、舜帝重视五教之治

舜帝小时候生活艰苦,童年在邻里秦二伯家设的私塾间断学习了三年。这三年对年幼的舜帝而言受益一生。他的塾师云中子讲的"文通天下,算通心胸"的道理,舜帝牢牢记得。

近日,听说有一个贤人叫契庚。在尧帝时曾做过从臣,极机敏。发明过以水、火计时。其对星象也造诣精深。开始,舜帝以契庚协助大禹治水,后官复朝臣,管理教育、祭祀。其曾向舜帝进牒书一份,谈及了五教要义。舜帝读了数次,召契庚来明堂议事。

春季的一天上午,舜帝召契庚来到明堂,契庚向王作揖礼,君还臣手礼。舜帝命坐。契庚文质彬彬坐下,等王问话。契庚六十多岁,头上包着一个麻染的蓝色束发囊,头发全在囊中,一丝不乱,面色红润,坐姿舒展,身上靛蓝的常服干干净净,足上麻鞋无一丝草茎尘土。

舜帝问:"先生现在从教为业乎?"

契庚说:"正是。今日为旬日,学子休旬,特有时间来见大王。"

舜帝问:"何时操塾师业?"

契庚说:"我本前朝为臣,现闲于家。因有故人再三邀我去教塾课,因此不好推之。"

舜帝说:"我见先生奏书《五教要义》。通读三遍,觉先生深以教习事为大业,因此特邀你就要义细述之。"

契庚说:"大王见谅。'先生'称呼不可出大王之口也,只是民间学堂上下呼之。"

舜帝说:"呼塾师为'先生'是先帝所赐也。我生时丧母,家境贫寒。邻人秦二伯家设塾,请来先生云中子。二伯约我入塾,家父无粮米,二伯愿担塾资。因帮家劳作,间断学习,先生让半价就读三年,始开童蒙,勉强能文会算,我师永不忘也。呼师者谓'先生'系先帝赐之号,天下塾师可受之。"

契庚说:"我从塾师近四年矣,已教学子众。自备教纲,与家长定五年课程。其文课、算课有所借鉴;我提出礼仪、技能、常识三课,未见有刻书。其中礼分五礼,教分五科。"

舜帝说:"何为技能、常识也?"

契庚说:"技者,我选常用技能,教营田、饲养、制陶、木工、铁铜、制麻,实系板上谈技,现场见习,使学子初识技艺为何物也。常识系让学子识日月星辰、识风雨雷电、识木植生长、识海煮盐,此基本常识亦为开蒙之所须也。"

舜帝很为契庚之塾课科目所吸引,说:"如此设塾益也,学子可学文、算,又可学礼仪、技能、常识,开蒙明智,定有不小前程也。一般塾五年,由七八到十二三岁,足业时小儿尚幼,还可再学两三年,至十五六岁入徒、营田都谓之不晚也。"

契庚说:"也看其家。富足人家不缺人丁,尚可。贫寒人家,十岁已顶半个劳力,及十五六岁,则要顶门户也。"

"我十五岁,家贫,丁口众多,自建窝棚营田也。看此塾业之道,也依赖人之产出能力矣。想刀耕火种之时,一人尚难得饱,兼养数人则更困难。现一农民耕地三十亩,其出产养活五口之家尚可得过,因之重塾者众矣。"舜帝说。

"现税依囗出。税余之粮,人王可用于塾教之计也。"契庚说。

"官补之于塾舍,于塾师,于学子者,需斟酌之。就目前宜造声势。有余力者设塾,做塾师者应倡其功德,家有幼子者应入塾。"舜帝说。

舜帝问契庚开塾费用,契庚说:"我为塾师,年津八石,大于长工之五石,少于镇仆役之十石。设塾家要出房屋、桌椅、水暖等,都是富户也。借读塾者一石黍也。"

舜帝召晨阳、皋陶拟一个《兴塾诏》。几天后,舜帝批改后下发:

先民拓荒,钻木得火,而有人间盛况。有牛耕、井田,岁有余粮。百业兴起而得器物、衣裳,居明堂。得益天神女娲教人语音;伏羲绘声成形,得传八卦记符。黄帝用智人仓颉始造文字,即得文字,先人思辨、技艺、历法得以记载传承。今有智人能文会算,立塾开蒙童心智。忆帝幼年时习之,帝得益莫忘,"文通天下,算通心胸"。今华夏广大,官民泱泱。为文牒传报上下沟通,为民间契约,为百艺规制,此文算最为紧要。更利于医药、律法等条文布陈乡里。此间国家、乡里需要大批有文算能力人才。现人才何来?百年来有塾业造就之。尧帝赞塾师伟业,称之"先生"。今特为兴塾诏告,凡村里有资财、余房者,为子孙计,应兴办塾堂。城乡巷里,人人应知幼子七八年齿入学塾堂。经五七年学文会算,成国家之用才，民间之栋梁。此兴塾诏文到日，有能者办置，有智者当之。试看华夏大国少年开智去蒙，进趋开明。少年强则国祚盛。祈祷天神保佑，国泰民安。

舜帝诏告

第十五章 舜帝的故事

舜帝请契庚吃午饭，晨阳、皋陶、左胜、大禹等重臣在座。餐有一菜一汤一饭。餐后，舜帝又与契庚谈起"礼"。

舜帝让大臣们坐下，说："今与先生谈开塾一事甚为重要。小儿得教开蒙，得智慧与当今平齐或创新，如不教则懵懂于幼稚。民有余力而入塾，国有余力而兴塾也。"

舜帝又接着说："前日先生曾上表曰，《五教要义》兼及塾之教纲。提出教分五科，一曰文，二曰算，三曰礼，四曰技，五曰识。今日，先生就礼义在堂上解读之。"

契庚也不惧，他曾在朝堂做过官，与许多人相熟。契庚说："大王专注于礼。这礼为人群发展而来，争食生肉之时恐怕礼很少了。现产物丰富，人有闲情，生活开化而称文明。礼作为民俗风气，待人接物，渐渐有了一定式样。一作揖、一抱拳、一下跪都是礼也。而礼与义，与人之文明品德相称。礼义体现于怜悯、同情、帮助、感恩之上。诸王臣不见天有五行，地有金木水火土，人有五礼义，即家五教礼、村五教礼、官五教礼、师五教礼、拜五教礼。"

舜帝说："愿得其详。"

契庚接着说："家五教礼，曰父义、母慈、兄友、弟恭、子孝。这五教之礼，家重亲情，孝顺为家教礼数之先。长者有教有爱，下则有孝有顺。合家族之力，求家族之兴。家家礼义，国必文明。

"村五教礼，曰居邻、地邻、村邻、河邻、族邻。一村非一族，居邻教礼义助于日常交流，地邻教礼义助于耕种，村邻教礼义重于防贼，河邻教礼义助于水利，族邻教礼义不可相害。村平安而镇平安。镇镇平安则国平安。

"官场五教礼，曰君臣、臣臣、臣民、将士、议事。君臣重义，臣臣重友，臣民重律，将士重令，议事重理。议事应有决定，首领合众意，议决必行。

"师五教礼，曰塾师、医师、巫师、祭师、艺师。塾礼在真诚，医礼在人道，巫礼在民心，祭礼在天条，艺礼在精益。天下重教尊师，应为民德民风之开化尺度。舜帝亦告我尊其幼年塾师也。

"拜五教礼，曰拜天、拜神、拜龙、拜祖、拜灵。拜天祈万事顺意，拜神祈天神保佑，拜龙祈风调雨顺，拜祖祈家族兴旺，拜灵祈逝者无忧。人不敬天，则天不佑人。其思不正，无法无天，其心乱也。人人畏天，唯天为大。"

舜帝说："契庚说辞非常有道理，就依此公布一个《兴五教诏》，告知天下也。"舜帝让契庚和皋陶草了一诏，布告天下。天下尽知舜帝重视礼教。对于民俗道德进行了规范，与律法相得益彰。法之外，就凭礼教维系之。

舜帝指派契庚管五教。颁布《兴五教诏》其文如下：

华夏大国人人知礼教是王之所盼。知礼而求业兴，知礼而辨荣辱，知礼而求先进，知礼而上和下睦。近得契庚先生上书《五教要义》附后。吾华夏官民人人学之。知礼而文明。

舜帝诏告

舜帝还决定有条件的村应设村公塾。设塾补，由税中免除。达到十个学子以上，塾师每年补一石黍。设塾家庭免税一石。自此，设塾成为风气，许多村都有儿童的读书声。

十七、舜帝禅位于禹

舜帝在位四十九年。秋末，有老臣皋陶来辞官，舜帝在明堂上正与晨阳议事。老臣皋陶由人扶着，上到堂前告舜帝说："我在朝中已近七十年了，现过九旬，身体已实不能支也，特告老还乡也。"舜帝极力挽留说："老臣辅助两个帝王，劳苦功高，忠贤履职。为当今实行法治，建树颇多。再助本王几年，尚为我所盼也。"

舜帝见皋陶气喘吁吁。皋陶说："大王秉政，爱民如子。国策农耕，九州丰足，百业兴盛，尊师重教，四海宾服。天神保佑，华夏气象宏张。我得大王器重，追随左右，然年事已高，不能辅政于朝野。"舜帝再三挽留，皋陶不从。

舜帝说："老大臣将辞，我亦有此心一二年也。我受先尧帝禅让，执华夏大位。这'光明正大'是我心中所介。从政以来，俭从勤政，推行州镇治理，除四凶义无反顾，定刑律于当朝，兴农业立国，重五教之礼于市井，治水除灾利华夏大地。现四海无兵锋相对，九州无匪患滋扰。民能耕种无忧之田，官能履清廉之职。上和下睦，天下太平。我也要随老臣禅让也。"不多日，传来老大臣皋陶病故消息，舜帝很悲伤。

晨阳说："我已来朝堂三十几年了，实见大王为民奔驰九州，除凶去害。大王身体尚健，论及禅让尚早也。"

舜帝说："至黄帝以来，王位禅让已成规制。然在位禅让只从帝挚让于尧也。曰让贤不让子，又曰子贤可立。至黄帝、少昊、颛顼、帝喾、帝挚，两王驾崩于任上，实不谓在位禅让。我接大位于尧，尧帝乃承前启后之明君也。我意已决，效法尧帝。今就由晨阳作诏，告于天下也。"

晨阳刻了诏告，曰《舜帝禅位举贤诏》，舜帝阅后颁布九州。诏文示下：

九州官民悉知。舜帝继位逾一甲子又九年。施仁德之治，华夏农牧兴旺，百工兴市。政纲律法，除凶佑民。现州镇平服，四海朝贺。舜帝自量其力，效前尧帝禅让之德，寻天下贤士，让贤而非让子。天运无止息，人寿百十终。华夏血脉永续，贤人当代代杰出。见诏之日一月为期，举贤德能事者于中枢。择佳期而选贤。现筑禅让之台，迎九州英才。

舜帝诏告

自诏书发出，月内回文已到。举贤者，九州多推大禹，说大禹治水有功，清廉勤政，有德孝顺。择日，九州官员会于王城选贤。投签大禹胜出。又立坛问天，天启大禹为王者。即日，舜帝在禅让台上将王冠亲戴于大禹头上。此时金风送爽，天地祥和，旗帜猎猎，鼓乐雷动。

禹帝继位，颁诏书《禹帝继位诏》，文如下：

天佑中华，国运安泰。天授王权，舜禅于禹，此天意昭昭。舜帝理政，布仁德于九州，五湖四海皆颂其丰功伟业。舜帝自谓天有启示，履职天命让贤于今，更显德高巍巍。禹帝自兵丁入列，从臣州府，受舜帝提擢，除苗乱移凶三危，续先父除恶水于黄河。今受民众举贤，登禅让之台，岂不怯哉！禹帝掌华夏之舵，将夙夜在公。不奢庙堂之华，勤俭朝政。不穷兵刃之猛，慎用青壮之丁，内和外联。不课重税于市，兴百业，强千城。州镇之治尽在律法之下，军治武功尽在规制之中。

第十五章 舜帝的故事

重私塾，遵五教，开民众文明之通衢。唯天为大，唯民为重。老天保佑，风调雨顺，国泰民安。

禹帝诏告

禹帝在朝堂送舜帝，二人执手于王台下。

禹帝说："自古有禅让规制，真行让位者实不多也。自黄帝承大王风英授王者之位，已历六代。然先帝在位禅让，至舜帝禅位于我实四代也。舜帝大德，受启于天，可与天齐，永为颂念也。"

舜帝说："举贤之日，禹帝实在我心中，然后州举实为民意也，民意即天意。天地相合，我不胜欣慰也！"

禹帝说："愿听大王教诲也。"

舜帝想起了自己接受尧帝禅让时尧帝的嘱咐，对禹帝说："昔日受尧禅让，我亦索尧执政要义。尧嘱我多矣，记得其一曰'顺天应人也'。此天者，上下无处不在也。天有常理，其行在道。天道昭彰，其意在民。从政之德顺乎于民；民苦于贫、痛于疾、惧于命、信于天。秉权者施政之宗旨要义在与民同乐，因此，不夺民生养之财、不费民丁口之命、不争民农耕之时，举事可成也。"

禹帝又问舜帝："大王从此休闲时，多有教诲是盼。"

舜帝说："我将巡于四方八极、九州山川河湖，还愿'与民同乐也'。朝堂之事不能从命。"

十八、舜帝与申益论三界

舜帝将王位禅让给禹帝后，经常出去游历。有一次，在空阔的大湖边，他遇到了天师申益。申益让舜帝把游历的事讲一讲，舜帝说："我随心所欲，到四方八极去游历，感天地清新。看了历代帝王封山拜天的遗迹，深为天地玄妙所感。连山易经八卦，人行八方无穷。始知天地之高远。"

舜帝问申益："天师阅天，多有奥秘。愿闻一二，天宫何方？乞指方向。"

申益说："天宫在东南。"舜帝问："可见乎？"

申益说："舜帝登泰山时，过南天门有天街。再向上望，高高而不可见。目力所不及即天门也。"

舜帝说："谁人见得？"

申益说:"天机不可测。我随先师拜天。师托我一梦,某日我在南天门行走,见天门洞开,门庭灿耀,丹阶彤彤,天兵天将罗列。有天帝在圣台高坐,其帝妻在侧。两边有管天的诸神。"

舜帝问:"都有哪些神在那里?"申益说:"天庭诸神文有福、禄、寿、喜、财、门、灶、药、土地诸神。武有雷、电、风、阎罗、龙诸神。"

舜帝问:"天神之王称谓?"

申益说:"堂上书天帝神位,至民间呼老天爷,为同一神也。"

舜帝问:"曾询问天下事也?"

申益说:"未询。要问时有巡天大神告知'天机不可泄露'。"

舜帝问:"天上可见田园风光?"

申益说:"天上云雾缭绕,有九重之高,未见到人间炊烟。"

舜帝问:"九重天可闻之?"

申益说:"我师曾随巡天大神引导游之。师叙述九重天高高于上。一重天曰云下天。雷电行之。雷电之神行经之地,可见云卷云舒。此间有芸芸大众灵魂;洗去恶行之人灵魂居于此,仍以平静生活也。二重天曰云中天。天使行于此间。为白云之中。地下行大善的人,灵魂居于此间。三重天曰云上天。为天神行于此间。凡光明磊落、造福于民者,灵魂居此间。四重天曰土星天。庄严慎行大神居于此间。为人间大臣、州府臣将者,灵魂居此间。五重天曰火星天。光明正大之神行此间。为人间创始火种、谷种、丝麻、文字者灵魂居此间。六重天曰水星天。诸造福民众的大神行经在这一层。人间帝王之灵魂居此间。七重天曰木星天。广寒宫、天河、北斗在这一层。为人类美好生活献身之灵魂居此间。八重天曰金星天。在人间传播过智慧,称为师、先生之灵魂居在此间。九重天曰天上天,为老天爷住所也。"

舜帝说:"天有惩罚乎?"

申益说:"我师曾说过,他与巡天大神请教地狱事。巡天大神便招阎王与我师同行,到了地狱一游。地狱有十八层,今详述之。

"地下一层曰拔舌地狱。凡在人间挑拨离间邻里、巧舌搬弄是非、说谎骗人者入此狱。用火钳夹住舌头拔舌,日夜不休,刑期百天。期满,誓言不再犯者,返一重天。再犯者打入地下二层,剪刀地狱。

"地下二层曰剪刀地狱。凡在人间挑唆离间夫妇、施害于人者入此狱。日夜以剪刀不停剪其十指,痛入骨髓,刑期二百天。期满,誓言不再犯者,返一重天。再犯者打入地下三层,铁树地狱。

"地下三层曰铁树地狱。凡在人间离间骨肉亲情、施害于人者入此狱。每日以铁树枝戳其身体,刑期三百天。期满,誓言不再犯者,返一重天。再犯者打入地下四层,铁犁地狱。

"地下四层曰铁犁地狱。凡在人间图财害命、迫害人致死者入此狱。每日拉铁犁耕地不止,刑期四百天。期满,誓言不再犯者,返一重天。再犯者打入地下五层,蒸笼地狱。

"地下五层曰蒸笼地狱。凡陷害他人、致人死亡者入此狱。放进蒸笼,日夜加火,闷于其间,气息奄奄,刑期五百天。期满,誓言不再犯者,返一重天,再犯者打入地下六层,铜柱地狱。

"地下六层曰铜柱地狱。凡为官不廉、贪财肥己之徒入此地狱。铜柱以火烧红,人贴不离,日日夜夜,刑期六百天。刑满,誓言不再犯者,返一重天。再犯者打入地下七层,刀山地狱。

"地下七层曰刀山地狱。凡为官枉法、屈打成冤、作脏构陷加害于人之徒入此狱。刀山于身,上下乱戳,日夜不停,刑期七百天。期满,誓言不再犯者,返一重天。再犯者打入地下八层,冰山地狱。

"地下八层曰冰山地狱。凡偷盗他人财物者入此地狱。裸体卧于冰山之上,瑟瑟发抖,日日夜夜,刑期八百天。期满,誓言不再犯者,返一重天。再犯者打入地下九层,油锅地狱。

"地下九层曰油锅地狱。凡强抢财物、掠走人口、索要赎金者入此地狱。浸入油锅,锅下旺火,日夜煎熬,刑期九百天。期满,誓言不再犯者,返一重天。再犯者打入地下十层,牛坑地狱。

"地下十层曰牛坑地狱。凡男女通奸、侵害他人之徒打入此狱。裸体浸入牛粪坑,日夜沤沃,臊气冲天,刑期一千天。刑满,誓言不再犯者,返一重天,再犯者打入地下十一层,压石地狱。

"地下十一层曰压石地狱。凡强奸妇女、奸淫害人的打入此层。以石板压住,呼吸不畅,日夜痛苦,刑期一千一百天。刑满,誓言不再犯者,返一重天。再犯者打入地下十二层,舂臼地狱。

"地下十二层曰舂臼地狱。凡故意伤人致残之徒打入此层地狱。人入舂臼,日夜冲击不断,刑期一千二百天。刑满,誓言不再犯者,返一重天。再犯者打入地下十三层,血池地狱。

"地下十三层曰血池地狱。凡杀人未死之徒打入此层。刀砍流血,日夜不息,

每日食饮皆为血水，刑期一千三百天。刑满，誓言不再犯者，返一重天。再犯者打入地下十四层，砍头地狱。

"地下十四层曰砍头地狱。凡故意杀死他人之徒打入此层。日夜刀砍脖颈，刑期一千四百天。刑满，誓言不再犯者，返一重天。再犯者打入地下十五层，刀剐地狱。

"地下十五层曰刀剐地狱。凡生而不养、对老不孝、至亲伤死之徒打入此层。日日以刀剐肉，刑期一千五百天。刑满，誓言不再犯者，返一重天。再犯者打入地下十六层，火山地狱。

"地下十六层曰火山地狱。凡向水井磨坊投毒致人死命之徒打入此层。投入火山，日日煎熬，刑期一千六百天。刑满，誓言不再犯者，返一重天。再犯者打入地下十七层，石磨地狱。

"地下十七层曰石磨地狱。凡残害父母兄弟伤死者打入此层。人入磨眼，日夜研磨，骨肉粉碎，刑期一千七百天。刑满，誓言不再犯者，返一重天。再犯者打入地下十八层，刀锯地狱。

"地下十八层曰刀锯地狱。凡篡夺王权、害人性命之徒打入此层。以刀锯身体，日日流血，刑期一千八百天。刑满，誓言不再犯者，返一重天。再犯者再加一千八百天。"

舜帝说："如此，作恶者灵魂有惩罚也，惩罚后悔悟有升天之门也。天师此言，分明有天、地、冥，分三界乎？"

申益说："天界者在上，天神居之，人不可见。去天之路曰天路，入天之门曰天门。天界高九重，为神灵居处。地界者人间也，芸芸众生居于此，天授帝王，替天行道，施政于民。地之下为冥界，为死灵行经之地。此三界，有'天经地义'布告天下。天道昭昭，保佑中华生生不息也。"

申益接着说："天有天规。民有民约。"

舜帝说："愿听民约。"

申益列民十约："一曰，不食腐臭。二曰，不穿玄紫。三曰，尸不见天。四曰，不害人命。五曰，不强奸淫。六曰，不贪逆财。七曰，孝老携幼。八曰，家和族睦。九曰，顺天应人。十曰，人人平等。此十约。系人道也。"

舜帝说："我顿时省悟。人居于两个世界中。一个为实体世界，通过人的感官确知空间和时间，进行生产生活，有喜怒忧思悲恐惊。另一个世界系思维空间，依人生命之存在而存在。生命一旦停止，思维也停止了。文字可记录表述思维。

第十五章 舜帝的故事

人间进化以创造思维为先导也。"

申益说:"然。天上居老天爷,通管天下。以天理、天意、天道转化为民意。秉政者行径应趋同民意,由此,民意同乎天意也。"

舜帝说:"此'天经地义'也。当以旬日祷之。天人感应,保佑中华生生不息也。"

两人告辞,舜帝说:"老天保佑。"

申益复说:"老天保佑。"

舜帝从此游历在人间烟火与虚幻空蒙之间,告民众从善事,其报在子孙。有问者:"人死能再复生乎?"舜帝曰:"人有子孙,为生灵延续也。"

十九、舜帝与娥皇、女英永驻九嶷山

舜帝禅让王位后家居王城,经常到各地去巡视,关心民众的生活。其封地在九嶷山之野,湘江上游,沱江之畔。有一年,他听说湘江上源,九嶷山出了九条恶龙,危害民众生活。舜帝要到那里去看看,娥皇和女英担心舜帝的身体,毕竟舜帝已经是老年人了,她们想和舜帝一起去。舜帝说那里江流凶险,山高林密,常有瘴气,不让她们跟从。没有办法,她们只能对老天爷祈祷,祈舜帝平安归来。她们祈祷说:"老天爷,全能全知之神,我们的亲人为了湘江民众去南巡,完成神之意愿。愿天神护佑远行亲人健康、一帆风顺、平安归来。老天爷,保佑我们的亲人吧!"烧了树叶,献了祭品,每天祈祷"老天保佑"。她们为舜帝整理了行装,在舜帝的腰刀环上缠上了五彩绳,祝福舜帝平安。

舜帝此一去,一直没有确切消息。第一年有消息说九嶷山那边仍有灾害,第二年有消息说湘江那边仍有灾害,第三年有消息说云梦泽那边已经没有灾害了。她们每天都在为舜帝祈祷,但是舜帝没有回来。她们许愿让南飞的燕子捎信,带回舜帝的消息,但是燕子南飞北返了三年都没有消息。她们决心自己去找舜帝,把想法告诉了禹帝。

禹帝安慰她们说:"舜帝那样仁慈,老天爷一定保佑他平安归来。再等一等吧。"禹帝已经派人去找过三次,都没有得到舜帝的确实消息。

第一批去的人回来说:"有人看见舜帝曾经在云梦泽上乘五彩龙船泛舟,在大湖烟波浩渺中若隐若现。"他们环绕千里云梦泽找了一个月,没有舜帝的五彩龙船出现。

第十五章 舜帝的故事

第二批去的人回来说:"有人看见舜帝乘五彩龙船在湘江出现。"就沿着湘江上溯八百里到潇潇蓝水,没有找到舜帝的踪影。

第三批去的人回来说:"在九嶷山上有人看到舜帝挥舞缠着五彩绳的腰刀和恶龙战斗。"于是他们在山上找了一个月,还是没有找到舜帝,也没有见到恶龙和舜帝的战刀。

又过了一百天,思念的煎熬让娥皇、女英再也不能平静了,她们悄悄地告别了家人就乘车上路了。

禹帝听说娥皇和女英去找舜帝了,急忙派人去追赶。这批人乘坐军队的战车先到了云梦泽,打听娥皇、女英的消息。有渔夫说看见两位着华丽衣服的女子飘飘然到了云梦泽,打听舜帝下落,但是没有见到踪影,听说她们到湘江去了。他们就乘船追到湘江,在湘江沿途,有渔夫说见到两个悲悲切切的女子到九嶷山上去了。他们追到了九嶷山,山上的村民说,看到了满面愁云的两个女子在云雾中呼唤舜帝,以为是大山的回声。有时看到山上有五彩云飘动,大家都说是娥皇和女英找到了舜帝,他们永远生活在山中了。

他们找了九九八十一天,没有见到舜帝和娥皇、女英,回去的时候,他们看到了许多竹竿上有斑斑的泪痕,大家说是娥皇、女英的眼泪打在竹子上,化作了斑竹。

九嶷山附近的人们世世代代传说"五彩云"和"雨花石"的故事。

据说娥皇和女英是沿着人们传说铺成的轨迹从云梦泽开始寻找。她们想,老天爷一定会保佑她们,总有一天会和舜帝相会,也许在烟波浩渺的大泽,也许在洪波起伏的大江,也许在满眼青翠的大山。一路艰辛,她们到了九嶷山,听到了舜帝战九龙的传说。原来,这里的老乡把恶水说成恶龙作怪。人们刚开垦土地的时候,经常被山洪冲毁,大家说是盘踞在水里的恶龙作怪。一有大水,大家就供起天神和龙的牌位,上供猪头,烧树叶,祈求神龙保佑。大家都不敢种低洼一些的大片田地了,还在采用刀耕火种的方法,种一块,扔一块,再开一块,以此来躲开"恶龙"的纠缠。后来舜帝来了,供奉依然在做,同时得到天的启示,治理了河道。舜帝到这儿一看,实际上没有什么恶龙,是有从山上流下的一些山溪水弯弯曲曲,好像龙行一样。这山溪按季节不同,有不同的水势。有时候到夏天,山洪暴发,小溪就可以变成狂暴的洪流,冲毁田地。舜帝对每一条河流都做了考察,他最后决定帮着大家制服这些恶龙,也就是兴修水利。把那些阻碍行洪的地方打开,让行洪的渠道把水引走,这样就能够开垦土地了。并且可以利用水灌溉土地,种水稻。大水还是年年发，但已经归入河道了，"恶龙"被驯服了。由于劳累过度，有一年，舜帝在兴修水利的时候病死了。人们为了纪念他，就把他葬在了九嶷山坡，一个宁静的地方。

舜帝的两个妻子娥皇和女英听到这个传说，就到九嶷山边去找。在那里，她们看到了一个很大的墓，她们不知道这是不是舜帝的墓，坟墓上有许多五彩的贝壳和石子。她们问当地的村民，村民说这是一位从中原来帮他们制服恶龙的一位老汉的墓。老者腰间有一口拴着五彩线的腰刀，他用这口刀战胜了恶龙。于是，娥皇、女英就在这墓的附近住了一个月。有一天，人们看到九嶷山上有五彩云飘动，后来她们就不知所踪了。村民说，自从娥皇、女英走了后，他们见到了"雨花石"。黄色的"雨花石"是娥皇变的，红色的"雨花石"是女英变的，多彩的"雨花石"是舜帝的腰刀变的。她们的眼泪掉在竹子上，竹子就形成斑点，大家把这些带有斑点的竹子叫作"香妃竹"。

舜帝和娥皇、女英都化作了九嶷山的精灵，永远在这九嶷山中生活了。

舜帝五十岁为王，在位四十九年。舜帝退位后在儿子商均的封地生活。又过了二十一年，一百二十岁时病逝于九嶷山。陵墓纪念地有两处，一为湖南永州市九嶷山北麓，另一处在山西运城市北。舜帝庙遗址在湖南永宁县舜源峰北麓。

舜帝后代姓氏有：姚、虞、陈、胡、田、袁、孙、陆、车、王。

第十六章　禹帝的故事

一、大禹的少年时期

大禹从士兵到朝臣，载一门两大臣之荣耀，经舜帝殛鲧于羽山，悲痛中继承父业治水，三过家门而不入，治水成功，受舜禅王位。夏家开家天下先河，第一家庭如此跌宕起伏，世间仅有禹帝奇迹！

在黄河南岸有华夏族支脉崇氏一脉，世代在这里劳作生息。尧帝的时代，有一名叫鲧的族长带领族人在河畔生活着。族群结构的族户关系正在被村户代替。由于铁制农具的出现、牛马的使用，人们的生产能力提高了很多，单户也能生产了。鲧带领下的崇氏一族也走到了分裂成户的时期。抽丁课税，以前都是族长管理，现在，许多户脱离了族群，直接向村镇交税了。

鲧看到族群已无法维系了，就把大家召集到一起，说明了更族群管理为村户管理的意见，大家都同意了。因为实质上，村里出现的有族有户两种形式已经多年了。族群把课税和抽丁的两件事也交给了村。大家看鲧这样大气，都提议鲧做村长。众望所归，鲧成了村长。

鲧在村里、镇里、州里都很有名望。有一年黄河发大水，水淹了几个州。鲧在崇这个地方领导大家抗洪，很有影响。帝王要州推荐能人管理水利工程，州臣举荐了鲧。鲧被任命为治水大臣，其年俸与朝臣等同，后给封地于夏。

鲧家在崇这个地方居住，他的妻子是有辛氏族人，名叫脩己。他们有四个孩子，大儿子叫禹，已经八岁了，能帮母亲做一些小活儿，照看弟弟妹妹了。鲧做治水

大臣后经常不在家，脩己担起了抚养孩子的重担。家里的田地都租给了别人帮着打理。鲧的年俸很高，家里的日子富裕。鲧在家设了私塾，请了塾师。亲族的一些八九岁的男孩儿都入了塾，有十几个孩子在一起。因为是在大禹家里，大禹什么事都爱管，就成了这帮孩子的头了。

刚开始的时候，这帮孩子被聚在堂屋里学习，都不服管。塾师丙辰子手中的戒尺时不时地打到这帮孩子的手心上。学习的科目是语文、算术和常识。语文从学字开始，日、月、星、辰、甲、乙、丙、丁、牛、马、羊、猪、鸡……小孩子从刻字起划开始，从点、横、竖、撇、捺、圈、勾刻起。一天下来，孩子们就躁动起来了，经常与塾师丙辰子作对。塾师是外族人，曾做过不太高明的巫医和算师，除了讲塾课以外，还为别人刻文牒契约，偶尔做巫事。

大禹入私塾，开始了启蒙教育。两年以后，大禹已经认得几百个字了。有一天，爹从外地给家里捎来一个文牒，娘让大禹来看看，问是什么意思。大禹匆匆地看了一下牒上刻的字，见牒上刻有："吾旬日到家，备冬衣麻鞋。"大禹告诉母亲说："父亲五个人，十天内回家，让把冬衣麻鞋备好。"娘急忙准备做五套衣服和鞋。第十天，鲧回来了，见这么多人忙活，说："这是什么意思啊？为我备这么多冬装？"娘赶紧停了下来。

脩己说："牒中说要五人用的冬装也。"找到牒板一看，原来是误将"吾"看成"五口"了，大禹说成五个人了。爹叫大禹到跟前，摸着他的头说："从文字生，学好字很重要。"大禹从此认真学习起来。入塾三年后，大禹已经可以读文牒和刻文书了。塾师丙辰子也让大禹管制这些学子们，代塾师领大家学习。十二岁的时候，大禹给娘一束干肉，娘问："从哪儿来的呀？"大禹说："代塾师为人做文牒，塾师送的。"娘很高兴。吃晚饭时娘对大家说："今天大禹请大家吃肉了！"大伙儿都赞扬大禹有成绩。

娘经常带大禹到市场上去兑货。有一天是旬日，是互市的日子。娘捡了一些鸡蛋，带大禹到集市上去换一些生活用品。约十个鸡蛋能兑一个刻字用的牒板。路上，大禹脚下一滑，将一个鸡蛋撞出了裂纹。与人换货时对方没有看到，等到走了一段路，娘问大禹："筐里有裂纹的那个蛋还在吗？"

大禹说："已经换出去了。"娘让大禹去追回兑货的人，补了一只好的鸡蛋。大禹见娘这样待人，很受教育。

又有一天，娘带他们几个孩子在山里采野果。忽然，一条大蛇从草中窜了出来，红口蓝舌。一大帮孩子都吓得叫了起来，赶紧跑开了。大禹也很害怕，只是弟妹在旁边。他一跳而起，抬脚踢到大蛇的七寸上。蛇还在动，大禹又一脚踩在蛇头上。蛇身盘过来，缠在大禹腿上，大禹脸都吓白了，但他坚持没有松脚。娘赶过来，用树枝把蛇打死了。娘赞扬了大禹，做蛇肉给大家吃，给塾师也送了一段，告诉先生说这是大禹打的蛇，大禹保护了弟妹。塾师说："自古英雄出少年也，大禹必成大器！"

有人说："这回可要说准了？"意思是丙辰子经常测不准。

丙辰子高兴地说："有这一次准了，留名于世，岂不快哉！"众人哈哈大笑。

每到农忙休三伏、数九假期，娘常让大禹到亲戚家去住些日子，参加农田劳动，称之为"打食"。打食本来是逃荒的意思，娘不是为了让孩子们出去吃饭，大禹家不缺粮食。母亲告诉亲家，让大禹干农活、吃粗粮。打食回来，大禹人黑了，食量也大了。母亲主要是让孩子们学习劳动知识，不寄生在父亲的年俸上享受。后来家里有了封地，管理地租，母亲也把大禹带上。

二、大禹娘讲故事

大禹的母亲是有辛氏家族的女儿脩己，她有一个哥哥和几个弟妹。有辛氏家族是当地的旺族，有自己家请的塾师，脩己的哥哥都入塾学习，只是不许脩己入塾。她也是八九岁的孩子了，为什么男孩子能入塾，女孩子不能入塾呢？她哭喊着问自己的娘，问自己的爹，问奶奶，问姥姥，没人给她回答。娘给她的活是照看孩子，再大一点儿就学着绩麻纺线了。脩己是一个聪明倔强的女孩子，在女儿群里她是游戏的高手，什么跳绳、踢房子、打累包、玩嘎拉哈，都能抢到头彩。就是男孩子玩的踢毽子、捉迷藏、跑圈也不在话下。小时候她一直跟着哥哥玩儿，哥哥看着她长大。父母不让她入塾学习，她就跟着哥哥学。她学会了写自己的名字，就到处刻。家里的门板上、院墙上都刻下过脩己两个字。很长时间，外族的人以为脩己是个男孩子。时间长了，她能读懂许多字，只是不会刻。她看到哥哥学算术，她也跟着哥哥学，哥哥的算筹，她抢着玩儿。后来，哥哥给她做了一个泥的算筹。她做加法，从个位到百位、千位、万位几乎是一点拨就会了，在算筹上她学会了四则运算。以致后来丈夫不在家，给长工算劳津，从租户收粮食，她也能去算账。脩己的记性特别好，她从娘、姥姥、奶奶们那里听来的故事，也常讲给自己的孩子们听。大禹后来说，娘讲的故事告诉了他做人的道理。大禹还说："娘也是编故事的高手呢！"脩己嫁给有崇部落的鲧以后，先是做族长的妻子，后来逐步成了镇官的妻子、大臣的妻子，家里很富裕。后来又有了封地，家里也有家臣、家兵。脩己一直辛勤地操持家务，

华夏上古故事

教育孩子们。由于脩己的品德高尚，在她的封地上，大家都管她叫夏母。

脩己喜欢一种古老的歌谣，她能用这个曲调唱出许多新词，那其实就是一些摇篮曲。大禹还记得小时候，冬天夜特别长。晚上，娘坐在炕上，手里捻着麻，从屋顶上垂下的纺线锤在娘手上转着。娘口里哼唱着："小星星兮眨眼睛，小公鸡兮闭眼睛，小黄狗兮趴在窝，眯着眼睛兮竖耳朵。听到牛兮在倒嚼，听到娃儿兮进被窝。"娘一遍又一遍地唱着，孩子们都进入了梦乡。第二天醒来，看到娘还在绩麻，原来娘睡觉时，孩子们都睡着了，娘起来做活儿的时候，孩子们还在睡呢！

娘有时也唱一些古老的故事，什么盘古开天、女娲补天造人、伏羲造八卦之类的事儿，大禹记住了，母亲唱一个十指谣。

左手大指头，盘古开天地。
左手二指头，女娲捏娃娃。
左手中指头，伏羲造八卦。
左手四指头，燧人钻木头。
左手小指头，仓颉刻汉字。
右手大指头，夸父追日头。
右手二指头，神农采草药。
右手中指头，黄帝创中医。
右手四指头，颛顼定日历。
右手小指头，帝喾立节气。

听着娘的哼唱，大禹会追问娘每个指头上的故事。

娘讲的许多故事都和天上地上的东西有关，让大禹感觉好似生活在一个童话的王国里。晚上，娘会看着天上的北斗星，讲农民四季的生活。春天，北斗星的柄指向东，娘会说那是农民在耕地。夏天，北斗星的柄指向南，娘会说那是农民在乘凉。秋天，北斗柄指向西，娘会说农民舞镰收庄稼了。冬天，北斗柄向北，娘会说农民坐在屋里烤火啦！

看天上圆圆的月亮，娘会给孩子们讲："那里住着一个嫦娥娘娘，嫦娥娘娘睁大眼睛要看自己的孩子，她累了就会闭上眼睛，所以月亮一点一点变圆，又一点一点变小。"孩子们会问："那嫦娥娘娘为什么要上月亮上去呀？"大禹娘就讲：

第十六章 禹帝的故事

"很久以前有一个能射箭的人叫后羿,他有一个徒弟叫蓬蒙。这个坏蓬蒙杀了后羿,要霸占后羿的妻子嫦娥和孩子。嫦娥一气之下,找天神要了飞天神药。吃下药,她想抱自己的孩子一起上月宫去。可是小孩子们贪玩,怎么也找不到了。蓬蒙又追了上来,她只好飞到月亮上去了。"孩子们问:"小孩儿是谁呀?"娘说:"男孩儿叫小子,女孩儿叫丫头。不听话的孩子就是嫦娥娘娘的孩子。"孩子们都记住了,不听娘的话,就是被丢了的孩子。"嫦娥带上天的篮子里有一只兔子、一只癞蛤蟆。"孩子们都顺娘的手仰头找它们。"天上的吴刚喜欢上了嫦娥,老天爷罚他把月亮上的桂树砍倒,可是桂树砍了又长,吴刚就永远在月亮里伐树了。"

夏天,看着天上一条星光斑斑的银河,娘会给孩子们讲牛郎星和织女星的故事。"说是在很久很久以前,天神的小女儿到地上游玩,和牛郎好上了。他们生了一双儿女,日子过得很美满。可是织女的娘不同意,不让织女生活在地上,就把织女骗回了天上,只许他们每年七月七日在银河上会面。牛郎带两个孩子,每年都到那里去见织女。天上有流星闪过,娘说这是织女和孩子们的眼泪落下来了。

三伏天气,太阳火辣辣地炙烤着大地。大禹娘会把孩子们召集到树下,讲后羿射太阳的故事,说是在很久以前,天上突然冒出十个太阳。大地都被烤焦了,天上没有了飞鸟,地上的小动物也死了。帝王找天下善射的人,后羿站了出来。他射下九个太阳,还有一个太阳吓得跑到山后头去了。后羿到后山去撵太阳出来,可是太阳怕极了,后羿撵到山后它就跑到天上,后羿到山前太阳又跑到山后去。这样,太阳就每天从东边跑出来,从西边落下去。孩子们问那黑天能看到后羿吗?大禹娘说,天上划过的流星就是后羿的神箭。

大禹娘有许多故事,告诉孩子们一些道理。在吃饭的时候,娘会让孩子们不要剩饭碗。她就讲大灰狼找剩饭的故事,说是小孩子们睡着的时候,大灰狼会闻到食物的味道找过来,谁剩了饭就咬谁。孩子们谁不怕被咬啊?都把饭吃得干干净净,有的还用舌头舔舔饭碗。

吃完饭碗要扣着放,把里面的水控干净,扣着放碗,大灰狼张不开嘴,所以大禹家的碗都是扣着放。

大禹小时候看着天上飞的鸟,水里游的鱼。大禹娘告诉孩子们,鸟儿和鱼都是女娲娘娘捏出的动物。它们学飞翔的时候,使劲飞的成了鸟,不努力的成了鱼。娘问大禹:"是做鸟飞呢?还是做鱼游呢?"大禹急忙说:"要飞,要飞。"娘会说:"努力的孩子就能飞起来,像鸟一样。"

天上打雷,大禹娘会给孩子们讲雷劈恶人的故事。娘说,闪电就是雷公的刀,

华夏上古故事

雷公发怒的时候，刀劈下来一闪就会打一个雷。看到村头上被雷劈的大树竟然冒出了火，把枯枝点燃了，大禹想到娘讲的故事。娘说："在很久以前，一家人经常有小鸡不明原因丢失。后来发现，是被人偷偷地杀死吃掉了。这个恶人就藏在一起干活儿的一帮人里。大家互相猜疑，到底是谁做了坏事呢？有一次在地里干活儿，天上乌云来了，雷声由远到近轰轰隆隆地打起来。大家跑到一棵树下去避雨，那雷就围着树打个不停，大家都害怕了。有人提议把草帽扔出去，看谁的草帽扔不出去，谁就不用离开这棵树到别的地方去。大家分别扔自己的草帽，都能扔出去。只有一个小伙子的草帽扔不出去，大家只好到另外的地方避雨。这个小伙子正喜滋滋地看大家在雨中跑，突然一个闪电接着一声雷把这个小伙子击倒了，大家看到他身上冒出了火花。还好，只是一条腿坏了，他成了瘸子。正是他常偷鸡吃，自从他成了瘸子，鸡再也不丢了。"娘是借这个故事，告诉孩子们恶人有恶报的道理。

为了启发孩子们爱劳动，大禹娘给他们讲了张驴的故事，说："从前有乔姓人家要招姑爷，给应征的每人一块地。一个小伙子老实、爱劳动，叫张驴；另一个小伙子奸猾、不爱劳动，叫李牛。李牛的地和张驴的地紧挨着，张驴勤劳，地里没有草；李牛的地里有许多杂草。到秋天，李牛收的粮食自然不如张驴多。有一天，乔家说谁先把粮食收上来，就先到屋里领媳妇。李牛收的粮食少，很快就收完了，他先进屋领了一个丑媳妇。张驴收的粮食多，很晚才收完，他进屋领了一个俊媳妇。要俊媳妇就要爱劳动啊！"

大禹的幼年正是在脩己这位勤劳、善良、智慧的母亲教导下成长起来的。到了大禹十几岁时，父亲鲧常在外。大禹就经常跟娘到场院、堂屋与租户定租粮，收租粮。他常常是娘的小算筹。娘常说："吃不穷，穿不穷，算计不到才受穷。"他时时记在心里。收租粮的时候，他拿着算筹和人对账，计量斗、石，锻炼大禹的办事能力。

大禹娘对天神非常崇拜，她经常向天神祈祷。每当族里搞祭天求雨，她都领孩子们去看热闹，祈祷的时候她都虔诚地领孩子们跪拜，她的守护神是女娲娘娘。当亲人病了的时候，娘会请医生看病，请巫师祭神，烧树叶，设祭台，向天神祈祷。在大禹的心里，天神至高无上，人要在"天经地义"里生活。

少年的大禹对许多事情都好奇。他看到陶工做出泥坯，放到窑里，能烧出不怕水的罐子、盆子，他就想到，用泥做成牒板状，放到窑里烧，陶板上面可以刻出字来，代替木板。他也去看木匠放线凿木头，也看石匠开石造器物，他还去看了皮匠怎么把皮子做成鞭子。总之，大禹小时候是一个好奇心很强的孩子。好奇和冲动是创造的种子，大禹的性格里种下了智慧的种子。

三、大禹从兵营到州府

十五岁的时候，大禹结束了上私塾。又过了一年，他参加了抽丁，到临近北漠的边境城市当了几年骑兵。那时，参军要自带马匹、兵器和盔甲。大禹参军时，家里为他买了一匹八岁的黑色军马。他自己选了刀枪，家里给他买了战甲头盔，他就骑着马参军了。

在他参军的时候，北漠边界没有大仗。每年，都有一些零星的边界摩擦。他们住在幽城附近的兵营里，主官是一位将军。和平时期官多兵少，将军下辖十个队，每个队下边有十个伍，伍长就是大禹的上司了。初来的新兵要练队列、练使用不同的武器。先是操练砍杀，操练刺枪扎草靶，练射箭，投石块。这些新兵总希望自己赶上一次战争，大禹也是这种心情。数月后又练骑术，在马上使刀放箭。休息的时候，伙伴们就骑马四处跑跑。这一跑，大禹看自己这匹马虽然稳健，但蹄子懒，不喜欢冲到头前去，这毛病让大禹不能忍受了。过旬日集市的时候，边界两边互市，他约了伍长到市场上去换马，这市场是华族人与北漠人互市的地方。伍长比大禹大三岁，十九岁了，算是个老兵了。他帮大禹看中了一匹四岁口的急蹄子马。北漠来的人要大禹除了换马外，还要送给他一把带鞘的腰刀。大禹不同意，对方就提出给刀鞘也行，大禹同意了，把刀鞘给了对方。把马笼头互换了一下，交易就算完成了。这匹菊花青马四腿乌黑，大家管它叫青驹。这马腿快，正符合大禹的想法。马换来四五天，有一伙人在营房外找大禹，一问，原来是换马的北漠人。前几天换马后换去的马跑了，他们怀疑马跑回军营来了，其实马没有回来。对方不信，非要到营房马厩里看一看，营房的卫兵不准他们进入，对方就暴跳起来了。队长见此情景，同意他们看一看，也未见到马。伍长劝对方先回去，等马跑回来一定留着，让对方取回去。细打听，对方是一个族长的小子，只是想散心，牵马过来互市，因为看见大禹的刀鞘精致，所以换了马，要了大禹带的刀鞘，那上面有崇氏的图标，是一个压花的铜狼头。大禹又找人做了一个刀鞘。对方回去了，又过了一天，那匹黑马回到了营房。对方没有来找，大禹他们想给送去，向队长请了假。队长报到将军处，要过边界送马。将军听说马换马加刀鞘的事，知道了崇氏鲧家的孩子在兵营中，同意去送马，告诉大禹回来时到将军帐中去回话。

大禹送马过去，对方很感激。待大禹送完马，就到将军帐外，栓好马，通报一声，让进去说话。将军叫黑丘，原来曾经在鲧手下当过官，听说鲧的孩子在这里，特意要见见。黑丘问过大禹的年龄，见小伙子机灵，有意留帐下听用。在参军半年的时候，大禹调到了将军帐下，做传令兵。

这年秋天，军队到边界围剿一伙北漠窜入的马贼，队伍开拔到边界作战。一次，大禹单骑送信到前方，那是大禹以前生活的队伍，见到了伍长，大家在马上互相问候。突然有十多个贼人冲卡，他们裹挟了一个男孩冲过卡口。伍长呼哨一声，大家策马赶了上去。大禹的马快，跑到前面把强盗截住了。见到官军横刀在前，强盗吓得丢下人质跑了，遂解救下被绑着双手的男孩，原来是一个华族人质，是当地华族首领的儿子，被强盗绑架了。首领到将军帐中感谢军士救了孩子，特别提到骑菊花青马的军士，一马当先，截住了强盗。这次，大禹在将军那里受到赞扬。

到了春天，华族与北漠族军事、地方长官会晤，华族将军带一队军士到北漠兵营，大禹也去护送。办完例行公事交换了文牒，将被抓的强盗互相交换给对方，就在大营前，双方兵士比武助兴，大禹参加了赛马一节。双方各两匹马，军士带刀，一声令出，马绕兵营一周五里左右。大禹骑青驹马先到了帐前，饮了得胜酒。此时，华族长官、镇臣恒德见了也大声喝彩，叫过军士，也送了一杯得胜酒，也知道了大禹是大臣鲧的儿子。

说来也巧，数月后恒德调到州城任职，做粮需官，专为军队供粮草，手下有军士缺位，就把大禹招到自己的门下了。大禹有塾业的底子，登记、计算、列账自然一点就通。得到恒德的赏识，更是多给照顾，大禹常有露脸的机会。某日，大禹押解粮草到中枢，大禹被将军左胜看到，要调大禹到账下。此时正是舜帝备战要剿除假共工大战之前。这时大禹已经入伍三年多了。大禹急忙回家告诉了父母。娘脩己不舍得大禹成为职业军人，说可能一生都要在鞍马上过。父亲鲧说："男儿不能老守田园，有这样展翅的机会，正好去他乡奋斗。"回去后，大禹就调到左胜帐下任军需官了，领队长的年俸。在剿灭假共工军时，大本营定了烧山焚敌粮一策，大禹随军，巧为周转，得到左胜的奖赏，升任到帐中主簿，给将军俸禄。偶然谈起家乡的事，左胜知道了大禹是鲧的长子，将他推荐给了舜帝。后来，左胜让平甲奔袭滦川时，左胜派大禹跟进，除监督粮草外，助平甲运筹军事。这一仗，平甲率军轻装奔袭，断敌北逃之路。大禹也有功劳，造功劳簿时榜上有名。

舜帝知道了这个小子精明、有谋，调到了王帐下，辅助运筹中枢事务。在舜帝议事时，大禹可以站在侧面听了，并没有进言的资格。后来到了围剿三苗时，舜帝命大禹草诏令，文辞受到舜帝赏识，说："大禹刻的诏令，语气恰到好处，有帝王之高。说理有开窍之功。震慑穷途之贼放下屠刀可予生还，系雄文也。"

又遣大禹不避刀锋，送诏令与贼人舌战，令二优贼人丧胆。后来三苗军投降，迁徙三苗族人到西方三危城，大禹功劳很大，得到帝王赞许。

自此，大禹成了舜帝帐下谋臣，战后回王城，成了舜帝光明正大堂里的权臣之一了。与其父鲧并列共事，享受大臣年俸。其父此时已经享封地待遇，可以世袭享用了。一户两大臣，光耀门户。

这时大禹已经娶了妻子，涂山氏，名女娇，育两个孩子，他们和娘脩已住在羽山。

四、大禹任治水大臣

大禹的父亲鲧，在尧帝当政时被任命为治水大臣，常年为治水灾奔波于黄河两岸。他主要采用了筑堤坝堵水的方法，水患仍没有断绝。自从舜帝继位后，仍以鲧为治水大臣。舜帝继位第二年，黄河水灾，舜帝极为重视。此时，鲧已经为两位帝王治水了。舜帝对鲧治水很不满意，二人曾经在黄河的工地上发生口角。此时天不作美，当年水患很重，灾民损失很大，对官府有许多怨言。加上连年修河，年年有灾，中枢也积怨很多。鲧在修河堤坝工地上，每次遇到懒惰、敷衍的人，不管官职多大，都责骂、鞭打，有人就把鲧暴戾打人的事告到了舜帝那里，舜帝因为水利工程的事责备了鲧。舜帝又派了军队参加修河工程。鲧觉得自己千辛万苦为民众除水害反受指责，老天爷不公平，没有怜悯天下百姓。当年水利工程完成了，鲧回羽山，自尽而死。

秋天，舜帝招大臣议事。晨阳、皋陶、丁稷、仲益等都在朝堂。舜帝说："惊闻鲧已经在羽山自尽，闻之悲切。鲧去矣，而水患未除。众臣看看，何人可做治水大臣？"这时候大禹在羽山奔父丧。

晨阳说："中原大水，已经是数十年的事情了。近几十年，因土地开垦，使河道细窄，黄河不羁，越发猖狂了。受此水所困，灾民数百万之多。那里出产之粮食、牲畜几乎占了国家的十之二成，所以必须尽快治理。观察大王之天下，人才济济，只是治水大臣难找也。"

大臣皋陶说："夏天的洪水没有排掉，又和秋天的水合在一起。秋天的水不去，来年农民无法下种，机不可失也。今朝堂之上，我以为大禹可以担之。"众人皆惊骇。皋陶接着说："大禹在王堂前已历时多年。前年征战三苗，冒死去下诏令，足见忠勇果敢，这是其一。大禹敏而好学，精于算术，文牒字章，用于治水必然有用，这是其二也。大禹奉亲至孝，奉王尽忠，奉民有爱，这是其三也。有此三德，我举大禹也。"

舜帝问："可不可以举他人呢？"大家无语。

舜帝思考再三，令人快马召大禹来王城。四天以后，大禹回来了。见了舜帝，大禹施礼。舜帝迟疑，没有开口。稍微等了一会儿。

舜帝说："令尊事，封土为安否？"

大禹说："谢谢大王关心，先父灵已入土，已过了头七也。"

舜帝说："鲧治水九年，其辛苦非常，其功劳昭彰。因水工急促，心力交瘁，一时短见，实为悲痛之事。只是今年水工已做九成，待水流入槽中，尚有些小水工未竣。况来年治水大臣也要人担，特召臣回来，意在命你接治水大臣职务，大禹意下如何？"

大禹很吃惊，从座上站了起来，正要说辞，舜帝接着就把皋陶说的一番话，说给大禹听，语气庄重地说。"臣在我的帐下多年了，忠勇果敢，亲民至孝，上下皆知。大禹足可以担这个职务！"

大禹说："我父亲任这个职务九年，虽然千辛万苦，而天不作美，龙不相助，九年八灾，中原人累计死亡过百万。我是其子，曾见到先父遗嘱，本应前仆后继，但我母亲已哭告于我，非母死方可承诺治水，我难违母命也！"

舜帝说："你母亲心伤也，说这些话情理之中。你可复告母亲，今授你免死牌，年俸从优。你回去和母亲说说。悲伤来于水患，去此悲伤也要治水。人言'死者为大'，既然你先父有遗命，应该尊重。"

舜帝让大禹去说服母亲，临行送给貂皮二十张，丝麻织物十匹，以示慰藉。

大禹星夜回到原籍，见到母亲，说了舜帝之命和期望，他母亲只好答应了。临行嘱咐大禹："勤勉劳作，为民、为国、为家治好黄河，以报先父。"

大禹接了父亲的职务，已经是秋末了，大型水利工程已经完成。局部修堤坝已经交给当地的州镇完成。他把跟随父亲治水的长生、余五和丁稷、仲益找来，商议来年治水大计。长生说："黄河水患近几十年严重了。近年，人们向河滩开荒，上游田地毁去林草植被。天上之水下来，不能储存，一泻而下。下游水道细小，大水滔天，河水出槽，淹了村舍田园城镇无数。"

大禹说："我父亲曾辛苦非常，上溯河源，下至海滨。年年治河，年年又灾。世间分阴阳，万事顺五行，年有四季，寒来暑往。黄河之水随四季涨跌，规律可鉴。治水不利必有缘故。水灾如人之疾病，病之所聚，必然是有未明之机在河上。"

大禹又说："黄河比之长江，水量不如长江大，而灾却比长江多，什么原因也？"

余五说："我随你父治河九年矣，曾经到南北考察。南有淮河，也常有水患。只有长江较少出灾，原因有以下诸点。第一，长江水清，不像黄河这样浊，浊者沙多，泥沙多则淤塞也，枯水沙沉，河水改道。第二，长江中下湖泽众多，黄河中下游几乎没有大湖，有几处浅泽，蓄水不多，调剂失衡。第三，长江流域全年有雨，水势浩荡，不似黄河，依四季气候波动极大。这三个原因就是黄河比长江水害多之原因也。"

大禹说："我不知道黄河性情。来年我以舟、车、步行考察这个河。"大家都同意了，再踏查一下以了解黄河的问题所在。大禹让人做了一个木板，刻出河曲的形状，以便刻出河水泛滥的图形。

第二年夏天，水势还是挺大。大禹乘船、骑马、步行对黄河考察。有时雨中在大河中漂流，有时在焦热的太阳下奔走，在木板上记下水势。这年，河水在一处称龙门的地方形成积水。等到水势再大，越过龙门时，已成千军万马之势，一泻而下到中下游时，河道容不下这么多水，造成漫堤洪水。发现峡口阻水后，大禹提出打开龙门峡口的方案。报到舜帝那里，舜帝看过奏表，准予实施。大禹招来石匠，民工在峡口排开阵势，可是岩石很坚硬，进度很慢。大禹听说家乡羽山那里有人开石有奇法，于是大禹乘车让人催马，日夜兼程到了石匠那里，可巧石匠去山里开石头了。大禹急忙到山里去找，车路过大禹家门，听到鸡叫犬吠，车疾驶而过，大禹没有回家。找到石匠甲山，说明来意。这位石匠以开大石而有名，这石匠开石妙法不外传，说是有石神帮忙。见大禹有德，心性高尚，就将方法告诉了大禹。知道了方法后，大禹车不停轮，数次换马。五日路程，三日就到了工地。大家见大禹空手而回，忙问端详。大禹说："有天神保佑，由石匠甲山授我开山之宝。"

大禹道出开石的方法："以火烧之，以水裂之。"原来是以火把要开凿的地方烧热，然后极速以水泼之。水火相搏，石头就碎裂了，这样，进度增加了。人们传说大禹辛苦治水，感动了洛神宓妃，她用玉簪划开了龙门。等到雨季到了，水已经不在龙口以上集聚了，不形成大水头，对下边的压力小了，但还有局部地方出现溃堤垮坝。

黄河是一条十分特殊的河流。它从世界屋脊上下来，先是很小的河曲，而后在青藏高原和黄土高原汇集了许多支流，形成了上游的三千多公里河段。这段河水含沙量不多，呈青色。然后由北向南汇入许多含沙量很多的支流，这些水加入了大量的泥沙。这一段有一千多公里。然后折向东，地势平坦了，水流缓慢，泥沙淤积。中下游是洪水泛滥的灾区。河流全部都在冬季结冰，结冰融冰的时间不一致，可以造成凌汛。

黄河上游的水主要是高山冰雪融化的水，中下游主要是季节性降雨，因此河水水量变化很大。有些年景由于雨水少，河水很小，中下游农区干旱。有些年景雨水量大，中下游洪涝。黄河中下游人口密集，农业发达。土地开垦破坏了上中游的水土，下游开荒压缩了河道，造成年年有灾、年年耕种的局面，每年都损失很大。

大禹受舜帝指派，要治理的就是这样一条河。为了摸清山形、地貌、水势，大禹沿黄河上下踏查了一遍。大禹的父亲也走过这条路。

那年春天，大禹带人从黄河壶口的地方下水乘船，日行夜泊看水情，有时也上岸看堤坝。一路走下去，黄河两岸的风光山川，田舍、森林、草地都如画一样展现在大禹面前。到了夏天，进入了下游地段，河水开阔，波涛汹涌。有一天，夏季的雨水使河水暴涨，船夫也很紧张，手中的篙已经探不到河底了。乘坐六个人的船在水中像一片树叶，只能靠舵和桨控制航向了。到了下午，想找一处缓水滩靠岸已经来不及了，船在激流中向下游飞快地漂去。这一带石滩多，夜里行船非常危险。船大让大家把葫芦和浮筒都绑在身上，随时防备发生危险。这天风大雨大，上游来水夹着冲下来的树枝、柴草、泡沫呼啸着拍打着木船。大家要不停地把船舱中的积水用瓢泼出去，每个人都知道这漆黑的夜里行船多么危险。大家努力抗争，心里默默地祈祷老天保佑。船一路向下漂了一夜，所幸船没有撞上礁石。第二天上午，船驶到了一处平缓地方，用了好大劲儿，船靠了岸，大家筋疲力尽了。站在岸上，大禹对同伴们说："我们是乘黄河之龙飞到这里的，老天保佑了我们。"

在黄河岸边找到了驿站，一问，这一夜漂出二百多里，已经过了三门峡了。大禹认为没有看到三门峡的情况，就带人徒步向上游走过了三门峡。白天乘船，又从峡口驶过来。他把龙门一带的山形水势刻在了木板上，做下步治水的资料。

在岸上走，大禹穿坏了几十双麻鞋，身上的衣服也破了，脸晒得黑黢黢的。有一次，遇上了强盗。这是一个两镇相交的地方，强盗占山为王，劫道抢财。当看到这样一群古怪的人对黄河指指点点，也很好奇。十几个强盗从树后跳出，路已经被强盗用树枝截断了，强盗用刀指着大禹一行说："快留下买路财！"

大禹一行把刀抄在手中。一个随员高喊："大胆贼人，敢拦官家大人吗？"

对方也不示弱，从高处投出一块大石头，高叫："老子占山为王，不分官民，留财保命！"

大禹喊道:"我为水工大臣也,为查水患而过此地,敢不行方便吗?"

强盗听说是大禹,叫道:"如是真大禹将放行,怕是假大禹,诈我众人不成?"

大禹说:"怎么能有假大禹也?"

对方说:"你们可有官方的文牒吗?"

大禹说:"文牒只宜给驿站核对,你能对文牒辨真伪也?"

贼人词穷,以刀指着说:"你们这些好汉不吃眼前亏,留下少许财物,就放你们过去。"

大禹解下配刀,上有黄铜镶嵌刻字,对强盗说:"有刀一口,做货值也!"把刀扔了过去。

强盗说:"一刀能值几石米,要双刀可也!"那时,一把刀在市上能值几十石黍米。刀是管制之物,比得上一匹好马的价钱。

大禹说:"持刀要有腰牌,你们敢用大臣之刀乎?"

强盗看那刀也是精品,就呼唤同伙搬去路障。大家从路上通过去,大禹在后。

走过没有多远,贼人跑过来呼叫:"还给刀!"说是见刀上有大臣封印,知道是真大禹在此,不敢造次了。

大禹说:"海阔天空,陷此凶途,实不值也!早晚成刀下鬼也。"强盗垂头。大禹一行扬长而去。

大禹不但细心观看河流山川,也了解两岸人居民俗,还到重要的镇村去看了看。在豫州地面,官员见有当朝大臣来,特意奉迎,排场很大,鲜衣华服,高马铜环,旗幡猎猎,鼓号喧天。大禹一行便装麻鞋,风尘仆仆。一伙人白面嫩手,一伙人黑面糙手,两相对比,很不相称。州官说:"禹大臣治水,久闻大名,果然全力以赴,不辞苦辛。佩服!佩服!"

大禹说:"众臣都是各司其职也,今后水工还赖地方多做努力,共图河之利,共避河之害也。"

大禹征求了他们开蓄洪区、行洪道的意见。地方上感到困难的是百姓世代祖田、祖坟都在这里,不愿离乡。近处田地已开垦了,没有荒可开垦。大禹答应向朝廷反映这些事,争取妥善解决。

在水势正大的时候,大禹让人驾船从上游驶下来。每到发生过水灾的地方都停下观察,找当地人了解情况。这样一季两季,一年两年,到第三年,总结出一套治河的方法,他把这套方法总结为"堵、开、疏、蓄、导、圩(wéi)、迁"。

有一年夏秋之交,洪水又起了,大禹刚顺河乘船到了下游,指挥疏通河道。

第十六章 禹帝的故事

479

见天上乌云翻滚，电闪雷鸣，大禹知道雨将到了。他为了赶在洪水到来之前到上游去，乘车又一次经过家门而不入。他从车上隐隐地看到妻子女娇抱幼子张望的身影，大雨将至了，他催车夫疾驰而过。这年洪水很大，没有引起大灾，但是还有部分地区受灾。大禹的心情不好，就找舜帝，要辞去治水大臣的职务。

五、大禹论治水七法

有一天，舜帝接到大禹奏表，到修坝的现场来视察，大家坐在一个高坡上，舜帝见大禹的鞋子已经坏了，问大禹："最近回家了吗？"

大禹说："月余没有回家了。"

舜帝说："此地距家乡有多远呢？"

大禹说："半天的路程。"

舜帝说："人不回家，怕是鞋神也生气了，明天回去换鞋吧。足以见到你之辛苦。继往以来已经有五年时间也，大功可期否？"

大禹指着黄河说："大王！此河从青藏之高原奔来，汇青藏、西蒙、黄土三高原之水。再有汾河、洛河、泾河、渭河等注入。如此广大之受水区，因沧龙在天，翻云覆雨不定，四季交替，每于夏秋，雨水实无定规。十年九旱涝，灾害频发。近几十年，开田拓土，上游植被破坏，不储天水；下游拓滩，逼水道窄。如此，至我父受王命，领万民堵水，仍是连年水灾，我父称之九年八灾也。今我已河工五年，望大王恩准卸任，臣母、妻儿所盼也！"

舜帝说："不可辞也！我准而民亦不准！天何可逆也！我已为你树免死之牌，何责之有？"大禹不语。

舜帝说："黄河水从天上来，受雨宽广，水情年年有变，局部有溃坝之事，不足为怪也。恐怕永无止息也。只是人应顺天，从河治理之，减灾最少，已适我意也。"大禹颔首。

舜帝又说："前日曾览大禹《治黄河七法表》之奏。今在河曲之上，再展演一番也。"

大禹说："积五年治河经验，并承先父所遗训示，治河当以'堵、开、疏、蓄、导、圩、迁'七法。

"一曰堵，系先父之法。每于灾中、灾后以土石工程建起堤坝，此小水可以，大水翻腾，自然溃之。堵时心安，心安而高枕。高枕水来人畜房具毁，死者无减。

此法或可减灾一成也。

"二曰开。我观上游有石门，人称龙门，上游水至时，龙口不开。待水蓄积，一旦泥沙骤下，汇夏秋雨水，成滔天之势，何力可阻之！因而开龙门，使水稍缓泻下，不致一时水大。此法减灾一成也。

"三曰疏。水已漫堤，四处汪洋。为去水灾，疏通水道，使水下泻。但水汪洋数州镇，不是一日可疏流。多浸泡一日，灾加一分。疏水之法，再减灾一成。

"四曰蓄。借长江形状，其中下游有许多大湖，一来巨洪，水可入湖中暂留，至下游，水势平缓许多。黄河此等蓄水区很少，西北有河套，近海有洪泽，只是中下相交处，无蓄水湖泽。设此蓄洪区可减灾一成。但蓄洪区之民自有苦处，田地房产都要损失。如何补偿，需大王定夺。

"五曰导。此是因黄河曲弯极多，行水涩难。水来之前，选低洼直通处，多为故道，先开河渠，两岸设堤坝。一旦水大，引入导流河渠，减缓水势。此法，也赖导流区域能让出田地，预设河堤。如此可减灾一成。

"六曰圩。系民众与洪水争斗创造之法。选高阜处集多户人家，积土成台，围成圈闭堤坝，少设门槛，洪水来时，人畜可避之，减少灾害，实是创举。可减灾一成也。但田产损失无法弥补，且水大时仍有灭顶之灾。

"七曰迁。此是无奈之举。凡在行洪道上十年九灾之地，将民众迁出，去他乡谋生拓田。自比悬灾头顶为善策。此非大王运筹不可，可减灾一成也。

"以上述七法，曰'堵、开、疏、蓄、导、圩、迁'，各减一成，尚不足十成，此是天数也。天机难测也，世间难觅十全之事也。"

看着黄河，舜帝对大禹和从臣们说："我祈祷天神保佑，祭天神约束沧龙。龙居河曲，为民兴利，我必年年虔诚祭之。今大禹治水五年，减灾六成，功劳彰显，我将封地与之。所表七法，我上下共筹之。何为天灾？我必减之！今疏导之法为先，辅以'堵、开、蓄、圩、迁'，求减灾达八九成可盼也！"

自黄河边论治水之法以后，舜帝举华夏之力除水害。大禹又奋战八年，水灾少至一成。

六、大禹与迁民

大禹向舜帝奏明了新式治水法，帝觉得可行，要晨阳起草了《导洪入海迁民移养诏》。舜帝批过，让朝臣和大禹过目，准备颁布下去。

舜帝和朝臣文武在明堂议事。舜帝说:"大禹前日进表《治黄河七法表》,陈述了'堵、开、疏、蓄、导、圩、迁'七法。现'堵、开'之法已实行,减灾两成,还有五法,望能再减五成。全部实现,望能减灾至一两成。今因'疏、蓄、导、迁'都与迁民有关,特召臣等议事。"

大臣晨阳说:"古来迁民,多为田地不增、人口增加,人求生活富裕,阖族、阖家迁徙到有荒可开的地方。官之迁民,多为成片开拓,如炎黄蚩尤时,自华夏向华北、华东、华南开拓。至尧帝时又向岭北、海宇、海岱、两湖开拓。再至大王继位,窜三苗于三危,都是移民以平袭扰,其效彰显。今从豫州迁民,这一带人口密集,不知要迁走多少民众?"

大禹说:"我踏查三年,又遍访州镇,此次迁民约一千四百村,民不下七十万众。"

晨阳接着说:"前次迁三苗,民约三十万,分三期。迁途近三千里,有军士押送,路途中民众疾苦号寒。虽舜帝调粮、麻、皮补助,也震动三年才安稳。这七十万民众移向何方?我看方法有二。一是农户自投他乡,如能达二十万数,尚余五十万众。由官家指路,可向这三个地方迁徙。一为东向海岱,二为东南福城,三为南向沙城两湖一带。近年海岱淤出大片荒地,在泰山以西,可垦之地约三四百万亩,以人均二十亩计,可安置十五万民。东南福城土地,庄稼可一年两熟,人均十亩可也,有荒千万亩之数。只是地处烟瘴之地,民多惧之。我曾携民开荒养蚕,地力是中原两倍以上,百万人移去也可滋养。而两湖区域,原三苗曾在那里营生,也有千万亩地,一年可两熟,又可移百万之数。再有舜帝以城市安民,兴百艺,部分农业人口正在转匠人之列,也解决一部分人口。"

舜帝说:"上次移三苗族人耗费不少,一是迁出无税可收,二是迁入三年不税,三是第一、二年又要补助。此次需粮谷多少也?"

晨阳说:"前次补助,因路途不同,以三苗补助最多,人均年两石毛粮亦说不足。此粮包括一年口粮和安家耗费。今再补迁粮可差别记之,自谋出路者多,去南方的次,去海岱者再次。以人口计,每人六石、五石、四石计划之,可否?"

舜帝说:"上次全由国库调给,今豫州自出五成,国库补五成可也。上次由军士押送周转。这次可由将军派车帮助之,户均一乘可也。"

将军左胜说:"分几轮周转?"

舜帝问大禹,大禹说:"谋划两年,三批迁完。第一批迁走导洪区民众,第二、三批迁蓄洪区民众,可否?"舜帝说:"可以。"

第十六章 禹帝的故事

舜帝发布了《导洪入海迁民移养诏》，其诏如下：

华夏有九州之广，千万民大国。中有千曲黄河，从中盘亘，水利滋养千秋。近几十年，由于民之拓荒，上中游草林植被损坏，不能涵养水源，每年有天水下泻。加之中下游民众向湖泽、滩涂开垦，促水道细窄。洪水决堤，十年九灾，百万民被洪水漫卷，人畜房屋损失巨大。舜帝遣大臣踏查梳理，定下堵、开、疏、蓄、导、圩、迁之法。有在蓄洪区、导流区之民，田舍在不保之中。为民生计，有三地可选，一为海岱、一为福城、一为沙城。都是田土广阔，水利丰沛之地。凡迁之民，拓荒海岱，拨给荒地人均二十亩、江南人均十五亩。凡原地亩超过荒补之地，补足至原数。有补外多垦者，另交地值随市价。所补之地三年内可租不卖。自谋者补六石，官运者去海岱者补五石，去福城、沙城者补四石。新开荒地两年免税免丁。户给一次车载之补。我民明德，顾怀大局。前有岭北、两湖之迁，曾惠民富足。民有族亲血脉，应相助之。此迁徙之民分两年三批迁移。官员随迁者，移往新地任之。出入之州府必须协力办之，有懒散、怠惰、贪腐必惩之。天佑华夏，祥龙利水。迁徙福地，官民同乐。

舜帝诏告

大禹得此诏后，就开始督促州府加紧办理迁移，准备蓄洪区和导洪区的工程。到了具体那些村户移民，仍然有不少怨言。这些移民一成转入城市，做工匠手艺，三成投亲友，六成移去开荒。在迁出地，大禹和当地官府多做解释，有些具体问题解决了不少。

有一老翁站在自家坟地，扶着坟上大树垂老泪说："祖上世代在这里耕种，今遇到导洪区为预留河道，不忍为水所浸。"官府收到信息，要留先人遗骨在故乡者多。大禹见此思虑再三，提出了《坟山安置》议案。即在近处寻一山头，辟为公墓之地，不愿带走遗骨者可迁来公墓，解决了老者的忧愁。

有一村五十多户，有村长作梗，不愿迁走，或是索要高价赔偿，许多人去做动员，都不为所动。请村长来，这村长也是倔强人，传唤不来。从人说把他抓来算了，大禹不同意动用军士，决定亲自登门看看。

这一天，大禹带两个随从到了村长家。这村长年轻时曾上过军阵，又做过族长，也是见过世面的人。大禹到村长家，双方以揖礼互拜，大禹被村长引到堂屋。大禹开门见山地说："村长家里有多少口人也，不迁有何主意？"

村长说："我这辈向前已经在这里住五代了，已近百年，有两次水逼家门，田地全毁。村已筑圩，水不会再到家门前也！"

大禹说："这一带将成蓄洪区，你可知道，待大水放入一片汪洋，水非逼门前，恐怕没过房顶也。舜帝诏告迁民，为大局舍小家也。"

村长说："我村有五十户，人口六百八十余。迁人而房屋圈舍皆废，损失极大。所补以人头计，没有考虑田地所有者，损失更重，帝王可知悉？"

大禹说："一国之大，不能尽为平均，人畜可移而田土不可移。补田与补人，何为重？再三权衡，以补人头，便于计算。大政一出，必有得失。村长家一定是田多者，可知地是谁之所有？"

村长说："我世代种此田地，田地为我所有也。"

大禹说："不然。华夏之地，河川、山岭、田地、荒原，其主皆邦国也，帝王领之。天授王权，有天下之地，其他人都为使用者。所以，课税抽丁都是因为这个原因。"

村长说："不是说耕者有其田吗？"

大禹说："实为占地有使用权，而非土地权。现在舜帝将此田作蓄洪之用，又兑给荒地供你们开垦，实在是三利也。此地蓄洪，利上下游泄水，一利也。黄河水泛，常卷走生命、财物、摧倒房屋，迁出这危局之地，二利也。再者，迁去膏腴之地，民得丰年，国可实边拓土，三利也。有此三利，迁移有何不可？"

村长说他家田多，损失重，大禹说："对田多者如超过荒补数，可补到原地亩数，损失不大也。"

村长说："我家房子损失，亦大也。"大禹说："粮食上补给已包括建房用度。多则稍亏，孰能补齐？"

村长说："听大臣这些话语，顿开茅塞。"

大禹又说："村人可有奇巧工匠？"

村长说："我这个村以木匠居多。"大禹问："内造、外造者多否？"

村长说："内造者居多，家具、农具都是精工。外造者少，造房舍棚、门窗者。"

大禹说："正是好身手时机，看你周围可有木材乎？此去东南，皆是林茂土肥之地，此一去必村丁兴旺，年年丰收也。"

村长的顾虑消了，带全村移到沙城方向，在洞庭湖畔落脚，生活安定富足。

七、大禹"蹒跚禹步"

自从舜帝下诏，大禹总揽治水大计，用七法在黄河不同地段治理水害，实在太忙了，曾有三次，过家门而不入。有一年夏天，正是治河的紧张时期，大禹的妻子女娇给他捎话，儿子满百天了，让大禹回家看看。大禹回话，中旬日回家，离中旬日还有几天。

此时，女娇已经有两个月没有见到大禹的面了。女娇把大禹回家的事告诉了婆婆，大禹娘也惦记着呢，孩子们也很想父亲。他们知道大禹工务很忙，雨季往往不回家。听说十天内回来，家里人都动了起来，洒扫庭院，布置屋里的摆设，更要做些好吃的食物。距中旬日还有六天了，女娇叫家里的用人都动了起来，去市上买来南村的酒酿和许多水果。约定屠夫选口肥猪，中旬日前来宰杀。又捉了鸡鸭，用笼罩着，都要等大禹回来美美地吃一顿。女娇还为大禹准备了麻鞋和换洗衣服，只待中旬日到来。

脩己让孙儿们在木板上划出道道，明天就是中旬日啦！晚上，孩子们兴奋得睡不着，在床上想着父亲的样子，议论父亲可能带给他们的东西。女娇也想，这大禹在外边时间太长了，这老四百天就要到了，大禹也没有回来。她恍惚地做了一个梦，见大禹官服笔挺，大步走来，近前时，忽然又看不见了，惊醒了一回。

第二天上午，大禹没回来。太阳偏西的时候，有人呼叫，大路上有马车停了下来。只见院外有一伙人下了车，快步走来。小孩子们一窝蜂冲了上去，见一个"老人"一瘸一拐地走了过来，好浓的胡子，好黑的面色。孩子们先是愣住了，片刻又一下子扑到"老人"的怀里。这就是日思夜想的大禹吗？正是大禹！三十几岁的年纪，好像花甲老人了。原来，大禹的脚磨破了，所以走路有点儿跛行。他给孩子们带的礼物就是一些干肉、炒米、咸菜，孩子们吃得特别香。大禹向母亲请了安，脩己看儿子这样辛苦，暗暗落泪。

跟大禹来的差人都被请来，一起吃了杀猪菜，喝了村酿。大禹说晚上就要走，差人说走不得了，马已送驿站打马掌去了，于是大禹住了两天。他带孩子们到市上转了转，买了一些干果给孩子们。换了新鞋和干净衣服，修了胡须，大禹又成了一个三十几岁的壮实汉子。

有官府的人听到大禹回来，找大禹吃饭，都被大禹谢绝了，难得有空闲，他要多陪陪家人。临走，女娇给大禹带了一大包衣服和鞋，这一走还不知哪天再回来呢！大禹向母亲、家人告辞，回了工地。

八、大禹督斩贪官

舜帝下诏整治黄河，这是一个轰动全国的浩大工程。治河的重点在豫州，这里是华夏人口最集中、经济最发达的地区。可以说黄河治理的要求这样迫切，也与中原一带人口增加、田地不增的人口压力大有关系。为了治河，国家要拿出大量资财。迁民开始的时候动用粮食、铁铜等数量巨大。有些居心不良的官人见财眼红，个别人挥霍公物，引起民愤。

冬季的一天，大禹正在工地的大帐里看各地工程进度的谍报。有从人带一个老汉求见，大禹请来人到帐里坐。不曾想，来人扑通跪倒，大喊冤情。大禹扶起老汉，让他慢慢说。老汉叫开甲，是平川镇一处河工转运粮食仓库的门卫，无辜被押在官牢百天，出来时已家破人亡了。大禹让他慢慢讲。

老汉开甲说："我在粮库门卫领班，凡进出仓库车辆都在门口检它重量。这半年有新官来查，库中存粮少了黍米二百石之多。查各处漏洞，认为门卫有诈。将门卫十几人找去分别诘问，没有发现什么破绽。忽然有一天，有军士到我家搜查，绑我入监，堂上说'有人举报，你有二十天不在岗位，恐怕是销赃'。我实际是因为母亲病危、过世，有休假理由。而在堂上，镇官柴寅不信，重打我五十大板，中间我曾经昏厥了几次，只得屈打成招。可是如此大的数量，二百石粮，我怎能消受得了？这一押三个月，我被放了出来。这三月间，父亲、长子因为和官府冲突叫屈，先后被棒打死了。如此天降之冤，请大人明断！"

大禹问："二百石粮食有着落了吗？"

老汉说："只叫我们承认是出于计量有误所致。"

大禹说："你也是这样认可乎？"

老汉说："我夜不能寐，寻思一车仅运六石，此二百石要三十几车。想这其中的蹊跷。入库粮湿、出库粮干定有差别，年有损耗也是情理之中。但不应有这样大的数目，想来还是有人做了手脚，只是不敢妄言。"

大禹说："有什么蹊跷也？"

老汉说："镇官柴寅，有族人迁移海岱。两次三番来运粮，不知何理由。"

大禹问："一般人家。启动要运几次"？

老汉说："一次足矣。"

大禹说:"能多次取粮,必有牒板在门卫存放,可见到否?"

老汉说:"牒板一日一清,都到算师手里了。"

大禹说:"老汉暂时不要声张,我自查之。"

大禹派人到州府,把这个情况通报了。州臣派员一起查了账目,并没有多出牒板。此时有人给大禹捎话,说这事有地方官府办理,已经结案了,归为粮食自然损耗,大禹不认同。有大禹家乡、人曾经的同事找到大禹,都要他撒手别管。其中一位曾和大禹有过往来的找到大禹说:"粮食损耗也就算了,非要追出些人来不可吗?"

大禹对他们说:"我供职官场,身托大王和百姓。如有贪赃枉法者,誓不能两立也!"来人许以好处,大禹也回绝了,说:"我年俸千石,何图十石之礼乎?我名声值万石,何为百石而损也?"大禹坚持督办了案件。

找来所有门卫,大家回忆。有人提示运粮有一部分军车,去营房一问便知。果然找到运粮车,军士说:"三次运粮,有两次运到远地粮行了。"就此从粮行查到贩粮之人,皆出自镇官柴寅之手。原来,柴寅见运粮只凭牒板,牒板又在算师手中,便买通算师和库官胡赤一起反复套取粮食,不止这三十几车。只是因为迁徙运粮有军车经办,留下马脚。

这样,三个人同贪,其中,镇官柴寅因屈死人命被判斩刑,另两个人都判了流刑。大禹为民申了冤。

九、大禹与导洪入海

大禹带领民众,经过多年努力,对黄河多处地段进行了治理。每在夏汛秋涝季节,大禹都到关键地段去监督,多年下来,在每个地段都制定了严格的治水标准。何时进行"堵、开、疏、导",都有相应的指标。每在洪水季节,都有专人日夜值守,接到号令进行调度。这些地段调度指标是大家冒着生命危险获得的,有人甚至付出了生命代价。

舜帝下诏三年后,黄河中下游相继建立起防洪工程。其中,蓄洪区和导洪道在平日还许可农牧民在这些地方生产活动。如果没有大水,汛期并不使用,只是不许民众在这上面植树建房。开启疏、蓄、导洪地段,要通知下游做准备,人畜必须进圩避险。开启之后何时关闭也要根据水情,掌握好时机。

在中下游嵩山段,有一年夏末,上游没有来大水,河道里水势波浪平缓。蓄洪区、导洪区内秋熟的庄稼已经灌浆了。大堤内外,几百万亩麦子正要成熟。庄稼人都盼这是个丰收年。大禹正筹划下年的水利工程，突然接到上游洪水预警。传来消息，泾渭两河因降雨暴涨。嵩山段一天后将有一波洪水到来，不知道黄河壶口以上的情况。如两股洪水来袭，就要开启导洪了。各区段值守人员都上了大堤。从水流中不时可以看到从渭河飘下来的芦苇捆，这是表示渭河有洪水通过风陵渡的信号。黄色的芦苇捆和河水的泡沫裹在一起，不时从水中漂过。天下着大雨，人们焦急地观察着另一种信号，那是用红柳扎的筏子，一旦飘来，说明壶口段有洪水下来了。如果两者都出现，就说明两股洪水一起下来了。见到两股洪水信号，结合当地的水标，达到标高就要开导洪口了。现在已经有渭河这边的信号了，已通知导洪区人员、牲畜要进圩。上游不时有芦苇捆飘下来，大禹让人们时时注意水里的漂浮物。

　　大禹还记得两年前，他带三个水官和一个船夫，乘一木船在洪水中从壶口出发，沿途给各哨口报信。那也是夏末的夜晚，黄河这一段不适合夜间行船，因为这一段是岩岸，河中有礁石。但是为了向下游报信，了解各哨口的反应，他们的船还是在洪水头上随波涛起伏，向下游驶去。船老大很有经验，洪水中只要船在河中流不撞岩岸，就不会有大危险。船箭一样在水波上飞，高低起伏。在船上，一面白色的大旗中间有一个大大的"禹"字。凡在岸上值守的人，白天看到了要挥旗回应，晚上要燃起火堆。船上夜间要不时地燃火把。那天，水中突然有一块巨大的木头撞到船上，船舵被打坏了。船失去了舵，方向就不能掌握了。一个大浪打来，船撞到岩岸上，破碎了。大家都落水了，尽管身上都绑着葫芦，还是有两位水官没有被救上来。大禹被冲上岸，和另外一个水官、船老大会合了。

　　大禹经常想到那两个不幸的同伴。

　　今天黑漆漆的夜里，从河中飘下的芦苇捆就是来洪水的信标。这是上次出事后想出的办法。天更黑啦！已经看不到河心啦，怎么办？大家想，可以放小船从上游下水，到河中观察漂下来的东西。一船靠岸，从上游再放一船下来，不断的观察水中的漂浮物。这一夜，大家不断地冲到河中观察，始终没有见到红柳筏。天亮了，远处的水中似有什么东西在漂，越来越近了。有人喊："红柳！"这时水势也大了。大禹从工棚里冲上大堤，水已经到了堤腰了，还在不断上涨。大禹看到，一坨一坨红柳，隔一会儿就漂来一坨。是红柳筏！这时水势更大了，水尺已经显示到危险的高度了。水已经漫过了堤腰，"放水！放水！"大家喊着口号，等大禹下决心。这时大堤上的大禹就是将军！大禹将手中的旗交给河工，河工把旗升到旗杆上。河工们见到信号，跳下水，把导洪道堤段开个口子。大水如脱缰的野马狂奔而下。大家只是扒开几尺长的口子，瞬间，大水就把口子撕成几十丈宽的大口子。片刻，分洪点下游的水势不再升高了。人们欢呼，这是第一次在黄河上实现有计划的分洪啊！但大禹高兴不起来，他要等四方的消息，一是导洪区有没有人员伤亡，二是圩里是否进水，三是更远的导流口和大河汇合后水势如何，四是看看从渭河、黄河壶口发的信标是否真正反映了水情。大禹悬着的心在五天后才放下来。洪水虽然把导洪区、蓄洪区的庄稼淹了，但保护了更多的农田。进到圩里躲避的民众也没有危险，只有个别不听指挥的人畜被淹了，这一季，大洪水中只死了十几个人，这与以往成千上万人的死亡、百万人的无家可归比，已经是损失很小了。

大禹又总结了这次分洪的经验，加固了分洪口堤坝。分洪和下游汇合处都进行了加固。在确定分洪时机的办法上，除了水上漂浮标、水尺外，在岸上还设了用于传递水情的烽火台。从风陵渡起，一股洪水烧一堆火，两股洪水烧两堆火。白天发烟，晚间发火。

一次次的与洪水抗争，大禹总结了民众抗洪的经验，找到了导引洪水的办法。民众付出了局部的牺牲，保全了大局的利益。人们对大禹非常敬重，后来，好多地方设了禹王庙。在人们心中，把大禹当成天上下凡的龙，来拯救人们的苦难。

舜帝接到黄河成功分洪、减少损失的报告非常高兴。他把大禹召到王城，携百官到黄河边上，设祭坛，祭祀天神，祭祀神龙。

坛上立着诸神的牌位。舜帝在众臣将的簇拥下登坛。舜帝让大禹跟在自己的身边。鼓乐奏着得胜曲，旗帜飘飘，舜帝携大家跪拜诸神，然后接受了众人的朝贺。在坛上，舜帝让晨阳宣读了《祭天、祭龙文告》。其文如下：

天神、祥龙：受舜帝大礼。华夏民族自黄河之畔崛起，世代有天神保佑，代代生生不息。现华夏子孙遍及九州，跨大河、越长江、连海宇，此是诸神之功。天启华夏，万民受恩。开河口，疏水道，引洪水入海。今夏秋以来，首次洪水顺道入海，民不得灾。感恩天地之神。颂民众奋斗之功。愿天助华夏，年年五谷丰登，国泰民福。

舜帝诏告

大禹治水历时十三年，成绩卓越，在朝中更为显要，在九州为万民爱戴。

由于盘活了中原之局，粮仓厚实，民得福祉。迁移之民实边，渐渐向岭南、环渤海开拓，中华版图更为广大。

十、禹帝受禅王位

大禹专司治水十三年后，中原水灾已基本不再发生了。这是大禹及父亲鲧治水九年，两父子加在一起有二十二年之久完成的伟业。其父也为治水悲壮死于羽山。秋末，在晨光万丈的黄河边，或在晚霞满天的大堤上，看着被驯服的黄河从眼前流过，大禹感慨万千。可以说其家族两代人和民众共同治理黄河，命运都系在一起。夏禹家两位父子受封崇山和夏地，真是非常高的荣誉。这一年，大禹已年过半百了，准备向舜帝辞官，回封地安度晚年了。大禹非常想回到家中，扶老携幼，相妻教子。自从和女娇结婚后，他一直在治河的工地上奔波，几度陷生命于危险，终于可以辞去这重担了。

大禹正准备到王城去辞官，突然接到舜帝自王城发来的诏令，让其辞去治水官职到王城听命。大禹和相处十几年的老友们依依惜别，大家都祝愿大禹回家好好生活，过平安的日子。大禹把自己用的东西分给大家。有一匹马、三把刀、一些牒板、刻刀、儿双麻鞋。一起吃了顿饭，大禹就坐上车到王城去了，顺路就近向州府臣将告辞。

原来舜帝自觉年迈，不想老死在任上，提出依规禅让。特招大禹来王城，有意让大禹有所准备。舜帝在"光明正大"堂召见了大禹，这时大禹还不知道舜帝的好意。

舜帝说："大禹前坐。"示意大禹到王台平坐。大禹不敢平坐到舜帝近前，恭立于帝前。舜帝又说："今日之坐平也，明日我将恭候下坐也！"舜帝大笑。"近年耳背，趋前聆听。"

大禹说："大王身体无恙。何为禅让之举也？"舜帝又示意，大禹前驱身半坐。

舜帝说："一为我确实有力不从心之感。二为我确不想老死权台，死于贪权之位。招你来王城，特先为知会。我之大国，九州之野，率千万民。举贤任能，并不完善。其中，自举之事无从谈起。只是州举、族举会于中枢。依此定举授之人选而已。我意，大禹可受举也。"

大禹慌忙说："我系治水之臣，并无治国经验也！"

舜帝说："这王台数丈之宽，登此台者，非生而就之。应该是平日奉亲至孝，品德高尚，果敢有为之辈，品德昭彰，业绩突出，才一步步到此台上来也。大禹可当之！"

大禹说:"我有所作为,但不足登此台也!"

舜帝说:"你父子两代治水,有功于华夏民众,系国之栋梁也。你提出治水之法不但治水,而且治民,民因土地不增、人口增加而迁移系必然之选。也可以说这次迁徙功绩,是炎、黄、蚩尤从华胥向华北、中、南迁徙后最成功之人口流动。拓疆实边,中华又向更广大区域发展也。"

舜帝抚摸大禹臂膀说:"大丈夫也!顶天立地,只在明日也!"

此后舜帝在堂上议事,都把大禹唤到前面,出游、巡视也叫大禹跟从。自降诏至选举两个多月,王城中满是帝要让贤大禹的消息。

大禹娘及妻等知道大禹正在做举贤之事,让家臣从封地给大禹送一牒板,是娘让家臣刻的嘱咐。

娘脩己说:"吾儿如面,儿受举王位,全族是盼。如失所望,家有村酒候之。切切。娘示。"大禹知道娘的心情。

大禹等待两个月,心也有点慌乱。大王之位,望也崇高,坐也难矣。待到揭晓之日,天授王位属大禹时,反而心平气和了。

大禹登了王位,要接家眷入王城。娘脩己未同意,说:"我老矣,为我儿守封地可也。"妻儿入王城。大禹娘数十年后无疾而终于天寿,伴鲧去了。

十一、禹帝迁都平阳

禹帝继王位后,依旧沿用尧舜时的都城临汾,新王继位是否迁都在于帝王。禹帝一向生活简朴,勤政爱民,按常理不会提出迁都之事。但因舜帝之子商均在都城占了许多土地,高价租出以获暴利,而且气焰嚣张,行事跋扈,不把禹帝放在眼里,为此禹帝决定移都城到晋阳,改晋阳为平阳,以应人和。

禹帝继位后,有一天,在市井巡视。虽然是轻车简从,帝王车仗也有数名军士和朝臣陪在左右。百姓见禹帝在车上,自然在两边束手站立。正行间,一队高头大马车队从后驶来,不问前车是谁,吆喝回避!帝王之车当然不会回避。后车车夫竟以鞭子驱帝王车马让路,强行超过去了。车马扬起尘土,盖在帝王车队上,路边行人个个惊愕。大臣告诉禹帝,这是舜帝公子商均的车队,商均就在车上。

有一天,禹帝听晨阳说:"王城地价看涨了,因禹帝家眷和从臣要迁家属到王城来了。"一时房价暴涨。禹帝说:"也在情理之中,然而不知此波能涨多少?"

晨阳说："商均名下，已经翻一番以上了。而且商均提前布局，大王继位前低价买入。现已高价卖出，获利很多也。尚有其他有财力者也买入土地，捂地不售等待高价。地价一高，市民叫苦。匠人等工费上升，物价也看涨。有小儿歌谣：'高墙大院一个王，一王变成十个王。'其意王房谐音，是说一房已变十房也。"

禹帝说："臣当密之，潜去周围，找一可迁之地。"

晨阳说："王以诏令，迫房价降下去，比之迁都，岂不更好吗？"

禹帝说："臣不见前日车马耀武扬威者是何人也。我不计较此事，但避之可也。先帝爱子，我不易以令压之。此城两代王者亲族，故旧已盘根错节，我意离此羁绊之地也。"

又过了几天，晨阳回禹帝话说："近处巡视，无合适之地。王之封地夏可选也，虽然距此千里，但民风和善，有大王根基，正可为兴盛之地也。"

禹帝说："此决不可！我夏地一族兴盛，非中华兴盛也。前两帝都在华西临汾，我亦应就近也。"

又过了几日。晨阳回禹帝说："今有晋城和晋阳可选。向东南约二百八十里有沁水，其河畔有晋城地势高阜，平坦临近华中。另有晋阳向北逆汾河而上，四百里人口少于晋城。此地新近有铁石、火石开采，人气正聚也。"

禹帝说："可问天乎？"

晨阳为禹帝推演八卦，时序为冬。北斗星指北，天下皆冬。禹帝其德在水，上水不离龙脉。示大吉。禹帝意在晋阳。

晨阳说："晋阳之名可否易为上阳？"

"何意？"禹帝不知道什么意思，问道。

晨阳解释说："晋，亚、日组合也。"

禹帝说："以平字代之，取天下太平之意也。"

第二天召集众臣将军议事。

禹帝说："今召众卿，议迁都一事。"众人都很吃惊。禹帝接着说："我居王位半载，有小儿谣曰'一王变十王'。虽谐音房价，但已有不吉之兆。推演八卦，其卦象指向北上，测之应验于晋阳之畔。取其阳侧置新城，谓之平阳城，取天下太平之意也。"

禹帝问众臣有何意见，大家都附和。禹帝接着说："晨阳作一诏书，明日发出，并做迁都准备，至夏即移新城设堂。"

禹帝以诏书告知天下。《迁都平阳诏》，其诏书文：

禹帝继王位半载，励精图治，朝野和睦。本年风调雨顺，应舜帝禅位禹帝。天地人三和助力。近有从卿欲迁王城，而王城之地以为瓜分，再任之臣已无插足之地。推演八卦天机，动易活，不动则僵。时序为冬，上北则旺。循汾水有晋阳城，其南设为王城，祈天下太平，称平阳城也。今冬准备，明夏迁都。

禹帝诏告

晨阳草拟此诏，避开禹帝烦恼之事不提。推托动意为臣下。

这样一来，禹帝迁走，避开了前朝帝王亲属的气焰，也为新朝另设了王城。临汾房价大跌，出乎囤地者意料之外。第二年夏天，"光明正大"的牌匾就挂到平阳议事了。

十二、禹帝平防风氏之乱

自从舜帝窜三苗于三危，将三苗全族移到西部以后，这一支乱华势力已经没有了机会。但中原民众因黄河水灾，迁到长江以南，两湖之间，原个别没有迁走的三苗远支的亲族有了怨言。有一支称防风氏族人，体形高大，性情暴躁，与迁入华族因水源使用发生械斗。双方各有所伤，官府各责两方调停。过后，防风氏族长防风纠集族人对抗官府，不交地租，不予抽丁。一呼之下，啸聚万人，以土木为寨栅，抗拒官军。

荆州大臣端木和大将南仲到王城，请中枢发兵围剿。禹帝在平阳"光明正大"堂召见荆州府臣将，中枢大臣晨阳、伯益、后稷，大将羿钰在堂下。禹帝说："防风是何人也，立寨何为？"

荆州大臣端木说："防风是防风氏族人首领，系三苗远支，曾助三苗为害，因早退出，未受迁徙。近年因黄河灾民南迁拓荒与其发生水源之争，互有伤损，官府各责之。防风族不服，纠集万人，立寨于高山之上，抗税抗丁。"

荆州将南仲说："防风族人，在防风族长召集下，依仗体型高大，常在四乡集市上强兑强买。每遭到举报处罚都不服，不剿已不足震慑了。"

晨阳说："自尧舜两帝起至今，禹帝统领之华夏已非华夏族独有，应以'中华'

称之也。中华天下，概括华族及四夷各族。此称用夷、蛮、外、少、戎、狄均不适宜，都有贬低之意。今称'诸族'可也。'诸族'对'国'之观念尚有不清，少数人不认为一国之土地都是'国家'所有。不认为一国之土，王所独领，率土之滨，皆为王臣。要知晓一国之内山川土地、河流矿产均为国之所有，也是全体民众所有，大王是代表国家管理土地。应知晓使土之民必交国税，必应抽丁也。土地已不是蛮荒时人人可占。州府应告知防风氏，懂此理也。"

州臣端木说："此理已告知，但防风氏不听进言，非强力进剿不可！"

大将羿钰说："此等贼众虽然聚万人，大军一到，立即粉碎也！"

州将南仲说："贼占据山险隘口，极难进入，有一夫当关万夫莫开之险境，攻之两伤。"

禹帝说："天降大任于我掌国之权，实际是代国人掌之。我盼天下太平，诸族和平相处。今处置防风氏族之乱，我意以兵震之，以理服之。万不得已，惩其贼首，其余免责之。今差大将羿钰率两千军，大臣伯益为监军。州军动员两万，先发一万。限月内平服之。"并命伯益作一诏令。其诏令名《讨防风氏诏令》，文如下：

中华诸族，并南荆州之防风氏族：今有不识禹帝立"中华"各族大义，尚在蛮荒混沌中莽撞。现中华大国，天授王权于禹帝。天下之土为国诸族共有，为王摄之。诸族、诸城、村、户都为食土之民。人可迁移，土不可移，人人有先占、使用之权。荒地垦者即有使用之权。依田纳税，依口出丁，此国之根本。今防风氏所立寨栅，抗帝王之命。今发天兵以问罪。见诏令，即刻除去寨栅，纳税抽丁，不予追责。如抗拒，大军到日必绳之以法。

禹帝诏令

帝命州臣端木携诏令去告知防风族，臣端木带五个军士去传诏令给防风大寨。首领防风氏在山寨上接待了州臣端木，不给座，极不尊重。端木说："我今携禹帝诏令，命你去除山寨，服从州治。"

防风首领接过诏令，与身边人窃窃说辞。而后说："禹帝所令急迫，我族人要公议回辞。"

"禹帝之令不容商议，当此定夺！"端木严厉地说。

第十六章 禹帝的故事

"急切！不能定夺！"首领防风轻慢地说。

端木说："我回奏之'不能定夺'。大军启动，你后悔晚矣。"就回去了。不想防风在途中派人以滚石砸官车，致一死一伤。

禹帝接到"不能定夺"，并有杀伤使臣之事，决议发兵。命羿钰大将率两千军，并伯益监军去围剿。大军日行夜宿，七日到了防风氏山寨，离寨五里扎营。荆州将军南仲也率一万军到。看过地形，见这山在雪峰山余脉中突兀而立，有一条路可上，只能一人通过。此千军万马也开不了险关。乡导说上面的山峁有五亩大，林木参天，有一个聚雨水潭。防风诈说有兵卒万余人，实为五千上下，叛军已将山路封住。

臣将聚在一起商量对策，此时冬季南方天气湿冷，并无冰雪。羿钰说："两军合剿，试攻一次，了解情况再定计谋。"

大臣伯益说："我愿再去劝说，能自动下山最好，可免血光之灾。"

羿钰派十军士护送伯益去，伯益只要两人陪去，其一为乡导。伯益一行到山口处，路已被木石封死，勉强努力上到山寨去，见到防风氏。

防风族首领防风氏自以为得意，对帝王派来的大臣也不理会。防风斜坐于木墩上，也不给来使让座，说："臣自王城来，上山辛苦也！"意思是山险难上，易防难攻。

大臣伯夷说："今王师就在山下！诏令投降，刻不容缓！"

"我不缓，而山险要缓也！"防风氏说。

"山险可阻天怒否！王师天兵，一问抗诏令之罪；二问占山立寨，抗税不交之罪；三问劫路，杀来使之罪。孰可饶乎！"大臣伯益怒斥之。

防风吞吐失态，一时语塞。

"此山险不足为万全之地也！昔日有假共工，三巫作乱；荆州三苗，天书伪诈，都不是官兵对手。你等聚民兵万人，来自万千家庭，你一人抗旨，连累万千家。谁无父母之躯，谁无养妻儿之责？劝你为万千家计，收旗弃刀，回归平常生活！不见三苗西迁之罚乎！"伯益接着说。

防风不语，片刻说："请臣回营，明日回话。"

伯益三人下山，路已敞开。

第二天，防风下山，只有一个条件，要求不追究杀伤来使的责任，伯益和羿钰、南仲商量，防风氏投降，这样不再扩大双方伤害。伯益对防风说："将臣临阵，只宜许阵上条件，即下山之人一概不追究。而杀伤使者之事需禹帝定夺。"防风回到山上，队伍鱼贯下山，放下旗帜，弃了刀剑，解甲归田了。官军上山拆了山寨，得胜回了王城。

伯益和羿钰向禹帝奏告了经过，禹帝十分满意。让伯益告诉荆州，在华族和防风族相近处设镇，开集市通商，日子过得好了，自然就和睦了。

此后，诸族会于涂山，防风被抓住，处了死刑，惩其杀伤官军之罪。这个案子震动全国，再不敢有用武力与国分庭抗礼者。

十三、禹帝铸中华九州鼎

禹帝在位第五年，天助中华，国泰民安。一日，伯益对禹帝说："五年来，大王秉政仁德，顺天应民。王城已在平阳建立起来，天下太平也。臣近日理国库，见铜被闲置于尘土中。此金早年以做兵器，现兵器农具都用铁，因之铜无大用。我近月听大王论九州规制一事，觉得可用铜铸九鼎，列于朝堂侧。以示国之大权，有九鼎之重也。"

禹帝说："华夏九州之分，系先朝结合华族支脉、山川水系、州治而建立。此次重申为'中华'，系九州已扩入新属地也，已非'华夏'之意也。凉州扩西梁诸族，雍州扩东夷诸族，冀州扩西口外诸族，兖州扩渤海之地，扬州扩百越之地，荆州括南岭之地。中华大国气象，统治广大区域，诸民生计最重要。治民不以重刑，养民不以重税。军事以镇守城市即可，因之屯兵不在多，丁储于民。经济以入出平衡为要，粮草不宜尽入官库，民丰则可。铁、木不易存仓廪，民用则可。因之分税为五服（五等）。其中每一服依据王城远近，税不同，各五百里为一服。要服专指两千里外，开垦三年以内，不纳税不服役。三年后酌量减纳税服役。荒服三年内仍实行族群习俗，仅国法、军事由中枢管制，三年后转要服。我之施政务求以民之乐，为我之乐也。即如王城之名，平平为最要紧也。"

禹帝接着说："九鼎铸造，各取文字铸于鼎上、并列于堂前，彰显中华有九鼎之重。鼎成之日会于涂山，各州、各族群选代表临会，造空前盛景。"

数月，九只大鼎铸成，各千斤之重，列于"光明正大"堂之前。届时禹帝发诏文《中华九鼎宣诏》。其文示下：

自盘古开天辟地、女娲母仪天下、伏羲父仪神州。天启民智，燧人取火，而有开拓神力。仓颉造字，时有文脉续延。三神开天地，三皇建伟业，五帝图经纬。

现九州宏伟气象，西起昆岗，东达海岱，北至朔漠，南联百越。山川土地之广，民众诸族已兴。今四海激湍，五湖微波，五岳耸立，九州富饶。铁铜不做征战之器，献铜铸九鼎，列于堂前。承天地之甘霖，诸民族成大一统中华民族。各族拱卫中枢，中枢系九鼎中心。鼎有三足，为军、为法、为民，此国之命脉，大如天宇。军为国之柱石，分中、州、镇三军，中枢统之。法为万般规则，依规而有家国族兴，而有市井布列，王依法而承其位，官臣、将士依法而俸养，分封爵位，有法而续位。民众为国之本原，民意承于天，民意即天意；君臣敬天在遥远，敬民在现时。中华居中，九州布列，诸族团结，聚力同天。天佑中华，六畜兴旺，五谷丰登，百工精进。重哉，九鼎于光明正大堂前，诸族永结同心！祈天神威，中华永泰。

禹帝宣诏

第十六章 禹帝的故事

自从涂山之会后，宣诏九鼎文告，摒弃"少数民族"称谓，合称"诸族"，中华诸族的观念较华夏各族前进了一步。国家的观念进一步明确了。自中央到州、镇、村形成了较完整的国家管理脉络，各项事务运转进入国家轨道。

禹帝在此基础上加强了官员管理。给商均封地于虞，缓解贵族与中枢矛盾。他也十分重视收集下面对中枢的意见。他曾在大会上说："吾德薄，能鲜，不足以服众望。会上会下万望听到责备、规诫、劝喻之言。我必听过则警。知过而改之。我曾栉风沐雨而治河，冒性命而平扰，然此不足为我骄傲之本。先帝曾告诫我'你惟不矜，天下莫与你争能；你惟不伐，天下莫与你争功'。如是我有骄矜之处，请告知，否则不仁于我也。听到教诲，我必洗耳恭听也。"大家都赞扬禹帝有功而不骄，虚心爱民。

十四、禹母与夏历民俗节

禹帝接王位后，次年迁都到平阳。他准备把家人都接到王城来，可是他母亲脩己不愿来王城，还在舜帝分封给的夏那个地方住。禹帝每年春节都要带家人回到夏地和母亲住一段时间。禹帝沿用了父亲九年治水和自己十三年治水的习惯。冬天水利工程已经不能做的时候，抽时间回家一趟。选的时间都在一年结束没有一点月亮的一天到家，这一天正是腊月三十。待到月亮最亮的一天离开家，正是正月十五。母亲脩己和妻子女娇每年都掐着手指算日子。在治水的人回来前一个来月，天气已经很冷了。家里就安排杀猪，把肉冻起来或做成腊肉，大部分等到远行的人回来一起吃。

禹帝住在王城，每年回到封地夏，路上要走五天。每年朝廷都要按照禹帝的时间安排行程。这年大禹回到家，看到母亲脩己在一块木片上画出了成排的"○""(""｜"")"。大禹问娘："这是什么意思？"

娘说："'○'')'｜''('是月亮的样子。'○'是满月，'｜'是闭月，')'是上半月，'('是下半月。每年都画呀画就成了一排一排的'○'')'｜''('了。"大禹看到自己每年治水的时候，正是"○"离家，"○"前第十五天"｜"回家，很有规律。

禹帝把母亲刻的木板带到王城一块，交给了管历法的大臣丁平。几日后，丁平到明堂来和禹帝谈起了这块木板。

丁平说："大王拿给我之木板，出自何人之手？"

禹帝说："我娘日日思夫、日日思儿，自我父做治水大臣起就开始刻了。"

丁平说："据此木板，我称之为'月份牌'也，系记录了月亮圆缺之日期。牌上'○'曰望月，'｜'曰朔月，')'曰上弦月，'('曰下弦月，以此排列，我已导出帝回乡日期，于牌上标出之阳历日几乎不差。我朝现用颛顼历太阳历法，系将太阳与地上日夜循环，四周年切成四份，曰四分历，每一份约三百六十五天又五时四十八分四十六秒，每四年加一日为三百六十六天。如按月亮朔望分之，每年约十二个月又十一天。"

禹帝说："既能推演出我回乡时间甚好。我与母亲也推演过也。相约回乡时间，此亲人相思也。"

及至第二年，朝堂臣将都知道了禹帝有一个月份牌，大致能推出禹帝回乡时间，大臣都以此行程安排自己的日程。

传到州镇里，大家觉得以月亮圆缺计算集市日期很方便，有的地方就用月份牌之伍日、旬日赶集了。最初的月份牌都是自己刻的，后来，以月亮圆缺数日子的方法传扬开了。

有一天，丁平见到禹帝说："大王，现在月份牌已经遍及城乡了，大家都依月份牌定赶集时间，而且把大王回到家乡的日子称为春节，把月亮圆缺称为望朔了。我据望朔导出，每年十二个望朔月。立月晷测之，每月为二十九日十二时四十四分余。月历十二个月，较太阳历少不足十一日，就此每三年闰一月，每十九年少闰月，可与太阳历随和。可否以此月历推行之？"

禹帝说："慎用，历法不易轻动。颛顼历系从黄帝历法起，随天地运转，见四年有一天之差，而积几十、百年差异太大而改动。我朝用颛顼历是太阳历，此与一年四季、二十四节气正合时宜。月历是依月望朔，民间各种节令都与此有关，如亲人团聚、社戏祭祀、日常互市，还算方便。不适用农耕也。可两历并用，朝中仍以颛顼历运作。"

又过了两年，民众多用月历，也称阴历、夏历生活。又依二十四节气做农事，朝廷渐渐也随了民间。如果谁不改用夏历，人们会说还依"老黄历"办事。

禹帝不得不顺应民众发布了月历法。因此历由大禹的封地夏母发起，也称夏历。按照这个历法，渐渐形成春节，即每年开头的一天。春节前一个月称腊月，家家准备过年。

多年延续下来，成了风俗，"月份牌"成了日历的代称。加上人们每年在月历的某一日设置节点，称节日。一年一年下来，节日像时间长河日日夜夜流淌腾起的簇簇浪花。

除夕：夏历十二月三十日。晚上，一家人团聚在一起守岁，吃年饭、包饺子、吃年糕。不过子时午夜不能睡觉，称"守岁"。小孩儿和年轻人要放鞭炮、游灯火，晚上要接回灶神。

春节：夏历一月一日。是华夏民族最隆重的节日。要贴春联，换新衣，祭祀天神，祭祖先，给长辈拜年，长辈要给小孩儿压岁钱。

元宵节：夏历正月十五日。家家要吃元宵，因为从这一天起，远行的人要离开家乡。一年的农活儿也开始了，这天晚上要闹花灯。

龙头节：夏历二月初二，又称龙抬头。这一天是祭祀龙的日子，龙在民众心里是主雨水的神。龙是祥瑞的神，又是脾气不好的神。有时干旱、有时水涝，都是龙在作祟，因此每一年春天都要祭祀龙，求个风调雨顺，有个好年景。主要活动是龙王庙里上香，摆贡品祭龙。民间，要在家设龙神排位。贡品是猪头、面食、酒之类。家宴要吃动物头肉。进正月不理发，到这天才可以理发。

上巳节：夏历三月初三。这一天，据说是黄帝的生日。黄帝是中华民族的始祖之一，黄帝时期有许多发明造福民众，一直影响着今天人们的生活。他战胜了蚩尤和炎帝，使中华民族成为一个统一的国家。他主持创造了文字、中医、丝织，确立了天神为中华的保护神。这个时节，暖风吹起来，到处一派生机，人们换上春天的服饰，到水岸边游玩。男女青年在这天结伴出行，唱歌跳舞。文人墨客吟诗赴会。

第十六章　禹帝的故事

寒食节：夏历清明前一天。这一天不动烟火，进冷食，为纪念火神燧人氏把火种传给人间。

清明节：春分后的十五天，依二十四节气在夏历的四月初四左右。这一天是祭祖扫墓的日子。人们继承先祖制定的习俗生活，先祖过世了，人们怀念先人，为他们祭祀，同时也求先人保佑在世的人们。这一天，家里人相约到墓地上祭祀、扫墓。人们踏青、植树，儿童放风筝、打秋千。

端午节：夏历五月五日，也称五月节。最初，人们在这一天祭龙，因为雨季开始了。人们为了祈求风调雨顺，会进行龙舟赛。家家吃粽子，门口要插艾蒿、柳枝驱邪气。这天，已嫁出的女子要回娘家过白天，晚上要回婆家，叫躲五。

谷秀节：是夏历六月六日，也叫谷神节。这时节正是三伏天，太阳火辣辣地照着。气温升高，这是庄稼长得最旺的时期，大田里的秧苗已经定了，草也除了，肥也下过了，庄稼正拔节甩叶，民俗称之为"六月六看谷秀"。农民此时稍有一点清闲的时间，称为"挂锄"，就等着风调雨顺，有个好收成了。这天早上，庄稼人要到田间走走，看庄稼的长势，要祭天祭龙祭谷神，求天神保佑，风调雨顺。家里要吃粘食，吃粘食是让害虫张不开嘴。这天要请姑姑。嫁出的女儿要回门，俗话叫"六月六请姑姑"。这天要晒米防虫。

乞巧节：夏历七月七日，又称女儿节、情人节。这时天气炎热。传说天上仙女下凡，爱上凡间的牛郎，两人生了一对儿女。仙女被天神困在天上，两人只有七月七日在天河边见面，遂有织女星、牛郎星挂在天上。这个凄美的故事在民间流传了几千年。这天晚上，女青年和嫁出的女儿要祭天，乞求天神给自己一双巧手，嫁给一个好人家。相爱的人也要在这一天表述心情。不在一地的更要遥相拜祭了，这是一个浪漫的节日。

中元节：夏历七月十五日，又称鬼节，也称亡灵节、中元节。传说这一天，在天界的亡灵要回到地上来取冥财。民间要为亡灵烧纸钱，称烧包。这天晚上，亲人要在通衢的道边画一个圆圈，在圈里为亡亲烧纸，口里念叨亲人来接钱。而后，还要在圈外烧一点纸，打理外边儿的游魂野鬼。

中秋节：夏历八月十五日。中秋节正是秋高气爽、五谷成熟的季节。俗话说"七月十五定旱涝，八月十五定收成"。看着天上的圆月，人们沉浸在丰收前的喜悦中。相传月亮上有广寒宫，有嫦娥、玉兔住在那里，地上留下了亲人，要吃圆圆的月饼，对着月亮拜祭，祈祷亲人平安幸福。每到这一天，月亮上的广寒宫门打开，天上地下的人们可以相见。

重阳节：夏历九月九日。此时庄稼已经熟了，农民看到成熟的五谷，脸上洋溢着丰收的喜悦。这天要登高远望，赏菊吃年糕，思念在外的亲人，祈祷在外的人平安幸福。人们把茱萸、菊花插在头上，祈祷平安健康。九在八卦里表示阳，逢两个九，称"重阳"，人们认为九九是长远的意思。重阳节也是祈祷老年人长寿的节日，称老年节。

　　双喜节：夏历十月十日。这个时节，已经过了秋天里最繁忙的日子。收获季已经结束了，庄稼都上场了，地还没有冻。庄稼还没有干透，有一段收镰的闲暇时间。许多青年男女选这天办喜事，日子往往是在一年以前确定的，双方家庭都为这个喜庆的日子做了准备，男娶女嫁，双方家庭一派祥和喜庆，所以叫双喜节。据说，这个月结婚的人最多。这天，天神女娲娘娘会送祝福、送孩子，所以结婚的男女特别多。

　　封仓节：夏历十一月十一日，又称丰收节。这时候北方天寒地冻，庄稼已经脱粒入仓了，一年的劳动也有了结果。农民该交的租税也交完了，算算这年的收获，庆祝一下。据说这天谷神芒耶从天上下来巡视，看谁家的粮仓没有贴封条，谷神就会把谁家仓里的粮食取走，因此这天的粮仓都要贴上封条，以示仓满了。这一天要给劳动的人放假，牛马等使役的牲畜也要撸下笼头，让它们到田野里去撒撒欢儿，也休息一下。

　　腊八节：夏历十二月八日。这是春节前的节日，天气寒冷，正是农闲的季节。一年的劳动丰衣足食，室外寒冷，室内温暖融融，大家聚在一起喝腊八粥。还要把过年要宰杀的牲畜挑出来，屠宰、做成腊肉，准备来年食用。这天也是富户人家施舍穷人的日子，许多地方如庙堂、官府、富户都架起大锅煮粥，给无家可归的人。据说这天，天神会看到、记住施舍的人，来年会保佑施舍的人。

　　小年节：夏历腊月二十三日。这一天是过春节前的重要时刻。家家准备过大年，节日的气氛越来越浓。春节的各种准备工作进入倒计时，要送灶王爷升天，除夕再接回来。

　　禹帝的朝臣丁平依禹帝母亲观察月亮的朔望记录，参考了前朝的月历，仔细研究，将禹帝定的月历称"夏历"。相对太阳历也被称为"阴历"。农民都愿意使用，所以又称"农历"。中国民俗中许多节日都与夏历有关，所以夏历就像乐曲的节拍，让人们生活的日子有节奏地忙碌着、欢乐着、思念着、幸福着。许多年过去了，人们还记得这位母亲，创字的人知道了夏母与夏历的故事，就把"修"字写成了"脩"，以纪念这位母亲脩己。

十五、禹母与十二生肖

大禹做大王的时候，母亲已经是饱经风霜的老人了，她是一个有很多生活阅历的人。脩己嫁到崇氏鲧家以后，经历了许多生活磨难。丈夫鲧先是做族长，后来做治水大臣。在治水的岗位上，鲧勤奋工作了九年。这九年，他很少顾及家里的事，都是夏母在操持家务、教育子女。夏母也经历了人生最痛苦的事，那就是丈夫鲧治水九年、八年有灾，大王不满意，埋怨了鲧。鲧感觉自己辛辛苦苦治水九年，还得不到人们的理解，天神和苍龙也不帮助自己，就在第九年水工告竣的时候回家自尽了。那恐怖、失落、悲伤的场面深深刻进了她的心窝。后来，大禹又被帝王任命为治水大臣，夏母坚决不同意。可是舜帝执意要大禹做治水大臣，并且给大禹下了免死令，还把鲧的遗嘱给大禹看了，那上面有父亲要大禹继承遗志完成治水的话。大禹再次和娘说皇帝要自己继父业、任治水大臣职务，夏母先是不同意，后来看到皇帝的任命不可推卸，就同意了。夏母同意了儿子做治水大臣，这要有怎样的博大心胸啊！真是伟大的母亲。

大禹的母亲人生中最喜欢的事情是生育，她看到小生命降生的时候感到生活有了新奔头。

夏母有七个孩子，先后成人结婚、生了孩子，男孩子都生活在封地上。这些孙儿女都要脩己起名，夏母说大名让孩子的爷爷起，夏母只给他们起小名。小名是一种爱称，也叫乳名，长大也就弃用了。一般起小名都非常随便，经常用的是女丫头、男小子、动物名、花草名、天气、方向、五官等。

孙子辈第一个被起名的就是大禹的孩子，爷爷和父亲都在外为官，大禹的妻子女娇让奶奶给起名。夏母顺口给大孙子起名叫"小鼠"。为什么起名叫小鼠呢？因为那个时候大家都有个叫"踩生"的习俗。踩生就是小孩出生看到的第一个人。大孙子出生的时候脩己在粮仓边看到一只小老鼠，这只小仓鼠看到她没有跑，而是用小眼睛瞪着她看，她觉得很奇怪。

夏母想起了大禹小时候，为了让孩子们勤奋起来，她讲过"小老鼠偷偷上木筏的故事"。说是天神打架，把天柱撞折了，天塌发大水，一片汪洋，天神女娲给人们启示，让人们造大筏子逃命的时候，除带上了麻雀、燕子外，老鼠一家也偷偷地钻上了木筏，多么机灵的小动物啊！女娲让大家造木筏，小老鼠看见了，也把自己的窝搬到了木筏上。老鼠把仓里的种子搬到窝里，它天天搬，直到木筏浮起来那一天。木筏漂啊漂，终于有一天水落了，大家要种地了，可是找不到穈子籽。后来发现了小老鼠带到筏子上的种子，解决了种地问题，后来人们就把穈子叫"黍"，"黍"和"鼠"谐音了。孩子们睁大眼睛问："老鼠这样神奇吗？"那是二十几年前讲的故事了。

夏母从谷仓回来的时候看到大禹的媳妇生了个男孩，她就给大孙子起了个名叫"小鼠"。以后，各房媳妇陆续生孩子，奶奶都给起了小动物名。这个"小鼠"就是夏启皇帝。

又过了一年，二孙子出生了。脩己给二孙子起了个小名叫小牛，因为早上一头小牛闯入了院里，小牛的叫声把母牛引来了，母牛带小牛悠闲地走了。

第三个孙子，奶奶给起名叫小虎子。因为有人说这个孩子长得虎头虎脑，奶奶说就叫小虎子吧。

第四个孙女，奶奶起名叫小兔子。小女孩长得白白净净，依偎在娘怀里安安静静地吃奶。孩子娘让奶奶给起名，奶奶说叫小兔子吧。

第五个孙子，奶奶起名叫小龙。因为那天天降大雨，霹雷闪电，龙一定是到了夏地羽山。孩子降生正应了天象，就叫小龙吧。

第六个孙女，奶奶起名叫小蛇。那天家里的鸡窝里爬进了一条蛇，鸡炸了窝，公鸡母鸡嘎嘎地叫，飞到了墙头上。这时小孩出生了，奶奶说就叫小蛇吧。

第七个孙子，奶奶起名叫小马。那天奶奶和孩子娘一起坐车回来，孩子娘感到肚子痛，说要生了，结果生了一个男孩。奶奶说孩子是坐马车来的，就叫小马吧。

第八个孙女，奶奶起名叫小羊。奶奶听到这个孙女哭的时候像小羊一样，她就给这个孙女起名叫小羊了。

第九个孙子，奶奶起名叫小猴。这个孙子生下来时很瘦弱，皮肤黑，皱皱巴巴。不知谁说小孩儿像个小猴子，奶奶就给起了一个小猴子的乳名。

第十个是孙女，奶奶给起名叫小鸡。这个孩子出生的时候正是鸡叫三遍天快亮的时候，奶奶就给孩子起名叫了小鸡。

第十一个是孙子，奶奶起名叫小狗。生孩子的时候狗是不能近前的，那天家养的一条狗随人去请接生婆，接生婆还没到，狗却跑了回来，随后接生婆也到了，狗好像报了信。奶奶说小孩儿就叫小狗吧。

第十二个是孙女，奶奶起名叫小猪。原来几天前家里的母猪生了十八头猪仔，这是破天荒的事，奶不够，转给其他母猪，也被接受了。奶奶说猪的母性最好，小孩儿就叫小猪吧。

第十六章 禹帝的故事

人们问老祖母，怎么都起动物的名字呢？夏母说："小动物好养活，随口。"

塾师丙辰子在大禹家做过多年塾师，教过大禹。其能行巫事，见夏母用小动物给孙儿起名，受到启发，引入巫术，猜测人的运程、婚配、事业等，一时火了起来。丙辰子有教过大禹的经历，并且有预测少年大禹必成大器的话，他以十二生肖配地支测生年的技巧被巫师们奉为圭臬。后来从夏朝开始家天下，夏成为中国第一家庭，统治中国四百六十多年。夏母用小动物给孙儿起乳名，引发了十二生肖的文化现象，成为中国独特的生肖民俗。

十二生肖流传到民间，配以地支，为：子鼠、丑牛、寅虎、卯兔、辰龙、巳蛇、午马、未羊、申猴、酉鸡、戌狗、亥猪。并且依属性扩展成各种预测，如年景预测、时运预测、人生预测、婚姻预测、财运预测、性格预测、健康预测等。生肖年流行起来。

后来人们进行了思维演绎，从巫术渐渐演化成为一种大众民俗文化，以动物图腾推演人间事理。甚至把十二生肖年与大自然天象、社会事件的预测融在一起。"牛马年好种田"就是演绎出来的预测。生肖文化的运用存在了几千年，被广为利用。

十六、禹帝禅让王位于伯益

禹帝在位九年时已经六十几岁了，他自感体力不支，与老臣晨阳说了禅让的想法。晨阳说："大王受命于天。天寿非人测得，再逾越百年可也。"

"人之寿不可测某日某时，大概可知其年寿也。天长地久无有穷期，人老之亦易也。我非至明之君，然而不死任上，我应效尧、舜先贤也。人之不贪，不恋权势系最大不贪也。昔时帝挚壮年，掌王位九年而禅让尧帝，我应效之。"禹帝说。

"王自告老，着人敬佩。我亦有心告老还乡久矣。"晨阳说。

禹帝说："我禅位后，老臣再声张也好，容朝上有老新和谐之状。"

一日早朝，帝对临朝的臣将表明了禅让的想法，并宣布了《举贤诏书》，命各州月内推举贤人。其诏如下：

禹帝受舜帝禅让，举贤而入朝堂，续大位九年。禹帝治水两代，付出洪荒之力，水患得除。禹帝力主统一，平防风氏纷争，铸九鼎于堂前，树中华之国威。制五服不施重税，息征战民少役丁。此九州雄列、国泰民安之时，正是易禅王位之际。帝自感体力不支，不贪权势，忌老于王位。尊历代规制，令各州广纳贤良人等，举贤于朝堂，择日选举之。禹帝此禅让，系维护中华大统、国运平顺，为民所瞩目也。禹帝愿天神保佑中华，万民福祉永续。

禹帝诏告

此后九州推举了皋陶，而皋陶已经死了。推举晨阳，晨阳已衰老，坚持不举。转而推举伯益，伯益被推为贤人。至州镇族代表选举时，伯益被选为帝。告天得启，筑禅让台，选吉日，禹帝抚九鼎，让位于伯益。

又过了一年，大禹到南方巡游，死于途，安葬于浙江省绍兴市越城区会稽山麓，建有陵墓。夏历谷雨节为祭祀日。人们世代纪念大禹，在苏州市金庭镇甪里洲建了禹王庙，禹王祠在淄博市博山城西禹王山，夏历九月九是庙会。

第十六章 禹帝的故事

结语

站在当今，回望四千多年前的原始社会，我由衷敬佩华夏先民们创造了具有鲜明特色的中华文明初始阶段。他们从维持生命、繁衍种族，解决吃、穿、住、行的基本需要出发，采集渔猎到创建农耕文明，经过了许多艰苦卓绝地探索。其特征表现在精神生活和物质生活两个方面。精神层面的"天神崇拜"是从原始族群到形成邦国过程中逐渐产生的。其起源于"天"的神秘，人们无法解释这种超自然力，从而产生敬畏，融入民俗和生活，到了黄帝祭天，从国家层面上奉行了天神信仰。这种对天神的崇拜，形成了中华文化的核心观念。原始社会形成的伦理道德，称为"天经地义"，此为后人的行事规则，引领着中华民族。"天神"保佑了中华民族几千年，必将继续保佑这个伟大的民族。现有《天佑中华》献给今天的人们。

天佑中华

天地玄黄万万年，民心敬天几千年。天神在位，冠以元尊，又称玉皇大帝，民呼老天爷，世世代代保佑我们。

天佑中华，自盘古开天辟地，女娲母仪造人，伏羲耕种创八卦，燧人钻木取火，炎黄立国，尧舜禅让，大禹治水。天助中华，开"三神""三皇""七帝"基业，经"夏商周秦汉三晋，南北隋唐代十国，宋辽西夏金归元，明清民国续共和"。朝代更迭，国脉天承。

结语

　　天启中华文明，从结绳记事，甲骨刻符，形象造字，创天下文明，立于世界。亘古达今，浩浩五千年，"天经地义"，天道人文载满历史雄篇。

　　老天位尊，"唯天为大""顺天则存，逆天则亡"。老子讲天道，孔孟述人伦，"天经地义"教化万民。天昭民智，善良仁义。天道酬勤，创新图存。天启伦常，民风润泽。古训有"仁、义、礼、智、信"，孝为先。五维有"全、真、思、创、道"，民意为本。

　　今倡：国家富强、民主、文明、和谐，社会自由、平等、公正、法治，公民爱国、敬业、诚信、友善。

　　天条刚直，天理昭昭。天意民心，民愿法度。天威雷霆，长虹经天。天惩邪恶，天不养奸。顺天应人，国泰民安。

　　天恩浩荡，国运昌盛，正义宏远，天下太平。

　　晨昏颂念，华夏永昌！

参考文献

[1] 杨五铭.文字学[M].长沙：湖南人民出版社，1986.

[2] 高学敏.中药学[M].北京：中医古籍出版社，1986.

[3] 刘燕池.中医学基础概论[M].北京：中医古籍出版社，1986.

[4] 龚延明.中国通史[M].杭州：浙江少儿童出版社，1991.

[5] 许仲林.封神演义[M].北京：中国文学出版社，1997.

[6] 吴承恩.西游记[M].北京：中国文学出版社，1997.

[7] 程昌明.论语[M].长春：吉林音像出版社，2001.

[8] 李时珍.本草纲目[M].赤峰：内蒙古科学技术出版社，2004.

[9] 柏杨.中国人史纲[M].北京：同心出版社，2006.

[10] 王智杰.简明汉字学[M].呼和浩特：内蒙古人民出版社，2006.

[11] 余祖政，刘佳.世界经典神话大全集[M].北京：中国华侨出版社，2010.

[12] 溯源.三皇五帝[M].北京：九州出版社，2010.

[13] 皇甫谧，陆吉.帝王世纪[M].济南：齐鲁书社，2010.

[14] 许慎，思履.说文解字详解[M].北京：中国华侨出版社，2014.

[15] 刘媛.中国神话与民间传说[M].北京：北京联合出版公司，2015.

[16] 任犀然.彩色图解周易[M].北京：中国华侨出版社，2015.

[17] 刘向，刘歆.山海经[M].北京：中国华侨出版社，2016.

[18] 司马迁.史记[M].浙江：教育出版社，2017.